Von Mani Beckmann ist bei BASTEI LÜBBE erschienen:

14200 Sodom und Gomera

Mani Beckmann

MOORTEUFEL

BASTEI LÜBBE TASCHENBUCH
Band 14272

1. Auflage: Dezember 1999
2. Auflage: Januar 2002

Vollständige Taschenbuchausgabe

Bastei Lübbe Taschenbücher ist ein Imprint
der Verlagsgruppe Lübbe

Originalausgabe
© 1999 by Verlagsgruppe Lübbe GmbH & Co. KG,
Bergisch Gladbach
Lektorat: Dorothee Spiekermann / Karin Schmidt
Einbandgestaltung: Gisela Kullowatz
Titelbild: Otto Modersohn »Herbst im Moor« / AKG
Satz: hanseatenSatz-bremen, Bremen
Druck und Verarbeitung: Elsnerdruck, Berlin
Printed in Germany
ISBN 3-404-14272-1

Sie finden uns im Internet unter
http://www.luebbe.de

Der Preis dieses Bandes versteht sich einschließlich
der gesetzlichen Mehrwertsteuer.

INHALT

Prolog 7

Erster Teil 15

Zweiter Teil 91

Dritter Teil 179

Vierter Teil 255

Fünfter Teil 335

Sechster Teil 423

Epilog 503

Anmerkungen 521

PROLOG

»Immerzu heißt es, erzähl und erzähl, und man kann sich nicht losmachen! Na schön, dann will ich erzählen, nur, bei Gott, das ist zum allerletztenmal.«

Nikolai Gogol, *Der verhexte Platz*

Warum sitze ich hier bei flackerndem Kerzenschein in meiner Kammer und schreibe meine Geschichte nieder? Warum krame ich ohne jede Not in schmerzlichen Erinnerungen und gehe in Gedanken zurück in eine längst vergangene und verdrängte Zeit? Weshalb lasse ich die Toten nicht ruhen?

Ich wage nicht zu behaupten, daß der literarischen Welt etwas entgeht, wenn sie meine Erzählung nicht zu Gesicht bekommt, und ich bezweifle, daß sich die Historiker für das interessieren könnten, was ich zu berichten habe, dennoch drängt es mich, von den eigentümlichen und obskuren Ereignissen des Jahres 1814 zu erzählen. Ich bin ein alter Mann, meine Tage auf dieser Seite der Welt sind gezählt, und vielleicht ist mein naher Tod der eigentliche Grund, warum ich plötzlich den Mut aufbringe, diese Zeilen zu schreiben.

Beinahe sechs Jahrzehnte sind seit damals vergangen. Wir schreiben mittlerweile das Jahr 1873, und kaum jemand erinnert sich noch an die Geschehnisse von einst. Weder an die Kriege gegen Napoleon, an die blutigen Feldzüge, die ganz Europa fast zwanzig Jahre lang in Atem hielten, noch an die wilden und mörderischen Räuberbanden, die sich auf den Landstraßen und Handelswegen herumtrieben und für zusätzliche Aufregung und Angst sorgten. All das ist längst Geschichte und kann in historischen Büchern nachgelesen werden; zahlreiche Romane sind darüber geschrieben und lange Heldenepen verfaßt worden. Napoleon wurde als glorreicher Führer verherrlicht oder als gottloser Dämon verdammt, und die Räuber wurden zu Volkshelden erkoren oder als Mördergesindel verteufelt. Meine Erlebnisse jedoch, obgleich eng mit diesen verbunden und kaum weniger zweischneidig, wird man vergebens in den Annalen suchen. Kein Mensch hat je von den Vorfällen der Stillen Woche des Jahres 1814 gelesen, niemand weiß, was sich tatsächlich in den Tagen vor Ostern in unserem kleinen westfälischen Dorfe Ahlbeck abgespielt hat.

Die unmittelbaren Zeugen der Vorfälle sind entweder tot oder nur bruchstückhaft, wenn nicht gar falsch unterrichtet. Einige sind seitdem verschollen oder untergetaucht, andere ziehen es aus gutem Grunde vor, sich nicht erinnern zu wollen. Den Nachgeborenen gegenüber habe ich mit keinem Wort etwas von den wahren Begebenheiten erwähnt, und nicht einmal meine Frau – Gott habe sie selig! – hat bis zu ihrem Tode vor wenigen Jahren die ganze Wahrheit erfahren (oder erfahren wollen). Niemand scheint sich für die tatsächlichen Umstände von damals zu interessieren. Wer sich Tag für Tag hart auf den Feldern abmüht und dennoch nicht weiß, wie er die zahlreichen Mäuler seiner Familie stopfen soll, der hat Besseres zu tun, als in der Vergangenheit zu wühlen und sich über weit Zurückliegendes den Kopf zu zerbrechen.

Natürlich gab und gibt es Gerüchte und überlieferte Erzählungen. Moritatensänger berichten von frevlerischen und ungesühnten Bluttaten, die alten Leute erzählen sich Spukgeschichten von ruhelosen Geistern im Moor, und die jungen Kerle singen in den Wirtshäusern Spottlieder auf den Krieg zweier Dörfer und einen übereifrigen und arg gedemütigten

Amtmann. Erst gestern kam mir ein solches Verslein zu Gehör:

> »*In den Krieg mit hundert Knappen*
> *zog der Amtmann stolz voraus.*
> *Still und leise, auf gerettet' Rappen,*
> *kehrt er geschlagen bald nach Haus!*«

Jene Spötter, die sich heute an solchen Liedern ergötzen, haben nicht die mindeste Ahnung, was sich damals vor sechzig Jahren tatsächlich zugetragen hat und welche unselige Rolle ich in dieser Angelegenheit gespielt habe.

Mein Name ist Jeremias Vogelsang, aber alle im Dorfe nennen mich den »Magisterbauern«, da ich mich beinahe ein halbes Jahrhundert lang als kleiner Kötterbauer wintertags, wenn die nicht so reichliche Arbeit auf dem Hof es zuließ, damit abgemüht habe, den Kindern in der Dorfschule das Alphabet, den Katechismus und das Einmaleins beizubringen. Bereits mein Vater und mein Großvater waren Magisterbauern gewesen und hatten es sich zur Aufgabe gemacht, für ein wenig Bildung unter den Dorfkindern zu sorgen, und ich habe diese Familientradition bereitwillig und mit Freude fortgeführt. Die freiwilligen Spenden, die die Eltern ihren Kindern, je nach Vermögen, zum Unterricht mitgaben, halfen mir, die spärlichen Erträge des Kottens aufzubessern, und die Arbeit mit den Jungen und Mädchen bereitete mir seit jeher großes Vergnügen. Aus den naseweisen Lümmeln wurden mit den Jahren wackere und tüchtige Landleute. Sie lüpfen heute ihre Hüte, wenn sie mich sehen, und wünschen dem »Herrn Magister« einen guten Tag.

Seit einigen Jahren bereits, seit es einen hauptberuflichen Lehrer an der Ahlbecker Schule gibt, unterrichte ich nicht mehr, und den Hof führt mittlerweile mein ältester Sohn, aber für alle im Dorfe werde ich der Magisterbauer bleiben, solange ich lebe. Ich bin mir nicht sicher, ob sie ebenso respektvoll und sogar dankbar von mir oder über mich reden würden, wenn sie wüßten, was sich damals in der Stillen Woche wirklich abgespielt hat. Wenn sie zu lesen bekämen, was ich hier niederschreibe.

Zu meiner Zeit als Magister habe ich den Schülern gern und häufig Geschichten erzählt, seien es Sagen des klassischen Altertums, Heiligenlegenden oder Gleichnisse aus der Bibel. Dabei mußte ich die traurige Feststellung machen, daß die Aufmerksamkeit der Kinder in gleichem Maße stieg, wie die Blutrünstigkeit der Geschichten zunahm. Die Tragödie des Ödipus oder die Ermordung Abels durch seinen Bruder Kain weckten weit mehr Interesse als die Hochzeit zu Kana oder das Gleichnis vom verlorenen Sohn. Der Kreuzweg zum Hügel Golgatha fand weitaus mehr Anklang als die tröstlichen Worte der Bergpredigt. Verbrechen und Bluttaten, so scheint es, erfreuen sich ebenso ungebrochener wie unfaßlicher Beliebtheit. Und wer weiß, vielleicht wäre auch meine Geschichte nach diesem schauerlichen Geschmack, denn auch sie ist die eines Verbrechens.

Ich bin mir durchaus bewußt, daß es nicht ganz einfach sein wird, mein heutiges Wissen zurückzuhalten und in der Erzählung nicht auf Dinge vorzugreifen, die ich damals noch nicht ahnen konnte. Dennoch möchte ich auf den folgenden Seiten versuchen, mich nur an die Tatsachen zu halten und die Geschehnisse so wiederzugeben, wie sie sich mir in der jeweiligen Situation darstellten. Ich werde mich bemühen, jedwede Schlußfolgerung zu unterlassen, die ich zwar aus heutiger Sicht ziehen kann, die ich in der damaligen Situation aber nicht zu ziehen in der Lage war. Um wirklich zu verstehen, was vor sechzig Jahren passiert ist, genügt es nicht, allein das wiederzugeben, was ich heute weiß. Es ist ebenfalls nötig, das zu erzählen, worin ich einst irreging. Denn nur so kann ich hoffen, daß meine traurige Geschichte – so sie denn jemals anderen zu Ohren kommt – mehr sein wird als blanker Nervenkitzel.

Doch nun genug der Vorrede und der Ausflüchte. Was ich zu erzählen habe, das soll erzählt werden – der Reihe nach und wahrheitsgemäß.

ERSTER TEIL

»Es war einmal eine Frau, die so gern ein winzig kleines Kind haben wollte, aber sie wußte gar nicht, woher sie es bekommen sollte. Da ging sie zu einer alten Hexe und sagte zu ihr: ›Ich möchte so herzlich gern ein kleines Kind haben. Kannst du mir nicht sagen, woher ich das bekommen kann?‹«

Hans Christian Andersen, *Däumelinchen*

1

Es war der Dienstag vor Ostern, ein ungemütlicher, feuchtkalter Frühlingstag im April. Seit den frühen Morgenstunden war ein feiner, aber steter Nieselregen herniedergegangen und hatte die Wiesen morastig und die sandigen Wege glitschig werden lassen. Der Himmel war düster und wolkenverhangen, und kurz nach Mittag hatte dichter Nebel eingesetzt, der nun wie Rauchschwaden über dem Boden hing und die Sicht zusätzlich behinderte. Die Wacholderheide lag wie ausgestorben da. Sämtliche Tiere hatten sich verkrochen, keine Biene summte, kein Falter flatterte, und selbst die Frösche am Weiher hatten ihr Quaken eingestellt. Kein Mensch war weit und breit zu sehen, keiner außer mir!

In gebückter Haltung und gestützt auf einen morschen Knüttel machte ich meine Runden um den kleinen Teich, der am Fuße einer hohen und langgestreckten Düne lag und vom Pfad aus nicht zu sehen war. Meine Filzmütze war mittlerweile vom Regen durchnäßt, und der ebenfalls klamme Umhang aus dichtem schwarzen Drillich hielt mich nicht länger davon ab, vor Kälte und Nässe zu zittern. Ich bückte mich und betrachtete mein Spiegelbild auf der Oberfläche des Wassers. Mein Gesicht war käsebleich, allein die Nase und die leicht abstehenden Ohren waren vor Kälte rot angelaufen.

»Wo bleibt sie nur?« murmelte ich und blickte zum

grauen Himmel, als könnte ich die dichten Wolken durchdringen und am Stand der Sonne erkennen, welche Tageszeit es mittlerweile war. Es war bereits eine gute Stunde über die verabredete Zeit, schätzte ich, und diese Unpünktlichkeit sah Lotte gar nicht ähnlich. Seit einigen Wochen trafen wir uns nun jeden Dienstag um die gleiche Zeit am »Seerosenteich«, unternahmen lange Spaziergänge über die Sandflure und durch die Weidendickichte rings um den Weiher, und noch nie war sie zu spät gekommen. Wenn ihr nur nichts zugestoßen war!

Besorgt verließ ich meinen bereits tief ausgetretenen Rundweg um den Teich und stapfte durch den weißen, rutschigen Dünensand, hielt mich an Wacholderheiden und Ginsterbüschen fest, um die Anhöhe der Düne zu erreichen, von der aus ich sowohl den Weg als auch den Teich im Auge zu behalten glaubte. Als ich jedoch den Hügel erklommen hatte, mußte ich ernüchtert feststellen, daß von meinem neuen Standpunkt aus weder der Pfad noch das Gewässer zu erblicken war. Nichts als Dunst und Nebel und Dunkelheit.

»Lotte! Lotte!« rief ich zaghaft und ängstlich, doch als Antwort rief mich lediglich ein Käuzchen an, das auf einem Kiefernzweig saß und auf Beute lauerte. Unverzagt lugte ich in die zunehmende Dunkelheit und wußte, daß ich nicht länger warten konnte. Wenn ich zum Melken der Kühe nicht zurück auf dem Bauernhof war, würden meine Eltern kaum Verständnis dafür aufbringen können. Was ich in den Nachmittagsstunden nach getaner Stall- oder Feldarbeit tat und mit wem ich mich in der Gegend herumtrieb, schien sie nicht weiter zu interessieren. Sie tauschten allenfalls vielsagende Blicke, als hätten sie einen bestimmten Verdacht. Aber nie fragten sie nach, wenn ich wortlos meinen Wanderstab ergriff und den Filzhut aufsetzte. Sollte ich jedoch meine Pflichten auf dem Hof vernachlässigen, so würde dies unweigerlich Ärger heraufbeschwören.

»Sie kommt nicht mehr«, murmelte ich und wischte mir die Nässe aus dem Gesicht. Ich schlotterte mittlerweile am ganzen Körper, mir war elend zumute, und eine Art Fieber hatte mich ergriffen. Ich spürte den Regen nicht mehr, auch die Kälte nicht. Und immer wieder murmelte ich: »Sie kommt nicht.«

Schweren Herzens machte ich mich schließlich auf den Heimweg, stiefelte mühsam durch die Heide in Richtung Ahlbeck und erkannte kaum den Boden zu meinen Füßen. Der Weg war lediglich ein Trampelpfad von wenigen Ellen Breite, hier und da von Erikagestrüpp und Heidekraut überwuchert und von Baumwurzeln der umstehenden Kiefern durchzogen, über die ich immer wieder stolperte. Es war inzwischen stockfinster, und es fiel mir schwer, mich zu orientieren. Ich dachte an die Zeit zurück, als Lotte und ich uns kennengelernt hatten. Zu Beginn des Jahres hatte ich meine Mutter mit dem Einspänner zu dem etwa eine Meile entfernten Nachbarort Oldendorf chauffiert. Sie hatte von der Frau des Amtmannes Boomkamp den Auftrag erhalten, für deren Tochter ein edles Abendkleid zu nähen. Vor ihrer Heirat und bevor es sie ins Münsterland verschlagen hatte, war meine Mutter eine talentierte Schneiderin aus dem Hannoverschen gewesen, und sie nahm auch heute von Zeit zu Zeit noch Aufträge an, um zusätzliches Geld in die Haushaltskasse zu bekommen. Während meine Mutter bei dem »Fräulein Lieselotte« – wie sie uns vorgestellt worden war – Maß nahm, starrte ich die Amtmannstochter wie ein Wesen aus einer fremden Welt an. Ihre Augen waren leuchtend blau, die Nase gerade und spitz, die Lippen voll, und ihre lockigen hellblonden Haare umrahmten ein etwas blasses, aber unbeschreiblich anmutiges Gesicht. Sie lächelte mir verschämt zu und bekam rote Wangen, während sie sich gleichzeitig mit meiner Mutter über die belanglosesten Dinge unterhielt. Die ganze Zeit sprach ich kein Wort und stierte sie nur an, so daß meine Mutter mich anschließend rügte und fragte, warum ich so unhöflich gewesen sei. Als das Abendkleid, ein leuchtendrotes, mit Spitzen besetztes Kleid aus Seide und Samt, nach drei Wochen fertiggestellt war, brachte ich es nach Oldendorf und hatte die Gelegenheit, das hübscheste und vornehmste aller Mädchen, die mir bis dahin begegnet waren, ein zweites Mal zu sehen. Diesmal empfing mich das Fräulein Lieselotte bereits mit dem verschämten Blick und den roten Wangen, und wir hatten die Gelegenheit, ein paar Worte miteinander zu wechseln. Sie bat mich, sie »Lotte« zu nennen, das sei viel hübscher, und im übrigen habe sie vor kurzem ein fürchterlich trauriges Buch gelesen, in dem die arme Heldin ebenfalls Lotte geheißen habe. Ich war so aufgeregt, und mein Herz schlug derart wild, daß ich lediglich zusammenhangslos daherstammeln konnte und ungelenk in der Gegend herumstand. Doch als ich mich wenig später anschickte, das Haus zu verlassen, und ihr die Hand reichte, schob sie mir einen Brief zu und lächelte ein reizendes und zugleich verschrecktes Lächeln, als wäre ihr selbst nicht geheuer, was sie gerade tat. Den Inhalt des ebenso zauberhaften wie kurzen Schreibens werde ich nie vergessen. Ich las es, kaum daß ich mich auf den Heimweg gemacht hatte, und mein Herz hüpfte vor Freude.

Kommst du morgen um drei zum Seerosenteich? Ich erwarte dich am Fuße der großen Düne. L.

Zwar wunderte ich mich, daß Lotte nicht einfach mit mir gesprochen hatte, schließlich waren wir zu dem Zeitpunkt allein im Zimmer gewesen, und niemand hätte uns belauschen können. Aber, so erklärte sie mir später, Briefe seien romantischer. Viel romantischer!

Aus dem einmaligen Treffen waren mittlerweile wöchentliche Stelldicheins geworden. Jeden Dienstagnachmittag trafen wir uns am Teich, gingen spazieren, redeten flüsternd miteinander und hielten uns an der Hand. Ort und Zeit waren mit Bedacht gewählt. Die Heide lag genau in der Mitte zwischen den beiden Dörfern Ahlbeck und Oldendorf, und Lottes Eltern wähnten ihre Tochter zu diesem Zeitpunkt in der nahegelegenen Stadt Altheim bei einer alten Dame zum Musikunterricht. Niemand außer uns beiden kannte unser süßes Geheimnis.

Ich fuhr aus meinen Gedanken auf, blickte mich um und stellte mit Schrecken fest, daß ich vom befestigten Pfad abgekommen war und mich mitten in der Heide befand. Ringsum nichts als Wacholdergebüsch, Heidegras und Sand. Ich hatte Zeitgefühl und Orientierung verloren und wußte nicht, wie lange ich gedankenversunken umhergeirrt war und in welche Himmelsrichtung ich meine Schritte nun lenken sollte. Kein Stern war zu sehen, der Nebel war undurchdringlicher denn je. Ich wollte bereits einen gotteslästerlichen Fluch gen Himmel schicken, als ich in einiger Entfernung ein Licht in der Heide sah. Ich näherte mich und erkannte ein Lagerfeuer. Ein Schäfer hatte es sich dort unter einem steinernen Unterstand gemütlich gemacht und röstete eine Kartoffel über dem Feuer. Er hatte einen breitkrempigen Lederhut tief ins Gesicht gezogen und war so mit sich und seiner Tätigkeit beschäftigt, daß er mich nicht wahrnahm. Sein schwarzer Schäferhund lag zu seinen Füßen, und die Schafe standen ringsum dicht aneinandergedrängt und regungslos im Nieselregen.

Plötzlich hörte ich gleich hinter mir Pferdegetrappel. Der Nebel und der weiche Heideboden hatten die Geräusche des herannahenden pechschwarzen Pferdes dermaßen gedämpft, daß ich es erst hörte, als es beinahe schon über mich hinweggaloppierte. Im letzten Moment konnte ich mich zu Boden werfen und auf die Seite, hinter einen Ginsterbusch, rollen. Der Reiter schien mich nicht gesehen zu haben, er ritt schnurstracks weiter und gab seinem Gaul die Sporen. Als er jedoch das Lagerfeuer erblickte, zog er heftig an den Zügeln und rief: »Hüüü!« Das Pferd schnaubte und blieb schlitternd auf dem glitschigen Untergrund stehen.

»He, du da!« rief der Reiter dem Schäfer zu, wartete einen Moment, bis dieser aufschaute, und stieg dann, da der Angesprochene nicht reagierte, von seinem Tier ab. Auf dem Kopf trug er einen Dreispitz mit einer riesigen Fasanenfeder, und seine Wangen zierte ein buschiger Backenbart. »Heda, Schäfer!« rief der Mann. »Wie komme ich von hier aus nach Ahlbeck? Ich scheine vom Weg abgekommen zu sein.«

Der Schäfer antwortete nicht auf die Frage, schaute nicht einmal auf. Er war gerade mit Fleiß dabei, eine geröstete Kartoffel zu pellen. Nur der Hund zu seinen Füßen sprang auf, gab jedoch – wie sein Herrchen – keinen Laut von sich.

»Bist du taub?« rief der Mann mit der Fasanenfeder. »Mach den Mund auf! Wie komme ich am schnellsten zum Ahlbecker Venn? Zum Bauern Schulze-Lanvermann?«

Der Schäfer hob seinen Kopf, und unter der Krempe seines Hutes kam ein langer schwarzer Bart und eine riesige und runzlige Knollennase zum Vorschein. Im Gesicht des Bärtigen war ein listiges Grinsen zu erkennen, als er sagte: »Setz dich hin. Willst du einen Erdapfel haben?«

»Was soll ich denn damit?« entgegnete der Reiter.

»Essen!« lautete die Antwort des Schäfers. »Was denn sonst?«

»Ich habe keinen Hunger, ich will zum Bauern Lanvermann! Zu eurem Dorfschulzen! Kannst du mir sagen, wie ich auf den Weg zurückfinde?«

»Was bist du denn gleich so kiebig?« Der Mann am Lagerfeuer war nicht aus der Ruhe zu bringen, tätschelte seinem Hund den Rücken und lächelte ein ebenso zahnloses wie lausbübisches Lächeln. Trotz der fehlenden Zähne schätzte ich den Mann auf höchstens fünfzig Jahre, vielleicht sogar jünger. Zwar war sein Gesicht wettergegerbt und die Haut welk, aber sein Blick war hellwach, und die Augen blitzten wie die eines jungen Mannes.

»Ich bin nicht kiebig, ich habe es nur sehr eilig!« rief der Mann mit dem Dreispitz, stieg wieder auf sein Pferd und hantierte ungeduldig mit den Zügeln, so daß das Tier nervös auf der Stelle trat und die Nüstern aufblähte.

»Du bist ein Oldendorfscher, was? Hurtig wie die Bienen und ebenso reizbar.« Abermals zeigte der Schäfer seinen entzahnten Kiefer und lachte herzhaft. »In Ahlbeck sind wir nicht so flink.« Er untermalte seine Worte, indem er die Silben endlos dehnte und anschließend gähnte.

Dem Mann auf dem Pferd wurde es nun zu bunt. Er richtete sich in seinem Sattel auf und posaunte: »Ich bin der Amtmann Boomkamp. Würdest du mir also bitte den Weg zur holländischen Grenze weisen?«

Bei diesen Worten fuhr es mir durch Mark und Bein. Ich zuckte zusammen und mußte mir auf die Lippe beißen, um keinen Mucks von mir zu geben. Lottes Vater! Auf dem Weg zum Bauern Schulze-Lanvermann! Es lief mir heiß und kalt über den Rücken.

»Was ist nun?« Majestätisch thronte er auf seinem Pferd und harrte stoisch einer Antwort. »Willst du dem Amtmann nicht antworten?«

»Was du nicht sagst«, antwortete der Schäfer, der ebenfalls zusammengezuckt war. »Der Amtmann Boomkamp!« Das schelmische Grinsen war mit einem Mal aus seinem Gesicht verschwunden, und statt dessen glaubte ich so etwas wie Vorsicht, wenn nicht gar Furcht darin lesen zu können. »Wenn Ihr wirklich der Amtmann seid«, sagte er schließlich zögerlich, »dann solltet Ihr den Weg zum Bauern Lanvermann eigentlich kennen.«

»Natürlich kenne ich den Weg«, wetterte Boomkamp, »aber ich habe dir doch gerade erklärt, daß ich vom Pfad abgekommen bin und mich verirrt habe. Ist das denn so schwer zu begreifen?«

»Schreckliches Wetter, nicht wahr?« erwiderte der Schäfer, als hätte er die Worte des Amtmannes tatsächlich nicht verstanden. »Da schickt man keinen Hund vor die Haustür. Und schon gar keinen Amtmann!«

»Das Wetter?!« unterbrach ihn der andere, der nun gänzlich die Geduld verlor und unruhig im Sattel hin und her rutschte. »Willst du mich auf den Arm nehmen, oder bist du so dumm, wie du tust?!«

»Warum denn gleich brüllen? In Ahlbeck sind wir

eben nicht so helle«, antwortete der Schäfer, betrachtete sein Gegenüber mißtrauisch aus den Augenwinkeln, senkte aber sofort wieder den Blick, als wäre es ihm unangenehm, dem Amtmann in die Augen zu schauen, und widmete sich dann erneut voller Inbrunst seiner Kartoffel. Auch der Hund legte sich wieder hin und schien den Mann mit dem Pferd nicht länger zu beachten.

Boomkamp spuckte gar nicht amtmännisch auf den Boden, gab seinem Rappen einen Tritt in die Seite und galoppierte verärgert davon. »Verdammtes Bauernpack«, hörte ich ihn noch keifen, als der Nebel ihn längst hatte unsichtbar werden lassen. »Das Moor soll euch schlucken! Ihr Ahlbecker werdet euch noch umschauen, das verspreche ich euch!«

Ich lag regungslos hinter meinem Ginsterbusch und versuchte, meiner Aufregung Herr zu werden. Mein Herz pochte wie wild, und der kalte Schweiß stand mir auf der Stirn. Ich bemühte mich, ruhig zu atmen und nachzudenken. Was hatte Boomkamp mit dem Ahlbecker Dorfschulzen zu schaffen? Warum galoppierte er deswegen bei Nacht und Nebel durch die Heide? Und plötzlich wußte ich, warum Lotte nicht wie verabredet am Teich erschienen war. Man hatte sie ertappt! Das war die einzig mögliche Erklärung. Womöglich war der Amtmann durch Zufall der Musiklehrerin begegnet und hatte von ihr erfahren, daß seine Tochter seit Wochen nicht mehr zum Unterricht erschienen war, oder man hatte Lotte auf dem Weg zur Heide gesehen. Sie haben sie ertappt, schoß es mir durch den Kopf. Daran konnte für mich kein Zweifel bestehen. Und jetzt war ihr Vater auf dem Weg nach Ahlbeck.

»Und du brauchst dich auch nicht länger zu verstekken!« rief der Schäfer plötzlich. »Kannst ruhig rauskommen!«

Wieder fuhr ich zusammen. Ich sah zu dem Mann am Lagerfeuer hinüber, der seine Haltung nicht geändert hatte. Doch obgleich er nicht zu mir herüber-, sondern unverwandt ins Feuer schaute, war offensichtlich, daß er mich mit seinen Worten gemeint hatte.

»Bist du bange?« fragte er und schaute auf. Sein Gesicht war nun wieder gänzlich ausdruckslos, weder grinste er, noch blickte er finster drein.

Ich rappelte mich auf, klopfte den Schmutz von meiner Kleidung und näherte mich zögernd dem Schäfer, der mit seinem Stecken in der Glut herumstocherte.

»Setz dich hin!« knurrte der Schäfer, wies auf einen Stein neben sich und hielt mir eine aufgespießte Röstkartoffel entgegen. »Willst du einen Erdapfel haben?«

»Danke«, antwortete ich, nahm die Kartoffel, pellte sie und biß gierig hinein. Ich bibberte am ganzen Körper und war froh, mich am Feuer wärmen zu können. Der schwarze Hund nahm kurz Witterung auf, schnupperte an meinen Hosen und interessierte sich dann nicht weiter für mich.

»So gehört sich das«, sagte der Mann, lächelte nun wieder und fügte hinzu: »Wer sind deine Eltern? Wie ist dein Name?«

»Jeremias Vogelsang«, stellte ich mich vor.

»Der Sohn vom Magisterbauern? Ich kenne deinen Vater«, erwiderte er und warf eine weitere Kartoffel in die Flammen. »Ich bin Kuckels Hermann.«

Wieder nickte ich und biß in meine Kartoffel. Sein Name war mir geläufig. Mein Vater hatte oft von dem »verrückten Kuckels Männsken« erzählt, das sich seit einigen Jahren mit seinen Schafen in der Gegend herumtrieb und dem allerhand merkwürdige und phantastische Geschichten angedichtet wurden. Es hieß, Hermann führe ein eremitenhaftes Leben in der Heide und im Moor, streiche einsam durch die Gegend und ziehe die Gesellschaft der Tiere der der Menschen vor. Nie sei er länger als einen Tag am selben Ort, und die Einsamkeit habe ihn zu einem seltsamen Kauz werden lassen. Im Winter verdinge er sich als Korbflechter oder ziehe von Hof zu Hof, um seine Dienste als Schlachter oder Abdecker anzubieten. Gesehen hatte ich dieses verschrobene Ahlbecker Original bislang jedoch noch nie. Ich hatte mitunter sogar angezweifelt, daß es diesen Mann überhaupt gab.

Kuckels Hermann saß stoisch im Schneidersitz da, blickte ins Feuer, brummte zufrieden und kraulte abwechselnd seinen langen pechschwarzen Bart und das struppige Fell seines wohlig knurrenden Hundes. Er fragte nicht, warum ich mich vor dem Reiter hinter dem Gebüsch versteckt hatte. Er wollte nicht wissen, warum ich mich im Dunkeln in der Heide herumtrieb. Es hatte beinahe den Anschein, als existierte ich für ihn gar nicht.

»Warum habt Ihr dem Amtmann den Weg nicht gewiesen?« stellte ich schließlich die Frage, die mir die ganze Zeit auf der Zunge gelegen hatte.

Anstatt zu antworten, sah er mich unverwandt an, zog plötzlich die Stirn kraus und fragte: »Du bist doch einer von den Deserteuren, nicht wahr? Bist vor der preußischen Landwehr getürmt!« Er kicherte und setzte kopfschüttelnd hinzu: »Ja, ja, ich habe davon gehört.«

Ich starrte ihn überrascht an, senkte dann den Blick und schwieg.

»Willst nicht darüber reden?« setzte er nach, kicherte und gab mir einen Klaps auf den Rücken. »Kann ich verstehen.«

Ich zuckte mit den Schultern und sagte: »Die Preußischen haben Lose gezogen, um ihre Freiwilligenverbände aufzufüllen. Und ich habe verloren. Als die Truppe letzten Monat ausrückte, da habe ich mich nicht blicken lassen – und etliche andere aus dem Dorf auch nicht!« Ich schnaufte ärgerlich und setzte hinzu: »Was ist das auch für eine Freiwilligkeit, zu der man per Losentscheid gezwungen wird!«

»Hast keine Lust auf den Krieg, was?«

»Soll ich etwa meine Eltern und den Hof im Stich lassen, nur um mit den Preußen gegen die Franzosen zu ziehen?« erwiderte ich aufgebracht und fügte murmelnd hinzu: »Wir haben wahrlich andere Probleme!«

»Hast ja recht, mein Junge«, erwiderte der Schäfer und lächelte nachsichtig. »Was schert uns der Krieg gegen Napoleon? Sollen die feinen Herrschaften doch selbst ihre Kriege führen. Man weiß ohnehin kaum, wer gerade das Zepter schwingt. Ein einziges herrschaftliches Kommen und Gehen.« Er wiegte den Kopf hin und her und setzte hinzu: »Da soll noch einer durchblicken.«

Den Worten des Schäfers konnte ich nur zustimmen. Im Münsterland hatten sich in den ersten Jahren des neuen Jahrhunderts die Herrscher die Klinke regelrecht in die Hand gegeben; die Revolutionen und Kriegswirren in Europa waren auch in unserem verschlafenen Bauernlande nicht ohne Folgen geblieben. Das einstige Fürstbistum Münster war im Jahre 1803 auf Drängen Napoleons säkularisiert worden und an weltliche Herrscher übergegangen. Das Sagen hatten fortan nicht mehr die Bischöfe gehabt, sondern die Fürsten zu Salm-Salm, diese waren zwar dem französischen Kaiser freundlich gesinnt gewesen, hatten allerdings nur wenige Jahre das fürstliche Zepter in der Hand halten dürfen. Im Jahre 1810 hatten die Franzosen dann kurzerhand das Münsterland annektiert und es ihrem großen und glorreichen Kaiserreich einverleibt. Sie hatten dem Landstrich ihre Verwaltung aufgepfropft und nach Gutdünken eigene Amtmänner eingesetzt. Ganze drei Jahre hatte dieses französische Zwischenspiel gedauert, bis Napoleon mit der Großen Armee den Feldzug gegen Rußland gewagt, diesen schmählich verloren und sich schließlich auf die westliche Seite des Rheins zurückgezogen hatte. Den abziehenden Franzosen waren die siegreichen Preußen auf dem Fuße gefolgt. Abermals hatten sich die Herrschaft und der Name des Regenten geändert, und allmählich waren die münsterländischen Bauern dazu übergegangen, das Hin und Her der Fürsten, Könige und Kaiser wie das wechselhafte Wetter zu betrachten. Man nahm es als gottgegeben hin und versuchte, das Beste aus der jeweiligen Situation zu machen.

»Die Herrschaft wechselt nach Belieben«, sagte ich und wischte mir den Mund ab, nachdem ich den Rest der Kartoffel verschlungen hatte. »Aber für uns Kötterbauern ändert sich nicht das geringste. Was kümmern uns Bischof Maximilian, Fürst Constantin, Kaiser Napoleon oder König Friedrich Wilhelm der soundsovielte? Der Grundherr und Landeigner bleibt doch immer der gleiche, und der heißt Schulze-Lanvermann.«

»Schulze-Lanvermann«, wiederholte der Schäfer und nickte. Das Lächeln verschwand aus seinem Gesicht, und seine Mundwinkel zuckten nervös. »Habe ich es doch gewußt!« stieß er hervor, und damit schien für ihn alles Wesentliche gesagt zu sein. Mit einem

Mal jedoch fuhr er auf, sah mich an, als erinnerte er sich an etwas, und sagte: »*Du* bist also der Vogelsang-Filius? Hast du gar keine Angst?«

»Angst?« antwortete ich und schaute ihn verständnislos an. »Wieso?«

»Ich an deiner Stelle hätte Angst«, erwiderte der Schäfer, nickte wissend und setzte mit merkwürdig traurigem Unterton hinzu: »Ich habe auch einen Sohn, ungefähr in deinem Alter.« Er lächelte plötzlich entrückt und fragte: »Wie alt bist du?«

»Beinahe neunzehn.«

»Siehst du, das habe ich mir gedacht.« Er rieb sich die Runkelnase und setzte hinzu: »Alwin wird im nächsten Monat zwanzig Jahre alt. Ich muß mir ein Geschenk für ihn überlegen, er freut sich immer so, wenn ich ihm etwas mitbringe. Auch wenn er gar nicht weiß, wer ich bin. Er kennt mich ja gar nicht, weil ich ihm nie unter die Augen trete. Das darf ich nicht.«

Ich stutzte und wartete auf weiteres, aber er konzentrierte sich wieder auf die Kartoffel im Feuer und murmelte: »Zwanzig Jahre, eine lange Zeit.« Dann blickte er auf, betrachtete mich nachdenklich und meinte: »Schulze-Lanvermann ist dein Grundherr. Als hätte ich es gewußt.« Er neigte bedächtig den Kopf und wiederholte flüsternd: »Habe ich es mir doch gedacht.«

Mein Vater hatte, wie ich mich jetzt erinnerte, einmal behauptet, Kuckels Hermann sei ein *Spökenkieker*, ein Geisterseher, und habe das zweite Gesicht. Mir allerdings erschien der Schäfer im Moment nur wie ein verwirrter und höchst eigentümlicher Sonderling, der unsinniges und dummes Zeug daherredete. Ich ließ mich durch seine wunderliche Art nicht irritieren und wiederholte meine Frage von vorhin: »Warum habt Ihr dem Amtmann Boomkamp nicht geantwortet?«

»Von Franzmännern, da halte ich nicht viel von«, antwortete er schließlich und spuckte ins Feuer, daß es zischte. »Und die oldendorfschen Franzmänner sind die schlimmsten von allen. Alles Verbrecher!«

»Seit wann ist Amtmann Boomkamp denn Franzose?«

»Der Welsche hat ihn doch erst zum Amtmann gemacht! Das ist gerade mal drei Jahre her. Und jetzt? Jetzt jagt er den Kaiserlichen hinterher, als hätte er nie was anderes getan. Verdammter preußischer Büttel!« Wieder spuckte er ins Feuer und setzte grummelnd hinzu: »Das ist ein Teufel, der Amtmann! Dem ist nicht zu trauen. Der ganzen Sippe nicht. Alles Teufel! Man muß sich überhaupt vor den Gendarmen in acht nehmen!«

»Was kann der Amtmann so spät noch vom Bauern Lanvermann wollen?« dachte ich laut. »Das ist doch seltsam, oder?«

»Er kommt euch holen!« rief er und funkelte mich an. »Das ist sein schlechtes Gewissen, das sage ich dir. Wie ein Fähnchen im Wind und immer zum eigenen Vorteil, mal französisch, dann preußisch, und darum kommt er euch jetzt holen.« Er beugte sich zu mir herüber und flüsterte mir ins Ohr: »Mit seinen Gendarmen.« Er nickte und schüttelte dann eifrig den Kopf. »Das tun sie immer! Dann jagen sie dich fort oder sperren dich ein!«

»Was meint Ihr damit?«

Statt einer Antwort zog er sich den Lederhut über die Augen, senkte den Kopf, stocherte wieder mit dem Stecken in der Glut des niedergebrannten Feuers und deutete mit einer Kopfbewegung nach links. »Der Weg nach Ahlbeck, der ist gleich da vorne.« Mit einem irren Lächeln im Gesicht fügte er hinzu: »Nicht mal einen

Steinwurf von hier entfernt! Kannst du gar nicht verfehlen.«

Ich stand schwerfällig auf, wußte nicht, was ich von all dem halten sollte, und sagte: »Danke für die Kartoffel. Ich muß jetzt nach Hause. Die Eltern machen sich gewiß schon Sorgen.«

»Aber paß gut auf!« rief er mir nach. »Es treibt sich allerlei fremdes Gesindel in der Gegend herum. Sei auf der Hut!«

»Was denn für Gesindel?« erwiderte ich und wandte mich um.

Er schüttelte nur langsam den Kopf, spuckte in die glühenden Holzscheite und schien mich im gleichen Augenblick bereits vergessen zu haben. Er holte eine völlig verkokelte Kartoffel aus der Glut und fluchte zischelnd: »Schiete! Das kommt davon!«

2

Unser Bauernhof verfügte über ein paar Morgen Weideland und einige Äcker und bestand nur aus einem kleinen und altersschwachen Häuschen, dessen Spitzdach mit einfachen Holzschindeln gedeckt war und dessen Wände aus gehärtetem Lehm gefertigt waren. Im hinteren Teil des Hauses befand sich die Wohnstube, welche zugleich als Küche, Waschkammer, Wohnraum und Schlafzimmer für die Eltern diente. Zwei kleinere und nicht beheizbare Kammern wurden von uns Kindern als Schlafräume genutzt. Da sich unter dem Dach der Getreidespeicher befand und hier viel Platz nötig war, um Heu und Stroh zu lagern, waren die darunter liegenden Kammern sehr niedrig. Der vordere Teil des Kottens wurde von der Tenne beherrscht, einer großen Diele aus gestampftem Lehmboden, auf dem im Sommer das Getreide gedroschen wurde. An der Längsseite der Tenne befanden sich die Stalltrakte, in denen im Winter die Rinder untergebracht waren. Auch das Pferd hatte hier seinen Holzverschlag. Allein die Schweine hatten einen eigenen Stall auf dem Hof, direkt neben einem kleinen Schuppen für die Werkzeuge und Arbeitsgeräte. Unser Kotten sah aus wie die meisten Höfe der Ahlbecker Pachtbauern: viel zu klein und gänzlich schmucklos. Die Beengtheit – vor allem in der Wohnstube – führte zu einem heillosen Durcheinander. Die Wände der Stube waren rußgeschwärzt, und da es damals noch keine Schornsteine gab, mußte auch bei bitterer Kälte das Fenster geöffnet werden, um den Rauch abziehen zu lassen. Wie oft hatte ich die klamme Kälte, die durchdringende Feuchtigkeit und die betäubende Räucherluft in den Kammern verwünscht, wie oft hatte ich davon geträumt, in einem herrschaftlichen Haus oder doch wenigstens auf einem größeren Bauernhof zu leben! Doch so armselig und winzig der Kotten auch war, ich vermag kaum zu beschreiben, wie mein Herz vor Freude hüpfte, als ich an jenem Abend auf meinem Weg aus der Heide endlich am elterlichen Haus anlangte. Der windschiefe Lehmbau erschien mir in diesem Moment wie ein königlicher Palast. Ich wußte nicht genau, wie lange ich in der Dunkelheit herumgeirrt war und wie ich überhaupt zum Kotten zurückgefunden hatte. Mein Kopf dröhnte und schien platzen zu wollen.

Mein Vater wartete bereits vor dem Tor zur Tenne auf mich und versperrte mir den Weg. »Wo kommst du denn jetzt her?« rief er und packte mich am Schlafittchen. »Verdammtes Blag, weißt du nicht, wie spät es ist?!«

Er war ein großer und stämmiger Mann von knapp sechzig Jahren mit krausem und nur an den Schläfen ergrautem Haar und buschigen Augenbrauen, unter denen mich seine dunkelbraunen Augen böse fixierten.

Ich stand mit gesenktem Kopf vor ihm auf dem Hof, und die Tränen liefen mir über die Wangen, ohne daß ich recht wußte, wieso.

»Hör auf zu flennen!« schrie er nur noch lauter. »Das kann dir auch nicht helfen! Godverdori!«

Daß mein Vater gotteslästerlich fluchte, hätte mich warnen müssen, doch die Ohrfeige, die seinem Wutausbruch folgte, kam so unerwartet und war eine so saftige, daß sie mich von den Beinen riß und zu Boden schickte.

»Aber Heinrich«, hörte ich die Stimme meiner Mutter, die nun ebenfalls im Tor erschien. »Bist du denn verrückt? Schlägst ihn ja tot!«

»Rede keinen Unsinn, Frau!« antwortete mein Vater, schüttelte den Kopf und zog eine Grimasse. »Der Bursche soll sich nicht so anstellen. Nichtsnutziger Lausebengel!« Er packte mich am Kragen und hob mich in die Höhe, als wäre ich aus Papier. »Das Vieh kann verhungern und im eigenen Mist versinken«, sagte er und hielt sein Gesicht direkt vor meines. »Hauptsache, der Herr Sohnemann hat seinen Spaß, was?!«

»Entschuldige, Vater«, erwiderte ich leise und flehentlich. »Ich habe mich ... im Nebel verlaufen ... Ich war ... Ich bin ...« Verwirrt hielt ich inne, wußte nicht mehr, was ich sagen wollte, und sah meine Eltern ratlos an. »Es tut mir leid.«

Meine Knie schlotterten, und auch das Zittern meines Unterkiefers hatte ich nicht mehr unter Kontrolle. Meine Nase lief und war eiskalt, und meine Augen brannten wie Feuer. Mir war hundeelend, vor Scham und vor Kälte.

»O Gott, Junge! Was ist mit dir?« sagte meine Mutter, nahm mich in die Arme und führte mich über die Tenne. Der Stallgeruch und die dampfende Wärme der Tiere schlugen mir wohltuend entgegen, ich atmete tief ein, und im gleichen Moment lief mir ein Schauer über den Rücken.

»Du wirst mir doch hoffentlich nicht krank?!« rief meine Mutter besorgt. »Hast ganz glasige Augen. Laß mal deine Stirn fühlen. Ist ja ganz heiß. Kein Wunder, bist ja klitschnaß! Was machst du aber auch für Sachen? Rennst den ganzen Tag im Regen herum, als wärst du nicht ganz richtig im Kopf. Was ist bloß in dich gefahren, Jeremias?«

»Völlig verweichlicht, der Bursche«, lautete der Kommentar meines Vaters. Er knallte das Tennentor zu und schüttelte erneut den Kopf. »Rotzlöffel!« Erst jetzt bemerkte ich den beinahe erleichterten Unterton in seiner Stimme. Es schien, als wäre er nicht so sehr aus Ärger als vielmehr aus Sorge so böse mit mir. Noch nie war ich ohne Ankündigung so lange und bis weit nach Sonnenuntergang ausgeblieben, und daß ich meine Pflichten auf dem Hof vergaß, sah mir ebenfalls nicht ähnlich. Vermutlich hatten meine Eltern sich ernsthafte Sorgen gemacht, und dies war auch der Grund gewesen, warum mein Vater vor der Tennentür auf mich gewartet hatte.

»Du gehst sofort ins Bett«, befahl meine Mutter mit einem bedeutungsvollen Seitenblick zu ihrem Mann und schob mich in meine Kammer, die direkt neben der Wohnstube lag. »Ab unter die Decke! Ich komme gleich und bringe dir was Warmes. Dann geht es dir morgen schon wieder besser!«

Meine beiden kleinen Schwestern standen in der Tür zur Nachbarkammer und verfolgten die Szene mit einer Mischung aus Neugier und Schadenfreude. Als unsere Blicke sich trafen, kreischte Mechtild, die jüngere der beiden, laut auf und lief aufs Zimmer. Maria, die ältere, sah mich stirnrunzelnd und mitfühlend an, sie schien etwas sagen zu wollen, schwieg dann aber und folgte dem Beispiel ihrer Schwester.

»Und daß mir das nicht noch mal vorkommt«, rief mein Vater mir nach, nun schon merklich ruhiger. »Dann setzt es noch eine Tracht Prügel!«

»Ja, Vater«, sagte ich und verschwand in meiner Kammer. Nebenan hörte ich die Mädchen kichern und flüstern und erneut kichern. Doch ich nahm kaum noch etwas wahr oder nur wie durch Watte. Ich entzündete die Nachtkerze und warf mich heulend aufs Bett.

Als meine Mutter wenig später mit Milchsuppe und Pfefferminztee ins Zimmer trat, hatte ich die nassen Sachen ausgezogen, mich bibbernd unter die Wolldecke gelegt und meine Tränen getrocknet. Sonst war ich keine solche Heulsuse, aber im Moment war mir schlicht nach Weinen zumute. Auch als meine Mutter sich auf die Bettkante setzte und mir die Tasse mit dem Tee reichte, hatte ich Mühe, meine Tränen zurückzuhalten.

»Es ist dieses Mädchen, nicht wahr?« meinte sie.

Ich stierte sie sekundenlang an, wußte nicht, was ich sagen sollte, und nickte schließlich. »Woher weißt du?«

Sie lachte bitter und erwiderte: »Ich bin ja auch nicht ganz auf den Kopf gefallen.« Sie tätschelte meine Wange, gab mir einen Kuß auf die Stirn, schaute mich sorgenvoll an und fragte: »Seit wann geht das schon mit euch?«

»Seit ein paar Wochen«, antwortete ich. »Aber wir haben nichts getan, dessen wir uns schämen müßten!«

»Und warum habt ihr es dann heimlich getan? Du bist achtzehn Jahre alt. Glaubst du, wir würden dir verbieten, dich mit Mädchen zu treffen? Du bist alt genug, um selbst zu wissen, was du tust. Viele Jungs in deinem Alter sind längst verheiratet und haben Kinder.«

»Lotte ist nicht wie die anderen Mädchen«, sagte ich und hielt die Hand meiner Mutter. »Nicht so ein albernes Kicherweib wie die Ahlbecker Trinen. Sie liest Romane und schreibt Gedichte. Wir sind am See spazierengegangen und haben geredet und uns aus Büchern vorgelesen.«

»Und ihr arrangiert heimliche Treffen in der Wildnis, als wärt ihr selbst aus einem Buch entfleucht«, erwiderte sie, tätschelte meine Hand und ließ sie dann los. »Das wirkliche Leben ist nun mal nicht so romantisch, wie es in den Büchern zu lesen ist. Händchenhalten ist gewiß eine schöne Sache, aber sie macht nicht satt.«

Wieder konnte ich sie nur verwundert anstarren. Schließlich brachen die Tränen wieder hervor, und ich rief: »Es ist nun ohnehin alles vorbei!«

Meine Mutter streichelte meine Hände, preßte die Lippen aufeinander und sagte schließlich: »Wer weiß, vielleicht ist es besser so.«

»Nur weil sie eine Oldendorfsche ist?« ereiferte ich mich, fuhr im Bett hoch und verschüttete dabei den Tee.

Meine Mutter sprang auf, da ich ihr einen Teil der

Flüssigkeit über den Kittel geschüttet hatte. »Ach was, Jeremias, deswegen doch nicht«, sagte sie kopfschüttelnd, während sie sich gleichzeitig die Flecken mit einem Tuch abwischte. »Sie ist eine Boomkamp«, erklärte sie mit ernster Miene und ging zur Tür. »Vergiß das nicht! Sie ist die Tochter des Amtmannes, und du weißt genau, was das heißt!«

Ich nickte und legte mich wieder hin. Ich wußte es nur zu gut. Boomkamp war in seiner Eigenschaft als Amtmann zugleich Hauptmann einer Landsturmkompanie. Anders als die im Felde kämpfende Landwehr blieben die Landsturmmänner in der Heimat und dienten dort als Hilfsgendarmen. Eine ihrer Aufgaben bestand darin, die Fahnenflüchtigen dingfest zu machen. So kam es, daß der einst von den Franzosen eingesetzte Amtmann nun dafür zuständig war, die Deserteure ins Gefängnis oder in den Krieg gegen Napoleon zu schicken. Das alles war mir durchaus bekannt, aber ich wollte es nicht wahrhaben.

»Der Krieg wird bald vorbei sein«, beharrte ich deshalb, »und dann wird niemand mehr von Fahnenflucht reden!«

Diese Worte entstammten nicht nur reinem Wunschdenken, sondern beruhten auf dem, was allerorts zu hören war. Die preußischen Truppen waren längst in Frankreich eingefallen und hatten, wie es hieß, vor wenigen Tagen die Stadt Paris zur Kapitulation gezwungen. Die Niederlage Napoleons war so gut wie besiegelt, und die Abdankung des Kaisers wurde sozusagen stündlich erwartet. Schon in Kürze würden die Landwehrtruppen nach Hause geschickt werden, und der Krieg in Europa würde beendet sein.

»Wenn die Franzosen erst einmal geschlagen sind«,

sagte ich mit Nachdruck, »dann wird kein Hahn mehr nach uns Deserteuren krähen.«

»Ein Grund mehr, nicht in der Gegend herumzustreunen, sondern dich versteckt zu halten, bis der Krieg beendet ist«, entgegnete meine Mutter und trat erneut ans Bett. »Oder hast du Lust, im Gefängnis zu enden?«

Ich schüttelte den Kopf und sagte kleinlaut: »Natürlich nicht.«

»Hast du deiner Lotte erzählt, daß ihr Vater nach dir fahndet?« setzte sie hinzu. »Weiß sie, daß du ein Deserteur bist?«

Ich senkte den Blick und schwieg betreten. Nein, das hatte ich nicht erzählt. Es hatte sich nicht ergeben, ich hatte mich nicht getraut. Außerdem hatten wir über Poesie geredet, nicht über Politik. Ich schüttelte erneut den Kopf.

»Siehst du«, meinte meine Mutter, »und selbst wenn sie es wüßte und dich deswegen nicht geringschätzen würde, ihr Vater sähe das sicherlich ganz anders. Er wird niemals einwilligen und dich als Freier akzeptieren. Du bist ein einfacher Köttersohn, und sie ist eine Tochter aus gutem Hause. Eine Verbindung wird er niemals zulassen. Schlag dir das Mädchen lieber aus dem Kopf! Es ist besser so, glaube mir! Solche Leute sind nichts für unsereins. Da gehören wir nicht hin. Kannst du dir deine Lotte als gewöhnliche Bäuerin vorstellen? Und kann *sie* sich das vorstellen? Weiß sie, was es heißt, von morgens bis abends zu arbeiten, tagaus, tagein in schmutzigen Kitteln und Holzpantinen an den Füßen herumzulaufen und nachts in klammen Betten zu schlafen?«

»Aber wir haben uns doch lieb«, versuchte ich einzuwenden.

»Das ist schön, mein Junge, das ist sogar sehr schön. Aber es ist leider nicht entscheidend!«

Ich starrte sie ungläubig an und sagte: »Aber du hast Vater doch auch aus Liebe geheiratet.«

»Ich war eine stellungslose Näherin ohne Heimat«, erwiderte sie und seufzte schwermütig. »Wenn ich deinen Vater nicht geheiratet hätte, wäre ich wahrscheinlich als niedere Gesindefrau auf einem großen Hof gelandet. Ich habe Heinrich *mit* Liebe geheiratet, aber nicht *aus* Liebe.« Sie lächelte müde und blickte versonnen zur Wand. »Ich bin deinem Vater zutiefst dankbar.«

Dankbar? wunderte ich mich und sah sie überrascht an. Mein Vater war ein ungehobelter westfälischer Bauer gewesen, zwar der Sohn des Magisters, aber eher ein sittenstrenger und gläubiger als ein gebildeter Mann und nicht eben das, was man gemeinhin einen hübschen Kerl nennt. Meine Mutter hingegen war als junge Frau eine wirkliche Schönheit gewesen, mit auffallend dunklem Teint und rehbraunen Augen. Zwar waren die ehemals glänzendschwarzen Haare inzwischen ergraut und die Wangen ein wenig eingefallen, aber auch jetzt noch war Mutter eine schöne Frau, und die Männer in Ahlbeck ließen es ihr gegenüber nicht an Bewunderung fehlen. Warum redete sie also von Dankbarkeit? Nur weil sie eine Zugereiste war? Und keine begüterte Bauerntochter?

Sie kniff erneut die Lippen zusammen, deutete auf die Suppe auf dem Nachttisch und sagte: »Iß jetzt!« Und dann ging sie hinaus.

»Was ist mit Jeremias?« hörte ich auf der Tenne die Stimme meiner Schwester Maria. »Ist er krank?«

»Ja, Maria«, antwortete meine Mutter, »das auch.«

Ich lag auf dem Bett, löffelte zaghaft meine Suppe,

starrte ins Nichts und hörte dem Trippeln der Mäuse zu, die sich auf dem Dachboden am Getreide gütlich taten. Ich schloß die Augen und sah Lottes Gesicht vor mir, ihre blonden Locken, ihren verschämten Blick, ihre roten Wangen, und ich hörte sie erzählen – von romantischen Geschichten, von edlen Rittern und hübschen Jungfern, von aufregenden Abenteuern und immerwährender Liebe. Allmählich glitt ich hinüber ins schwerelose Land der Träume ...

Ein lautes Klopfen und aufgeregtes Schreien an der Tür ließen mich mit einem Mal aufschrecken und zusammenfahren. Bevor ich mich recht gefaßt hatte und wußte, wo ich mich befand, wurde die Tür aufgerissen, und der Amtmann stürzte in die Kammer. Er schäumte vor Wut, fiel über mich her und packte mich an der Gurgel, daß ich nur mehr röcheln konnte.

»Verdammter Lump!« schrie er mich an. »Was fällt dir ein, Schande über meine Tochter zu bringen?! Das wirst du mir büßen! Jetzt geht es dir an den Kragen!«

Ich versuchte, mich aus seiner Umklammerung zu befreien, doch es war zwecklos. Ich wollte schreien, aber kein Ton kam mir über die Lippen. Immer fester drückte er zu; ich rang nach Luft, wirbelte hilflos mit meinen Armen umher und konnte mich doch nicht aus dem Würgegriff winden. Das einzige, was ich mit den Händen zu fassen bekam, war die brennende Kerze auf dem Nachttisch. Sie fiel um und landete auf dem Boden. Es wurde dunkel.

Und dann wachte ich auf.

Mein Herz raste, ich saß senkrecht und naßgeschwitzt im Bett und starrte zum Nachttisch, auf dem die Kerze immer noch brannte. Auch die leere Suppenschüssel stand noch da. Ich hatte allerhöchstens ein paar Minuten geschlafen. Angestrengt horchte ich nach draußen und wußte plötzlich, was der Grund für meinen gräßlichen Alptraum gewesen war. Ein Poltern war zu vernehmen. Es hörte sich an, als würde von außen an das Tennentor gehämmert. Ich stand auf und ging mit wackligen Knien zur Tür, und wahrhaftig – ein zweites Mal war das Klopfen laut und deutlich zu vernehmen. Ein Mann rief den Namen meines Vaters, und das Vieh auf der Tenne wurde unruhig. Ich hörte Schritte in der Diele, sie entfernten sich, eine Tür knarrte, dann Stille. Und schließlich kamen die Schritte zurück, zwei Männerstimmen waren zu erkennen, ohne daß ich hören konnte, worüber sich die Männer im einzelnen unterhielten. Die eine Stimme redete ruhig und schnell, die andere antwortete brummig und mißgestimmt. Ein Besucher zu so später Stunde? Träumte ich etwa immer noch? Begann der Alptraum wieder von vorne?

Die Tür zur Wohnstube öffnete und schloß sich, und die Stimmen verstummten. Es war mit einem Mal so still im Haus, als wäre ich die einzige lebende Seele darin. Verwundert hielt ich inne, lauschte noch einen Moment und versank dann in düstere Gedanken. Meine Zukunft erschien mir wie ein tiefer schwarzer Abgrund, und nichts konnte mich davor retten hineinzustürzen.

Ein Klopfen an der Zimmertür ließ mich zusammenfahren.

»Ja?« rief ich verschreckt und schlüpfte zurück ins Bett.

Meine Mutter lugte zur Tür herein und sagte: »Ich habe Licht in der Kammer gesehen. Warum schläfst du noch nicht? Hat die Suppe nicht gutgetan? Willst du noch Tee?«

»Doch, nein, schon gut«, antwortete ich und beeilte mich hinzuzufügen: »Mir geht es schon viel besser.‹

»Das ist brav, mein Junge. Und jetzt schlaf schön.« Sie lächelte und wollte sich zurückziehen.

»Mutter?« rief ich ihr nach. »Haben wir Besuch?«

Sie verharrte auf der Schwelle, nickte und sagte: »Es ist Hubertus Wessendorf. Der Knecht vom Bauern Lanvermann.«

Ich erschrak und fragte alarmiert: »Was will er?«

»Ich weiß es nicht. Er sitzt mit deinem Vater in der Stube.«

»Kommen sie mich holen?« flüsterte ich atemlos. »Werde ich verhaftet?«

»Rede keinen Unsinn, Jeremias. Hier kommt dich niemand holen. Und Hubertus schon gar nicht. Leg dich schlafen, du brauchst deine Ruhe. Gute Nacht.« Sie lächelte nachsichtig und schloß die Tür.

Sie führen irgend etwas im Schilde, dachte ich beunruhigt, löschte das Licht und fiel in einen unruhigen und wenig tröstlichen Schlaf.

3

Ich erwachte zur üblichen Zeit, um halb sechs, und fühlte mich wie ausgewrungen. Draußen dämmerte es bereits, und die Vögel zwitscherten, als freuten sie sich auf den kommenden Tag. Es war der Krumme Mittwoch, und zum ersten Mal glaubte ich zu wissen, woher dieser Tag seinen seltsamen Namen hatte. Mühsam rappelte ich mich auf, rieb mir den Schlaf aus den Augen und schlurfte gähnend zur Kammer hinaus. Als ich die Stube betrat, wunderte ich mich, daß meine Mutter bereits bei der Arbeit war. Sie hatte die Schürze vorgebunden, trug ihre Haube auf dem Kopf, hatte den Küchenherd mit Stroh und Holz gefüllt und legte gerade einige Brocken schwarzen Torfs, den sogenannten *Klün*, auf das Feuer. Schwarze Rauchwolken hingen in der Stube und ließen mich husten.

»Morgen, Junge«, meinte meine Mutter, als sie mich erblickte. »Geht es wieder?«

Ich zuckte mit den Schultern, schaute in den Alkoven hinter dem Ofen, bemerkte die gemachten Betten und sah sie fragend an. »Seit wann seid ihr wach?«

»Gib mir mal das Eisen«, sagte sie statt einer Antwort und deutete in die Ecke des Raums, in der ein schwarz angelaufenes Kanteisen auf dem Boden lag.

»Hat das Kalb wieder Durchfall?« fragte ich und reichte ihr das Gewünschte.

Sie nickte und steckte das Eisen in den Ofen. Dann nahm sie einen halb mit Wasser gefüllten Topf und stellte ihn auf die Herdplatte.

»Wo ist Vater?« wollte ich wissen.

»Beim Melken.«

»Schon?« erwiderte ich und stutzte. »Warum so früh? Weshalb habt ihr mich nicht geweckt?«

Bevor meine Mutter antworten konnte, trat mein Vater in die Stube, in der Hand einen kleinen Eimer voll Frischmilch, den er meiner Mutter nun gab. »Für das Kalb«, erklärte er. »Der Rest ist schon draußen im Pütt. Kommst du heute noch zum Buttern?«

»Wenn der Rahm soweit ist«, antwortete meine Mutter, nahm den Eimer und schüttete einen Teil der Milch in den Wassertopf und verrührte das Ganze mit einem Holzlöffel. Anschließend prüfte sie, ob das Eisen im Ofen bereits glühte.

»Guten Morgen, Jeremias«, sagte mein Vater schmunzelnd. »Na, du Poussierstengel, gut geschlafen? Schön geträumt?«

»Heinrich!« mischte sich meine Mutter tadelnd ein. »Schandmaul!«

Mein Vater lächelte nur als Antwort und schwieg.

Ich beschloß, seine anzügliche Andeutung zu überhören, wunderte mich über das geschäftige Treiben und fragte: »Warum seid ihr heute so früh auf den Beinen? Was ist hier eigentlich los?«

»Dein Vater muß zu Lanvermanns«, antwortete meine Mutter, holte das glühende Eisen aus dem Feuer und hielt es in die mit Wasser verdünnte Milch, bis diese angebrannt roch. Dann nahm sie den Topf vom Herd und ging mit ihm zur Tenne. »Ich kümmere mich um das Kalb«, sagte sie. »Wenn es die Milch getrunken hat, sollte sich das mit dem Durchfall erledigt haben.«

»Warum mußt du zum Schulzen?« fragte ich und sah meinen Vater irritiert an. »Was will er von dir?«

»Johann will die Kartoffeln stecken.«

»In der Karwoche?« wunderte ich mich. »Ich dachte, er will erst nach Ostern damit anfangen. Zusammen mit den Runkeln. Warum die plötzliche Eile?«

»Ich weiß es auch nicht. Er scheint es sich anders überlegt zu haben.« Er setzte sich an den Tisch, schüttete einen Löffel Kaffee in eine Tasse und meinte: »Willst du auch? Ist echter Bohnenkaffee.«

Ich nickte, reichte ihm eine Tasse und bot an: »Soll ich mitkommen?«

»Davon hat Hubertus nichts gesagt, er hat nur mich aufs Feld bestellt. Bleib du ruhig hier, irgend jemand muß sich ja um den Kotten kümmern. Es ist ohnehin besser, wenn du dich nicht in der Öffentlichkeit zeigst.«

»Warum läßt du dir das gefallen?« erwiderte ich und goß uns heißes Wasser aus dem Kessel in die Tassen.

»Was soll ich tun? Er ist der Grundherr und kann machen, was er für richtig hält.« Er schnaufte abfällig und fügte hinzu: »Und wir Kötter müssen springen! Ob wir wollen oder nicht. Als Heuerlinge können wir uns nicht aussuchen, wann und wie wir für den Großbauern arbeiten wollen.«

»Als hätten wir vor Ostern nichts Besseres zu tun«, sagte meine Mutter, die in diesem Augenblick wieder die Küche betrat. »Karwoche ist Reinemachezeit, das war schon immer so. Das sollte selbst Johann Lanvermann wissen, aber er schert sich einen Dreck darum und führt ständig neue Sitten ein. Ganz wie es ihm in den Kram paßt.« Auch sie setzte sich an den Tisch, goß sich Kaffee ein und schmierte ein paar Schmalzbrote, die sie uns reichte. »Lanvermann sollte sich was schämen!« lautete ihr unmißverständlicher Kommentar. »Wir wären alle besser dran, wenn sein Bruder noch da wäre.«

»Laß das Lamentieren, Frau!« entgegnete mein Vater. »Wir sollten froh sein, daß der Mörder über alle Berge ist.« Er bekreuzigte sich und steckte sich einige Schmalzbrote in die Tasche. »Die arme Frau! Gott habe sie selig.«

»Mag ja sein«, erwiderte Mutter und machte ebenfalls ein Kreuzzeichen auf ihrer Brust. »Ich habe nicht vergessen, was er der armen Irmgard angetan hat. Aber als Bernhard noch Grundherr war, ging es uns sehr viel besser. Er hat wenigstens gewußt, wie ein so großer Bauernhof geführt werden muß und wie man mit seinen Leuten umzuspringen hat. Er war ein grober Klotz, das mag schon sein, aber ein patenter Kerl! Er hat auch selbst mit angepackt und war sich nicht zu schade, die Forke in die Hand zu nehmen und bis zu den Knien im Mist zu stehen. Johann ist dafür viel zu vornehm und spielt lieber den feinen Pinkel. Der macht sich die Hände nicht schmutzig, gibt statt dessen Befehle und stolziert wie ein Pfau herum. Der alte Lanvermann würde sich im Grabe herumdrehen, wenn er wüßte, was sich auf dem Hof abspielt.«

»Was nützt das Jammern?« meinte mein Vater. »Davon wird es nicht besser. Der Alte ist tot, der Bruder verschwunden, und der jetzige Schulze wird sich gewiß nicht mehr ändern.«

»Was Johann Lanvermann auf und mit dem Bauernhof treibt, ist eine Schande«, beharrte meine Mutter. Sie schüttelte energisch den Kopf und wiederholte: »Er sollte sich was schämen! In den letzten Jahren ist der Hof vollends auf den Hund gekommen. Ein einziges Sodom und Gomorrha!«

»Ich muß los«, sagte mein Vater achselzuckend, stand auf, nahm seinen Hut und wandte sich an mich: »Kümmerst du dich um das Vieh? Und bringst die Tenne auf Vordermann? Ich nehme das Pferd und versuche, zum Melken heute abend wieder da zu sein.«

Ich nickte nur und starrte auf die Tasse in meiner Hand. Ich hatte das Gespräch meiner Eltern nur halbherzig verfolgt und hing meinen eigenen Gedanken nach. Ich versuchte, mir einen Reim auf die Ereignisse der letzten beiden Tage zu machen. Erst reitet der Amtmann bei Regen und Dunkelheit im Galopp zum Dorfschulzen, dachte ich, und wenig später taucht der Knecht des Schulzen bei uns auf und kommandiert meinen Vater für den folgenden Tag zu Heuerlingsdiensten auf den Schulzenhof. »Er kommt euch holen«, gingen mir die Worte des Schäfers durch den Kopf. »Das tun sie immer!«

Als meine Schwestern lärmend über die Dielen polterten und türenschlagend die Stube betraten, fuhr ich wie aus einem Traum auf und bemerkte, daß Vater das Haus bereits verlassen hatte.

»Morgen, Jeremias«, rief die kleine Mechtild erfreut und setzte sich mir gegenüber an den Tisch. »Bist du wieder gesund?«

»Ich war gar nicht krank«, antwortete ich. »Nicht wirklich.«

»Das verstehe ich nicht«, meinte Mechtild.

»Dafür bist du noch zu klein«, erwiderte ihre Schwester. Maria nahm neben mir Platz, lächelte mich schüchtern an und nickte stumm. Sie war nicht nur namentlich das genaue Abbild unserer Mutter. Ihr Haar war rabenschwarz und der Teint dunkel, und vermutlich würde aus ihr eine ebenso schöne Frau werden. Mechtild hingegen glich eher unserem Vater und hatte von ihm die buschigen Augenbrauen geerbt.

»Still jetzt, alle beide!« befahl unsere Mutter, faltete die Hände und sprach das Tischgebet: »Aller Augen warten auf dich, o Herr; du gibst uns Speise zur rechten Zeit. Du öffnest deine milde Hand und erfüllest alles, was da lebt, mit Segen.«

»Amen«, antworteten wir.

Während die Mädchen sich über die Schwarzbrote, die warme Milch und den Zichorienkaffee hermachten und sich dabei unentwegt zankten und von Mutter zurechtgewiesen wurden, schlich ich mich aus der Stube, zog meine Holzschuhe über und gab den Tieren zu fressen. Außer den Kühen und Kälbern auf der Tenne warteten auch die Schweine im Stall und die Hühner auf dem Hof auf das Futter. Ich verrichtete die Arbeit wie im Dämmerzustand, als wäre ich immer noch nicht wach, als wäre das Fieber in meinem Kopf noch nicht ganz vorüber.

Draußen war von dem Regen und dem Nebel des gestrigen Tages nichts mehr übriggeblieben. Ein leichter Morgendunst hing noch über dem Boden, aber am Horizont ragte bereits die Spitze des Ahlbekker Kirchturms aus dem Dunst hervor. Und die ersten Sonnenstrahlen lugten im Osten über die Wipfel des Buchenwaldes. Auch die Vögel trällerten vor Freude. Aprilwetter!

Während ich den Kuhstall ausmistete, die Tiere mit frischem Heu versorgte und den Boden fegte, horchte ich immer wieder auf Geräusche und Stimmen von draußen und fuhr zusammen, wenn eines der Rinder sich muckte oder unruhig mit den Hufen scharrte. Vor dem Haus hörte ich Maria und Mechtild, die in den Beeten das Unkraut jäteten oder sonstige Gartenarbeiten verrichteten und sich gegenseitig triezten und über den Mund fuhren.

»Doofe Pute!« rief die kleine Mechtild aufgebracht. »Das ist *wohl* der Blödian vom Pättenbauern! Wetten?!«

»›Blödian‹ sagt man nicht«, antwortete Maria ernst. »Er kann doch nichts dafür! Außerdem ist er ein Verwandter!«

»Blöd bleibt blöd«, beharrte Mechtild. »Der guckt immer so komisch. Und die Spucke läuft ihm aus dem Mund.«

Neugierig verließ ich die Tenne und schaute den Weg zum Dorf entlang. Ich sah einen Jungen, der auf unseren Kotten zulief und aufgeregt mit den Armen fuchtelte.

»Das ist der Wenzel«, erklärte Maria, als sie mich sah, »der Pättensohn!«

»Der nicht ganz richtig im Kopf ist«, fügte Mechtild hinzu.

»Er scheint ganz außer sich zu sein«, bemerkte ich und ging dem Jungen entgegen. »Hallo, Wenzel, warum rennst du denn so?«

»Mias?« rief der Junge. »Mias hier?« Er blieb keuchend vor mir stehen, rieb sich die Hände, grinste ein ziemlich verrücktes und zugleich freudiges Grinsen und schaute durch mich hindurch, als nähme er mich gar nicht wahr. »Mias hier?« wiederholte er seine Frage.

»Ich bin Jeremias. Das weißt du doch, Wenzel! Was ist denn los?«

»Ja, du Mias! Ich weiß!« Wieder lachte er, als hätte er den Schalk im Nacken. Er gluckste vor Freude und klatschte in die Hände.

»Blödian«, hörte ich Mechtild hinter mir leise wispern.

Wenzel war etwa zwölf Jahre alt, aber er hatte den Verstand eines Dreijährigen. Es hieß, bei seiner Geburt seien Schwierigkeiten aufgetreten, und deshalb sei er geistig so zurückgeblieben. Vielleicht liege es eher daran, so wurde im Dorf gemunkelt, daß der Pättenbauer damals seine Base geheiratet habe, um die beiden Erbhöfe miteinander zu vereinen. Und das »bekloppte Blag« sei die Strafe Gottes für die Blutschande. Zur damaligen Zeit war eine Heirat innerhalb der Familie gar nicht unüblich, selbst Halbgeschwister sollen in Einzelfällen vor den Altar getreten sein. Ob dies nun der Grund war oder nicht, auf jeden Fall gab es etliche geistig zurückgebliebene oder körperlich mißgestaltete Kinder in Ahlbeck. Die wenigsten von ihnen bekam man jedoch zu Gesicht. Wenn sie nicht schon als Säuglinge »gehimmelt« und durch Verwahrlosung ins Jenseits befördert wurden, saßen sie zumeist den ganzen Tag in der Stube oder auf der Tenne und wurden von den Eltern vor den Nachbarn und Durchreisenden versteckt. Einige der Dörfler glaubten immer noch, bei den Kindern handele es sich um Wechselbälger, die von dämonischen Unholden in der Krippe vertauscht worden waren. Allein der Pättenbauer, ein Vetter meines Vaters, schien sich seines schwachsinnigen Sohnes nicht zu schämen und ließ ihn wie einen normalen Jungen mit den zahllosen anderen Bälgern draußen herumtollen.

»Mias muß weg! Mias weg!« rief Wenzel nun und fuchtelte wieder mit den Armen. »Papa sagt: Mias muß weg! Schnell! Die anderen auch! Alle!«

»Warum soll ich weg?« fragte ich und hielt seine Arme, um ihn zu beruhigen.

Er jedoch schüttelte sie ab und deutete zum Kirchturm. »Viele Pferde, viele Leute! Papa sagt: Sandmann holen. Alle weg! Mias auch!«

»Was denn für ein Sandmann?« wollte Maria wissen und schaute mich irritiert an.

Ich zuckte mit den Schultern und konnte mir zunächst keinen Reim auf Wenzels Gestammel machen.

»Sandmann!« rief Wenzel freudig.

Plötzlich dämmerte mir, was er sagen wollte. »Amtmann?« rief ich aufgeregt. »Meinst du den Amtmann?«

»Sandmann, ja! Viele Männer, viele Pferde. Kirche!« Abermals lachte er sein schalkhaftes Lachen und wieherte anschließend wie ein Pferd.

»Gibst du ihm etwas zu essen und zu trinken?« wandte ich mich an meine Mutter, die nun ebenfalls durchs Tor lugte. »Ich will mal sehen, was los ist!«

»Nein, nicht gehen. Mias weg!« versuchte Wenzel

mich von meinem Plan abzubringen, doch die Aussicht auf ein Glas Milch und ein Schmalzbrot schien zu verlockend zu sein. Er ließ sich zunächst unter Protest, dann bereitwillig von Mechtild ins Haus führen.

»Du solltest besser nicht hingehen«, wandte sich Maria an mich und legte ihre Hand auf meinen Unterarm. »Der Pättenbauer wird schon seine Gründe haben, warum er den Wenzel geschickt hat.« Ihrem Gesicht war anzusehen, daß sie sich wahrhaftig Sorgen machte. Mit ihren dunklen Augen schaute sie mich mitleidig an, wie sie es schon am Abend zuvor getan hatte. »Bleib lieber, wo du bist. Wer weiß, was der Amtmann im Sinn hat.«

Die Beziehung zwischen mir und meiner Schwester Maria war eine sehr innigliche und vertraute. Maria hatte von uns drei Kindern sicherlich die undankbarste Rolle in der Familie. Während ich als Ältester zugleich der Stammhalter und Erbsohn war und meine Eltern allein deshalb schon stolz auf mich waren und die kleine Mechtild als drolliges Nesthäkchen und vorlaute Possenreißerin stets für Freude im Haus sorgte, stand Maria mit ihrer Ernsthaftigkeit und Reserviertheit zumeist in unserem Schatten. Vielleicht war dies der Grund, daß ich sie so ins Herz geschlossen hatte. Während andere Leute sie verstockt oder sogar mürrisch und übellaunig fanden und hinter ihrem Rücken über sie tuschelten, wußte ich, daß man sich auf Maria stets verlassen und in ihr den besten Freund haben konnte. Sie strahlte für ihre sechzehn Jahre eine erstaunliche Melancholie aus, deren Ursache ich niemals ergründen konnte. Selten lachte sie, und sie redete nur das Nötigste, aber sie kümmerte sich und machte sich Gedanken. Und sie sorgte sich ebenso um mich, wie ich versuchte, auf sie aufzupassen.

»Keine Bange«, versuchte ich die Bedenken meiner Schwester zu zerstreuen. »Ich werde schon keine Dummheiten anstellen oder etwas Unvorsichtiges tun. Ich passe auf mich auf.«

»Ich weiß nicht«, antwortete sie und drückte meine Hand. »Ich habe ein ungutes Gefühl.«

»Ach was«, rief ich lachend und versuchte zu überspielen, daß auch mir mulmig zumute war. »Was soll denn schon passieren?«

Wir sahen uns an und wußten beide im selben Augenblick, was der jeweils andere dachte. Ich zögerte noch einen Moment, riß mich dann los und marschierte davon, um im Dorf nach dem Rechten zu sehen.

4

Die Gemeinde Ahlbeck bestand aus einem alten Dorfkern und zahlreichen Bauernschaften, die sich wie ein Ring großflächig um das winzige Zentrum legten. Das eigentliche Dorf bestand nur aus wenigen Häusern und kleineren Bauernhöfen, die entlang einer kopfsteingepflasterten und buchengesäumten Straße um die Kirche herum gruppiert waren. Die erst vor wenigen Jahrzehnten neugebaute Kirche aus rötlichem Backstein mit ihrem niedrigen Turm und dem gedrungen und klotzig wirkenden Hauptschiff war der örtliche wie gesellschaftliche Mittelpunkt des Dorfes. Der alte Kirchturm auf der Westseite stammte noch aus dem fünfzehnten Jahrhundert und war mit seinem auffälligen Stufengiebel und den schießschartenähnlichen Fensteröffnungen zum Wahrzeichen und

Wappenbild Ahlbecks geworden. Auf der Südseite der Kirche, direkt vor dem mächtigen Hauptportal und im Schatten einer riesigen alten Linde, befand sich der kleine Marktplatz, welcher von ebenfalls backsteinernen Häusern gesäumt war. Das zweistöckige Pfarrhaus und die Dorfschenke mit dem passenden Namen »Zur alten Linde« befanden sich hier ebenso wie der einzige Schmied des Dorfes und der örtliche Leineweber. Da die Dorfbewohner zumeist Bauern und damit Selbstversorger waren, gab es in Ahlbeck weder Metzger noch Bäcker noch sonstige Lebensmittelgeschäfte. Auch einen Zimmerer oder Schneider suchte man vergeblich, die Bauern verrichteten derlei Handwerksarbeiten selbst und tauschten Güter und Leistungen, die sie nicht aus eigener Kraft herstellen oder erbringen konnten, untereinander aus. So wurde der Marktplatz seinem Namen eigentlich nicht gerecht und war kaum mehr als ein karges, gepflastertes Quadrat, auf dem sich sonntags nach dem Hochamt die Gläubigen zum nachbarschaftlichen Klatsch unter der Linde trafen, bevor sie im Wirtshaus einkehrten und bei einem kühlen Humpen Bier den lieben Gott einen guten Mann sein ließen.

Ich näherte mich dem Dorfe von Westen her auf einem Feldweg, und bereits von weitem war der Tumult auf dem Marktplatz zu erkennen. Dutzende Dorfbewohner strömten auf der Straße zusammen und liefen gemeinsam zur Kirche. Aufgeregte Stimmen allenthalben, Frauen fragten ihre Kinder, was denn um alles in der Welt geschehen sei. Männer ballten die Fäuste und drohten den Oldendorfschen Keile an. Ich schloß mich ihnen unauffällig an und sah schließlich vor dem Kirchenportal den Amtmann Boomkamp – hoch zu Roß, den Dreispitz mit der Fasanenfeder auf dem Kopf und umgeben von einer ebenfalls berittenen Handvoll bewaffneter Gendarmen. Sämtliche Reiter trugen Uniform, und einige von ihnen hielten Musketen im Anschlag.

Vorsichtig und in geduckter Haltung entfernte ich mich von der Schar und schlich mich auf der Nordseite um die Kirche herum, um mich dem Geschehen aus östlicher Richtung zu nähern. Hinter der Kirche befand sich, auf einer kleinen Anhöhe gelegen, der von einer hohen Mauer umgebene Friedhof. Wenn ich mich an der Sakristei vorbeischlich und mich hinter einem Grabstein verschanzte, konnte ich die Ereignisse mühelos verfolgen, ohne selbst gesehen zu werden.

»Ihr solltet Euch lieber um die Holländische Bande kümmern, Herr Amtmann«, hörte ich den Wirt Tenhagen rufen, »anstatt anständigen Bauersleuten hinterherzujagen!«

»Genau!« pflichtete ihm ein anderer bei. »Die gottlosen Räuber laufen frei und unbehelligt herum, aber unsereins muß dran glauben!«

Die Tür zur Sakristei war verschlossen, aus dem Inneren waren keinerlei Geräusche oder Stimmen zu vernehmen. Erleichtert atmete ich auf, betrat den Friedhof und arbeitete mich von Grabstein zu Grabstein vor. Ich erreichte schließlich das steinerne Kreuz am westlichen Ende des Friedhofs, direkt neben dem Platz, auf dem die Versammlung stattfand. Von hier aus konnte ich mühelos über die Mauer lugen und hatte einen ausreichenden Überblick über das Geschehen. Immer mehr Ahlbecker Männer versammelten sich im Schatten der Linde vor der Kirche und umringten den Amtmann. Die Musketiere hatten alle Hände voll zu tun, die Menge in gebührendem Abstand zu halten. Der Amtmann selbst posierte direkt vor dem Portal und war flankiert von den vier lebensgroßen sandsteinernen Figuren, die den Kircheneingang schmückten und die die vier lateinischen Kirchenväter darstellten. Er stand direkt unterhalb der Statue des heiligen Hieronymus, der einen Löwen zwischen seinen Beinen und einen Totenschädel auf seinem Unterarm liegen hatte und äußerst finster und gebieterisch dreinschaute.

»Was redet ihr Kerle denn da?« erwiderte der Amtmann barsch auf die Zurufe der Bauern und schaute ebenso düster wie der Heilige über ihm. »Was denn für Räuber? Welche holländische Bande meint ihr?«

»*Die* Holländische Bande!« entgegnete der Wirt. »Die Brabanter Rotte!«

»Die Bande vom Hauptmann Picard!« rief ein dritter. Der Stimme nach war es Wenzels Vater, der Pättenbauer.

»Redet doch keinen Unsinn!« Der Amtmann winkte unwirsch ab und wandte sich ungehalten an sein Gegenüber: »Der Jude Abraham Picard ist seit Jahren tot. Das wißt ihr sehr wohl! Und der Rest der Bande sitzt im Kerker oder ist in alle Himmelsrichtungen verstreut! Versucht also nicht, vom Thema abzulenken. Es geht hier nicht um die Holländer, sondern um euch Ahlbecker! Um die Deserteure!«

»Und wer hat dann in der vergangenen Woche den Schmied in Ostwick ausgeraubt und gemeuchelt?« schimpfte ein kleiner Mann mit Ziegenbart und stampfte dabei mit den Holzpantinen auf den Boden. »Die Brabanter waren es, sage ich!«

»Und ich sage: Ruhe, verdammt noch mal! Und kein Wort mehr von den Räubern!« Der Amtmann holte ein Papier aus seiner Satteltasche und rief mit hochrotem Kopf und sich überschlagender Stimme: »In Absprache mit eurem Dorfschulzen, dem Landeigner Johann Lanvermann, bin ich hier erschienen, um folgende sich im Dorfe Ahlbeck verschanzenden kriegsscheuen Elemente auf der Stelle zu verhaften und der königlich preußischen Gerichtsbarkeit zu übergeben.«

Das war also der Grund für das plötzliche Kartoffelpflanzen beim Großbauern! Der Schulze hatte seine Heuerlinge zu sich bestellt, um dem Amtmann die Möglichkeit zu geben, sich ungestört an die Söhne heranzumachen. Allein fünf der Ahlbecker Fahnenflüchtigen waren Sprößlinge von Lanvermannschen Kötterbauern. Und vor allem: *Ich* war ein Sohn eines Heuerlings.

Der Amtmann räusperte sich und wollte die Namen der Deserteure vorlesen, wurde jedoch von dem Ziegenbärtigen mit den Holzpantinen unterbrochen. »Wo ist denn der Lanvermann?« wollte dieser wissen und verschränkte die Arme vor dem Leib. »Muß der Dorfschulze nicht zur Stelle sein, wenn seine Nachbarn verhaftet werden sollen?«

»Richtig«, pflichtete ihm ein anderer bei. »Wo ist denn unser Schulze?«

»Ich bin der Amtmann, das genügt vollauf!«

»Ihr haltet Euch wohl für Bonaparte, was?« fragte der Wirt Tenhagen und spuckte zu Boden. »Der Welsche hat hier auch gewütet wie ein Vandale!«

»Noch eine solche Bemerkung und ich lass' dich arretieren!« geiferte der Amtmann und wedelte mit seinen Armen. »Hast du verstanden?«

Der Wirt schmunzelte ironisch und zog allzu devot den Hut.

Im gleichen Augenblick trat Pastor Söbbing, der Geistliche des Dorfes, in seinem schwarzen Ornat aus der Kirche vor das Portal und stellte sich hinter den Amtmann. Er war ein alter Mann mit silbriggrauem Haar und eingefallenem, stets kränklich aussehendem Gesicht, der sowohl aufgrund seines hohen Alters als auch seiner geistlichen Stellung von allen im Dorfe geachtet wurde. Er sagte kein Wort, aber sein Erscheinen genügte, um die Menge verstummen zu lassen.

Der Amtmann nickte dem Pastor zu, räusperte sich ein zweites Mal, hielt das Papier vor sich und begann zu lesen: »Auszuliefern sind: Rudolf Homölle, Sohn des Gerrit, genannt: der Pättenbauer.«

Die Menge, die den Amtmann umringte – unterdessen hatten sich auch Frauen und Kinder hinzugesellt –, murrte leise und spendete höhnisch Beifall. Der Pättenbauer zog den Hut und neigte seinen Kopf wie ein Schauspieler auf der Bühne, dem nach der Vorstellung applaudiert wird.

»Matthias Huesmann«, rief der Amtmann. »Sohn des Heinrich.«

Es folgten erneute und sogar gesteigerte Beifallsbekundungen, die den Amtmann sichtlich erzürnten.

»Noch ein solcher Ausbruch«, rief er und gestikulierte erneut aufgeregt mit den Armen, »und ich lass' euch alle arretieren! Alle miteinander!«

Die Musketiere schauten sich überrascht an und schienen sich zu fragen, wie dies zu bewerkstelligen sei. Immerhin waren inzwischen an die fünfzig Leute auf dem Dorfplatz versammelt. Die Anwesenden jedoch nahmen die Drohung des Amtmannes ernst, murrten verdrießlich und verstummten schließlich.

»Wir wollen den Herrn Amtmann ausreden lassen«, ließ sich Pastor Söbbing vernehmen, »bevor wir Kommentare zu dem Gesagten abgeben.« Er bedachte den Amtmann mit einem ehrerbietigen, aber nicht eben freundlichen Blick und sagte: »Fahrt fort, Herr Amtmann.«

Der Angesprochene richtete sich im Sattel auf, wartete, bis alles ruhig war, und rief: »Jeremias, genannt: Vogelsang, Vater unbekannt!«

Ich erstarrte und glaubte, mich verhört zu haben. Auch einige Ahlbecker schauten sich verdutzt an. Der Wirt Tenhagen rief: »Was redet Ihr denn da für einen Unsinn? Was heißt denn hier ›Vater unbekannt‹?«

»Das wißt ihr sehr gut«, antwortete der Amtmann und grinste provozierend. »Der Vogelsang-Bengel ist ein elternloser Bastard! Ein verdammtes Findel! Tut bloß nicht so, als hättet ihr davon keine Ahnung!«

»Und wenn schon!« rief der Pättenbauer.

Ich weiß nicht, wie der Stein in meine Hand geriet, doch in dem Moment, da der Amtmann meinen und meines Vaters Namen in den Dreck zog, warf ich. Es war nur ein Reflex und gar nicht überlegt, aber der Wurf war dennoch wohlgezielt. Der Stein traf den Amtmann seitlich am Kopf und ließ ihn vom Pferd stürzen. Er fiel genau zu Füßen der Statue des heiligen Augustinus nieder, welcher – sein Herz in der Hand – mitfühlend auf ihn niederschaute.

Der Pastor schaute sofort zum Friedhof herüber, und für einen kurzen Augenblick begegneten sich unsere Blicke. Ich duckte mich augenblicklich und verfolgte atemlos und wie unter Schock, was weiter geschah.

Die Ahlbecker waren zunächst starr vor Schreck, niemand wagte, sich zu rühren oder einen Ton von sich zu geben. Alle sahen sich schweigend an und schüttelten die Köpfe. Doch dann brach mit einem Mal ringsum schallendes Gelächter aus. Während der Amtmann sich verwirrt aufrappelte und vom Pastor und einigen Musketieren wieder aufs Pferd gehoben wurde, tobte die belustigte Menge und schüttelte sich vor Lachen.

»Gestern zu tief ins Glas geschaut, was?« rief ein Bauer im Blaukittel.

»Oder war der Ritt von Oldendorf so anstrengend, daß Ihr erst mal ein kleines Nickerchen machen müßt?« setzte der Pättenbauer hinzu.

»Das werdet ihr mir büßen!« rief der Amtmann, faßte sich an den schmerzenden Schädel und schickte funkelnde Blicke in die Runde.

Ich verkroch mich hinter dem Steinkreuz und wagte nicht, mich zu rühren.

Die Leute jedoch lachten nun noch lauter und wischten sich die Tränen aus den Augenwinkeln. »Wir büßen bereits, seht Ihr das nicht?« riefen sie. »Wir müssen schon weinen vor lauter Buße!« Eine weitere Lachsalve erschallte.

»Aufrührerisches Bauernpack! Euch werde ich es zeigen! Das werdet ihr noch bitter bereuen!« schrie der Amtmann, wirkte einen Moment unschlüssig, riß dann jedoch die Zügel herum und ritt im Galopp in Richtung Oldendorf davon. »Das war nicht das letzte Wort!« rief er außer sich vor Wut. »Das verspreche ich euch! Wir sehen uns wieder.«

Die Gendarmen sahen sich verdutzt an, wußten nicht, ob sie nach dem Übeltäter suchen oder würdevoll und ruhig Haltung bewahren sollten, folgten dann aber dem Beispiel ihres Herrn und gaben ihren Gäulen die Sporen.

Die ganze Zeit hatte ich darauf gewartet, daß Pastor Söbbing zu mir herüber deuten und rufen würde: »Dort ist der Kerl! Auf dem Friedhof! Faßt ihn!«

Doch nichts geschah, und als ich jetzt wieder zum

Portal hinüberschaute, sah ich, daß der Pastor seinen Platz verlassen hatte und verschwunden war. Ich sackte hinter meinem Kreuz zusammen, stierte auf meine Hände und konnte nicht fassen, was gerade geschehen war. Und was gesagt worden war. *Der Vogelsang-Bengel ist ein elternloser Bastard! Ein verdammtes Findel!* Die Worte des Amtmannes hallten in meinen Ohren wider und wollten nicht mehr verstummen. Wieder sah ich das provokante Grinsen in seinem Gesicht und hörte ihn sagen: »Vater unbekannt!«

Eine Lüge! Eine ganz gemeine Lüge! Das war die einzige Erklärung. Ich wußte doch, wer meine Eltern waren. Das war über jeden Zweifel erhaben!

Eine Lüge! Es konnte gar nicht anders sein.

Aber warum hatte der Pättenbauer »Und wenn schon!« gerufen?

Ich rappelte mich mühsam auf, schlich mich an der Kirchenmauer entlang und an der Sakristei vorbei und wollte gerade den Friedhof verlassen, als ich eine Hand auf meiner Schulter spürte. Ich zuckte zusammen und fuhr herum.

Pastor Söbbing stand vor mir und schaute mir kopfschüttelnd ins Gesicht. Er war durch die Kirche gegangen, hatte den Hinterausgang der Sakristei benutzt und mich abgefangen, bevor ich mich davonstehlen konnte.

»Jeremias«, sagte er zugleich erstaunt und verärgert und setzte fragend hinzu: »Du?« Sogleich bekam sein ausgemergeltes Gesicht aber einen sanften, beinahe mitleidigen Ausdruck. Er ließ mich los, preßte die Lippen aufeinander, neigte den Kopf und wiederholte dann leise: »Jeremias.«

Ich sagte kein Wort, riß mich von seinem Blick los und rannte davon.

Was hätte ich in diesem Moment darum gegeben, mich einfach in Luft auflösen zu können! Einfach nicht mehr da zu sein.

5

Es war bereits Mittag, als ich zum Kotten zurückkehrte. Auf dem Weg nach Hause hatte ich ängstlich darauf geachtet, von niemandem im Dorf gesehen oder gar angesprochen zu werden. Die Leute standen nach wie vor in kleinen Grüppchen auf den Straßen, machten sich über den Amtmann und seinen merkwürdigen und allzu plötzlichen Abgang lustig und fanden das Ganze eher lustig als bedenklich. Mir jedoch war keineswegs zum Lachen zumute, und schon gar nicht wollte ich Gegenstand der Witze und Frotzeleien werden oder mich als Steinewerfer zu erkennen geben. Deshalb schlich ich mich hinter den Häusern an den Misthaufen vorbei, lief in geduckter Haltung über die noch kahlen Felder und Wiesen und versteckte mich hinter Bäumen und in Entwässerungsgräben, sobald ich in Gefahr geriet, jemandem zu begegnen.

Auf dem Hof empfing mich Wenzel, der mittlerweile meinen Schwestern beim Jäten des Unkrauts half, mit den Worten: »Sandmann weg?«

»Ja«, antwortete ich, ohne ihn dabei anzusehen. »Der Sandmann ist weg.«

Wenzel prustete vor Lachen und sagte: »Nicht Sandmann, sondern Amtmann!« Er kicherte, denn es bereitete ihm ein diebisches Vergnügen, daß er mich so an der Nase herumgeführt hatte. »Mias dumm!« rief er mit Schadenfreude.

Das Lächeln, mit dem ich ihm antwortete, war nur gekünstelt, aber es fiel ihm nicht weiter auf. Ich ließ die drei in ihren Beeten und betrat eilends das Haus. Meine Mutter saß in der Stube und schälte Kartoffeln für den mittäglichen Eintopf. Sie schaute lächelnd zu mir auf, doch das Lächeln erstarb auf ihren Lippen, als sie meinen Gesichtsausdruck sah.

»Was ist passiert?« rief sie. »Warum schaust du so finster?«

Ich setzte mich ihr gegenüber an den Tisch und berichtete in teils aufgeregt gestammelten, teils atemlos geflüsterten Worten, was sich auf dem Kirchplatz zugetragen hatte. Als ich geendet hatte, blickte ich meine Mutter flehentlich an und fragte: »Warum erzählt der Amtmann solche Lügen?«

Meine Mutter lächelte bitter und schüttelte langsam den Kopf. Die Tränen liefen ihr über die Wangen, und sie war nicht in der Lage, ein Wort herauszubringen.

»Hast du nichts dazu zu sagen? Willst du es zulassen, daß der Amtmann unseren Namen besudelt? Das kann nicht dein Ernst sein. Boomkamp macht mich zum Gespött der Leute, und du sagst keinen Ton!«

Sie schluckte und schwieg. Ihre Mundwinkel zuckten. Ihre Hände zitterten, und das Schälmesser glitt ihr aus den Fingern.

»Dann ist es also wahr?!« rief ich, sprang auf und schlug mit der Hand auf die Tischplatte. »Ich bin ein Bastard? Ein verdammter Halbling! Und alle wissen davon, das ganze Dorf weiß Bescheid – nur ich nicht?!«

»Du bist unser Sohn, und das wirst du immer bleiben«, erwiderte sie und schaute mich nun ihrerseits flehentlich an. »Ich weiß, wir hätten es dir sagen sollen, aber wir haben anfangs keinen Grund gesehen. Du warst immer ein so lieber Junge, und warum sollten wir dir unnötig Kummer bereiten? Wir haben es einfach nicht übers Herz gebracht. Immer wieder haben wir es vor uns hergeschoben, Jahr um Jahr, und je länger wir geschwiegen haben, desto schwieriger wurde es. Und irgendwann haben wir einfach nicht mehr den Mut aufgebracht, weil wir wußten, daß du unser Schweigen nicht verstanden hättest. Außerdem sahen wir die Notwendigkeit nicht. Niemand im Dorf nennt dich anders als bei deinem rechten Namen, du wirst von allen als unser Sohn akzeptiert. Dein Name ist Vogelsang, so steht es auch in den Papieren. Und niemand kann dies anzweifeln. Auch der Amtmann nicht.«

»Aber ich bin nicht euer leibliches Kind! Ich bin ein verfluchtes Findel!«

Sie nickte und senkte erneut den Blick.

Die Gedanken schossen wie wild durch meinen Kopf. Plötzlich stimmte nichts mehr, nichts paßte zusammen, alles war konfus, und was eben noch wahr gewesen war, entpuppte sich mit einem Mal als Lüge. Ich hatte das Gefühl, als besäße ich plötzlich keine Vergangenheit mehr, als wachte ich aus einem schönen Traum auf und fände mich in einem leeren Raum wieder.

»Warum habt ihr in all den Jahren nie ein Sterbenswörtchen darüber verloren? Ihr hättet doch wissen müssen, daß es früher oder später herauskommen würde. Daß ich durch irgendeinen dummen Zufall davon erfahren würde!« Ich hatte die Hände so zu Fäusten geballt, daß die Knöchel weiß hervortraten. Plötzlich kamen mir Situationen in den Kopf, welche mir einst unverständlich gewesen waren. Beiläufige Andeutungen von Nachbarn und Verwandten, die ich nicht hatte begreifen können. Seltsame und ungewollt herausgerutschte Bemerkungen, bei denen meine Mutter einen roten Kopf bekommen hatte. Wissende Blicke und Gesten, deren Sinn ich erst jetzt verstand.

»Wie konntet ihr mich nur so hintergehen?!« fragte ich kopfschüttelnd.

Ich hörte sie schlucken und flüstern: »Wir lieben dich wie unseren eigenen Sohn, Jeremias. Du bist unser Erstgeborener und Stammhalter. Wenn wir tot sind, wird dir der Kotten gehören, wie es dem ältesten Sohn eines Bauern zusteht.«

»Na, danke schön!« rief ich erbost. »Auf eure Almosen kann ich verzichten, ich will nichts, was mir nicht gehört! Ihr hättet mich damals totschlagen sollen – und meine verfluchten Eltern gleich mit!«

»Jeremias!« war alles, was sie entgegnen konnte.

»Ist doch wahr!« ereiferte ich mich. »Vielleicht ist meine leibliche Mutter eine ehrlose Dirne und mein Vater ein liederlicher Schurke. Wer vermag das zu sagen? Womöglich sind sie gemeine und niederträchtige Ganoven, und ich habe das Gaunerblut ebenfalls in meinen Adern.«

Als ich das heftige Schluchzen meiner Mutter hörte – es war mir auch jetzt nicht möglich, sie in Gedanken anders zu nennen –, taten mir meine bösen und in Rage gesprochenen Worte leid. Ich hätte sie gern in den Arm genommen, aber auch dies war mir nicht möglich. Ich war hin- und hergerissen zwischen Wut und Selbstmitleid, zwischen häßlichen Gedanken und dem Versuch, irgend etwas von all dem zu verstehen. Ich wußte nicht, was ich denken und sagen sollte. Ich fühlte mich hintergangen und ungerecht behandelt, mein ganzes

Leben war mit einem Mal auf den Kopf gestellt. Ich wünschte, man hätte auch mich als Säugling gehimmelt. Ich glaubte, niemals wieder »Mutter« und »Vater« zu meinen Eltern sagen zu können, und dennoch wußte ich im gleichen Moment, daß Heinrich und Maria Vogelsang immer meine Eltern bleiben würden.

Ich dachte an meine Schulzeit im Ahlbecker Bruch, als mein Vater, der Magisterbauer, mir zusammen mit den anderen Kindern des Dorfes das Lesen, Schreiben und Rechnen beigebracht hatte. Ich erinnerte mich an die halb abfälligen, halb neidischen Bemerkungen meiner Mitschüler, weil ich der Sohn des Magisters war, und an das hinter vorgehaltener Hand geträllerte »Tirili« und »Piep-piep-piep« meiner Mitschüler, das jeder Nennung meines Namens auf dem Fuße folgte. All diese kindlichen Schmährufe hatte ich geduldig ertragen und mit stoischem Langmut über mich ergehen lassen, nur um jetzt zu erfahren, daß mein wahrer Name gar nicht Vogelsang war. Welch bittere Ironie! Als Kind hatte ich mir oft einen anderen Namen gewünscht, und jetzt, da ich mich an ihn gewöhnt und mich mit ihm ausgesöhnt hatte, wurde er mir vergällt. Zugleich meldete sich jedoch eine Art dickköpfiger Stolz und störrischer Trotz in mir, eben *weil* man mich getriezt und wegen meines Namens verspottet hatte. Nein, den Namen Vogelsang hatte ich mir redlich verdient! Was bildete sich der Amtmann ein, ihn mir jetzt absprechen zu wollen und mich einen namenlosen Bastard zu nennen!

Ich wischte mir die Tränen aus den Augenwinkeln, setzte mich wieder an den Tisch und reichte meiner Mutter die Hand. Sie nahm sie und murmelte: »Es tut mir leid, mein Kind. Wir wollten dir nicht weh tun, das wollten wir gewiß nicht. Wenn wir das gewußt hätten!« Sie sah mich liebevoll an und fügte hinzu: »Du warst doch ein Geschenk des Himmels. Eine Gottesgabe.«

»Wie und wo habt ihr mich gefunden?«

Sie sah mich lange nachdenklich an, schien mit sich zu ringen, lächelte entrückt, wurde aber plötzlich sehr ernst und begann: »Es war eine stürmische Frühlingsnacht im Jahr 1795.« Anstatt mir in die Augen zu schauen, senkte sie den Blick und fuhr, während sie erzählte, mechanisch fort, die Kartoffeln zu schälen. Allein die fast zwanghafte Verrichtung der Arbeit schien sie davon abzuhalten, wieder zu weinen. »Dein Vater und ich saßen hier in der Stube, ich am Spinnrad und er am Ofen, als wir plötzlich ein heftiges Klopfen an der Hintertür des Kottens hörten. Da wir zu so später Stunde keinen Besuch erwarteten und dem ersten Klopfen kein weiteres folgte, glaubten wir, ein Ast der Linde hinter dem Haus habe im Sturmwind gegen die Pforte geschlagen. Doch plötzlich war ein leises Wimmern und Winseln zu hören.«

»Das war ich?« fragte ich gebannt und merkte, daß meine Hände schweißnaß vor Aufregung waren. »Hinter dem Haus habt ihr mich gefunden?«

»Ich dachte zunächst, es sei eine streunende Katze«, sagte meine Mutter, stand auf, ging zur Feuerstelle und warf die Kartoffeln in den Topf. »Darum habe ich Heinrich gesagt, er solle sie verscheuchen, damit wir unsere Ruhe haben. ›Das ist aber eine eigenartige Katze‹, hat er gemeint, als er von der Türe zurückkam. Im Arm hielt er ein wollenes Bündel, aus dem heraus es immer noch wimmerte. Ein Neugeborenes, erst wenige Stunden alt, noch ganz verknautscht im Gesicht und blau angelaufen vor Kälte. ›Jesus, Maria und Josef!‹ habe ich gerufen und bin sogleich aufgesprungen, um ihm das Kind aus dem Arm zu nehmen. ›Ist der Herd noch warm?‹ habe ich gefragt und geschimpft, als Heinrich nicht sogleich antwortete und statt dessen wie zur Salzsäule erstarrt dastand. ›Los, leg Torf nach und schaff mir Milch und Wasser herbei! Wird's bald?!‹ Er lächelte, nickte dann und sputete sich.« Meine Mutter erzählte all das mit einem sonderbar unbeteiligt und mechanisch klingenden Tonfall, so als fiele es ihr schwer, sich in die Zeit zurückzuversetzen, als widerstrebte es ihr, sich zu erinnern. Sie kam zurück an den Tisch, in der Hand einen Bund Petersilie, den sie nun kleinschnippelte.

Ich lehnte mich auf meinem Stuhl zurück, zog die Stirn kraus und überlegte. Meine Mutter war bereits weit in den Dreißigern gewesen, als ich geboren worden war. Sie hatte mir oft erzählt, daß ich das jahrelang herbeigesehnte Kind gewesen sei. Daß allerdings nicht *sie* mich geboren hatte, war mir bislang verschwiegen worden. Obgleich meine Eltern seit langem verheiratet gewesen waren, war ihre Ehe bis dato kinderlos geblieben. Sie hatten sich nichts sehnlicher gewünscht, als Nachwuchs zu bekommen, doch mit den Jahren hatten sie alle Hoffnung aufgegeben. Die Mutter meines Vaters, die damals noch gelebt hatte, hatte bereits geunkt, das komme nun davon, daß Heinrich eine Zugereiste geheiratet habe. Da sei es ja nicht verwunderlich, wenn die Kinder ausblieben!

»Du kannst dir vorstellen, wie froh wir waren«, sagte meine Mutter, blickte dabei jedoch nicht mich an, sondern starrte auf das Messer in ihrer Hand. »Seit Jahren hatten wir versucht, ein Kind zu bekommen. Auf allen Nachbarhöfen kamen die Kinder in Scharen zur Welt, manche Bauern murrten gar, wenn mittlerweile das vierte oder fünfte Blag unterwegs war, aber bei Heinrich und mir wollte es einfach nicht klappen.« Sie seufzte, sah mich lange schweigend an und schien in meinem Gesicht lesen zu wollen, was sich in meinem Innern abspielte. Schließlich senkte sie wieder den Blick und fuhr fort: »Und dann lag eines Abends das innig ersehnte Kind einfach so vor der Türe. Der Herrgott hat uns lange Zeit auf die Probe gestellt und endlich unsere flehentlichen Gebete erhört. Und wir haben dich freudigen Herzens als Mündel angenommen.« Abermals seufzte sie, und sie schien erleichtert zu sein, daß ihr die Worte über die Lippen gekommen waren. Aber immer noch vermochte sie nicht, mir offen in die Augen zu schauen.

»Warum habt ihr mich ausgerechnet Jeremias genannt?«

»Es war der ...«, begann sie, unterbrach sich aber sofort, schüttelte leicht den Kopf und sagte dann: »Wir haben dich am ersten Tag im Mai gefunden, dem Namenstag des heiligen Propheten Jeremias.«

»Hat denn meine Mutter keine Nachricht hinzugefügt? Gab es keinen Hinweis, wessen Kind ich sein könnte?«

Sie zuckte zusammen, als sie mich die Worte »meine Mutter« aussprechen hörte und merkte, daß nicht sie damit gemeint war. Sie lächelte bitter und schüttelte den Kopf. »Nichts, kein Zettel, kein gar nichts.« Wieder bedachte sie mich mit diesem merkwürdig abtastenden und forschenden Blick, bevor sie hinzusetzte: »Nur ein kleines Medaillon an einer Kette hing um deinen Hals.«

Ich fuhr zusammen und rief: »Mit ihrem Bild?«

Meine Mutter schaute mich erschrocken an, nahm meine Hand und sagte: »Ein Bildnis der Jungfrau Maria. Warte, ich hole es dir.« Sie stand auf, ging zum

Alkoven, holte eine kleine Schatulle hervor, in der sie ihre wenigen Schmuckstücke und Kleinode verwahrt hielt, kramte darin herum und kam mit einem kleinen Medaillon zurück an den Tisch. Sie reichte mir das Schmuckstück und streichelte dabei flüchtig meine Hand.

Das Medaillon war aus Silber und zeigte auf der Vorderseite unter einem aufklappbaren Glasdeckelchen ein Miniaturporträt der gramgebeugten Mutter Gottes. Die Mater dolorosa, die schmerzhafte Mutter!

»Sie hat dich nicht mit hartem Herzen weggegeben«, fügte meine Mutter hinzu. »Ich glaube, das ist es, was sie mit dem Medaillon sagen wollte. Es hat ihr weh getan.« Abermals streichelte sie meine Hand, und uns beiden kamen die Tränen. »Wir wollten dir das Medaillon nicht vorenthalten, aber wie hätten wir es dir geben sollen, ohne dir die ganze Wahrheit zu erzählen?«

»Das war nicht recht von euch«, sagte ich schluchzend. »Ihr hättet die Wahrheit nicht verschweigen dürfen.«

»Ich weiß«, war alles, was sie erwiderte. Und wieder zuckten ihre Mundwinkel. »Aber manchmal ist es besser, mit der Lüge zu leben.«

Ich sah sie überrascht an und wartete auf eine Erklärung dieser seltsamen Worte, aber sie verstummte und widmete sich wieder ihrer Arbeit.

Minutenlang saßen wir schweigend am Tisch. Ich starrte auf das silberne Schmuckstück in meiner Hand, betrachtete es von allen Seiten und fuhr dann zärtlich mit dem Zeigefinger über den Glasdeckel. Ich öffnete das Medaillon und probierte, ob das Bildchen zu lösen und vielleicht auf der Rückseite irgend etwas zu lesen sei, aber der Karton war fest verleimt. Bei dem Porträt handelte es sich um einen billigen und etwas unscharfen Druck, die verkleinerte Kopie einer italienischen Madonna. Sieben kleine Schwerter steckten ihr in der Brust.

Meine Mutter starrte die ganze Zeit gebannt auf den Tisch und zerkleinerte in Windeseile und mit einer Heftigkeit die Petersilie, als hinge ihr Leben davon ab. Von draußen drang die Stimme des kleinen Wenzel zu uns, der lauthals irgendwelchen Schabernack trieb.

Schließlich klappte ich das Medaillon zu und fragte: »Hat denn sonst niemand etwas zu berichten gewußt? Es muß doch im Dorf darüber geredet worden sein.«

»Die Neuigkeit hat sich natürlich bald im Dorf herumgesprochen«, antwortete meine Mutter nun wieder in ihrem natürlichen Tonfall und blickte zu mir auf. »Überall wurde spekuliert, wer wohl die Mutter des ausgesetzten Findlings sein könnte. Und wie der Vater des kleines Kindes heiße. Du weißt ja, wie die Leute im Dorf tratschen und sich auf alles stürzen, was es an Klatsch und Erzählenswertem gibt.«

Das wußte ich allerdings. Das Kirchspiel Ahlbeck war damals (und ist es heute noch) ein beschaulich und abgeschieden gelegenes Bauerndorf in unmittelbarer Nähe der holländischen Grenze, ringsum umgeben von unwirtlichem Gelände. Gen Norden, in Richtung Holland, das dampfende Moor. Gen Süden, in Richtung Oldendorf, die karge Wacholderheide. Die leidlich befestigten Wege durch Bruchlandschaft und Venn waren unsicher und strapaziös und luden nicht zur Durchreise ein. Und auch der sogenannte Hessenweg, der Handelsweg von Münster zum holländischen Städtchen Deventer, war zur Zeit meiner Geburt noch nicht so befahren, wie er es heutzutage ist. Da nur selten Moritatenerzähler, Scherenschleifer und anderes fahrendes Volk durch den Ort kamen und auf diese Weise nur spärlich Neuigkeiten von außerhalb ins Dorf drangen, wurden die nicht sehr zahlreichen Vorkommnisse, die es innerhalb der Gemeinde gab, mit Fleiß und Eifer besprochen und kolportiert.

»Eine schwangere Frau«, sagte meine Mutter, »die sich auf solche Weise ihres Kindes entledigt hätte, wäre den Dorfbewohnern gewiß nicht entgangen. Niemand im Ort kannte eine Frau, die ihren schwangeren Bauch verloren hatte, ohne das entsprechende Kind präsentieren zu können oder zumindest ein Grab, in dem das Notgetaufte verscharrt war. Und deshalb waren sich alle sicher, daß die Frau unmöglich aus Ahlbeck stammen konnte.«

»Eine Wildfremde?«

»Das ist gut möglich, das ist sogar wahrscheinlich.«

Ich überlegte und schüttelte dann den Kopf. »Ist es nicht merkwürdig, daß ich ausgerechnet vor eurer Tür abgelegt worden bin? Das kann doch kein Zufall gewesen sein.«

»Wie meinst du das?« fragte meine Mutter, stand erneut auf und trat an die Herdstelle, diesmal fügte sie die Petersilie dem Eintopf zu und rührte mit einem Holzlöffel um.

»Weil die Frau gewußt haben muß, daß ihr keine Kinder bekommen konntet, euch aber sehnlichst Nachwuchs gewünscht habt. Vermutlich hat sie euch gekannt.«

Sie fuhr herum und sah mich mit Schrecken im Gesicht und beinahe alarmiert an, dann aber beruhigte sie sich, lächelte müde und meinte: »Mag sein, mein Junge. Wer will das sagen? Wir werden es nie erfahren.«

»Keine Hiesige«, lautete meine Schlußfolgerung, »aber eine Frau, die sich in Ahlbeck auskannte.«

»Sosehr sich die Ahlbecker die Köpfe zerbrachen«, fuhr meine Mutter fort, »das Geheimnis blieb unergründlich. Da sich keine weiteren Hinweise auf deine Herkunft fanden, verlor das Thema als Gesprächsstoff seinen Reiz und wurde nicht weiter erörtert. Du wurdest stillschweigend und ein für allemal als unser Sohn akzeptiert, und das Rätselraten um deine leiblichen Eltern wurde nicht länger betrieben. Es wimmelte von Kindern auf den Höfen, eines mehr oder weniger fiel gar nicht weiter auf. Warum sich also Gedanken machen?«

Das war nur zu wahr. Nicht ein einziges Mal in all den Jahren war von den Leuten im Dorf in meiner Gegenwart irgendein direkter Hinweis auf meine zweifelhafte Herkunft gemacht worden, jedenfalls keiner, der mich in meiner unschuldigen und nichtsahnenden Unwissenheit irritiert hätte. Obgleich alle Erwachsenen von dem Fund des Kindes wissen mußten, schien es niemanden zu interessieren. Es gab Wichtigeres im Leben eines Kleinbauern als die Herkunft eines Nachbarbalges. Kinder wurden geboren und starben alsbald wieder, der Älteste übernahm den Hof, und der Rest mußte zusehen, wo er blieb. Was scherte die Dörfler ein Findelkind? Sie hatten mit der eigenen Brut wahrlich genug Sorgen. Und in dem Stillschweigen mir gegenüber zeigte sich wohl auch der Respekt der Ahlbecker für meine Eltern.

»Und ihr habt nie herausgefunden, wer mich vor eurer Tür abgelegt hat?« wollte ich wissen. »Es gab keine sonstigen Spuren?«

Sie nickte und setzte sich neben mich an den Tisch. Sie hielt meine Hand, tätschelte sie, lächelte müde und schüttelte den Kopf. »Für uns warst du fortan und für immer unser Sohn und für alle anderen im Dorf ebenfalls. Vielleicht haben wir uns auch gar nicht recht angestrengt, Nachforschungen anzustellen, um das Geheimnis deiner Herkunft zu lüften. Wir wollten es gar nicht erfahren. Jahrelang hatten wir Angst, dein Vater könnte eines Tages vor unserer Tür stehen und dich zurückverlangen. Das ist nie passiert, und selbst wenn dies jetzt selbstsüchtig und böswillig klingen mag: Wir sind Gott dankbar dafür.«

»Mein Vater?« wunderte ich mich. »Was war denn mit meiner Mutter? War es nicht viel wahrscheinlicher, daß sie nach mir forschen würde?«

»Ja, natürlich, sicher«, sagte sie leise und räusperte sich. »Auf jeden Fall waren wir froh, daß nie wieder jemand nach dir gefragt hat.« Sie strich mir über den Kopf, nahm meine Hand, führte sie an ihren Mund und küßte sie, während ihr gleichzeitig die Tränen über die Wangen liefen.

Noch vor wenigen Minuten hatte ich nichts als schmerzliche Erniedrigung und sogar Haß empfunden, ich hatte mich tatsächlich wie ein Bastard gefühlt und meine Eltern als Lügner und Betrüger betrachtet, denen ich niemals würde verzeihen können. Doch jetzt krampfte sich mein Herz zusammen, und es war mir nicht möglich, ihnen böse zu sein oder ihnen gar Vorhaltungen zu machen. Sie hatten mich nicht geboren, das war leider wahr, aber sie hatten mich aufgenommen und wie einen Sohn geliebt und erzogen. Sie hatten mir die Wahrheit verschwiegen, aber sie hatten nur mein Bestes dabei im Sinn gehabt. Vielleicht hatten sie egoistisch gehandelt, als sie mir die einzige Mitgift meiner Mutter, das Marienmedaillon, vorenthalten hatten, aber ebenso hatten sie im Grunde nur das Wohl ihrer Kinder im Auge gehabt.

Plötzlich hielt ich irritiert inne und schaute meine

Mutter unverwandt an. »Was ist mit Maria und Mechtild?« wollte ich wissen. »Habt ihr sie auch gefunden?« Ich dachte an Mechtilds buschige Augenbrauen und Marias schwarzes Haar und fügte hinzu: »Das kann doch nicht sein.«

»Die Wege des Herrn sind unerforschlich«, antwortete meine Mutter. »Kaum ein Jahr, nachdem du als Findelkind auf den Hof gekommen warst, befand ich mich plötzlich in anderen Umständen und brachte neun Monate später deine Schwester Maria zur Welt. Und zwei Jahre später kam die kleine Mechtild noch hinzu. Trotz meines bereits hohen Alters. Es war, als wäre plötzlich ein Fluch von uns abgefallen.«

»Ich scheine euch Glück gebracht zu haben«, sagte ich schmunzelnd.

»Du bist unser Talisman, Jeremias!« rief meine Mutter und küßte mich.

»Hoffen wir nur, daß ich mich jetzt nicht zu einem Fluch verkehre«, antwortete ich und versuchte mich an einem Lächeln, welches mir jedoch gründlich mißlang. »Hätte ich nur niemals diesen vermaledeiten Stein geworfen.«

»Du mußt dich verstecken, zumindest eine Zeitlang! Auf dem Kotten kannst du nicht bleiben, du bist hier nicht mehr sicher!« Meine Mutter stand auf und ging zum Fenster. »Das wird er nicht auf sich sitzen lassen. Nie und nimmer wird der Amtmann das auf sich beruhen lassen!« Sie schaute hinaus, als erwartete sie, die Gendarmen bereits vor der Tür stehen zu sehen.

»Aber außer Pastor Söbbing hat mich niemand gesehen«, wandte ich ein. »Und der wird bestimmt nichts sagen, schließlich ist er Priester. Und er ist ein Ahlbekker. Außer ihm weiß keine Menschenseele, daß ich den

Stein geworfen habe. Außer Wenzel hat niemand gesehen, daß ich überhaupt im Dorf war.«

»Mag sein, daß Söbbing nichts sagt, aber verlassen kannst du dich nicht darauf«, antwortete sie und wandte sich zu mir um. »Boomkamp wird sich rächen wollen, und du solltest nicht hier sein, wenn das geschieht!«

»Wo soll ich denn unterschlüpfen?«

»Ich habe da schon eine Idee«, erwiderte sie geheimnisvoll und neigte den Kopf, als wäre ihr der Gedanke selbst unheimlich. »Du mußt ins Moor! Heute noch.«

Ich stierte sie nur an.

»Keine Bange, Junge«, sagte sie, kam auf mich zu und streichelte meine Wange. »Ich kenne einen Ort, an dem du sicher bist und an dem dich niemand suchen wird.«

»Im Venn?«

Sie nickte und antwortete: »Sobald es dunkel wird.«

6

Seitdem wir den Hof verlassen hatten, war kein Wort mehr über die Lippen meines Vaters gekommen, und auch ich wagte nicht zu sprechen. Wir gingen gedankenversunken und in niedergeschlagener Stimmung auf der Landstraße in Richtung holländischer Grenze und schauten uns von Zeit zu Zeit um, um sicherzugehen, daß uns niemand sah oder folgte. Der Hessenweg war damals kaum mehr als ein zwar breiter, aber nur leidlich ausgetretener Sandweg, welcher sich durch Wiesen und Wälder schlängelte und gerade bei feuchter Witterung nur mit Mühe zu bewältigen war. Zwar hatte es an jenem Mittwoch nicht mehr geregnet, aber der Weg war noch vom Vortag glitschig, und an einigen Stellen versank man knöcheltief im Schlamm. Aus Vorsicht hatte mein Vater beschlossen, nicht mit dem Einspänner zu fahren, sondern zu Fuß ins Moor zu gehen. Aus dem gleichen Grund hatten wir darauf verzichtet, die Laternen anzuzünden. In der Dunkelheit war kaum etwas zu erkennen, nur der Vollmond lugte von Zeit zu Zeit hinter den Wolken hervor, warf die gespenstisch wirkenden Schatten der Buchen und Birken auf den Boden und leuchtete uns mehr schlecht als recht den Weg. In den Pfützen spiegelte sich der Himmel, an dem sich die Wolken schwärzlich türmten.

Als mein Vater kurz nach Sonnenuntergang vom Schulzenhof zurückgekommen war, war ich gerade damit beschäftigt gewesen, die Milch vom abendlichen Melken abzuseihen. Er hatte nur genickt, den Hut in die Hand genommen und müde gelächelt. Er schien einen sehr anstrengenden Tag hinter sich zu haben. Er sagte nichts und wurde sogleich von meiner Mutter in Empfang genommen, die ihn in die Stube führte und von den Vorfällen des Tages unterrichtete. Ich hörte die beiden aufgeregt aufeinander einreden, ohne die einzelnen Worte verstehen zu können, aber es hatte den Anschein, als klänge die Stimme meines Vaters zunehmend gereizt. An einer Stelle wurde er sehr laut und schrie meine Mutter regelrecht an. »Was in Herrgotts Namen soll denn das bezwecken?« glaubte ich zu hören. »Das macht doch alles nur noch schlimmer!«

»Schrei doch nicht so«, erwiderte meine Mutter ebenso heftig. »Der Junge kann uns hören.« Den Rest der Unterredung führten sie im Flüsterton, und kein Wort drang mehr durch die Lehmwellerwände.

Ich versuchte, mich auf meine Arbeit zu konzentrieren, aber es wollte mir nicht gelingen. Mich beschlich das unangenehme Gefühl, daß weitere fürchterliche Enthüllungen auf mich warteten. Mir schien es, als wäre eine Lawine losgetreten worden, welche mich nun mitzureißen drohte. Und ich hatte keine andere Wahl, als stillzuhalten, die Augen zu schließen und auf Beistand von oben zu hoffen. Ja, ich betete und wußte doch nicht, wofür.

»Na, dann los!« war alles, was mein Vater sagte, als er zurück auf die Tenne kam. »Laß uns gehen!« Kein Wort über die Szene auf dem Kirchplatz, keine Bemerkung zu den gehässigen Worten des Amtmannes und der Geschichte meines Findeldaseins, keine Erklärung des Streites mit meiner Mutter. Nur ein leichtes Zucken in den Mundwinkeln, das seine Anspannung verriet.

»Sollen wir nicht erst zu Abend essen? Die Pfannkuchen sind so gut wie fertig«, wandte meine Mutter ein und faßte meinem Vater von hinten an die Schulter, als müßte sie ihn stützen. Eine ungewohnte Geste. Sie selbst hatte Tränen in den Augenwinkeln und schien nur mit Mühe einen Weinkrampf zurückhalten zu können.

»Wenn ich mich jetzt setze«, antwortete mein Vater barsch, »dann komme ich anschließend nicht mehr hoch. Entweder wir gehen jetzt auf der Stelle, oder wir warten bis morgen.«

»Laß uns gehen, Vater«, sagte ich.

Er sah mich erstaunt an, sah seine Frau erstaunt an und befahl ihr: »Pack die Pfannkuchen ein, außerdem ein paar Eier, ein Stück Schinken und einen Laib Schwarzbrot.«

Der schroffe Ton, mit dem mein Vater meine Mutter anging, tat mir im Herzen weh, aber ich wagte nicht, irgend etwas zu sagen oder sogar eine Erklärung zu verlangen. Ich ging lediglich in die Stube, holte meine leinene Joppe und den Drillichumhang und setzte meinen Filzhut auf.

»Mußt du jetzt gehen?« Meine Schwester Mechtild saß am Tisch und schaute mich verstört an. Sie schien nicht zu begreifen, was gerade geschah und warum ich gezwungen war, mich im Moor zu verstecken.

»Grüße Maria von mir«, antwortete ich ausweichend und streichelte ihr über den Kopf.

Maria hatte nach dem Mittagessen den kleinen Wenzel zurück zum Pättenbauer gebracht und sich prompt angeboten, den Rest des Tages im Dorf zu bleiben, dort als eine Art Spion auf der Lauer zu liegen und uns sogleich Bescheid zu geben, falls der Amtmann erneut mit den Gendarmen anrücken sollte. Sie wolle sich nützlich machen, hatte sie gemeint. Dumm herumsitzen, das sei nichts für sie, und im übrigen könne sie sich dabei im Dorf umhören und den neuesten Tratsch über den Vorfall auf dem Kirchplatz aufschnappen. Maria hatte sich seitdem nicht gemeldet und sollte von unserer Mutter zurückgeholt werden, sobald ich den elterlichen Hof verlassen hatte.

»Kommst du bald zurück, Jeremias?« fragte Mechtild.

»Sicher«, antwortete ich, »wir wollen doch Ostern gemeinsam Eier suchen.«

Während ich nun neben meinem Vater daherschritt, war ich mir gar nicht mehr sicher, ob es zu dem versprochenen gemeinsamen Osterfest kommen würde. Der Amtmann würde alles unternehmen, um dies zu verhindern.

Eine knappe Meile hatten wir mittlerweile auf unserem Weg durchs Moor zurückgelegt, und zur Rechten tauchten die Lichter des Schulzenhofes auf. Er lag auf einer Anhöhe inmitten eines kleinen Busches unweit des Weges und war der letzte Bauernhof auf deutscher Seite. Direkt vor uns war im Mondlicht die sogenannte Landwehr, der Grenzwall zwischen Westfalen und Holland, zu erkennen. Ein Schlagbaum versperrte den Hessenweg, und wer die Grenze passieren wollte, mußte sich den Schlüssel beim Lanvermann, dem »Landwehrmann«, besorgen und dafür einen Wegezoll zahlen.

Linker Hand des Weges befand sich die Kolkmühle, eine jahrhundertealte Wassermühle, die sich im Besitz der salmschen Fürsten befand und durch den Ahlbach gespeist wurde, jenem Flüßchen, welches unserem Dorf seinen Namen gegeben hat. Benannt war die Mühle nach einem morastigen Tümpel, dem »Kolk«, dessen Wasser schwarz und faulig war. Der Pächter der Mühle, ein gewisser Lösing, der aber von allen nur Kolkmüller genannt wurde, hatte in einem Nebengebäude des Anwesens ein Gasthaus mit dem beredten Namen »Zum schwarzen Kolk« eingerichtet, in dem die Bauern die mitunter sehr langen Wartezeiten bei einem Schluck Bier verbrachten. Die Kolkmühle und das Gasthaus waren in der Dunkelheit nicht auszumachen, aber das Plätschern des Wassers und das Knarren der Mühlräder waren bis zu unserem Standort zu hören.

»Weißt du, wo der Galgenbülten ist?« flüsterte mir mein Vater ins Ohr.

Ich fuhr zusammen und konnte ihn nur nickend anstarren.

»Fürchtest du dich, daran entlangzugehen?« fragte

er. »Wenn ja, dann müssen wir einen Umweg um den Schulzenhof herum machen.«

»Und wenn nein?« erwiderte ich.

»Dann können wir direkt am Wall entlanglaufen.«

»Ich habe keine Angst«, log ich und folgte meinem Vater, der sich auf einem kleinen Trampelpfad durch die Büsche schlug.

»Paß auf, wo du hintrittst«, rief mir mein Vater zu. »Hier wimmelt es von Kreuzottern. Die Biester sind schwarz wie die Nacht und kaum zu erkennen.«

Wir schlichen uns durch Bruchwald und über sumpfiges Gelände direkt an der Landwehr entlang, bis wir einen kleinen Platz inmitten des Waldes erreicht hatten. Ein Hügel, der nicht von Gestrüpp, Schwarzerlen und Birken, sondern von niedrigem Gras und saftigem Klee bewachsen war, tat sich vor unseren Augen auf. Wie ein biblischer Kalvarienberg ragte der Bülten aus dem Wald heraus, auf seiner höchsten Stelle stand der aus schwerem Eichenholz gefertigte Galgen und warf einen unheimlichen Schatten auf das Gras. Zum Glück war in der letzten Zeit niemand hingerichtet worden, kein Leichnam hing am Galgen. Es war zur damaligen Zeit Sitte und Befehl, die Hingerichteten so lange am Strick baumeln zu lassen, bis der natürliche Werdegang sie aus ihrer grausamen Lage befreite. Erst dann wurden die verfaulten Überreste zu Füßen des Galgenbültens verscharrt. Die Obrigkeit versprach sich von diesem Vorgehen eine abschreckende Wirkung, und dies war auch der Grund, warum sich die Hinrichtungsstätten gern auf Hügeln und stets in der Nähe der befahrenen Handelswege befanden.

»Laß uns weitergehen«, bat ich und schluckte. Ich dachte an die Hinrichtung eines herumstreunenden

Räubers, deren Zeuge ich vor etlichen Jahren geworden war. Ein unwürdiges und makaberes Schauspiel, bei dem die begeisterte Menge um so ausgelassener gejubelt und gekreischt hatte, je flehentlicher und hilfloser der Verurteilte um sein Leben gewinselt hatte. Und ich erinnerte mich an die Galgenprozession nach dem Tode der Irmgard Lanvermann, als – in Abwesenheit des Täters – der Steckbrief des Mörders am Galgen befestigt worden war. »Laß uns bitte weitergehen!« wiederholte ich.

»Ist gut, mein Junge«, antwortete Vater, zog sich den Hut in die Stirn und nahm meine Hand. »Wir sind auch gleich da. Aber gib gut Obacht. Hier beginnt das Moor.«

Einige Planken, die auf Pfählen befestigt waren, führten als Steg vom Galgenbülten über tiefes und morastiges Gelände zu einem Fußweg, welcher unmittelbar an der Landwehr entlangführte. Ich nahm einen faustgroßen Stein, der am Rande des Bültens gelegen hatte, und warf ihn in die sumpfige Lache. Der Stein verschwand mit einem seltsam gurgelnden Geräusch im Morast. Mit einem abgestorbenen Ast einer Birke versuchte ich das Moorloch zu ergründen, doch der Stab verschwand, ohne daß er festen Boden berührt hätte.

»O Gott!« entfuhr es mir. Mit wackeligen Knien kroch ich über die Planken, in der einen Hand die nicht brennende Laterne, in der anderen meinen Proviant. Der Geruch von Moder und Fäulnis stieg mir in die Nase, unter dem feuchten Laub raschelte es von Sumpfasseln und sonstigem Getier, und mit mulmigem Gefühl in der Magengegend erreichte ich den Weg am Wall. Auch hier stand das Wasser knöcheltief, aber der Grund darunter gab nicht nach. Erst jetzt bemerkte ich, daß der Pfad direkt zum Anwesen des Moorbauern führte – oder zu dem, was davon noch übrig war.

Wieder rief ich: »O Gott!«

Gespenstisch erstrahlte der ehemalige Bauernhof im silbrigen Vollmondlicht, niedergebrannt bis auf die rußgeschwärzten Mauern. Die verkohlten und mittlerweile verrotteten Reste des Dachstuhls lagen im Inneren des Hauses, und Unkraut wucherte ringsum. Wo einst Türen und Fenster gewesen waren, gähnten jetzt schwarze Löcher, und die Überreste eines Pflugs standen wie zum Spott an die niederbröckelnde Mauer gelehnt. Selbst die Hundehütte vor dem Haus war eine schwärzliche Ruine.

»Sieht schlimm aus«, sagte mein Vater auf seine treffend schlichte Art. »Kaum zu glauben, daß dies mal ein ertragbringender Hof war.«

»Allerdings«, pflichtete ich ihm bei und betrat den von Trümmern übersäten Platz vor dem Kotten. Nicht nur das Haupthaus, auch die Scheune und der Schweinestall waren bis auf die Grundmauern niedergebrannt. Ein trauriger und unheimlicher, zugleich aber auch faszinierender Anblick, den ich zum ersten Mal aus der Nähe zu Gesicht bekam. Obgleich der Hof in unmittelbarer Nachbarschaft Ahlbecks lag, hatte ich ihn noch nie zuvor betreten. Meine Eltern hatten mir stets verboten, mich auch nur in die Nähe des Hofes zu begeben. Als ich noch ein Kind war, hieß es im Dorf, auf dem Kotten spuke es. Von Irrwischen und Moorteufeln war die Rede, und ein Junge wollte sogar einem Werwolf begegnet sein. Niemand traute sich, den Gespenstern unter die Augen zu treten, und obwohl meine Eltern sonst nicht viel von abergläubischem Hokuspokus und Spukgeschichten hielten, stimmten sie hinsichtlich des Moorbauernhofes mit der Meinung im Dorf überein und hielten uns Kinder von der Ruine fern.

Der Hof war vor etwa zwanzig Jahren, noch vor meiner Geburt, abgebrannt, und zahlreiche Gerüchte und abenteuerliche Erzählungen rankten sich seitdem um dieses schauerliche Ereignis. Eines der meistverbreiteten Gerüchte besagte, daß der damalige Besitzer Alois Lösing, der sogenannte Moorbauer oder Vennekötter, wie man ihn auf plattdeutsch nannte, ein Bruder des Pächters der benachbarten Kolkmühle, eines Nachts die Gebäude in Brand gesetzt und sich dann am Giebel seines Kottens erhängt habe. Die Knechte und Mägde seien glücklicherweise durch den Brandlärm aus dem Schlaf gerissen worden, hätten aber tatenlos mit ansehen müssen, wie der Hof den Flammen zum Opfer gefallen sei. Und schließlich habe man die verkohlte Leiche des Bauern inmitten der Trümmer gefunden. Die Reste eines Stricks um den Hals geschlungen und den verbrannten Kadaver seines treuen Hundes zu seinen Füßen. Die Gemahlin des Bauern, eine angeblich äußerst schöne und im Vergleich zu ihrem Mann recht junge Frau, sei seit jener Schreckensnacht nicht mehr gesehen worden. Es wurde vermutet, sie sei ihm zuvor wegen eines anderen Mannes davongelaufen, und dies sei der Grund für den Selbstmord des Kötters gewesen. Die Ehe des Moorbauern war, ähnlich wie die meiner Eltern, über die Jahre kinderlos geblieben, und nach dem Verschwinden seiner Frau, so erzählte man sich, habe der Bauer wohl keinen Grund mehr zum Leben gewußt und sich im Alkoholrausch umgebracht. Andere, allerdings nicht so zahlreiche Stimmen behaupteten, die Bäuerin selbst habe das Feuer gelegt, nachdem sie die Leiche ihres

Mannes auf dem Dachboden gefunden habe. Wieso sie dies getan habe und weshalb sie nach dem Brand plötzlich verschwunden sei, das wußten diese Stimmen nicht zu sagen.

»Warum gehört das Land heute eigentlich dem Schulzen?« fragte ich meinen Vater und deutete auf die Trümmer. »Weshalb ist der Hof nicht in den Besitz des Kolkmüllers übergegangen? Der war doch immerhin der Bruder vom Vennekötter.«

»Der Kolkmüller hat den abgebrannten Hof und das Land an den Schulzen verkauft«, antwortete mein Vater. »Was sollte er auch damit? Er konnte ja nicht Mühle, Gasthof und Kotten gleichzeitig betreiben. Und der alte Lanvermann scheint ihm einen guten Preis geboten zu haben. Er hat die Äcker und Feuchtwiesen übernommen und den Hof verfallen lassen.«

Ich schaute auf die verbrannten Bohlen und Kanthölzer im Innenraum des Kottens, und mir lief eine Gänsehaut bei dem Gedanken über den Rücken, an einem dieser Balken könnte der Moorbauer gehangen haben.

»Warum soll ich mich unbedingt hier vor den Gendarmen verstecken?« rief ich meinem Vater zu, der gerade um die Ecke des Kottens lugte. »Hier ist es nicht eben gemütlich.«

»Komm«, sagte er als Antwort und deutete hinter das Haus. »Sieh selbst.«

Als ich bei ihm angelangt war, verstand ich, was er meinte und warum meine Mutter mir nahegelegt hatte, mich im Moor zu verbergen. In einiger Entfernung vom Kotten, direkt vor dem Wall der Landwehr und unmittelbar neben einem Kiefernwald, stand ein kleines, windschiefes und verwunschen aussehendes Häuschen. Das ehemalige Gesindehaus. Etwas verfallen und ebenfalls von Unkraut überwuchert, aber nicht verbrannt und sogar noch mit Schindeln auf dem Dach.

Ich schaute von dem Gesindehaus zum Kotten und wieder zurück, und erneut fühlte ich einen Schauder an mir emporkriechen. »War eigentlich damals kein Gesinde im Bauernhaus?« wandte ich mich an meinen Vater. »Ist von denen niemand zu Schaden gekommen?«

»Natürlich waren Leute im Kotten«, erwiderte er zögernd, »aber man scheint sie rechtzeitig gewarnt zu haben.«

»Wer?« entfuhr es mir. »Wer hat sie gewarnt?«

Er lächelte gequält und zuckte mit den Schultern.

Irritiert blickte ich zu den abgebrannten Nebengebäuden und stellte mir vor, wie der Moorbauer erst die Scheune, dann den Stall und zuletzt den Kotten angezündet hatte, um sich anschließend am Dachgiebel zu erhängen. Er mußte flinke Beine gehabt haben, der Vennekötter! Oder war das Feuer von einem Haus aufs nächste übergesprungen? Warum aber hatte niemand den armen Hund davon abgehalten, seinem Herrchen in den Tod zu folgen?

Vater räusperte sich, deutete auf das Gesindehaus und fragte: »Was sagst du? Sieht doch annehmbar aus, oder?«

»Ein paar Tage werde ich dort gewiß aushalten«, antwortete ich und folgte ihm zur Hütte. »Wenn es innen ähnlich einladend ausschaut.«

»Hinter dem Haus gibt es sogar einen Brunnen«, meinte er und öffnete die Tür. »Aber mit dem Licht solltest du vorsichtig sein.«

Das Innere des Gesindehauses entsprach in etwa dem äußeren Eindruck. Verlassen und verlottert, aber keineswegs baufällig oder unbewohnbar. Spinnweben hingen überall, und der Staub lag in dicken Schichten auf Boden und Möbeln, aber die Türen und Fenster waren dicht, und das Holz war erstaunlicherweise nicht morsch. Das Häuschen bestand lediglich aus zwei Kammern, die eine war leer und hatte einst wohl einige Betten beherbergt, bei der anderen handelte es sich um die Stube, in der sich außer einem kleinen Ofen nur zwei wacklige Stühle und ein altersschwacher Tisch befanden. Eine kleine Leiter führte durch eine Luke auf den Dachboden. Ansonsten war sämtliches Mobiliar ausgeräumt oder entwendet worden, nur in dem Alkoven befand sich eine Bettstelle, auf der ein Strohsack und ein kleines Kopfkissen lagen.

Als wir die Stube betraten, raschelte es auf dem Dachboden.

»Ratten!« sagte mein Vater. »Fürchtest du dich?«

Ich schaute mich um, schüttelte zufrieden den Kopf, nahm den Filzhut ab und sagte: »Kein bißchen.«

»Das ist gut, mein Sohn.« Mein Vater stand in der Tür, reichte mir die Wolldecke, die er in einem Sack auf dem Rücken getragen hatte, und schickte sich an, sich zu verabschieden. »Also dann ...«

Überrascht drehte ich mich um und fragte: »Willst du schon gehen?«

»Du kommst auch allein zurecht«, erwiderte er, legte die Decke auf den Tisch und senkte den Kopf. »Und wahrscheinlich willst du noch über das eine oder andere nachdenken. Wir reden, wenn es Zeit zu reden ist.« Er lächelte bedächtig und fügte hinzu: »Der Proviant sollte bis morgen reichen. Maria kommt am Nachmittag und bringt dir Nachricht und weitere Verpflegung.«

Mein Vater war noch nie ein sehr gesprächiger

Mann gewesen, und mit uns Kindern hatte er schon gar nicht viel geredet. Der tägliche Ablauf auf dem Hof war klar festgelegt, was gab es da zu besprechen? Hier ein kurzer Befehl, dort eine flüchtige Bemerkung. Und wenn er doch etwas zu sagen hatte, dann war dies zumeist unangenehmer Art. Er war ein schweigsamer Mann und wurde nur gesprächig, wenn es als Lehrer darum ging, die Kinder zu unterrichten. Die meisten Worte aus seinem Mund hatte ich nicht als sein Sohn, sondern als sein Schüler vernommen. Und es waren nicht seine Worte gewesen, sondern die der Bibel oder der Schulbücher. Er meinte diese Wortkargheit gar nicht böse, er hielt nur nicht viel vom Reden. Das war alles.

»Vater...«, wollte ich zu sprechen ansetzen, doch er schüttelte nur den Kopf.

»Jetzt nicht«, sagte er, »du wirst noch früh genug alles erfahren.«

»Sieh zu«, rief ich ihm nach.

»Du auch, mein Sohn«, antwortete er, winkte kurz und ging.

Ich zuckte mit den Schultern und fühlte mich beinahe erleichtert. Ja, er hatte recht, es gab so viel, über das ich nachdenken und mit mir ins reine kommen mußte. Die Neuigkeiten des Tages, die überraschenden Enthüllungen, die aufwühlenden Ereignisse hatten mich kaum zur Ruhe und zum Sinnieren kommen lassen. Mir brummte immer noch der Schädel. Und so genoß ich es in gewisser Weise, endlich allein mit meinen Gedanken zu sein. »Das macht doch alles nur noch schlimmer!« schossen mir die in Rage gesprochenen Worte meines Vaters durch den Kopf. Als könnte es überhaupt noch schlimmer kommen!

Ich drehte mich um die eigene Achse und betrachtete das Häuschen, welches für die nächsten Tage mein Zuhause und meine Zuflucht sein würde. Mein Blick blieb auf der Bettstelle haften, auf dem Strohsack, auf dem Kopfkissen.

»Merkwürdig«, murmelte ich, trat näher, entzündete meine Laterne und untersuchte die Bettnische. Weder auf dem Strohsack noch auf dem Kissen war auch nur die geringste Staubschicht zu erkennen. Im flackernden Schein des Lichts bemerkte ich zudem, daß in der hinteren Ecke des Raumes ein alter Mantel verstaut war, dem Anschein nach ein verschlissener französischer Armeemantel. Des weiteren stand ein mit Rinderfell bezogener Tornister neben dem Bett, und zwei weiße Schultergurte, wie sie von Napoleons Soldaten getragen wurden, lagen auf dem Boden.

Ein leises Knarren schreckte mich auf. Ich fuhr herum und sah einen Schatten, der auf mich niedersauste. Ein Blitz entlud sich in meinem Kopf. Farben tanzten, Geräusche explodierten. Plötzliche Totenstille. Und dann wurde mir schwarz vor Augen.

ZWEITER TEIL

»Ich aber bin von Art ein Baur.
Mein Arbeit wird mir schwer und saur.
Ich muß ackern, säen und eggen,
schneiden, mähen, heuen dagegen,
holzen und einfahrn Heu und Getreid.
Geld und Steur macht mir viel Herzleid.
Trink Wasser und eß grobes Brot,
wie denn der Herr Adam gebot.«

Jost Amman, *Das Ständebuch*

1

Der Schmerz pochte an der Schläfe und hämmerte am Hinterkopf. Ich versuchte, mir an den Schädel zu fassen, mußte aber feststellen, daß meine Hände hinter dem Rücken gefesselt waren. Ich lag seitlich auf dem Boden, und als ich die Augen aufschlug, sah ich in das bösartig grinsende Gesicht eines etwa fünfzigjährigen Mannes, der sich über mich beugte, meine Kleidung durchsuchte und mir dabei eine Pistole an die Brust setzte. Da ihn die auf dem Boden stehende Laterne von unten beleuchtete, sah er noch furchteinflößender und verwegener aus, als er es ohnehin schon war. Im wettergegerbten Gesicht präsentierte er einen graumelierten, ausufernd buschigen Vollbart, und mit zusammengekniffenen, wachsamen Augen funkelte er mich an, wie ein Raubvogel eine Maus beäugt, bevor er sie verspeist. Der Mann war ein regelrechter Hüne mit breiten Schultern, Stiernacken, stattlichem Brustumfang und muskelbepackten Armen, mit denen er mich wie eine Laus hätte zerquetschen können. Er trug den dunkelblauen und an mehreren Stellen eingerissenen Rock der französischen Linien-Infanteristen und präsentierte auf seinem riesigen, kahlköpfigen und mit Narben übersäten Schädel eine Mütze mit blau-weiß-roter Kokarde.

»Non tirer«, stammelte ich in fehlerhaftem Französisch! »Ne tuer je pas!«

Der Soldat schaute mich überrascht an, hob die Augenbrauen und sagte: »Sieh mal einer an, der verlauste Bauernlump spricht französisch.« Er lachte höhnisch und fügte hinzu: »Aber mit der Grammatik hapert es noch ein wenig.«

Irgend etwas an der Sprache des Mannes kam mir bekannt vor, entweder war es seine nasale Stimme, das rollende »R« oder die gemächliche Betonung der Worte. Er stammte offenkundig aus dem Niederdeutschen, vermutlich sogar aus dem Münsterland. Abermals schaute ich ihm ins Gesicht, aber da sein wild wuchernder Bart die Hälfte davon verdeckte, war es mir unmöglich zu erkennen, ob mir dieser Mann zuvor schon einmal begegnet war. Ich fragte: »Wer seid Ihr? Und was wollt Ihr von mir.«

Statt zu antworten, bediente er sich an meinem Proviant und verschlang die Pfannkuchen, als hätte er seit Tagen nichts mehr zu beißen gehabt. Er biß ein Stück von dem Schinken ab, spülte mit einem Schluck Milch nach und rülpste.

»Was soll die Maskerade?« hakte ich nach. »Warum verkleidet Ihr Euch als französischer Infanterist?«

Er lachte laut, klopfte mir mit der Pistole auf die Brust und sagte: »Du bist komisch, mein Kleiner, wahrlich, du bist ein lustiger Vogel. Mach weiter deine Späße, dann lass' ich dich vielleicht noch ein Weilchen leben.« Wieder kramte er in dem Beutel mit dem Proviant und fragte schließlich: »Hast du kein Bier dabei? Oder etwas Wein?«

Ich ließ nicht locker: »Warum kostümiert Ihr Euch mit der welschen Uniform?«

Das Lachen erstarb auf seinen Lippen, wieder starrte er mich an wie der Vogel Greif, fuchtelte mit der Pistole vor meiner Nase herum und sagte: »Hör mal zu, du kleiner Klugredner, in dieser verdammten Uniform sind mehr Deutsche gestorben, als du dir in deiner beschränkten bäuerlichen Phantasie überhaupt vorstellen kannst. Jeder zweite Soldat der Großen Armee hat kein Wort Französisch gesprochen! Komm mir also nicht mit deinem großspurigen preußischen Drecksgerede!« Er musterte mich lange, kniff eines seiner Raubvogelaugen zusammen und fragte: »Was treibst du eigentlich hier? Und wer war der Kerl, der vorhin bei dir war?«

»Das geht Euch gar nichts an!«

»Das ist wohl wahr«, erwiderte er, grinste und hielt mir die Mündung seiner Pistole direkt vor die Nase. »Und wenn ich gleich schieße, werde ich es auch niemals erfahren. Zu schade!«

Ich schielte auf die Mündung und wagte kaum zu atmen. Wie betäubt starrte ich auf die Pistole, eine alte und reichlich verzierte Steinschloßwaffe mit extravagantem doppelten Lauf. Als der Mann den Hahn spannte, sprudelten die Worte nur so aus meinem Mund: »Ich muß mich verstecken, weil ich aus der Landwehr desertiert bin und weil mich die Gendarmen und der Amtmann suchen. Der Mann vorhin war mein Vater. Wir sind arme Leute und haben kein Geld, nichts zu holen für Euch. Bitte, tut mir nichts, ich bitte Euch, laßt mich leben.«

Er lachte und schüttelte den Kopf: »Was glaubst du eigentlich, was ich bin? Ein Räuber? Warum sollte ich euch wohl überfallen wollen?«

Ich stierte immer noch auf den Doppellauf und brachte kein Wort heraus.

»Ein Deserteur also«, murmelte der Soldat und ließ den Hahn an seiner Waffe sachte zurückgleiten. »Nicht zu glauben ... ausgerechnet«, murmelte er nachdenklich. »Kommst du hier aus dem Dorf?«

Ich nickte heftig mit dem Kopf und sagte: »Mein

Name ist ...« Ich zögerte, sah den Mann unschlüssig an und ergänzte schließlich: »Vogelsang.«

»Sind dir die Gendarmen auf der Spur? Steht zu befürchten, daß sie hier auftauchen?« Er löschte das Licht, stand auf und trat ans Fenster.

»Nein, hier sucht mich niemand«, erwiderte ich und berichtete ihm von dem Vorfall auf dem Kirchplatz. Von den Ahlbecker Deserteuren, von meinem Steinwurf und von der Ankündigung des Amtmannes, in Kürze wiederzukommen. Von Lotte und dem persönlichen Groll des Amtmannes gegen mich erzählte ich nichts.

»Du bist ja ein regelrechter Revolutionär, mein Kleiner! Nicht eben ein Patriot, das nun nicht, aber ein wahrer Freigeist, das muß man dir lassen! Bist einfach vor den preußischen Sandhasen geflitzt.« Abermals schüttelte er sich vor Lachen. »Vogelsang war dein Name?«

»Jeremias Vogelsang«, antwortete ich.

Da er immer noch vor dem Fenster stand und mir nur seine Silhouette präsentierte, konnte ich ihm nicht ins Gesicht sehen, aber er schien überrascht zu mir herüberzuschauen. »Jeremias?« Er kratzte sich den Bart und fragte: »Der Sohn vom Magisterbauern?«

»Ihr kennt meinen Vater?«

»Ein gescheiter und tüchtiger Mann«, antwortete er und kam zu mir herüber. »Sein Vater, also dein Opa, hat mir das Einmaleins beigebracht.« Er lachte und fügte hinzu: »Nun ja, ein gebildeter Mann ist nicht gerade aus mir geworden.« Er bückte sich und zückte ein Messer, welches er in seinem Hosenbund getragen hatte. Da ich glaubte, mein letztes Stündlein habe geschlagen, schloß ich die Augen, dachte an das Silbermedaillon, das an der Kette um meinen Hals hing, und betete zur Mutter Gottes. Doch der seltsame Fremde durchtrennte lediglich meine Fesseln und schlug mir kameradschaftlich auf die Schultern. »Schau mich an«, sagte er. »Erkennst du mich nicht?«

Ich öffnete die Augen, betrachtete ihn eingehend und schüttelte den Kopf.

Er nickte zufrieden, öffnete seinen rindsledernen Tornister und holte ein Stück Papier heraus. Er zündete die Laterne wieder an, reichte mir das Blatt und sprach: »Mein Name ist Bernhard ...«

»Lanvermann!« vervollständigte ich den Satz.

Fassungslos stierte ich auf das Papier in meiner Hand, es war datiert vom 1. Dezember 1811. Es handelte sich dabei um einen Steckbrief der damaligen französischen Besatzungsregierung. Das Bildnis des einstigen Dorfschulzen prangte auf dem Papier, und darunter standen die Worte:

Gesucht wegen Mordes

»Kennst du den Wisch?«

»Wisch?« fragte ich. »Was heißt das?«

Er stutzte, lächelte dann nachsichtig und sagte:

»Ich meine den Steckbrief! Schon mal gesehen?«

»Und ob!« antwortete ich. Der gleiche Steckbrief war vor gut zwei Jahren nach feierlicher Galgenprozession in Abwesenheit des Verurteilten, aber in Anwesenheit sämtlicher Dorfbewohner am Ahlbecker Blutgerüst befestigt worden. Ich verglich das gezeichnete Bildnis mit dem Mann, der neben mir kniete, und wunderte mich. Von dem wüsten Bart war auf der Zeichnung nichts zu sehen, und statt des kahlrasierten Schädels trug er auf dem Steckbrief eine zum Zopf zusammengebundene Lockenpracht auf seinem Kopf. Auch von den Narben war noch nichts zu erkennen.

»Sieht mir nicht besonders ähnlich, was?« Er nahm

mir das Papier aus der Hand und verstaute es wieder im Tornister. »Ich habe nicht immer so finster wie heute ausgesehen. Eine Schönheit war ich gewiß nie, aber so häßlich auch wieder nicht!« Er fuhr sich nachdenklich über das entstellte Gesicht und schmunzelte.

Ich hatte ihn zu seiner Zeit als Dorfschulze nur wenige Male und stets aus der Ferne zu Gesicht bekommen, weder war ich damals schon als Heuerling auf seinem Hof gewesen, noch war ich ihm aus sonstigen Gründen unter die Augen getreten. Lediglich im sonntäglichen Hochamt war ich ihm dann und wann begegnet. Ich vermochte mich nicht daran zu erinnern, jemals ein Wort mit ihm gewechselt zu haben. Man zog respektvoll den Hut, kam sich aber nicht zu nahe und ging seines Weges.

»Warum seid Ihr...?« stammelte ich und rieb mir die Unterarme. Die Fesseln hatten mir das Blut abgeschnürt. Anschließend fuhr ich mir über den Hinterkopf, betastete die riesige Beule, die sich dort gebildet hatte, und schrie vor Schmerz auf.

»Tut mir leid, daß ich dich niederschlagen mußte«, sagte er schelmisch grinsend. »Ich wußte ja nicht, mit wem ich es zu tun habe.«

»Halb so schlimm«, log ich, schluckte den Schmerz hinunter und wiederholte meine Frage: »Was wollt Ihr hier? Wieso`seid Ihr...«

»Warum ich zurückgekehrt bin?« Erneut lachte er, diesmal jedoch verächtlich und mit unverkennbarem Abscheu. »Weil noch eine Rechnung offen ist! Weil ich noch etwas zu erledigen habe!«

Mich fröstelte es bei seinen Worten. Ich dachte an seine Gemahlin und an die Art und Weise, wie er sie »erledigt« hatte.

Er schien meine Gedanken lesen zu können, denn er

fragte: »Was schaust du so, als wäre ich der leibhaftige Teufel? Was weißt du denn schon über mich?« Er steckte die Pistole in den Hosenbund und stand auf. »Sprich! Was weißt du?«

»Nur das, was man sich im Dorf erzählt hat«, erwiderte ich zaghaft und setzte mich auf die Bettstelle. »Was Euer Bruder der Gendarmerie berichtet hat und was die Zeugen zu Protokoll gegeben haben.«

Abermals lachte er sein verächtliches Lachen. »Laß mich raten: Der arme Kerl hat die blutüberströmte Leiche meiner Frau eines Nachts im Ehebett gefunden. Ich lag sturzbetrunken neben ihr, das triefende Messer noch in der Hand, meine Kleidung ebenfalls blutverschmiert. Als ich hochfuhr und ihn sah, floh ich Hals über Kopf und ward nie wieder gesehen. Ende der Geschichte.«

»So in etwa«, bestätigte ich. »Euer Bruder hat noch einen heftigen Streit erwähnt, den Ihr kurz zuvor mit Eurer Frau ausgefochten haben sollt.«

»Dieses Schwein!« entfuhr es ihm. »Dieser verfluchte Gauner!«

»Entspricht die Geschichte nicht der Wahrheit?«

»Ganz wie man es nimmt.« Er kam ganz nahe an mich heran und schaute mich mit seinen Habichtaugen an. »Als ich in jener Nacht aufwachte, hatte ich wahrhaftig das blutige Messer in der Hand, lag neben meiner toten Frau, und mein Bruder stand vor dem Bett. So weit entspricht die Geschichte durchaus der Wahrheit.« Er lachte verächtlich und setzte hinzu: »Hat sich eigentlich nie irgend jemand gefragt, was der gute Johann mitten in der Nacht im Schlafzimmer seiner Schwägerin zu suchen hatte?«

»Wollt Ihr mir erzählen, daß Ihr Euch an die Tat nicht erinnern könnt?«

»Ich war so betrunken, daß ich mich an gar nichts erinnern kann. Ich habe keine Ahnung, wie das Messer in meine Hand gekommen ist und wieso meine Kleidung blutverschmiert war. Von dem Mord an meiner Frau weiß ich genausoviel wie du! Aber von meinem Bruder weiß ich einiges zu berichten.« Er setzte an, weitere Einzelheiten zu erzählen, hielt jedoch plötzlich inne und schüttelte verärgert den Kopf. »Ach, was soll das alles?« rief er und wandte sich ab. »Vorbei ist vorbei!«

»Was meint Ihr damit?«

»Johann ist fünf Jahre jünger als ich«, sagte er mit einem Mal und stellte sich wieder ans Fenster. Das Mondlicht schien durch die Scheibe und warf seinen Schatten auf den Boden zu meinen Füßen. Er brummte etwas in seinen Bart, was ich jedoch nicht verstand, dann wandte er sich um und sagte laut und vernehmlich: »Das hat er mir nie verziehen.«

»Weil Ihr der Hoferbe wart?«

»Er war der Hübschere, der Klügere, der Beliebtere, aber ich war der Ältere.«

»Wollt Ihr behaupten, daß Euer Bruder der Mörder ist?« fragte ich und gesellte mich zu ihm ans Fenster. »Und daß er Euch die Tat in die Schuhe geschoben hat? Warum sollte er das tun?«

»Um den Hof zu übernehmen und fortan Dorfschulze zu sein!«

Ich dachte an die beiden Kinder des Bernhard Lanvermann, die beide nicht mehr lebten. Der Erstgeborene war bereits als Säugling an Scharlach gestorben, und der Zweitgeborene war nur wenige Monate vor dem Tod der Mutter bei einem tragischen Reitunfall ums Leben gekommen. Da es keine direkten Erben gegeben hatte, waren der Hof und das Amt des Schulzen nach den schrecklichen Ereignissen an den jüngeren Bruder gegangen.

Lanvermann sah mich an, und sein mondbeschienenes Gesicht war aschfahl. Seine Mundwinkel zuckten, die Augen bohrten sich regelrecht in mein Gesicht. »Der Streit, den ich am Abend vor ihrem Tod mit meiner Frau hatte ...«, fuhr er schließlich fort. »Hat Johann auch gesagt, was der Grund für diesen Streit war?«

»Davon weiß ich nichts«, erwiderte ich. »Was war der Grund?«

»Irmgard und mein Bruder waren ... Er hat ... Die beiden hatten ein ... Ich habe sie zusammen ...« Er schluckte und konnte nicht weiterreden, eine Träne lief über seine schmutzige Wange und blieb in seinem Bart hängen.

»Eure Frau hat Euch mit Eurem Bruder hintergangen?«

»Johann war schon immer ein elendiger Hurenbock!« sagte Bernhard Lanvermann und bat mich, ihm den Tornister zu reichen. Er kramte eine Pfeife aus der Tasche, füllte sie mit Tabak und fuhr fort: »Es gab kein Weibsbild in ganz Ahlbeck, dem er nicht schon unter den Rock gegangen war. Er war ja ein hübscher Bursche, und das Scharwenzeln beherrschte er wie kein anderer. Die Weiberröcke scharten sich nur so um sein Bett, und er hat sie alle der Reihe nach bestiegen, egal, ob naive Jungfern oder frustrierte Eheweiber.«

»Aber die eigene Schwägerin?« entgegnete ich ungläubig.

»Meine Frau scheint ihn ganz besonders gereizt zu haben, gerade *weil* sie seine Schwägerin war«, antwortete er und paffte den Rauch gegen die Scheibe. Das Rauchen schien ihn zu beruhigen, sein Gesicht sah plötzlich beinahe friedlich aus, als erzählte er etwas, an dem er gar nicht beteiligt gewesen war. »Johann hat es nie verwinden können, daß Irmgard sich für mich entschieden hat und nicht das Buhlen dieses Charmeurs erhört hat. Schließlich war ich der künftige Schulze und damit die bessere Partie.«

Die Worte meiner Mutter kamen mir in den Sinn. Es sei eine Schande, was Johann Lanvermann auf dem Hof treibe, hatte sie am Morgen gesagt. Ein einziges Sodom und Gomorrha! Der Schulzenbauer solle sich was schämen! Und wir alle wären besser dran, wenn sein Bruder noch da wäre.

»Weshalb seid Ihr dann geflohen? Weshalb habt Ihr dadurch Eure Schuld geradezu gestanden?« Mir wollte das Verhalten des Bernhard Lanvermann nicht einleuchten, und ich setzte hinzu: »Warum habt Ihr es nicht auf einen Prozeß ankommen lassen?«

»Weil es gar nicht erst zum Prozeß gekommen wäre«, antwortete er und legte seine Hand auf meine Schulter. »Als ich aufwachte, blickte ich in die Mündung einer Muskete. Mein Bruder stand vor mir und drohte, mich auf der Stelle zu erschießen, wenn ich auch nur einen Mucks von mir gäbe. Er hat mich gezwungen, die Beine in die Hände zu nehmen und niemals zurückzukehren. Wenn ich mich geweigert hätte, hätte man meine Leiche neben der meiner Frau gefunden, und kein Mensch hätte ernsthaft bezweifelt, daß der Mörder seiner gerechten Strafe zugeführt worden wäre.« Er lächelte eigentümlich und nahm einen tiefen Zug aus seiner Pfeife. »Johann hat natürlich acht darauf gegeben, daß die Gesindeleute mich in blutverschmierter Kleidung fliehen sahen und dies anschließend vor dem Untersuchungsrichter bezeugen konnten. Eine klare Angelegenheit und ein Fall für den Galgen!«

»Weshalb seid Ihr nicht später zurückgekehrt, um die Intrige aufzudecken?« hakte ich nach. »Wenn Ihr unschuldig wart, warum habt Ihr Euch dann nicht gegen die Vorwürfe gewehrt?«

»Ha! Wie denn?!« entfuhr es ihm. »Ich hatte keinerlei Beweise. Mein Wort hätte gegen das meines Bruders gestanden, und die Indizien sprachen eindeutig gegen mich. Niemand hätte mir geglaubt!« Er sah mich spöttisch lächelnd an und setzte hinzu: »Genausowenig, wie du mir jetzt glaubst. Ich sehe es deinem Gesicht deutlich an, und ich kann es dir nicht einmal verdenken.«

»Das ist eine ziemlich abenteuerliche Geschichte, die Ihr da erzählt«, erwiderte ich, »warum sollte ich sie wohl glauben?«

»Niemand zwingt dich, mir Glauben zu schenken, mein Junge«, antwortete er lächelnd und klopfte mir auf die Schulter. »Ich lege keinen Wert mehr auf die Meinung anderer Leute. Glaube mir, wenn du es für richtig hältst, oder laß es bleiben. Es kümmert mich nicht, was du denkst. Das macht ohnehin alles keinen Unterschied mehr.«

Als er mir die Pistole vor die Nase gehalten hatte, war ich mir sicher gewesen, einen hinterhältigen und feigen Mörder vor mir zu haben. Jetzt aber, da er seine Hand auf meiner Schulter liegen hatte und mir ebenso eindringlich wie offen in die Augen schaute, war mir dies nicht mehr möglich. Mitleid war alles, was ich für ihn empfinden konnte, er wirkte wie eine gejagte, gehetzte Kreatur, und das Unruhige und Beunruhigende in seinem Wesen war dem Anschein nach mehr auf erlittenes Leid als auf eigene Böswilligkeit zurückzuführen. Zugleich aber war etwas an ihm, in seinem geschundenen Gesicht, in seinem entschlossenen Blick, das einen seltsamen Einfluß auf mich ausübte und wogegen ich mich kaum zu wehren wußte. Gewiß, er war ein verwegener, ungehobelter und – wie ich am eigenen Leib erfahren hatte – brutaler Kerl, und dennoch zwang er mich geradezu, ihm mit Achtung und sogar Vertrauen gegenüberzutreten. Und je weniger ihm an meiner guten Meinung zu liegen schien, desto mehr war ich geneigt, ihm zu glauben. Zwar wunderte ich mich, daß er mir, einem völlig Fremden, seine Geschichte so freimütig erzählte und sich damit der Gefahr aussetzte, von mir verraten zu werden, andererseits hatte er für diesen Fall immer noch die Pistole in seinem Besitz, und er würde sicherlich nicht zögern, von ihr Gebrauch zu machen.

»Wie seid Ihr zu der französischen Uniform gelangt?« fragte ich.

»Ungefähr zu der Zeit, als ich mich im Moor versteckt hielt und von Gendarmen und Spürhunden gehetzt wurde, las ich einen Aufruf der Franzosen, in dem von der Aushebung einer riesigen Armee die Rede war. Napoleon war anscheinend mit dem Zaren aneinandergeraten, und nun brauchte er Truppen für seinen Rußlandfeldzug.«

»Ihr wart tatsächlich in der Großen Armee?« Ich erinnerte mich noch gut an die endlosen Kolonnen, welche vor gut zwei Jahren über die Straßen gezogen waren. Abertausende Soldaten auf ihrem Marsch nach Osten, die sich unterwegs nahmen, was ihnen vor die Flinte oder Lanze fiel. Während die französischen Truppen von überall her zusammenströmten und die Straßen unsicher machten, traute sich keine Ahlbecker Frau vor die Tür. Die Vorräte wurden größtenteils versteckt, nur ein kleiner Rest zur sofortigen Herausgabe bereitgehalten, damit die Soldaten nicht aus Ärger den ganzen Hof in Brand setzten. Mit einer Mischung aus kindlicher Neugier und ehrlich empfundenem Respekt betrachtete ich den Mann, der es geschafft hatte, den zunächst so erfolgreichen und dann greulich selbstmörderischen Krieg zu überleben. »Ihr wart also wirklich in Rußland?« fragte ich.

»Das war ich allerdings«, antwortete er mit einem Anflug von Ekel in der Stimme. »Vom ruhmreichen Anfang bis zum bitteren Ende. Ich war bei der Schlacht von Borodinó dabei, wo wir uns den Weg nach Moskau blutig freigekämpft haben, und ich habe dieses verfluchte Moskau brennen sehen, mein Junge. Kannst mir glauben, das war ein schofeler Anblick. Wir hatten einen menschenleeren Haufen Schutt und Asche erobert und durften uns auf dem Rückzug mit wildentschlossenen Partisanen und bis an die Halskrause bewaffneten Bauern herumprügeln.« Er lachte verächtlich und winkte mit der rechten Hand ab. »Den Hintern haben wir uns in diesem elenden Rußland abgefroren, und der Matsch beim anschließenden Tauwetter machte alles nur noch schlimmer. Wer nicht in den Scharmützeln starb, den hat die Ruhr dahingerafft. Wie die Fliegen sind sie abgekratzt. Siehst du diese Wunden?« Er deutete auf zwei häßlich vernarbte Schmisse, die parallel von seiner Nase bis zum rechten Ohr gingen. »Diese Andenken habe ich von meinen eigenen Kameraden empfangen, als wir uns an der Beresina gegenseitig die Köpfe einschlugen, um auf dem Rückzug als erster durch die Furt und über den Fluß zu kommen. Ich habe Massel gehabt und lebend das andere Ufer erreicht. Wer weiß, wenn es nötig gewesen wäre, hätte auch ich meinem besten Freund den Schädel eingeschlagen, um die eigene Haut zu retten.« Er wurde plötzlich ganz nachdenklich und schaute durch mich hindurch, als wäre ich gar nicht im Raum, als redete er mit jemandem, den ich nicht sehen konnte. »Wenn ich keinen so guten Grund gehabt hätte, am Leben zu bleiben, wäre ich vermutlich auch vor Hunger oder Erschöpfung krepiert oder hätte mich in Leipzig in einen der Degen der Verbündeten gestürzt.«

»In Leipzig habt Ihr auch gekämpft?«

»Mit dem schäbigen Rest der glorreichen Armee, jawohl!« rief er plötzlich mit Begeisterung aus. »Wir haben uns vermöbeln lassen für Kaiser Napoleon! Die Große Armee einer Großen Nation hat von allen Seiten ordentlich Dresche bezogen.« Er lachte spöttisch, zog an seiner Pfeife und fuhr dann in seinem merkwürdig distanzierten Tonfall fort: »Nach der Katastrophe von Leipzig gab es keine französische Armee mehr, nur ein zerlumptes Häuflein Elend, das sich über den Rhein rettete.«

Ich starrte ihn an wie eine Erscheinung aus einer anderen Welt, und ich dachte an die Hunderte von Meilen, die er quer durch Europa zu Fuß gezogen war, an die Städte, die er gesehen hatte, und die Menschen, denen er begegnet war. Ich selbst war noch nie weiter als eine Tagesreise von Ahlbeck entfernt gewesen, an den hohen Feiertagen zog ich mit den anderen Männern des Dorfes zu den Prozessionen am bischöflichen Schloß in Altheim, und vor etlichen Jahren war ich auf dem Markt im zwei Meilen entfernten holländischen Enschede gewesen. Was ich von der großen weiten Welt kannte, hatte ich in Büchern gelesen und in Atlanten nachgeschlagen. Immerzu hatte ich davon geträumt, einmal in meinem Leben den Dom in Münster zu sehen oder wenigstens die Messe in Deventer. Und dieser Mann war in Sachsen und in Rußland gewesen, er hatte Leipzig und Moskau mit eigenen Augen gesehen!

»Wird in Frankreich nicht mehr gekämpft?« wunderte ich mich. »Ich dachte, der Kampf wird jetzt auf französischem Boden weitergeführt.«

»Das schon«, antwortete er und lachte lausbübisch, »aber die Scharmützel müssen fortan wohl ohne mich stattfinden. Der Krieg ist ohnehin entschieden, Napoleon ist besiegt, und warum soll ich mich in den letzten Tagen noch niedermetzeln lassen? Alle fremdländischen Soldaten haben längst das Weite gesucht, die meisten sind bereits im Winter verschwunden. Ich war einer der letzten, die davongelaufen sind.« Er lachte abfällig und fügte hinzu: »Wo hätte ich auch hingehen sollen?«

»Seit wann seid Ihr wieder in Ahlbeck?«

»Seit heute nachmittag. Ich habe mich vor wenigen Wochen von der Truppe abgesetzt, um hierher zurückzukehren und das zu vollenden, was ich vor Jahren nicht zustande brachte.« Er sah mich mit mildem Lächeln an und meinte: »Und wen treffe ich hier? Einen kleinen Deserteur, der sich weigert, gegen die Franzosen zu kämpfen. Wir sind beide Fahnenflüchtige. Wenn das keine Fügung des Schicksals ist! In gewisser Weise sind wir Verbündete, nicht wahr?«

»Ich interessiere mich nicht für Politik«, antwortete ich wahrheitsgemäß.

»Das ist ein Fehler, mein Kleiner«, erwiderte er schwermütig. »Denn die Politik interessiert sich für dich, ob du es willst oder nicht! Und wenn es soweit ist, solltest du wissen, auf welcher Seite du stehst. Irgendwann kommt der Zeitpunkt, wo du wissen solltest, für wen du kämpfst und ob sich das Kämpfen lohnt. Wenn du das nicht weißt, dann bist du eine erbärmliche Kreatur. Nicht besser als das wiederkäuende Rindvieh auf der Tenne.«

»Ich bin lieber ein lebendiger Feigling als ein toter Held!« erklärte ich. »Und ich habe gewiß keine Lust, für eine Sache zu sterben, die nicht einmal die meine ist! Deshalb halte ich mich lieber aus allem heraus.«

Er schnaufte abfällig, zuckte mit den Schultern und nahm die Mütze ab. »Schau mich an«, sagte er und fuhr sich mit der Hand über den kahlen Schädel. »Nicht immer hat man die Wahl, ob man feige oder heldenhaft sein will. Niemand fragt dich nach deinem Willen. Und ehe du dich versiehst, tust du Dinge, für die du dich normalerweise hassen würdest!« Wieder schaute er durch mich hindurch und redete gegen die Wand: »Ich habe für einen Kaiser geblutet, der nicht der meine war. Ich habe Tausende von braven Männern sterben sehen, die nicht die blasseste Ahnung hatten, für wen oder für was sie ihr Leben ließen! Und die meisten von diesen Burschen hatten sich auch aus allem heraushalten wollen, bis man sie schließlich zwang, die Waffe in die Hand zu nehmen und sich einzumischen.«

»Aber das ist einfach nicht gerecht!«

»Das hat auch niemand behauptet«, antwortete er und lächelte abwesend. »Das Leben hat nun wahrlich nichts mit Gerechtigkeit zu tun. Wenn du das glaubst, kannst du dich auch gleich erschießen oder dir eine Narrenkappe aufsetzen und auf dem Jahrmarkt auftreten. Wenn Gott mit den Gerechten wäre, wie es so schön heißt, dann stände er allein auf weiter Flur da, das kannst du mir glauben. Vergiß das dumme Gerede der Pfaffen! *Liebe deinen Nächsten!* Ha, daß ich nicht lache!« Das Lächeln war längst aus seinem Gesicht verschwunden, und er fragte mit finsterer Miene: »Hast du ein Mädchen?«

Die unvermittelte Frage überraschte mich. Ich wußte nicht, ob und was ich antworten sollte, und sagte schließlich: »Ja – das heißt ... nein!«

»Nicht einmal *das* weißt du?« Er lachte krampfhaft und klopfte mir aufmunternd auf den Rücken. »Du bist ein komischer Kerl, kleiner Vogelsang!«

»Bis gestern hatte ich ein Mädchen«, erklärte ich. »Aber nun nicht mehr!«

»Sie ist dir davongelaufen, was?«

»Nicht wirklich. Sie wurde mir – in gewisser Weise – weggenommen.«

»Dann solltest du sie dir – in gewisser Weise – zurückholen«, antwortete er und klopfte mir erneut auf den Rücken. »Wenn du sie wirklich willst.«

»Ihr habt selbst gesagt«, erwiderte ich, »daß niemand einen nach seinem Willen fragt. Ich bin da keine Ausnahme von der Regel.«

Er nickte ernst, reichte mir die Hand und sagte: »Du darfst ruhig ›du‹ zu mir sagen, mein Kleiner. Ich heiße Bernhard.«

»Mein Name ist Jeremias«, erwiderte ich, zögerte einen Moment und nahm dann seine Hand. »Du brauchst mich also nicht ›mein Kleiner‹ zu nennen.«

Er lachte schallend und meinte: »Die Freude ist ganz meinerseits.«

2

Noch keine Stunde befand ich mich in der Hütte, und schon wünschte ich mir, sie niemals betreten zu haben. Die altersschwachen Dielen knarrten, der Wind strich flüsternd um das Haus, die Bäume des benachbarten Kiefernwaldes ächzten und rauschten, und bei jedem noch so harmlosen Geraschel oder Vogelschrei fuhr ich auf und bekam Beklemmungen. Ich hatte versucht, einige wenige Bissen des übriggebliebenen Proviants herunterzuwürgen, aber der Schinken blieb mir im Hals stecken, und das Schwarzbrot stieß mir säuerlich auf. Mein Magen rebellierte gegen das Essen. Ich legte mich auf den Lehmboden, wickelte mich in die Wolldecke und starrte durch das Fenster zum vollen Mond, der sich gerade hinter einer schwarzen Wolke verbarg. Ich fühlte mich einsam und verlassen in unwirtlicher Einöde. Vorhin noch hatte ich mich danach gesehnt, allein zu sein, doch nun hätte ich alles darum gegeben, jemanden neben mir zu wissen.

Bernhard Lanvermann war vor gut einer halben Stunde verschwunden. Er war mit einem Mal und ohne irgendeine Ankündigung aufgesprungen, hatte sich den Militärmantel übergeworfen und war zur Tür geeilt, als hätte er etwas vergessen und müßte sich beeilen, dies nachzuholen. Er habe noch etwas zu erledigen, hatte er lediglich gebrummt und sich die Mütze aufgesetzt.

»Was habt Ihr vor?« hatte ich erschrocken gefragt.

»Wollten wir uns nicht duzen?«

»Wohin gehst *du*?«

»Das hat dich nicht zu kümmern«, hatte er mit finsterem Gesichtsausdruck erwidert. »Wenn es das wäre, wovor du offensichtlich Bammel hast, dann läge es gewiß nicht in deiner Macht, mich davon abzuhalten.«

»*Ist* es das, was ich befürchte?«

»Ich bin bald zurück«, hatte seine ausweichende Antwort gelautet. Und mit diesen Worten war er verschwunden und hatte mich mit meinen wirren und selbstquälerischen Gedanken allein gelassen. Plötzlich jedoch war er wieder im Türrahmen erschienen, hatte auf die Laterne gedeutet, sie an sich genommen und gefragt: »Du bist doch koscher, oder? Andernfalls würdest du es nämlich bitter bereuen.«

»Falls ich nicht koscher bin, wirst du es früh genug merken. Wenn du mir nicht traust, dann mußt du mich eben fesseln.«

Er hatte lauthals gelacht, sich an die Stirn getippt und war hinaus in die Nacht getreten.

Ein merkwürdiger Tag! dachte ich nun, während ich mich ruhelos auf dem Boden wälzte und doch keinen Schlaf finden konnte. Die Beule an meinem Hinterkopf hatte mittlerweile die Größe eines Taubeneis angenommen und ließ mich immer wieder zusammenzucken, wenn ich meinen Schädel zu heftig bewegte oder mit ihm den Boden berührte. Ein Tag voller Überraschungen! ging es mir durch den Kopf. Kein koscherer Tag, wie Bernhard sagen würde. Eine seltsame Sprache hatte er sich bei den Franzosen angewöhnt. »Schofel«, hatte er vorhin gesagt und »Wisch« und »Bammel«. Wie ein Zigeuner oder Vagabund.

Meine Gedanken wanderten nach Oldendorf, zu meiner lieben Lotte, welche nun nicht länger *meine* Lotte war. Es wahrscheinlich nie wirklich gewesen war. Insgeheim hatte ich gehofft, im Laufe des heutigen Tages irgendeine Nachricht von ihr zu erhalten, einen Brief, mit dem sie jemanden nach Ahlbeck schikken würde. Irgend etwas, um die Ungewißheit zu beenden. Aber ich hatte vergebens auf ein Zeichen aus Oldendorf gewartet. Vermutlich hatte sie ihrem Vater alles gebeichtet und ihm meinen Namen genannt, und er hatte ihr von meiner Fahnenflucht und meiner ungewissen Herkunft erzählt. Erst jetzt wurde mir vollends bewußt, wie ausweglos meine Situation war. Ich war nicht nur ein elternloser Bastard und landarmer Bauernlümmel, ich wurde zudem gejagt wie ein Vogelfreier und hatte jedweden Anspruch verwirkt, mich als ehrbarer und geachteter Bürger zu fühlen. Mit welchem Recht maßte ich mir an, um die Tochter des Amtmannes zu freien – die Tochter jenes Mannes, dessen Aufgabe es war, mich hinter Schloß und Riegel zu bringen? Ich befand mich in einer verfahrenen Lage, alles war schiefgelaufen, nichts paßte mehr zusammen. Und was noch schlimmer war: Ich hatte keinerlei Möglichkeit, es wieder zurechtzurücken. Ich befand mich in einer Sackgasse, und der Weg zurück war mir versperrt. Ich saß in der Falle!

Ich stierte gebannt zur Decke und betrachtete mit stupider Ausdauer die Holzbalken und die kleine Luke in der Ecke des Raumes, die auf den Dachboden führte. Dort oben hatte sich Bernhard Lanvermann vorhin versteckt, als ich mit meinem Vater die Hütte betreten hatte. Zwischen den Balken sah ich einige Halme und Gräser hervorlugen, was darauf schließen ließ, daß auf dem Speicher noch Heu oder Stroh gelagert war, das ich benutzen konnte, um mir eine etwas bequemere Bettstatt herzurichten und nicht länger auf dem harten Lehmboden liegen zu müssen. Mühsam rappelte ich mich auf, legte die Wolldecke beiseite und stieg auf der morschen Holzleiter durch die Luke. Abgesehen von ein wenig Stroh und Heu, das in kleinen Haufen auf dem Boden verteilt war, war auch der Dachboden leer. Die Tür im Giebel stand sperrangelweit offen, und ich hatte einen direkten Blick auf den Grenzwall und die Ruinen des Bauernhofes und glaubte sogar, in einiger Entfernung den Galgenbülten ausmachen zu können. Zwei Gestalten gingen auf der

Landwehr auf das Gesindehaus zu. Die eine Gestalt war groß und stattlich und trug eine Laterne in der Hand, die andere war beinahe kugelrund und klein und ging dicht hinter der ersten. Sie schienen sich angeregt zu unterhalten, waren aber noch zu weit entfernt, als daß ich ihre Unterredung hätte verstehen können. Just in diesem Moment trat der Vollmond hinter einer Wolke hervor und beleuchtete silbrig die Szenerie und die beiden Figuren auf dem Wall. Bei dem Großen handelte es sich offensichtlich um Bernhard Lanvermann, sein dunkler Mantel und die Mütze auf dem Kopf waren unverkennbar. Der Kleine jedoch war mir unbekannt, am Leib trug er eine im Mondlicht aufleuchtende weiße Uniform, wie sie von den ehemals holländischen Grenadieren der französischen Kaisergarde getragen wurden. Seine Beine steckten in schwarzen und kniehohen Stiefeln, und auf dem Kopf präsentierte er eine mit blau-weiß-roter Kokarde versehene Pelzmütze. Was hatte ein kaiserlicher Gardeoffizier mit einem Linien-Infanteristen zu schaffen? wunderte ich mich. Stammte der kleine Dicke etwa auch aus der Gegend und hatte sich zusammen mit Bernhard von der napoleonischen Truppe abgesetzt?

Die beiden Männer hatten nun beinahe die Hütte erreicht, blieben aber weiterhin auf dem Wall stehen. Ich versteckte mich hinter einem Stützpfosten, lugte vorsichtig zur Tür hinaus und sah, wie sich Bernhard salutierend von dem Gardisten verabschiedete, dabei lauthals lachte und sich dennoch ehrerbietig verbeugte, als grüßte er einen Vorgesetzten. Der Kleine, dem Anschein nach ein bereits älterer Mann, der eine Brille mit winzigen Gläsern auf der Nase sitzen hatte, stimmte in das Lachen ein, wurde dann aber ernst und rief dem anderen hinterher: »Flessener?«

Bernhard, der bereits vom Wall heruntergesprungen war, wandte sich um.

»Keine Eigenmächtigkeiten, hast du verstanden?« rief der Gardist, und es klang, als würde er lispeln oder zischeln. »Die Befehle kommen von mir, und hier geschieht nichts gegen meinen Willen.« Er legte, wie zur Untermalung seiner Worte, die rechte Hand auf den Säbel, der mittels einer blau-weiß-roten Schärpe an seiner Seite befestigt war und welcher beinahe länger war als seine Beine. »Unternimm nichts auf eigene Faust und gib Bescheid, sobald du etwas Interessantes erfahren hast. Du weißt ja, wo du mich findest. Aber geh auf keinen Fall ein Risiko ein, Jackel wird schon auf seine Weise herausbringen, was wir wissen wollen. Er ist ein tüchtiger Bursche.«

Bernhard verbeugte sich erneut und antwortete dem Mann auf der Landwehr. Da er leiser als der Gardeoffizier sprach und dem Haus den Rücken zugewandt hatte, konnte ich seine Worte leider nicht verstehen.

»Bist du sicher, daß das eine gute Idee ist?« erwiderte der Gardist schließlich in unverminderter Lautstärke. »Ich verspüre nicht die geringste Lust, wegen einem Kaffer an der Feldglocke zu landen!«

Bernhard nickte und antwortete: »Kannst dich auf mich verlassen, Simon!«

»Vermassele es nicht! Das würde dich teuer zu stehen kommen.« Der Kleine winkte kurz und energisch und sprang mit erstaunlicher Eleganz auf holländischer Seite von der Landwehr.

»Oui, mon capitaine«, erwiderte der ehemalige Ahlbecker Dorfschulze auf französisch, tippte sich schmunzelnd mit dem Zeigefinger an die Mütze und trat beschwingten Schrittes auf das Haus zu. »Zu Befehl, Herr Hauptmann!«

Um nicht in Verdacht zu geraten, den beiden Männern zugehört zu haben, versuchte ich, so geschwind wie möglich wieder nach unten zu gelangen. Doch in der Eile und weil es auf dem Dachboden trotz der offenstehenden Giebeltür so finster war, stieß ich gegen einen Gegenstand, der unter dem Heu versteckt war. Ich stolperte und schlug der Länge nach auf den Boden, daß der Staub ringsum aufwirbelte.

»Jeremias?« hörte ich Bernhards Stimme von unten. »Was treibst du da?«

»Ich besorge mir etwas Heu zum Schlafen«, erwiderte ich, hustete und rieb mir das Schienbein. Auf den Dielen sitzend und in eine Wolke aus Heustaub gehüllt, sah ich nun auch, gegen welchen Gegenstand ich gestoßen war. Ein lederner, mit Holzleisten verstärkter Koffer lag vor mir auf den Balken.

Bernhard streckte seinen Kopf und die Laterne durch die Luke, sah mich vor der offenstehenden Giebeltür auf dem Boden sitzen, schaute durch die Tür auf die mondlichtbeschienene Szenerie und sagte: »Du bist ein neugieriger Bursche! Hast du herumspioniert?«

»Ich wollte nur...«, begann ich bereits, irgendeine Entschuldigung daherzustammeln, doch er winkte ab und wiederholte, wie für sich: »Wahrlich! Ein neugieriger Bengel!« Es schwang überhaupt kein Vorwurf in seinen Worten mit, er lächelte sogar und deutete mit einer Kopfbewegung auf den Koffer. »Was hast du denn da gefunden?«

»Keine Ahnung«, antwortete ich. »Der war hier unter dem Heu versteckt.«

»Reich mal herüber«, sagte er und zog den Koffer zur Luke. »Wollen doch mal sehen, was das ist.« Er versuchte, den Deckel zu öffnen, doch der war verschlossen und ohne Schlüssel oder Werkzeuge nicht zu öffnen. Bernhard pfiff durch die Zähne und meinte: »Dieses Ding fängt an, mich zu interessieren.« Er bugsierte den Koffer durch die Luke und verschwand nach unten.

Ich klopfte mir den Staub und das Heu von der Kleidung und stieg ebenfalls die Leiter hinab. Als ich in der Stube ankam, lag der Koffer bereits auf dem Tisch, und Bernhard machte sich im Schein der Laterne mit einem Messer an den Schlössern zu schaffen.

»Wäre doch gelacht«, sagte er und hieß mich, an seine Seite treten.

Tatsächlich hatte er wenige Augenblicke später die Verriegelung geknackt, und der Deckel klappte nach oben.

»Voilà!« rief Bernhard und pfiff erneut. »Was haben wir denn hier?«

In dem Lederkoffer befanden sich diverse Gegenstände, die offenbar einer Frau gehört hatten, darunter auch etliche kleinere silberne Schmuckstücke. Bernhard untersuchte sie, schüttelte den Kopf und meinte: »Billiger Tand!« Trotzdem steckte er die Broschen und Kettchen in die Innentasche seines Militärrocks und wandte sich dem Rest des Kofferinhalts zu. Er fand jedoch nur einigen wertlosen Nippes und persönliche Dinge wie Taschentücher, Fächer und einen bestickten und mit Glasperlen besetzten Pompadour mit den üblichen Stricksachen darin sowie etliche bunte Halsbänder und Armreife.

»Eine der Mägde des Moorbauern scheint den Koffer vergessen zu haben«, mutmaßte ich. »Vermutlich hat sie ihn in der Eile liegengelassen.«

Er schüttelte ungläubig den Kopf, starrte mit finsterem Blick auf die Sachen und sagte: »Unsinn!«

»Du hast recht«, murmelte ich. »Eine Magd mit einem Fächer und einem Pompadour habe ich auf einem Bauernhof noch nicht gesehen. Aber wem kann der Koffer denn sonst gehört haben?«

Bernhard kramte plötzlich ein kleines mit Tusche gezeichnetes und anschließend mit Wasserfarben nachkoloriertes Porträt aus dem Koffer, hielt inne, deutete auf das Bild und rief erschrocken aus: »Die Vennekötterin!«

Das Porträt war gerahmt und zeigte eine junge und auffallend schöne Frau, die dem Betrachter zugleich verschämt und anmutig zulächelte. Das Bild war an sich von keiner hohen künstlerischen Qualität, aber es schien mit Liebe hergestellt worden zu sein, und auch der Blick der Frau drückte mehr als nur schwesterliche Zuneigung für den Maler des Bildes aus.

»Ist sie das?« wollte ich wissen. »Ist das die Frau des Moorbauern?«

Bernhard Lanvermann starrte immer noch wie versteinert auf das Porträt und nickte schließlich. »Das ist Elisabeth«, sagte er nachdenklich. »Das *war* sie.«

»Ein hübsche Frau«, bemerkte ich.

Er grunzte abfällig und meinte: »Das kannst du laut sagen!«

»Warum hat sie ihre Sachen auf dem Dachboden des Gesindehauses versteckt?« dachte ich laut und schaute mein Gegenüber fragend an. »Wie kommt der Koffer unter das Heu? So verstaubt, wie er ist, lag er dort vermutlich bereits seit Jahren.«

Bernhard schüttelte nur leicht den Kopf und starrte nach wie vor wie gebannt auf das Bild. »Elisabeth«, murmelte er in Gedanken versunken. »So was!« Und er hielt das Porträt ins Licht, um es besser in Augenschein nehmen zu können.

»Hast du sie gut gekannt?«

»Sie war unsere Nachbarin«, antwortete er. »Mein Gott, das muß mittlerweile zwanzig Jahre her sein! Eine schreckliche Geschichte war das.« Und gänzlich abwesend flüsterte er: »Wo sie jetzt wohl stecken mag!«

»Stimmt es, daß sie dem Moorbauern Hörner aufgesetzt hat und mit einem anderen durchgebrannt ist?« wollte ich wissen. »Im Dorf sagt man, das sei der Grund für die Katastrophe gewesen.«

Bernhard schreckte wie aus einem Traum auf, blitzte mich wieder mit seinen Raubvogelaugen an und fauchte: »Die Leute sollen nicht von Dingen reden, von denen sie nicht das geringste verstehen!« Er hielt krampfhaft das Porträt in der rechten Hand und schlug mit der anderen auf den Tisch. »Verdammte Ahlbecker Tratschmäuler!« Sofort mäßigte er sich jedoch wieder, lächelte zaghaft und sagte: »Entschuldige! Ich wollte dich nicht anblaffen. Ich mag es nur nicht, wenn schlecht über Elisabeth gesprochen wird. Sie war ein braves Mädchen, ein liebes und harmloses Ding.« Seine Züge entspannten sich und wurden beinahe weich. »Sie war noch ein halbes Kind«, fuhr er fort, »und beim Alois hatte sie wahrlich nicht viel zu lachen. Seinen räudigen Hund hat der Vennekötter besser behandelt als das eigene Eheweib.«

»Und wieso?«

»Weil sie ihm nicht den Erben geboren hat, den er von ihr verlangt hat!« antwortete Bernhard energisch. »Die Frau war dem alten Trunkenbold doch völlig egal, aber daß die beiden keine Kinder bekommen konnten, war natürlich alleine ihre Schuld!« Er lachte hämisch und schüttelte den Kopf. »Für Elisabeth war es gewiß nicht leicht, mit dem griesgrämigen Tyrannen auszukommen, ständig hat er sie geprügelt, grün und blau hat er sie mit dem Dreschflegel geschlagen, und eifersüchtig war er wie ein Wahnsinniger, aber nicht aus Liebe, sondern weil er sie für seinen Besitz erachtete – genauso wie sein Land, sein Vieh und seinen dummen Köter.« Er schaute sich in der Hütte um, schien in Gedanken in der Zeit zurückzugehen und schnaufte schließlich abfällig. »Oft hat sie weinend in unserer Stube gesessen und sich die Striemen und Blessuren von unseren Mägden versorgen lassen, während Johann und ich den Alten zur Räson zu bringen versuchten. Sturzbetrunken war er und geschrien hat er, er werde sein elendes Weib totschlagen, damit sei allen gedient. Das habe man nun davon, wenn man sich Bettler und Gesindel ins Haus hole! Ein ekelhafter Kerl, der Vennekötter. Nimm's mir nicht übel, Jeremias, aber als ich von seinem Tod gehört habe, kamen mir nicht unbedingt die Tränen.«

»Warum hat sie ihn dann geheiratet?«

»Warum wohl?« Er zuckte nur mit den Schultern, legte das Bildnis auf den Tisch, stand auf, ging zur Tür und starrte in die Nacht hinaus. »Weil ihre Eltern es so wollten«, sagte er, während er mir den Rücken zuwandte. »Weil sie arm wie die Kirchenmäuse waren. Ihre Familie stammte aus Holland, der Vater hatte sein ganzes Hab und Gut beim Spiel verloren oder in der Beiß versoffen, ich weiß es nicht so genau. Er zog jedenfalls als fliegender Händler und Hausierer durch die Gegend. Der Vennekötter war, von außen betrachtet, eine sehr gute Partie und brauchte dringend eine Gemahlin. Keine halbwegs gebildete oder wohlhabende Frau hätte sich mit dem mürrischen Despoten eingelassen! Also hat er sich beim fahrenden Volk bedient, er hat Elisabeth regelrecht ihren Eltern abgekauft – wie ein Stück Vieh. Und so hat er sie auch behandelt.« Er seufzte und setzte hinzu: »Elisabeth hätte seine Tochter sein können, bei ihrer Hochzeit war sie noch nicht einmal sechzehn Jahre alt.«

»Wie alt war sie, als das ... als sie ... als der Hof brannte?« stotterte ich und nahm das Bildnis zur Hand. »Auf dem Bild sieht sie sehr jung aus.«

»Anfang zwanzig«, antwortete Bernhard und wandte sich zu mir um. »Wieso fragst du?« Abermals lachte er höhnisch und setzte hinzu: »Haben die Ahlbecker Klatschmäuler sonst noch irgendwelche häßlichen Lügen über sie erzählt?«

Ich schüttelte schweigend den Kopf und hing meinen eigenen, im Moment noch sehr konfusen und wenig zusammenhängenden Gedanken nach. Alles ging durcheinander und drehte sich im Kreise, und vergeblich versuchte ich, Ordnung in meine Überlegungen zu bringen. Ich beugte mich über den Tisch und betrachtete eingehender die gerahmte Zeichnung. Bei dem lieblichen Blick der jungen Moorbäuerin wurde mir ganz warm ums Herz, und beinahe hatte ich den Eindruck, als wäre mir dieses Gesicht irgendwie vertraut. Ich hatte diese Frau noch nie zuvor gesehen, da war ich mir absolut sicher, aber dennoch war sie mir keine Unbekannte, so seltsam das auch klingen mochte.

»Was starrst du so auf das Bild?« fragte Bernhard und kam zurück an den Tisch. »Du guckst, als sähest du Gespenster!« Er nahm mir das Bild aus der Hand und betrachtete es nun seinerseits wieder mit dem merkwürdig apathischen Ausdruck von vorhin. Plötzlich fuhr er jedoch zusammen, hielt mir die Zeichnung hin und murmelte: »Da steht etwas. Da unten in der Ecke.«

Tatsächlich! In der rechten unteren Ecke des Porträts, teilweise durch den Rahmen verdeckt und deshalb nicht genau zu entziffern, war ein winziges Gekritzel zu erkennen. Bernhard fackelte nicht lange, brach den hölzernen Rahmen entzwei, nahm das Bild heraus, und zum Vorschein kamen die halb verwischten, aber dennoch lesbaren Worte:

Für meine Lisbeth. Von J. L.

»Wer zum Henker ist J. L.?« entfuhr es Bernhard. Er sah mich nachdenklich an, stutzte dann, fuhr sich durch den Bart und wollte etwas sagen.

Ich kam ihm jedoch zuvor und rief: »Johann Lanvermann!«

Er stand mit geöffnetem Mund vor mir und schüttelte den Kopf. »Nein«, meinte er, »da bist du auf dem Holzweg.«

»Von wegen!« beharrte ich. »Siehst du denn nicht, daß das alles zusammenpaßt? Es stimmt also doch! Die Moorbäuerin hatte ein Techtelmechtel mit Johann. Das würde auch zu dem passen, was du mir vorhin über deinen Bruder erzählt hast. Und der Moorbauer ist ihnen auf die Schliche gekommen!«

Bernhard schüttelte immer noch unwirsch den Kopf. »Davon hätte ich doch etwas mitbekommen«, entgegnete er. »Seine sonstigen Liebschaften hat er doch auch vor niemandem geheimgehalten. Geradezu geprahlt hat er mit seinen Eroberungen, damit auch jeder sieht, was für ein toller Bursche er ist. Nein, du irrst dich, das kann nicht sein.«

»Sie war schließlich die Gattin eures Nachbarn. Da konnte er wohl kaum mit der Affäre im Dorf hausieren gehen, vor allem wenn er wußte, was für ein unberechenbarer Wüterich der Moorbauer war. Und vielleicht war Elisabeth auch nicht wie seine sonstigen Liebschaften.«

Er zog die Stirn kraus und bedachte mich mit einem mißfälligen Blick. »Ich glaube es einfach nicht«, murmelte er nach einer Weile und machte ein Gesicht, das seinen Worten vehement widersprach. »Das hätte ich doch wissen müssen! Das hätte ich doch bemerkt!« Plötzlich verfiel er in nachdenkliches Schweigen, und ein seltsames Lächeln stahl sich auf seine Lippen. »Vielleicht hast du recht«, murmelte er nach einer Weile und nickte mir zu. »Ja, natürlich!«

»Woher vermochte Johann so gut zu malen?« Ich wies auf das Bild und fügte hinzu: »Wenn die Zeichnung der Bäuerin tatsächlich ähnelt und ihre Schönheit gut getroffen ist, dann hat dein Bruder wirkliches Talent.«

»Talent!« zischte Bernhard. »Er hat sich so ziemlich in allem versucht, was er für künstlerisch hielt. Ein bißchen Malen, ein wenig Poesie, sogar am Holzschnitzen hat er sich versucht. Alles hat ihn interessiert, wenn es nur nichts mit körperlicher Arbeit zu tun hatte. Mit gepuderten Perücken ist er auf dem Hof herumstolziert, hat dabei in Büchern geblättert oder einen Zeichenblock in den Händen gehalten. Und alles nur, um den Weibsbildern zu imponieren!«

»Offensichtlich mit Erfolg«, sagte ich und stand auf. Diesmal war ich es, der zur Tür ging und ins Dunkel hinausstarrte. Der Himmel hatte sich zugezogen, der Mond war hinter einer Wolkenwand verschwunden, und der Wind hatte sich gelegt. Es roch nach Regen, aber noch war kein Tropfen gefallen. Ähnliche Kapriolen wie das wechselhafte Wetter machten auch die Gedanken in meinem Kopf. Ich dachte an den schrecklichen Freitod des Moorbauern. An seine hübsche Frau

Elisabeth und den Charmeur Johann. »Vor zwanzig Jahren«, hatte Bernhard gesagt. Im kommenden Jahr würde ich zwanzig Jahre alt werden. Und mit einem Mal fuhr mir ein Gedanke durchs Hirn, der dort schon seit einiger Zeit geschlummert hatte. War es nicht denkbar, daß der Griesgram Alois seine Gattin nicht auf frischer Tat, sondern auf ganz andere Weise des Ehebruchs überführt hatte? Angenommen, seine Elisabeth wäre plötzlich in anderen Umständen gewesen, hätte das den Moorbauer nicht stutzig gemacht? Wäre die Schwangerschaft nach all den Jahren der Kinderlosigkeit nicht der Beweis des Ehebruchs gewesen und ein guter Grund, seine Frau vom Hof zu jagen?

»Wann hat der Moorhof gebrannt?« wandte ich mich an Bernhard. »In welchem Jahr?«

Er schreckte aus seinen Gedanken auf und schaute mich verdutzt an.

»Wann?« wiederholte ich und trat zu ihm an den Tisch.

»Laß mich überlegen«, murmelte er und fuhr sich mit der Hand über den Mund. »Es war das Jahr, in dem ich Irmgard geheiratet habe. 1794! Damals hat unser Vater noch gelebt und den Schulzenhof geführt.«

Ein Jahr vor meiner Geburt! Ich konnte meine Aufregung kaum verbergen und fragte mit zitternder Stimme: »In welchem Monat?«

Er schaute mich an, als glaubte er, ich hätte den Verstand verloren. »Warum bist du so käsig im Gesicht?« fragte er beunruhigt. »Was ist dir?«

Ich winkte ungeduldig ab, trat ganz nahe an ihn heran und wiederholte meine Frage: »In welchem Monat hat der Hof gebrannt?«

Er wich vor mir zurück, als traute er mir zu, ich

könnte ihn jeden Moment anfallen. Dann antwortete er zögernd: »Es war im Frühjahr. Im Weidemonat.«

»Mai!« rief ich erstaunt aus und verstummte.

»Ja, im Mai«, sagte Bernhard. »Das Vieh weidete bereits im Freien. Es war eine laue Frühlingsnacht, als wir die Rauchsäule sahen.«

Zwölf Monate vor meiner Geburt! Mindestens drei Monate zu früh! dachte ich. Viel zu früh! Ich fragte: »Bist du sicher?«

Er sah mich stirnrunzelnd an und wollte wissen: »Warum ist das so wichtig für dich?«

Anstatt zu antworten, hakte ich nach: »Und nach dem Brand wurde Elisabeth nie wieder in Ahlbeck oder Umgebung gesehen?«

»Nicht daß ich wüßte. Sie war wie vom Erdboden verschluckt. Kein Mensch ist ihr je wieder über den Weg gelaufen. Vermutlich ist sie zu ihrer Sippe nach Holland zurückgekehrt oder hat sich irgendwelchen anderen Vagabunden angeschlossen.« Mit düsterem Blick fügte er hinzu: »Der einzige, der über ihren Verbleib etwas erzählen könnte, hat sich an seinem Giebel erhängt und liegt auf dem Ahlbecker Schindanger begraben.«

»Das stimmt nicht ganz«, widersprach ich und deutete auf die Tuschezeichnung und die Initialen in der Ecke. »Es gibt noch jemanden, der uns vielleicht sagen könnte, was aus der Moorbäuerin geworden ist.«

Bernhard sah mich mit einer Mischung aus Überraschung und Unverständnis an und fragte: »Was geht dich das eigentlich alles an? Du interessierst dich ja für die Angelegenheit, als hättest du persönlich etwas damit zu tun. Was kümmert dich Elisabeth? Du warst doch damals noch nicht einmal geboren!« Er spuckte auf den Boden und drückte sein Mißfallen auch dadurch aus, daß er das Bild und die anderen Gegenstände zurück in den Koffer legte und den Deckel schloß. »Du bist ein neugieriger Bengel!« wiederholte er seine Worte von vorhin, und diesmal war es durchaus als Vorwurf gemeint.

»Entschuldige«, stammelte ich. »Ich hatte nur gedacht ...«

»Überlaß das Denken denen, die etwas davon verstehen!« giftete er mich an. »Spiel dich hier nicht als Laiengendarm auf, und kümmere dich gefälligst um deine eigenen Angelegenheiten. Verdammter Naseweis!«

Obgleich mich die Worte des Bernhard Lanvermann trafen und ihre Schärfe mir etwas überzogen vorkam, mußte ich ihm gleichwohl recht geben! Mich ging die ganze Sache wahrhaftig nichts an, auch wenn ich für einen kurzen Moment gedacht und mir vielleicht sogar gewünscht hatte, daß dem so sei. Was sich vor zwanzig Jahren auf dem Moorhof abgespielt hatte, brauchte mich nicht zu interessieren. Der Moorbauer war tot, die Bäuerin verschollen, der Hof verbrannt, das Land verkauft, das Gesinde in alle Himmelsrichtungen verstreut. Was nutzte es jetzt noch, in der Vergangenheit zu wühlen?

Trotzdem – und sei es nur, um das letzte Wort zu haben – sagte ich: »Wenn es stimmt, was wir vermuten, und du mich vorhin nicht angelogen hast, dann hat dein Bruder Johann mehr als nur ein Leben auf dem Gewissen.«

»Und wenn schon«, lautete seine lapidare Antwort. »Darauf kommt es jetzt auch nicht mehr an.« Plötzlich jedoch stutzte er, sah mich nachdenklich an und meinte: »Wenn du dich so für die Vennekötterin interessierst, dann solltest du lieber deine Mutter nach ihr befragen.«

»Meine Mutter?«

Er nickte. »Wenn ich mich recht entsinne, war sie damals mit Elisabeth gut befreundet. Kein Wunder eigentlich, sie waren ja beide Zugereiste. Schwestern im Geiste, wie man so schön sagt.« Er lachte dreckig, nahm die Mütze ab, kratzte sich den Schädel und brummte: »Verdammte Läuse! Wofür habe ich mir denn den Kopf rasiert? Morgen kommt der Bart ab.«

»Meine Mutter war eine Freundin der Moorbäuerin?« wisperte ich ungläubig. »Davon hat sie mir nie etwas erzählt.«

»Sie wird schon ihre Gründe dafür haben!« Bernhard zuckte grinsend mit den Schultern, stellte den Koffer neben die Bettnische, zog sich die Stiefel aus und legte sich in den Alkoven. »Wenn du dir die Läuse nicht auch noch einfangen willst, dann solltest du dich lieber von mir fernhalten.«

»Was hast du mit Johann vor?« fragte ich und ließ mich weder durch sein demonstratives Zubettgehen noch durch den abrupten Wechsel des Gesprächsthemas irritieren. »Wie willst du eure offene Rechnung begleichen? Willst du ihn ...?«

»Das wirst du früh genug erleben«, unterbrach er mich und deckte sich mit seinem Mantel zu. »Du sollst mir nämlich dabei helfen.«

»Ich?« entfuhr es mir. »Was habe denn ich damit zu tun?«

»Ha!« rief Bernhard lachend. Er fuhr sich mit den Fingern durch den Bart, hatte offensichtlich eine Laus erwischt und zerquetschte sie zwischen den Fingernägeln, daß es »Knack!« machte. Dann sprach er weiter: »Gerade noch konnte er seine Nase gar nicht tief genug in fremder Leute Affären stecken. Und jetzt, mit einem Mal, hat er Bammel und will nichts mehr davon wissen.« Er grunzte genüßlich und schnippte die Läusereste auf den Boden. »Mach das Licht aus und schlaf! Wir haben morgen viel vor.«

»Warum sollte ich mit dir gemeinsame Sache machen?« antwortete ich und löschte wie gewünscht das Licht. »Ich habe meine eigenen Probleme.«

»Keiner redet von gemeinsamer Sache«, murmelte er, schon halb im Schlaf. »Ich bitte dich nur um einen harmlosen Gefallen und verspreche dir, daß du keinerlei Grund zur Sorge zu haben brauchst. Ich beabsichtige nicht, dich zu etwas Unrechtem zu verleiten oder dich in Gefahr zu bringen.« Mit diesen Worten drehte er sich auf die andere Seite und wandte mir den Rücken zu.

»Was ist eigentlich ein Kaffer?« fragte ich.

»Ein Bauer«, antwortete er grunzend. »Wieso?«

»Und was versteht man unter einer Feldglocke?«

»Gib endlich Ruhe!« fauchte er. »Leg dich schlafen und sei nicht so naseweis!« Er räusperte sich, zupfte an seinem Mantel und war binnen weniger Sekunden eingeschlafen. Sein Schnarchen und das Trommeln des Regens, der unterdessen eingesetzt hatte, begleiteten mich noch die halbe Nacht, und als auch ich endlich einschlief, begann es draußen bereits zu dämmern.

3

Der Schulzenhof war – wie der des Moorbauern – ein Mehrgebäudehof mit eingeschossigem, typisch westfälischem Hallenhaus und zusätzlichen Nebenhäusern für das Gesinde sowie Kuh- und Schweineställen und kleineren Scheunen, die allesamt um einen weitläufigen Platz gruppiert waren. In der Mitte des Platzes standen drei knorrige alte Eichen, und umgeben war der gesamte Hof von einem kleinen Buchenwald, welcher ihn vor Wind und Wetter schützen sollte. Die einzelnen Bauten und Häuser waren um einiges größer und geräumiger als die auf dem Moorhof. Das eigentliche Bauernhaus war im Fachwerkstil errichtet und besaß ein reetgedecktes Dach, welches beinahe bis auf den Boden reichte. Das Tor im Vordergiebel war fuderhoch und ebenso breit, so daß ein ganzer Wagen samt Ladung spielend hindurchpaßte. Da das Tor offenstand, konnte ich von unserem Versteck aus einen Blick auf die riesige Tenne werfen, die wie das Mittelschiff in einer Kirche zu beiden Seiten von weiteren Stallungen für die Rinder und Pferde gesäumt war.

»Versuch es hiermit«, sagte Bernhard und reichte mir ein Fernrohr, das er aus seinem Tornister gekramt hatte. »Dann siehst du besser.«

Wir hatten uns im Dickicht des Buchenwaldes versteckt und lugten vorsichtig durch die Sträucher und Zweige zum Haus. Der Boden war noch feucht vom Regen, der die ganze Nacht auf die Erde niedergeprasselt war. Zwar schüttete es mittlerweile nicht mehr, aber statt dessen war ein böiger Wind aufgekommen, der heulend durch die Zweige und über unsere Köpfe fuhr und uns frösteln ließ.

Durch das Fernrohr vermochte ich in den hinteren Teil des Dielenraumes zu schauen, dort befand sich die Lucht, eine zur Tenne und zu den Stallungen hin offene Wohnnische mit gemauerter Herdstelle, hölzernen Bänken und Stühlen und einigen Schrankbetten, in denen das Hausgesinde zu nächtigen hatte. Da die

Lucht nicht beheizbar war, rückten Mensch und Tier in den langen Winternächten eng zusammen und wärmten sich gegenseitig. Direkt hinter der Lucht begann der sogenannte Flett, der durch Steinmauern abgetrennte Wohn- und Schlafbereich der Herrschaft. Niedrige, kaum mannshohe Türen führten zur Stube und zu den ofengeheizten Kammern, welche ausschließlich für die Bauersleute gedacht waren.

»Neben der Lucht führt eine kleine Treppe zur Galerie über dem Flett«, flüsterte Bernhard mir ins Ohr und deutete auf eine kleine, grobe Zeichnung, die er vorhin im Gesindehaus angefertigt hatte. »Dort oben gibt es einen Raum, der früher unsere Schlafkammer war. Was sich heute darin befindet, kann ich nicht sagen, aber es wäre höchst interessant, das herauszufinden.«

»Ist das die Kammer, in der deine Frau ...?«

»Das ist sie«, erwiderte er und senkte den Kopf. »Dort ist Irmgard gestorben.«

Mich schauderte bei dem Gedanken, und mit Unbehagen und zittriger Stimme fragte ich: »Was soll ich denn in der Kammer? Warum willst du unbedingt wissen, welchem Zweck der Raum heute dient?«

»Als Irmgard noch lebte, besaß sie eine große Eichentruhe. Du weißt schon, so eine schwere und verzierte, in der die Bräute ihre Mitgift verwahren.«

»Eine Aussteuertruhe?« fragte ich und nickte gleichzeitig. Jedes junge Mädchen besaß solch eine hölzerne und je nach Stand mit Schnitzereien verzierte Kiste, in der es seine häuslichen Habseligkeiten wie Besteck, Küchengeräte und Kleidungsstücke verstaute. Am Hochzeitstage wurde die Truhe der Braut von einem Nachbarn auf einem feierlich geschmückten Wagen zum Hof des Bräutigams gefahren. Handelte es sich um eine große Bauernhochzeit, so säumten Schaulustige den Weg, jubelten der Braut zu und wünschten ihr alles Gute.

»Eine Aussteuertruhe«, bestätigte Bernhard, »genau, mein Junge. Sie war so schwer und massiv, daß sie sie vermutlich in der Kammer gelassen haben. Und wenn sie meine Sachen und Papiere nicht verbrannt haben, dann lagern sie vermutlich in dieser Kiste.«

»Wie stellst du dir das vor?« erwiderte ich, legte das Fernrohr beiseite und schaute ihm zweifelnd in die Augen. »Soll ich ins Haus gehen, die Galerie besteigen, in die Kammer eindringen, in der Truhe herumsuchen und vollbepackt mit Kleidern und Schuhen von dannen gehen?« Ich schüttelte den Kopf und deutete zum Hof, auf dem es vor Mägden und Knechten und herumtobenden Kindern nur so wimmelte. »Wie soll ich überhaupt über den Platz und über die Tenne kommen, ohne bemerkt zu werden? Und was soll ich sagen, wenn mich jemand sieht und anspricht? Daß ich nur ein paar Habseligkeiten für den als Mörder gesuchten ehemaligen Schulzen hole?«

»Es ist jetzt kurz vor neun Uhr«, entgegnete er und sah mich flehentlich an. »Demnächst steht das zweite Frühstück an, und dann verschwindet das Gesinde in der guten Stube und macht sich mit Eifer über Weißbrot und Speck her. Niemand wird auf der Tenne sein, und falls dich doch jemand sieht, dann behauptest du einfach, daß du deinen Vater suchst. Du hast doch gesagt, daß er zum Kartoffelpflanzen angeheuert worden ist. Warum sollte irgend jemand Verdacht schöpfen? Du bist schließlich der Sohn eines Kötters.«

»Ich weiß nicht recht«, antwortete ich unentschlossen.

»Oder du spielst den Charmeur und tust so, als hättest du ein Techtelmechtel mit einer der Mägde und kämst wegen eines heimlichen Stelldicheins. Schlimmstenfalls werden sie dich foppen und auslachen. Oder erzähl sonst was. Dir wird schon irgendeine Geschichte einfallen.« Er deutete auf seine Uniform, sein geschundenes Gesicht, den kahlrasierten Schädel und den wild wuchernden Bart und setzte hinzu: »Wenn ich in dieser Aufmachung auf dem Hof ertappt werde, dann gnade mir Gott! Falls man mich *nicht* erkennt, werden sie mich als vermeintlichen Marodeur wie einen räudigen Hund mit Knüppeln vertreiben, und falls sie meine wahre Identität herausfinden, dann ist es ohnehin um mich geschehen. Dann blüht mir die Feldglocke.«

Ich zuckte bei dem Wort zusammen, und plötzlich verstand ich seinen Sinn. Die Feldglocke war nichts anderes als der Galgen! Und die Gehängten waren die Schlegel in der todbringenden Glocke. Ich schluckte mühsam und spürte zunehmendes Unbehagen bei dem Gedanken, mich auf eine zwielichtige Sache einzulassen, von der ich nicht wußte, wie sie enden würde und ob ich sie ruhigen Herzens unterstützen konnte. Vor allem aber sah ich nicht die unbedingte Notwendigkeit unserer waghalsigen Unternehmung, deshalb hob ich die Schultern und fragte zögerlich: »Warum kann ich nicht einfach meinen Vater um einige alte Kleidungsstücke bitten? Er wird gewiß nichts dagegen haben, wenn ich ihm erzähle, für welchen Zweck ich sie brauche.«

»Verstehst du denn nicht?« rief er aufgebracht und faßte krampfhaft meinen Arm. Sofort senkte er wieder die Stimme und schaute zum Hof, um sich zu vergewissern, daß niemand ihn gehört hatte. »Verstehst du das denn nicht?« flüsterte er und ließ mich los. »Niemand darf wissen, daß ich wieder in Ahlbeck bin. Dies ist kein harmloses Spiel, mein Junge, es geht immerhin um meinen Kopf.«

»Aber ich kann doch nicht wie ein gemeiner Dieb in fremder Leute Truhen schnüffeln!«

»Dann schau wenigstens nach, ob die Tür zur Kammer abgesperrt ist und, falls dem so ist, ob das Schloß leicht zu knacken ist. Wenn das der Fall ist, kann ich mir in der Nacht selbst beschaffen, was ich brauche und was mir gehört. Falls sie Irmgards Sachen nicht vernichtet haben, dann befindet sich in der Truhe vielleicht irgend etwas, das mir hilft, meine Unschuld zu beweisen. Womöglich gibt es Briefe, oder Johann hat Irmgards Tagebücher aufbewahrt.« Wieder sah er mich mit dem bittenden Blick an. »Ich verlange doch nichts Schlimmes von dir«, sagte er und faßte erneut meinen Unterarm. »Ich bitte dich nur um einen kleinen Gefallen. Was riskierst du schon? Du könntest dich ein wenig umsehen und umhören. Sprich meinetwegen ein bißchen mit den Knechten und horch, was die Mägde so an Tratsch zu berichten haben.« Er nahm das Fernrohr, schob es zusammen und steckte es in den Tornister zurück. »Kannst du nicht verstehen, daß ich gern wissen möchte, was sich auf dem Bauernhof abspielt und was sich in den letzten Jahren zugetragen hat, während ich dazu verdammt war, diese Uniform zu tragen?«

O doch! Ich verstand ihn nur zu gut. Ich vermochte sehr wohl nachzuempfinden, was Bernhard fühlte und dachte. Seit Jahren befand er sich auf der Flucht, war in der Weltgeschichte herumgeirrt und hatte vermutlich an nichts anderes als an sein Zuhause und an das Unrecht gedacht, das ihm dort widerfahren war. Nun war er zwar wieder in Ahlbeck, aber gleichwohl weit davon entfernt, sein Elternhaus als Heimat betrachten oder auf Gerechtigkeit hoffen zu dürfen. Alle hielten ihn für einen feigen Mörder, und er war nicht in der Lage, das Gegenteil zu beweisen. Ich konnte durchaus nachfühlen, wie es in Bernhards Innerem aussehen und wüten mußte. Und eben darum – und weil ich selbst neugierig auf den Schulzenhof und seine Bewohner war – ließ ich mich nun von ihm überreden und willigte ein, den Spion für ihn zu spielen.

»Ich werde sehen, was sich tun läßt«, sagte ich und hielt ihm die Hand hin. »Aber versprechen kann ich nichts.«

»Bist ein braver Junge«, erwiderte Bernhard und drückte meine Hand, daß sie weh tat. »Ich werde es dir vergelten, darauf hast du mein Wort. Ich vergesse nie etwas. Weder Böses noch Gutes.« Er tippte sich an die Mütze, schulterte den Tornister und schickte sich an zu verschwinden.

»Willst du gehen?« fragte ich erstaunt. »Warum wartest du nicht und siehst, was ich auf dem Hof zustande bringe?«

»Du bist ein tapferer Bursche, Jeremias«, antwortete er und wandte sich zum Gehen. »Du hast viel mehr Courage, als du denkst. Du brauchst mich dazu nicht, du kommst auch alleine klar.«

»Wo willst du denn jetzt hin?«

»Ich treffe mich mit einem Freund.«

»Der Grenadier der Kaisergarde?«

Bernhard schaute mich überrascht und, wie mir schien, auch ein wenig tadelnd an und zog die Augenbrauen in die Höhe. »Ein sehr guter Freund«, wiederholte er, jedes einzelne Wort betonend, und nickte bedächtig. »Wenn es Simon nicht gegeben hätte, dann wäre ich jetzt nicht hier. Dann wäre ich längst tot und verscharrt, und kein Hahn würde mehr nach mir krähen.«

»Er hat dir das Leben gerettet?« flüsterte ich erstaunt, senkte den Kopf und schaute verlegen zu Boden. »Wann war das? War er mit dir im Krieg?«

Bernhard zuckte mit den Schultern und sagte: »Jeder von uns führt seinen eigenen Krieg. Dafür muß man kein Soldat sein.«

Ich schaute ihn verständnislos an und dachte an sein gestriges mysteriöses Treffen mit dem Mann in der weißen Uniform und an den halb scherzhaften und doch ehrerbietigen Militärgruß, mit dem er sich von dem Gardisten verabschiedet hatte. Und ich erinnerte mich an dessen mahnende Worte, die ich gestern noch nicht verstanden hatte: »Ich habe keine Lust, wegen einem Kaffer an der Feldglocke zu landen.« Der Kaffer war ich, das hatte ich inzwischen herausgefunden, aber was oder wer war Bernhard, welche Rolle spielte er? Und warum bestand für diesen Simon die Gefahr, am Galgen zu enden? Was hatte er auf dem Kerbholz?

»Flessener!« schoß es mir plötzlich durch den Kopf. So hatte der Gardist den Lanvermann am Vortag gerufen. Ich wollte Bernhard nach dem Sinn dieses Wortes fragen, doch als ich zu ihm aufblickte, war er bereits im Dickicht verschwunden und hatte mich allein am Waldrand zurückgelassen.

Ich verscheuchte meine konfusen und düsteren Gedanken und wandte mich wieder dem Geschehen auf dem Hofe zu.

Der Knecht Hubertus, ein hünenhafter Kerl mit leuchtendrotem Haar, den ich von seinen Besuchen auf unserem Hof her kannte, trat gerade mit einer riesigen Holzleiter aus einer Scheune auf den Platz und trug sie hinüber zum Haus. Ein kleiner, ebenfalls rothaariger Junge von vielleicht fünf Jahren lief ihm munter pfeifend hinterher und machte allerlei Faxen. Dem Knecht wurde es zu bunt, er blieb stehen und versuchte, dem Jungen einen Fußtritt zu versetzen. Da der Große den Kleinen offensichtlich nicht ernsthaft hatte treffen wollen und allein zum Schein zugetreten hatte, lachte der Junge nun lausbübisch, tänzelte weiterhin um den Knecht herum und versuchte, ihm ein Bein zu stellen.

»Paß auf, Papa!« rief der Junge. »Gleich fällst du hin!« Er kicherte und bemühte sich nunmehr, seinen Vater zu ärgern und aus dem Gleichtritt zu bringen, indem er hinter dessen Rücken an der Leiter wippte.

»Das wollen wir doch mal sehen!« antwortete Hubertus und drehte sich, die Leiter nach wie vor auf seiner Schulter balancierend, einmal um die eigene Achse, so daß die Leiter im Kreis herumsauste und den kleinen Jungen gewiß getroffen hätte, wenn dieser sich nicht geistesgegenwärtig zu Boden hätte fallen lassen.

Der Knecht stellte die Leiter gegen den Vordergiebel, direkt vor das Tennentor, und widmete sich seinem Sohn, dessen Gesicht und Bauch pechschwarz waren, da er sich mitten in eine Schlammpfütze geworfen hatte. Allein die roten Haare leuchteten wie eh und je. Der Junge stand wie angewurzelt vor seinem Vater und schien nicht zu wissen, ob er weinen oder lachen sollte. Auch Hubertus war sich nicht ganz sicher, wie er reagieren sollte. Es hatte den Anschein, als wollte er zu einer Strafpredigt ansetzen, doch plötzlich schüttelte er sich vor Lachen und hielt sich die Seite. »Siehst du, Fritz«, sagte er, »so was kommt von so was!«

Ich nutzte die Gelegenheit und schlich mich, während der Knecht das Kind abklopfte und ihm den Dreck aus dem Gesicht wischte, zu den drei Eichen auf dem Platz. Zwischen den Bäumen wucherte das Gestrüpp, und so hatte ich eine ausreichende Deckung, um von dort aus weiterhin das Geschehen auf dem Hof zu verfolgen.

Aus dem Tor trat in diesem Moment eine dunkelhaarige Frau, deren Rolle auf dem Bauernhof ihrem äußeren Erscheinungsbild nach nur schwer einzuschätzen war. Sie trug die Tracht einer Magd und hatte eine graue Schürze vorgebunden, gleichzeitig jedoch war ihre Haube aus feinerem Stoff und mit Spitzen besetzt, ferner hatte sie ihre Tracht mit hübschen bunten Bändern verziert, und auch ihre schwarzen Lederschuhe, die unter der Schürze hervorlugten, wollten nicht recht zur Kleidung einer Bauernmagd passen. Die Frau war noch sehr jung, nicht viel älter als ich, und durchaus hübsch zu nennen. Sie war voll bepackt, im rechten Arm hielt sie einen mit schmutziger Wäsche gefüllten Korb, im rechten ein kleines, höchstens einjähriges Kind, welches jämmerlich schrie. Und dem enormen Bauchumfang nach zu urteilen, war ein weiterer Schreihals unterwegs. Während die Frau ins Freie trat, bemühte sie sich, den krakeelenden Säugling zu beruhigen, und sprach beschwichtigend auf das Kleine ein. Derart mit ihrem Kind beschäftigt, sah sie die Leiter nicht, welche immer noch direkt vor dem Tennentor an den Giebel gelehnt stand. Sie stieß mit dem Kopf gegen eine Sprosse, schrie – mehr aus Überraschung als aus Schmerz – laut auf und ließ den Wäschekorb fallen. Um ein Haar wäre der Säugling ebenfalls zu Boden gegangen, doch im letzten Moment konnte die Frau das Kind an den Windeln fassen.

»Welcher Trottel hat denn die Leiter hier hingestellt?!« schrie sie mit einer krächzenden Stimme, die so gar nicht zu dem angenehmen Äußeren der Frau passen wollte. »Warst du das, Blödmann?«

Mit diesen Worten wandte sie sich an Hubertus, welcher die ganze Szene mit einer Mischung aus Schrecken und nur unzureichend kaschiertem Vergnügen verfolgt hatte. Er sprang der Frau eifrig zur Seite, immer noch ein süffisantes Grinsen auf den Lippen, und packte die Wäsche zurück in den Korb. »Na, Hedwig, keine Augen im Kopf?« sagte er schmunzelnd und reichte ihr den Korb. »Oder hast du mal wieder zu lange geschlafen und bist noch nicht ganz wach?«

»Was fällt dir ein, so mit mir zu reden, du Trampel?!« Sie schnappte sich den Wäschekorb und bedachte den Knecht mit einem giftigen Blick. »Vergiß nicht, mit wem du sprichst! Und nenn mich gefälligst Frau Hedwig!«

»Zu Befehl«, antwortete der Knecht, beugte untertänigst den Kopf, schmunzelte jedoch und meinte: »Aber wäre *Fräulein* Hedwig nicht eher zutreffend?« Dabei streichelte er dem Säugling auf ihrem Arm betont harmlos über den Kopf.

»Scher dich weg, du Taugenichts, sonst erzähle ich es deinem Herrn!« Sie stampfte mit dem Fuß auf den Boden und fügte wutschnaubend hinzu: »Und stell endlich die Leiter woandershin! Man kann sich ja alle Gräten brechen.«

»Bist du ein Fisch?« mischte sich nun auch der kleine Fritz in die Unterhaltung ein, nachdem er den ersten Schrecken überwunden und sich das Gesicht notdürftig gesäubert hatte. »Oder warum hast du Gräten?« Er kicherte albern über seinen Witz und griente von Ohr zu Ohr.

»Halt deine Backe, du ungeratenes Ding!« fuhr Hedwig ihn an und ging einen Schritt auf ihn zu, daß Fritz sich eiligst hinter seinem Papa versteckte.

»Gemach, gemach!« ließ sich in diesem Augenblick eine sanfte und merkwürdig weiche Männerstimme aus dem Hintergrund vernehmen. »Warum kabbelt ihr euch schon wieder?«

Die Stimme gehörte dem Schulzen, der nun hinter den Streitenden auf den Platz trat und dessen Aussehen und Auftreten mich mehr als irritierten. Er trug einen blauen Frack mit Messingknöpfen und darunter eine gelbe Weste, seine Beine steckten in ockerfarbenen Lederhosen und die Füße in hohen Stulpenstiefeln, und auf seinem Kopf saß ein runder, grauer Filzhut. Ich hatte diese seltsame und für einen Bauern arg unpassend erscheinende Kleidung bereits einmal in der Kirche an ihm gesehen, aber daß er sie auch bei der Arbeit auf dem Hof trug, überraschte mich und wollte mir nicht einleuchten. Als ich im vergangenen Spätsommer erstmals zur großen Getreideernte als Heuerling mit auf die Felder des Grundherren hatte gehen müssen, war mir der Schulze nicht unter die Augen gekommen, er hatte beim Einholen der Garben nicht geholfen und es statt dessen vorgezogen, auf dem Hof zu bleiben und das Kommando dem Knecht Hubertus zu übergeben. Da ich den Schulzen nun in vollem Ornat herumstolzieren sah, konnte ich mir denken, was der Grund für sein Fehlen auf dem Feld gewesen war. Körperliche Arbeit war in solcher Kleidung schlechterdings unmöglich.

»Könnt ihr nicht *einmal* friedlich sein?« wandte er sich an die Gesindeleute, hatte die Arme hinter dem Rücken verschränkt und trat nun wiegenden Schrittes auf sie zu. »Immerzu dieses Gezanke!«

»Ach, Johann«, rief Hedwig und stellte sich neben den Herrn, als suchte sie Schutz bei ihm. »Ständig triezen sie mich und behandeln mich schlecht. Und Hubertus ist der Schlimmste von allen!«

»Entschuldigt vielmals, Herr!« Der Knecht machte einen Bückling und fügte kleinlaut hinzu: »Die Frau Hedwig hat sich den Kopf gestoßen, und da ist sie böse geworden, weil ich Dummkopf die Leiter an der falschen Stelle abgestellt hatte.« Von seinem süffisanten Grinsen war nicht die geringste Spur übriggeblieben, er neigte devot den Kopf und setzte hinzu: »Nichts für ungut, Herr, es kommt gewiß nicht wieder vor.«

Johann Lanvermann nickte und nahm den Hut ab, um sich mit einem Taschentuch über die Stirn zu wischen, als wäre sie schweißnaß. Der Schulze sah seinem Bruder Bernhard nicht im geringsten ähnlich. Während die Züge des älteren Lanvermanns hart und kantig waren, wirkten die des jüngeren eher rundlich und fein, ja, beinahe weiblich. Dies wurde noch dadurch unterstrichen, daß er keinerlei Behaarung im Gesicht hatte. Weder trug er Koteletten oder Kinnbart, noch präsentierte er einen Schnauz auf der Oberlippe. Und nicht einmal der Ansatz eines Bartschattens war zu erkennen. Seine Haare waren gewellt und schulterlang und am Hinterkopf zu einem Zopf zusammengebunden. Johann Lanvermann mußte etwa fünfundvierzig Jahre alt sein, aber seinem Äußeren nach zu urteilen, hätte man ihn für einen Mittdreißiger halten können. Ein schöner Mann, daran konnte keinerlei Zweifel bestehen, aber sein Gesicht wirkte wie eine Maske, eine schön anzuschauende, aber leblose Maske.

Er steckte lächelnd das Tuch wieder ein, nahm Hedwig für einen kurzen Moment tröstend in den Arm, ergriff dann ihre rechte Hand und bat auch Hubertus um die seine. »So«, sagte er und lächelte verträumt. »Jetzt gebt euch die Hände und vertragt euch wieder. Es ist doch eigentlich gar nichts passiert.« Abermals fiel mir der melodische Singsang seiner Stimme auf, als er feierlich hinzusetzte: »Warum immer gleich streiten? Wir sind doch erwachsene Menschen, nicht wahr?«

»Jawohl, das sind wir«, meinte der kleine Fritz, ebenfalls mit feierlicher Stimme, und bekam prompt eine Ohrfeige von seinem Vater, die er überrascht, aber mit stoischer Miene zur Kenntnis nahm.

»Laß uns hineingehen, meine liebe Hedwig«, sagte Johann Lanvermann und nahm die Magd erneut in den Arm. »Das Frühstück ist fertig. Wir wollen erst einmal eine Pause machen.« Er nahm ihr den Wäschekorb aus dem Arm, bedachte den Säugling mit einem liebevollen Stupser auf die Nase und ging ins Haus. Bevor er auf der Tenne verschwand, drehte er sich zu Hubertus um, deutete auf die Leiter und erklärte: »Stell gefälligst das Ding beiseite, und dann ab mit euch zum Frühstück. Nachher muß der Stall ausgemistet und den Rindern Heu gegeben werden. Und die Pferde sind auch nicht vernünftig gestriegelt worden! Weiß der Teufel, wo ihr immerzu mit euren Gedanken seid.« Ohne eine Antwort des Knechts abzuwarten, schritt er ins Haus und geleitete die Magd zur Stube.

Hubertus blieb allein mit seinem vorlauten, sich die Wange haltenden Sohn auf dem Platz stehen und schüttelte mißfällig den Kopf. »Verdammtes Weibsstück«, zischte er und ergriff die Leiter. »Die wird sich noch umgucken, wenn die neue Herrin erst mal auf dem Hof ist. Dann ist es Essig mit dem feinen Getue!« Er rückte die Leiter einige Meter nach rechts, so daß sie das Tor nicht länger versperrte, und stellte sie vor einer kleinen Luke im Giebel ab, durch die man auf den Heuboden gelangte. »Los, Fritz!« wandte er sich dann an den Kleinen. »Mama wartet mit dem Frühstück.« Er nahm seinen Sohn bei der Hand und führte ihn über den Platz in Richtung eines der Nebengebäude, welches anscheinend als Gesindehaus diente.

»Die wird sich noch wundern«, wiederholte der Junge die Worte des Knechts und lächelte wieder lausbübisch, als hätte er nie eine Maulschelle bekommen. Er tänzelte munter um den Vater herum und verschwand mit ihm auf der Rückseite des Gesindehauses.

Es erstaunte mich, daß der Knecht nicht ebenfalls ins Bauernhaus gegangen war, um dort mit seinem Herrn zu frühstücken. Normalerweise wurden sämtliche Mahlzeiten gemeinsam an einem großen Tisch in der Stube eingenommen. Der Bauer sprach das Tischgebet, aß gemeinsam mit dem Gesinde und gab anschließend die Anweisungen und Befehle für den Rest des Tages. So kannte ich es jedenfalls von den übrigen Bauern in Ahlbeck, noch nie hatte ich es erlebt, daß Herrschaft und Hofpersonal getrennt frühstückten. Während des Essens waren alle Standesunterschiede aufgehoben. So hart die Arbeit auf dem Hof auch sein mochte und so ungerecht sie zwischen dem Bauern einerseits und den Knechten oder Mägden andererseits aufgeteilt war, bei den Mahlzeiten waren alle gleich und aßen aus demselben Topf und mit demselben Besteck. Auf dem Schulzenhof jedoch schien diese ungeschriebene Regel nicht zu gelten, es wurde streng zwischen Haus- und Stallgesinde unterschieden. Oder es gab eine andere, mir nicht erklärliche Unterteilung des Personals. Einige Dienstleute jedenfalls, wie die

Magd Hedwig, schienen sich der besonderen Gunst des Herrn zu erfreuen.

Weitere Gesindeleute traten nach und nach aus den Ställen und Scheunen oder kamen aus dem Garten hinter dem Haus, um sich zum zweiten Frühstück einzufinden. Nur wenige von ihnen betraten das Herrenhaus, die meisten trotteten zu dem Gebäude, in dem vor wenigen Minuten auch Hubertus verschwunden war. Nachdem die herumtollenden Kinder zum Frühstück gerufen worden waren und sämtliches Personal die entsprechenden Häuser betreten hatte, herrschte plötzlich völlige Stille auf dem Hof. Das muntere Treiben legte eine Pause ein.

4

Der Platz lag gänzlich verlassen da, keine Menschenseele trieb sich mehr draußen herum. Allein der böige Wind fegte unentwegt über die Dächer und Bäume und pfiff durch die Ritzen, daß es wie gespenstische Geigenmusik summte. Ich starrte auf die Holzleiter, die nach wie vor an der Dachluke angelehnt stand, und bevor ich recht wußte, was ich tat, rannte ich in gebückter Haltung über den Hof und kletterte hastig und pochenden Herzens die Stiege empor. Das zweite Frühstück war nur eine kleine Zwischenmahlzeit, zu der man sich nicht lange niederließ, und so hatte ich keine Zeit zu verlieren, wenn ich ungesehen das Haus betreten und wieder verlassen wollte. Die Luke war nicht verschlossen, und ich hatte keine Mühe, auf den Dachboden des Hauses zu gelangen.

Da es bereits Frühling war und das Vieh seit einigen Monaten im Stall stand, war der Speicher nur mehr spärlich mit losem Heu und gebundenen Strohgarben gefüllt. Bereits vom Vordergiebel aus konnte man die Galerie im hinteren Teil des Hauses erblicken, ein Geländer führte an der Empore entlang und zu einer Treppe, die den bewohnten Flett vom Speicherraum trennte. Die Tür zu der Speicherkammer, von der Bernhard gesprochen hatte, sah ich ebenfalls, vermochte aber aus der Entfernung nicht zu erkennen, ob sie verschlossen war. Langsam schlich ich mich nach hinten, achtete dabei darauf, keinerlei Geräusche zu verursachen, und schaute mich immer wieder ängstlich um. Als ich vorhin auf die Leiter zugelaufen war, hatte ich einem plötzlichen und unbedachten Impuls nachgegeben, nun aber, beim mühsamen Klettern über Garben und Heuhaufen verfluchte ich mich, weil meine Neugier größer als mein gesunder Menschenverstand gewesen war. Was trieb ich hier eigentlich? Wie hatte ich mich nur dazu herablassen können, wie ein gemeiner Spion in fremden Häusern herumzuschnüffeln? Und warum interessierte sich Bernhard plötzlich so für seine alten Kleider und Papiere? Ich war so in Gedanken versunken, daß ich um ein Haar das Loch im Boden übersehen hätte. Ich befand mich nun direkt über der Lucht, und der Auslaß in der Decke diente zum Rauchabzug für die offene Herdstelle auf der Tenne. Vorsichtig lugte ich nach unten und stellte erleichtert fest, daß sich niemand in der Wohnnische aufhielt. Das Gesinde saß immer noch beim Frühstück in der Stube. Ich kroch weiter durchs Heu, bis ich das Treppengeländer erreicht hatte. Wieder schaute ich ängstlich nach unten, doch auf der Tenne rührte sich nichts. Die Rinder standen gelangweilt in Reih und

Glied und wedelten mit den Schwänzen, um die Fliegen und Bremsen zu verscheuchen. Eine Katze hockte auf einem Balken, hielt prüfend eine Maus in den Pfoten und schien sich nicht weiter für ihr Opfer zu interessieren, als sie merkte, daß das Tierchen tot war. Ich atmete tief durch, schaute zur Tür auf der Galerie und staunte. Zwei breite eiserne Beschläge waren zur Befestigung an der eichenen Holztür angebracht, und ein ebenfalls eiserner Riegel versperrte die Tür und war mit einem mächtigen Vorhängeschloß gesichert. Sosehr mich der übertrieben erscheinende Verschluß erstaunte, so sehr war ich erleichtert, die Tür derart fest verschlossen zu sehen, denn somit hatte es sich für mich erübrigt, weiterzuforschen oder gar in die Kammer eindringen zu wollen. Was auch immer hinter dieser Tür gelagert war, der Schulzenbauer hatte seine Vorkehrungen getroffen, um allzu Neugierige aus der Kammer fernzuhalten. Und ich konnte mich zurückziehen und Bernhard von den dürftigen Ergebnissen meiner Nachforschung berichten.

Ich wollte mich gerade die Treppe hinunterschleichen, um mich auf dem schnellsten Weg über die Tenne davonzustehlen, als ich unter mir eine Tür krachend schlagen und eine aufgeregte Frauenstimme hörte. Wie zur Salzsäule erstarrt, blieb ich zunächst mitten auf der Treppe stehen und wagte nicht, mich zu rühren. Erst als sich die Stimme näherte und sich nun auch eine zweite, die eines Mannes, hinzugesellte, wachte ich aus meiner Teilnahmslosigkeit auf, huschte geschwind auf den Stufen nach oben und verbarg mich im Heu.

»Merkst du nicht, daß sie das mit Absicht machen?« rief die Frau schluchzend. Dem Krächzen der Stimme nach konnte es sich nur um die Magd Hedwig handeln. »Sie machen das nur, um mich zu beschämen. Und du gehst auch noch darauf ein und erzählst alles brühwarm.« Sie ging an der Treppe vorbei und setzte sich auf eine Bank in der Lucht. »Wie schäbig von dir!«

Da ich mich direkt über dem Auslaß in der Decke versteckt hatte, konnte ich Hedwig auf der Bank sitzen und die rechte Hand vors Gesicht schlagen sehen. Der Säugling ruhte mit geschlossenen Augen in ihrem linken Arm und nuckelte an ihrer entblößten Brust. Dies zu sehen, war mir unangenehm und machte mir erst bewußt, wie unwürdig und niedrig ich mich im Moment betrug. Beinahe glaubte ich, sie hätte mich gemeint, als sie »Wie schäbig von dir!« gesagt hatte.

Ich hatte mich gerade dazu entschlossen, mich unversehens auf dem Weg, den ich gekommen war, davonzuschleichen, als der Mann unter mir zu sprechen begann und seine Worte mich wie gebannt an Ort und Stelle hielten.

»Warum sollte ich nicht über meine Braut reden dürfen?« erwiderte der Mann mit weicher, beinahe singender Stimme. »Ich habe nichts zu verbergen und sehe nicht ein, warum dich das beschämen sollte!« Johann Lanvermann trat ebenfalls in die Lucht, näherte sich der Magd und legte mit einer etwas unbeholfenen Geste die Hand auf ihre Schulter.

»Warum mich das beschämt?!« rief Hedwig, wehrte seine Hand ab und schaute ihn mit böse funkelnden Augen an. »Weil *ich* deine Braut bin! Deshalb! Weißt du nicht mehr, was du mir alles versprochen hast? Auf Händen tragen wolltest du mich, mir jeden Wunsch von den Augen ablesen, und jetzt läßt du mich wie einen wurmstichigen Apfel fallen und heiratest eine andere! Du gemeiner Schuft!« Abermals führte sie ihre

Hand vor die Augen und weinte jämmerlich. »Verdammter Heuchler!«

Johann ließ sich neben ihr auf der Bank nieder und nahm sie in den Arm. Sie wehrte sich zunächst ein wenig, nahm dann jedoch die Hand von den Augen und verbarg ihr Gesicht an seiner Schulter.

»Du wirst allzeit meine Liebste bleiben, teure Hedwig«, flüsterte der Schulze liebevoll und strich ihr übers Haar. »Daran wird sich gar nichts ändern. Ich werde dich genauso liebhaben wie zuvor, das verspreche ich dir.«

»Aber du wirst ihr Gatte sein!« schluchzte sie zur Antwort. »Nichts wird mehr sein wie zuvor, wenn sie erst mal Herrin auf dem Hof ist. *Sie* wird die Schulzenbäuerin sein und *mich* herumkommandieren. Und mich aus dem Haus vertreiben! Ich werde ihr die Augen auskratzen, das schwöre ich dir!«

Der Schulze lachte laut los, tätschelte ihre Wange und rief: »Aber sie ist doch noch ein Kind! Du wirst doch wegen eines kleinen Mädchens nicht eifersüchtig werden. Niemand kann dir das Wasser reichen, das weißt du doch, Hedwig. Du bist mein Prachtstück!« Er nahm ihr Kinn in die Hand und schaute ihr eindringlich in die Augen. »Und außerdem weißt du genau, *warum* ich heirate.«

Bei diesen Worten fuhr Hedwig plötzlich in die Höhe und baute sich vor dem vollends verdutzten Bauern auf. Ihr Kind erwachte aus dem Dämmerzustand und schrie im gleichen Moment los. »Du brauchst einen Erbsohn, nicht wahr?« rief Hedwig und schüttelte den Säugling, daß man Angst um ihn haben mußte. »Mein kleiner Max ist dir nicht gut genug! Und daß ich ein weiteres Balg von dir in meinem Bauch herumschleppe, interessiert dich ebensowenig! Ich bin ja nur eine gewöhnliche Magd, die man nehmen kann, wie es einem beliebt, und wegwerfen, wenn es einem paßt. Und die Kinder, die dabei herausspringen, sind nichts als vaterlose Bastarde, die als Erben nicht in Betracht kommen und am besten vor aller Welt verheimlicht werden.« Sie hatte sich derart in Rage geredet, daß sie nun innehalten und tief Luft holen mußte. Sie preßte ihr weinendes Kind an die Brust und setzte atemlos hinzu: »Fürs Bett bin ich dir gut genug, da bin ich dein Prachtstück – wie eine dahergelaufene Dirne. Aber zum Heiraten tauge ich nicht, da muß es schon ein dummes Ding aus Oldendorf sein, das nicht weiß, was du für ein verkommener Lüstling bist. Und wenn sie dann noch die Tochter des Amtmannes ist, in hübschen Kleidern daherschreitet und eine anständige Mitgift mitbringt, dann steht der Hochzeit nichts mehr im Wege! Und unsereins kann sich zum Teufel scheren!«

Die Worte durchfuhren mich wie ein Blitzschlag, ich zuckte zusammen, verlor die Balance und beinahe auch den Halt. Im letzten Moment klammerte ich mich an einer Bohle fest und konnte den Sturz auf die Tenne nur um Haaresbreite verhindern.

Hedwig stutzte, schien etwas gehört zu haben und schaute zur Decke, von der einige Halme herunterrieselten. Da es dunkel auf dem Dachboden war, konnte sie mich nicht sehen. Sie zuckte schließlich mit den Schultern und widmete sich wieder ihrem Gegenüber. »Du wirst dich noch wundern, mein Lieber!« rief sie, warf den Kopf in den Nacken und bedachte den Schulzen mit einem abfälligen und haßerfüllten Blick. »So einfach wirst du mich nicht los, *teurer* Johann! Und dein kleiner Schatz soll sich bloß nicht zu früh freuen.« Mit diesen Worten schritt sie würdevoll von dannen und ließ den Schulzen verdutzt zurück.

Lanvermann saß kopfschüttelnd auf seiner Bank, kratzte sich den Hinterkopf und schien nicht recht zu wissen, wie ihm geschehen war. Plötzlich jedoch stand er auf, lachte ungläubig und murmelte: »Verdammte Weibsleute!« Erneut lachte er, schüttelte noch einmal den Kopf und verließ dann abfällig schnaufend die Tenne.

Ich hockte derweil auf dem Dachboden, starrte mit offenstehendem Mund nach unten, war wie gelähmt und konnte nicht glauben, was ich soeben gehört hatte. Vermutlich *wollte* ich es nicht glauben.

Das war also der Grund, warum Hubertus vorhin von einer »neuen Herrin« gesprochen hatte. Und schlagartig wurde mir klar, warum der Amtmann vor zwei Tagen bei Nacht und Nebel zum Ahlbecker Schulzen geritten war. Daß es bei dem nächtlichen Treffen mit dem Bauern Lanvermann um mehr als nur die Unterstützung des Dorfvorstehers im Kampf gegen die Deserteure gegangen sein könnte, war mir nicht im entferntesten eingefallen. Ausgerechnet der Lüstling Johann sollte der auserwählte Bräutigam meiner Lotte sein! Mir wollte dies auch jetzt noch nicht in den Kopf, aber es ließ sich nicht leugnen, ich hatte es mit eigenen Ohren gehört! Vermutlich wußte auch Boomkamp von den alles andere als gesitteten Verhältnissen auf dem Schulzenhof, aber wenn er zu wählen hatte zwischen einem reich begüterten Würdenträger und einem besitzlosen Bastard, so mußte er sich zwangsläufig für ersteren entscheiden.

»Verdammter Lump!« zischte ich und verspürte nicht geringe Lust, Johann Lanvermann hinterherzurennen und ihn auf der Stelle zu verprügeln. Doch im gleichen Moment, da mir solcherlei kindische Gedanken kamen, verflogen sie auch schon wieder und machten einer anderen, weitaus logischeren Überlegung Platz. Noch waren die beiden schließlich nicht verheiratet, und solange das Jawort nicht gesprochen war, war es auch noch abzuwenden! Wenn es mir gelang, dem Amtmann die Augen zu öffnen und ihm darzulegen, welch einen Schuft er sich als Schwiegersohn ausgesucht hatte, dann würde es vermutlich niemals zu dieser vermaledeiten Ehe kommen. Ich dachte dabei weniger an den unkeuschen Lebenswandel des Schulzen als an das, was mir Bernhard am Vortag berichtet hatte. Wenn es stimmte, daß nicht er, sondern sein Bruder Johann der Mörder der Schulzenbäuerin war, dann war der Kampf noch nicht verloren. Man müsse wissen, auf welcher Seite man stehe und wofür man streite, hatte Bernhard gemeint, auch wenn es nicht immer gelinge, sich erfolgreich durchzusetzen. Er hatte recht! Wer kein Ziel hatte, auf das er zustrebte, der war tatsächlich nicht besser als das Vieh auf der Tenne. Und endlich hatte ich eine konkrete Vorstellung von dem, was ich wollte, und zugleich eine vage Ahnung, wie dies zu erreichen war.

»Bist du ein Spion?« meldete sich plötzlich eine piepsige Stimme hinter mir.

Die Frage riß mich schlagartig aus allen Gedanken und ließ mich beinahe laut aufschreien. Ich fuhr erschrocken herum und starrte in das lausbübisch grinsende Sommersprossengesicht des kleinen Fritz, der mit in die Seiten gestemmten Armen über mir stand und mich mit dem Fuß anstupste.

»Pst! Nicht so laut!« wisperte ich nach einer Schrecksekunde, legte den Finger auf die Lippen und bedeutete ihm mit ernstem Gesichtsausdruck, sich neben mich zu legen und den Mund zu halten. »Mucks dich nicht!«

Sofort wich die belustigte Miene aus seinem Gesicht, und mit einem bedeutungsschwangeren Nicken ließ er sich neben mir nieder und wiederholte flüsternd: »Bist du ein Spion? Oder warum versteckst du dich?«

»Was denkst du denn!« antwortete ich nickend und fügte beschwörend hinzu: »Aber das darfst du niemandem sagen!«

»Keine Bange«, erwiderte er und rieb sich unternehmungslustig die Hände. »Bin doch selber ein Spion. Früher war ich mal Pirat, aber Papa hat mir verboten, mit dem Boot auf dem Kolk zu fahren, wegen der Schleuse. Das ist zu gefährlich, sagt er. Darum bin ich jetzt Spion, das ist auch viel lustiger.« Er dachte einen Moment nach, kraulte sich die roten Haare auf dem Kopf und fragte: »Für wen spionierst du denn?«

»Das ist doch geheim«, antwortete ich und duckte mich plötzlich, als hätte ich ein Geräusch gehört oder einen verdächtigen Schatten gesehen.

»Ach so«, meinte Fritz und duckte sich ebenfalls. »Ich verstehe. Und was willst du hier auf dem Hof herausbekommen?«

Ich überlegte einen Augenblick, deutete dann auf die verriegelte Speichertür auf der Galerie und fragte: »Was befindet sich hinter dieser Tür?«

»Ach, die«, murmelte der Kleine ein wenig enttäuscht und senkte den Kopf. »Die ist doch verschlossen.«

»Eben drum. Wenn sie das nicht wäre, gäbe es ja nichts zu spionieren.«

Das leuchtete ihm ein, er blickte mich mit freudigem Funkeln in den Augen an und sagte: »Natürlich! Ich Dummkopf!« Er kam ganz nahe an mich heran, legte beide Hände wie einen Trichter um mein Ohr und flüsterte: »In der Kammer lagern die Vorräte, glaube ich. Aber so genau weiß ich das ja nicht, weil die Tür immer verriegelt ist. Nur der Herr hat einen Schlüssel, aber ich habe noch nie gesehen, daß er hineingegangen ist. Wahrscheinlich ist der Raum leer.« Er legte den Kopf auf die Seite und preßte die Lippen aufeinander. »Oder was glaubst du?«

»Kann sein«, entgegnete ich schulterzuckend und war zugleich vom Gegenteil überzeugt. In dieser Kammer befand sich irgendein Geheimnis, irgendein Gegenstand, den der Schulze sorgfältig verstecken mußte und den er zugleich hütete wie den Heiligen Gral. Vielleicht sogar etwas, das ihm gefährlich werden könnte? Womöglich hatte Bernhard recht mit den Briefen oder Tagebüchern, die in der geheimnisvollen Truhe lagerten. Wenn aber der Inhalt der Kammer den Schulzen in Schwierigkeiten bringen konnte, warum hortete er ihn dann und schaffte ihn nicht einfach aus der Welt? Das machte keinen Sinn. Und wenn ich mir das alles nur einbildete? Schließlich war die Kammer ein Vorratsraum, und die waren im allgemeinen verschlossen. Was war daran verdächtig? Nichts! Vermutlich ging einfach nur meine Phantasie mit mir durch.

»Es gibt auf der Rückseite vom Haus ein Fenster«, sagte Fritz plötzlich, stieß mich an und sprang auf. »Wenn wir die Leiter nehmen, dann können wir vielleicht durch die Scheiben kiebitzen!« Er kicherte voller Tatendrang und wollte schon zur Treppe laufen, blieb aber plötzlich wie angewurzelt stehen.

»Fritz?« Im nächsten Augenblick erschien der Knecht Hubertus auf der Treppe und versuchte, im Dunkel des Dachbodens etwas zu erkennen. »Fritz, ich habe deine Stimme gehört. Komm sofort heraus!«

Gesenkten Hauptes trat der kleine Junge an die

Treppe, und auch ich folgte ihm und zeigte mich. Da mittlerweile das Frühstück vorüber war und die Männer wieder bei der Arbeit waren, wäre es mir ohnehin nicht mehr möglich gewesen, mich vom Dachboden zu stehlen, ohne gesehen zu werden.

»Wer ist denn das?« wollte Hubertus wissen.

»Das ist ein Spion, Papa«, antwortete sein Sohn. »Aber das dürfen wir niemandem erzählen, weil das nämlich geheim ist. Er will herausfinden, was ...«

»Ich bin Jeremias«, beeilte ich mich zu sagen und nahm den Hut vom Kopf. »Der Sohn vom Bauern Vogelsang. Ich wollte eigentlich nur meinen Vater sprechen, da bin ich auf den Kleinen hier gestoßen, und der wollte mir unbedingt etwas auf dem Heuboden zeigen.« Ich räusperte mich, trat hinter Fritz und legte ihm die Hand auf die Schulter. »Nicht wahr, Fritz?«

Er schaute mich überrascht an, verstand dann aber, zwinkerte mir zu und meinte glucksend: »Ja, genau! Wir sind gar keine Spione!«

»Deinen Vater?« Hubertus sah mich verständnislos an. »Warum kommst du hierher, wenn du deinen Vater suchst?« Er nahm den Kleinen an die Hand und führte ihn die Holzstiege hinunter.

»Ist er nicht beim Kartoffelstecken?« fragte ich und folgte den beiden auf die Tenne. »Ich dachte, der Schulze wollte den Kartoffelacker bestellen.«

»Gestern, ja«, erwiderte der Knecht. »Aber heute nicht.«

»Habt ihr alles an einem Tag geschafft?« wunderte ich mich.

»Ach Gott, wo denkst du hin?« Hubertus lachte und schüttelte belustigt den Kopf. »Dafür brauchen wir gewiß noch eine halbe Woche.«

Ich sah ihn erstaunt an.

»Lanvermann hat die Heuerlinge nur für den einen Tag bestellt«, erklärte er und zuckte mit den Schultern. »Der Rest wird nach Ostern gemacht.«

»Aber das ergibt doch keinen Sinn!«

»Wem sagst du das?!« Er zog ein großes Taschentuch aus der Hose und schneuzte sich. »Aber so ist es nun mal. Weiß der Teufel, was der Bauer sich dabei gedacht hat.«

Ich konnte mir ziemlich genau denken, was er im Schilde geführt hatte. Das gestrige Kartoffelpflanzen war lediglich ein Ablenkungsmanöver gewesen, um die Deserteure besser und ungestörter einfangen zu können. Und die Tatsache, daß die Pachtbauern heute nicht zur Heuer gerufen worden waren, bedeutete zugleich, daß im Laufe dieses Tages vermutlich nicht mit weiteren Aktionen des Amtmannes zu rechnen war.

»Wenn dein Vater gesagt hat, daß er heute auf dem Schulzenhof ist, dann wird er schon seine Gründe dafür haben.« Hubertus grinste anzüglich und machte eine Kippbewegung mit der rechten Hand. »Vielleicht solltest du lieber im Wirtshaus am Kolk nachschauen.«

Ich nickte unsicher, bedankte mich und wollte die Tenne verlassen, doch Hubertus hielt mich zurück.

»Tust du mir einen Gefallen und bringst du den Rotzlöffel zu seiner Mutter?« fragte er und deutete auf seinen Sohn. »Der Lümmel ist vorhin beim Ohrenputzen ausgebüxt. Und sein Brot hat er auch nicht aufgegessen. Ein echter Taugenichts!«

»Aber er ist ein guter Spion«, sagte ich, klopfte dem Kleinen auf die Schulter und erntete von Fritz ein stolzes Lächeln.

5

In der Gesindestube herrschte reges Treiben. Die Männer waren zwar längst wieder bei der Arbeit auf dem Feld oder im Stall, aber die Mägde bereiteten bereits das Mittagessen vor oder beschäftigten sich auf andere Art in der Stube. Eine hagere und müde dreinschauende Frau von etwa fünfunddreißig Jahren versorgte den Ofen mit Holz und Torf und stocherte mit einem Schürhaken in der Glut. Als ich mit dem kleinen Fritz den Raum betrat, wandte sie sich an den Jungen und brummte: »Du Lümmel! Wo hast du denn jetzt schon wieder gesteckt? Immerzu muß man nach dir suchen!« Dann erkannte sie mich und rief: »Sieh an, der Magistersohn! Na, wie geht's, Jeremias?«

»Gut, Frau Wessendorf«, antwortete ich und blieb etwas verlegen auf der Schwelle stehen. »Euer Mann sagt, ich soll Fritz herbringen.«

»Kannst mich ruhig Anna nennen, wir kennen uns doch aus dem Dorf«, meinte sie und schüttelte belustigt den Kopf. »Oder sehe ich aus wie die Herrin?«

Ich kannte sie tatsächlich und hatte sie einige Male im Dorf gesehen. Ihr ältester Sohn, Heinrich, war etwa so alt wie ich und war mit mir zur Schule gegangen. Heinrich war einer der wenigen Freiwilligen, die sich mit Begeisterung zur preußischen Landwehr gemeldet hatten. Wir waren zu Beginn des Jahres zusammen nach Altheim marschiert, um uns in die Listen einzutragen, und ich erinnerte mich, daß er mir von seinem zukünftigen Leben vorgeschwärmt und sich die tollsten Abenteuer in der Armee ausgemalt hatte. »Als Stallknecht macht man nicht viel her«, hatte er gemeint, »aber du sollst mal sehen, Jeremias, als Soldat werden mir die Frauenzimmer die Türen einrennen. Du glaubst ja gar nicht, was für eine Wirkung so eine Uniform auf die Weibsbilder hat.«

»Gibt es schon Neuigkeiten von Heinrich?« fragte ich nun seine Mutter und schaute verlegen zu Boden, da ich mich als Fahnenflüchtiger etwas unwohl in meiner Haut fühlte.

»Wir haben einen Brief von ihm bekommen«, erwiderte Anna Wessendorf lächelnd. »Er ist in Mainz stationiert, und in wenigen Wochen ziehen sie weiter zur Festung Landau. Es scheint ihm gut bei den Soldaten zu gefallen, und nach Frankreich wird er wohl auch nicht mehr müssen. Napoleon sei schon so gut wie besiegt, schreibt er.« Sie nickte mir aufmunternd zu und fragte: »Warum kommst du nicht herein? Wie geht es der Mutter?«

»Danke, gut«, antwortete ich, lächelte verschämt, betrat zögerlich den Raum und grüßte die restlichen Anwesenden mit einem Kopfnicken und einem leisen »Gott zum Gruß.«

Außer Fritzens Mutter befanden sich noch drei weitere, mir allerdings unbekannte Frauen in der kleinen und verrauchten Stube. Eine alte, weißhaarige und hohlwangige Frau mit einer riesigen Knollennase saß auf einer Bank neben dem Ofen und strickte an einer Socke. Ihre Augen waren weit geöffnet, starrten aber ins Nichts, die Pupillen waren grau und tot. Sie lächelte ein zahnloses Lächeln, als sie meine Stimme hörte, unterbrach ihre Arbeit und sagte: »Setz dich doch, mein Junge. Was treibt dich her?«

»Danke«, erwiderte ich und nahm am Rand des Tisches Platz. »Ich dachte, ich treffe hier meinen Vater, aber das war wohl ein Mißverständnis.«

Fritz ließ ein ebenso vergnügtes wie verschwörerisches Glucksen vernehmen und schrie dann gequält auf, als seine Mutter sich mit einem nassen Tuch an seinen Ohren zu schaffen machte. Währenddessen wurde ich von den beiden Mädchen, die ebenfalls am Tisch saßen und mit dem Schälen der Kartoffeln beschäftigt waren, interessiert unter die Lupe genommen. Sie schienen keine gebürtigen Ahlbecker zu sein, ich hatte sie jedenfalls bislang noch nie im Dorf gesehen. Dem Aussehen nach waren sie Schwestern, worauf vor allem die gleiche sommersprossige Stupsnase und die grünen Augen schließen ließen. Die ältere der beiden Mägde war etwa in meinem Alter, sie war auffallend blaß im Gesicht, ganz in Schwarz gekleidet und hatte die brünetten Haare hinter dem Kopf zu einem Dutt zusammengebunden, was ihr eine merkwürdige Strenge verlieh. Sie hielt ein kleines Kind auf dem Schoß, das selig schlummerte und schmatzende Geräusche von sich gab. Die zweite Magd mochte vielleicht zwei Jahre jünger als ihre Schwester sein, sie war nicht gar so dunkel gekleidet und präsentierte eine gesunde Farbe in ihrem Gesicht. Ihre Wangen und Lippen leuchteten rot, und eine Strähne ihres Haares lugte unter der Haube hervor und hing ihr keck in die Stirn. Sie kicherte, stieß ihre Schwester an und flüsterte: »Ein schüchterner Bursche, der Magisterjunge. Was meinst du, Eva? Aber hübsche blaue Augen hat er.« Und an mich gewandt, fügte sie hinzu: »Kannst ruhig richtig auf der Bank Platz nehmen und ein Stück zu uns herüberrutschen, wir beißen nicht.«

»Willst du einen Kaffee?« fragte Anna Wessendorf und deutete auf eine Kanne, die vor ihr auf dem Ofen stand. »Ein wenig müßte noch übrig sein.«

»Danke, gerne«, antwortete ich und bekam von der

jüngeren Magd, die mir von Fritzens Mutter als Johanna vorgestellt wurde, den Kaffee eingeschenkt.

»Was hast du denn mit deinem Schädel gemacht?« Sie deutete auf die Beule an meinem Kopf und kicherte. »Hast du dich gerauft?«

»Nein, ich bin von einem französischen Soldaten niedergeschlagen worden«, antwortete ich wahrheitsgemäß und wußte, daß dies die beste Methode war, die Wahrheit unglaubwürdig klingen zu lassen.

»Hoho!« ließ es sich Johanna nicht nehmen festzustellen. »Was für eine Dicktuerei!« Sie stellte die Kaffeekanne zurück auf den Ofen und fügte hinzu: »Wahrscheinlich hat dir deine Mutter ein paar hinter die Ohren gegeben.«

Ich räusperte mich und zuckte mit den Schultern.

»Was gibt es Neues im Dorf?« wollte Eva nun wissen, und ihre Stimme verriet eine schüchterne Zaghaftigkeit, die nicht zu ihrem strengem Äußeren passen wollte. Sie senkte den Kopf, als hätte sie etwas Ungehöriges gesagt, und widmete sich wieder mit Inbrunst den Kartoffeln, während sie gleichzeitig das Kind auf den Knien wiegte.

Ich nippte an dem Kaffee, der ein wenig bitter schmeckte, und erzählte von dem gestrigen Vorfall auf dem Kirchplatz und dem merkwürdigen Schauspiel, das der Amtmann und die Gendarmen abgeliefert hatten.

»Tja«, sagte Johanna, »der Amtmann Boomkamp ist immer für eine Überraschung gut. Hier auf dem Hof hat er ja auch für Wirbel gesorgt.« Abermals kicherte sie und fügte dann hinzu: »Es wird bald eine große Bauernhochzeit geben. Hast du es schon gehört?«

Da es mir nicht möglich war, ein Wort über die Lippen zu bekommen, nickte ich nur und versuchte mich an einem Lächeln, welches allzu gezwungen ausfiel.

»Wurde aber auch Zeit«, meldete sich die Alte von der Ofenbank. »Ein Hof ohne eine Herrin ist kein richtiger Hof!«

»Das soll eine Herrin sein, Gevatterin?« widersprach Johanna und ließ eine geschälte Kartoffel mit einem lauten Plumps in einen mit Wasser gefüllten Topf fallen. »Ein halbes Kind ist sie noch. Und als Bäuerin möchte ich die höhere Tochter erst mal erleben! Pah!«

»Das sagt ja die Richtige!« mischte sich nun Anna Wessendorf ein. »Noch grün hinter den Ohren, aber kluge Sprüche zum besten geben.« Sie stellte einen großen Topf auf den Herd und setzte hinzu: »Es kann uns allen nur recht sein, wenn es endlich wieder gesittet auf dem Hof zugeht.«

»Ob Hedwig das auch so sieht?« rief Johanna lachend und hob vielsagend die Augenbrauen. »Die wird sich jedenfalls in Zukunft nicht mehr so wichtig nehmen können!« Sie rümpfte die Nase, zog eine schnippische Schnute, warf sich in die Brust und imitierte die Gestik und Mimik der Hausmagd. »Mal sehen, ob sie sich in Zukunft auch noch für was Besseres hält!«

Die ganze Zeit über war Eva auffallend schweigsam gewesen, sie hielt den Blick gesenkt und schien gänzlich in Gedanken versunken zu sein. Bei Johannas Worten jedoch fuhr sie plötzlich auf, funkelte ihre Schwester an und sagte: »Wer gibt dir das Recht, so über Hedwig zu urteilen?«

Johanna sah sie überrascht an und fragte: »Seit wann nimmst du denn die blöde Kuh in Schutz? Das sind ja ganz neue Töne.«

»Wer sagt denn, daß sie freiwillig so ist?« erwiderte Eva beinahe im Flüsterton und setzte, nun wieder den Blick gesenkt, hinzu: »Sie ist auch nur eine gewöhnliche Magd wie du und ich.«

»Das scheint sie aber in der letzten Zeit des öfteren vergessen zu haben«, antwortete die Schwester kopfschüttelnd und mit offenkundigem Unverständnis. »Und es hat sie ja schließlich niemand gezwungen, sich wie ein Biest zu verhalten.«

»Hast du eine Ahnung!« entgegnete Eva mit auffallendem Ernst. Ihre Mundwinkel zuckten merklich, und beinahe schien es, als liefe ihr eine Träne über die Wange. »Niemand macht so etwas freiwillig«, fügte sie hinzu, stand plötzlich auf, nahm das schlafende Kind auf den Arm und legte es in eine Wiege neben dem Ofen.

Anna Wessendorf schaute ihr mit bedrückter Miene ins Gesicht, strich ihr mitleidig über den Arm und flüsterte: »Ich weiß, meine Kleine.«

Eva schluckte und nickte ihr traurig lächelnd zu. Sie setzte ihre Haube auf, an der etliche schwarze Trauerbänder befestigt waren, und verließ die Stube.

»Was ist denn in die gefahren?« wunderte sich Johanna.

»Laß sie doch einfach mal in Ruhe«, entgegnete Anna, setzte sich auf den Platz, auf dem gerade noch Eva gesessen hatte, und fuhr statt ihrer fort, die Kartoffeln zu schälen. »Warum mußt du sie immer triezen?«

»Was habe ich denn gesagt?« spielte Johanna die Unschuldige. »Die soll sich bloß nicht so haben. Man wird ja wohl noch die Wahrheit sagen dürfen!«

»Schwestern!« lautete der belustigte Kommentar der alten Frau in der Ecke. »Ständig kratzen sie sich die Augen aus, als wäre es die reinste Freude.«

Ich hatte die ganze Szene mit Unbehagen verfolgt, und es drängte mich, das Thema zu wechseln. »Warum trägt Eva Trauer?« wandte ich mich an Anna. »Ist jemand gestorben?«

»Ihr Mann«, antwortete sie. »Der Vater der kleinen Magda. Vor einem halben Jahr hat ihn die Schwindsucht dahingerafft.« Sie sah mich an und atmete tief durch. »Der arme Kerl war immer schon schwach auf der Brust gewesen.« Sie machte ein Kreuzzeichen auf ihrem Busen und seufzte leise. »Arme Eva, so jung und schon Witwe!«

Auch die alte Blinde und Johanna bekreuzigten sich, senkten die Köpfe und wandten sich dann wieder ihrer Arbeit zu. Einige Sekunden lang herrschte bedrücktes Schweigen; ich schaute betreten zu Boden, fühlte mich unwohl in meiner Haut und überlegte, ob es besser wäre, die Stube zu verlassen und mich auf den Weg zum Moorhof zu machen. Als ich mich schließlich anschickte, aufzustehen und mich für den Kaffee zu bedanken, erklang die Stimme der Alten und ließ mich erschaudern.

»Hat man die Räuber schon gefaßt?« fragte sie und schaute mit ihren toten Augen in meine Richtung. »Oder laufen die immer noch frei herum?«

»Welche Räuber?« erwiderte ich.

»Die dem Ostwicker Schmied den Schädel eingeschlagen haben«, sprang nun Johanna ein, und in ihrer Stimme schwang eine grausige Erregung mit. »Sie sollen ihn fürchterlich zugerichtet haben. Und was sie mit seiner Frau angestellt haben, möchte ich lieber gar nicht wissen.«

»Johanna!« wurde sie von Anna Wessendorf zurechtgewiesen. »Schäm dich! Wie kannst du so ungehörig reden?!«

Ich erinnerte mich an die aufgebrachten Debatten der Ahlbecker auf dem Kirchplatz. Sie hatten von einer Brabanter Rotte gesprochen und dem Amtmann zugesetzt, er solle sich lieber um die holländischen Räuber und Meuchelmörder kümmern, statt harmlosen Bauern nachzustellen.

»Meint ihr die Brabanter Bande?« fragte ich und tat so, als wüßte ich, was sich hinter dieser Bezeichnung verbarg.

»Brabanter!« schnaubte die Alte verächtlich. »Die nennen sich doch ständig anders. Wenn sie in Holland ihr Unwesen treiben, heißen sie Brabanter, kommen sie über die Grenze, schimpfen sie sich plötzlich Krefelder oder Neuwieder. Und bei uns nennen sie sich dann Flessener Bande! Dabei steckt doch immer das gleiche jüdische Rotgesindel dahinter!«

»Flessener?!« rief ich entsetzt und stieß vor Schreck die Kaffeetasse um.

Anna schaute überrascht auf und wich zur Seite, damit ihr die Flüssigkeit nicht auf die Schürze tropfte. Sie reichte mir ein nasses Tuch, das neben dem Topf auf dem Tisch lag, und fragte: »Was ist mit dir? Warum schaust du so merkwürdig?«

»Was meinst du mit ›Flessener Bande‹?« wiederholte ich.

»Verdammte Juden!« geiferte die Alte weiter, ohne auf meine Frage einzugehen. »Keinen Deut besser als die Zigeuner, alles ein einziges Räuberpack! Und den Schmied haben sie auch auf dem Gewissen.« Wieder bekreuzigte sie sich und setzte hinzu: »Gott schütze uns vor den jüdischen Gaunern und Mordbrennern!«

»Woher willst du das denn wissen, Gevatterin?« mischte sich Johanna ein. »Es ist doch gar nicht gesagt, daß es die Juden waren. Nur weil es Holländer sind, können es doch trotzdem Christenmenschen sein.«

»Alle Räuber sind Juden«, ereiferte sich die alte Frau und hob drohend die rechte Hand mit der Stricknadel. »Und alle Juden sind Räuber! Das weiß doch jedes Kind. Gottloses Gesindel!«

»Der Schinderhannes war kein Jude«, widersprach Johanna. »Und ein Zigeuner war er auch nicht. Daß du's nur weißt, Oma Gertrud!«

»Von einem Schinderhannes ist mir nichts bekannt«, gab die Alte trotzig zurück, und ihre Mundwinkel gingen nach unten. »Aber es scheint mir beinahe so, als würdest du dich ziemlich für diese Räuber interessieren.«

Johanna bekam einen roten Kopf und verstummte augenblicklich.

Und ich nutzte die Gelegenheit und stellte zum dritten Mal meine Frage.

»Das ist Rotwelsch, so eine Art Gaunersprache«, erklärte die alte Gertrud und widmete sich wieder ihrer Strickerei. »Ein Flessener ist ein Westfale.«

»Die haben ihre eigenen Geheimworte«, bestätigte Johanna mit Eifer. »Manchmal versteht man gar nicht, wovon sie überhaupt reden.«

Anna Wessendorf stutzte, schaute forschend ins Gesicht der Magd und wollte wissen: »Wo hast du das denn her?«

Johanna zuckte zusammen und beeilte sich hinzuzufügen: »Das habe ich mal in einem Buch gelesen.«

»Seit wann kannst du denn lesen?« meldete sich die Stimme der Alten aus dem Hintergrund. »Das wäre ja das Allerneueste!«

»Gaunersprache«, murmelte ich in Gedanken versunken, starrte auf die Tischplatte und spürte eine Gänsehaut meinen Rücken hochkriechen.

»Wo steckt eigentlich Fritzchen schon wieder?« rief plötzlich Anna neben mir und schaute suchend umher. »Schon wieder ausgebüxt, der kleine Teufel! Nichts als Unsinn im Kopf!«

»Soll ich nach ihm schauen?« fragte ich eilfertig und schmunzelte, da ich mir bereits denken konnte, wo sich der kleine Spion gerade aufhielt.

»Das wäre nett, Jeremias«, meinte Anna nickend. »Wenn es dir nichts ausmacht.«

Ich schüttelte den Kopf, stand auf, wandte mich zur Tür und wäre um ein Haar im Rahmen mit Eva zusammengestoßen, die in diesem Moment die Stube betrat. Sie fuhr zusammen, senkte prompt den Blick, und abermals zuckten ihre Mundwinkel, als hätte sie ihre Nerven nicht unter Kontrolle.

»Entschuldige«, sagte ich und trat beiseite. »Ich wollte dich nicht erschrecken.«

Sie sah mich einen kurzen Moment an, lächelte unsicher, schaute aber sofort wieder zu Boden und erwiderte: »Der Scherenschleifer ist da.«

Als hätte sie hiermit eine geheime Losung ausgegeben, sprangen alle Frauen im Raum auf und wollten zur Tür hinausstürmen. Anna Wessendorf jedoch wandte sich an Johanna und erklärte gebieterisch: »Paß du auf die Suppe auf!«

»Immer ich!« erwiderte die Magd und zog eine beleidigte Schnute.

»Ich bleibe bei dir und leiste dir Gesellschaft«, sagte die alte Blinde und lächelte freundlich. »Wir werden es schon noch früh genug gewahr werden.«

Johanna jedoch rümpfte die Nase, zog die Stirn kraus und dankte ihr mit einer häßlichen Grimasse, die die Alte zum Glück nicht sehen konnte. Eva und Anna kramten derweil in Windeseile Messer und Scheren aus den Schubladen und verließen die Stube.

Ich nickte den Zurückbleibenden zu, setzte meinen Hut auf und folgte den anderen nach draußen.

6

Auf dem Hof hatte sich bereits eine kleine Menschentraube unter den Eichen gebildet. Der Scherenschleifer hatte seine Feilen, Messer und Schleifsteine ausgepackt. Die Hofbewohner bedrängten den Hausierer, einen greisen bärtigen Mann mit krummem Rücken und schäbigen Kleidern, als handelte es sich bei ihm um eine hochgestellte oder aus sonstigen Gründen bewundernswerte Person. Und erst jetzt wurde mir klar, warum dies so war. Das Schleifen der Sensen und Sicheln war nur ein Teil der Leistung, für die der Scherenschleifer bezahlt wurde, ebenso wichtig war seine Eigenschaft als Nachrichtenübermittler. Als Hausierer zog er von Hof zu Hof und von Ort zu Ort. Wenn es Neuigkeiten zu berichten gab, so war das fahrende Volk die erste und sicherste Quelle, um an diese zu gelangen. Deshalb hatte die alte Gertrud vorhin von »gewahr werden« gesprochen. Die Ankunft des Scherenschleifers versprach neuen Gesprächsstoff, Gerüchte aus den Nachbardörfern wurden kolportiert und Nachrichten aus aller Herren Länder überbracht. Als Menschen wurden die Hausierer nicht geachtet, man beschimpfte sie als Vagabunden und diebisches Lumpengesindel, aber wenn es darum ging, Tratsch und Klatsch zu erfahren, so wurden sie fast wie Könige umschmeichelt.

Der Greis schien sich seiner Rolle und Wichtigkeit durchaus bewußt zu sein, er grinste listig unter seinem grauen Bart und ließ sich in aller Seelenruhe hinter seinem Schleifstein nieder. Während die Knechte die Sensen und Klingen bei ihm ablieferten, bestürmten ihn die Mägde und baten um Neuigkeiten aus den Nachbardörfern. Er wehrte das Drängen mit einer belustigten Handbewegung ab und sagte: »Sachte, sachte, liebe Leute! Laßt einen alten Mann doch erst mal ein wenig verschnaufen. Und schnattert doch nicht alle auf einmal, man versteht ja kein einziges Wort.«

Auch ich wollte mich zu der Gruppe gesellen und den Worten des Hausierers lauschen, als mich plötzlich jemand von hinten an der Joppe zupfte. Ich wandte mich um und schaute in das sommersprossige Lausbubengesicht des kleinen Fritz.

»Willst du immer noch wissen, was in der Kammer ist?« fragte er, grinste triumphierend und verschränkte bedeutsam die Ärmchen vor der Brust. »Ich kann es dir erzählen, wenn du willst.«

»Hast du durch das Fenster geschaut?« fragte ich und ging mit ihm einige Schritte zur Seite.

Fritz nickte und bedeutete mir, mich zu ihm hinunterzubeugen, damit er mir ins Ohr flüstern konnte, und dann wisperte er: »Ich habe dem dummen Alwin gesagt, daß die Scheiben geputzt werden müssen und daß er die Leiter vor das Fenster stellen soll.«

»Wer ist denn Alwin?« Mir war beinahe so, als hätte ich diesen nicht sehr geläufigen Namen erst vor kurzem gehört.

»Einer der Stallburschen«, antwortete er und tippte sich mit dem Zeigefinger an die Stirn. »Papa sagt, er ist nicht ganz richtig im Kopf, aber er hat Muskeln wie ein Bulle, und beim Armdrücken nimmt es keiner mit ihm auf! Er ist der Enkel von Oma Kuckel.«

»Kuckel?« wunderte ich mich. »Ist das die blinde Frau?«

»Ja, genau«, sagte er und schüttelte andächtig den Kopf. »Mama sagt immer: ›Auf den Kuckels liegt ein Fluch. Die Oma ist blind, Alwin ein Dummkopf, und Hermann hat auch nicht alle Sinne beisammen.‹«

»Hermann Kuckel?« fragte ich und wußte plötzlich, wer vor wenigen Tagen den Namen Alwin hatte fallenlassen. »Ist das der Schäfer?«

Fritz zuckte desinteressiert mit den Schultern, sah beleidigt zu mir herauf und schnaufte: »Willst du nun wissen, was ich gesehen habe?«

»Was? Doch ... natürlich«, fuhr ich aus meinen Gedanken auf. Ich schaute hinüber zum Vordergiebel des Hauses und sah, daß die lange Leiter verschwunden war. »Alle Achtung!« sagte ich. »Du bist tatsächlich ein wahrer Meisterspion.« Ich klopfte ihm anerkennend auf die Schulter und fügte hinzu: »Was hast du durch das Fenster gesehen?«

»Nichts«, antwortete er, »jedenfalls nichts Besonderes. Nur ein paar Schinken und Würste, die an der Decke hängen. Jede Menge Flaschen und Krüge, ein paar Säcke und solche Sachen. Auch einige Fässer Bier, ich glaube jedenfalls, daß es Bier ist, das kann man ja von außen nicht sehen. So was halt.« Er hob die Augenbrauen, blähte die Backen auf und fügte dann beiläufig hinzu: »Vorräte eben.«

»Sonst nichts?« Fragend schaute ich ihn an und hielt ihn an den Schultern. »Keine Truhe?«

»Ach, die«, antwortete er, hob gleichgültig die Achseln und lächelte entschuldigend. »Stimmt ja! Eine dicke Truhe steht neben der Tür. Genau so eine, wie sie Mama in ihrer Kammer stehen hat. Nur, die in der Vorratskammer ist noch hübscher. Mit geschnitzten Bildern drauf und so.«

»Für die Aussteuer?« hakte ich nach.

Er schob die Unterlippe vor, neigte nachdenklich den Kopf und schrie plötzlich laut auf, als eine Hand sein linkes Ohr ergriff und ihn daran in die Höhe zog.

»Du Lausejunge!« rief Anna Wessendorf, ließ den Kleinen aber sofort wieder los. »Habe ich dir nicht oft genug gesagt, du sollst Alwin nicht immer auf den Arm nehmen. Was denkst du dir eigentlich dabei?«

»Ich hab' doch gar nichts gemacht!« winselte Fritz und hielt sich das Ohr.

»So?« erwiderte seine Mutter und drohte ihm weitere Schläge an. »Und warum steht der arme Kerl dann hinter dem Haus auf der Leiter und putzt das Fenster der Vorratskammer?« Sie stampfte mit dem Fuß auf und wartete auf eine Antwort. Da Fritz stumm blieb, gab sie die Antwort selbst: »Alwin hat gesagt, du hättest ihm aufgetragen, die Scheiben zu wischen.«

»Das hat er sich ausgedacht!« beharrte Fritz.

»Ausgedacht?« rief Anna und zog nun an dem anderen Ohr. »Warum sollte er sich so einen Unsinn wohl ausdenken? Alwin ist viel zu harmlos und gutmütig, um solche Lügenmärchen zu erfinden.«

»Aua!« krächzte Fritz und wurde von seiner Mutter zum Gesindehaus getrieben. Um nicht abermals an den Ohren gezogen zu werden, hielt er sie mit beiden Händen bedeckt und bekam statt dessen einen Klaps auf den Hintern.

»Rotzlöffel!« hörte ich die Mutter schimpfen. »Dir sollte man den Übermut mit dem Rohrstock austreiben! Nichts als Scherereien hat man mit dem Bengel!

Du setzt dich augenblicklich zu Oma Kuckel auf die Ofenbank und rührst dich nicht mehr von der Stelle!« Mit diesen Worten und drohend erhobener Hand trieb sie den Kleinen vor sich her.

»Aber ich hab' doch gar nichts gemacht«, rief der Junge erneut, und sofort erklang wieder ein langgezogenes »Aua!«.

Die Aussteuertruhe! dachte ich und wandte mich wieder der Menschentraube und dem Scherenschleifer auf dem Hofe zu. Irmgards Truhe, genauso wie es Bernhard vermutet hatte. Der Schulze hatte sie aufbewahrt. Was hätte ich in diesem Moment darum gegeben, einen Blick in diese Truhe werfen zu dürfen!

»Sie kommen von Osten und sind auf dem Weg nach Holland«, rissen mich die Worte des Hausierers aus meinen Gedanken. »Sie scheinen den Hessenweg entlang zu gehen. Vor zwei Wochen haben sie ihr Unwesen in der Gegend um Münster getrieben, danach haben sie einen reichen Bauern in Börsteloe überfallen. Und von dem Schmied in Ostwick habt ihr ja bereits gehört.«

»Aber dann sind sie ja auf dem direkten Weg nach Ahlbeck!« entfuhr es Eva, die gebannt den Worten des Scherenschleifers lauschte.

»Ich an eurer Stelle würde mein Hab und Gut in Sicherheit bringen«, antwortete der alte Mann und ließ sich von Hubertus eine Sichel reichen. »Sicher ist sicher, man weiß nie, was noch passiert.«

Die Bemerkung des Scherenschleifers hatte die Zuhörer sichtlich schockiert. Erregt debattierten sie miteinander und redeten wild durcheinander.

»Die sollen bloß kommen«, ließ sich Hubertus vernehmen. »Die werden meine Faust schon zu spüren bekommen.«

»Genau!« pflichtete ihm ein weiterer Knecht bei. »Denen werden wir die Hammelbeine langziehen!«

»Wenn ihr meint!« rief der Scherenschleifer dazwischen und grinste erneut listig in seinen Bart. »Aber ich glaube nicht, daß eure Fäuste etwas gegen die Musketen der Räuber ausrichten können! Wenn die Halunken wahrhaftig herkommen, solltet ihr froh sein, wenn ihr mit dem Leben davonkommt. Ich jedenfalls würde niemandem raten, den Helden zu spielen.«

Just in diesem Moment trat der Schulze auf den Hof, überquerte schlendernd und mit auf dem Rücken verschränkten Armen den Platz und gesellte sich zu der Versammlung unter den Eichen. Prompt verstummte das Gesinde, und der Hausierer widmete sich mit Inbrunst seinen Schleifsteinen.

»Willkommen, guter Mann«, wandte sich Johann Lanvermann an den Scherenschleifer. »Was gibt es zu berichten? Irgendwelche Nouveautés?«

»Wie bitte?« erwiderte der Alte. »Ich fürchte, ich verstehe Euch nicht.«

»Neuigkeiten, mein Lieber«, erklärte Lanvermann. »Hast du interessante Nachrichten zu verkünden?« Er stellte sich direkt hinter Eva in Positur und präsentierte ein nachsichtiges Lächeln in seinem rosigen Gesicht.

»Ich erzählte von den Räubern, die sich in der Gegend herumtreiben, verehrter Herr«, antwortete der Scherenschleifer. »Und daß Ihr Euch vorsehen und auf der Hut sein solltet.«

»Räuber!« rief der Schulze und lachte schallend. »Papperlapapp!« Ganz beiläufig und während er gleichzeitig mit der linken Hand abwinkte, griff er mit der rechten an Evas Hüfte, streichelte sie und rief: »Ammenmärchen!«

Eva zuckte wie unter Schmerzen zusammen und machte einen Schritt nach vorne, stieß aber mit einer weiteren Magd zusammen, die sich überrascht umdrehte und fauchte: »Paß doch auf! Was trittst du mir denn in die Hacken? Hast du keine Augen im Kopf?«

Lanvermann war ebenfalls einen Schritt nach vorne getreten, und Eva saß nun in der Falle und vermochte sich nicht mehr zu rühren. Die Finger des Schulzen fuhren an ihrem Arm hinauf und verharrten auf der Schulter, während die Magd ihre Hände krampfhaft vor dem Bauch zu Fäusten ballte und am ganzen Körper zitterte. Hilfesuchend schaute sie sich um, ihr flehentlicher Blick traf den meinen, und ich spürte, wie es mir die Kehle zuschnürte.

»Wie man berichtet, sollen es an die dreißig Mann sein«, sagte der Scherenschleifer und rümpfte die Nase, als wolle er damit seine Worte unterstreichen. »Ein wildes Pack und zu allem entschlossen, diese Kerle fackeln nicht lange und nehmen sich, was nicht niet- und nagelfest ist.«

»Dummes Zeug!« wehrte der Schulze ab, der gerade Evas Nacken befingerte und ihr dann, leise und genüßlich lächelnd, etwas ins Ohr flüsterte.

Eva wand sich vor Abscheu und beugte sich, so weit es ging, nach vorne, konnte aber den Fingern und Lippen des Schulzen nicht entkommen.

»Ganz wie Ihr meint«, sagte der Hausierer achselzuckend. »Ihr wißt gewiß am besten, was gut für Euch ist.« Er schüttelte den Kopf und lächelte, als wüßte er es besser.

In diesem Moment tauchte plötzlich Hedwig hinter Lanvermann auf, das unvermeidliche Kind an ihrer Brust, und schleuderte ihm funkelnde Blitze aus ihren Augen entgegen. »Da steckst du ja!« rief sie mit ihrer krächzenden Stimme. »Machst wieder lange Finger, was?«

Der Schulze fuhr zusammen und zog die Hand zurück, als hätte die Magd mit einer Rute danach geschlagen. Er wandte sich um und lächelte unsicher. Es war ihm anzusehen, daß er sich ertappt fühlte.

»Verdammter Hurenbock!« zischte Hedwig, spuckte auf den Boden und blickte in die Runde. »Kaum dreht man ihm den Rücken zu, schon rennt er der nächstbesten Schürze hinterher!«

»Aber Hedwig ...«, war alles, was Lanvermann zu entgegnen vermochte.

»Von wegen ›Aber Hedwig‹!« rief die Angesprochene. »Mit ›Aber Hedwig‹ ist es ein für allemal aus, das merke dir ruhig!« Wieder spuckte sie zu Boden und machte auf dem Fuße kehrt. Im Eiltempo lief sie zum Bauernhaus zurück, betrat die Tenne und knallte das Tor zu.

Sämtliche Anwesenden hatten die Szene mit einer Mischung aus Schrecken und neugieriger Erregung verfolgt, alle starrten gebannt und schweigend zum Bauern, der sich verlegen räusperte und ein dümmliches Grinsen in seinem hübschen Gesicht präsentierte. »Weibsbilder!« sagte er mit aufgesetztem Lächeln. »Weiß der Henker, was die immerzu haben.«

Eva hatte die Gelegenheit genutzt, um den aufdringlichen Annäherungsversuchen des Schulzen zu entkommen. Mit gesenktem Blick und geraffter Schürze lief sie in Richtung des Gesindehauses. Als sie an mir vorbeikam, blieb sie plötzlich stehen und sah mich erneut mit diesem flehentlichen Blick an. Sie wußte, daß ich alles gesehen und alles verstanden hatte. Die Tränen liefen ihr über die Wangen, und sie biß sich unentwegt auf die Unterlippe.

Ich fühlte mich hilflos und wußte nicht, wie ich mich verhalten sollte. Ich fühlte ihre Scham, ihren Ekel und ihre ohnmächtige Wut, aber ich konnte nichts tun, als sie mitleidig anzuschauen. »Niemand macht so etwas freiwillig«, hatte sie vorhin in der Küche gesagt und dabei so merkwürdig geschaut. Und erst jetzt begriff ich, was sie damit gemeint hatte. Die Worte des Flesseners kamen mir wieder in den Sinn. »Kein Mensch fragt dich nach deinem Willen«, hatte er gesagt, »und ehe du dich versiehst, tust du Dinge, für die du dich normalerweise hassen würdest.« Nein, mit Gerechtigkeit hatte das wahrhaftig nichts zu tun. Die einen nahmen sich, was sie wollten, ohne vorher zu fragen; und die anderen gaben, ohne die Möglichkeit zu haben, sich zu weigern.

Ich nahm Evas Hand und wollte zu reden ansetzen, doch sie unterbrach mich, bevor auch nur ein Wort über meine Lippen gekommen war.

»Nicht!« sagte sie, entzog mir die schweißnasse Hand und schüttelte den Kopf. »Sag bitte nichts!« Sie schluchzte, wandte sich ab und rannte zum Haus.

Ich schaute ihr nach und verspürte erneut den Drang, mich auf den Bauern zu stürzen und ihn meine Faust spüren zu lassen. Man sollte ihn ...

»Frauenzimmer!« erklang die Stimme des Schulzen hinter mir, und als ich herumfuhr, bemerkte ich, daß er mich direkt ansah. »Aus jedweder Kleinigkeit machen sie gleich ein Mordstrara!« Er grunzte abfällig und musterte mich aufmerksam und skeptisch mit seinen strahlendblauen Augen. Er schien zu überlegen, ob und woher er mich kannte, kam aber zu keinem Ergebnis, schüttelte schließlich den Kopf und ging in seinem typischen Schlendergang zurück zum Bauernhaus.

»Ein Mordstrara«, wiederholte ich flüsternd seine Worte.

»Na, hier ist ja was los!« machte sich der Scherenschleifer nun wieder bemerkbar. Er schmunzelte und machte sich erneut an die Arbeit. »Und ich dachte, hier herrscht eitel Sonnenschein wegen der anstehenden Hochzeit.«

»Eitel Sonnenschein?!« lachte Hubertus und zündete sich eine Pfeife an. »Tosenden Sturm würde ich das nennen«, setzte er hinzu und deutete zum Himmel, an dem die dunklen Wolken dahinjagten. »Und es würde mich nicht wundern, wenn es bald ein Gewitter gibt.«

Wie um seine Worte zu unterstreichen, fuhr just in diesem Moment eine Windbö über den Platz, wirbelte den Sand auf und ließ die Frauen aufschreien und ihre Rockschöße festhalten.

Der Windstoß verscheuchte auch die wüsten Gedanken, welche sich in meinem Hirn einzunisten begannen. Die ganze Zeit hatte ich eine Art Alpdrücken verspürt, wie in einem bösen Traum, aus dem man nicht erwachen kann. Man weiß, es ist nur ein Traum, aber es gelingt einem nicht, dem Alp zu entkommen. Wie in einem reißenden Strudel kommen die gleichen häßlichen Gedanken wieder und wieder und brennen sich wie ein Brandzeichen ein. Man ist erschrocken, daß man überhaupt etwas Derartiges denken kann. Und daß es einem Befriedigung verschafft.

Als wäre ich tatsächlich dazu fähig, jemandem ein Leid anzutun!

Die Bö riß mir die Mütze vom Kopf und brachte mich wieder zu mir. Ich fuhr zusammen und schaute mich unsicher um, als wäre ich überzeugt davon, daß alle wußten, was sich in meinem Kopf abgespielt hatte. Als trüge ich das Kainsmal bereits auf der Stirn. Doch niemand beachtete mich.

»Weiß man schon, wer die Räuber sind?« wandte sich eine der Mägde an den Scherenschleifer. »Sind es wirklich die Holländer?«

»So genau vermag das keiner zu sagen«, erwiderte der alte Mann. »Angeblich soll Simon Bosbeck der Chef der Bande sein, er ist der Schwiegersohn vom alten Jakob Moses und ein Vetter des toten Picard. Aber was sind schon Namen? Die jüdischen Räuber legen nicht viel Wert auf verräterischen Ruhm, und sie wissen auch, wieso. Nur wer am Galgen landet, dessen Name wird in die Geschichtsbücher aufgenommen. Wer jedoch überleben will, bleibt lieber anonym.«

»Habe ich es nicht gesagt?« erklang eine keifende Stimme aus dem Hintergrund. »Es sind die Juden!« Oma Kuckel stand, von Johanna gestützt, hinter mir, wedelte aufgeregt mit den Armen und rief: »Verfluchte Mordbrenner!«

Als ich ihr ins Gesicht sah, fiel mir wieder die riesige und runzlige Knollennase auf, und ich erinnerte mich, daß der Schäfer Hermann eine ähnliche Runkelnase im Gesicht gehabt hatte.

»Gottloses Gesindel!« fuhr Kuckels Gertrud in ihrer Tirade fort. »Man sollte sie alle totschlagen!« Sie drängte sich durch die Reihen, bis sie direkt vor dem Scherenschleifer stand, und fügte hinzu: »Jesusmörder!«

Der Haß der alten Gertrud auf die Juden war ebenso glühend, wie er mir unverständlich war. Was hatte Oma Kuckel mit den Juden zu schaffen, und warum fuhr sie jedesmal derart aus der Haut, wenn von ihnen die Rede war? In ganz Ahlbeck lebte nicht ein einziger Jude, und die wenigen fahrenden Leute und jüdischen

Hausierer, welche sich hierher verirrten, konnten doch wohl kaum für den unbändigen und maßlosen Widerwillen der Alten verantwortlich sein.

Auch der Scherenschleifer schaute überrascht auf, blickte der alten Blinden ins Gesicht, kraulte sich den Bart und fragte: »Warum regst du dich so auf, Alte? Was sollen die armen gottlosen Teufel denn machen? Erst jagt ihr sie übers Land und verwehrt ihnen, was ihr nicht einmal einem räudigen Köter verweigern würdet, und dann schimpft ihr auf sie und wollt sie totschlagen, weil sie sich nehmen, was man ihnen freiwillig nicht gibt.«

An den Worten des Hausierers war viel Wahres dran. Die Juden hatten von alters her und gerade in der damaligen Zeit ein hartes und ungerechtes Los zu erdulden, die Bürgerrechte vermochten sie nicht zu erlangen, Handwerks- und Zunftberufe waren ihnen verwehrt, als Gewerbeleute durften sie sich nicht ansiedeln, in vielen Gemeinden wurde ihnen sogar das bloße Aufenthaltsrecht verweigert. Lediglich das wenig angesehene Privileg des Rechts auf Zinseintreibung, das den Christen untersagt blieb, war ihnen vergönnt, und so schlugen sie sich zumeist als Pfandleiher, Trödler und fliegende Händler durchs Leben und wurden deswegen erst recht mit Verachtung gestraft und bekamen nicht selten den Haß der Schuldner zu spüren. Immer wieder war von Missetaten gegen die Juden zu hören, man verprügelte sie, jagte sie aus den Dörfern und Städten und wog sie zur Volksbelustigung gegen Schweine auf. Kein Wunder also, daß einige von ihnen das unehrliche Räuberleben dem gesetzlich gestatteten, aber ehrlosen Dasein des Wucherers und Hehlers vorzogen.

»Was sollen sie denn machen, die armen Kerle?«

wiederholte der Scherenschleifer seine Frage. »Der getretene Hund beißt irgendwann, das ist nun einmal so.«

»Bist du auch so ein Judas Ischariot?« fauchte Gertrud.

»Ich bin ein rechter Christenmensch«, antwortete der Hausierer ernsthaft, und seine Augen funkelten entschlossen. »Aber ich weiß, was es heißt, kein Zuhause zu haben und von allen wie eine Pestbeule behandelt zu werden. Da kann man schon mal auf böse Gedanken kommen, das kannst du mir glauben. Und die Schmuhls sind auch nur ganz gewöhnliche Menschen!«

»Rede mir nicht von dem Pack!« ereiferte sich die Alte. »Ich kenne die Juden. Sie haben mir das Haus über dem Kopf abgefackelt und meinen Herrn ermordet. Mein verrückter Sohn streunt seitdem wie ein Landstreicher durch die Gegend, und mein Enkelkind ist auch nicht bei Trost.« Abermals fuchtelte sie mit den Armen und fügte, sozusagen als Schlußwort, hinzu: »Und alles wegen der Jidden!«

»Jetzt geht das wieder los«, hörte ich Hubertus neben mir einem Stallburschen zuraunen. »Immer die gleiche Leier. Wenn Gertrud so weitermacht, dann redet sie sich noch mal um ihr letztes bißchen Verstand.«

»Das ist doch wieder eine von ihren fixen Ideen«, erwiderte der Stallbursche kichernd. »Die spinnt doch!«

»Ich weiß nicht, was dir die Juden angetan haben und warum du so auf sie schimpfst«, antwortete der Scherenschleifer und wandte sich wieder seiner Arbeit zu. »Aber mit den Räubern dürfte es ohnehin bald vorbei sein.«

»Wie das?« fragte die Magd Johanna, und in ihrer

Stimme schwang etwas mit, das nicht allein nach Neugier klang. »Woher willst du das wissen?« Wie vorhin in der Gesindestube schien ihr das Thema sehr nahezugehen.

»Nach dem, was ich heute morgen in Oldendorf gesehen habe«, antwortete der Alte, »dürfte sich der Räuberspuk in Kürze erledigt haben.«

»Oldendorf?« entfuhr es mir. »Wieso Oldendorf?«

»Dort herrscht ein munteres Treiben«, antwortete der Scherenschleifer. »Überall wimmelt es von Landsturmleuten und Gendarmen, an die hundert Bewaffnete und Uniformierte. Das Dorf wirkt wie eine einzige Garnison. Es hat beinahe den Anschein, als wollte der Amtmann mit seinen Mannen in einen Krieg gegen die Räuber ziehen.«

»Hundert Mann?« wunderte ich mich. »Übertreibst du nicht ein wenig?«

»Keineswegs, mein Junge«, antwortete er. »Lauter Landsturmleute in hübschen blauen Uniformen und bis an die Zähne bewaffnet.«

»Hundert Mann!« wiederholte auch Johanna nachdenklich, blickte zu Boden, fuhr jedoch plötzlich hoch und fragte: »Wer sagt denn, daß sich die Soldaten wegen der Räuber zusammenfinden?«

»Weshalb sonst?« erwiderte der Scherenschleifer. »Um hinter den paar Viehdieben oder harmlosen Trunkenbolden herzujagen, die sonst für Unruhe im Dorf sorgen, braucht man schließlich keine ganze Armee.«

»Vielleicht ziehen sie gegen die Franzosen?« beharrte Johanna.

»Dummes Zeug!« antwortete der Alte unwirsch. »Seit wann zieht denn der Landsturm in den Krieg?« Er lachte abfällig und schüttelte den Kopf. »Die bleiben schön zu Hause und spielen Räuber und Gendarm.«

»Da werden die Banditen aber wenig zu lachen haben!« rief Hubertus erfreut und zog genüßlich an der Pfeife. »Und wir können bald wieder beruhigt schlafen.«

Gertrud klatschte in die Hände, gluckste vor Vergnügen, als befände sich die Bande bereits hinter Schloß und Riegel, und rief: »Und die Räuber hängen im Handumdrehen am Galgen!«

Von wegen! dachte ich und ahnte Böses. Was auch immer der Zweck des Landsturmaufmarsches war, mit den Räubern hatte es gewiß nichts zu tun. Der Amtmann ließ seinen drohenden Worten vom Mittwoch nun energische Taten folgen, und wenn er das nächste Mal in Ahlbeck aufkreuzen würde, dann nicht mit einer Handvoll Gendarmen, sondern mit einer ganzen Landsturmkompanie! Die Räuber interessierten ihn wenig, aber uns Deserteuren würde es alsbald an den Kragen gehen. Und ich, Jeremias Vogelsang, war der eigentliche Grund dafür.

DRITTER TEIL

»Stehlen, morden, huren, balgen
Heißt bei uns nur die Zeit zerstreun.
Morgen hangen wir am Galgen,
Drum laßt uns heute lustig sein.«

Friedrich Schiller, *Die Räuber*

1

Ich hätte ihn um ein Haar nicht wiedererkannt. Den wilden Bart hatte er sich abrasiert, und anstelle der französischen Uniform trug er ein schlichtes weißes Hemd und ebenfalls weiße und aus derber Sackleinwand gefertigte Hosen, welche er um den Bauch mit einem dünnen Seil verknotet hatte. In der Hand hielt er statt des Soldatenmantels einen Umhang aus festem braunen Loden. Wären nicht die Mütze mit der Trikolore auf seinem massigen Kahlkopf und die doppelläufige Pistole in seinem Gürtel gewesen, man hätte Bernhard Lanvermann für einen gewöhnlichen Müllerburschen halten können. Verwundert starrte ich ihn an, setzte mich zu ihm an den Tisch, welcher mit diversen Speisen und Getränken gedeckt war, und sah mich in der Stube um. Sowohl die Infanteristenuniform als auch der Militärtornister und die weißen Schultergürtel waren verschwunden, nichts deutete darauf hin, daß sich jemals ein Soldat in dieser Hütte aufgehalten hatte. Und als ich nach dem Koffer der Moorbäuerin Ausschau hielt, bemerkte ich, daß auch dieser nicht mehr an Ort und Stelle war.

»Wo hast du so lange gesteckt?« lauteten seine harschen Begrüßungsworte. »Was, zum Teufel, hast du die ganze Zeit getrieben? Hast du nur herumgetrödelt, oder hat man dich etwa entdeckt?« Begierig hing er mit den Blicken an meinen Lippen und wartete gespannt auf eine Antwort. »Nun sprich schon, Bursche, was hast du herausgefunden?!«

»Allerhand Interessantes«, erwiderte ich ausweichend. Der rüde Befehlston, mit dem er mich angegangen war, weckte meinen Unwillen, und so stellte ich, statt zu antworten, meinerseits einige Fragen: »Wo sind deine Sachen? Und woher hast du die neue Kleidung?«

»Der Kram ist auf dem Balken«, sagte er mißfällig und deutete mit einer Kopfbewegung nach oben. »Die Uniform war einfach zu auffällig, darum habe ich mir etwas Zivileres besorgt.« Er fuhr sich mit der Hand über das glatte Kinn und fügte hinzu: »Ich fühle mich beinahe wieder wie ein Mensch.«

»Und die Läuse sind auch verschwunden«, bemerkte ich.

Er musterte mich skeptisch, lächelte dann und stopfte sich Tabak in die Pfeife. Er zündete sie an, deutete auf den Tisch und fragte: »Hast du Hunger?«

Ich betrachtete die beinahe festlich gedeckte Tafel. Blut- und Leberwurst sah ich, eine Schüssel voll Haferbrei, einen frischen Laib Brot und eine Karaffe voll Milch. Ich schüttelte den Kopf und fragte: »Woher stammt das Essen?«

»Rotkäppchen war mit seinem Korb hier«, antwortete er lächelnd. »Eine hübsche Deern mit langen dunklen Haaren und großen braunen Rehaugen.«

»Maria«, sagte ich, »meine Schwester.«

»Deine Eltern kümmern sich wahrhaftig rührend um dich. Sogar an einen Krug Bier haben sie diesmal gedacht.« Er lachte lausbübisch und fügte hinzu: »Davon ist leider nichts mehr übrig.«

»Hast du mit Maria gesprochen?«

»Bist du verrückt?« entfuhr es ihm. »Ich habe mich

auf dem Dachboden versteckt und abgewartet, bis sie wieder verschwunden war.«

»Hat sie irgendeine Nachricht hinterlassen?«

»Was denn für eine Nachricht?«

Insgeheim hatte ich auf einen Brief von Lotte gehofft. Auf ein Lebenszeichen, irgend etwas, das mir Hoffnung machen könnte. Aber das konnte und wollte ich Bernhard nicht sagen. Ich zuckte lediglich mit den Schultern und murmelte: »Irgendeine halt.«

Er schnaufte abfällig, schüttelte den Kopf, reichte mir die Pfeife und fragte: »Rauchst du?«

»Bislang nicht«, antwortete ich, nahm die Pfeife und einen tiefen Zug daraus und verschluckte mich prompt an dem Rauch. »Donnerwetter«, rief ich aus. »Schmeckt ja wie Kuhdung!«

»Man gewöhnt sich daran«, sagte er schmunzelnd, nahm mir die Pfeife wieder ab und stieß dann hervor: »Jetzt spiel hier nicht den Geheimniskrämer, Junge! Rück endlich damit heraus, was du gesehen hast. Oder soll ich erst vor dir zu Kreuze kriechen?«

Ich winkte grinsend ab und ließ mich erweichen. »Die Tür über dem Flett ist mit Eisen beschlagen, und man hat sie mit einem Extraschloß versehen, so daß an ein Betreten der Kammer nicht zu denken war. Aber ich weiß trotzdem, was sich hinter der Tür befindet.« Ich erntete einen erstaunten Blick und erzählte von dem Fenster auf der Rückseite des Hauses und dem Tatendrang des kleinen Fritz, der mir als wertvoller Spitzel gedient hatte. »Die Kammer wird als Vorratsraum benutzt. Außer Würsten und Speck hat Johann auf dem Speicher nur Bier und Wein gelagert.« Ich sah ihm in die blaßblauen Augen, grinste dann und sagte: »Und eine reich verzierte und mit Bildern versehene Brauttruhe.«

»Habe ich es mir doch gedacht«, erwiderte er, paffte nachdenklich und sah zum Fenster hinaus. Ein zufriedenes Lächeln huschte über sein Gesicht. »Johann ist eben doch ein sentimentaler Dackel. Er kann sich nicht von den Sachen trennen.« Er seufzte tief, schüttelte dann den Kopf, als wollte er unliebe Gedanken verscheuchen, und schluckte mehrmals. Plötzlich sah er mich an und fragte: »Verschlossen, sagtest du?«

»Die Tür?« erwiderte ich. »Ja, verriegelt wie eine Schatzkammer.«

»Das war nicht anders zu erwarten«, meinte er und schaute erneut nach draußen. Der Wind hatte unterdessen beinahe Sturmstärke erreicht und fuhr heulend ums Haus. Einige Schindeln auf dem Dach klapperten unentwegt, und durch das Fenster sah man, daß sich die Wipfel der Bäume bedenklich neigten.

»Glaubst du wirklich, daß sich irgendwelche Beweise in der Truhe befinden?« wollte ich wissen. »Dann wäre Johann dümmer, als ich dachte. Kann es nicht sein, daß lediglich weitere Vorräte in der Kiste lagern?«

»Genau das gilt es herauszufinden«, antwortete Bernhard und nickte mir zu, um mir zu zeigen, daß er mit mir zufrieden war. »Das rechne ich dir hoch an, Jeremias. Du hast etwas gut bei mir.«

Ich überlegte, ob ich ihm von den weiteren Vorkommnissen auf dem Hof berichten sollte, von der schwangeren Magd Hedwig, von der bevorstehenden Hochzeit des Schulzen, von meiner Lotte, die bald die Lanvermännin sein würde, und von der armen Eva, deren flehentlicher Blick mich seitdem nicht mehr losließ und mir auch jetzt wieder die Kehle zuschnürte.

»Was schaust du so?« wurde ich aus meinen Gedanken gerissen. »Hast du sonst noch etwas mitbekommen. Ist irgend etwas passiert?«

»Nein, nichts!« stieß ich hervor und merkte im gleichen Augenblick, daß mein Blick in krassem Widerspruch zu meinen Worten stand. »Das heißt ... eigentlich doch«, verbesserte ich mich deshalb und sagte, um meine wahren Gedanken nicht zu offenbaren: »Der Amtmann hat den gesamten Landsturm mobilisiert. An die hundert Uniformierte sollen in Oldendorf versammelt und zum Abmarsch bereit sein.«

Bernhard fiel beinahe die Pfeife aus der Hand, er stierte mich aus weit aufgerissenen Augen an und fragte atemlos: »Wieso das?«

»Auf dem Hof gehen alle davon aus, daß der Amtmann mit den Männern den holländischen Räubern nachsetzen will. Es hieß, ein gewisser Simon Bosbeck treibe mit einer Horde Banditen sein Unwesen in der Gegend, und der Landsturm solle dem Spuk nun ein blutiges Ende bereiten.« Ich hatte den Vornamen des Räuberhauptmanns mit sorgfältiger Betonung ausgesprochen, Bernhard dabei prüfend angeschaut und auf irgendeine Reaktion gewartet.

Ein achtloses Achselzucken war alles, was ich erkennen konnte. »Mag sein«, meinte er schließlich und hob die Augenbrauen. Weder zitterte seine Stimme, noch hatte sein Gesicht einen anderen als nichtssagenden Ausdruck. »Das wäre durchaus denkbar.«

»Gehörst du auch zu dieser Bande?« entfuhr es mir. Die ganze Zeit hatte mir die Frage auf den Lippen gelegen, mir geradezu auf der Seele gebrannt, und nun vermochte ich sie nicht länger zurückzuhalten. Ich fixierte ihn mit meinen Augen und setzte hinzu: »Bist du ein Räuber?«

»Ich war Soldat, mein Junge«, sagte er und lachte.

»Und im Krieg sind alle Soldaten Räuber.« Abermals lachte er lauthals und setzte hinzu: »Aber wenn du denkst, ich sei einer von diesen Bosbeck-Banditen, dann bist du gründlich auf dem Holzweg, kleiner Freund. Bis gestern war ich noch ein braver französischer Infanterist, und alle Verbrechen, die ich begangen habe, sind im Namen des Kaisers geschehen. Von mir aus kann der Amtmann mit seinem Landsturm die Räuber mit Sack und Pack verhaften und an den Galgen bringen. Ich werde ihnen keine Träne nachweinen.« Er sah mir offen in die Augen, winkelte die Arme an und zeigte mir die Innenflächen seiner Hände, als wollte er sagen: Ich habe nichts zu verbergen.

Ich zögerte, nickte dann aber und erwiderte: »Der Amtmann interessiert sich einen feuchten Kehricht für die Räuber.«

»Glaubst du nicht, daß er hinter den Halunken her ist?«

Ich schüttelte energisch den Kopf und erklärte mit Nachdruck: »Gewiß nicht! Er kommt wegen der Ahlbecker Deserteure, das ist so gewiß wie das Amen in der Kirche.«

Bernhard betrachtete mich skeptisch und schien meinen Worten keinen Glauben zu schenken. »Wegen ein paar Fahnenflüchtigen wird er nicht so einen Aufstand machen. Was hätte er für einen Grund?«

»Einen persönlichen!« entfuhr es mir.

»Raus damit!« sagte er knapp. »Was hat das zu bedeuten?«

»Erinnerst du dich an das Mädchen, von dem ich nicht weiß, ob es meines ist?« fragte ich, sah ihn nicken und setzte dann hinzu: »Dieses Mädchen ist die Tochter des Amtmannes.«

Bernhard pfiff durch die Zähne, paffte dann nachdenklich an seiner Pfeife und murmelte: »Jetzt verstehe ich.«

»Ich glaube, der Amtmann will nicht nur die Deserteure gefangennehmen, sondern dabei auch mich aus dem Wege schaffen und von seiner Tochter fernhalten. Und diesmal wird er mit aller Macht durchgreifen und sich nicht durch einen Steinwurf davonjagen lassen. Fragt sich nur, *wann* er im Dorf auftauchen wird.«

»Heute noch?« mutmaßte Bernhard plötzlich mit sichtbarem Interesse. Er kratzte sich das Kinn und schien erst dann zu merken, daß er keinen Bart mehr hatte. Irritiert hielt er inne und wandte sich an mich: »Was meinst du?«

Ich überlegte und erinnerte mich daran, daß die Heuerlinge heute nicht zur Feldarbeit bestellt worden waren, obgleich dies nahegelegen hätte. Das war zwar kein zwingender Beweis, aber es deutete zumindest darauf hin, daß am heutigen Tage nicht mehr mit einem Angriff zu rechnen war.

»Das halte ich für unwahrscheinlich«, antwortete ich.

»Das denke ich auch«, sagte er und nickte bedächtig. Plötzlich jedoch riß er die Augen auf, sprang auf die Füße, lachte schallend und rief: »Sie kommen morgen! Natürlich! Sie kommen morgen um die Mittagszeit! Darauf gehe ich jede Wette ein.«

Ich vermochte ihn nur anzustarren, schüttelte ungläubig den Kopf und meinte: »Am Stillen Freitag? Das wird er nicht wagen. Nicht am Todestag des Herrn!«

»Und ob!« erwiderte er und grinste wissend. »Gerade deshalb. Das ist ja der Witz!« Er beugte sich zu mir herab, kam ganz nah an mich heran und flüsterte mir ins Ohr: »Verstehst du denn nicht? Einen besseren

Zeitpunkt kann er gar nicht finden. Morgen früh werden die meisten Männer aus dem Dorf zur großen Kreuzwegprozession nach Altheim marschieren. Erst gegen Abend werden sie wieder zurück sein. Nur die Frauen und Kinder und vielleicht einige wenige Bauern, die Dringendes auf den Feldern zu tun haben, werden in Ahlbeck bleiben.«

»Und die Deserteure natürlich!«

»Genau!« sagte Bernhard und nickte lächelnd. »Die werden sich hüten, das Dorf zu verlassen.« Abermals prustete er vor Lachen, als habe ihm jemand einen guten Witz erzählt. »Boomkamp kann es gar nicht besser treffen. Wenn er morgen gegen Mittag mit seinen Soldaten ins Dorf einmarschiert, wird er leichtes Spiel haben. Wer sollte ihm schon in die Quere kommen? Es ist ja kein Mannsbild da, das sich ihm in den Weg stellen könnte. Die Frauenzimmer werden nicht viel Gegenwehr leisten können, und mit seinem Landsturm wird er die Fahnenflüchtigen in Windeseile verhaftet haben. Wie ich die Sandhasen kenne, werden sie es sich bei der Gelegenheit nicht nehmen lassen, ihr Mütchen an den Ahlbeckern zu kühlen.«

»Amtmann Boomkamp ist Katholik«, warf ich ein letztes Argument in die Waagschale. »Eine solche Tat wäre gotteslästerlich.«

»Das wird den guten Mann herzlich wenig interessieren«, erwiderte Bernhard verschmitzt. »Wenn er mit einer einzigen Sünde gleich ein Dutzend Sünder festsetzen kann, dann werden die Pfaffen ganz gewiß ein Auge zudrücken! Auch das ist so gewiß wie das Amen in der Kirche.« Er wandte sich um, trat ans Fenster und klopfte die ausgebrannte Pfeife am Rahmen aus. Dann nahm er die Mütze ab und fuhr sich mit der Hand über die Glatze. »Du solltest deine Leute warnen«, sagte er und schaute hinaus auf die Ruinen des Bauernhofes, hinter denen sich dunkle Wolken am Horizont auftürmten. »Geh ins Dorf und mache den Männern klar, daß sie morgen nicht zur Prozession gehen dürfen, sondern sich auf ein Scharmützel mit den Soldaten gefaßt zu machen haben.«

»Das wird nicht ganz einfach sein«, erwiderte ich, stand ebenfalls auf und gesellte mich zu ihm ans Fenster. »Es sind alles gottesfürchtige Leute, und sie werden mir sicherlich nicht ohne weiteres glauben.«

»Wenn dem so ist, dann würde ich an deiner Stelle die Beine in die Hand nehmen und schleunigst das Dorf verlassen. Wenn der Amtmann wahrhaftig den gesamten Landsturm aufbietet, wirst du vermutlich nicht einmal hier in der Hütte sicher sein. Boomkamp wird erst ruhen, wenn er dich in Gewahrsam weiß. Den Steinwurf hat er gewiß noch nicht vergessen.«

»Ich soll wie ein Feigling türmen?« empörte ich mich. »Und mich wie ein Jämmerling davonschleichen?«

Er sah mich erstaunt an und schüttelte verächtlich den Kopf. »Gestern warst du noch stolz darauf, ein Feigling zu sein«, entgegnete er und legte seine Hand auf meine Schulter, wie er es auch am Tag zuvor getan hatte. »Warst du es nicht, der etwas gegen Helden hatte, vor allem gegen tote? Warum spielst du dich plötzlich so auf? Sich allein gegen eine ganze Kompanie zu stellen, hat nichts mit Heldentum zu tun, es ist schlicht und einfach dumm! Entweder schaffst du es, das Dorf zu mobilisieren, oder du kämpfst auf verlorenem Posten. Glaube einem erfahrenen Soldaten, mein Junge! Der große Napoleon Bonaparte ist in Rußland nur deshalb so vernichtend geschlagen worden, weil er nicht einsehen wollte, daß der Krieg längst verloren war.«

Natürlich wußte ich, daß er recht hatte, und ich

mußte zerknirscht zugeben, daß er mich mit meinen eigenen Worten eines Besseren belehrt hatte. Gleichwohl fühlte ich plötzlich einen Tatendrang in mir aufsteigen, als hätte der Amtmann das Dorf bereits überfallen und als gälte es, auf der Stelle zu handeln. Ich wollte, ich mußte etwas tun. Vielleicht hatten sich in den letzten Tagen zu viele Dinge in meinem Inneren angestaut, es war derart viel geschehen, und ich hatte jeweils nur passiv zu reagieren vermocht. Vielleicht mußte sich meine Wut erst Platz verschaffen, bevor sie verrauchen und ich in Ruhe nachdenken konnte.

»Du hast recht«, meinte ich schließlich, »vielleicht lassen sich die Männer im Dorf ja überzeugen. Dann wird der Amtmann mit seinen Leuten eine hübsche Überraschung erleben.« Ich schaute zum Fenster hinaus und sah die verkohlten Ruinen des Hofes. Mich fröstelte es bei dem Anblick, und ich glaubte das Heulen des Windes in den leeren Fensterhöhlen und Mauerresten zu hören. Ein Schauer fuhr mir über den Rücken, und ich flüsterte: »Sieht unheimlich aus, nicht wahr? Gespenstisch!«

»Sag bloß, du glaubst an Gespenster?!«

»Als Kind habe ich gedacht, auf dem Hof hausten die Waldkobolde. Alle Kinder glaubten das. Es hieß, der Geist des toten Moorbauern spuke in dem Gemäuer herum.«

»Du bist nicht der einzige, der hier Gespenster gesehen hat«, entgegnete Bernhard, klopfte mir aufmunternd auf die Schulter und schaute ebenfalls nach draußen. »Und, glaube mir, das waren nicht nur Kinder. Der Brand hat damals einigen Leuten arg zugesetzt.«

Unwillkürlich mußte ich an die alte Gertrud denken. Hatte sie nicht vorhin in ihrer Haßtirade auf die Juden von einem ermordeten Herrn und einem abgebrannten Hof erzählt? Ich schaute Bernhard in die Augen und fragte: »War Oma Kuckel früher einmal Magd auf dem Moorbauernhof?«

Er fuhr zusammen und sah mich schweigend und beinahe feindselig an. Dann öffnete er die Türe, legte sein Cape um und trat hinaus vor die Hütte.

2

Obgleich es erst früher Nachmittag sein konnte, war es draußen so düster, als habe die Abenddämmerung bereits eingesetzt. Die Wolken hatten sich zusammengezogen, bedeckten den gesamten Himmel und hatten die Farbe von Pech angenommen. Ein Gewitter ballte sich zusammen, aber noch fegte der Wind in unverminderter Stärke über das Land, auch wenn die Luft seltsam warm und schweißtreibend war. Erst wenn sich der Sturm legte, würde das eigentliche Unwetter losbrechen, so vermutete ich.

Bernhard stand vor dem Häuschen und starrte hinüber zum Kiefernwald, dessen Baumwipfel sich ächzend neigten. Eine Windbö schlug ihm ins Gesicht und drohte seine Mütze vom Kopf zu reißen. Er hielt sie mit der rechten Hand fest, wandte sich zu mir um und rief mir zu: »Warum willst du das wissen?« Seine Augen funkelten mich an, zum wiederholten Male erinnerten sie mich an die Augen eines Raubvogels, und zugleich schimmerte etwas wie Angst in ihnen. Oder gar nackte Panik.

Ich hielt seinem Blick stand, warf mir den Drillich-Umhang über und ging ebenfalls hinaus ins Freie.

»War die alte Gertrud in der Nacht des Brandes auf dem Hof?« wiederholte ich meine Frage.

»Das war sie allerdings«, antwortete er schließlich nickend, und seine Augen starrten dabei ins Nichts. »Und wenn irgend jemand von Geistern verfolgt wird, dann ist es die verrückte Gertrud.« Er fuhr sich langsam mit der Zunge über die Lippen und setzte hinzu: »Ich kann es der alten Vettel nicht einmal verdenken.«

»Was meinst du damit? Von welchen Geistern sprichst du?«

»Hast du Kuckels Gertrud nicht auf unserem Hof gesehen? Hat sie nicht wie üblich ihre wilden Gespenstergeschichten erzählt?« Er hob spöttisch die Augenbrauen, machte eine wegwerfende Handbewegung und stapfte in Richtung der Ruine. »Deswegen hast du doch eben nach ihr gefragt, oder?«

Ich lief ihm hinterher, drückte meinen Filzhut tief in die Stirn und sagte, als ich bei ihm angekommen war: »Sie hat recht wirres Zeug von sich gegeben und von einem Mord an ihrem Herrn und einem Brandanschlag geredet. Und auf die Juden hat sie geschimpft.«

»Die Juden?« wunderte sich Bernhard.

»Sie nennt sie Mordbrenner und behauptet, die Juden seien schuld an dem Tod des Moorbauern.«

Bernhard lachte laut auf und betrat im gleichen Augenblick das Innere des abgebrannten Kottens. Er stieg über morsche Balken und verkohltes Gemäuer und blieb mitten auf der inzwischen brennessel- und diestelüberwucherten Tenne stehen. Er wirkte in seiner weißen Leinenkleidung inmitten der schwärzlichen Trümmer selbst wie eine Gespenstererscheinung. Der Himmel über ihm war kohlrabenschwarz, und auch sein Gesicht verdüsterte sich, als er wie ein Prediger die Arme ausbreitete, auf die Ruinen deutete und fragte: »Weißt du eigentlich, was sich hier vor zwanzig Jahren abgespielt hat?«

»Ich weiß nur, was die Leute im Dorf erzählen«, antwortete ich und beeilte mich hinzuzufügen: »Aber deren Getratsche über die Moorbäuerin und den Grund für das Feuer scheint dir ja nicht zu beliebe.«

»Das meine ich nicht«, unterbrach er mich unwirsch und fuhr sich erneut über das geschorene Kinn. »Ich rede von der alten Gertrud. Hat sie dir erzählt, was mit ihr passiert ist?«

Ich vermochte ihn nur anzustarren und langsam den Kopf zu schütteln.

Bernhard setzte sich auf einen Mauerrest und blickte träumerisch zum Himmel. »Gertrud war vor zwanzig Jahren Magd auf dem Moorhof«, begann er und stopfte sich gedankenversunken die Pfeife. »Sie war schon damals blind, und ihr Verstand war ein wenig in Mitleidenschaft gezogen. Aber ihr Sohn Hermann und dessen Frau Hermine arbeiteten ebenfalls für den Vennekötter und sorgten, so gut es ging, für die alte Frau.« Bernhard nahm die Pfeife in den Mund, entzündete sie und paffte nachdenklich. »Als der Hof in Flammen aufging, war Hermine gerade in anderen Umständen. Sie war noch sehr jung, nicht halb so alt wie Hermann, selbst noch ein Kind und zudem etwas kränklich. Es sollte ihre erste Geburt sein. Die Niederkunft war zwar erst für den kommenden Monat errechnet, aber die fürchterlichen Ereignisse, die Aufregungen um den Brand und den Tod des Bauern haben dem armen Mädchen wohl derart zugesetzt, daß es zu Schwierigkeiten kam.«

»Was denn für Schwierigkeiten?« hakte ich nach und setzte mich zu Bernhards Füßen auf den lehmigen Boden.

»So genau darfst du mich das nicht fragen«, erwiderte er leicht pikiert. »Von solchen Frauensachen verstehe ich nicht sehr viel. Jedenfalls gab es irgendwelche Probleme bei der Geburt, und es mußte mit einem Mal alles sehr geschwind gehen. Die Hebamme konnte nicht rechtzeitig zur Stelle sein, und als das Kind schließlich auf die Welt kam, hatte es die Nabelschnur wie einen Strick um den Hals gewickelt, war dunkelblau angelaufen und atmete nicht mehr. Man hat den Kleinen zwar wiederbeleben können, aber sein Hirn hatte bereits einen nicht zu behebenden Schaden genommen.«

»Alwin!« rief ich aus. »Das Kind war Alwin, nicht wahr?«

»Du kennst ihn?« fragte er erstaunt. Und da ich nickte, setzte er hinzu: »Ein lieber und herzensguter Kerl, aber so harmlos und stupide wie ein Säugling. Stark wie ein Bär, doch sein Kopf ist völlig leer, und wenn man ihn alleine ließe, würde er elend zugrunde gehen. Vielleicht wäre es besser gewesen, wenn er damals seiner Mutter gleich in den Himmel gefolgt wäre.«

Ich starrte ihn an und brachte kein Wort über die Lippen.

»Hermine war schon vor der Niederkunft sehr geschwächt gewesen und hatte leichtes Fieber gehabt«, fuhr er fort und senkte den Kopf. »Nach der Geburt wurde es noch schlimmer, sie mußte wochenlang im Bett liegen, das Fieber stieg von Tag zu Tag, und sie schüttelte sich nur noch. Sie wurde immer schlapper und magerte ab, sie fröstelte und hatte zugleich immer heftigere Fieberschübe, ihr Bauch war ganz aufgequollen, als wäre sie immer noch schwanger, und am Ende lag sie beinahe im Delirium. Der Arzt konnte ihr nicht mehr helfen, er nannte es gastrisches Nervenfieber und vermutete, sie könnte sich schon Wochen vor der Geburt durch verdorbenes Essen oder bei einem anderen Kranken angesteckt haben, aber festlegen wollte er sich nicht. Normalerweise wäre die Krankheit nicht so schlimm gewesen, aber die Schwangerschaft hatte dazu geführt, daß sie keine Abwehrkräfte hatte. Es ist ein Wunder, daß der Säugling überlebt hat. Hermine jedenfalls ist keinen Monat nach dem Brand des Hofes gestorben. Sie ist noch nicht einmal siebzehn Jahre alt geworden.«

»O Gott, wie fürchterlich!« So alt wie Maria, dachte ich. Tränen standen mir in den Augen, und nur mit Mühe konnte ich sie zurückhalten.

»Hermann war natürlich untröstlich und hat tagelang nur geheult und gezetert. Der arme Kerl hat Tag und Nacht am Krankenbett seiner Frau gesessen und sie gepflegt, bis er schließlich selbst ein Fall für den Arzt war. Und Gertrud hat herumgetobt, unsinnige Verschwörungstheorien aufgestellt und sich die Haare ausgerissen, als hätte sie auch das letzte bißchen Verstand verloren. Es war fürchterlich und kaum mit anzusehen. Sie hatten alles verloren, und das binnen weniger Tage. Vor dem Brand waren sie eine ganz normale, vielleicht sogar glückliche Familie gewesen, aber jetzt gab es keine Familie mehr. Die Ehefrau rang mit dem Tode, sie hatten kein Dach über dem Kopf, und Arbeit besaßen sie auch keine mehr. Zu allem Überfluß hatten sie sich fortan auch noch um ein schwachsinniges Kind zu kümmern.« Bernhard hielt inne, schaute mich nachdenklich an und seufzte. »Das war auch der Grund, warum ich meinen Vater überredet habe, sie auf unseren Hof zu nehmen.«

»*Du* hast Gertrud als Magd angestellt?« fragte ich

und schaute dankbar zu ihm auf, als hätte er mir persönlich einen Gefallen getan. »Das war sehr edel und christlich von dir.«

»Unsinn!« war alles, was er darauf antwortete. »Komm mir doch nicht mit so einem Schmu! Sie waren schließlich unsere Nachbarn.«

»Trotzdem! Das hätte nicht jeder getan.«

»Und wenn schon!« Er kaute auf seiner Pfeife, schüttelte ärgerlich den Kopf und fuhr schließlich fort: »Vater war natürlich von meinem Vorschlag nicht sehr begeistert. Was konnte man schon auf einem Bauernhof mit einer irren Blinden und einer sabbernden Mißgeburt anfangen? Für die Arbeit waren die beiden ja kaum zu gebrauchen.«

»Was war denn mit Hermann? Der muß doch damals in seinen besten Jahren gewesen sein.«

»Das war ja das Seltsame«, erklärte Bernhard. »Der war plötzlich verschwunden, wie vom Erdboden verschluckt. Kurz nach Hermines Tod hat er sich bei Nacht und Nebel davongestohlen, ohne irgend jemandem Bescheid zu geben. Nicht einmal seine Mutter wußte, wohin es ihn verschlagen hatte. Wir dachten zuerst, er sei ins Moor gegangen, um sich aus lauter Trauer das Leben zu nehmen. Aber dann haben wir festgestellt, daß eine ziemlich große Menge Geld aus einer Schatulle in Vaters Kammer fehlte. Wir wollten die Sache nicht an die große Glocke hängen, aber Anzeige mußten wir dennoch erstatten, schließlich handelte es sich nicht gerade um einen geringen Betrag.«

»Hermann hat euch bestohlen und sich dann klammheimlich davongemacht und seine eigene Familie im Stich gelassen?« wunderte ich mich. »Und das alles, kurz nachdem seine Frau gestorben war?«

»Hermines Tod hat ihn wohl arg mitgenommen, er

muß sie fürchterlich geliebt haben. Es sah ihm gar nicht ähnlich, und ich glaube, er wußte überhaupt nicht, was er tat. Jedenfalls war er plötzlich verschwunden und ward nicht mehr gesehen. Gertrud ließ Messen für ihn lesen und hat sich von jeder Zigeunerin wahrsagen lassen, die des Weges kam. Aber weder Gott noch die Scharlatane vermochten ihr zu helfen. Jahrelang blieb Hermann verschollen, kein Mensch hat ihn gesehen, niemand auch nur ein Wort von ihm gehört.« Bernhard stockte, und ein leichtes Zucken umspielte seine Augen. »Hm«, sagte er schließlich und spuckte auf den Boden. »Und dann plötzlich, vor einigen Jahren, tauchte er mit einem Mal wieder auf; mittlerweile zog er als Schäfer durch die Heide und war stets darauf bedacht, keinem Ort und keinem Menschen zu nahe zu kommen. Kein Wunder, schließlich mußte er damit rechnen, daß die Gendarmen noch nach ihm Ausschau hielten. Wie ein Geist zog er durch die Lande und hielt sich von allem fern. Nie hat er ein Wort darüber verloren, was er in der Zwischenzeit getrieben hat und was der Grund für sein Verschwinden und für den Diebstahl des Geldes gewesen war. Und nicht ein einziges Mal ist er auf unseren Hof gekommen, um seine Mutter und sein Kind zu besuchen. Aber jedes Jahr im Mai liegt ein kleines Geburtstagsgeschenk für Alwin vor dem Gesindehaus. Und sonntags besucht er Hermines Grab, legt frische Blumen darauf oder kleine Präsente, die er aus Holz geschnitzt hat.« Bernhard stieß eine Rauchwolke aus und setzte hinzu: »Ich fürchte, auch Hermanns Verstand hat unter den schrecklichen Vorkommnissen arg gelitten. Er ist ein komischer Kauz geworden, er ist zwar nicht tot, aber mit dem Leben scheint er abgeschlossen zu haben, und wir werden wohl nie erfahren, was damals in ihn gefahren ist. Was den Diebstahl angeht, ist natürlich längst Gras über die Sache gewachsen. Als Hermann zurückkehrte, war unser Vater bereits gestorben. Kein Mensch hat sich mehr für das Geld interessiert. Warum sollte auch irgend jemand einen armen und schwachsinnigen Schäfer nach all den Jahren noch zur Rechenschaft ziehen? Niemand belästigt ihn, solange er niemandem zur Last fällt. Und so ist es noch heute.«

Ich mußte an meine Begegnung mit dem Schäfer in der Heide denken. Hätte ich vor wenigen Tagen seine traurige und mysteriöse Geschichte gekannt, ich hätte ihn wohl mit ungleich mehr Wohlwollen oder zumindest Mitgefühl betrachtet. Beinahe schämte ich mich nun der abfälligen Gedanken, welche mir bei meinem Gespräch mit ihm durch den Kopf gegangen waren. Ich dachte daran, wie liebevoll und wehmütig er von seinem Sohn Alwin gesprochen hatte, den er seit zwanzig Jahren nicht von Angesicht zu Angesicht gesehen hatte und der seinen Vater gar nicht kannte. Und mit einem Mal war ich mir sicher, daß Kuckels Hermann nicht halb so irre war, wie er die Leute mit seinem seltsamen Verhalten und unverständlichen Gerede glauben machen wollte. Er mußte einen guten Grund haben, sich wie ein Sonderling zu benehmen und sich von allem und jedem fernzuhalten. Auch für den Diebstahl des Geldes gab es vermutlich eine nachvollziehbare Erklärung. Niemand wurde schließlich aus Trauer zum Verbrecher! Das klang einfach zu unwahrscheinlich.

Bernhard wollte sich von seinem Stein erheben, doch ich hatte noch eine Frage zu stellen und hielt ihn mit einer Handbewegung zurück.

»Was ich immer noch nicht verstehe«, sagte ich und

ließ mir von Bernhard die Pfeife reichen. »Was ich nicht begreife, ist, was das alles mit den Juden zu tun hat. Kannst du dir erklären, warum Gertrud einen solchen Haß auf sie hat?« Ich nahm einen tiefen Zug aus der Pfeife, hustete diesmal nicht und wartete gespannt auf seine Antwort.

Bernhard überlegte einen Moment, fuhr sich mit der Hand über den Nacken und erklärte dann: »Die Gerüchte im Dorf und das dumme Gerede über Elisabeth und diesen vermeintlichen Liebhaber stammten größtenteils von Gertrud. Nach Hermines Tod hat sie überall herumerzählt, die Vennekötterin und ihr mysteriöser Geliebter hätten ihre Schwiegertochter auf dem Gewissen. Genauso wie sie den Alois getötet hätten. Woher sie diesen Unsinn hatte, vermag ich nicht zu sagen, aber die Ahlbecker haben das verrückte Geschwätz nur zu gerne ernst genommen. Und daß Elisabeth seit der Brandnacht verschwunden war, machte die Angelegenheit noch interessanter und geheimnisvoller. Es gab keinen vernünftigen Grund, den Anschuldigungen der alten Gertrud zu glauben, aber es war auch niemand da, der sie nachhaltig widerlegen konnte. Eine wahre Fundgrube für Tratschmäuler.«

»Ja, und?« fragte ich. »Was hat das denn mit den ...«

»Kommst du immer noch nicht drauf?« unterbrach mich Bernhard und lachte ein häßliches Lachen. »Hast du es immer noch nicht begriffen? Elisabeth war ein Judenmädchen. Jedenfalls war sie es, bevor sie getauft wurde, um den Vennekötter heiraten zu können. Um aus ihrer Holländersippe herauszukommen, wäre sie vermutlich auch zu den Muselmanen übergetreten, wenn es ihr geholfen hätte.«

Ich vermochte kaum zu sagen, warum ich so überrascht, ja geradezu entsetzt war. Was machte das schon für einen Unterschied, ob die Moorbäuerin Jüdin oder Katholikin war? Aber als ich Bernhard dies erzählen hörte, fiel mir die Kinnlade herunter, und ich vermochte ihn nur mit dümmlichem Gesichtsausdruck anzustarren.

»Wie auch immer«, meinte er, klopfte sich auf die Oberschenkel und stand im gleichen Moment auf. »Wen schert das alles jetzt noch? Es ist vorbei und vergessen!« Er nahm mir die Pfeife aus der Hand und sagte: »Los, Junge, wir haben noch etwas zu tun.« Bernhard reichte mir die Hand und zog mich hoch. »Und du hast heute auch noch einiges zu erledigen. Denk an den Landsturm!« Er legte mir freundschaftlich die Hand auf die Schulter und setzte hinzu: »Frag lieber deine Mutter, wenn du dich so sehr für die Vergangenheit interessierst. Aber sei auf der Hut. Nicht immer ist das, was man wissen will, auch gleichlautend mit dem, was man hören will.«

Ich schaute ihn fragend an, doch er verstummte und schüttelte den Kopf.

»Was wirst du jetzt tun?« wollte ich von ihm wissen.

Er hob zur Antwort die Schultern, und wieder zuckte es um seine Augen. Schließlich lächelte er traurig und erwiderte: »Vermutlich gar nichts. Ich schätze, ich gehöre nicht mehr hierher. Wenn mich meine Rückkehr nach Ahlbeck irgend etwas gelehrt hat, dann das: Man kann die Zeit nicht zurückdrehen und so tun, als wäre nichts gewesen. Ich habe hier nichts mehr verloren und sollte zusehen, daß ich irgendwo anders ganz neu beginne.« Er lachte und setzte hinzu: »So alt bin ich ja noch nicht.«

»Du willst dich nicht an deinem Bruder rächen?«

Abermals lachte er, und erneut klopfte er mir auf die

Schulter. »Wie soll denn diese Rache aussehen? Soll ich ihn etwa meucheln? Dann wäre ich ja genau der Mörder, für den mich alle halten. Nein, mein kleiner Jeremias, als ich dir vorhin von Napoleon in Moskau erzählt habe, wurde mir plötzlich klar, daß dies auch für mich gilt. Vielleicht ist es an der Zeit, daß auch ich mich in meine Niederlage füge, so bitter es auch sein mag.«

»Und wenn du es doch auf einen Prozeß ankommen läßt?«

Er schüttelte nur den Kopf, reichte mir die Hand und meinte: »Laß es gut sein, mein Junge. Es war schön, dich kennengelernt zu haben, aber jetzt sollten wir voneinander Abschied nehmen. Wir werden uns so bald nicht wiedersehen.«

Ich wollte etwas erwidern, aber er winkte ab und schritt eilends am Gesindehaus vorbei und verschwand im angrenzenden Nadelwald.

»Sieh zu«, sagte ich leise, als er längst nicht mehr zu sehen war.

Plötzlich schoß mir ein Gedanke durch den Kopf. Die Infanteristenuniform! Und der Koffer der Bäuerin! Ich erinnerte mich an die Worte, die Bernhard vorhin gesagt hatte, und stürzte zur Hütte. Ich riß die Tür auf, lief in die Stube und kletterte die wacklige Leiter zum Heuboden hinauf. Es war so dunkel unter dem Dach, daß ich zunächst gar nichts zu erkennen vermochte. Nachdem ich die Giebeltür geöffnet hatte, schaute ich mich um und suchte den Boden ab. Ich wühlte im Heu und durchstöberte den gesamten Dachboden. Nichts! Kein französischer Soldatenmantel, kein Militärtornister. Kein lederner Koffer und kein Bild der Moorbäuerin. Wo auch immer er die Sachen hingebracht hatte, auf dem Dachboden des Gesindehauses waren sie nicht. Bernhard hatte mich angelogen.

Ich sank vor der Tür zu Boden und starrte hinaus zum Grenzwall. Auf holländischer Seite war nichts als dichter und finsterer Wald zu erkennen, hohe Kiefern und dunkle Fichten so weit das Auge reichte.
Warum? fragte ich mich. Weshalb hatte er die Unwahrheit gesagt?
Der Wind heulte, vom Galgenbülten her erscholl das Krächzen einer Dohle, und ich fühlte mich, als wäre ich der einzige Mensch auf der Welt.

3

Um auf die Landstraße nach Ahlbeck zu gelangen, ging ich nicht wie am gestrigen Tage am Landwehrwall entlang und quer über den Galgenbülten, sondern entschied mich für den Umweg über den Lanverhof. Einst hatte hier ein befestigter und mit Bäumen bestandener Weg entlanggeführt, aber der Schulze hatte die Bäume vor etlichen Jahren roden und den Boden pflügen lassen, so daß ich nun über die frisch bestellten Äcker und das verwaiste Weideland laufen mußte. Es war weniger die Angst vor der unheimlichen Hinrichtungsstätte, die mich diesen Weg einschlagen ließ, eher schon empfand ich eine merkwürdige Spannung, die mich – wie von einem Magneten angezogen – zum Schulzenhof trieb. Je näher ich dem Bauernhof kam, desto schneller ging mein Atem, und ich spürte eine seltsame Beklemmung in der Brust, als stünde mir etwas bevor, vor dem ich mich fürchten müßte.
Ich glaube nicht, daß ich mir dessen zum damaligen

Zeitpunkt bewußt war, aber heute weiß ich, daß ich allein deshalb zum Lanverhof ging, um Eva noch einmal zu sehen und womöglich einige Worte mit ihr zu wechseln. Es war der traurige und zugleich hilfesuchende Blick des Mädchens, der mich nicht mehr losließ und der in meinen Gedanken herumspukte. Ich hatte mir nicht im mindesten überlegt, wie und unter welchem Vorwand ich zu ihr gelangen und was ich mit ihr reden könnte, und deshalb war ich so verdutzt und sprachlos, als ich plötzlich und gänzlich unvermittelt vor ihr stand. Ich war mühsam durch den dichten Buchenwald gestapft, hatte mich dem Gesindehaus von der Rückseite her genähert und war gerade aus dem Gebüsch ins Freie getreten, als ich mit einem Mal die schwarze Frauengestalt neben dem Misthaufen wahrnahm. Sie hielt ein flatterndes Huhn in der linken Hand, schaute überrascht zu mir herüber, nickte dann flüchtig und ging direkt auf mich zu.

»Hallo, Eva«, stammelte ich und starrte verlegen zu Boden. Einen Moment lang überlegte ich, ob ich nicht einfach wieder im Gestrüpp verschwinden sollte, doch dann wurde mir bewußt, wie töricht dieser Gedanke war, und ich blieb wie angewurzelt stehen.

»Wenn das nicht der Magistersohn ist«, meinte sie, als sie mich erkannte. »Hallo, Jeremias! Du scheinst dich mit Vorliebe in der Gegend herumzutreiben.« Sie lächelte kopfschüttelnd und setzte hinzu: »Bist ein gefragter Mann.«

»Wieso?«

»Deine Schwester Maria war vorhin auf dem Hof. Sie hat nach dir gesucht und scheint sich Sorgen zu machen.«

Da ich nicht antwortete, zuckte sie mit den Schultern und wies auf einen etwa zwei Ellen hohen Holzblock, welcher direkt vor mir auf dem Boden stand. »Kannst mir gleich helfen«, meinte sie, immer noch lächelnd, »falls du nicht zu beschäftigt bist und einen Moment Zeit hast.«

Erst jetzt verstand ich, was Eva hinter dem Misthaufen mit dem Huhn vorhatte. Der Holzblock zu meinen Füßen war dunkelbraun von angetrocknetem Blut, und eine Axt steckte im Holz.

»Für die Suppe«, erklärte Eva und hielt das Huhn an den Füßen wie eine Trophäe in die Höhe. »Gibst du mir mal die Axt?«

»Das ist aber ein altes Tier«, erwiderte ich und reichte ihr das Gewünschte.

»Wenn man sie lange genug kocht, wird es schon gehen«, sagte sie und hielt mir das Huhn vor die Nase. »Legst du sie bitte auf den Block und hältst sie fest?«

»Soll ich nicht lieber zuschlagen?« antwortete ich und deutete auf die Axt.

»Nur weil ich eine Frau bin, bedeutet das nicht, daß ich nicht mit einer Axt umgehen kann. Oder sehe ich so unschuldig und harmlos aus?« Es schwang überhaupt keine Koketterie in ihren Worten mit. Sie schüttelte belustigt den Kopf und fuhr mit dem Finger über die Klinge, um zu prüfen, ob sie scharf war. Ganz beiläufig und ohne mich dabei anzusehen, fügte sie hinzu: »Warum schleichst du eigentlich den ganzen Tag wie ein Dieb um den Hof herum? Hast du keine Arbeit zu verrichten?«

»Ich bin kein Dieb«, empörte ich mich, und beinahe wäre mir vor Ärger das Huhn aus der Hand gerutscht. »Und ich schleiche auch nicht herum.«

»Das kann man sehen, wie man will«, erwiderte sie und lächelte traurig. »Ich weiß, daß du kein Dieb bist, aber ganz ehrlich bist du auch nicht.« Sie holte mit der

Axt aus und setzte schmunzelnd hinzu: »Und ich kann mir auch schon denken, warum du dich hier herumdrückst.«

Ich sah sie erstaunt an und fragte: »Warum?«

»Willst du das Huhn nicht auf den Block legen? Wie soll ich dem Vieh denn so den Kopf abhacken? Halt die Henne an den Flügeln, damit sie nicht flattern kann.«

Ich tat nichts dergleichen, richtete mich statt dessen auf und wiederholte mein »Warum?«

»Johanna ist seit einigen Tagen wie aus dem Häuschen«, antwortete Eva und blickte mich mit ihren grünen Augen prüfend an. »Sie putzt sich heraus, kämmt sich ständig die Haare und träumt am hellichten Tage. Wenn man sie anspricht, antwortet sie nicht und starrt statt desen Löcher in die Luft. Und immer wieder verschwindet sie für Stunden und will anschließend nicht sagen, wo sie sich herumgetrieben hat.« Ein verschmitztes Lächeln stahl sich auf ihre Lippen, als sie hinzufügte: »Vielleicht sollte ich *dich* das lieber fragen.«

»Was willst du damit ... Was heißt denn hier ... Was glaubst du eigentlich?« stammelte ich zusammenhangslos und schüttelte energisch den Kopf. »Denkst du vielleicht, daß ich mit deiner Schwester herumpoussiere?«

»Sie hat heute morgen selbst gesagt, daß du ein hübscher Kerl bist«, entgegnete Eva und hieß mich mit einer Geste, das Huhn auf den Block zu legen. »Mich würde es nicht wundern, wenn du ein ganz schlimmer Bursche und Schürzenjäger wärst. Auch wenn du noch so unschuldig dreinschaust.«

»Das wüßte ich aber! Da kennst du mich aber schlecht! Und für Johanna interessiere ich mich schon gar nicht!«

»So?« erwiderte sie überrascht. »Meine Schwester ist doch eine hübsche Person. Oder findest du das nicht?«

»Ich mag keine albernen Hühner«, sagte ich mit Bestimmtheit. »Ich kann es nicht leiden, wenn Mädchen ständig kichern und sich über alles lustig machen, als wäre es nur ein Witz.«

»Mir ist es lieber, sie lacht zuviel, als daß sie einen Grund zum Traurigsein hat.« Sie funkelte mich mit ihren grünen Augen an und holte abermals mit der Axt aus.

»So wie du?« fragte ich.

Eva schrie wütend auf, und die Axt in ihrer Hand sauste nieder.

Im gleichen Moment riß ich meine Hand weg und ließ das Huhn los.

Der Kopf der Henne blieb auf dem Holzblock liegen, doch der Rest des Tieres flatterte kopflos durch die Luft und verspritzte das Blut, das aus seinem Hals schoß.

»Verdammte Sauerei!« rief Eva und rannte dem Huhn hinterher. »Habe ich dir nicht gesagt, du sollst die Henne festhalten?«

»Entschuldige«, stammelte ich und half ihr, das Federvieh einzufangen, das nun direkt auf mich zuflatterte. Ich warf mich auf das Huhn, bekam es an den Füßen zu fassen und wurde dabei über und über mit Blut beschmiert. Ich saß triefend auf dem Boden, das Vieh in den Händen, und versuchte, das zuckende Tier unter Kontrolle zu bringen. Ich hielt es mit ausgestreckten Armen von mir fern, um es ausbluten zu lassen.

Eva stand kopfschüttelnd über mir, betrachtete das Malheur und lachte mit einem Male schallend los.

»Kleine Sünden bestraft der liebe Gott sogleich«, rief sie und hielt sich den Bauch vor Lachen.

»Was gibt es denn da zu kichern?« antwortete ich, blutbesudelt und verärgert. »Ich dachte, du hackst mir die Hand ab!«

»Du solltest eben nicht über Dinge reden, die du nicht verstehst!« erwiderte sie plötzlich wieder ernst. »Wir reden ohnehin zuviel überflüssiges Zeug.«

»Ich habe doch Augen im Kopf, und dämlich bin ich auch nicht. Und manchmal hilft es, über die Sachen zu sprechen.«

»Unsinn!« schnitt sie mir barsch das Wort ab. »Erst wenn man darüber redet, wird es wirklich. Solange man schweigt, kann man so tun, als wäre nichts geschehen. Vor allem, wenn man so oder so nichts daran ändern kann.« Sie nahm mir das Huhn aus der Hand, ging hinüber zum Richtblock und fing im selben Moment an zu weinen.

Immer noch saß ich auf dem Hosenboden inmitten der Blutlache, starrte zu ihr hinüber und wußte nicht, was ich sagen sollte. Warum war ich nur immer so ungeschickt mit meinen Worten, warum gelang es mir nicht, meine Gefühle auszudrücken, ohne die Gefühle der anderen zu verletzen?

»Es tut mir leid«, murmelte ich schließlich, stand auf und ging zu ihr hinüber. »Ich wollte dir nicht weh tun.«

»Ich weiß, aber es tut trotzdem weh.« Sie nahm das tote Huhn, ging hinüber zum Misthaufen und begann in Windeseile, das Tier zu rupfen. Die Federn flogen nur so in hohem Bogen und wurden vom Sturmwind umhergewirbelt. Immer wieder fuhr sich Eva mit der Hand über die laufende Nase, ihr Blick war starr auf das Huhn gerichtet.

»Kannst du den Schulzenhof nicht verlassen?« wagte ich nachzuhaken. »Du willst doch nicht beim Lanvermann bleiben? Das kannst du doch nicht wollen. Es muß noch eine andere Möglichkeit geben. Ich könnte mich doch ...«

»Wo soll ich denn hin?« unterbrach sie mich, sah zu mir auf und seufzte tief und schwermütig. »Glaubst du, ich kann mir meine Stellung nach Belieben aussuchen? Ich habe ein Kind zu ernähren, vergiß das nicht! Wenn ich ohne Not den Schulzenhof verlasse, wird das ganze Dorf wissen, was passiert ist. Alle werden mit dem Finger auf mich zeigen und die Nase rümpfen. Nein, so einfach ist das nicht!«

»Aber den Kopf in den Sand zu stecken, ist auch keine Lösung.« Ich stutzte und wußte nicht recht, was ich eigentlich sagen wollte. Die Worte lagen mir auf der Zunge, aber sie kamen mir nicht über die Lippen. »Und wenn ich ... Ich meine, wenn ...« Ich ließ den Satz unvollendet.

»Laß es gut sein, Jeremias«, erwiderte Eva und schüttelte den Kopf. »Mir ist bereits gedient, wenn du deinen Mund hältst und einfach vergißt, was du gesehen und gehört hast.«

»Natürlich werde ich kein Wort sagen«, versicherte ich, »aber vergessen werde ich es gewiß nicht.« Ich zögerte einen Moment, überwand mich und fragte: »Darf ich wiederkommen? Werden wir uns wiedersehen?«

»Natürlich darfst du das«, meinte sie, ohne dabei aufzublicken. »Ich wüßte nicht, was dagegen spräche.« Für einen kurzen Augenblick hatte ich den Eindruck, als liefe ihr blasses Gesicht rötlich an. »Aber jetzt solltest du lieber gehen, bevor uns jemand sieht und falsche Schlüsse daraus zieht. Das würde mir gerade noch fehlen.«

Ich wollte ihr die Hand geben und mich verabschieden, doch sie tat so, als sähe sie meine Hand nicht, und fuhr unentwegt und mit hektischen Bewegungen fort, dem Huhn die letzten Federn auszurupfen.

Ich wandte mich ab und ging in Richtung des Buchenwaldes.

»Jeremias?« rief sie mir nach.

Ich blieb stehen und drehte mich zu ihr um.

»Bis bald, du Schürzenjäger«, hörte ich sie sagen und leise lachen.

4

Waren auf dem Weg zum Lanverhof meine Beklemmungen schon groß gewesen, so hatten sie nun noch zugenommen. Mir war, als bekäme ich keine Luft mehr, als müßte ich ersticken, aber zugleich war mir merkwürdig warm ums Herz. Seltsam! Einem Mädchen wie Eva war ich in meinem Leben noch nicht begegnet. Ich war vollends verwirrt und wußte nicht recht, wie ich Evas Worte und ihr Benehmen deuten sollte. Einerseits erschien sie so sanft und verletzlich und zugleich so erstaunlich stark und ungeheuer entschlossen. Und auch mir gegenüber verhielt sie sich mal abweisend und kühl, dann wieder freundlich und wohlgesonnen. Sie war genauso alt wie ich, aber wieviel mehr hatte sie erlebt und durchgemacht! Wieviel Leid hatte sie erdulden müssen! Ich gefiel mir darin, große Pläne zu schmieden und von fernen Ländern und Abenteuern zu träumen, aber im wirklichen Leben hatte ich noch nichts vollbracht oder am eigenen

Körper erfahren. Ich spielte mich als Vogelfreier auf, nur weil ich vor der Gendarmerie auf der Flucht war, und mußte mir zugleich eingestehen, daß ich mich niemals vor der Landwehr gedrückt hätte, wenn ich gewußt hätte, was an Schereien auf mich zukommen würde. Ich kam mir plötzlich so albern und lächerlich vor. Eva hingegen hatte keine Wahl gehabt, ihr war es nicht möglich gewesen, vor den unangenehmen Dingen davonzulaufen. Sie hatte als junges Mädchen geheiratet, war schwanger geworden, hatte kurz darauf ihren Mann verloren und mußte sich nun des abscheulichen Schulzen erwehren, nur weil sie abhängig von ihm war. Sie war wie eine dieser traurigen Heldinnen in Lottes Büchern, nur daß es eben nichts mit holder Romantik und edlen Taten zu tun hatte, sondern um das nackte Leben und Überleben ging. Lotte! Ein Schauer fuhr mir über den Rücken, als sie mir in den Sinn kam und als ich merkte, daß ich an sie wie an ein Wesen aus einem früheren Leben dachte. Wie lange war es her, daß wir romantische Spaziergänge rund um den Seerosenteich unternommen hatten? Eine Woche nur, aber wie viel war in diesen wenigen Tagen geschehen! Und je mehr ich erfuhr und erlebte, desto ferner und fremder wurde sie mir und desto mehr erschien sie mir wie eine feenhafte Gestalt aus einem schönen, aber unwahren Traum.

»Lotte!« entfuhr es mir, und als ich ihren Namen aussprach, erinnerte ich mich an die Worte meiner Mutter. »Kannst du dir sie als Bäuerin vorstellen?« hatte sie gefragt. Wie es aussah, würde Lotte bald eine Bäuerin sein. Die Schulzenbäuerin!

Ich hatte unterdessen den Hessenweg erreicht und lief unverdrossen in Richtung Ahlbeck. Die Gedanken schossen mir ungeordnet durch den Kopf, mal war ich in Oldendorf bei Lotte, dann in Ahlbeck bei den Deserteuren und immer wieder kehrte ich auf den Schulzenhof zurück. Hier liefen alle Fäden zusammen, dachte ich. Hier würde sich alles weitere entscheiden!

Plötzlich hielt ich inne und schaute an mir hinab. Meine Hände und meine Kleidung waren nach wie vor blutverschmiert und verdreckt. Wenn ich in dieser Aufmachung auf dem elterlichen Kotten erschien, würde meine Mutter vor Schreck einen Herzanfall bekommen. Ich mußte mich zuvor säubern und schlug mich deshalb nach rechts in die Büsche. Nur wenige Schritte vom Hessenweg entfernt plätscherte der Ahlbach auf seinem Weg nach Holland und bot mir Gelegenheit, das Hühnerblut abzuwaschen.

Das Wasser war kalt und klar und brachte mich wieder zu mir. Ich wusch mir die Hände und hielt sekundenlang den Kopf unter Wasser, als könnte ich so die Hirngespinste herausspülen. Ich überlegte gerade, ob ich sämtliche Kleider ablegen und einen Sprung ins kühle Naß wagen sollte, als ich nur wenige Schritte entfernt ein Rascheln und aufgeregte Stimmen vernahm. Der Fluß machte dort eine scharfe Linksbiegung und schlängelte sich an einer kleinen, mit Brombeerbüschen bewachsenen Anhöhe entlang, bevor er sich kurz vor der Schleuse an der Wassermühle zum schwarzen Kolk verbreiterte. Die Geräusche, die vom Wind herübergetragen wurden, schienen von der anderen Seite des Hügels zu kommen, auf die mir die Sicht durch das Gestrüpp versperrt war. Ich wollte mich bereits trollen und vermeiden, daß mich jemand sah, als ich eine Mädchenstimme rufen hörte: »Jackel, da bist du ja. Wo warst du denn so lange? Ich warte schon seit einer halben Stunde hier.«

Ich fuhr zusammen und erstarrte. Die Worte des

Gardisten auf der Landwehr kamen mir wieder in den Sinn. Er hatte von einem gewissen Jackel gesprochen, der ein geschickter Bursche sei und schon herausbringe, was man wissen wolle.

»Ich habe dir ein paar Blumen gepflückt«, ertönte eine junge Männerstimme. »Ich wollte meiner Liebsten doch nicht ohne Geschenk unter die Augen treten.« Der Mann sprach in einem merkwürdigen Singsang, er dehnte die Selbstlaute und stieß die Mitlaute mit starker Betonung hervor. Sein R klang krächzend, und seine S-Laute zischten. Der Sprecher war kein Deutscher, aber sein Akzent war mir bislang noch nicht untergekommen. Ein Südländer, mutmaßte ich. Vielleicht ein Ungar oder Italiener.

»Oh, Jackel«, antwortete das Mädchen, »die sind aber schön! Feldblumen sind mir von allen die liebsten.« Dem Klang der Stimme nach zu urteilen, konnte es sich bei dem Mädchen nur um Johanna handeln. Mit einem Zittern in der Stimme setzte sie hinzu: »Als hättest du es gewußt.«

Und plötzlich machte alles Sinn, mit einem Mal fügten sich die Teile zu einem Bild zusammen. Ich wußte jetzt, was hier gespielt wurde. Und es war ein unwürdiges Spiel. Ich hätte bereits viel früher die Zusammenhänge erkennen müssen, genug Hinweise hatte es ja gegeben. Der Hauptmann Simon in seiner weißen Uniform, der nicht an der Feldglocke landen wollte. Der wegen Mordes gesuchte Bernhard, den man den »Flessener« nannte und der einen dummen und gutgläubigen Kaffer zu seinem willigen Spion gemacht hatte. Der Schürzenjäger Jackel, der etwas herausbringen sollte. Und die arme Johanna, die sich für ihren Galan herausputzte und am hellichten Tag träumte.

Die Brabanter Bande!

Und dennoch! Als Bernhard mir vor wenigen Stunden beteuert hatte, er werde den Räubern keine Träne nachweinen, wenn man sie an den Galgen bringe, da hatte ich ihm geglaubt. Und auch jetzt wollten mir seine Worte nicht wie eine Lüge erscheinen. Er hatte gemeint, was er gesagt hatte.

Kurz entschlossen legte ich meine Kleider ab und wollte ins Wasser steigen. Doch dann hielt ich plötzlich das Medaillon in der Hand, das die ganze Zeit an der Kette um meinen Hals gehangen hatte, und ich stutzte. Ich betrachtete das Bildnis der Madonna, das vom Hühnerblut besudelt war. Es sah nun beinahe so aus, als blutete das von sieben Schwertern durchbohrte Herz der Mutter Gottes tatsächlich. Ich reinigte das Medaillon, riß mich von dem Anblick der trauernden Maria los, legte das Medaillon zu den anderen Sachen und stieg ins Wasser. Vorsichtig kroch ich am Ufer entlang, bis ich um die Biegung des Flusses herumlugen und sehen konnte, was sich auf der anderen Seite des Hügels abspielte. Das Wasser ging mir fast bis zur Hüfte, und ich hatte Mühe, mich an der Böschung festzuhalten, aber ich gelangte zu einer Stelle, von der aus ich die beiden Poussierer bei ihrem Stelldichein beobachten und belauschen konnte. Eine Esche am steilen Ufer war samt Wurzelwerk einige Ellen abgesackt und stand nun beinahe waagerecht über dem Wasser. Der Stamm bot mir Halt, die Zweige verhinderten, daß ich vom Ufer aus gesehen werden konnte, und der böige Wind stand so, daß ich ihre Worte verstehen, sie mich aber nicht hören konnten. Ein kleines Ruderboot war mit einem Lederriemen an einem Busch befestigt und tänzelte auf dem Wasser, auf dessen Oberfläche sich die dunklen Wolken am Himmel spiegelten. Die beiden jungen Leute standen sich in einer Senke am flachen Ufer gegenüber, er hatte seinen Arm um ihre Hüfte gelegt und drückte ihr einen Kuß auf den entblößten Hals.

»Jackel, du bist so lieb zu mir«, sagte Johanna in diesem Moment, schaute versonnen auf die Blumen in ihrer Hand und bekam einen hochroten Kopf. »Ich habe dich so furchtbar gern!«

Der Angesprochene lächelte überlegen, strich sich über den gezwirbelten Schnurrbart und fuhr der Magd dann über die Haare, welche diesmal nicht von einer Haube bedeckt waren, sondern in hübschen Zöpfen über die Schultern fielen. Auch hatte sie kein Tuch um den Hals und ihre Schürze nicht umgebunden. Sie hatte sich fein gemacht und zeigte ihre Reize.

»Ich weiß doch, was sich ziemt«, erwiderte Jackel und tätschelte anschließend ihre Wange. »Und was ich einer hübschen Maid schulde. Ein Kober-Jackel weiß genau, was die Frauenzimmer sich wünschen.« Er lachte selbstgefällig und nahm das Kinn des Mädchens in die Hand, als hätte er ein Kind vor sich.

Der junge Mann war, so wenig er mir auch in Worten und Gesten gefiel, eine auffallende Erscheinung. Auf seinem schwarzgelockten Kopf saß ein lederner Hut, dessen breite und federgeschmückte Krempe an einer Seite keck in die Höhe stand. Am Leib trug er ein weitgeschnittenes gelbes Hemd aus feiner Seide, das an den Ärmeln und am Revers mit altmodischen Rüschen besetzt war. Den Gehrock aus grünem Jägerloden hatte er trotz kühler Temperatur ausgezogen und sich über die Schulter geworfen. Ein breiter Ledergürtel mit prächtiger Silberschnalle war um seine Taille geschnürt, seine Beine steckten in knielangen und gestreiften Pluderhosen und die Füße in schwarzen Stulpenstiefeln. Eine lange Pistole steckte ihm im Gürtel, und ein kleiner Dolch hing ihm an der Seite. Eine imposante Aufmachung und ohne jeden Zweifel die Kleidung eines eitlen Stutzers. Sie erinnerte mich an Bilder von Landsknechten aus dem Großen Deutschen Krieg.

Johanna riß sich plötzlich von dem Anblick der Feldblumen los, schaute ihrem Geliebten ernsthaft in die schwarzbraunen Augen und sagte: »Du mußt auf der Hut sein, mein Liebster. Mir sind schlechte Neuigkeiten aus Oldendorf zu Ohren gekommen. Der Amtmann ist euch auf der Spur.«

»Der Amtmann?« antwortete Jackel skeptisch. »Woher weißt du das?«

Johanna berichtete ihm von dem alten Scherenschleifer und dessen Kunde über die Aufstellung des Landsturms. »Sie kommen euch holen«, fügte die Magd hinzu und ergriff den Arm des Mannes. »Du mußt dich verstecken, sonst werden sie dich verhaften. Mir fällt schon ein Platz ein, wo sie dich nicht finden.«

»Dummes Zeug!« erwiderte er unwirsch und schüttelte die Hand des Mädchens ab. »Ein Kober-Jackel versteckt sich nicht vor den Sandlatschern und schon gar nicht unter der Schürze eines Frauenzimmers.«

Bei diesen Worten mußte ich schmunzeln. Er schien seinen Namen sehr zu lieben und ihn ebenso gern und oft in den Mund zu nehmen. Die Tatsache allerdings, daß er von sich wie von einer dritten Person sprach, ließ mich vermuten, daß Kober-Jackel keineswegs sein wahrer Name war. Bei einigen Räubern hatte es sich offenbar eingebürgert, wohlklingende Künstlernamen anzunehmen. Während die einen auf Anonymität achteten und ihre Namen mit Bedacht wechselten wie andere Leute die Hüte, war es den eitleren Räubern ein Bedürfnis, in die Geschichtsbücher einzugehen und von Moritatensängern und Dichtern besungen zu werden. Sie nannten sich »Schinderhannes«, »Sonnenwirt« oder »Bayerischer Hiesl«, führten ihren Namen wie ein Schild oder eine Waffe mit sich und prahlten damit in aller Öffentlichkeit. Ihre Bekanntheit erleichterte ihnen die Beutezüge und verschaffte ihnen zugleich zahlreiche amouröse Abenteuer. Während jedoch die Namenlosen nicht selten das Greisenalter erreichten, landeten die Berühmtheiten ausnahmslos in jungen Jahren am Galgen. Keiner von ihnen erreichte das vierzigste Lebensjahr. Auch dem selbstverliebten Kober-Jackel würde es vermutlich nicht anders ergehen. Ich meinerseits wünschte es ihm von ganzem Herzen.

»Wie kannst du so reden?« rief der Räuberbursche mit gespielter Empörung aus. »Soll ich wie eine Memme davonlaufen, als wäre mir das Herz in die Hose gerutscht? Das sähe einem Kober-Jackel gar nicht ähnlich.«

»Aber der Amtmann hat den gesamten Landsturm aufgeboten«, beharrte Johanna und rang die Hände. »An die hundert Mann seien in Oldendorf versammelt, hat der alte Mann gesagt, und alle seien sie bis an die Halskrause bewaffnet. Vermutlich sind sie schon auf dem Weg nach Ahlbeck und können jeden Moment hier sein.«

»Bist du sicher?« fragte er und fixierte sie eindringlich.

Johanna nickte, und Tränen traten ihr in die Augen.

»Dann muß ich zur Beiß und meinem Hauptmann Meldung machen«, entgegnete er schroff und wandte sich ab. »Ich habe keine Zeit mehr zu verlieren.«

»Kannst du nicht einfach bei mir bleiben?« flehte Johanna und hielt sich erneut an seinem Arm fest. »Ich werde schon einen Ausweg finden.«

Er baute sich vor ihr auf, funkelte sie böse an und rief: »Ich bin ein Baldower, vergiß das nicht. Meine Leute verlassen sich auf mich, und ich werde einen Teufel tun und sie wegen eines Frauenzimmers enttäuschen.« Er griff sich pathetisch ans Herz und setzte hinzu: »Glaubst du, ich habe keine Ehre?! Was wäre denn das für ein Kundschafter, der seine Kumpanen wegen einer Mesuse im Stich läßt? Ein Kober-Jackel ist kein Mosser!«

»Kein *was*?« Johanna schaute ihn verwirrt an und ließ ihren Tränen freien Lauf. »Ich verstehe kein Wort. Warum redest du nicht so, daß ich dich verstehen kann?«

»Ich bin kein Verräter, merk dir das gefälligst!« Er riß den Lederriemen los, mit dem das Ruderboot befestigt war, und wollte einsteigen.

»Kommst du wieder?« fragte sie schluchzend. »Holst du mich nachher ab?«

»Dich abholen? Wie meinst du das?« Er warf die Joppe ins Boot, schwang sich hinein und machte sich daran, den Kahn mit dem Ruder vom Ufer abzustoßen. Doch Johanna hielt das Ruder fest und wollte ihren Geliebten nicht gehen lassen.

»Ich komme doch mit dir!« rief sie verzweifelt und lachte dabei so irre, daß es einem im Herzen weh tat. »Du hast es doch gestern versprochen! Erinnerst du dich nicht? Du hast gesagt, ich wäre eine hübsche Räuberbraut.«

»Das würde dir wohl so in den Kram passen«, erwiderte er und stieß der armen Johanna das Ruder vor die Brust, daß sie zusammensackte und wimmernd auf dem Boden lag. »Ein verdammtes Weibsbild würde mir gerade noch fehlen! Scher dich weg!«

»Aber du kannst mich doch nicht hier zurücklassen!« Johanna lag bäuchlings auf dem schlammigen Boden und kroch auf allen vieren in Richtung des Bootes. »Nach allem, was gestern zwischen uns war!«

Kober-Jackel lachte dreckig und rief: »Was war denn gestern? Wir hatten ein wenig Spaß miteinander, weiter nichts. Wenn du glaubst, ich würde mir eine Mamsell aufhalsen, dann bist du noch dümmer, als ich dachte.« Er stieß ein verächtliches »Ha!« aus und setzte hinzu: »Geh zurück zu deinen Kaffern, such dir einen dummen Bauernjungen, und schlag dir die Flausen aus dem Kopf, Kindchen! Ein Kober-Jackel ist nichts für dich!«

Johanna verstummte und verharrte. Immer noch lag sie am Boden, doch in ihrem Gesicht vollzog sich plötzlich eine merkwürdige Wandlung. Die verzweifelte Liebe, die soeben noch darin zu erkennen gewesen war, schlug mit einem Mal um in grenzenlosen Haß. Das marmorne und wie eingemeißelt wirkende Lächeln verschwand aus ihren Zügen, ihre Lippen bebten, und sie schaute Jackel mit steinerner Miene und funkelnden Augen an. In ihrem Blick lag mehr als nur eine ohnmächtige Drohung, es war ein heiliger Schwur, ein grausiges Versprechen, das man darin lesen konnte.

Plötzlich ergriff sie die Blumen, die ihr aus den Händen gefallen waren, und schleuderte sie dem Jackel ins Boot. »Krepiere!« war alles, was sie hervorstieß, bevor sie erneut zusammensackte und verstummte.

Johanna war kein Mädchen, das so einfach vergessen würde. Anders als ihre Schwester würde sie sich nicht in ihrem Gram vergraben. Sie würde nicht so tun, als wäre nichts geschehen. Und vergeben würde sie erst recht nichts. So überschwenglich sie in ihrer Freude und Zuneigung war, so unerbittlich schien sie auch in ihrem Groll und ihrer Verbitterung zu sein. Und ich hatte die plötzliche Ahnung, daß »ein Kober-Jackel« sein schändliches Betragen ihr gegenüber noch einmal bitter bereuen würde.

Das Ruderboot verschwand hinter der nächsten Flußbiegung, und Johanna verharrte leichenstarr und ebenso bleich in ihrer Haltung. Sie lag auf dem Boden, die Hände im Schlamm verkrallt, starrte mit aufgerissenen Augen dem Boot hinterher und rührte sich nicht. Einen Moment überlegte ich, ob ich ihr zu Hilfe kommen sollte, doch dann entschied ich mich dagegen. Nein, so schwer es mir auch fiel, ich konnte dem Mädchen nicht helfen. Ich schwamm zurück zu der Stelle, wo ich meine Kleider abgelegt hatte, schlüpfte lautlos hinein und kroch in Windeseile hinauf zur Landstraße. Nachdem ich mich vergewissert hatte, daß weit und breit keine Menschenseele zu sehen war, schlich ich mich durch den schmalen Entwässerungsgraben, welcher am Hessenweg entlangführte, in nördlicher Richtung zur holländischen Grenze. Ich hatte mich entschlossen, dem ekelhaften Kober-Jackel zu folgen. Er hatte von einer »Beiß« gesprochen, und mir fiel ein, daß auch Bernhard dieses Wort benutzt hatte, als er von der Moorbäuerin erzählt hatte. Er hatte gesagt, daß deren Vater sämtliches Geld in einer Beiß versoffen habe. Eine Beiß war also eine Art Wirtshaus. Ich dachte an die Müllerkleidung des Flesseners und glaubte zu wissen, wo ich ihn und seine Räuberbande finden würde.

5

Kurz bevor der Hessenweg auf die Landwehr stieß und durch einen mächtigen und verriegelten Schlagbaum versperrt war, ging ein breiter Sandweg linker Hand von der Landstraße ab. Dies war der Weg zur Kolkmühle. Er war breit genug, um den kornbeladenen Fuhrwerken die Anfahrt zu ermöglichen, schlängelte sich aber durch einen dichten Eichen- und Buchenwald und war durchzogen von mächtigen Baumwurzeln, welche den Rädern und Achsen der Wagen einiges abverlangten.

Als ich durch den finsteren Wald stapfte und das Gekrächze der Elstern und Raben über meinem Kopfe hörte, wurde mir mit einem Mal bange, und ein flaues Gefühl machte sich in meinem Magen breit. Ich fragte mich, was ich eigentlich mit meinem Tun bezweckte. War es nicht sinnlos und sogar lebensgefährlich, sich auf die Lauer zu legen und die Räuber in ihrem Versteck zu belauschen? Warum ging ich nicht einfach zum Dorfschulzen und berichtete ihm, was ich gehört und erfahren hatte? Schließlich gehörte es zu dessen Aufgaben, sich um Recht und Ordnung im Dorfe zu kümmern. Doch genau das war das Problem! Ich konnte dem Schulzen nichts mitteilen, denn dies hätte bedeutet, daß ich seinen Bruder an den Galgen brachte. Bernhard Lanvermann mochte ein gerissener Lügner sein, vermutlich sogar ein gemeiner Räuber oder Marodeur, aber nach allem, was er mir über den gewaltsamen Tod seiner Frau erzählt hatte, war es mir unmöglich, ihn ausgerechnet dem Manne auszuliefern, der für seine unverschuldete Notlage verantwortlich war. Ich hielt einen Moment inne und überlegte. Was wäre, wenn der Flessener auch in diesem Punkte die Unwahrheit gesagt hatte? Was wußte ich schon von den Vorgängen auf dem Schulzenhof? Was wußte ich von der toten Schulzenbäuerin? Nichts! War es nicht widersinnig, sich auf das Wort eines Mannes zu verlassen, der sich gerade erst als Lügner entpuppt hatte? Doch dann schüttelte ich diese beunruhigenden Gedanken ab, immerhin hatte ich Johann Lanvermann gesehen und erlebt, seine stutzerhafte Erscheinung, sein elendes und verbrecherisches Betragen den Gesindefrauen gegenüber. Ich wußte, was er Eva angetan hatte. Je mehr ich darüber nachdachte, desto sicherer wurde ich mir, daß an den Worten Bernhards etwas Wahres dran sein mußte. Es würde dem Schulzen ähnlich sehen, sich an der Schwägerin zu vergehen, und vermutlich würde er sich diebisch freuen, seinen Bruder auf ewig zum Schweigen bringen zu können. Und ich würde zu seinem Handlanger, zum Schergen und Mittäter eines Mörders werden. Nein, niemals! Ich versuchte, meine Zweifel zu zerstreuen, und lief unbeirrt weiter. Erst mußte ich herausbekommen, was die Räuber vorhatten und welche Rolle der Flessener bei all dem spielte.

Der Sandweg führte vom Waldrand aus direkt zur steinernen Mühlenwehr. Der Weg dorthin war durch einen Schlagbaum versperrt, und als ich näherkam, erkannte ich, daß man ein Holzschild an der Schranke angebracht hatte, auf dem mit Kohlestift geschrieben stand:

Über die Ostertage geschlossen

An sich war dieses Schild nichts Außergewöhnliches, tatsächlich war es Sitte und Vorschrift, alle öffentlichen Gebäude von Karfreitag bis Ostersonntag geschlossen zu halten. Allerdings war heute erst Gründonnerstag, und sowohl die Mühle als auch das Wirtshaus hätten eigentlich geöffnet oder in Betrieb sein müssen. Vermutlich hatten im Laufe des Tages einige Bauern vor dem Schlagbaum gestanden und um Einlaß gebeten und waren unverrichteter Dinge wieder von dannen gezogen.

Ich stieg über die Schranke und betrat eine kleine Holzbrücke, unter der sich der Umfluter befand. Im Falle eines Hochwassers war dieser dazu da, die Wassermassen umzulenken und damit zu verhindern, daß die gemauerte Stauanlage dem Druck nachgab und womöglich sogar das Mühlengebäude unter Wasser gesetzt wurde. Es hatte in den vergangenen Wochen oft und ausgiebig geregnet, und der Pegel des Flusses war beständig gestiegen, dennoch war die Umflutschleuse geschlossen. Noch bestand keine Hochwassergefahr.

Von der Brücke aus konnte ich das gesamte Mühlengelände überblicken, welches allerdings in düsterem Dämmerlicht dalag und einen keineswegs heimeligen Anblick bot. Zur Linken lag der Mühlenkolk, schwarz und leblos und bedrohlich wie der Schlund eines Raubtieres. Geradeaus befand sich die Hauptschleuse, über die der Weg zur Mühle führte. Schon oft hatte ich das alte Gebäude gesehen, wie alle Ahlbecker ließ auch mein Vater sein Korn vom Kolkmüller mahlen, und zumeist hatte ich ihn begleitet, um auf das Getreide aufzupassen, während er die Wartezeit nutzte, um mit den anderen Bauern ein Bier zu trinken und Karten zu spielen. Der Anblick der Mühle war mir also vertraut, aber dennoch erschien sie mir im Moment fremd und feindselig, als wartete sie nur darauf, mich zu verschlucken. All die füchterlichen Ammenmärchen und Greuelgeschichten von betrügerischen Müllern und meuchelnden Mühlenknappen kamen mir in den Sinn, und mir standen mit einem Mal die Nackenhaare zu Berge.

Die Mühle war zu ebener Erde in Fachwerkbauweise errichtet, und die Fächer waren mit alten Feldbrandsteinen ausgefüllt. Nur der Unterbau auf Höhe der Schleuse bestand aus wuchtigen Sandsteinquadern, welche besser geeignet waren, der Feuchtigkeit und dem Wasserdruck standzuhalten. Das niedrige Dach war aus Eichenholz gefertigt und mit Hohlziegeln gedeckt, und die Giebel waren ebenfalls mit Eichenbrettern verschalt. Die Kolkmühle befand sich bereits seit etlichen Jahrhunderten an Ort und Stelle, das jetzige Gebäude stammte jedoch, wie man dem über dem Haupteingang im Türbogen eingeritzten Datum entnehmen konnte, aus dem siebzehnten Jahrhundert. Oberhalb der Eichentür war ein in Sandstein gehauenes Wappen ins Fachwerk eingelassen. Es zeigte die Initialen C und A des Fürstbischofs Clemens August von Münster, daneben einen Krummstab und ein Schwert als Zeichen seiner weltlichen wie kirchlichen Macht sowie die Inschrift:

Renovatum Anno 1721

Bis vor wenigen Jahren hatte die Mühle – wie auch das Schloß in Altheim – dem Bistum Münster gehört und war erst auf Drängen Napoleons den Fürsten zu Salm übereignet worden. Der Pächter und Kolkmüller allerdings war der gleiche geblieben. Er hieß Jan Lösing, lebte seit Jahrzehnten mit seiner Frau und den beiden mittlerweile erwachsenen Söhnen an der Mühle und war der Bruder des verstorbenen Moorbauern. Wie so viele Müller stand auch er in dem Ruf, nicht der Ehrlichsten einer zu sein.

Ich schritt vorsichtig und in geduckter Haltung über das Mühlenwehr, hielt Ausschau nach Lichtquellen und horchte angestrengt auf Menschenstimmen oder verdächtige Geräusche. Doch nichts war zu vernehmen, nicht einmal ein Hofhund meldete sich. Allein das langgezogene »Kii-wiit« eines Kiebitzes klang von den nahegelegenen Sumpfwiesen herüber. Die Mühle lag einsam und verlassen da, als wäre sie schon seit Jahren nicht mehr in Betrieb. Allein der Wind pfiff in den Baumwipfeln, und das Wasser rauschte leise unter mir. Es trat als breiter Strahl aus einer als Abfluß dienenden Öffnung des Wehrs und floß unterhalb der Mühle als Bächlein in Richtung Holland davon. Da die eigentliche Schleuse, welche die Wasserzufuhr für die beiden Mühlräder regelte, geschlossen war, standen die mächtigen Schaufelräder aus Eichenholz still. Das sonst so typische Knarren der Kammräder und Königswellen im Inneren der Mühle war nicht zu vernehmen. Es war rundum gespenstisch still. Wie auf einem Friedhof.

Das Wirtshaus »Zum schwarzen Kolk« lag ebenso wie die Stallungen und der Geräteschuppen auf der anderen Seite des Weges, direkt am Wasser und im Schatten einer riesigen Linde. Da der Baum, wie es auch heute noch Sitte ist, zum Richtfest wichtiger Gebäude gepflanzt wurde, konnte man davon ausgehen, daß die Linde ebenso alt war wie die Mühle. Sie überragte das einstöckige und recht schmucklose Gasthaus um beinahe das Doppelte, und ihre Äste und knospenden Zweige zeichneten sich wie ein Skelett vor dem gewittrigen Himmel ab. Die Schenke war noch nicht sehr alt und wenig mehr als ein notdürftig umgebauter Bauernkotten. Das Tennentor war durch eine kleinere Pforte ersetzt worden, und man hatte Trennwände im Inneren errichtet. Ferner waren an den Seitenwänden größere Fenster angebracht worden, damit man von der Wirtsstube aus einen Blick auf die malerische Mühle und den schwarzen Kolk besaß. Meine Mutter hatte einmal erzählt, die früheren Pächter der Mühle seien noch nicht im Besitz einer Schankerlaubnis gewesen und hätten jahrelang hartnäckig, aber erfolglos darum gekämpft. Erst der heutige Müller hatte – dank vehementer Fürsprache des Dorfschulzen – von einem Tag auf den anderen die amtliche Genehmigung zum Verkauf von Bier und Wein erhalten. Man munkelte, dies sei wohl auf den Verkauf des Moorbauernhofs an den Schulzen zurückzuführen. Indem er dem alten Lanvermann den abgebrannten Hof überlassen habe, habe sich der Kolkmüller gleichzeitig dessen Unterstützung für seine Wirtshauspläne gesichert. Eine Hand wasche eben die andere, hatte es im Dorf geheißen, auch wenn es die eines windigen Müllers sei.

Das Wirtshaus war ebenso unbeleuchtet wie die Mühle, kein Licht war hinter den Fenstern zu sehen. Allerdings vermochte ich von meinem Standpunkt aus nicht zu erkennen, ob es tatsächlich duster im Inneren war oder ob man die dicken Vorhänge an den Fenstern zugezogen hatte. Ich schlich mich am Ufer des Kolks entlang, um im Halbbogen um das Haus herumzugehen. An der hölzernen Anlegestelle, direkt neben der Mühlenwehr, sah ich ein Ruderboot auf dem Wasser liegen. Hübsche Feldblumen lagen lieblos im Inneren des Bootes verstreut.

Ein Geräusch ließ mich plötzlich zusammenfahren.

Ich warf mich zu Boden, kroch hinter eine Mauer, die den Platz vor der Schenke von der niedriger gelegenen Anlegestelle trennte, und schaute gebannt hinüber zur Gaststätte. Ein junger Mann hatte das Gebäude verlassen, stand nun vor der Türe und streckte sich. Sah man einmal von dem Säbel an seiner Seite und der Pistole in seinem Gürtel ab, wirkte der Mann recht unauffällig. Weder trug er Uniform wie der Mann namens Simon noch eine markante Tracht wie der Kober-Jackel, er war gekleidet in gewöhnlicher Bauernleinwand, und auf seinem Kopf saß ein großer Schlapphut aus Leder. In der Hand hielt er einen Bierkrug, aus dem er nun einen mächtigen Schluck nahm.

»Mensch, Hannemann!« erschall es aus dem Inneren der Schenke. »Was treibst du denn da draußen? Weißt du nicht, was der Chef befohlen hat?«

»Der Chef kann mir mal den Buckel runterrutschen!« erwiderte der Angesprochene. »Den ganzen Tag sitzen wir schon in dieser muffigen Beiß und starren Löcher in die Luft wie die Ölgötzen und keine einzige Busche weit und breit. Mein Bachwalm ist schon ganz welk und verkümmert.«

»Daß du auch immer nur an die Weiber denken kannst!« rief der zweite Mann gutgelaunt und trat nun ebenfalls vors Haus. »Dein kleiner Bruder in der Hose wird sich wohl noch ein paar Tage gedulden können.« Mit schalkhaftem Lachen setzte er hinzu: »Oder du mußt mit der Müllerin vorliebnehmen.« Er war ein älterer Mann mit buschigem grauen Backenbart, dessen Tonfall ihn als Rheinländer zu erkennen gab. Er trug eine Uniform, die ich in dieser Zusammenstellung noch nie gesehen hatte. Seine Hosen waren hellblau wie die eines österreichischen Musketiers, der Rock erinnerte an das Gewand eines französischen

Grenadiers aus der Revolutionszeit, und statt eines Helms oder Hutes saß ihm ein preußischer Tschako auf dem Kopf, wie sie ihn auch bei der Landwehr trugen. Auf den ersten Blick wirkte er wie ein Soldat, bei näherem Hinsehen jedoch erkannte man die billige Maskerade.

»Die Müllerin ist wohl eher dein Jahrgang, Nickel«, sagte der junge Mann und nahm einen weiteren Schluck aus dem Krug. »Aber so häßlich und fett wie sie ist, dürftest sogar du sie verschmähen.« Er lachte anzüglich und klopfte dem Alten kameradschaftlich auf die Schulter. »Ein Kober-Jackel müßte man sein, dann würden sich die jungen Buschen nur so um einen reißen.« Er baute sich plötzlich majestätisch auf, nahm den Hut ab, strich sich über die langen Haare und sagte in geziertem Tonfall: »Ein Kober-Jackel weiß, wie man mit den Weibern umgeht.«

Beide Männer lachten, als läge in den Worten ein verborgener Witz.

»Der Chef wird schon wissen, was er tut«, meinte schließlich der alte Nickel. »Du kennst ihn noch nicht so gut wie ich. Auf Bosbeck ist Verlaß. Glaub mir, Hannemann, der alte Simon ist ein schlauer Fuchs. Dieser sture Jidde weiß Bescheid, das laß dir ruhig gesagt sein. Nicht umsonst ist er so lange der Feldglocke aus dem Weg gegangen! Komm, Bruder, laß uns ein Gotteswort schnabeln. Meine Gurgel ist schon ganz vertrocknet.«

»Daß du auch immer nur ans Saufen denken kannst!« erwiderte Hannemann lachend und legte dem Alten den Arm um die Schulter. Während sie zur Tür gingen, fragte er seinen Kumpan: »Was hältst du eigentlich von dem Flessener? Glaubst du, der ist koscher?«

»Ich weiß nicht«, antwortete Nickel und kraulte seinen Backenbart. »Dem Gatsch traue ich nicht über den Weg! Ein rechter Bratelfreier ist das nicht.«

Sein Kamerad nickte und bestätigte: »Wenn dieser Kaffer ein Rot ist, dann will ich nicht länger Hannemann heißen.«

Mit diesen Worten verschwanden die beiden im Wirtshaus und schlossen die Tür hinter sich.

Obgleich ich nur die Hälfte des räuberischen Kauderwelsches verstanden hatte, war ich mir nun gewiß, auf der richtigen Fährte und am rechten Ort zu sein. Die Räuber hatten sich im Gasthaus an der Mühle versammelt und warteten dort seit Beginn des Tages auf weitere Befehle des Hauptmannes. Was sie mit dem Müller und seiner Familie angestellt hatten und ob dieser gar mit den Räubern unter einer Decke steckte, das galt es noch herauszufinden. Des weiteren mußte ich in Erfahrung bringen, was dieser Hannemann mit seiner letzten Frage gemeint hatte. War der Flessener womöglich gar kein Räuber? War der Kaffer kein Rot? wie es der Kerl in seiner Gaunersprache angedeutet hatte. Wenn Bernhard aber nicht zu der Brabanter Bande gehörte, zu wem gehörte er dann? Und was hatte er mit dem Räuberhauptmann zu schaffen? Warum nannte er diesen Simon Bosbeck seinen Freund und sogar seinen Lebensretter?

Ich wartete einen Moment, um sicherzugehen, daß die Wirtshaustür verschlossen blieb, kam dann aus meiner Deckung hervor und schlich mich, wie eine Schlange auf dem Boden kriechend, zur Schenke. Erst als ich kurz vor dem Fenster neben der Eingangstür angelangt war, konnte ich leises Murmeln und gedämpfte Stimmen aus dem Inneren vernehmen, und ich sah, daß die Vorhänge vorgezogen waren.

Plötzlich bewegte sich etwas hinter der Fensterscheibe, der Vorhang wurde einige Zoll zur Seite geschoben. Erneut warf ich mich zu Boden und wollte mich verstecken, doch in bangem Schrecken mußte ich erkennen, daß weit und breit keinerlei Deckung auszumachen war. Ich hielt den Atem an, mir war elendig heiß, und der Schweiß lief mir in Strömen über die Stirn und in den Nacken. Erst jetzt bemerkte ich, daß der Sturmwind zu einem lauen Lüftchen geworden war. Eine plötzliche Schwüle kroch über das Land, und ich fühlte mich wie in einer dampfenden Räucherkammer. Atemlos starrte ich zum Wirtshaus und wartete darauf, daß etwas passierte. Doch nichts geschah, niemand schlug Alarm, nichts rührte sich, die Tür blieb verschlossen. Langsam richtete ich mich auf, und dann sah ich, was sich hinter dem Fenster bewegt hatte. Einer der Räuber hatte seinen Bierkrug auf dem Fensterbrett abgestellt und dabei den Vorhang ein wenig zur Seite gerückt. Ein schwacher Lichtschein drang durch den Spalt nach draußen, und obgleich mir das Herz in die Hosen gesackt war, zwang ich mich, zum Fenster zu kriechen und durch die Scheibe zu kiebitzen.

Die ganze Horde war in der Wirtsstube versammelt. An die dreißig Männer hockten auf den Stühlen, saßen in kleinen Gruppen beim Kartenspiel an den Tischen oder versammelten sich um die Theke, tranken und prosteten einander gesellig zu – zu den letzteren zählten auch der junge Hannemann und sein rheinischer Kumpan Nickel, die sich von der etwas blassen, aber dennoch resolut dreinschauenden Müllerin einschenken ließen. Vom bartlosen Jüngling bis zum grauhaarigen Gevatter war jedes Alter vertreten, einige hatten die dunkle Haut- und Haarfarbe der Südländer, andere waren rothaarig, blauäugig und käsegesichtig, wie es nur Holländer sein können. Auch hinsichtlich der Kleidung war die Bande auffallend uneinheitlich. Etliche von ihnen trugen zerlumpte Uniformen aus aller Herren Länder, andere waren von Kopf bis Fuß in feinstes Leder gekleidet, und wieder andere sahen aus, als hätten sie ihre armselige und verlotterte Bettlerkleidung seit Jahren nicht mehr ausgezogen. So unterschiedlich das Alter, die Herkunft und die Bekleidung auch waren, allen Männern gleich war die ruhige und abwartende Haltung, die sie an den Tag legten. Eine angespannte Ruhe schien zwischen ihnen zu herrschen, sie gaben sich der Muße hin und wirkten doch so, als wären sie abmarschbereit und könnten im nächsten Moment Gewehr bei Fuß stehen. In meiner Phantasie hatte ich mir eine Räuberbande stets als lärmende und sich beständig prügelnde Meute vorgestellt, ich hatte geglaubt, alle Räuber seien grobschlächtige und kulturlose Kerle, die unentwegt stritten, sich betranken, miteinander keilten und alles zerstörten, was ihnen in die Hände kam. Was ich nun jedoch in der Schenke sah, entsprach so gar nicht diesem Bild. Ihr Aussehen war sicherlich seltsam und vielleicht auch ein wenig furchteinflößend, aber ihr Auftreten und Betragen war tadellos. Sie grölten nicht beim Kartenspiel, sie kämpften nicht ums Bier, sie flegelten sich nicht auf den Bänken und Tischen herum, und von einer Zerstörungswut war auch nicht das geringste zu erkennen. Die Horde benahm sich gesittet und behandelte, wie es schien, auch die Müllerin mit Respekt. Die Gesetzlosen verhielten sich beinahe so, als wären sie lediglich zahlende Gäste in einem Wirtshaus. Entweder waren sie des Lärmens müde, oder ihr Hauptmann hatte ihnen militärische Disziplin eingebleut.

»Jeder führt seinen eigenen Krieg«, fielen mir Bernhards Worte ein. Und den Hauptmann hatte er mit »mon capitaine« angesprochen. Simon Bosbeck schien seine Mannen wie einen Soldatentrupp zu führen. Die Brabanter Bande war keineswegs ein wild zusammengewürfelter und kopflos durch die Gegend rennender Haufen, sondern eine militärisch gedrillte Kompanie.

Eine Hand fuhr mir plötzlich vor das Gesicht. Jedenfalls hatte ich für einen kurzen Moment diesen Eindruck. In Wirklichkeit jedoch griff die Hand zu dem steinernen Bierkrug auf dem Fenstersims und zog ihn weg. Der Vorhang fiel zur Seite, und mir war die Sicht in die Stube wieder versperrt.

So kurz und flüchtig auch mein Blick auf die Räuber gewesen war, war ich mir dennoch gewiß, daß sich weder Bernhard Lanvermann noch der Hauptmann oder der junge Kober-Jackel in der Wirtstube aufgehalten hatten. Auch die abfälligen Bemerkungen des Räubers Hannemann über den Chef und den Flessener ließen darauf schließen, daß sie sich zurückgezogen hatten. Wo aber waren sie? Und warum hielten sie sich von der Truppe fern?

Von dem Müller und seinen beiden Söhnen war ebenfalls nichts zu sehen gewesen. Lediglich die Müllerin hatte hinter der Theke gestanden und war den Räubern zu Diensten gewesen. Ob man die Männer irgendwo gefangenhielt? Oder hatten die Räuber sie gar ermordet? Ich zwang mich, nicht länger über diese schrecklichen Dinge nachzudenken, und kroch zurück zur Anlegestelle und von dort um das Wirtshaus herum.

Als ich mich am Wasser entlangschlich, bemerkte ich die zuckenden Blitze, die am Horizont niedergingen und für Bruchteile von Sekunden den Himmel erhellten. Der Schattenriß des Ahlbecker Kirchturms war einen Moment lang in der Ferne zu sehen, bevor die Dunkelheit sich wieder wie ein schwarzes Tuch über das Land legte. Der Donner folgte den Blitzen nach einigen Sekunden, das Zentrum des Gewitters war noch eine gute Meile entfernt. Die feuchte Schwüle hatte in der Zwischenzeit merklich zugenommen, die Luft stand nun regelrecht still, kein Wind regte sich mehr. Der Sturm war vorüber. Alles wartete auf das erlösende Gewitter.

Das Wirtshaus war auf der nördlichen Seite von der Mühle und dem schwarzen Kolk umgeben und auf der südlichen von morastigen Sumpfwiesen, auf denen sich die Brachvögel und Schnepfen im hohen Gras tummelten und sich durch ihre lauten Flötentöne bemerkbar machten. In der Ferne hörte ich das dumpfe Bellen eines Hundes. Dann herrschte plötzlich Stille.

Ich erreichte die Rückseite der Schenke und horchte angestrengt nach irgendwelchen Lauten. Aus den Stallungen, die sich hinter dem Wirtshaus befanden, war das leise Wiehern und aufgeregte Trappeln mehrerer Pferde zu hören, das ferne Donnergrollen schien die Tiere unruhig werden zu lassen. Ich wandte mich dem Haus zu und hörte mit einem Mal aufgeregte Stimmen aus dem Bereich des Kottens, welcher dem Müller als Wohnstube diente. Eine hitzige Debatte schien im Gange zu sein, und es fiel mir nicht schwer, die Stimme des Kober-Jackels zu erkennen. Sein harter südländischer Akzent war unverkennbar.

»Verstehst du denn nicht, Simon«, rief er, »die Blechköpfe sind uns auf der Spur! Wenn wir nicht schleunigst verschwinden, dann werden wir alle ins Gebirge gehen. Wir haben es hier mit einer ganzen Landsturmkompanie zu tun, und das einzige, was uns übrigbleibt, ist, auf der Stelle ins Wasserland zu flitzen! Oder bist du etwa lebensmüde geworden?«

Auf der Rückseite des Hauses befanden sich drei kleine, mit Butzenscheiben versehene Fenster. Zwei davon waren geschlossen und dunkel, das dritte jedoch, das Fenster zur Küche, war geöffnet und von innen matt erleuchtet. Eine Gardine aus weißem Leinen war vorgezogen, auf der sich die Schattenrisse mehrerer Männer abzeichneten. Zwar konnte ich nicht genau erkennen, was sich im Inneren der Stube abspielte, aber wenn ich mich nah genug heranwagte, bot mir das geöffnete Fenster zumindest die Möglichkeit, das Gespräch Wort für Wort zu verfolgen.

»Der Flessener behauptet etwas anderes«, erklang in diesem Moment eine zweite, vergleichsweise ruhige Stimme. Es war die des Hauptmannes, des Mannes in der weißen Gardeuniform. Wieder bemerkte ich das seltsame Zischeln seiner Stimme, aber jetzt, da ich ihm so nahe war, erkannte ich, daß er nicht lispelte, sondern mit holländischem Akzent sprach. Der Hauptmann fuhr in sachlichem Ton fort: »Was unser Freund vorgetragen hat, klang für meine Ohren nicht unglaubwürdig.«

»Wem traust du mehr?« ereiferte sich der Kober-Jackel. »Einem Baldower, der dir schon seit Jahren treu zu Diensten ist, oder einem dahergelaufenen Kaffer, von dem kein Mensch weiß, was er eigentlich mit alldem zu schaffen hat?! Glaubst du vielleicht, ich will dich betuppen?«

»Ich behaupte ja gar nicht, daß du die Unwahrheit sagst«, mischte sich nun Bernhard beschwichtigend ein. »Ich sage lediglich, daß das, was du herausbaldowert hast, nicht das bedeutet, was du denkst.«

»Komm mir bloß nicht mit irgendwelchen Haarspaltereien. Behalte deinen Stuß lieber für dich! Ich kann doch eins und eins zusammenzählen!« schrie der Baldower. »Ein Kober-Jackel ist schließlich kein Dummkopf!« Es entstand eine gefährliche Pause, und dann fügte er hinzu: »Oder willst du das etwa behaupten? Hältst du mich für eine Flöte?«

»Ein Dummkopf bist du ganz gewiß nicht«, entgegnete Bernhard sehr ruhig, aber zugleich bestimmt. »Ich behaupte lediglich, daß du dich irrst. Das hat mit Dummheit nichts zu tun. Ich habe verläßliche Informationen, die dir nicht zur Verfügung stehen, und diese besagen, daß der Amtmann nicht die geringste Ahnung hat, daß wir uns überhaupt in Ahlbeck aufhalten.«

»Und warum läßt der Schankler dann den gesamten Landsturm aufstellen? Kannst du mir das vielleicht erklären?«

»Er ist hinter einigen Deserteuren her«, antwortete Bernhard. »Etwa ein Dutzend Bauernlümmel sind vor der Landwehr getürmt und verstecken sich nun im Dorf.«

»Und für die paar Schimmler braucht er eine ganze Kompanie?« entgegnete der andere höhnisch. »Das glaubst du doch selbst nicht!«

Es herrschte plötzlich eine merkwürdige Stille im Raum. Keiner der drei Männer sprach ein Wort. Schließlich jedoch meldete sich der Hauptmann und fragte: »Nun, Flessener, was sagst du dazu? Der Einwand von Jackel ist durchaus berechtigt. Das klingt nicht sehr logisch.«

Wieder folgte eine lange Pause, und dann setzte Bernhard zu sprechen an: »Ich bin mir absolut sicher, daß der Amtmann morgen mit all seinen Mannen in Ahlbeck einziehen wird, um die Fahnenflüchtigen festzusetzen. Daran kann für mich überhaupt kein Zweifel bestehen. Und wenn es überhaupt einen günstigen Zeitpunkt für unsere Unternehmung geben kann, dann ist es die Mittagszeit des morgigen Karfreitags!«

Ein plötzlicher und ohrenbetäubender Krach ließ mich zusammen- und herumfahren. Der ganze Himmel war kurzzeitig von einem gleißenden Licht erfüllt. Ein gewaltiger Blitz war, nicht weit vom Wirtshaus entfernt, mit Getöse in den Boden eingeschlagen und hatte die Erde erzittern lassen. Das Echo des Donners hallte noch in meinen Ohren nach. Ich hatte mich derart auf das Gespräch der Räuber konzentriert, daß ich von dem aufkommenden Gewitter kaum etwas mitbekommen hatte. Bereits vor einigen Minuten hatte es leicht zu tröpfeln angefangen, nun aber prasselte mit einem Mal ein fürchterlicher Platzregen hernieder; das Wasser fiel wie aus Kübeln vom Himmel. Wahre Sturzbäche ergossen sich zu Boden. Binnen weniger Sekunden war ich bis auf die Haut durchnäßt und stand mit meinen Holzpantinen bis zu den Knöcheln im aufgewühlten Schlamm. Um bei dem Krachen der Blitze und dem Rauschen des Regens überhaupt noch etwas von dem Streit in der Stube verstehen zu können, ging ich noch näher ans Fenster heran und hielt mein Ohr beinahe zur Öffnung hinein. Zum Glück schienen sich die Männer in dem Haus nicht im geringsten für das Unwetter zu interessieren. Keiner kam auf die Idee, das Fenster zu schließen.

»Ich glaube dir kein Wort«, beharrte der Kober-Jakkel. »Und wenn du denkst, daß du mich wie einen dummen Jungen an der Nase herumführen kannst, dann hast du dich aber mit dem Messer geschnitten. Wegen dir werde ich nicht ins Gebirge gehen. Und was soll überhaupt dieses alberne Gerede von deiner Mischpoke? Was kümmert mich dein verdammter Bruder? Wenn du dich rächen willst – warum tust du es dann nicht einfach? Was brauchst du uns dazu?« Er lachte laut und abfällig und setzte frohlockend hinzu: »Bist ein Federnhändler, was?«

»Ich verstehe kein Wort von deinem Geschwätz«, erwiderte der Flessener mürrisch. »Was, zum Henker, ist ein Federnhändler?«

»Ein Angsthase«, rief der Kober-Jackel, »ein lausiger Angsthase bist du!« Wieder lachte er und fügte hinzu: »Und wenn du in unserer Bande bleiben willst, dann solltest du auch unsere Sprache sprechen können.«

»Ich mache allein, was *ich* will«, antwortete Bernhard, und plötzlich klang seine Stimme gar nicht mehr versöhnlich. »Merk dir das, mein Junge. Und von einem halbgaren Bürschchen lass' ich mir schon gar nichts erzählen.«

Ich konnte nicht sehen, was sich zwischen den beiden in der folgenden Pause abspielte, aber ich stellte mir vor, wie sie sich mit bösen Blicken gegenseitig taxierten.

»Drohst du mir etwa?« fauchte Jackel schließlich und brach als erster das ungemütliche Schweigen. »Paß auf, was du sagst, sonst blüht dir was!«

»Warum lassen wir das nicht einfach den Hauptmann entscheiden?« antwortete Bernhard und räusperte sich. »Wo steckt Simon eigentlich die ganze Zeit? Wieso ist er plötzlich verschwunden?«

»Vielleicht hat er eine schwache Blase«, erwiderte der Baldower und lachte dreckig. »In seinem Alter soll das schon mal vorkommen.«

»Das habe ich genau gehört, mein lieber Jackel«, erklang in diesem Moment die Stimme des Hauptmannes. Aber sie kam nicht aus dem Zimmer, sondern posaunte mir direkt ins linke Ohr. Ich fuhr zusammen und sah den Mann in der weißen Uniform unmittelbar vor mir stehen. Er ging mir nur bis zur Nase, machte aber die fehlende Größe durch einen mächtigen Oberkörper und zwei kräftige Arme wett. Er packte mich mit der Rechten am Kragen und riß mit der Linken die Gardine zur Seite.

Durch das Fenster sahen mich der Flessener und der Kober-Jackel mit weit aufgerissenen Augen an.

»Ein Spitzel!« rief der Baldower. »Ein verdammter Spitzel!«

»Und ein ganz dummer obendrein«, fügte der Hauptmann grinsend hinzu. »Stellt sich bei einem Gewitter vors Fenster, ohne darauf zu achten, daß bei den Blitzen sein Schatten auf den Vorhang fällt. Du mußt noch viel lernen, mein Kleiner, aber ich befürchte, dafür wirst du keine Zeit mehr haben.« Er zückte eine Pistole, hielt mir die Mündung an die Schläfe und setzte auf holländisch hinzu: »*Vaarwel, mijn jonge!*«

»Jeremias!« war alles, was Bernhard über die Lippen brachte. »Was treibst du denn hier?«

Simon Bosbeck sah ihn überrascht an und fragte: »Du kennst diesen Burschen?«

Bernhard nickte und sagte: »Jackel hat ganz recht, er ist ein Spitzel. Genauer gesagt: Er ist *mein* Baldower.« Er lachte abfällig und fügte hinzu: »Jeremias ist einer der Deserteure, von denen ich eben sprach.«

»Sieh mal einer an, ein Schimmler«, entgegnete Bosbeck und nahm die Mündung seiner Pistole von meinem Kopf. »Der Bursche fängt an, mich zu interessieren.« Er schenkte mir ein katzenfreundliches Lächeln und schüttelte ein wenig ungläubig den kugelrunden Kopf, auf dem nun statt der Pelzmütze ein schmuckloser Dreispitz saß. Als ich den Hauptmann am gestrigen Abend aus der Ferne gesehen hatte, da war er für mich nur ein kleiner dicker Mann mit Brille und weißer Uniform gewesen. Jetzt aber, da ich ihm von Angesicht zu Angesicht gegenüberstand, machte er ungleich mehr Eindruck auf mich. Es waren nicht allein sein massiger Körper und der große Umfang seines gedrungenen Leibes, es waren vielmehr sein durchdringender Blick und die ruhige und gefaßte Art zu sprechen, die mich geradezu vor Ehrfurcht erstarren ließen. Wenn er redete, neigte er den Kopf leicht nach vorne und schaute mich über den Rand seiner Brille hinweg an. Dem äußeren Erscheinen nach war er weit über sechzig Jahre alt, darauf deutete vor allem das schlohweiße Haar hin, das, zu einem Zopf gebunden, unter seinem Hut hervorlugte, aber gleichwohl strahlte er eine ungeheure Energie und Autorität aus. Ohne mir recht darüber klar zu sein, hing ich an seinen Lippen und stierte ihm ins fleischige und bartlose Gesicht wie ein kleiner Junge, der zu einem Idol aufblickt.

»Ist das wahr, mein Kleiner?« wandte sich der Räuberhauptmann an mich. »Gehörst du zum Flessener?«

Ich weiß nicht, welcher Teufel mich ritt, aber ich spuckte auf den Boden und rief: »Eher würde ich krepieren, als mit dem Lanvermann unter einer Decke zu stecken! Nie und nimmer gehöre ich zu dem da!«

»Oho!« sagte der Hauptmann belustigt. »Der Schimmler scheint wenig Bammel zu haben. Nimmst den Mund ein wenig voll, mein Guter!«

»Spiel hier nicht den Querkopf«, fuhr mich der Flessener an. »Denk lieber daran, daß dein Leben von meinem Wort abhängt.«

»Auf Euer Wort ist ohnehin kein Verlaß!« erwiderte ich ungerührt und wußte zugleich, daß ich mich um

Kopf und Kragen redete. »Ihr lügt doch, wenn Ihr den Mund aufmacht!«

»Wollten wir uns nicht duzen?« wandte Bernhard kopfschüttelnd ein und lachte gezwungen. »Was, um alles in der Welt, ist denn in dich gefahren?«

»Das wißt Ihr ganz genau!« schrie ich ihn an. »›Man sollte sich darüber im klaren sein, wenn man verloren hat!‹ Waren das nicht Eure Worte? Und wie habt Ihr gemeint: ›Von mir aus kann der Amtmann mit seinem Landsturm die Räuber mit Sack und Pack verhaften und an den Galgen bringen. Ich werde ihnen keine Träne nachweinen!‹ Pah!« Mehr für mich als für die anderen setzte ich flüsternd hinzu: »Und ich Dämlack habe Euch auch noch geglaubt.«

»Was machen wir denn nun mit ihm?« fragte der Hauptmann und wandte sich grinsend an Bernhard, indem er wieder über den Rand seiner Brille hinweg schaute. »Dein Wort zählt, Flessener!« Er sprach diese Worte ganz beiläufig und scheinbar ohne jeden Hintersinn, als hätte er meine Tirade gar nicht wahrgenommen, und dennoch fühlte ich im gleichen Augenblick, daß er den Lanvermann auf die Probe stellte.

Auch Bernhard schien dies zu bemerken, er wurde kreidebleich im Gesicht und bemühte sich um eine unbeteiligte Miene, als er sagte: »Mach mit ihm, was du willst. Meinetwegen stech ihn ab oder jag ihm eine Kugel in den Kopf. Wir haben die Informationen, die wir benötigen, und brauchen den Kaffer nicht mehr.«

»Mit dem größten Vergnügen«, mischte sich nun der Kober-Jackel ein und machte sich bereits an seinem breiten Gürtel zu schaffen, um einen hübsch ziselierten Dolch herauszuziehen. »Laß mich ihn abmecken!«

Der Hauptmann ließ den Baldower mit einer Handbewegung innehalten und befahl: »Einen Moment noch!« Er legte den Kopf zur Seite, kniff ein Auge zu und leckte sich die Lippen. Schließlich zuckte er entschuldigend die Schultern und schaute zwischen Bernhard und mir hin und her. Dann hob er die Pistole, lächelte mir ins Gesicht und meinte: »Du hast ja gehört, was der Flessener gesagt hat. Er hat für dich keine Verwendung mehr.« Er schnaufte verächtlich, kniff erneut die Augen zusammen und setzte hinzu: »Andererseits ...«

»Wenn Ihr glaubt, daß ich Euch um mein Leben anbettele, dann habt Ihr Euch mit dem Messer geschnitten«, erwiderte ich und meinte es sogar ernst. Ich ärgerte mich dermaßen über mich selbst, daß ich wahrhaftig am liebsten gestorben wäre. Bernhard Lanvermann hatte mich wie einen dummen Jungen benutzt, und ich Blödian war ihm gleich zweimal ein unwissender Helfer gewesen. Einerseits hatte ich ihm als Spitzel auf dem Schulzenhof gedient, andererseits hatte ich ihm mit meinem Bericht über den Landsturm jene Gelegenheit geboten, auf die er schon seit zwei Jahren sehnlichst wartete: Rache zu nehmen! Denn das war der Grund, warum die Räuber sich in der Mühle verschanzten – sie hatten es auf den Schulzenhof abgesehen! Deshalb hatte er sich der Bande angeschlossen. Die Beute war ihm unwichtig, es ging ihm um den Bruder.

All das schoß mir mit einem Mal durch den Kopf, und ich wäre gern vor Scham im Boden versunken. Doch gleichzeitig meldete sich mein Stolz und bäuerlicher Dickkopf, und ich fauchte: »Bringt mich doch um! Ihr habt ja keine Ahnung, wie wenig mir am Leben liegt!«

Simon Bosbeck sah mir erstaunt ins Gesicht, kniff die Augen zusammen und wandte sich schließlich an seinen Baldower: »Schaff mir ein Seil herbei, Jackel!«

»Ein gute Idee«, rief dieser erfreut. »Wir knüpfen ihn am nächsten Baum auf, da wird er sein großspuriges Gerede bald bereuen!«

»Red keinen Stuß!« entgegnete der Hauptmann unwirsch. »Du wirst ihn fesseln und zu den anderen in die Mühle schaffen.« Als er sah, daß der Kober-Jackel etwas erwidern wollte, fuhr er ihn an: »Wird's bald?!«

»Simon, ich weiß ...«, setzte der Flessener zu sprechen an, doch der Räuber fuhr ihm über den Mund.

»Du hältst fürs erste den Rand!« rief er ungnädig. »Und wenn wir mit diesem Rob hier fertig sind«, er deutete dabei auf mich, »dann haben wir ein ernstes Wort miteinander zu reden! Mir scheint, es gibt in unserer Truppe zu viele Eigenmächtigkeiten, und das will mir nicht gefallen.« Er schüttelte den massigen Kopf und wiederholte: »Das will mir ganz und gar nicht gefallen! *Godverdoemd!*«

Mir wurden vom Kober-Jackel die Hände auf dem Rücken verschnürt. Als er dabei die Kette an meinem Hals sah, fingerte er das Medaillon unter dem Hemd hervor, pfiff durch die Zähne und nahm den Anhänger in die Hand. »Sieh mal einer an«, sagte er und grinste abfällig. »Eine Mutter Gottes, wie niedlich! Wir scheinen es hier mit einem braven Katholiken zu tun zu haben.« Er wollte mir das Medaillon samt Kette vom Hals reißen, doch erneut wurde er vom Hauptmann zurückgehalten.

»Laß ihm den Tand!« rief Bosbeck. »Bei mir kann jeder glauben, was er will. Und wenn es noch so unsinnig ist. Wir sind schließlich keine gottlosen Barbaren.« Er spuckte bei dem letzten Wort auf den Boden.

»Hört euch den alten Juden an«, erwiderte Jackel kopfschüttelnd.

»Die Kette ist nichts wert«, erklärte der Hauptmann sachlich, aber merkbar gereizt. »Was willst du also mit dem unnützen Kram?«

Kober-Jackel griente verschlagen, legte mir das kleine Medaillon sorgsam über das Hemd und wischte dann mit seinem Ärmel auf dem Glasdeckelchen herum, als wollte er es polieren. »Bete schön, mein Kleiner«, höhnte er und kniff mir dabei in die Wange. »Auch wenn ich bezweifle, daß es dir was nützt!«

Er bedachte mich mit einem spöttischen und zugleich drohenden Blick, lachte plötzlich lauthals und führte mich ab.

6

Wir betraten die Mühle durch den ebenerdigen Haupteingang unter dem fürstbischöflichen Wappen. Kober-Jackel, der mittlerweile ebenfalls bis auf die Haut naßgeregnet war und deswegen unentwegt fluchte, sperrte die schwere Eichentür auf und stieß mich durch die niedrige Öffnung ins Innere. In der Mühle war es dunkel und stickig, es roch modrig und nach Schimmel. Mehlstaub hing in der Luft und verursachte ein Kratzen in der Lunge.

»Sapperlot!« rief der Räuber und schloß die Tür. »Hier drinnen riecht es ja wie im Grab!« Er lachte höhnisch über seinen Witz und schlug mir kräftig auf die Schulter. »Aber so mutig und verwegen wie du bist, wirst du dich gewiß nicht fürchten!« Wieder lachte er und kniff mir in die Wange.

»Fahr zur Hölle!« zischte ich leise und versuchte, mich in der Mühle umzuschauen. Nachdem ich mich leidlich an das diffuse und schummrige Licht, das durch drei kleine Fenster auf der Nordseite hereindrang, gewöhnt hatte, konnte ich im hinteren Teil des Raumes die drei Mahlgänge der Mühle erkennen. Jeder dieser Mahlgänge bestand aus einem hölzernen Korntrichter, zwei großen Mühlsteinen, die von einem Holzgehäuse eingefaßt waren, und einer senkrechten Antriebsachse, die mit dem oberen dieser Steine verbunden war. Die Achse war oberhalb des Mahlganges mit einem Zahnrad versehen, das mittels eines Hebels in eines der beiden riesigen Kammräder unterhalb der niedrigen Decke eingerastet werden konnte. Diese mehr als mannsgroßen Kammräder gehörten zur sogenannten Königswelle, der mächtigen Hauptantriebsachse, die durch den Boden in den Keller führte und dort – wiederum über ein Kammrad – durch die Mühlräder angetrieben wurde. Da die Schleuse geschlossen war und sich daher die Mühlräder nicht drehten, standen auch die Zahnräder im Inneren der Mühle still. Das sonst so gefräßige Mühlentier mit seinen trichternen Schlünden, seinen Zähnen aus Holz, den knarrenden Gelenken und knirschenden Kiefern aus Stein schien noch zu schlummern. Ich fühlte mich wie ein Knochen, den man einem schlafenden, aber ausgehungerten Köter vor die Nase wirft. Ich wartete darauf, verschluckt und verspeist zu werden.

Das Gewitter war mittlerweile nach Norden und über uns hinweggezogen, und die Blitze entluden sich auf der holländischen Seite der Grenze. Als gleich eine ganze Reihe solcher Blitze hintereinander den Himmel erleuchtete, war auch der Mühlraum für einige wenige Sekunden von gleißendem Licht erfüllt, und die zahlreichen Zahnräder und Antriebswellen warfen gespenstische Schatten in den hinteren Teil des Raumes. Im gleichen Moment sah ich die beiden Müllergesellen, die Söhne des Kolkmüllers, in der Ecke auf dem Boden kauern. Sie hatten die Hände hinter dem Rücken verschnürt und waren mit Oberkörper und Füßen an den hölzernen Mühlsteineinfassungen festgebunden, so daß sie sich weder drehen noch wenden konnten. Sie waren geknebelt, und man hatte sie so gesetzt, daß sie sich nicht mit Blicken verständigen konnten. Einer der beiden, ein stämmiger Bursche von vielleicht dreißig Jahren, wandte seinen Kopf in unsere Richtung und schaute mich mit geradezu flehentlichem Blick an. Als er sah, daß auch meine Hände gefesselt waren, ließ er den Kopf sinken und starrte mißmutig zu Boden.

»Hübsch verpackt, nicht wahr?« rief mir der Kober-Jackel munter zu. »Und für dich, kleiner Kaffer, werden wir auch noch ein hübsches Plätzchen finden!« Er schubste mich zu einer Falltür im Fußboden, schob zwei eiserne Riegel zur Seite und klappte die Tür hoch. »Los! Scher dich runter!« befahl er und stieß mir, als ich halb die wackelige und ausgetretene Treppe hinuntergegangen war, seinen Stiefel in den Rücken, so daß ich den Halt verlor und kopfüber in den Keller stürzte.

»Weiche Knie, was?« Er lachte schallend und folgte mir ins Untergeschoß der Mühle. »Kein Wunder. Ich an deiner Stelle würde mir vor lauter Bammel in die Hose machen. Du hast nämlich allen Grund dazu.«

Im Keller war der Modergeruch beinahe unerträglich. Es roch derart nach morschem Holz und schimmligen Wänden, daß ich mir am liebsten die Nase zugehalten hätte, wenn mir dies möglich gewesen wäre. Es war völlig finster hier unten, es gab weder offene Fenster noch Luken, und wäre durch die Falltür nicht ein wenig Licht hereingedrungen, ich hätte wohl auch den Kolkmüller nicht bemerkt. Er war wie seine Söhne an Händen und Füßen gefesselt, hatte aber – anders als diese – keinen Knebel im Mund. Die Räuber hatten ihn an einem Eichenpfosten angebunden, welcher als Stütze für eine der Mehlrutschen diente. Auf diesen Rutschen gelangte das gemahlene Korn unmittelbar von den Mahlgängen in den Keller, um dort in Säcke verpackt zu werden. Der Müller saß direkt unter der schweren hölzernen Rutsche, sie schwebte geradezu über seinem Kopf, wie ein Damoklesschwert.

Während ich mich mühsam aufrappelte und mir dabei das Blut aus der aufgeschlagenen Nase lief, stierte der Müller zu uns herüber und rief: »Was wollt ihr denn noch von mir? Ich habe euch doch gesagt, daß bei mir nichts zu holen ist! Glaubt mir doch endlich!« In unnützem und verzweifeltem Eifer zerrte er an seinen Fesseln, die aber offensichtlich keinen Zoll nachgaben.

»Halt's Maul, Rollfetzer!« blaffte ihn der Räuber an. »Oder soll ich dich noch mal Mores lehren?«

Das Gesicht des Müllers sah arg geschunden aus, eine Augenbraue war aufgeplatzt und das Auge darunter blau angelaufen. Getrocknetes Blut war unter seiner Nase und in seinem Mundwinkel zu erkennen, und die Wangen waren verschrammt. Er war etwa im gleichen Alter wie mein Vater, aber die ständige Arbeit in der ungesunden Luft der Mühle hatte ihn frühzeitig altern lassen, seine kurzgeschorenen Haare waren mausgrau und die Wangen eingefallen wie bei einem

Totenschädel. Sein Gesicht war von tiefen Falten durchzogen, vor allem aber war es von einer regelrechten Leichenblässe. Vielleicht lag dies aber auch an dem milchig trüben Licht, das durch die Deckenluke fiel.

Der Müller stemmte sich ein letztes Mal gegen den Balken, an den man ihn gefesselt hatte, und für einen kurzen Augenblick hatte ich den Eindruck, als hätte sich der Pfosten bewegt, als hätte es leicht im Gebälk geknarrt. Schließlich jedoch gab der Kolkmüller das unsinnige Gezerre an den Fesseln auf, seufzte kraftlos und fragte: »Geht es mir jetzt an den Kragen? Sag schon, Ungar, was für eine Gemeinheit hast du nun wieder mit mir vor?«

»Mein Name ist Kober-Jackel«, erwiderte der schmierige Bandit, »und diesen Namen kannst du dir ruhig merken, er wird dir noch häufig begegnen.« Er strich sich über den gezwirbelten Schnauz und lachte abfällig. »Und ich habe nichts dergleichen mit dir vor, mein Guter«, setzte er grinsend hinzu. »Ich habe dir lediglich ein wenig Gesellschaft gebracht, damit du dich im Dustern nicht langweilst.« Er stieß mich wieder zu Boden, zerrte mich quer durch den Keller, holte schließlich ein langes Seil hervor und fesselte mich dem Müller gegenüber an eine Holzstrebe, die Teil der Rahmenkonstruktion war, mit der das riesige Kammrad unter der Decke befestigt war. Ich saß nun unmittelbar unter dem Zahnrad und gleich neben der eisernen Antriebsachse, die zu den äußeren Mühlrädern führte. Ich war im Bauch der Mühle angelangt, wie einst Jonas im Wal. Allerdings machte ich mir wenig Hoffnung, wie jener einfach und unbeschadet wieder ausgespien zu werden.

Als der Kober-Jackel sein Werk verrichtet und die

Strammheit der Fesseln überprüft hatte, grüßte er spöttisch, wünschte uns viel Vergnügen und verließ gutgelaunt und munter pfeifend das Untergeschoß. Die Falltür knallte zu, die beiden Riegel wurden vorgeschoben, und ich saß mit dem Müller allein in pechschwarzer Dunkelheit.

»Wer bist du?« hörte ich den Müller fragen. »Und was treibst du hier?«

Ich erzählte ihm in verkürzter Form, wer ich war und wie ich hierher gekommen war. Ich berichtete von der Brabanter Bande, von dem jüdischen Räuberhauptmann Bosbeck und dem ehemaligen Dorfschulzen Lanvermann.

»Bernhard?« rief der Müller. »Lanvermann ist wieder in Ahlbeck? Bist du dir dessen gewiß?« Seine Stimme klang sehr aufgeregt, und nervös setzte er hinzu: »Er ist also jetzt unter die Räuber gegangen? Ich habe ihn gar nicht bei der Bande gesehen.«

»Er hat die Räuber nach Ahlbeck geführt, um sich an seinem Bruder zu rächen.« Ich erzählte ihm von meinem Zusammentreffen mit dem Flessener und von dessen Worten, die ich vorhin am Küchenfenster aufgeschnappt hatte. Allerdings überging ich die unglückliche Rolle, die ich als sein Spitzel auf dem Schulzenhof gespielt hatte.

»Daß er die Stirn hat, einfach so zurückzukehren!« murmelte der Müller und seufzte nachdenklich. »Nach allem, was geschehen ist!« Plötzlich jedoch schrak er aus seinen Gedanken auf und fragte: »Hast du meine Frau und die Söhne gesehen? Geht es ihnen gut?«

»Die Müllerin ist im Wirtshaus und bedient die Räuber. Sie wirkt ein wenig verängstigt, aber es scheint, als hätte man ihr kein Leid angetan. Die Banditen benehmen sich auffallend ruhig und erstaunlich gesittet.«

»Und meine Jungs?«

»Die sitzen direkt über uns an den Mahlgängen. Sie sind verschnürt und geknebelt, deshalb können sie sich nicht bemerkbar machen. Aber die Räuber haben den beiden nicht so übel mitgespielt wie Euch.«

Er schwieg, und ich hatte Zeit, mich in dem Raum ein wenig umzuschauen. Nachdem sich meine Augen an die Dunkelheit gewöhnt hatten, konnte ich die Gegenstände im Keller schemenhaft ausmachen. Es war zu dunkel, um wirklich etwas im Detail zu erkennen, aber von irgendwoher schien der Schimmer eines Lichtstrahls einzudringen.

»Gibt es hier keine Fenster?« fragte ich. »Warum ist es hier so finster?«

»Es gibt zwei kleine Luken, die eine nach Norden hin, in Richtung des unteren Mühlteichs, die andere über den Mühlrädern, aber beide sind verriegelt, weil das Gesindel es lustig fand, mich in der Dunkelheit einzusperren. Ich habe mich dummerweise allzu heftig gewehrt, als sie mich hierher geschleift haben, und das haben sie mir übelgenommen.«

»Warum sind wir nicht geknebelt? Könnten wir nicht einfach um Hilfe rufen?«

Als Antwort lachte er aus vollem Halse und rief: »Wir sitzen weit unterhalb der Straße, mein Junge, etwa auf Höhe des Mühlwehrs. Um uns herum sind riesige Sandsteinquader, über uns eine doppelt gezimmerte Eichendecke. Warum sollten sie uns knebeln? Wir könnten uns die Lungen aus dem Leib schreien, kein Mensch würde uns draußen hören. Du wirst bald merken, daß es hier drinnen so still wie in einem Grab ist. Kein Mucks dringt durch diese Wände.« Wieder seufzte er tief und fügte dann hinzu: »Und wer sollte uns wohl hören? Um diese Zeit verirrt sich kein Mensch mehr her.«

»Das ist auch der Grund, warum sie sich die Mühle als Unterschlupf ausgesucht haben«, erwiderte ich. »Sie liegt weitab vom Dorf, aber nahe am Schulzenhof. Günstiger könnten es die Schufte gar nicht treffen. Wann sind sie hier eingetroffen?«

»Dieser aufgeplusterte Gockel, der dich hergebracht hat, ist schon seit einigen Tagen da, vermutlich als eine Art Vorhut. Er hat sich ein Zimmer im Gasthof gemietet und behauptet, er sei ein Dichter und auf der Suche nach hübschen Schauplätzen für eine kleine Schauernovelle.«

»Ausgerechnet!«

»Gestern abend, kurz nach Sonnenuntergang, tauchte dann eine Handvoll Reiter auf«, fuhr der Müller fort. »Sie trugen allesamt Uniform und erzählten, sie seien nur auf der Durchreise und auf dem Weg nach Deventer, um sich dort irgendwelchen Truppen anzuschließen. Sie haben allerlei Fragen gestellt, und als sie sichergehen konnten, daß außer uns kein Mensch auf dem Gelände war, zückten sie plötzlich ihre Pistolen und Degen und nahmen uns gefangen. Es ging alles pfeilschnell, mit einem Mal waren überall bewaffnete Kerle, und wir saßen wie die Mäuse in der Falle.«

»Und seitdem warten die Banditen auf den geeigneten Zeitpunkt für den Überfall!« rief ich aus. »Sie werden bis morgen mittag warten und zuschlagen, sobald die Männer sich zur Kreuzwegprozession nach Altheim aufgemacht haben!« Mit Schrecken dachte ich daran, was sich zur gleichen Zeit im Dorf abspielen würde. Auch dort würde es zu einem Überfall kommen!

»Bist du sicher, daß sie es auf den Schulzen abgesehen haben?« fragte er ungläubig. »Bernhard kann doch nicht so dumm sein, ausgerechnet hierher zurückzukommen, wo ihn jeder kennt und wo sein Leben keinen Pfifferling wert ist. Wenn ihm irgendein Bekannter über den Weg läuft, hängt er prompt am nächsten Galgen.«

»Er ist vielleicht nicht dumm, aber gewiß sehr rachsüchtig. Er hat noch eine Rechnung offen. Und um nicht auf dem Galgenbülten zu enden, hat er sich den Räubern angeschlossen.«

Der Müller gab sich mit dieser Antwort nicht zufrieden, er brummte etwas Unverständliches und hakte dann nach: »Aber warum sollte er sich rächen wollen? Wofür denn? Und an wem? Das will mir nicht einleuchten!«

Ich erzählte ihm, was der Flessener mir von der Mordnacht vor zwei Jahren berichtet hatte und daß er unschuldig und von seinem Bruder in eine Falle gelockt worden sei. »Er behauptet, er sei neben der Leiche seiner Frau aufgewacht, und sein Bruder habe plötzlich vor ihm gestanden und ihn zur Flucht und damit zum Schuldeingeständnis gezwungen. Andernfalls hätte er ihn erschossen.« Wie um diese Worte zu bekräftigen, setzte ich hinzu: »Wußtet Ihr, daß Johann ein Liebesverhältnis mit der Schulzin hatte?«

»Dummes Zeug!« fuhr mir der Müller über den Mund. »Irmgard hat mit niemandem eine Liebelei gehabt – und mit ihrem Schwager schon gar nicht. Sie hat Johann nicht ausstehen können, oft genug hat sie ihn einen hochnäsigen und eingebildeten Pinkel genannt. Nein! Das ist alles ausgemachter Blödsinn.«

Ähnlich erbost hatte auch Bernhard reagiert, als ich ihm von den Gerüchten über die Moorbäuerin berichtet hatte. Und auch bei ihr hatte sich der angebliche »Unsinn« als durchaus wahrscheinlich entpuppt.

»Aber Johann hat nach Bernhards Verschwinden den Hof und das Schulzenamt übernommen«, beharrte ich auf meiner Version. »Sein Leben lang hatte er im Schatten seines älteren Bruders gestanden. Das ist doch ein guter Grund für ein Verbrechen, meint Ihr nicht?«

»Von wegen!« entgegnete er. »Glaubst du etwa, er hat sich um das Amt gerissen und sich auch nur einen Deut für den Hof interessiert? Johann war doch froh, sich nicht um die bäuerliche Arbeit und den ganzen elenden Papierkram kümmern zu müssen. Er hatte ausreichend Geld, um ein sorgenfreies Leben zu führen, er mußte nicht arbeiten und konnte sich nach Lust und Laune um seine Bücher und seine Musik kümmern.«

»Und um seine Malerei«, fügte ich hinzu und dachte an das Bildnis der Moorbäuerin.

»Malerei?« erwiderte er überrascht. »Davon weiß ich nichts.« Eine kurze Pause entstand, doch dann fuhr er fort: »Wie auch immer, jedenfalls hatte er Weiber genug. Er hatte es wahrlich nicht nötig, sich an seine Schwägerin heranzumachen. Nein, mein Junge, da bist du auf dem Holzweg. Johann mag ein eitler Geck sein, aber nur um sich Schulze zu nennen, würde er doch nicht seine eigene Schwägerin erdolchen. Dazu fehlt diesem aufgeplusterten Pfau jeglicher Mut und vor allem die Kaltblütigkeit.« Er räusperte sich und fügte hinzu: »Im übrigen ist Bernhard nicht nur von seinem Bruder auf frischer Tat ertappt, sondern auch bei der Flucht gesehen worden. Hubertus Wessendorf hat ihn mit blutigem Hemd davonrennen sehen. Mir will scheinen, das sind Beweise genug. Oder zumindest ist es glaubwürdiger als das herzergreifende Ammenmärchen, das dieser gerissene Teufel dir erzählt hat.«

»Warum aber sollte Bernhard seine Frau umgebracht haben?« beharrte ich. »Wenn es stimmt, daß Irmgard ihn gar nicht hintergangen hat, dann gab es nicht das geringste Motiv dafür.«

»Vielleicht hat Bernhard sich diese vermeintliche Liebschaft so sehr eingeredet, daß er sie schließlich selbst geglaubt hat. Nach dem Tod von Matthias war er ohnehin nicht ganz bei Trost, ständig hat er Streit angefangen oder sich wie ein Einsiedler vergraben.«

»Matthias?« fragte ich. »Der Schulzensohn?«

Der Müller nickte. »Er ist kurze Zeit vor dem Mord an Irmgard bei einem Unfall ums Leben gekommen. Bei einem Ausritt ist er einen steilen Abhang hinuntergestürzt.«

»Ich erinnere mich«, erwiderte ich, »der Gaul hat ihn unter sich begraben und zerquetscht. War es nicht so?«

»Ja«, bestätigte der Müller und seufzte. »Matthias war ein merkwürdiger Junge, ein wenig aus der Art geschlagen, wenn du verstehst, was ich meine.«

Ich verstand nicht.

»Wie soll ich das erklären?« druckste er herum. »Er war irgendwie anders. Zum Beispiel hatte er Angst vor Tieren, vor allem vor Pferden. Das muß man sich mal vorstellen, als Bauernsohn! Um die Ställe hat er immer einen großen Bogen gemacht, am liebsten saß er bei seiner Mutter in der Stube und hat ihr bei der Küchenarbeit zugesehen. Nie hat er das Maul aufbekommen, und wenn man ihn laut ansprach, hat er gezittert wie Espenlaub und sich hinter der Schürze seiner Mutter verkrochen. Ein seltsamer Junge, fürwahr!

Bernhard hat den Tod seines Sohnes nie verwinden können und sich in der Folgezeit wie ein Irrsinniger aufgeführt. Vor allem Irmgard hat darunter leiden müssen. Als wäre es nicht auch ihr Sohn gewesen!« Nach diesen Worten senkte er den Kopf und schloß die Augen.

Ich mußte zugeben, daß mich die Worte des Müllers einigermaßen verwirrt hatten, sie wollten nicht zu dem passen, was ich bislang in Erfahrung gebracht und mir zusammengereimt hatte. Andererseits wiederholte er nur all das, was an Gerüchten und Tratsch im Dorf umging und was von Bernhard gar nicht geleugnet wurde. Alles sprach gegen ihn, niemand glaubte ihm, alle verurteilten ihn und hätten ihn am liebsten am Galgen baumeln sehen. Und vielleicht war dies der Grund, warum ich geneigt war, ihm – trotz aller Lügen, die er mir über die Räuber aufgetischt hatte – bezüglich der Mordnacht zu glauben. Es gab keinen vernünftigen Grund dafür, es war lediglich ein Gefühl, aber ein sehr bestimmtes Gefühl. Gleichwohl erschütterten die Ausführungen des Müllers das Motiv des jetzigen Schulzen für die Tat. Wenn Johann tatsächlich keinerlei Interesse an der Herrschaft auf dem Schulzenhof gehabt hatte, warum hätte er dann ein so perfides Verbrechen planen sollen? War der »eingebildete Pinkel« Johann überhaupt fähig zu einer solchen Bluttat? Oder war es etwa ein Verbrechen aus Leidenschaft gewesen?

Ein Schnarchen von gegenüber ließ mich aus meinen Gedanken aufschrecken. Der Müller war eingenickt und ließ pfeifende und sägende Geräusche vernehmen. Wie konnte er nur in dieser Situation schlafen?! Ich selbst zwang mich, die Augen und Ohren offenzuhalten und meine aufkommende Müdigkeit zu bekämpfen, damit mir nicht die geringste Kleinigkeit entging. Doch bald schon merkte ich, wie sinnlos dieser Versuch war. Im Keller der Mühle gab es nichts zu hören oder zu sehen, ich war allein mit mir und meinen Gedanken, aber diese drehten sich zunächst sinnlos im Kreise und bewegten sich dann gar nicht mehr von der Stelle. Ich hätte schreien können, aber niemand hätte mich gehört; ich hätte wie der Müller an meinen Fesseln zerren oder Fluchtpläne schmieden können, aber das wäre nichts weiter als kindisch und dumm gewesen. Ich war zur Untätigkeit verdammt, und auch wenn es mir schwerfiel, dies einzusehen: Ich war hilflos.

Vielleicht war es doch ratsam, für einen Moment die Augen zu schließen und Kräfte zu sammeln. Es war ein anstrengender und ereignisreicher Tag gewesen, und woher sollte ich wissen, ob ich nicht in den folgenden Stunden meine ganze Kraft und Geistesgegenwart noch benötigen würde. Langsam, aber unaufhaltsam sickerte der Schlaf in mein Hirn, die Augenlider wurden schwer, und ich nickte schließlich ein.

VIERTER TEIL

»›Glauben Sie mir bitte nicht jedes Wort, bitte glauben Sie mir niemals ganz, mein Charakter ist eben so zweideutig, ich gebe das zu; nur das möchte ich noch hinzufügen: Ob ich ein niederträchtiger oder ein ehrlicher Mensch bin, das können Sie wohl selbst beurteilen!‹«

Fjodor M. Dostojewski, *Schuld und Sühne*

1

Ein knarrendes Geräusch aus dem oberen Geschoß riß mich aus dem Schlaf. Auch der Müller schien wieder wach zu sein, er räusperte sich, und ich konnte ihn murmeln hören. Es hörte sich beinahe an, als betete er.

Es machte zweimal »Klack!«, und im nächsten Moment wurde die Falltür geöffnet. Der Schatten eines Mannes kam rückwärts die Treppe herunter. Um die Schulter trug er eine klitschnasse Pelerine, in der rechten Hand hielt er eine Kerze, die er mit der linken gegen die Zugluft abschirmte, und als er sich umwandte, erkannte ich den Flessener, der mit einem breiten Grinsen im Gesicht auf uns zukam.

»Wohl geruht?« fragte er gutgelaunt. »Oder war es zu unbequem?«

»Wie spät ist es?« wollte ich von ihm wissen.

»Kurz vor Sonnenaufgang, noch ist es dunkel draußen.«

»Sonnenaufgang«, wiederholte ich überrascht. Ich schien länger geschlafen zu haben, als ich gedacht und beabsichtigt hatte. Der neue Tag hatte bereits begonnen. Der Stille Freitag war angebrochen.

»Jeremias, Jeremias«, sagte er kopfschüttelnd und kam schlurfend auf mich zu. »Das war gestern abend nicht nett von dir. Deine Worte haben keinen guten Eindruck auf den Hauptmann gemacht! Wie konntest du mich nur so bloßstellen? Das war kein feiner Zug, mein Junge, du hast mich ganz schön ins Schwitzen gebracht.« Er zuckte mit den Schultern und fügte hinzu: »Aber sei's drum.« Aus den Augenwinkeln schaute er für einen kurzen Moment zum Müller hinüber, nickte leicht und sagte: »Guten Morgen, Jan, so sieht man sich wieder.«

Der Angesprochene reagierte, indem er den Gruß schlicht ignorierte und voller Verachtung auf den Boden spuckte.

»Was wollt Ihr hier?« blaffte ich den Lanvermann an. »Genügt es nicht, daß wir hier gefesselt sind? Müßt Ihr Euch auch noch über uns lustig machen?«

Bernhard schnaufte ungläubig, legte das nasse Cape ab, stellte die Kerze auf den Boden und setzte sich auf einen Mehlsack, den er aus einer Ecke des Raumes hervorgeholt hatte. »Warum bist du plötzlich so angriffslustig?« wandte er sich an mich. »Was habe ich dir getan, daß du mich plötzlich behandelst wie einen Strauchdieb?«

»Weil Ihr ein Strauchdieb seid«, antwortete ich. »Und ein gemeiner Lügner. Ich kann es nicht leiden, wenn man mich zum Narren hält.«

»Was hätte ich denn machen sollen?« entgegnete er und nahm seine ebenfalls regennasse Mütze vom Kopf. »Wenn ich dir die Wahrheit gesagt hätte, wärst du auf dem schnellsten Wege zu den Gendarmen gelaufen und hättest mich verraten. Du brauchst gar nicht mit dem Kopf zu schütteln, Jeremias. Mir blieb doch gar nichts anderes übrig, als dir eine Lügengeschichte zu erzählen.«

»Allmählich bezweifle ich, daß irgend etwas Wahres an Euren Worten war! Vermutlich wart Ihr niemals bei der französischen Armee, genausowenig wie die anderen Uniformierten in der Räuberbande. Und was vor zwei Jahren mit Eurer Frau geschehen ist, das will ich lieber gar nicht wissen.«

»Ich habe schon gehört, daß du mit einem Mal ein armes Unschuldslamm geworden bist«, meldete sich nun auch der Müller zu Wort. Er lachte höhnisch und setzte geringschätzig hinzu: »Bernhard Schulze-Lanvermann, das bemitleidenswerte Opfer einer bösen Intrige! Daß ich nicht lache!« Wieder spuckte er auf den Boden und rief: »Verdammter Meuchelmörder!«

»Das sagst ausgerechnet du?« schrie ihm der Flessener entgegen und sprang plötzlich auf. »Wenn irgend jemand sein Maul nicht so weit aufreißen sollte, dann bist du es, mein lieber Jan! Vergiß das bitte nicht! Wer selbst keine weiße Weste hat, der sollte hübsch den Mund halten.« Er stellte sich direkt vor dem Müller auf, beugte sich über ihn und wiederholte, während er mit dem rechten Zeigefinger auf ihn deutete: »Vergiß du das bitte *niemals*!«

Die Reaktion des Müllers überraschte mich. Er zuckte regelrecht zusammen, als hätte ihm der Lanvermann eine Ohrfeige verpaßt, und machte sich ganz klein. Er duckte sich, als erwartete er eine Tracht Prügel, blickte kleinlaut zu Boden, und kein Wort kam mehr über seine Lippen.

Bernhard stand einige Sekunden abwartend vor ihm, nickte dann zufrieden und setzte sich zurück auf seinen Mehlsack. Als hätte der Müller überhaupt nichts gesagt, setzte Bernhard unsere Unterhaltung an genau der Stelle fort, an der er unterbrochen worden war. »Du traust mir also nicht über den Weg, was? Und du glaubst nicht einmal, daß ich bei den Franzosen war.«

»Wart Ihr?« erwiderte ich knapp.

»Allerdings! Ich mag dich hinsichtlich der Bosbeck-Bande angelogen haben, aber alles andere ist wahr. Ich war tatsächlich Infanterist und habe mir meine Narben im Gesicht als Soldat eingefangen, und ich bin erst seit wenigen Tagen wieder im Münsterland. Das magst du anzweifeln oder nicht, aber es bleibt dennoch die Wahrheit. Kannst mir ruhig glauben!«

»Ich dachte, Ihr schert Euch nicht um meine Meinung«, wunderte ich mich. »Ich bin doch nur ein dummer kleiner Kaffer, der Euch ein paar nützliche Informationen verschafft hat. Was kümmert es Euch, was ich denke?«

»Jetzt sei nicht so nachtragend!« entgegnete er. »Du hast ja einen fürchterlichen Dickschädel. Genau wie deine Mutter!«

»Was hat denn meine Mutter damit zu tun?« brauste ich auf. »Ihr kennt sie doch gar nicht! Wagt es bloß nicht, meine Familie schlechtzumachen. Dann werdet Ihr erst erleben, wie nachtragend ich sein kann!«

Er lachte amüsiert, schüttelte erneut den Kopf und sagte: »Simon hat recht, du bist ein jähzorniger kleiner Kerl, vielleicht sogar ein gefährlicher Bursche. Ich glaube, ich habe dich bislang unterschätzt.«

»Was habt Ihr überhaupt mit dem Räuber zu schaffen?« setzte ich nach. »Und wieso hat er Euch das Leben gerettet?«

»Das ist eine merkwürdige Geschichte«, antwortete Bernhard, zog seine Pfeife hervor und zündete sie an, wie er es jedesmal tat, wenn er in seinen Erinnerungen kramte. »Ich war vor einigen Tagen in Ostwick, und mein Gaul begann plötzlich zu lahmen. Es war eine altersschwache Schindmähre, die ich irgendeinem Bauern gestohlen hatte. Nun ja, ich dachte, daß vielleicht etwas mit dem Huf oder dem Hufeisen nicht stimmte, und bin deshalb zum Schmied gegangen. Und als ich dort ankam ...«

»Waren die Räuber da!« ergänzte ich den Satz. »Ich habe davon gehört.« Ich erinnerte mich an die Gerüchte vom Überfall auf den Ostwicker Schmied, die im Dorf umgingen. Es hatte geheißen, die Räuber hätten sowohl den Schmied als auch seine Frau getötet.

Bernhard nickte und sagte: »Ich geriet mitten ins Gemetzel. Der Schmied verteidigte sein Hab und Gut mit allen Mitteln und Waffen, und er hat einige der Räuber getötet, bevor sie ihm schließlich den Kopf abhackten. Es war, als wären sie plötzlich in einen Blutrausch geraten, sie hieben auf alles ein, was sich bewegte. Selbst die Haustiere haben sie geschlachtet, meinen armen Klepper haben sie regelrecht zu Hackfleisch verarbeitet. Und gewiß hätte auch mein letztes Stündlein geschlagen, wenn der Hauptmann nicht dazwischengegangen wäre. Er hat dem blutigen Spuk ein Ende gemacht und die Raserei seiner Kumpanen – so gut es jedenfalls ging – gestoppt. Simon Bosbeck ist nicht wirklich ein grausamer Mensch. Als er vorhin sagte, er sei kein gottloser Barbar, so war dies durchaus richtig.«

»Das hat er in Ostwick blutig unter Beweis gestellt!« unterbrach ich ihn. »Wenn das nicht barbarisch und gottlos war, dann weiß ich nicht, was man darunter versteht.«

»Die Sache mit dem Schmied ist bestimmt nichts, worauf er stolz ist. Mir hat er in jedem Fall das Leben gerettet. Ich hatte schon ein Messer an der Gurgel und wäre wie ein Schwein abgestochen worden, wenn Simon nicht gewesen wäre.«

»Und aus lauter Dankbarkeit habt Ihr ihm Euren Bruder zum Fraß vorgeworfen«, entgegnete ich. »Weil der Hauptmann Euer Leben geschont hat, muß Johann nun mit dem seinen dafür bezahlen.«

»Eine Hand wäscht die andere, mein lieber Jeremias«, antwortete er und lachte häßlich. »Für die Räuber gibt es auf dem Hof einiges zu holen, und mir wird es eine Freude sein, meinen eitlen Bruder um sein erbärmliches Leben betteln zu sehen.«

»Wie schändlich!« rief ich. »Und wie feige!«

Er grinste abschätzig, zuckte mit den Schultern und sagte: »Du solltest mir nicht so ablehnend gegenüberstehen. Schließlich erweise ich dir sogar einen Gefallen, wenn ich dem lieben Johann die verdiente Abreibung verpasse.«

Ich starrte ihn nur fragend an.

Er lachte dreckig und fuhr fort: »Jackel ist gewiß ein schlechter Mensch und ein übler Halunke, aber er ist ein sehr guter Baldower. Er hat mir von einer Hochzeit erzählt, die in Kürze auf dem Schulzenhof gefeiert werden soll. Der gute Johann hat sich eine Braut erwählt. Ein hübsches junges Ding aus Oldendorf, heißt es, und ich glaube, daß sie dir nicht ganz unbekannt sein dürfte. Lotte ist ihr Name, sie ist die Tochter des Amtmannes und soll sich schon mächtig auf die Ehe freuen.«

»Du verdammter Mistkerl!« fauchte ich ihn an und merkte gar nicht, daß ich ihn duzte. »Du wirst mich nicht zu deinem Komplizen machen!«

Mit einem herzhaften Lachen stand er auf, nahm den Umhang und die Mütze, griff nach der Kerze und ging schlurfend zur Treppe. Plötzlich jedoch wandte er sich um und meinte: »Vielleicht wirst du mir noch einmal dankbar sein, mein lieber Jeremias. Auch wenn du das jetzt nicht gerne hörst. Denk an meine Worte, du wirst mir noch mal danken.«

»Bernhard?« rief ich ihm nach.

Ein zufriedenes Lächeln stahl sich auf seine Lippen, als ich ihn mit dem Vornamen ansprach. »Was denn noch?« fragte er.

»Was geschieht nun mit uns?«

»Ich habe dir gestern mittag gesagt, daß du etwas bei mir gut hast. Und ich stehe zu meinem Wort, auch wenn du das nicht glauben willst. Dir wird kein Haar gekrümmt, solange du dich vernünftig verhältst. Komm also nicht auf die Idee, den Helden spielen zu wollen. In wenigen Stunden ist alles vorbei.«

»Laßt Ihr ...«, hakte ich nach, unterbrach mich aber sogleich und sagte schließlich: »Läßt du uns die Kerze da? In der Dunkelheit wird mir ganz übel.« Mir war schon jetzt ganz übel, weil ich ihn in schmeichlerischem Ton um einen Gefallen bat, aber ich überwand meinen Ekel und setzte hinzu: »Bitte.«

Er überlegte einen Moment und zögerte, weil er merkte, daß meine plötzliche Unterwürfigkeit gespielt war. Dennoch entschloß er sich, mir den Gefallen nicht abzuschlagen. »Ach, was soll's?« erwiderte er und stellte die Kerze außer Reichweite auf den Boden. »Aber zündet mir die Mühle nicht an. Es wäre schade um das alte Haus.«

»Lanvermann?« Diesmal kam der Ruf vom Kolkmüller.

»Was?!« schnauzte Bernhard ihn an. »Was willst du?«

»Regnet es draußen immer noch?«

Schallend fing der Flessener an zu lachen. »Ist das Wetter dein einziges Problem? Du scheinst mir zu lange im Dunkeln gesessen zu haben!« Er tippte sich mit dem Zeigefinger an die Stirn und wollte sich bereits abwenden.

»Wenn es draußen tagelang schüttet, dann wird der Pegel des Ahlbachs ansteigen«, erwiderte der Müller in aller Seelenruhe und ließ sich nicht durch das Lachen irritieren. »Wenn ihr Banditen nicht wollt, daß das Mühlwehr Risse bekommt und das Mauerwerk zusammenstürzt, dann solltet ihr den Umfluter ein wenig öffnen.« Er deutete mit einer Kopfbewegung in Richtung der Mühlräder und setzte hinzu: »Es ist die kleine Schleuse an der Schranke.«

»Ich werde sehen, was sich machen läßt«, erwiderte Bernhard, hob die Hand zum Gruß, schenkte uns ein letztes höhnisches Grinsen und verschwand.

»Verdammter Meuchelmörder«, stieß der Müller hervor und spuckte auf den Boden. »Ich traue dem Kerl nicht über den Weg.« Und zu mir gewandt setzte er hinzu: »Und du solltest dich auch vor ihm in acht nehmen.«

»Ich weiß«, antwortete ich. »Aber leider ist es jetzt ohnehin zu spät.«

Mit einem Mal war es, als bebte der Boden unter uns. Es fühlte sich an, als erwachte die Mühle plötzlich zum Leben, und im gleichen Moment setzte ein ohrenbetäubender Lärm ein. Das riesige Zahnrad, das mit den äußeren Mühlrädern verbunden war, setzte sich knarrend in Bewegung, die eiserne Antriebsachse drehte sich, und die wuchtigen Kammräder über mir sausten im Kreis herum. Alles um uns herum geriet in Bewegung, alles drehte sich, die Zähne der Räder griffen ineinander und verursachten einen Lärm, wie ich ihn noch nie zuvor gehört hatte. Das Holz quietschte in höchsten Registern, das Eisen gab kreischende und jammernde Geräusche von sich, die gesamte Mühle dröhnte und ächzte, als wollte sie bersten.

»Dieser Hund!« rief der Müller gegen das Getöse

an. »Er hat statt des Umfluters die Mühlschleuse geöffnet!«

»Und was bedeutet das?«

»Das hörst und siehst du doch. Lanvermann hat sich einen kleinen Scherz mit uns erlaubt.« Er schaute zur Mehlrutsche hoch, die direkt über ihm zu den Mahlgängen im Erdgeschoß führte, und fügte hinzu: »Zum Glück sind die Zahnräder der Mahlgänge nicht in der Königswelle eingerastet, sonst würden wir unser blaues Wunder erleben.«

Im gleichen Moment war über uns ein fürchterliches Jaulen zu hören. Es hörte sich an wie das Kreischen von Möwen, nur tausendfach lauter. Die Mühlsteine setzten sich mit schrillem Gequietsche in Bewegung und ließen die Decke über uns erzittern. Die Reste des Mehls, die sich noch vom letzten Mahlen zwischen den Mühlsteinen befunden hatten, rieselten nun über die Rutsche nach unten und bedeckten den Müller mit einer weißen Schicht aus feinem Mehlstaub.

»Zu früh gefreut«, rief der Müller und schüttelte sich. »Er hat den Hebel gefunden.« Wieder spuckte er auf den Boden und rief: »Dieser verfluchte Teufel!«

2

Es ist erstaunlich, wie schnell man sich selbst an die widrigsten Umstände und Notlagen gewöhnen kann, bis man sie schließlich kaum noch wahrnimmt. Was einem zunächst unerträglich und nervtötend erscheint, wird mit der Zeit als Normalzustand hingenommen und ertragen. Ähnlich erging es mir mit dem

Lärm der Mühlsteine und dem Rumpeln der Zahnräder, welche die Mühle in ihren Grundfesten erschütterten. Seit mindestens einer Stunde schon kreischten die Steine und ächzten die Holzbalken, und der Lärm hatte in dieser Zeit keineswegs nachgelassen, dennoch hörte ich ihn schließlich kaum noch; es war, als wehrte sich mein Hirn gegen den ohrenbetäubenden Krach, indem es ihn schlicht ignorierte.

Der Kolkmüller saß seit geraumer Zeit zusammengesunken mir gegenüber und schien seinen eigenen düsteren Gedanken nachzuhängen. Sein Gesicht und der Oberkörper waren immer noch weiß vor Mehl. Er stierte ausdruckslos zu Boden, rührte sich nicht und gab keinen Ton von sich. Es hatte beinahe den Anschein, als wäre sämtliche Energie plötzlich von ihm gewichen. Er hatte sich in sein Schicksal gefügt und unternahm keinerlei Anstrengung mehr, sich aus seiner mißlichen Lage zu befreien.

Ich hingegen hielt diesen Zustand nicht länger aus. Die Hilflosigkeit und die Unfähigkeit, irgend etwas zu unternehmen, machten mich rasend. Ich zerbrach mir den Kopf, wie ich mich meiner Fesseln entledigen konnte. Wider besseres Wissen zerrte ich an den Seilen, um zu prüfen, ob die Knoten sich lockerten. Doch anstatt nachzugeben, schnitten mir die Fesseln nur noch mehr ins Fleisch. Meine Arme, die hinter meinem Rücken und hinter dem Pfosten, an dem ich saß, verschnürt waren, schwollen vor Anstrengung an und schmerzten. Allein mit meiner – zudem äußerst bescheidenen – Körperkraft konnte ich mich nicht befreien, und ein Hilfsmittel, mit dem ich die Schnüre zerreißen oder durchtrennen könnte, hatte ich nicht zur Hand. Die Kerze, die der Flessener zurückgelassen hatte, stand etwa zwei Ellen von meinen Fußspitzen entfernt auf dem Boden, so daß ich nicht heranreichen und die Fußfesseln durchbrennen konnte. Eine ohnmächtige Wut stieg in mir auf, und ich ließ sie heraus, indem ich einen lauten Schrei von mir gab.

»Gib es auf, Jeremias«, sagte der Kolkmüller und schüttelte mitleidig den Kopf. »Die Räuber verstehen ihr Handwerk und wissen, wie man eine Fessel anlegt. Es nützt gar nichts, wenn wir uns unnötig anstrengen. Wir können nur warten und beten, vielleicht unterläuft ihnen ja doch noch ein Fehler, und dann sollten wir bereit sein und augenblicklich zugreifen.« Er zuckte – soweit die Fesseln dies zuließen – mit den Schultern und setzte hinzu: »Auch wenn ich allmählich nicht mehr daran glaube.«

»Ihr habt nicht zufällig ein Messer in der Tasche?« fragte ich halb im Scherz und halb ernsthaft. »Oder sonst ein Werkzeug?«

»Glaubst du, ich würde dann noch wie ein Paket verschnürt hier sitzen? Sei froh, daß sie dir nur die Knöchel und Handgelenke gefesselt haben. Du kannst wenigstens deinen Oberkörper bewegen und die Knie anwinkeln. Mich haben sie eingerollt wie eine Roulade. Sämtliche Glieder schlafen mir ein, weil ich mich nicht rühren kann.« Er schnaufte abfällig und schüttelte den Kopf. »Spar dir deine Fluchtpläne für den entscheidenden Moment«, meinte er, lächelte müde und wollte bereits wieder den Kopf senken und die Augen schließen. Plötzlich jedoch fuhr er zusammen, starrte mich entgeistert an und öffnete weit den Mund, ohne allerdings einen Laut herauszubringen.

»Was ist mit Euch?« rief ich erstaunt. »Warum schaut Ihr mich so an?«

Er erstarrte, schüttelte sich dann und lächelte verkrampft.

»Irgend etwas hat Euch doch erschreckt. Was ist es?«

»Ach, nichts«, erwiderte er, und das unechte Lächeln war nun wie eingemeißelt. »Es ist nur das Medaillon. Woher hast du es?«

»Das Medaillon?« wiederholte ich und schaute hinab auf meine Brust, auf der das Schmuckstück an der Kette baumelte. Ich überlegte einen Moment, was ich antworten sollte, und sagte dann, das Gesicht des Müllers genau betrachtend: »Ich habe es von meiner Mutter.«

Er nickte bedächtig und erwiderte: »Aha.« Wieder schüttelte er sich, als wollte er lästige Gedanken aus seinem Kopf vertreiben, und fügte hinzu: »Ich habe einmal ein ganz ähnliches Medaillon besessen, aber wenn dieses da von deiner Mutter stammt, dann kann es wohl kaum das gleiche sein. Es gibt schließlich viele Marienbilder.«

»Wo ist Euer Medaillon geblieben?« fragte ich und versuchte, meine Stimme nicht allzu aufgeregt klingen zu lassen. »Habt Ihr es verloren?«

»Ich habe es verschenkt«, antwortete er und senkte den Blick. »Das ist schon so lange her, vermutlich existiert es gar nicht mehr.« Er schaute zu mir hoch und wollte zu einem verächtlichen Lachen ansetzen, doch dieses blieb ihm im Halse stecken, als er meinen Gesichtsausdruck sah. »Was ist?« rief er. »Wieso stierst du mich so an?«

»Wem habt Ihr das Medaillon geschenkt?«

»Niemandem, den du kennst oder der dich zu interessieren hat, mein Junge«, erklärte er ausweichend. »Damals warst du vermutlich noch nicht einmal geboren. Warum fragst du überhaupt? Was schert dich mein Medaillon?« Er sah mich mißbilligend an, schien die brennende Neugier und das Verlangen nach einer Antwort in meinem Gesicht ablesen zu können und stieß geradezu entrüstet hervor: »Was soll das? Was willst du eigentlich? Warum steckst du deine Nase in Sachen, die dich nichts angehen?«

Schon einmal hatte ich eine ähnliche und ähnlich empört gestellte Frage vernommen. Auch Bernhard Lanvermann hatte mir erst am Vortag geraten, mich nicht in Dinge einzumischen, von denen ich nichts verstand. Gestern wie heute hatte ich versucht, zwei Geschichten miteinander zu verbinden, die scheinbar nicht zusammengehörten. Ich hatte geglaubt, mit einem Schlag zwei Geheimnisse lösen zu können, die doch eigentlich nichts gemein hatten. Bei der einen Geschichte handelte es sich um das Geheimnis meiner Geburt, um die Identität meiner Mutter, bei der anderen um den Brand des Moorhofes und den Freitod des Vennekötters. Schon einmal hatte ich gedacht, das Bindeglied zwischen beiden Geschichten in der Gestalt der Moorbäuerin gefunden zu haben. Gestern noch hatte ich diesen Gedanken verwerfen müssen, doch nun sah alles ganz anders aus. Mit einem Mal hielt ich den Schlüssel in der Hand, mit der sich die Tür zwischen diesen beiden Geschichten öffnen ließ. Dieser Schlüssel saß direkt vor mir und hieß ...

»Jan Lösing!« rief ich. »Euer Name ist Jan Lösing, nicht wahr?«

Der Müller sah mich entgeistert und beinahe ängstlich an. »Weshalb fragst du nach meinem Namen? Was soll dieses Theater? Du weißt doch, wie ich heiße!«

»Ihr seid Jan Lösing«, wiederholte ich. »Ihr seid J. L.!«

Heute erscheint es mir merkwürdig, daß ich nicht eher darauf gekommen bin. Natürlich! Nicht Johann

Lanvermann war der Liebhaber der hübschen Moorbäuerin gewesen, sondern ihr eigener Schwager, der Kolkmüller Jan Lösing. Nicht der Sohn des Schulzen, sondern der Bruder des Bauern hatte das Bild der Vennekötterin gemalt und es mit den Worten signiert:

Für meine Lisbeth. Von J. L.

Der Grund dafür, daß ich bis zu diesem Zeitpunkt nicht auf den Gedanken gekommen war, die Initialen J. L. mit dem Müller Jan Lösing in Verbindung zu bringen, bestand schlicht und einfach in der Tatsache, daß mir der Nachname zwar geläufig, aber nicht wirklich im Bewußtsein gegenwärtig gewesen war. Alle nannten Jan Lösing nur den »Kolkmüller«, genauso wie sein Bruder stets »Vennekötter« oder mein Vater nur »Magisterbauer« genannt wurde. Niemand interessierte sich für die offiziellen Nachnamen, diese bestanden nur auf dem Papier. Die Bauern in Ahlbeck wurden mit ihrem erblichen und zumeist plattdeutschen Hofnamen angesprochen. Heiratete beispielsweise ein Mann die Erbin eines Bauernhofes, so nahm sie zwar in den Büchern den Namen des Gatten an, in Wirklichkeit jedoch wurde der Mann fortan mit dem Hofnamen seiner Frau angesprochen. Der Vetter meines Vaters, Gerrit Homölle, hatte eine Tochter aus dem Hause Pätten geheiratet, und darum nannte man ihn ab diesem Zeitpunkt den Pättenbauer.

Die Gedanken in meinem Hirn drehten sich so wild im Kreise wie die Kammräder über mir, und in meinem Kopf herrschte ein Lärm, der das Getöse der Mühle um ein Vielfaches übertönte. Jan Lösing war J. L.! Daran konnte für mich in diesem Moment kein Zweifel bestehen. Als ich gestern das Bildnis der Elisabeth und das gekritzelte Kürzel zum ersten Mal gesehen hatte, war mein Verdacht prompt auf den Schulzen gefallen, weil es so nahtlos ins Gesamtbild zu passen schien. Johann war ein hübscher Mann und ein dorfbekannter Schürzenjäger, und kein Frauenzimmer war vor ihm sicher. Was lag also näher, als ihn auch als Liebhaber der Moorbäuerin zu betrachten?

Aber er war es nicht!

»Was ist denn in dich gefahren?« rief der Müller, immer noch mit weit aufgerissenen Augen. »Erst schreist du meinen Namen, als wäre er der des Teufels, und dann schweigst du und starrst mich an, als würdest du ein Gespenst sehen! Willst du mir nicht erklären, was das alles soll?«

Statt ihm zu antworten, stellte ich ihm meinerseits eine Frage: »Habt Ihr das Medaillon Eurer Schwägerin Elisabeth geschenkt?«

Es war, als führe ein Blitz in den Müller, er zuckte zusammen und erstarrte im nächsten Augenblick zur Salzsäule. Zwar war sein ausgemergeltes Gesicht immer noch mehlbestäubt und lag zudem im Halbschatten, dennoch war ich mir sicher, daß es blasser geworden war.

»Es stimmt doch, oder? Dieses Medaillon hat einst der Moorbäuerin gehört. Und Ihr habt es ihr geschenkt – als Liebespfand!«

»Was fällt dir ein?!« geiferte der Müller. »Hältst du wohl augenblicklich dein loses Mundwerk! Wie kannst du es wagen, solche gemeinen Lügen zu verbreiten? Hast du denn überhaupt kein Schamgefühl? Verdammter Bengel! Dir werde ich's zeigen!« Mit einem Mal bäumte er sich auf – oder versuchte es zumindest –, stemmte sich mit aller Macht gegen den Pfosten, an den er gebunden war, und zerrte wie ein

Irrer an seinen Fesseln. Diese gaben, wie nicht anders zu erwarten war, keinen Zoll nach, doch plötzlich knirschte es im Gebälk über ihm, und erneut hatte ich den Eindruck, als hätte sich der Pfosten ein wenig zur Seite bewegt. Die Mehlrutsche über dem Kopf des Müllers vibrierte bedrohlich.

»Es ist durchaus keine Lüge«, erwiderte ich und hielt dem finsteren Blick des Müllers stand. »Und das wißt Ihr sehr wohl! Ich kann es sogar beweisen.«

Ich holte tief Luft und erzählte ihm alles, was ich in den letzten Tagen in Erfahrung gebracht oder mir zusammengereimt hatte. Ich berichtete von dem Fund des Bildes auf dem Dachboden des Gesindehauses, von dem Kürzel »J. L.« am unteren Rande des Portraits, von den Gerüchten im Dorf, die von einem geheimnisvollen Liebhaber handelten, von der alten Gertrud, welche die ehemalige Jüdin Elisabeth eine »Mordbrennerin« genannt hatte, und von meiner Mutter, die eine gute Freundin der Moorbäuerin gewesen sein soll.

Der Müller hörte sich meine Worte mit stoischem Gesichtsausdruck und ohne jede äußerlich erkennbare Regung an. Er gab keinen Ton von sich und versuchte nicht, mir zu widersprechen. Er saß nur da, starrte mich wie einen Geist an und hörte gebannt zu. Erst bei meinen letzten Worten schaute er überrascht auf und fragte: »Was hat denn deine Mutter damit zu tun?«

»Sie ist nicht meine wirkliche Mutter«, antwortete ich, »und deshalb hat sie sehr viel damit zu tun.«

»Sprich nicht in Rätseln«, fuhr er mich an, »sondern sag einfach, was du zu sagen hast! Oder halte den Mund!«

Ich erzählte dem Müller, was meine Mutter mir erzählt hatte: daß ich nicht das Kind meiner Eltern war, sondern im Mai 1795 als neugeborenes Findel vor der Tür der Magisterbauern abgelegt worden war. Und daß die einzige Mitgift meiner leiblichen Mutter in dem Marienmedaillon auf meiner Brust bestand.

»Was willst du damit sagen?«

»Ist das nicht offensichtlich? Wenn dieses Medaillon der Moorbäuerin gehört hat, dann ist sie meine leibliche Mutter. Sie hat mich bei der Magisterbäuerin abgegeben, weil diese keine Kinder bekommen konnte und weil sie wußte, daß ich bei den Magisterleuten in guten Händen war.«

Ich wartete auf eine Reaktion des Müllers, aber diese blieb aus. Er rührte sich nicht und starrte Löcher in die Luft. Um ihn endgültig aus der Reserve zu locken, fuhr ich fort: »Und wenn Ihr der Geliebte der Elisabeth wart, dann ist es mehr als wahrscheinlich, daß Ihr mein Vater seid!«

Die verhängnisvollen Worte waren ausgesprochen und konnten nicht mehr zurückgenommen werden. Ich vermag kaum zu beschreiben, wieviel Überwindung es mich gekostet hatte, sie über die Lippen zu bringen.

Ich hatte einen erneuten Wutausbruch des Müller befürchtet, aber Jan Lösing schüttelte nur ungerührt den Kopf und sagte: »Du irrst dich.«

»Ist dies das Medaillon, das Ihr der Moorbäuerin geschenkt habt?«

Ein nervöses Zucken in den Mundwinkeln verriet seine Aufregung, als er zugab: »Es sieht jedenfalls so aus.«

»Ist Elisabeth Lösing also meine Mutter?« setzte ich nach. »Bin ich der uneheliche Sohn der Vennekötterin?«

Er schien vollends irritiert zu sein und wußte nicht,

was er sagen sollte. Er zuckte wortlos mit den Schultern und preßte die Lippen aufeinander.

»Seid Ihr mein Vater?« rief ich mit sich überschlagender Stimme aus. »Bin ich das unglückliche Resultat Eurer Liebschaft mit der Moorbäuerin?!«

»Nein!« schrie er und schüttelte vehement den Kopf. »Ich bin nicht dein Vater, ganz gewiß nicht!« Mit Nachdruck und nach wie vor kopfschüttelnd setzte er hinzu: »Ich *kann* es gar nicht sein!«

»Wieso nicht?«

»Wie alt warst du, als die Magisterbauern dich im Mai 1795 vor ihrer Tür gefunden haben?«

»Frisch abgenabelt«, erwiderte ich, »und noch keinen Tag alt.«

»Dann bin ich nicht dein Vater«, antwortete er und blickte mir ganz ruhig in die Augen. »Ich habe Lisbeth zum letzten Mal am Tag nach dem Brand gesehen. Das war im Mai 1794, genau ein Jahr vor deiner Geburt. Du siehst selbst, daß es ganz undenkbar ist.«

Da waren sie wieder, die drei fehlenden Monate, die das Ganze so verwirrend und unerklärlich machten. Ich hatte bereits geglaubt, das Geheimnis meiner Herkunft gelüftet zu haben, doch erneut wollten die Teile nicht recht zusammenpassen. Die Identität meiner Mutter hatte ich herausgefunden, ich zweifelte nicht daran, daß die Moorbäuerin Elisabeth mich zur Welt gebracht und dann ihrer Freundin Maria Vogelsang anvertraut hatte. Aber wer war mein Vater? Wenn der Müller die Wahrheit sagte, dann war ich von der Antwort dieser Frage weiter denn je entfernt. Und falls er log? schoß es mir durch den Kopf. Wenn ich in den letzten Tagen eine Lektion gelernt hatte, dann diese: Niemand sagte freiwillig die Wahrheit, alle versteckten sich hinter Ausflüchten, Geheimnissen und dreisten Lügen. Und zwar ausnahmslos. Warum sollte ich also ausgerechnet dem Müller glauben?

»Woher soll ich wissen, daß Ihr die Wahrheit sagt?«

»Was hätte ich für einen Grund, dich anzulügen?« erwiderte er ungerührt. »Du weißt ohnehin schon das meiste. Glaube mir, wenn ich geahnt hätte, daß du der Sohn von Lisbeth bist, dann hätte ich ...« Er stutzte plötzlich und brach mitten im Satz ab.

»Ihr gebt also zu, daß sie Eure Geliebte war?« setzte ich nach, ohne wirklich auf eine Antwort zu warten. Der Müller hatte meine Vermutung längst durch sein Verhalten bestätigt. Er *war* der geheimnisvolle Liebhaber, über den hinter vorgehaltener Hand gemunkelt worden war. Wenn man ihn sich anschaute, mochte man dies kaum glauben, so blaß und ausgezehrt, wie er nun vor mir saß. Aber vor zwanzig Jahren mochte er ein stattlicher Mann gewesen sein, auch heute noch war er ein kräftiger Kerl mit imposantem Oberkörper. Und vielleicht hatte sein Gesicht damals noch nicht so kränklich und eingefallen ausgesehen. Womöglich war seine äußere Erscheinung auch gar nicht entscheidend gewesen, vielleicht steckte in diesem grobschlächtigen Müller, dem alle im Dorfe mit Mißtrauen und Vorsicht begegneten, ein weicher und gutherziger Kern. Wenn die junge Elisabeth von ihrem Gatten derart mißhandelt worden war, wie der Flessener es beschrieben hatte, war es da nicht nur normal, daß sie sich nach einem verständnisvollen und wohlwollenden Mann sehnte? Wer mochte es ihr verdenken?

Bei dem Gedanken an den Moorbauern kam mir sein grausiges Ende in den Sinn. Zumindest indirekt hatten Jan und Elisabeth den Tod des Alois Lösing auf dem Gewissen. Wie hatte der Flessener vorhin gemeint? *Wer selbst keine weiße Weste hat, der sollte hübsch den Mund halten.* Und der Müller war daraufhin zusammengezuckt, als hätte man ihn geohrfeigt.

»Was ist in der Brandnacht wirklich geschehen?« wollte ich wissen. »Wieso hat der Hof gebrannt? Und wie ist Euer Bruder zu Tode gekommen?«

»Das kann ich dir nicht sagen«, erwiderte er beinahe flüsternd, so daß ich Schwierigkeiten hatte, ihn bei dem Lärm der Zahnräder zu verstehen. »Was nützt es, in der Vergangenheit zu wühlen? Laß die Toten ruhen, mein Junge!«

»Könnt Ihr nichts sagen oder wollt Ihr es nicht?«

»Ich darf es nicht«, rief er beinahe flehentlich aus. »Ich bin durch einen Schwur gebunden. Ich habe es versprochen! Hoch und heilig. Ich habe Lisbeth mein Wort gegeben. Außerdem ist ...«

»Aber ich bin ihr Sohn«, unterbrach ich ihn. »Könnt Ihr nicht verstehen, daß ich das Bedürfnis habe zu wissen, was mit meiner Mutter geschehen ist? Habe ich nicht sogar ein Anrecht darauf, die Wahrheit zu erfahren?«

»Glaube mir, Jeremias«, erwiderte er mit trauriger Miene, »nicht immer ist es ratsam, alles wissen zu wollen.«

»Ich *will* es nicht wissen, sondern ich *muß* es wissen!«

Warum glaubten nur alle, daß es besser sei, mit der Lüge oder mit Halbwahrheiten zu leben? Meine Mutter – also meine Adoptivmutter – hatte sich in diesem Sinne geäußert. Manchmal sei es besser, mit der Lüge zu leben, hatte sie gesagt. Und der Flessener hatte etwas Ähnliches behauptet. Selbst Eva hatte gemeint, man könne unangenehme Dinge ignorieren, indem man sie einfach nicht aussprach. Und jetzt stieß der

Müller ins gleiche Horn und glaubte, mir einen Gefallen zu tun, wenn er mich in Unwissenheit ließ.

»Warum überlaßt Ihr es nicht einfach mir, darüber zu entscheiden?« stieß ich hervor. »Ich bin alt genug, um zu wissen, was gut für mich ist.«

»Wenn du meinst«, antwortete er und fuhr sich nachdenklich mit der Zunge über die Lippen. »Aber du mußt mir zweierlei versprechen. Erstens mußt du mir zusichern, daß nichts von dem, was ich dir erzählen werde, diese vier Wände verlassen wird. Du darfst niemandem dein Wissen mitteilen und keiner Menschenseele ein Sterbenswörtchen davon erzählen.«

Ich nickte und sagte: »Ich verspreche es.«

»Zweitens mußt du mir versprechen, daß du deine Mutter nicht dafür hassen wirst«, fuhr er eindringlich und geradezu beschwörend fort. »Was auch immer geschehen ist und egal, was ich dir gleich erzählen werde, du darfst mir glauben, daß Lisbeth ein herzensgutes Mädchen war. Hasse sie nicht für etwas, das sie nicht wirklich zu verantworten hatte.«

Diese Worte des Müllers und die Inbrunst, mit der er sie hervorstieß, ließen mich erschaudern. Für einen kurzen Augenblick zögerte ich, beinahe verließ mich der Mut. Vielleicht sollte ich doch wie alle anderen die Augen und Ohren verschließen und alles leugnen und – wie Eva am Nachmittag gesagt hatte – vergessen, was ohnehin nicht mehr zu ändern war. Doch dann überwand ich mich und meine Feigheit, schaute dem Müller unverwandt ins Gesicht und sagte: »Ich schwöre es!«

3

Ich vermochte beim besten Willen nicht zu sagen, wie spät es mittlerweile geworden war. Vermutlich war die Sonne längst aufgegangen, womöglich war es sogar schon die Zeit des zweiten Frühstücks, im finsteren Keller der Mühle war mir jedwedes Zeitgefühl abhanden gekommen. Die Kerze war etwa zu zwei Dritteln niedergebrannt, und ich überlegte, wie lange sie uns noch mit Licht versorgen würde. Zwei Stunden, schätzte ich, vielleicht drei.

Den Müller schienen solche profanen Überlegungen überhaupt nicht zu kümmern. Er saß in seiner geduckten Haltung auf dem Boden und begann, mit monotoner Stimme und ohne mich dabei anzusehen, all das zu erzählen, was er seit zwanzig Jahren mit sich herumschleppte und was er in der ganzen Zeit – wie er es einst versprochen hatte – niemandem anvertraut hatte. Während er redete, verharrte er in ein und derselben gekrümmten Position, es sah beinahe so aus, als hinge er in seinen Fesseln. Nur von Zeit zu Zeit wandte er seinen Blick zur Decke, als wären seine Worte nicht an mich, sondern an eine höhere Instanz gerichtet. Er sprach langsam und schwerfällig, aber ohne Pausen und ohne dabei seine Gefühle zu offenbaren, und nur selten wagte ich, ihn zu unterbrechen und Zwischenfragen zu stellen.

Und dies ist, was er mir berichtete:

Der Vennekötter Alois Lösing war Zeit seines Lebens ein Trunkenbold und Hitzkopf gewesen. Schon als junger Bursche hatte ihm der zweifelhafte Ruf eines streitsüchtigen und wenig umgänglichen Menschen angehaftet. Bei den Schützenfesten, die in Ahlbeck bereits seit dem Großen Deutschen Krieg in regelmäßigen Abständen stattfanden, gehörte er stets zu jenen leicht aufbrausenden Burschen, die nach dem eigentlichen Fest einer ordentlichen und zünftigen Prügelei nicht aus dem Wege gingen. Bei jeglichen Gemeindefeierlichkeiten sah man ihn betrunken in der Gosse krauchen oder sich mit anderen Rabauken in den Haaren liegen, an den Sonntagen torkelte er grölend aus der Dorfschenke, und mit der Zeit war seine Sauferei nicht mehr allein aufs Wochenende beschränkt. Je mehr er trank, desto rauflustiger und mürrischer wurde er, und einen Grund oder eine Entschuldigung zum Besäufnis gab es immer. Zwar galt er als tüchtiger und fleißiger Landmann, aber ebenso nannte man es im Dorfe eine ausgemachte Sache, daß der Alkohol den Vennekötter einmal frühzeitig ins Grab bringen würde.

Alois war der älteste Sohn und damit Erbe eines nicht gerade vermögenden, aber auch nicht ärmlich lebenden Mittelbauern. Während allerdings seine jüngeren Brüder bereits in jungen Jahren geheiratet oder dem Hof den Rücken gekehrt hatten – außer dem jüngsten Sohn, dem heutigen Kolkmüller, gab es noch einen weiteren Sprößling, der das Dorf Ahlbeck verlassen hatte, um als Söldner sein Glück im Kriegsgeschäft zu suchen –, während also die Brüder in den ruhigen Hafen der Ehe einliefen oder sich bei den Uniformierten die Hörner abstießen, blieb der Menschenfeind und Raufbold Alois unverheiratet und seinem unsteten Lebenswandel treu. Zweimal bereits war er mit einem Mädchen aus dem Dorfe verlobt gewesen, aber beide Male hatte die geplante Hochzeit abgesagt werden müssen, nachdem der Moorbauer seine Verlobten im Vollrausch beinahe zu Tode geprügelt hatte. Bei dem letzten dieser Vorfälle hatte er wegen einer belanglosen Nichtigkeit seiner Braut den Kiefer gebrochen, so daß diese in der Folgezeit mit einem Sprachfehler durchs Leben gehen mußte und der Moorbauer einen drohenden Strafprozeß nur durch die Zahlung eines beträchtlichen Schmerzensgeldes hatte abwenden könnten. Kurzum, Alois Lösing war zwar damals eine gute Partie und in seinen besten Jahren, aber keine fürsorgliche Mutter hätte ihre Tochter einem solchen Tyrannen und brutalen Kerl zur Frau gegeben. Und nur eine Lebensmüde oder eine nichtsahnende Auswärtige hätte sich mit dem Moorbauern verehelicht.

Man schrieb derweil das Jahr 1790. Alois hatte das vierzigste Lebensjahr überschritten, und obwohl er mitnichten daran dachte, sich oder seinen Lebensstil zu ändern, wurde ihm doch mit einem Mal bewußt, daß es keinen direkten Erben für den Moorhof gab, und dieser Gedanke machte ihm gehörig zu schaffen. Bei einem sonntäglichen Frühschoppen im Wirtshaus »Zur alten Linde« – wohlgemerkt, sein Bruder Jan war damals zwar schon Kolkmüller, aber die Schenke an der Wassermühle gab es noch nicht – lernte der Moorbauer den jüdischen Händler und Hausierer Jos Zeebonk kennen. Dieser lebte mit seiner Familie – einer Frau und vier wohlgeratenen Töchtern – in der holländischen Grafschaft Twente und kam des öfteren über die Grenze, um mit den münsterländischen Bauern Handel oder Geldgeschäfte zu treiben oder sich am Wochenende zu vergnügen. Zeebonk stand dem Moorbauern in seinem unsteten Lebenswandel in nichts nach, auch er betrank sich mit Vorliebe sinnlos, verpraßte dabei sein Geld und benahm sich wie ein

Tollwütiger, wenn er schließlich und fast zwangsläufig von den Wirten auf die Straße geworfen wurde.

Alois und Jos entdeckten an diesem Sonntag eine gemeinsame Leidenschaft, das Würfelspiel, und so begannen sie, sich beim Knobeln zu messen. Drei Würfel, drei Versuche, und die höchste Zahl gewann. Bald schon reichte ihnen der gewöhnliche Einsatz nicht mehr, und man schlug eine Verdoppelung vor. Der dritte Mann im Bunde war nach kurzer Zeit bargeldlos, verließ fluchend die Schenke und behauptete unbeirrt, die beiden Gauner hätten ihn aufs Kreuz gelegt. Die übriggebliebenen Hasardeure klopften sich anerkennend auf die Schultern, bestellten eine weitere Runde Bier und Schnaps und kamen überein, das Spiel zu zweit fortzusetzen. Sie schraubten im Verlaufe des Knobelns den Mindesteinsatz in geradezu schwindelerregende Höhen. Es war nicht genau zu sagen, ob der Moorbauer eine unerhörte Glückssträhne hatte oder ob er diesem Glück mit etwas handwerklichem Geschick oder präparierten Würfeln nachhalf, Tatsache war jedoch, daß der Holländer bald keinen Heller mehr in der Tasche hatte. Alois Lösing hatte ihn wie ein Hühnchen gerupft und ihm den letzten Gulden abgenommen, ohne daß ihm allerdings ein Falschspielen nachgewiesen werden konnte. Jeder andere Spieler hätte hierauf mit dem Ende des Spiels geantwortet und sich schleunigst verdrückt, nicht so jedoch Jos Zeebonk, er hatte inzwischen so viel getrunken und sich derart in Rage gespielt, daß er den Bauern um Kredit bat und ihn beschwor, ihm noch eine letzte Chance zu geben. Alois willigte ein, reichte dem anderen den Knobelbecher und gewann erneut. Vor ihm stapelten sich mit der Zeit die Schuldscheine, und allmählich verlor der Bauer die Lust am Spielen und am

Gewinnen. Sein Gegenüber hatte offensichtlich zuviel getrunken und war nicht mehr in der Lage, seine Würfel ordentlich zu handhaben.

»Schluß jetzt!« verkündete Alois. »Nun ist Sense mit dem Spiel!«

»Eine Runde noch«, flehte Jos. »Die Schuldscheine eines Zeebonk sind so gut wie bares Geld! Oder willst du meinem Wort mißtrauen?«

»Was soll ich mit all dem Geld?« erwiderte der Vennekötter. »Geld habe ich selbst genug. Kannst du mir sonst nichts bieten?«

»Sag mir, was du brauchst«, beharrte der andere. »Jos hat es oder kann es dir beschaffen!«

»Das einzige, was mir noch fehlt«, antwortete Alois lallend, »ist eine Frau!« Dabei lachte er grölend und schlug sich auf die Schenkel. »Leg ein Weibsbild auf den Tisch, und ich werde deinen Einsatz akzeptieren.«

»Du sollst dein Frauenzimmer haben!« schrie nun der Holländer in Rage und haute mit der Faust auf den Tisch. »Beim Teufel, du sollst es haben! Wofür habe ich denn mein unnützes Töchtervolk? Allesamt hübsch anzuschauen und jungfräulich wie eure Mutter Maria. Aber sie liegen mir auf der Tasche und wollen noch eine Mitgift obendrein!«

»Eine Mitgift brauche ich nicht«, krakeelte der Moorbauer gutgelaunt.

»Dann schlag ein!« erwiderte Jos und hielt ihm die Hand hin. »Meine Älteste ist im heiratsfähigen Alter und gerade recht für dich.«

Alois akzeptierte die Bedingungen, schlug ein und ließ dem anderen den Vortritt.

Jos würfelte dreimal und erhielt eine Sechs und zwei Fünfer.

»Sechshundertfünfundfünfzig!« frohlockte er. »Das will erst einmal geschlagen sein.«

Alois würfelte achselzuckend und bekam eine Vier und zwei Dreier. Er legte sämtliche Würfel in den Becher zurück und versuchte es erneut: dreimal die Zwei. Jos frohlockte bereits und grinste siegessicher.

»Mein Glück scheint mich zu verlassen«, murmelte Alois, spuckte auf die Würfel und hämmerte den Knobelbecher auf den Tisch. Zum Vorschein kamen eine Eins und zwei Sechser.

Sechshunderteinundsechzig. Alois hatte gewonnen.

Und so ging die hübsche Tochter des jüdischen Händlers in den Besitz des Ahlbecker Moorbauern über.

»Er hat meine Mutter beim Würfelspiel gewonnen?!« rief ich ebenso entsetzt wie ungläubig aus und unterbrach den Müller in seiner Erzählung. »Er hat sie beim Knobeln erspielt?«

Jan Lösing starrte mich wie in Trance an und schien nur langsam aus seinen Gedanken in die Gegenwart zurückzukehren. Schließlich nickte er und sagte: »So muß man das wohl sehen, er hatte seine Ehefrau einem glücklichen Händchen beim Hasardspiel zu verdanken. Allerdings war auf das Wort des Jos Zeebonk, wie sich später herausstellte, nicht wirklich Verlaß. Als Alois in Holland auftauchte, um seine Braut abzuholen, weigerte sich der Händler, seine älteste Tochter herauszugeben. Er leugnete, den Deutschen überhaupt zu kennen, und als dieser ihm die unterschriebenen Schuldscheine und die schriftliche Vereinbarung zur Übergabe des Mädchens unter die Nase hielt, wollte er meinen Bruder als schändlichen Betrüger aus dem Hause weisen und drohte ihm sogar Prügel an.

Seltsamerweise war es ausgerechnet Lisbeth, die sich nun zu Wort meldete. Spielschulden seien Ehrenschulden, sagte sie und erklärte sich einverstanden, dem Fremden auf dessen Hof zu folgen.«

»Sie hat freiwillig ihre Familie verlassen? Wieso hat sie das getan? Sie kannte den Moorbauern doch gar nicht.«

Der Müller zuckte nur mit den Schultern und sagte: »Das Leben scheint bis dahin nicht gerade ein Zuckerschlecken für das arme Mädchen gewesen zu sein. Der Vater war ein Säufer und Haustyrann, dem die Hand locker saß; die Mutter war kränklich und leidend und ließ ihre Unzufriedenheit über das eigene verpfuschte Leben an den Kindern aus; und Lisbeth selbst mußte tagaus, tagein und das ganze Jahr über schuften, ohne auch nur einen Gulden für sich behalten zu dürfen. Alles, was die Familie beim Hausieren und Handeln verdiente, versoff oder verspielte der Vater. Ich vermute, daß Lisbeth gar nichts Besseres passieren konnte, als durch eine plötzliche Hochzeit dieser Hölle entrinnen zu können.«

»Wie ging es dann weiter?«

»Wenn du mich nicht ständig unterbrechen würdest«, fuhr mich der Müller unwirsch an, »dann wüßtest du es längst.«

Als Elisabeth Zeebonk den Moorbauern heiratete, war sie gerade einmal sechzehn Jahre alt. In aller Eile und Stille wurde sie vom Ahlbecker Pastor getauft, und bereits am nächsten Tage wurde das kirchliche Aufgebot bestellt. Daß sie, um den Vennekötter zu heiraten, ihren jüdischen Glauben aufgeben mußte, schien ihr nicht sonderlich nahezugehen. Ihre Familie hatte sich nie besonders viel aus der eigenen Religion gemacht,

Elisabeth war zwar nach den Geboten des Talmud erzogen worden, ohne daß sich jedoch die Eltern selbst an diese Gebote gehalten hätten. Und so war es auch der Tochter leidlich egal, ob sie sich nun eine Jüdin oder Katholikin nannte. Ihren alten Gott behielt sie ja, sie bekam lediglich neue Heilige hinzu, so ungefähr betrachtete sie das, und statt des Sabbats heiligte sie fortan den Sonntag. Sie war eine ebenso teilnahmslose Christin, wie sie eine leidenschaftslose Jüdin gewesen war. Und wer wollte es ihr verdenken? Dennoch führte ihr Übertritt zum fremden Glauben zu einem Bruch mit ihrer Familie, die – vielleicht auch um ihr Gesicht zu wahren – bei der Hochzeit nicht zugegen war und auch in der Folgezeit den Kontakt mit den Moorbauern mied. Elisabeths Vater soll einige Monate später, nach einer durchzechten Winternacht, auf dem Rückweg von einer Waldschenke in einem dichten Gehölz gestürzt und eingenickt und daraufhin den Kältetod gestorben sein. Was aus dem Rest der Familie geworden ist, kann nicht mit Sicherheit gesagt werden, es hieß, die Mutter habe mit ihren Töchtern die Grafschaft Twente in Richtung Nordseeküste verlassen, um sich in Rotterdam nach Amerika einzuschiffen. Aber das waren lediglich Gerüchte, die niemals bestätigt werden konnten. Fest steht jedoch, daß Elisabeth nach ihrer Vermählung jegliche Verbindung mit ihrer Familie abbrach und diese in der Folgezeit nicht wieder aufnahm.

Die Hochzeit selbst wurde nicht, wie sonst bei den Ahlbecker Bauern üblich, in pompösem Rahmen und über mehrere Tage gefeiert, sondern heimlich, still und leise und sozusagen unter Ausschluß der Öffentlichkeit abgehalten. Es habe beinahe den Eindruck, so wurde im Dorfe gemunkelt, als schämte sich der Vennekötter seiner jungen holländischen Braut. Und dies mag sogar zugetroffen haben, denn während Alois sein zügelloses Leben fortsetzte, sah man seine Frau Elisabeth nie an seiner Seite in Ahlbeck. Sie versteckte sich geradezu auf dem Moorhof und erschien nicht einmal zum sonntäglichen Hochamt in der Kirche. Der Bauer entgegnete auf etwaige Nachfragen lediglich, seine Frau habe noch Schwierigkeiten mit der deutschen Sprache und müsse sich auch erst in die katholische Liturgie einfinden. Sie werde sich den Leuten schon früh genug zeigen. Und außerdem sollten sie nicht so neugierig sein und sich überhaupt alle zum Teufel scheren!

Das erste Jahr der Ehe verstrich ohne nennenswerte Zwischenfälle. Elisabeth lebte sich auf dem Hof und in der neuen Umgebung einigermaßen ein und zeigte auffallendes Geschick bei der Landarbeit und Feingefühl im Umgang mit dem Gesinde. Sie war durchaus beliebt bei den Mägden und Knechten, aber eine wirkliche Herrin auf dem Hofe war sie nicht, dazu fehlte ihr sowohl das Alter als auch die Erfahrung. Mit der Zeit zeigte sie sich auch den Dorfbewohnern, die ihr aber – mit wenigen Ausnahmen – sehr reserviert und kühl gegenüberstanden und in ihr immer noch die jüdische Hausiererin sahen. Die Moorbäuerin interessierte sich nicht wirklich für die Meinung im Dorfe und gewöhnte sich sogar an die Sauferei ihres Gatten und daran, daß ihm hin und wieder die Hand ausrutschte. Sie nahm die Grobheiten des Bauern mit einem seltsam stoischen, geradezu störrischen Gleichmut auf und murrte nie. Vermutlich war sie von ihrem Vater Schlimmeres gewöhnt und betrachtete die Prügel, die sie von ihrem Mann bezog, sogar als Erleichterung. Sie bemühte sich in ihrer Schüchternheit und unverkennbaren Unsicherheit, nicht aufzufallen, sich niemandem aufzudrängen und unbelästigt ihr bescheidenes Leben zu leben. Leider sollte ihr dies nicht lange vergönnt sein.

Als sich nämlich nach gut einem Jahr immer noch kein Nachwuchs eingestellt hatte, wurde Alois zunehmend ungehalten. Er machte seiner Frau Vorwürfe und behauptete, sie komme ihren Pflichten als Gattin nicht nach. Für den Moorbauern war das Kinderkriegen ausschließliche Frauensache; wenn die Kinder ausblieben, so konnte dies – nach seiner ebenso beschränkten wie unbeirrbaren Meinung – nur an seinem Weib liegen. Er befahl ihr regelrecht, alsbald schwanger zu werden, und drohte ihr für den Fall, daß dies nicht geschehe, an, sie grün und blau zu dreschen. Schließlich sei der Hoferbe der einzige Grund gewesen, warum er sie aus ihrer gräßlichen Familie befreit habe. So sah er das: Er hatte dem Mädchen einen Gefallen getan und es aus den Klauen des Vaters errettet, und nun war Elisabeth so undankbar und dreist, sich nicht an die eheliche Abmachung zu halten. Daß der Grund für die Kinderlosigkeit womöglich bei ihm zu suchen war, das war für den Bauern undenkbar. Die Lösings, so posaunte er, seien immer schon fruchtbare Mannskerle gewesen. Und die Vennekötterin – er sprach von ihr zumeist in der dritten Person und nannte sie selten beim Vornamen – solle sich unterstehen, irgendwelche unverschämten Lügengeschichten in Umlauf zu bringen. Sie solle sich nur ein wenig anstrengen und sich nicht länger zieren, dann könne das mit den Blagen doch nicht so schwierig sein!

Ungefähr zu dieser Zeit lernte Elisabeth die Frau des Magisterbauern, Maria Vogelsang, kennen. Auch diese war keine Hiesige und hatte am eigenen Leib erfahren müssen, was es bedeutete, keine »Pfahlbürgerin« (wie man die Alteingesessenen in Ahlbeck immer noch nannte) zu sein. Zwar hatte sich Maria als Eheweib des Lehrers und talentierte Schneiderin Respekt verschafft, aber auch sie war als gebürtige Hannoversche anfangs auf die Ablehnung und Skepsis der Dorfbewohner gestoßen, bei denen das Fremde und Andersartige immer auch als minderwertig zu gelten schien. Wer kein gebürtiger Ahlbecker war, so die einhellige Meinung im Dorfe, der konnte nicht wirklich ein wertvoller Mensch sein, er war sozusagen unvollständig. Nicht umsonst nannten sich die Ahlbecker in aller Unbescheidenheit die »guten Leute«.

Vor diesem Hintergrund war es nicht verwunderlich, daß sich die beiden Außenseiterinnen zusammentaten, daß das Mädchen Elisabeth und die beinahe doppelt so alte Maria Freundinnen und Vertraute wurden. Die Magisterbäuerin nahm die Vennekötterin unter ihre Fittiche, machte sie mit den Gepflogenheiten im Dorfe bekannt und gab ihr Rat, wo immer es ihr möglich war. Der Moorbauer sah diese Freundschaft gar nicht gern und hielt seiner Frau immer häufiger Strafpredigten. Sie solle sich lieber an die gebärfreudigen Weiber halten, anstatt mit den kinderlosen Vetteln herumzutratschen. Das sei ja geradezu ein schlechtes Omen!

Auch das zweite und dritte Jahr der Ehe verstrichen, aber von einem Erben war nichts zu sehen. Alois war mittlerweile so ungehalten und erbost, daß er sein Weib mindestens einmal im Monat windelweich prügelte und dabei nicht mehr nur die Hand benutzte. Mit dem Dreschflegel jagte er Elisabeth über den Hof, wenn wieder einmal der Beweis der ausgebliebenen

Schwangerschaft erfolgt war. Die arme Elisabeth lebte in ständiger Angst, sie betete zum ersten Mal inständig zum Himmel und flehte den Herrn an, Gnade mit ihr zu haben und ihr ungerechtes Leiden endlich zu beenden. Allein es nützte nichts. Die Monate gingen ins Land, und der Moorbauer wurde immer rabiater, wenn es darum ging, seine – wie er meinte – ungehorsame und widerspenstige Frau für ihr Fehlverhalten zu strafen. Wenn sie sich in ihrer Not zu ihrer Freundin flüchtete, ging ihr Mann ihr nach, schleifte sie an den Haaren zum Hof zurück und drohte den Magisterbauern, sich bloß nicht in fremde Angelegenheiten zu mischen. Die immer brutalere Vorgehensweise des Moorbauern, die zunehmend einer Raserei glich, blieb auch der Müllerfamilie nicht verborgen. Und als Elisabeth eines Tages mit blutenden Platzwunden und blauen Flecken beim Kolkmüller Zuflucht suchte, sah sich dieser gezwungen, seinen Bruder zur Rede zu stellen. Das Gespräch wurde lautstark und nicht gerade freundschaftlich geführt und endete damit, daß sich die Brüder mit erhobenen Fäusten und schließlich sogar mit Knüppeln in den Händen gegenüberstanden. Da der Kolkmüller nicht nur jünger, sondern auch kräftiger und flinker als sein Bruder war, lenkte dieser schließlich ein, lachte lauthals und tat die ganze Angelegenheit ab, indem er meinte, man müsse die Weiber eben erziehen, solange sie noch jung seien. »Als alte Vetteln«, rief er, »ist den Frauenzimmern ja nicht mehr beizukommen!«

»Treibe es nicht zu weit, Alois«, erwiderte der Kolkmüller ernst. »Sonst komme ich zurück und verabreiche dir die Tracht Prügel, die du längst verdient hast. Das schwöre ich dir, auch wenn du mein Bruder bist.«

Das tatkräftige Einmischen und die Parteinahme

des Müllers zeigten zwar eine Zeitlang Wirkung auf den Bruder, der sich in den folgenden Wochen merklich zusammenriß und nicht mehr – oder nur ganz selten – handgreiflich wurde, aber die Ruhe auf dem Moorhof war eine trügerische und nicht von langer Dauer. Bald schon tobte der Bauer wie eh und je, prügelte auf seine Frau, das Gesinde und die Tiere – abgesehen von seinem Schäferhund Rex – ein und ließ sich auch nicht mehr durch die Drohungen seines Bruders einschüchtern. Alles war wie gehabt und ging seinen gewohnten und alltäglichen Gang, und dennoch hatte sich die Situation grundlegend verändert. Etwas Unerhörtes und Unerwartetes war geschehen: Der Kolkmüller und die Vennekötterin hatten sich schätzen und lieben gelernt und hatten schließlich zueinandergefunden.

In den ersten Jahren nach der Hochzeit des Moorbauern hatte Jan Lösing seine Schwägerin gar nicht als Frau wahrgenommen. Sie war für ihn lediglich ein junges und unerfahrenes Mädchen gewesen, das bemitleidet werden mußte, für das er aber keine weitergehenden Gefühle empfand. Sie war ein hübsches Kind, aber eben nur ein Kind und kein Weib, für das man eine ernstzunehmende Leidenschaft entwickeln konnte. Im Laufe der Jahre jedoch war aus dem pausbäckigen Mädchen eine erwachsene Frau geworden. Ihre Züge waren – vielleicht auch durch das Leid, das sie hatte ertragen müssen – härter und weniger rundlich geworden, ihr Auftreten wirkte nun, da sie auch die fremde Sprache fließend beherrschte, sicherer und selbstbewußter, und ihre Wirkung auf die Männer des Dorfes hatte entsprechend zugenommen. Vermutlich war sie sich selbst dieser Veränderungen gar nicht bewußt, aber aus der niedlichen Maid war eine imponierend schöne Frau geworden und aus dem unsicheren und eingeschüchterten Ding eine energische und starke Persönlichkeit. Den Prügeleien ihres Mannes hatte sie körperlich nichts entgegenzusetzen, aber charakterlich war sie ihm weit überlegen und ließ ihn dies oft genug spüren. Je mehr er versuchte, sie zu erniedrigen, desto stolzer und abweisender wurde sie. Je öfter er sie mit Schlägen traktierte, desto geringschätziger und trotziger behandelte sie ihn, was erst recht seinen Jähzorn hervorrief. Und ein neues Gefühl stieg in dem Bauern hoch: das der Eifersucht. Seine Frau hatte – ohne sich dieses klarzumachen – den Kampf gegen ihren Gatten aufgenommen, aber es war ein Kampf mit ungleichen Waffen.

Es war eigentlich nur eine Frage der Zeit, bis auch dem Kolkmüller die Veränderungen im Wesen und Aussehen seiner Schwägerin auffallen und er Gefallen an dieser Entwicklung finden mußte. Zunächst wehrte er sich gegen die in ihm aufsteigenden Gefühle, er wollte nicht wahrhaben, was mit ihm geschah. Doch immer häufiger und nicht mehr nur in Gedanken beschäftigte er sich mit Elisabeth. Er ertappte sich dabei, wie er nach Vorwänden suchte, um seinen Bruder und dessen Frau zu besuchen. Er beobachtete seine Schwägerin heimlich bei der Arbeit auf dem Felde und genoß es, ihren Namen leise und für sich auszusprechen, als wäre er ein Gedicht. Selbst ihren holländischen Akzent ahmte er dann und wann nach und fand ihn niedlich. Ja, er malte sogar heimlich ein Bild von ihr, das er oft verträumt ansah und wie einen Schatz hütete. Mit einem Wort, er hatte sich verliebt.

Elisabeth hatte von all dem zunächst keine Ahnung. Ihr fielen die beifälligen oder lüsternen Blicke der Männer und die mißgünstigen oder mürrischen der Frauen auf, aber sie dachte sich wenig dabei. Sie sehnte sich lediglich nach ein wenig Zufriedenheit und nach Ruhe vor ihrem Mann. Sie wehrte sich gegen ihn, so gut sie konnte, und ertrug, wogegen kein Wehren möglich war. Und sie freute sich auf die Gespräche und Treffen mit dem Müller, die sich in der letzten Zeit zu einer lieben Gewohnheit entwickelt hatten. Elisabeth war der liebevollen und tröstenden Worte so bedürftig, daß sie sie aufnahm wie ein Löschblatt die Tinte auf dem Papier. Daß ihr Schwager Jan nicht nur um des Redens willen mit ihr zusammensaß, kam ihr zunächst gar nicht in den Sinn, und als sie es schließlich herausfand, war sie erstaunt zu merken, daß es ihr nicht unangenehm war. Ja, daß ihr seine körperliche Nähe ebenso guttat wie seine geistige. Jan war so anders als ihr Mann, so gütig und nett und zärtlich, und er hatte seine Lisbeth ebenso lieb wie sie ihn.

»Genug!« unterbrach ich ihn. »Ich will das nicht hören!«

Ich kann nicht genau sagen, was mich an den Worten des Müllers störte, aber es war mir nicht möglich, seiner Erzählung ohne Widerwillen zu folgen. Vielleicht widerstrebte es mir, von der heimlichen Liebschaft meiner eigenen Mutter zu hören, vielleicht machte mir auch der allzu romantisierende und rührselige Tonfall, in dem der Müller von ihr sprach, zu schaffen. Er redete, nein, er schwelgte geradezu von der Moorbäuerin, von ihrer Schönheit und ihrer Anmut, als wäre sie immer noch seine Geliebte, seine angebetete Lisbeth. Und das konnte und wollte ich nicht länger ertragen!

»Was ist denn?« erwiderte er erstaunt. »Ich dachte,

du willst erfahren, was mit deiner Mutter geschehen ist? Hast du es dir anders überlegt?«

»Es reicht mir zu wissen, daß sie Eure Geliebte war. Ihr müßt mir das alles nicht auch noch haarklein unter die Nase reiben!«

»Wenn dir *das alles* schon nicht gefällt«, antwortete er brüskiert, »dann willst du das Weitere erst recht nicht hören.« Er funkelte mich wutentbrannt an und stemmte sich gegen den Eichenpfosten, daß es erneut im Gebälk über ihm knarrte und die Mehlrutsche merklich zitterte. »Was glaubst du eigentlich, worum es hier geht? Hast du gedacht, ich erzähle dir eine harmlose Gutenachtgeschichte? Wach auf, mein Kleiner, und reiß dich am Riemen!«

»Es ist nur alles so ...«, begann ich, mich zu erklären, doch der Müller schnitt mir das Wort ab und fuhr mich barsch an:

»Es ist alles so *was*?!«

Ich wußte keine Antwort und senkte schweigend den Kopf.

»So unmoralisch?« fuhr er unbeirrt und in unverminderter Lautstärke fort. »So unrecht? So unschön? So unsittlich? Pah! Hast du eine Ahnung! Wenn dir das bißchen Glück deiner Mutter schon so zuwider ist, wie wirst du dann erst reagieren, wenn ich von ihrem Unglück erzähle? Glaube mir, mein Junge, der häßliche Teil kommt erst noch!«

Ich schaute ihn betreten an und fühlte mich wie ein kleiner dummer Junge, der auf frischer Tat bei einer Unartigkeit ertappt worden war.

»Entschuldigt bitte«, murmelte ich kleinlaut. »Ich hatte nur gedacht ...«

»Ich weiß genau, was du gedacht hast!« unterbrach er mich. »Aber so ist die Welt nun einmal: Nicht alles, was schön ist, ist deswegen auch rechtens und gut. Es gibt weder Schwarz noch Weiß, merk dir das! Es gibt nur Grau, mal heller, mal dunkler. Deine Mutter war eine Ehebrecherin, aber ist sie deswegen ein schlechter Mensch? Willst du sie verdammen, weil sie sich nach Liebe gesehnt hat? Dann wärst du auch nur einer von diesen verlogenen Pharisäern. Schau mich an, vor dir sitzt der Mann, der deine Mutter glücklich gemacht hat, und zugleich bin ich derjenige, der für ihr Elend verantwortlich ist. Ein Elend, gegen das ihre fürchterliche Ehe wie das Paradies erscheint. Und ich kann dir versichern, daß seitdem kein Tag vergangen ist, an dem ich mich nicht dreckig und schuldig gefühlt habe. Aber vermutlich würde ich mich beim nächsten Mal wieder genauso verhalten. Und weißt du, wieso?« Er sah mir forschend ins Gesicht, wartete einen Moment und gab dann selbst die Antwort: »Weil wir, verdammt noch mal, keine Heiligen sind! Deine Mutter nicht, ich erst recht nicht, aber auch du nicht, kleiner Jeremias. Es ist leicht, eine weiße Weste zu behalten, wenn man auf dem hohen Roß sitzt, aber versuch dies mal, wenn du im Schlamm steckst.«

Wir saßen uns eine Minute lang schweigend gegenüber, doch dann fuhr er plötzlich hoch, blickte mich streng an und fragte: »Willst du den Rest hören oder lieber nicht?«

Ich schaute beschämt zu Boden und nickte.

4

Seit etwa einem Monat trafen sich Elisabeth und Jan heimlich an den unterschiedlichsten Orten, um einander zu sehen, miteinander zu sprechen und sich zu lieben. Da es nur sehr schwer möglich war, längere Zeit von der Mühle oder vom Bauernhof abwesend zu sein, ohne Verdacht zu erregen, waren diese Stelldicheins eher selten und immer nur kurz, und zumeist trafen sich die Liebenden in tiefster Nacht irgendwo im Wald oder am Wasser. Es gab eine Stelle am Ahlbach, gleich hinter einer Flußbiegung und am Fuße eines kleinen Abhangs, wo das Ufer flach und sandig und dennoch vom Weg aus nicht zu sehen war. Dort wartete Elisabeth auf den Müller, der mit einem Ruderboot hierherkam, aber selten länger als eine halbe Stunde bleiben konnte. Während nämlich der Moorbauer, zumal in betrunkenem Zustand, fest und schnarchend schlief und nicht einmal durch Zeter und Mordio aufzuwecken war, hatte die Müllerin einen ausgesprochen leichten Schlaf. Sie war bereits einige Male nachts aufgeschreckt und hatte erstaunt festgestellt, daß der Platz neben ihr im Bett leer war. Zwar hatte der Müller jedesmal eine plausible Erklärung für seine nächtlichen Unternehmungen finden können, doch seine Frau schien Verdacht zu schöpfen und ihrem Gatten zu mißtrauen. Jan merkte dies vor allem daran, daß sie, wann immer sie mit Elisabeth zusammenkam, diese skeptisch betrachtete und sie regelrecht unter die Lupe nahm. Der Müller bemühte sich, in Elisabeths Gegenwart unbefangen zu wirken, doch er hatte Angst, daß ihn sein Blick verraten könnte. Seine Hände und seine Körperhaltung hatte er unter Kontrolle, aber er ertappte sich des öfteren dabei, wie er seine Schwägerin – im Beisein der gesamten Familie – mit den Augen verschlang und seinen Blick nicht von ihr wenden konnte.

Den Argusaugen der Müllerin war dies offensichtlich nicht entgangen, und sie sprach ihren Gatten eines Tages darauf an. Sie schalt ihren Mann einen Schwerenöter und warf ihm vor, er habe es wohl auf die kleine Lisbeth abgesehen, daß er sie so anstarre. Jan redete sich heraus und tat die Eifersucht seiner Frau als kindisch und unbegründet ab. Die Moorbäuerin sei ja noch ein halbes Kind, und er, Jan, könne ja ihr Vater sein. Das gelte für den Vennekötter erst recht, antwortete die Müllerin mürrisch, und dennoch habe ihn dies nicht davon abgehalten, das Mädchen zu heiraten.

Jan und Elisabeth kamen überein, sich fortan nicht mehr tagsüber zu besuchen und sich – so schwer ihnen dies auch fiel – auf die wenigen nächtlichen Zusammentreffen zu beschränken.

Der Moorbauer seinerseits war ebenfalls rasend vor Eifersucht, er sah in jedem Mann einen möglichen Rivalen und hatte bereits mehrmals seine Knechte zurechtgewiesen oder beschimpft und ihnen Keile für den Fall angedroht, daß sie es noch einmal wagen sollten, seiner Gemahlin schöne Augen zu machen. Nur seinen Bruder hatte er nicht in Verdacht, er besprach sich sogar mit ihm und holte seinen Rat ein, wenn ihn die Eifersucht zu sehr quälte. Sein rabiates Verhalten der Bäuerin gegenüber änderte er jedoch nicht, seine Eifersucht steigerte sein brutales Vorgehen eher noch, sie entsprang auch weniger einem zärtlichen Gefühl als einem ausgeprägten Besitzdenken. Elisabeth gehörte ihm, und er konnte den Gedanken nicht ertragen, daß ihm andere Männer sein Eigentum streitig machen wollten.

So kam der Mai 1794. Die Situation hatte sich in den letzten Wochen noch zugespitzt, die Müllerin war allmählich nicht mehr nur mit Beteuerungen ihres Mannes zu besänftigen und hatte sogar gedroht, mit dem Moorbauern zu sprechen. Die Tatsache, daß Jan und Elisabeth sich in ihrer Gegenwart geradezu unterkühlt gaben und jeden längeren Blickkontakt oder jedwede angeregtere Unterhaltung mieden, verstärkte noch den Verdacht der Müllerin. So widersinnig dies auch klingen mag: Je weniger Beweise sie für ihre Vermutungen hatte, desto mißtrauischer wurde sie. Die Lage wurde für die Liebenden immer unhaltbarer. Zudem war es vor kurzem zu einem unglücklichen Zwischenfall auf dem Moorhof gekommen. Nach einem Besuch bei seinem Bruder hatte der Kolkmüller die Gelegenheit genutzt, um auf der Tenne einige Worte mit seiner Liebsten zu wechseln und sie für einen Moment an sich zu drücken und zu liebkosen, als plötzlich, wie aus dem Nichts, die blinde Magd Gertrud vor ihnen gestanden hatte. Sie hatte offenbar in einer dunklen Nische des Kuhstalls gesessen, vielleicht war sie beim Melken eingeschlummert oder hatte es sich im Heu gemütlich gemacht. Mit einem Mal stand sie jedenfalls vor den beiden und starrte sie mit ihren toten Augen an. Zwar konnte sie nicht sehen, daß der Müller seine Arme um die Schwägerin gelegt hatte und ihr liebevoll etwas ins Ohr flüsterte, aber Jan konnte ebenfalls nicht sicher wissen, ob die Alte nicht doch etwas von der Unterhaltung mitbekommen hatte. Er verdrückte sich schleunigst und wortlos und beschloß noch am gleichen Tage, die unerträglich gewordene Situation ein für allemal zu beenden. Es war nötig und unausweichlich, einen Schlußstrich zu ziehen, bevor sie allesamt ins Unglück stürzten. Sie hatten sich zu etwas Schönem, aber Unvernünftigem und Gefährlichem hinreißen lassen, und nun war es an der Zeit, in die Wirklichkeit zurückzukehren und den Tatsachen ins Auge zu schauen, und diese lauteten: Jan und Elisabeth hatten keine gemeinsame Zukunft!

So dachte der Müller und wartete nur noch auf den richtigen Zeitpunkt, der Moorbäuerin seine Entscheidung mitzuteilen. Sie würde es schon verstehen, glaubte er, schließlich war sie eine kluge und verständige Frau.

Die Gelegenheit, auf die der Müller wartete, sollte sich bald ergeben. Mitte des Monats kündigte der Moorbauer an, er wolle sich für einige Tage auf den Weg nach Deventer machen, um auf der dortigen Messe einen Zuchtbullen zu ersteigern. Zu diesem Zweck wollte er den Knecht Hermann mitnehmen, damit dieser ein wenig auf andere Gedanken kam. Hermann war der Sohn der blinden Gertrud, seine Frau Hermine war im achten Monat schwanger und hatte in der letzten Zeit ein leichtes Kneifen im Bauch verspürt und einige fiebrige Schwindelanfälle erlitten, die allerdings von der Hebamme als nicht bedenklich erachtet wurden. Das sei ganz normal, meinte diese, schließlich handele es sich um Hermines Erstlingsgeburt. Hermann war dennoch ganz krank vor Sorge, lief wie ein aufgescheuchtes Huhn in der Gegend herum und war für die tägliche Arbeit kaum zu gebrauchen. Hermine war bei den Frauen auf dem Hof in guten Händen, dessen war er sich durchaus bewußt, und auch die alte Hebamme verstand ihr Handwerk und hatte in ihrem Leben an die hundert Kinder auf die Welt gebracht, aber die innere Unruhe machte dem armen

Kerl arg zu schaffen. Das Schlimmste war, daß er seiner Frau, die selbst noch ein Kind war, nicht helfen konnte und zur Untätigkeit verdammt war. So beschloß der Vennekötter, seinen Knecht mitzunehmen und ihn – wenigstens für ein paar Tage – von den alltäglichen Sorgen zu befreien. Außerdem brauchte Alois tatkräftige Unterstützung beim Ersteigern und anschließenden Begießen des Handels. Mit wem sollte der Bauer denn auf den Kauf des Bullen anstoßen, wenn er im fremden Ort niemanden kannte?

Hermann ließ sich nur widerwillig überreden und bat Alois mehrmals, einen der anderen Burschen mitzunehmen, doch der Moorbauer wollte davon nichts hören, und so brachen die beiden Männer an einem Freitag im Morgengrauen mit dem Pferdewagen auf. Alois verkündete seiner Frau, sie könne mit seiner Rückkehr frühestens in zwei Tagen rechnen. Er werde die erste Nacht in Deventer verbringen und die zweite Nacht irgendwo unterwegs einkehren, da er davon ausgehe, daß der Rückweg mit dem Bullen im Geschirr nicht so geschwind vonstatten gehe. Wenn es wider Erwarten irgend etwas auf dem Hof zu regeln gebe, mit dem sie nicht zu Rande komme, dann solle sie sich in seiner Abwesenheit ruhig an den Kolkmüller wenden.

Als Jan von den Plänen seines Bruders erfuhr, beschloß er, gleich den ersten Abend nach der Abreise zu nutzen, um mit Lisbeth zu reden und ihr seine Entschlüsse mitzuteilen. Wie jeden Tag ging er mit seiner Frau um Punkt neun Uhr zu Bett, und während diese sich herumwälzte und nur mühsam Schlaf fand, starrte er zur Decke und suchte in Gedanken nach den passenden Worten, mit der er seiner Liebsten das Ende ihrer Liebschaft erklären konnte. Als eine Stunde verstrichen war und er sichergehen konnte, daß seine Frau eingeschlafen war, kleidete er sich geräuschlos an, schlich sich aus dem Zimmer und machte sich eilends auf den Weg zum Moorhof.

Es war eine sternenklare und laue Frühlingsnacht, kein Wölkchen bedeckte den Himmel, aber der Neumond sorgte nichtsdestotrotz dafür, daß ringsum Finsternis herrschte. Der Bauernhof lag verschlafen am Rande des Waldes, kein Licht war weit und breit zu sehen, kein Laut zu vernehmen. Der Müller hatte der Moorbäuerin nichts von seinem nächtlichen Vorhaben gesagt, vielleicht hatte er Angst vor der eigenen Courage gehabt, womöglich hatte er befürchtet, er könne es sich im letzten Moment anders überlegen und doch nicht den nötigen Mut aufbringen. Er hatte es auch nicht übers Herz gebracht, sie ausgerechnet zu jenem Platz am Ahlbach zu bestellen, wo sie die schönsten und süßesten Stunden verbracht hatten. Nein, lieber wollte er Lisbeth – gleich in doppeltem Sinne – zu Hause überraschen und die Trennung kurz und schmerzlos und ohne große Ankündigung vollziehen. Was nützte all das Sinnieren? dachte er für sich. Was machte es für einen Sinn, sich einen Plan zurechtzulegen? Was unvermeidbar war, das hatte zu geschehen.

So schlich er sich nun also an der Landwehr entlang und am Gesindehaus vorbei, um von der Rückseite des Anwesens her zum Bauernhaus zu gelangen. Er hatte die Absicht, ans Fenster der Schlafkammer zu klopfen, um Lisbeth auf diese Weise zu wecken und von ihr Einlaß zu erbitten. Immer wieder glaubte er, eine Bewegung hinter sich oder ein Rascheln vor sich zu vernehmen, aber stets war es nur ein Luftzug, der die Äste der Tannen zittern ließ, oder ein Vogel, den er aus dem Schlaf aufgeschreckt hatte. Ein gutes dutzendmal hatte er sich in den letzten Wochen heimlich mit Lisbeth zum Stelldichein getroffen, aber nie waren seine Nerven derart angespannt gewesen wie jetzt, da er vorhatte, dieser Heimlichkeit und diesem Versteckspiel ein Ende zu bereiten. Und im gleichen Moment wußte er, daß er die richtige Entscheidung getroffen hatte. Dem Spiel mit dem Feuer war er auf Dauer nicht gewachsen. Er war einfach zu alt und zu vernünftig, um sich wie ein grüner Jüngling aufzuführen.

Ohne Zwischenfälle gelangte der Müller zum Kotten, alles klappte wie am Schnürchen, niemand sah ihn, kein Mensch begegnete ihm. Er trat vorsichtig ans Fenster, klopfte leise, wartete eine Weile und klopfte erneut, diesmal etwas energischer. Im gleichen Moment hörte er, wie auf dem Hof der Schäferhund anschlug. Wie vom Blitz getroffen fuhr er zusammen, starrte in die Dunkelheit und horchte, was weiter geschehen würde. Er erwartete, daß irgend jemand durch das Bellen geweckt worden war oder daß der Hund um die Ecke geflitzt kam und sich auf ihn stürzte. Doch das Kläffen des Köters ging lediglich in schläfriges Heulen über, und schließlich kehrte wieder Stille ein. Das Gebell hatte dem Müller einen solchen Schrecken eingejagt, daß er auf der Stelle sein Vorhaben und seine festen Vorsätze vergaß und stehenden Fußes das Weite suchen wollte. Doch im selben Augenblick hörte er die Stimme der Moorbäuerin hinter sich und fuhr herum.

»Jan?« flüsterte sie erstaunt. Sie hatte das Fenster geöffnet und lehnte sich hinaus. »Liebster, was gibt es? Ist irgend etwas geschehen?« Sie trug ein schlichtes leinenes Nachtkleid, und ihre langen und lockigen Haare fielen ihr lose über die Schultern. Ihr Gesicht war blaß, und ihren Augen war anzusehen, daß sie fest geschlafen hatte. »Warum starrst du mich so an?« fragte sie und rieb sich die Müdigkeit aus den Augenwinkeln.

Tatsächlich blickte der Müller sie an, als sähe er ein Gespenst vor sich. Er lächelte gequält, schüttelte leicht den Kopf und murmelte: »Ich muß mit dir sprechen, Lisbeth. Läßt du mich herein?«

»Natürlich«, antwortete sie verwirrt und schien ihre Gedanken sammeln zu wollen. »Warte einen Moment, ich öffne dir die Tür.«

»Nein«, entfuhr es Jan prompt und heftig, und er legte seine Hand auf die ihre, als er hinzufügte: »Ich klettere durchs Fenster zu dir.«

Behende stieg er aufs Fensterbrett, schwang sich in die Kammer und schloß das Fenster sofort wieder. Er baute sich vor der Bäuerin auf, räusperte sich verlegen und wußte nicht, wie und womit er beginnen sollte. Als Elisabeth eine Kerze anzünden wollte, herrschte er sie an: »Nein, kein Licht!«

»Zieh die Vorhänge zu!« erwiderte sie ungerührt und entzündete ein Streichholz. »Wenn du mir etwas mitzuteilen hast, dann möchte ich dabei dein Gesicht sehen können, damit ich weiß, ob du meinst, was du sagst.« Sie sprach ganz ruhig und gefaßt, und in ihrem Blick lag etwas wie Resignation. Sie schien zu wissen, was nun kommen würde. Sie hatte bereits seit einiger Zeit darauf gewartet. Sie hatte es kommen sehen. »Sag, was du zu sagen hast«, setzte sie tonlos hinzu, »ich werde dir zuhören.«

Der Müller nahm all seinen Mut zusammen und erzählte in fahrigen und unzusammenhängend gestammelten Worten, was er sich in den letzten Tagen überlegt hatte: daß es zu gefährlich und geradezu verrückt sei, sich weiterhin nächtens zu treffen; daß die Nervenanspannung zuviel für ihn sei und er keine Kraft mehr habe; daß er sich zwar wie ein kleines Kind auf die Treffen mit ihr freue, daß er aber nicht länger so tun könne, als wäre er unverheiratet und als hätte er nicht selbst zwei kleine Kinder; daß er das, was zwischen ihnen gewesen sei, wie einen heiligen Schatz in seinem Herzen hüten werde, aber daß der Zeitpunkt gekommen sei, einen traurigen, aber nötigen Schlußstrich zu ziehen; und schließlich, daß er Lisbeth liebe, wie er noch niemanden zuvor geliebt habe, und daß er sie lediglich um Verzeihung bitten könne und hoffe, sie denke nun nicht allzu schlecht von ihm.

Als er geendet hatte, herrschte lange Zeit Schweigen zwischen ihnen. Er blickte sie an wie einen Richter, dessen Urteilsspruch er erwartete. Er hatte das einzig Richtige oder zumindest das Vernünftige getan, und dennoch fühlte er sich schuldig und wie ein gemeiner Verräter. Und Elisabeth schaute ihn an oder durch ihn hindurch, als hätte sie seine Worte gar nicht vernommen, als wäre sie gänzlich der Welt entrückt. Nur die Tränen, die sich in ihren Augen sammelten, bewiesen, daß sie jedes Wort verstanden hatte.

Der Müller griff in seine Tasche und holte ein silbernes Medaillon heraus, das er der Bäuerin nun mit ausgestreckter Hand hinhielt. »Ich möchte dir dies gerne schenken. Es hat früher meiner Mutter gehört, sie hat es mir kurz vor ihrem Tode gegeben.«

»Was soll ich damit?« war alles, was Elisabeth erwiderte.

»Es soll dich an mich erinnern. Ich möchte, daß du weißt, daß ich dich immer liebhaben werde.«

Sie nahm das Medaillon und betrachtete es eingehend und traurig. Ihre Wangenmuskeln waren angespannt, und ihre Kiefer mahlten, als müßte sie das Gehörte – im wahrsten Sinne des Wortes – erst hinunterschlucken. Dann biß sie sich auf die Unterlippe und versuchte sich an einem grotesken und gespenstischen Lächeln.

»Hast du nichts dazu zu sagen?« wollte der Müller wissen.

»Es ist alles gesagt«, erwiderte sie ruhig, »mehr sogar als nötig.«

Und plötzlich geschah etwas Seltsames. Elisabeth öffnete das Band, mit dem ihr Nachtkleid vor der Brust verschnürt war, ließ das Gewand an sich herunter und zu Boden gleiten und stand plötzlich nackt vor dem Müller. Sie ging langsam zu ihrem Bett, legte sich unter die Decke, hob diese – wie als Einladung – an einem Ende hoch und sagte: »Komm!«

Jan vermochte sie nur anzustarren, Worte kamen nicht über seine Lippen.

»Es ist schließlich unsere letzte Nacht«, erklärte sie, und der bittere und gequälte Tonfall, mit dem sie diese Worte hervorstieß, ließ Jan erschaudern. »Laß uns nicht auseinandergehen, als hätten wir uns nicht mehr lieb.«

Der Müller zögerte, er machte einen Schritt in ihre Richtung und blieb dann stehen, wo er war. Er hatte sich alle möglichen Reaktionen seiner Geliebten ausgemalt, von herzergreifendem Schluchzen bis zu gehässigen Worten und sogar Handgreiflichkeiten, aber mit der jetzigen Situation hatte er nicht gerechnet. Er war schlicht überfordert. Was bezweckte Elisabeth? Ging es ihr wahrhaftig nur um eine letzte Liebkosung, einen letzten Kuß, eine letzte Umarmung? Wollte sie vielleicht durch ihr Tun die Entscheidung des Müllers ins Wanken bringen? Oder war es nur der hilflose und ohnmächtige Ausdruck von Enttäuschung und Schmerz?

Er wollte standhaft bleiben, ganz gewiß, das wollte er. Und als draußen der Hund erneut anschlug, wollte er es mehr denn je. Doch ebenso plötzlich, wie das Gekläffe erklungen war, verstummte es auch wieder. Und dann hörte er das beinahe krampfartige Weinen unter der Decke und sah die Umrisse des gekrümmten und zuckenden Körpers, und um seine Standhaftigkeit war es geschehen.

»Lisbeth!« rief er, lief zum Bett und kroch zu ihr unter die Decke. Auch ihm schossen nun die Tränen in die Augen, als sie sich wie zwei Ertrinkende aneinanderklammerten und sich mit verzweifelten und fast gewalttätig wirkenden Küssen bedeckten.

»Liebster!« rief Elisabeth schluchzend. »Verlaß mich nicht! Bleib bei mir!« Ihr Körper schüttelte sich wie unter Fieberanfällen, ihre Hände krallten sich in sein Hemd, ihre Augen waren weit aufgerissen und schienen doch nichts wahrzunehmen. Auf ihren Lippen bildete sich ein irres und zugleich todtrauriges Lächeln.

Und im gleichen Augenblick wurde die Tür zur Kammer aufgerissen, und der Moorbauer stand im Rahmen, in der Hand einen Knüppel, das Gesicht zu einer haßverzerrten Fratze verzogen.

»Habe ich es doch gewußt!« rief er wie von Sinnen, riß die Bettdecke beiseite und fauchte: »Verdammte Hure! Das sollst du mir büßen!«

»Alois?« rief ich erschrocken aus. »Euer Bruder? Wieso denn das? Ich dachte, er wäre ...«

»Das hatte ich auch gedacht«, erwiderte der Müller und schaute müde zu mir herüber. Ein Stoßseufzer entfuhr ihm, als er achselzuckend fortfuhr: »Ich weiß bis heute nicht genau, wieso er zurückgekehrt ist. Vielleicht hatte er bereits einen Verdacht gehabt, und die

Reise nach Deventer war nur ein Vorwand gewesen, um uns in Sicherheit zu wiegen und auf frischer Tat zu ertappen. Ganz sicher kann ich das nicht sagen. Das kann keiner.«

»Was hat denn der Knecht dazu gesagt? War der auch zurückgekehrt?«

»Kuckels Hermann?« Jan Lösing schüttelte den Kopf. »Der kam wie geplant am Sonntag mit dem ersteigerten Bullen zum Bauernhof zurück. Nur daß es eben keinen Bauernhof mehr gab. Nichts gab es mehr, der Hof lag in Schutt und Asche, Alois war tot, Elisabeth verschwunden, Hermanns Frau hatte eine Mißgeburt zur Welt gebracht und lag mit Fieber darnieder.« Voller Ekel starrte er an sich hinab und dann wieder zu mir auf und setzte schließlich hinzu: »Der arme Kerl! Als er am Freitag losmarschiert war, hatte alles in seinem Leben einen Sinn und ein Ziel gehabt, und als er nach zwei Tagen zurückkam, war nur noch ein Scherbenhaufen davon übrig.«

»Hat man ihn später nicht zu der Sache vernommen?«

»Das schon«, erwiderte der Müller, und ein verächtliches Grinsen huschte über sein Gesicht. »Aber die Untersuchung leitete der alte Lanvermann, und der hatte mittlerweile allen Grund, nicht zu nah an die Wahrheit zu geraten oder allzuviel Staub aufzuwirbeln. Als Hermann wieder in der Lage war, ein vernünftiges Wort von sich zu geben, wollte ihm niemand wirklich zuhören, und der Schulze schon gar nicht. Die Sache war längst geregelt.«

Ich sah ihn erstaunt an, doch er verfiel in düsteres Schweigen und senkte den Kopf. Ich bemühte mich, den fallengelassenen Faden wiederaufzunehmen, und fragte: »Was ist auf dem Weg nach Deventer geschehen?«

»Nach dem, was Hermann zu Protokoll gegeben hat, waren die beiden etwa eine halbe Tagesreise von Ahlbeck entfernt, als mein Bruder plötzlich vorschlug, in einem Wirtshaus in der Nähe der holländischen Stadt Neede einzukehren. Hermann wunderte sich zwar, weil sie noch etwa zwei Drittel des Weges vor sich hatten, aber Alois bestand darauf und meinte, auf eine Stunde mehr oder weniger komme es nicht an. Er sei sehr reizbar und in einer merkwürdigen Stimmung gewesen, sagte Hermann später aus. Er habe viel zuviel Bier und Schnaps in viel zu kurzer Zeit in sich hineingeschüttet und sei bereits nach einer halben Stunde sturzbetrunken gewesen.« Der Müller unterbrach sich und setzte nachdenklich hinzu: »Oder er hat zumindest so getan, als sei dies der Fall, denn eigentlich konnte Alois einiges vertragen und war nur schwer unter den Tisch zu trinken.«

»Er wollte, daß Hermann ihn für betrunken hielt?«

Ein Achselzucken war die Antwort. »Das ist zumindest denkbar«, erwiderte er schließlich. »Alois soll seltsames und wirres Zeug gefaselt haben. Vom Undank der Weiber habe er geklagt und daß er gar nicht wisse, wofür er eigentlich noch lebe. Man schufte und ackere, daß einem die Hände bluteten, und es sei doch alles für die Katz! Sie würden in Ahlbeck alle noch ihr blaues Wunder erleben, habe er ausgerufen. Er werde schon dafür sorgen, daß man ihn nicht so bald vergesse. Einen Schlußstrich wolle er ziehen, ein für allemal müsse es damit vorbei sein. Jetzt reiche es! Und dann soll er mit der Faust auf den Tisch geschlagen und gesagt haben: ›Du wirst noch an meine Worte denken, Hermann! Darauf kann ich dir Brief und Siegel geben. Jetzt ist Schluß!‹ Der Dorfschulze hat diese seltsamen Worte natürlich als Hinweis auf den Freitod meines Bruders gewertet. Dabei wußte er nur zu gut, daß Alois das ›Schlußmachen‹ keineswegs auf sich selbst bezogen hatte.« Wieder verzog er sein Gesicht zu einem verächtlichen Grinsen und setzte dann hinzu: »Alois hat jedenfalls an diesem Freitagmittag seinen Knecht alleine nach Deventer geschickt, um dort den Bullen zu kaufen. Er wußte, daß er sich auf Hermann voll und ganz verlassen konnte, er hat ihm das Geld und genaue Anweisungen für die Ersteigerung gegeben. Er selbst ist dann ohne Begleitung nach Ahlbeck zurückgekehrt, angeblich, weil er zu betrunken war, um die Weiterreise zu bewältigen. In Wirklichkeit jedoch hatte er nie vorgehabt, selbst die Messe in Deventer zu erreichen. Daß er darauf bestanden hatte, Hermann mitzunehmen, hatte meines Erachtens auch nichts mit dessen häuslichen Problemen zu tun. Es ging Alois keineswegs darum, den Knecht für ein paar Tage von seinen Sorgen zu befreien. Nein, er brauchte Hermann, weil er nur ihm zubilligte, statt seiner den Kauf zu tätigen.«

»Und dann hat Euch der Vennekötter auf frischer Tat erwischt?«

»Das hat er«, antwortete der Kolkmüller. »Und nicht nur das.«

5

Alois stand, vor Wut schnaubend und mit bleichem Gesicht, vor dem Bett und fuchtelte aufgeregt mit dem Knüppel herum. Dennoch schien er einen Moment unentschlossen zu sein, er verharrte wie angewurzelt auf der Stelle, als wäre es ihm nicht möglich, seine Füße vom Fleck zu bewegen. »Lumpenpack!« stieß er schließlich hervor. »Wie reudige Köter sollte man euch ertränken. Mit dem Knüppel werde ich euch totschlagen.«

Elisabeth stierte ihn nur ängstlich an, kroch ans Kopfende des Bettes und rief flehentlich: »Laß dir doch erklären ...«

Als wären diese hilflosen Worte die Zauberformel, die ihn aus seiner Starre erlöste, fuhr der Bauer plötzlich in die Höhe und wollte sich in Rage auf seine Frau stürzen. »Erklären?!« rief er. »Was gibt es denn da zu erklären?«

Im selben Augenblick war Elisabeth aufgesprungen und hatte sich in eine Ecke der Kammer geflüchtet. Während sie das Nachtkleid vor sich hielt und so ihre Nacktheit bedeckte, stand sie geduckt da und wartete darauf, daß ihr Gatte mit dem Knüppel auf sie einschlug.

Als Alois ihr nachsetzen wollte, stellte sich der Müller ihm in den Weg. Wenn der Vennekötter Lisbeth etwas antun wolle, sagte er und faßte den Bauern an den Schultern, dann müsse er erst ihn zusammenschlagen. Jan stand so dicht vor seinem Bruder, daß er dessen Alkoholfahne riechen konnte und ihm fast übel davon wurde. Dennoch fuhr er fort, Alois regelrecht zu beschwören. »Lisbeth ist nicht verantwortlich für das, was geschehen ist. Es ist allein meine Schuld!« Wenn es schon gelte, jemanden zu bestrafen, so solle sich Alois an ihn wenden und seine Frau verschonen. Er solle nichts tun, was er später bereuen könnte.

Der Bauer lachte höhnisch, und ohne Ankündigung stieß er seinem Bruder plötzlich mit aller Macht den Holzknüppel in den Unterleib, daß diesem die Luft wegblieb und er wie ein Mehlsack zu Boden ging.

»Zu dir komme ich später, kleiner Bruder«, sagte der Moorbauer spöttisch und mit grausamem Grienen im Gesicht und wandte sich dann seiner Frau zu. »Erst einmal muß ich mich um mein teures Weib kümmern.« Er riß Elisabeth an den Haaren und zwang sie in die Knie. »Hast du noch etwas zu sagen?« fragte er und holte mit dem Knüppel aus. »Ansonsten würde ich dir raten, ein letztes Gebet zum Himmel zu schicken.«

Der finstere und entschlossene Gesichtsausdruck des Bauern ließ keinen Zweifel daran, daß er seine Worte bitterernst meinte und im nächsten Moment zuschlagen würde. Er war ihr Scharfrichter und hatte sie zum Tode verurteilt, er hielt sich für berechtigt, das Urteil auf der Stelle zu vollstrecken.

Elisabeth winselte nicht um ihr Leben, sie betete auch nicht zum Himmel, sie kniete zwar vor ihrem Mann, sah ihm aber unverwandt und beinahe trotzig in die Augen und rief: »Schlag schon zu! Worauf wartest du noch? Glaubst du, ich werde dich um mein armseliges Leben anflehen? Schlag doch zu! Was kümmert's mich?! Was habe ich denn schon großartig zu verlieren? Der Tod macht mir keine angst. Dann ist wenigstens alles vorbei!«

Diese Worte retteten ihr Leben. Denn Alois war so überrascht, daß er einen Moment innehielt, und im gleichen Augenblick ging er zu Boden.

Der Müller war wieder zu sich gekommen und hatte blitzschnell gehandelt. Mit dem Fuß hatte er seinem Bruder die Beine weggezogen, so daß dieser den Halt verlor und der Länge nach hinfiel. Doch der Vorteil war nur von kurzer Dauer, der Moorbauer rappelte sich rasch wieder auf, stieß einen Fluch aus, holte mit dem Knüppel aus und hieb auf seinen immer noch auf dem Boden liegenden Bruder ein. Der Knüppel traf Jan seitlich am Brustkorb, und das Knacken der Rippen war gräßlich anzuhören. Der Müller schrie vor Schmerz auf und streckte in einer hilflosen Geste seine Hände aus. Erneut holte Alois aus, Schaum stand ihm vor dem Mund, und er schrie: »Das hättest du nicht tun dürfen! Das wirst du mir büßen!«

Mit einem Mal ging alles ganz schnell und unerwartet. Statt des Knüppels landete der leblose Körper des Bauern auf dem Müller, und dahinter stand Elisabeth, sie umklammerte mit beiden Händen ein großes schmiedeeisernes Kruzifix, mit dem sie gerade auf ihren Gatten eingeschlagen hatte. Sie bot einen grausigen Anblick. Wie eine Irre schaute sie abwechselnd auf die beiden Männer am Boden und das Kreuz in ihren Händen und schien gar nicht zu verstehen, was soeben geschehen war. Schließlich warf sie das Kruzifix fort und sackte schluchzend in sich zusammen.

Der Müller schob den massigen Körper seines Bruders zur Seite und setzte sich ächzend auf. Er hielt sich die schmerzenden Rippen und schüttelte den Kopf, als fiele es ihm schwer zu begreifen, was vorgefallen war. Er betrachtete verwirrt seinen auf dem Bauch liegenden Bruder und schien immer noch nicht zu verstehen, warum er dort reglos neben ihm auf dem Boden lag. Am Hinterkopf des Bauern war keinerlei Wunde zu sehen, kein Blut war geflossen, aber im Nacken waren die Folgen des Schlages klar zu erkennen, und auch die verdrehte und unnatürliche Lage des Kopfes deutete darauf hin, daß Lisbeth ihrem Mann das Genick gebrochen hatte.

»O Gott!« entfuhr es dem Müller.

»Ist er ...?« hörte er die Stimme der Moorbäuerin.

»Ja«, antwortete er nickend, »Alois ist tot.«

»O nein!« schluchzte sie. »Was machen wir denn jetzt? Wir müssen doch etwas tun!« Sie stürzte sich geradezu auf ihren Jan und setzte hinzu: »Was soll denn jetzt geschehen? Was? Sag, was machen wir nun?!« Und vor lauter Aufregung verfiel sie wieder in ihre holländische Muttersprache: »*Zeg, Jan, wat moet dat? Wat beteekend dat? Ik word bang.*«

Der Müller sah sie nur ratlos an und zuckte mit den Schultern.

Plötzlich sprang sie auf, warf das Nachtkleid aufs Bett und begann, sich in Windeseile und wie von Sinnen anzukleiden. »Wir müssen zum Schulzen«, rief sie, nachdem sie angezogen war und den fragenden Blick des Müllers gesehen hatte. »Wir müssen ihm erklären, was passiert ist. Jawohl, das müssen wir! Es war doch Notwehr, mir blieb doch gar nichts anderes übrig. Was hätte ich denn machen sollen? Was denn? Ich hatte doch keine Wahl. Sag doch, Jan, es war doch Notwehr?« Immer fahriger und hektischer wurden ihre Bewegungen, die Worte sprudelten in immer rascherem Tempo aus ihr heraus. Sie schien die Nerven zu verlieren und stand kurz vor einem Zusammenbruch. »Ich werde alles erklären, ja, alles. Sie werden es schon verstehen. Immerhin war es ... nein ... natürlich nicht ...« Sie schüttelte den Kopf, als wollte sie einen unlieben Gedanken verscheuchen. »Nein!« rief sie schließlich. »Sie werden mich verstehen. Sie müssen einfach ...«

»Wir werden beide im Zuchthaus landen!« entgegnete der Müller und versuchte, seine Schwägerin zu beruhigen, indem er sie in den Arm nahm. »Wir können nicht zum Schulzen gehen, Liebste. Glaubst du allen Ernstes, sie werden es verstehen? Es gibt Paragraphen und Gesetze, und hinter denen werden sie sich verstecken. Wie willst du denn all das hier erklären? Sie werden uns verteufeln und gar nicht anhören wollen. Versteh doch! Möchtest du den Rest deines Lebens hinter Gittern sitzen? Möchtest du das?! Und denk doch auch an mich! Willst du uns beide ins Unglück stürzen?!«

»Aber er ist doch tot«, wisperte Elisabeth, und die Tränen liefen in Strömen über ihr Gesicht. »Wir können ihn doch nicht wieder lebendig machen.« Ein heftiges Schluchzen durchfuhr sie, sie krallte sich an dem Müller fest und wiederholte auf holländisch: »*Hij is dood! Ik heb hem toch ... ja ... zeker ...!*«

Jan hielt sie fest im Arm und strich ihr sanft über den Kopf.

Plötzlich jedoch hielt sie inne und stieß ihren Geliebten von sich. Sie fuhr hoch, starrte ihn entgeistert an und sagte: »Nein, er ist nicht tot. Natürlich! Ja, genau!« Sie lachte und setzte hinzu: »Er ist spurlos verschwunden!«

Der Müller schaute sie an, als hätte sie den Verstand verloren.

»Begreifst du denn nicht?« fuhr sie unbeirrt fort. »Alois ist nie zurückgekehrt. Er war auf dem Weg nach Deventer und ist einfach nicht nach Hause gekommen.« Sie sprang auf und deutete auf die Leiche ihres Mannes. »Wir müssen ihn wegschaffen! Wir verscharren seinen Körper. Wir lassen ihn verschwinden. Wir bringen ihn ins Moor! Ja, das machen wir.«

»Nein«, erwiderte Jan und schüttelte mitleidig den Kopf. »Wir wissen doch gar nicht, ob Hermann nicht mit ihm zurückgekommen ist. Vielleicht hat Alois irgend jemanden unterwegs getroffen, oder es hat ihn einer auf dem Weg zum Kotten gesehen. Sie werden dann nach ihm suchen und nicht ruhen, bis sie ihn finden. Und im Moor werden sie zuerst nachsehen. Nein! Wenn wir ihn erst einmal vergraben haben, dann werden wir schwerlich behaupten können, uns nur unserer eigenen Haut gewehrt zu haben.« Er seufzte leise, schüttelte erneut den Kopf und wiederholte: »Nein, wir können ihn nicht verschwinden lassen. Wir würden keine Ruhe mehr finden und den Rest unseres Lebens befürchten, daß seine Leiche wiederauftaucht – und sei es nur durch einen dummen Zufall. Nein, Lisbeth, wir müssen uns etwas anderes überlegen!«

Abermals vollzog sich ein merkwürdiger und abrupter Wechsel im Verhalten der Moorbäuerin. Bei den letzten Worten ihres Geliebten stahl sich ein seltsames Lächeln auf ihre Lippen, sie beugte sich über den toten Alois und betrachtete mit großem Interesse die Stelle, an der das Kruzifix das Genick getroffen hatte. Schließlich wandte sie sich an Jan und sagte: »Du hast recht! Wir werden ihn nicht verschwinden lassen, ganz im Gegenteil, wir werden ihn allen Leuten zeigen, damit niemand nach ihm suchen muß.«

Der Müller sah sie erstaunt an, und im gleichen Augenblick verstand er.

»Ihr habt die Leiche Eures Bruders auf dem Dachboden aufgeknüpft, damit es so aussah, als hätte er sich selbst erhängt?« zog ich die logische und doch so ungeheuerliche Schlußfolgerung. »Ist es das, was meine Mutter meinte?«

Der Müller nickte und starrte zu Boden, seine Mundwinkel zuckten merklich, als er nach einer Weile hinzusetzte: »Ich weiß nicht, ob der Plan tatsächlich aufgegangen wäre, aber es war zumindest eine Möglichkeit, und in der damaligen Situation war eine winzige Chance besser als gar keine. Vielleicht hätte man Zweifel an dem Selbstmord gehabt, ich weiß es nicht, aber es wäre zumindest schwergefallen, das Gegenteil zu beweisen und uns eines Verbrechens anzuklagen. Wir haben gar nicht lange über das Für und Wider gestritten, sondern getan, was uns damals als einziger Ausweg erschien.«

Eine scharfe und entrüstete Entgegnung lag mir auf der Zunge, aber ich brachte sie nicht über die Lippen. Ich hätte schockiert sein oder die Schändlichkeit ihres Tuns anprangern müssen, aber dies war mir nicht möglich. Nicht *mehr* möglich. Und so sagte ich statt dessen: »Ich verstehe.«

Der Müller sah verwundert zu mir auf, schnaufte ungläubig und fragte: »Tatsächlich?«

Ich antwortete mit einem stummen Nicken.

Er sah mich lange mit durchdringendem Blick an, zuckte schließlich mit den Schultern und fuhr dann seltsam betonungslos und wie in einem Selbstgespräch fort: »Von der Wohnstube aus führte eine kleine Treppe durch eine Luke zum Speicher. Wir mußten sehr leise sein, damit unten auf der Tenne niemand geweckt wurde. Während nämlich die meisten Mägde und Knechte im Gesindehaus schliefen, hatten die Kuckels ihre Schlafplätze in der Diele des Bauernhauses, und ich hatte mich ohnehin schon gewundert, daß sie vom Krach in der Schlafkammer nicht wach geworden waren. Lisbeth besorgte einen langen Strick und ging mit der Kerze voran auf den Dachboden. Alois war sehr schwer, und meine Rippen schmerzten entsetzlich, dennoch gelang es mir mit Lisbeths Hilfe, ihn auf den Balken zu schaffen, ohne irgend jemanden aus dem

Schlaf zu reißen. Das gleichmäßige Schnarchen der alten Gertrud drang laut und deutlich durch die Luke über der Lucht nach oben, und auch von Hermine waren lediglich die unregelmäßigen und stoßweisen Atemzüge einer fiebrig Schlummernden zu hören. Sie lag unruhig auf ihrem Bett und wand sich von einer Seite auf die andere, aber das Fieber verhinderte, daß sie irgend etwas um sich herum wahrnahm.

Auf dem Dachboden klappte alles erstaunlich reibungslos und ging geschwind vonstatten. Wir legten meinem Bruder die Schlinge um den Hals, zogen sie fest, warfen den Strick über eine Querstrebe des Dachstuhls und hievten den Körper in die Höhe. Lisbeth hatte die Kerze auf dem Boden abgestellt und hielt Alois an den Füßen, damit ich ins Gebälk steigen und das Seil an dem Balken befestigen konnte. Mir wird heute noch ganz mulmig, wenn ich daran denke. Es war fürchterlich, und ich weiß nicht, wie Lisbeth das alles durchstehen konnte, ohne die Fassung zu verlieren. Aber wir schafften es. Alois hing nach wenigen Sekunden am Strick, und nichts deutete darauf hin, daß er *nicht* Selbstmord begangen hatte. Wir dachten sogar daran, einen hohen Schemel unter den baumelnden Körper zu legen, damit es so aussah, als hätte er sich von diesem in den Tod gestürzt. Wir hätten es wahrhaftig beinahe geschafft.« Der Müller lachte plötzlich laut und verächtlich auf und zischte bitter: »Und dennoch war alles umsonst!«

Ich stutzte und dachte an die zahlreichen Erzählungen, die mir von dem Brand des Moorhofes zu Ohren gekommen waren. So abenteuerlich und unterschiedlich sie auch gewesen waren, eine Gemeinsamkeit hatten sie alle besessen, die in dem Bericht des Müllers bislang fehlte. Und plötzlich wußte ich, worauf seine seltsamen Worte anspielten. »Rex!« rief ich und sah ihn unverwandt an. »Der Hund kam euch in die Quere!«

»Du sagst es, mein Junge«, erwiderte der Müller, nun wieder ganz ruhig und gefaßt. »Der verdammte Köter!«

Und er erzählte, wie es zu dem Brand des Hofes gekommen war.

6

Es war ein greulicher und gespenstischer Anblick. Der Vennekötter hing baumelnd am Strick, seine Augen traten aus den Höhlen, der Unterkiefer war heruntergeklappt, und die Zunge hing ihm aus dem offenstehenden Mund. Die ganze Zeit hatte Elisabeth eine bewundernswerte Selbstbeherrschung gezeigt, sie hatte nicht geklagt, nicht geweint, keinen Ton von sich gegeben, aber dies war ihr nur möglich gewesen, weil sie es vermieden hatte, ihren toten Gatten anzuschauen. Jetzt aber, da er sicher am Seil hing, machte sie den Fehler, zu ihm hinaufzusehen, und plötzlich begann sie zu schluchzen, und die Tränen liefen ihr in Strömen über die Wangen. Der Müller nahm sie in den Arm und versuchte, ihr Mut zuzusprechen und sie zu beruhigen, aber es half alles nichts. Die Anspannung der letzten Stunde war zuviel für sie gewesen und machte sich nun bemerkbar, es brach regelrecht aus ihr heraus. Immer heftiger schluchzte sie, sie hielt sich die Hände vors Gesicht und wiederholte ein ums andere Mal: »Mein Gott, was haben wir getan?!«

Der Müller erkannte, daß er seine Liebste nicht ohne weiteres beruhigen konnte und daß er sie deshalb unter allen Umständen vom Dachboden und aus der Sichtweite des Moorbauern entfernen mußte. Die einzige Möglichkeit, dies zu erreichen, bestand darin, ihr einen Auftrag zu geben und sie durch konkretes Handeln abzulenken. »Nimm die Kerze!« sagte er also streng. »Wir haben noch einiges zu tun. Los, Lisbeth, geh hinunter in die Stube und schaff alles beiseite, was uns verraten könnte, den Holzknüppel beispielsweise. Los, mach schon, worauf wartest du noch?!«

Tatsächlich griff Elisabeth ganz automatisch und wie in Trance zur Kerze, wischte sich die Tränen aus dem Gesicht und wollte sich aufmachen, den Befehlen des Müllers Folge zu leisten, als sie plötzlich zusammenzuckte, die Augen weit aufriß und vor Schreck die Kerze fallen ließ.

Jan fuhr herum, und im gleichen Augenblick sah er, was die Moorbäuerin so entsetzt hatte. Unter der Leiche des Alois saß dessen treuer Hund Rex, er hatte den Blick starr auf sein Herrchen gerichtet, hob die Schnauze in die Höhe und begann im selben Moment zu jaulen. Wie der Hund auf den Dachboden gelangt war und wieso er nicht wie üblich vor dem Haus angekettet war, ist nicht mehr genau zu sagen, vielleicht hatte der Vennekötter selbst den Hund von der Leine gelassen, vielleicht hatte Rex Geräusche gehört oder die Witterung seines Herrn aufgenommen und sich losgerissen, in jedem Falle war er die Treppe auf der Tenne hinaufgelaufen, saß nun reglos auf den Hinterbeinen und heulte den Moorbauern an. Es klang elend und jammernd – wie ein Totengesang für den Verstorbenen. Der Müller wollte sich auf den Hund stürzen und dessen Jaulen unterbinden, doch der Hund fletschte die Zähne und begann nun wild und laut zu kläffen. Im gleichen Moment hörte Jan die Stimme der Moorbäuerin hinter sich:

»Feuer!« rief sie. »O Gott, es brennt!«

Als Elisabeth beim unerwarteten Anblick des Hundes die Kerze aus der Hand hatte fallen lassen, war diese im Stroh gelandet, das natürlich sofort lichterloh und wie Zunder brannte. Binnen weniger Sekunden standen mehrere Garben in Flammen, und auch das Kleid der Bäuerin hatte Feuer gefangen. Panisch versuchte sie, die Flammen mit den bloßen Händen zu löschen, was ihr bei ihrem Kleid auch gelang. Das Strohfeuer allerdings breitete sich in Windeseile auf dem Dachboden aus.

Der Müller wußte nun gar nicht mehr, was zu tun war. Hinter ihm loderte das Feuer, vor ihm kläffte der Hund und veranstaltete einen Heidenlärm. Ohne lange darüber nachzudenken, ergriff er den auf dem Boden liegenden Schemel und schlug damit auf den Hund ein. Wie in Raserei ließ er den Schemel ein ums andere Mal auf den Kopf des armen Tieres niedersausen und drosch sogar noch auf den Hund ein, als dieser längst keinen Ton mehr von sich gab. Schließlich ließ er von dem toten Tier ab und wandte sich dem Feuer zu. Beim ersten Blick war ihm bereits klar, daß alles zu spät war. Die Flammen hatten sich in alle Richtungen ausgebreitet, und vom Stroh war das Feuer längst auf den Dachstuhl übergegangen. Das Bauernhaus war nicht mehr zu retten, jetzt konnte es nur noch darum gehen, das eigene Leben in Sicherheit zu bringen.

»Hallo?« meldete sich mit einem Mal eine verschlafene und verstörte Mädchenstimme von unten. »Ist da jemand? Was ist denn da oben los? Hallo! Wo kommt denn der ganze Qualm her? Heda!«

»Hermine!« rief die Moorbäuerin, die als erste ihre Geistesgegenwart wiederfand und zur Treppe lief. »Hermine, es brennt! Schaff deine Mutter aus dem Haus und weck die anderen. Wir brauchen Wasser aus dem Brunnen. Los, beeil dich, warum stehst du da wie ein Ölgötze?«

Hermine war die Treppe heraufgekommen, sah das prasselnde Feuer ringsum und stierte die Bäuerin fassungslos an. Sie schüttelte ungläubig den Kopf, als hielte sie das alles für einen Fiebertraum, und schlug, als sie schließlich das ganze Ausmaß der Katastrophe erkannt hatte, die Hände vors Gesicht. »Jesus, Maria und Josef!« rief sie. »Woher kommt denn das Feuer?« Und dann erst sah sie den Körper des Bauern am Dachstuhl baumeln und begann hysterisch zu kreischen.

Der Müller hatte die ganze Zeit wie versteinert neben dem toten Hund gestanden und war unfähig gewesen, sich vom Fleck zu rühren. Erst das Schreien der Magd brachte ihn wieder zu sich. Er wachte wie aus einem Traum auf, sah die Frauen an der Treppe, fuhr zusammen und nahm im gleichen Augenblick Reißaus, indem er auf dem Fuße kehrtmachte und durch das Feuer zur Giebeltür rannte.

»Was ist denn ... wer ist da?« hörte er Hermine noch aufgeregt stammeln, bevor er die Tür aufstieß und hinunter auf den Hof sprang.

»Ihr habt meine Mutter im Stich gelassen?« fuhr ich den Müller an. »Ihr habt sie allein im Feuer zurückgelassen und Euch aus dem Staub gemacht? Wie konntet Ihr das tun?«

»Was hätte ich denn machen sollen?« erwiderte er kleinlaut und gesenkten Blickes. »Wie hätte ich wohl meine Anwesenheit auf dem Dachboden erklären sollen? Kannst du mir das vielleicht sagen?«

»Ihr hättet einfach die Wahrheit sagen können.«

»Ich hatte Angst«, entgegnete er und blickte mich schuldbewußt an. »Und ich war feige und wollte nur noch meine eigene Haut retten. Ich weiß selbst nicht genau, warum ich weggerannt bin, aber ich konnte in dem Moment nicht anders.« Plötzlich richtete er sich auf, soweit dies jedenfalls mit den Fesseln möglich war, und schaute mich herausfordernd an. »Glaubst du etwa, ich bin stolz darauf? Denkst du vielleicht, ich bilde mir etwas auf meine Feigheit ein?! Das tue ich bestimmt nicht. Aber so ist es nun einmal geschehen. Ich kann es nicht mehr ändern. Weiß Gott, das kann ich nicht!«

»Was habt Ihr denn anschließend getan?«

»Ich bin, so schnell ich nur konnte, zurück zur Mühle gerannt und habe mich zu meiner Frau ins Bett gelegt. Sie schlief noch fest und hatte gar nicht bemerkt, daß ich das Zimmer in der Zwischenzeit verlassen hatte. Nur wenige Minuten später waren bereits die Brandglocken zu hören, und beinahe im gleichen Moment hämmerte jemand gegen unsere Tür, um uns zu wecken. Als ich schließlich auf dem Moorhof ankam, war das Feuer bereits auf die Scheune übergegangen. Es war windig in dieser Nacht, und die Flammen waren kaum unter Kontrolle zu halten. Sämtliches Gesinde und auch die Bewohner des Schulzenhofes schleppten Wasser aus dem Brunnen zum Brandherd, aber es war zwecklos, und alle wußten es. Trotzdem versuchten wir zu retten, was nicht mehr zu retten war. Erst in den frühen Morgenstunden war der Brand gelöscht, aber der Hof war verloren.«

»Was ist aus meiner Mutter geworden? Habt Ihr sie in dieser Nacht noch einmal gesehen?«

»Lisbeth hat wie alle anderen tapfer gegen die Flammen gekämpft, bis sie vor lauter Erschöpfung zusammenbrach und zum Schulzenhof gebracht werden mußte. Die Leiche meines Bruders war zu diesem Zeitpunkt längst gefunden worden, aber in der allgegenwärtigen Hektik und in dem ersten Entsetzen war niemand in der Lage, sich ernsthaft Gedanken darüber zu machen, wieso Alois sich umgebracht haben könnte und wie es überhaupt zu dem Feuer gekommen war. Alle arbeiteten bis an den Rand des Möglichen und Menschlichen, und als der Brand endlich gelöscht war, herrschten ringsum Ratlosigkeit und eine düstere und betretene Stimmung, die nur schwerlich zu beschreiben ist. Allen war zum Heulen zumute, und dennoch versuchte jeder krampfhaft, die Fassung zu bewahren.«

»Was ist mit Hermine geschehen?« hakte ich nach. »Hat sie berichtet, was sie auf dem Dachboden gesehen hat?«

»In der Brandnacht bestand dazu kaum die Möglichkeit«, sagte der Müller und schüttelte den Kopf. »Natürlich hat sie während der Löscharbeiten einige Andeutungen fallenlassen, aber niemand hatte die Muße, ihr eingehend zuzuhören. Zunächst galt es, den Brand in Schach zu halten, und erst danach konnte es darum gehen, die Hintergründe des Ganzen zu erforschen. Für Hermine kam dieses ›Danach‹ allerdings zu spät. Die Anstrengungen und die Aufregung waren zuviel für sie gewesen, sie war ja im achten Monat schwanger, und ihre körperliche Verfassung war schon vorher nicht die beste gewesen. Sie hatte leichtes Fieber und bekam fürchterliche Schmerzen im

Bauch, und ich ließ sie zur Mühle bringen, damit sie sich hinlegen und ausruhen konnte. Als der Schulze sie am nächsten Tage sprechen wollte, um sie über den Brand und die Geschehnisse der letzten Nacht zu befragen, hatten ihre Wehen bereits eingesetzt, und sie konnte nur noch zusammenhangslos daherstammeln. Sie nannte immer wieder Lisbeths Namen und den des Vennekötters, um sich gleich anschließend zu bekreuzigen. Er habe am Seil gebaumelt, wiederholte sie ein ums andere Mal. Gebaumelt wie am Galgen. Und ein Mann sei dabeigewesen, ein Mann auf dem Dachboden, ein Mann im Feuer. Ja, wie der Teufel sei er vom Feuer geschluckt worden. Wie der Teufel, jawohl! Mehr war aus dem armen Mädchen nicht herauszubringen, es bekam bald hohes Fieber und verlor eine Menge Blut, und als die Geburt anstand, war Hermine schon fast nicht mehr bei Besinnung. Na ja, du kennst ja vermutlich die Geschichte.«

Ich nickte und sagte: »Sie ist am Nervenfieber gestorben.«

»Als Hermann aus Deventer zurückkam, lag sie bereits mit hoher Temperatur und Schüttelfrost im Bett und brachte kein vernünftiges Wort mehr heraus. Wochenlang hat sie mit dem Tod gerungen, immer wieder erholte sie sich, um dann nur noch schlimmer zu erkranken. Ihr Leib war schließlich ganz aufgedunsen und die Haut fleckig. Der Arzt hat sie mehrmals zur Ader gelassen, aber eine Besserung wollte nicht eintreten.« Er starrte lange schweigend zur Decke, ließ schließlich einen tiefen Seufzer vernehmen, blickte mich traurig an und sagte: »Ich habe mich oft gefragt, ob Hermine überlebt hätte oder ob Alwin als gesundes Kind auf die Welt gekommen wäre, wenn diese Sache nicht geschehen wäre. Aber ich werde wohl nie eine

Antwort darauf erhalten. Hermines leichenblasses Gesicht verfolgt mich auch heute noch in meinen Alpträumen.«

»Wenn es das Nervenfieber war, dann muß sie sich schon viel früher angesteckt haben«, wandte ich ein und erinnerte mich an die Worte des Flesseners, der davon gesprochen hatte, daß Hermine das Fieber vermutlich überlebt hätte, wenn sie nicht durch die Schwangerschaft geschwächt gewesen wäre. »Der Brand war ja nicht die Ursache für die Krankheit«, setzte ich hinzu, »es war doch nur ein zufälliges zeitliches Zusammentreffen.«

»Das mag schon sein«, erwiderte er und seufzte, als könnte ihm dieser Gedanke keinen rechten Trost bieten. »Es hieß zudem, der Knabe habe falsch herum im Mutterleib gelegen und die Komplikationen wären auch aufgetreten, wenn die Geburt zur rechten Zeit erfolgt und die Hebamme sogleich zur Stelle gewesen wäre. Aber wer will das schon mit Gewißheit sagen? Kuckels Gertrud jedenfalls schien sich sicher zu sein, daß ihre Schwiegertochter nicht erkrankt wäre, wenn Lisbeth und der geheimnisvolle Mann im Feuer nicht gewesen wären. Und sie hat keinen Hehl aus ihrer Meinung gemacht. Überall hat sie herumposaunt, die buhlerische Vennekötterin habe meinen Bruder auf dem Gewissen und sei auch für Hermines Nervenfieber verantwortlich.«

»Was hat Lisbeth denn vor dem Schulzen ausgesagt?«

»Daß sie ein Geräusch auf der Tenne gehört habe und daß sie die Leiche ihres Mannes auf dem Dachboden gefunden habe. Vor Schreck sei ihr die Kerze aus der Hand gefallen, und schon habe der ganze Dachstuhl in Flammen gestanden. Ich weiß nicht, ob der

Schulze zu diesem Zeitpunkt bereits einen Verdacht hegte, aber zumindest kam ihm diese Aussage nicht ganz frei von Widersprüchen vor. Weder gab es eine Erklärung für die unerwartete Rückkehr des Bauern noch für den Fund der Hundeleiche. Und spätestens als er Hermines wirre Worte von dem mysteriösen Mann auf dem Dachboden hörte, muß ihm ein Licht aufgegangen sein. Er stellte Lisbeth, die immer noch auf seinem Hof weilte, ein zweites Mal zur Rede und berichtete ihr, was die Magd von sich gegeben hatte. Lisbeth hat zunächst verzweifelt geleugnet, dann herzergreifend geschluchzt und um Nachsicht gefleht, und schließlich ist sie zusammengebrochen und hat alles gestanden. Sie hat Lanvermann die ganze Geschichte erzählt, sie hat nichts ausgelassen und ihm auch meinen Namen genannt.«

»Der Schulze wußte die Wahrheit?« rief ich überrascht aus. »Er wußte Bescheid und hat trotzdem die Angelegenheit vertuscht und das Ganze in seinem Bericht als Selbstmord dargestellt?«

»Der alte Lanvermann hatte schon lange ein Auge auf den Moorhof geworfen«, erwiderte er und lachte bitter. »Der Kotten meines Bruders lag wie eine Insel im Gebiet des Schulzen, rundherum nur die holländische Grenze und das Land des Großbauern. Bereits mehrmals hatte der Schulze Alois ein durchaus großzügiges Angebot für das Anwesen gemacht, aber mein Bruder war ein starrsinniger Kerl und hat den Hof nicht verkauft, obwohl der gebotene Preis weit über dem tatsächlichen Wert lag. Nun jedenfalls erkannte Lanvermann die Gelegenheit, sich den Kotten unter den Nagel zu reißen, ohne auch nur einen Heller dafür zu bezahlen.«

»Wie das?«

»An jenem Samstagabend wurde ich zum Schulzen bestellt«, fuhr der Müller fort, und immer noch lag ein verächtliches Grinsen auf seinen Lippen. »Der alte Lanvermann hat nicht lange um den heißen Brei herumgeredet und stellte mich kurzerhand vor die Wahl, entweder als Ehebrecher, Mörder und Brandschatzer samt meiner Liebsten vor Gericht gestellt zu werden oder als freier und unbehelligter Mann wie bislang meinen Geschäften nachgehen zu können. Letzterer Fall trete aber nur dann ein, wenn ich ihm unentgeltlich den Moorhof überschriebe und jeglichen Anspruch auf die Ländereien meines Bruders aufgäbe. Voraussetzung für diesen Handel war allerdings, daß Lisbeth auf der Stelle das Land verließ und niemals wieder nach Ahlbeck zurückkehrte. Es gab noch eine letzte in Twente verbliebene Tante, eine Schwester des verstorbenen Juden Zeebonk, und der Schulze wollte dafür Sorge tragen, daß die Moorbäuerin unversehens und wohlbehalten dort ankam. Auch Lisbeth solle, wenn sie sich denn mit der Abmachung einverstanden erklärte, nicht weiter von der deutschen Justiz behelligt werden. Sie könne in ihrer alten Heimat ein neues Leben beginnen und brauche sich keine Sorgen wegen der Vergangenheit zu machen. Der Schulze werde sich darum kümmern, daß sie vor jedweden Nachstellungen und etwaigen Beschuldigungen sicher sei.«

»Mein Gott, wie erbärmlich!« entfuhr es mir.

»Was regst du dich so auf? Schulze-Lanvermann hat die ganze Angelegenheit lediglich als profitbringendes Geschäft betrachtet. Eine Art Tauschhandel, wenn du so willst. Lisbeth und ich bekamen unsere Freiheit, und der Schulze erhielt den Moorhof. Beiden Seiten war gedient, und vor allem der Schulze konnte sich zufrieden die Hände reiben. Als er sah, daß ich immer noch zögerte und mich nicht durchringen konnte, auf seinen Vorschlag einzugehen, gab er mir sozusagen noch einen Bonus obendrein. Er versprach mir, sich beim zuständigen Amt für die Schanklizenz einzusetzen, um die ich mich seit Jahren vergeblich bemüht hatte. ›Du kannst deine Schenke an der Mühle eröffnen‹, sagte er gönnerhaft, ›und brauchst mir noch nicht einmal dankbar zu sein.‹ Er lachte, hielt mir die Hand hin und fügte hinzu: ›Sei nicht dumm, Jan. Denk an deine Familie!‹ Ich wußte, daß er recht hatte oder doch zumindest am längeren Hebel saß, und das Geschäft wurde mit einem Handschlag besiegelt. Auch Lisbeth willigte ein, ihr blieb wohl auch gar nichts anderes übrig. Bernhard, der in alles eingeweiht war, hat sie noch in der gleichen Nacht nach Holland geschafft und bei der Tante abgeliefert, und ich habe Lisbeth seit diesem Samstagabend nicht wiedergesehen. Ich habe nicht die geringste Ahnung, was mit ihr in der Zwischenzeit geschehen ist.« Er schaute mich nachdenklich an und setzte hinzu: »Und von dir habe ich auch nichts gewußt. Ich hatte zwar gehört, daß die Magisterbäuerin unerwartet und auf nicht ganz natürliche Weise Nachwuchs erhalten hatte, aber was es mit diesem Kind tatsächlich auf sich hatte, davon fehlte mir jede Kenntnis.«

»Was geschah weiter?«

»Nach dem Brand?« Der Müller räusperte sich und fuhr fort: »Als Hermann Kuckel am folgenden Tag von der Reise nach Deventer zurückkehrte, war der Bericht des Schulzen über das Feuer längst abgefaßt. Darin hieß es, der Vennekötter habe den eigenen Hof angezündet und sich anschließend erhängt. Der Grund für den Selbstmord sei nicht eindeutig auszumachen, wahrscheinlich sei aber, daß der Freitod mit dem mysteriösen Verschwinden der Moorbäuerin zusammenhänge. Die Aussage des Knechtes in bezug auf die seltsamen Worte, die der Vennekötter am Mittag vor dem Unglück hatte fallenlassen, wurde in das amtliche Dokument aufgenommen, weil es den Verdacht des Selbstmordes zusätzlich erhärtete. Die Wahrheit jedoch wurde wissentlich unter den Teppich gekehrt, und bis auf ein paar vage Gerüchte gab es nichts, was die offizielle Version in Frage gestellt hätte.«

»Und die Familie Kuckel? Bernhard Lanvermann hat mir erzählt, daß er sie aus Mitleid als Gesinde auf den Schulzenhof geholt hat.«

»Aus Mitleid?!« rief der Müller zugleich belustigt und verärgert. »Das glaubst auch nur du! Ich weiß nicht, ob es tatsächlich Bernhards Idee war, aber sicher ist, daß Lanvermann sie nur bei sich aufgenommen hat, um sie ruhigzustellen. Gertrud hatte ja unentwegt auf Lisbeth geschimpft und sie vor allen Leuten eine Mörderin genannt. Und Hermann hat mit der Zeit ähnliche Vorwürfe erhoben, das Unglück seiner Frau und das seines Kindes haben den armen Kerl so mitgenommen, daß er beinahe den Verstand verlor. Je schwächer und hinfälliger Hermine wurde, desto mehr schien er den Worten seiner Mutter Glauben zu schenken. Nein, mein Junge, aus Mitgefühl sind die Kuckels nicht auf den Schulzenhof geholt worden, damit wurde schlicht und einfach ihr Schweigen erkauft. Gertrud mußte feierlich schwören, niemals wieder Anschuldigungen gegen die Moorbäuerin auszusprechen, und nur unter dieser Bedingung wurden sie und Hermann als Magd und Knecht akzeptiert. Die kranke Hermine und das schwachsinnige Kind wurden lediglich auf den Schulzenhof gebracht und dort gepflegt, weil Gertrud fortan schwieg. Eine Hand wäscht eben die andere. Soweit ich weiß, hat sie nie wieder den Namen Lisbeth in den Mund genommen. Und nachdem Hermann verschwunden war und man ihn des Diebstahls bezichtigte, war sie mehr denn je auf das Wohlwollen des Schulzen angewiesen. Selbst nach dem Tod des alten Lanvermann hat Gertrud ihren Schwur nicht gebrochen. Gerade so, als könnte er sie noch aus dem Jenseits zur Rechenschaft ziehen.«

»Statt dessen schimpft sie nun ganz allgemein auf sämtliche Juden. Sie nennt sie allesamt Räuber und Mordbrenner und behauptet, das jüdische Rotgesindel hätte ihren Herrn und ihre Schwiegertochter auf dem Gewissen!«

»Wie alle anderen hat auch sie sich ihre ganz eigene Wahrheit zusammengeschustert«, sagte der Müller. »Dabei sollte sie es eigentlich besser wissen.«

»Und Kuckels Hermann? Wißt Ihr, warum er plötzlich verschwand und jahrelang wie vom Erdboden verschluckt war? Glaubt Ihr, daß er ein Dieb ist?«

Jan schüttelte den Kopf und antwortete: »Ich weiß darüber nicht mehr als du. Kurz nach Hermines Tod war Hermann mit einem Mal verschwunden, wohin und wieso, kann ich dir nicht sagen. Es hieß, es fehle Geld aus einer Schatulle, aber wirklich gesucht hat kein Mensch nach Hermann. Nicht einmal ein Steckbrief wurde ausgehängt. Gerade so, als wären alle froh, daß Hermann sich in Luft aufgelöst hatte. Was weiter geschehen ist, darfst du mich allerdings nicht fragen. Ich weiß nichts mehr.« Er starrte hinüber zu der bis auf einen Zoll heruntergebrannten Kerze und setzte hinzu: »In einer halben Stunde wird es wieder dunkel sein.« Dann lächelte er eigenartig und schloß die Augen.

Ich war immer noch ganz verwirrt und durcheinander, die Worte des Müllers jagten unaufhörlich durch mein Hirn, daß mir der Schädel brummte. Und zum ersten Mal seit Stunden nahm ich meine Umgebung wieder wahr, ich starrte hinauf zu den Kammrädern, die in nutzloser Unrast im Kreis herumfuhren. Ich blickte hinüber zu Jan und versuchte, ihn mir als jungen Kerl vorzustellen, als Geliebten meiner Mutter, als Mann, der seine Lisbeth glücklich gemacht und dann ins Unglück gestürzt hatte. Die Erzählung des Müllers war so unglaublich, so unerhört gewesen, daß ich beinahe geneigt war, sie als dumme Phantasterei abzutun. Ich wollte es einfach nicht glauben. Und dennoch war ich überzeugt, daß jedes seiner Worte der Wahrheit entsprach oder zumindest dem, was er dafür hielt. Aber jede Antwort, die er geliefert hatte, warf lediglich eine neue Frage auf. Jede Lüge, die aufgedeckt worden war, brachte eine weitere Unstimmigkeit zu Tage, und niemand schien sich daran zu stören, alle nahmen es wie gottgegeben hin.

Ich senkte den Blick und schaute auf das Medaillon auf meiner Brust. Es hatte einst dem Müller gehört, er hatte es seiner Geliebten als Andenken geschenkt, und es war zugleich die einzige Mitgift der unglücklichen Mutter an ihr neugeborenes Kind gewesen. Plötzlich fiel mir das Bildnis der Moorbäuerin ein und der Koffer mit ihren Habseligkeiten, den ich auf dem Dachboden des Gesindehauses gefunden hatte.

»Könnt Ihr mir sagen, auf welche Weise Lisbeths Sachen auf den Speicher des Gesindehauses kamen?« rief ich aus und schreckte den Müller aus seinen Gedanken auf. »Wie ist der Koffer dort hingekommen?«

»Welcher Koffer?«

»Der Lederkoffer, von dem ich Euch erzählt habe!

Wie war es möglich, daß das Bild, das Ihr von Lisbeth gemalt habt, in die Hütte auf dem Moorhof gelangte? Nach dem Brand ist sie auf den Schulzenhof gebracht worden und von dort direkt nach Holland. Was also hat der Koffer auf dem Dachboden zu suchen? Und wer hat ihn dort verstaut?«

Er sah mich mit weit aufgerissenen Augen an und schüttelte heftig den Kopf. »Ich weiß es doch nicht!« entgegnete er. »Verdammt noch mal, ich weiß es wahrhaftig nicht! Vielleicht ist er nach dem Brand im Haus gefunden worden, und weil Lisbeth verschwunden war, hat man ihn auf dem Speicher verstaut.« Plötzlich schlug er mehrmals mit dem Hinterkopf gegen den Eichenpfosten und fuhr mich an: »Warum quälst du mich so? Habe ich dir nicht schon genug gebeichtet? Was willst du denn noch hören?« Erneut stieß er mit dem Schädel gegen das Holz und stemmte sich mit unglaublicher Macht dagegen. Abermals zitterte das Gebälk, das Holz knirschte, und die Mehlrutsche über seinem Kopf wackelte hin und her.

»Der Pfosten sitzt lose!« rief ich ihm zu.

Aber er hatte es bereits selbst bemerkt und versuchte nun, den Kopf so weit nach hinten zu drehen, daß er an dem Pfosten hochschauen konnte. Erneut stemmte er sich mit seinem ganzen Körper gegen den Balken, und abermals erzitterte das Holz.

»Das Scharnier scheint nachzugeben!« frohlockte er und sah mich mit strahlendem Gesicht an. »Vielleicht kommen wir doch noch aus diesem Grab heraus.« Er nahm allen Mut und alle Kraft zusammen, suchte auf dem Boden irgendeinen Halt, gegen den er seine Füße stemmen konnte, und drückte wie von Sinnen gegen den Pfahl. Die Mehlrutsche erbebte merklich und zusehends, und jetzt erst bemerkte ich, daß sie außer durch den Eichenpfosten, der sie von unten stützte, lediglich durch zwei dünne Streben an der Decke befestigt war.

»Das Holz ist morsch!« erklärte der Müller keuchend, er war schon ganz aus der Puste, und die Adern an seinem Hals traten deutlich hervor. »Noch eine Winzigkeit, und der Pfosten kracht aus der Verankerung.« Er holte tief Luft, nickte mir aufmunternd zu und stemmte sich gegen den Balken.

Ein lautes Krachen ertönte. Der Pfosten brach direkt unter der Mehlrutsche aus dem Scharnier, und der Müller fiel rücklings zu Boden.

»Geschafft!« triumphierte er, schüttelte sich und versuchte, sich aufzusetzen, was nicht einfach war, da er nach wie vor von Kopf bis Fuß gefesselt war.

Im gleichen Augenblick ertönte ein weiteres Knirschen, und als der Müller nach oben schaute, erkannte er, woher dieses Geräusch kam. Die kleinen Streben, die nun allein das Gewicht der eichenen Mehlrutsche tragen mußten, gaben nach. Das Holz splitterte, die Streben krachten, und die massive Rutsche sackte nach unten.

Der Müller versuchte noch, im letzten Moment aus dem Weg zu kriechen, aber es war bereits zu spät. Die Mehlrutsche schoß nach unten, landete direkt auf seinem Kopf, riß ihn zur Seite und begrub den Müller unter sich.

»Jan!« rief ich entsetzt. »Jan. Sagt doch etwas! Hört Ihr mich?!«

Doch es kam keine Antwort. Der Müller blieb stumm.

Ich schaute hinauf zu dem Loch in der Decke und konnte nun direkt auf den unteren der Mühlsteine sehen. Und im gleichen Augenblick lösten sich weitere

Bretter aus der Decke. Eines fiel senkrecht herunter, verfehlte meine Beine nur um Haaresbreite, kippte dann langsam zur Seite und landete gleich neben der Kerze, die nur unweit des Müllers auf dem Boden stand. Die Kerze fiel um, und es wurde plötzlich stockfinster.

»Hilfe!« rief ich außer mir. »Hört mich denn keiner? Zu Hilfe!« Ich hatte das Gefühl, einer Ohnmacht nahe zu sein, schrie mir die Seele aus dem Leib und wußte zugleich, wie unsinnig dies war.

Und dann bemerkte ich, daß der Docht der Kerze keineswegs gelöscht war. Es war zunächst nur ein winziger rötlicher Schimmer unter den heruntergefallenen Brettern zu sehen, doch dann konnte ich die Flammen erkennen, die sich langsam, aber beharrlich an dem Strohsack hochfraßen, auf dem vor einigen Stunden der Flessener gesessen hatte.

Ich schaute flehentlich zum Müller hinüber, doch er lag nach wie vor reglos am Boden und gab kein Lebenszeichen von sich.

Alles wiederholt sich, schoß es mir durch den Kopf. Nichts geschieht nur einmal!

FÜNFTER TEIL

»Es gibt eine Gruppe frommer oder vielmehr moralischer Schriftsteller, die lehren, Tugend sei der sichere Weg zum Glück und Laster der Weg zum Unglück auf dieser Welt – eine sehr heilsame und tröstliche Lehre, gegen die wir nur das eine einzuwenden haben, daß sie nicht stimmt.«

Henry Fielding,
Tom Jones – Die Geschichte eines Findelkindes

1

Es dauerte recht lange, bis sich das Feuer bis zum Gebälk vorgearbeitet hatte. Mehrmals hatte ich die Hoffnung, den gefräßigen Flammen könne von allein das Futter ausgehen, denn anders als beim Brand des Moorhofes gab es in der Mühle weder Heu oder Stroh, das als Zündmaterial diente, noch wurde das Feuer durch irgendeinen Wind angefacht. Die Luft war feucht und stickig, das Holz morsch, und ein Großteil des Untergeschosses bestand aus Sandstein. Doch leider entpuppten sich meine Hoffnungen als unbegründet und verfrüht. Die Flammen bahnten sich mit einer erschreckenden Beharrlichkeit ihren Weg durch den Keller, sie fraßen sich von den Mehlsäcken über die auf dem Boden liegenden Bretter bis hin zur Holzkonstruktion der Mühlanlage und schließlich zur Decke. Das Holz brannte nicht lichterloh, sondern kokelte und schwelte vielmehr wie Torf im Ofen. Schon bald stand der ganze Keller unter Rauch und nahm mir jegliche Sicht. Ich hoffte, die starke Rauchentwicklung würde die Räuber alarmieren, hoffte, sie würden mich aus meiner Lage befreien, aber auch dies war nicht der Fall. Vielleicht waren sie längst auf dem Weg zum Schulzenhof. Ich saß wie eine Maus in der Falle und sah keine Möglichkeit, den Flammen zu entkommen. »Die Sünden der Eltern werden auf die Kinder übergehen!« schoß mir ein Satz aus der Bibel durch den Kopf. Und ich war mir mit einem Mal gewiß, daß Gott mich für die Tat meiner Mutter büßen ließ.

Der Müller hatte in der ganzen Zeit nicht das geringste Lebenszeichen von sich gegeben, sondern reglos unter den Trümmern der Mehlrutsche gelegen. Kein Stöhnen, kein Atmen war zu hören, und soweit ich es aus meiner Position erkennen konnte, hob sich auch der Brustkorb nicht. Und spätestens als sich die Flammen seinen Füßen näherten und seine Kleidung ansengten, wußte ich, daß Jan Lösing tot war.

Erst dieser gräßliche Anblick ließ mich wieder zu mir kommen. Ich schüttelte meine düsteren Gedanken ab und wachte aus meiner Starre auf. Solange ich noch atmen und denken konnte, wollte ich mich nicht in mein Schicksal fügen. Wenn Gott glaubte, mich bestrafen zu müssen, so wollte ich es ihm wenigstens nicht zu leicht machen. Gewiß, meine Lage erschien aussichtslos, ich war gefesselt und von der Außenwelt abgeschnitten, niemand hörte meine Hilferufe, der Rauch nahm stetig zu und erschwerte mir das Atmen, und die Flammen züngelten unaufhaltsam und in alle Richtungen. Doch gerade das todbringende Feuer bot mir die letzte Möglichkeit, mich aus diesem Grab zu befreien. Die Bretter, die sich aus der Deckenkonstruktion gelöst hatten und zu Boden gefallen waren, standen mittlerweile in Flammen, und eine dieser Bohlen lag direkt vor meinen Füßen. Ich streckte mich, erreichte das Brett mit den Fußspitzen und konnte es Zoll für Zoll in meine Richtung ziehen. Auch wenn ich mir dabei die Füße verbrannte und den Schmerz kaum auszuhalten vermochte, hielt ich meine gefesselten Beine in das Feuer und zerrte an den Seilen. Schließlich und wahrhaftig im letzten Moment brannten die Fesseln, und ich konnte sie nach kurzer Zeit abschütteln. Meine Hose hatte ebenfalls Feuer gefangen, doch war es mir möglich, die Flammen mit den Füßen auszutreten. Erst als ich meine Beine befreit hatte, ließ ich den Schmerzensschrei heraus, der die ganze Zeit auf meinen Lippen gelegen, den ich aber mühsam unterdrückt hatte.

Das Feuer hatte in der Zwischenzeit die Holzstreben und Stützbalken erreicht, welche die Decke abstützten, und auch die Treppe zum Erdgeschoß stand in Flammen. Der ganze Raum war nun wie vernebelt, nichts war mehr zu erkennen, und ich war froh, den Müller nicht länger sehen zu müssen, dessen Kleidung nun ebenfalls lichterloh brannte. Sobald die Holzkonstruktion in Flammen stand, breitete sich das Feuer in Windeseile aus, und es war nur eine Frage der Zeit, bis mir die brennende Decke auf den Kopf fallen würde. Falls ich bis dahin nicht längst verbrannt oder am Rauch erstickt war.

Da ich meine Beine nun wieder frei bewegen konnte und meine Hände zwar hinter dem Pfosten aneinandergefesselt, nicht aber an dem Pfosten selbst angebunden waren, konnte ich in die Knie gehen und mich schließlich so weit aufrichten, daß ich in geduckter Haltung stehen konnte. Meine Beine zitterten, die Brandwunden schmerzten, und mit dem Kopf stieß ich um ein Haar an das Kammrad, das nach wie vor über mir im Kreise herumsauste. Zugleich wurde mir bewußt, daß ich zwar die Position geändert hatte, daß meine grundsätzliche Lage allerdings immer noch die gleiche war und die Fesseln an meinen Händen so stramm wie eh und je saßen. Auch der Holzpfosten war weder lose noch so dünn, daß ich hoffen durfte, ihn ohne weiteres durchbrechen oder aus der Verankerung reißen zu können. Außerdem hatte ich ja beim

Müller erlebt, was die Folgen eines solchen Befreiungsversuchs sein konnten. Vermutlich würde das riesige Kammrad auf mich niedersausen und mir den Kopf zerschmettern. Noch vor wenigen Sekunden war ich geradezu euphorisch gewesen und entschlossen, dem Schicksal zu trotzen, nun aber ließ ich den Kopf sinken und lehnte mich resignierend gegen die Holzstrebe. Und im gleichen Moment spürte ich einen stechenden Schmerz im Rücken. Irgend etwas hatte mich gestochen. Ein spitzer Gegenstand ragte aus dem Holz, etwa in Höhe meiner Schulterblätter, vielleicht war es ein Nagel, vielleicht aber auch nur ein Holzsplitter. Und plötzlich wußte ich, was zu tun war. Ich drehte mich um den Pfosten herum, bis ich auf der Rückseite stand, bückte mich soweit wie möglich nach vorne und hob die verschnürten Hände in die Höhe, bis sie jene Stelle erreicht hatten, an welcher der Gegenstand aus dem Holz ragte. Tatsächlich, ich konnte nun fühlen, daß es die Spitze eines Nagels war! Sie schaute kaum mehr als einen halben Zoll aus dem Pfosten, aber dennoch machte ich mich sogleich daran, mit den Fesseln immer wieder über die Spitze zu fahren und auf diese Weise das Seil zu durchtrennen. Es waren sicherlich nur Minuten, aber es kam mir so vor, als wären Stunden vergangen, bis ich ein erstes Nachgeben der Fesseln bemerkte. Meine Hände waren mittlerweile vermutlich ebenso zerschunden wie das Seil. Doch trotz der zunehmenden Schmerzen fuhr ich immer wieder aufs neue über die Nagelspitze, biß mir auf die Lippen, um nicht laut aufzuschreien, und zerrte unbeirrt an den Fesseln. Die Hitze wurde unerträglich, der Rauch nahm mir mehr und mehr den Atem, ich hustete, verschluckte mich und wußte, daß mir nur noch wenig Zeit blieb. Und plötzlich gab die Fessel nach, das Seil riß, und ich fiel kopfüber nach vorne. Um Haaresbreite geriet ich unter das mächtige senkrecht stehende Zahnrad, mit dem die Königswelle angetrieben wurde, und ich lag nun unmittelbar neben der eisernen Welle, an welcher an der Außenseite der Mauer die Mühlräder angebracht waren. Direkt über mir befand sich eine der beiden Luken, von denen der Müller vorhin gesprochen hatte. Ich sprang auf, riß die winzige Holztüre auf und schaute hinaus. Es war bereits hellichter Tag, die Sonne schaute zwischen den Wolken hervor, und die plötzliche Helligkeit blendete mich. Ich zwängte mich durch die Öffnung, die sich zur Außenseite hin noch verjüngte, kroch einige Ellen weit, bis ich mit dem Kopf hinausragte, und erkannte, daß sich unmittelbar unter der Luke die beiden Mühlräder drehten. An der Außenwand gab es keinen Mauervorsprung oder sonstigen Halt, und hätte ich mich in Gänze durch die Luke gequetscht, so wäre ich unweigerlich auf die Mühlräder gefallen und vermutlich von diesen zermalmt worden. Nein, noch war ich nicht gerettet, und mir blieb nichts anderes übrig, als die zweite Luke auszuprobieren! Mühsam kroch ich, mit den Füßen voran, zurück und wäre um ein Haar steckengeblieben. Ich gelangte mit einiger Anstrengung wieder in den Kellerraum, und als ich mich umwandte, sah ich, was das Öffnen der Luke angerichtet hatte. Durch die hereinströmende Luft war das Feuer erst richtig angefacht worden, und der gesamte Keller brannte nun lichterloh. Überall loderten die Flammen. Wo vorhin noch der Müller gelegen hatte, prasselte jetzt ein einziges leuchtendrotes Feuermeer, eine ungeheure Hitze schlug mir entgegen und versengte mir die Haare. Ich holte tief Luft, stieß die Luke wieder zu, hielt mir den Arm vor den Mund und kroch unter den brennenden und sich unentwegt bewegenden Kammrädern hindurch zur Nordseite des Raumes. Dort befand sich die zweite Luke, und diese bedeutete meine allerletzte Chance. Die ersten brennenden Balken fielen von der Decke, die Treppe zum Erdgeschoß sackte in sich zusammen, und nur mit Glück wurde ich von den Trümmern nicht erschlagen. Ich erreichte die Luke, öffnete sie und schaute nach draußen. Die Mauer war an dieser Stelle gewiß zwei bis drei Ellen dick und die Öffnung noch schmaler als auf der Ostseite. Ich kroch geschwind hinein, zwängte mich mit dem Kopf voran hindurch, gelangte zur Außenseite, schaute hinaus und sah unter mir den Mühlteich.

Ich fackelte nicht lange, stieß mich mit den Händen von der Außenmauer ab und fiel wie ein Stein hinunter. Ich glaubte, aufgeregte Stimmen zu hören, Befehle erschallten, und eine Frau schrie wie von Sinnen. Doch dann landete ich mit dem Rücken auf dem Wasser, daß es mir den Atem nahm und mir Hören und Sehen verging. Ich tauchte unter, wirbelte im Wasser herum und stieß mir den Kopf. Ich strampelte hilflos mit Händen und Füßen und verlor jegliche Orientierung. Ich schluckte Wasser, wollte Luft holen und schluckte nur noch mehr.

Und dann packte mich eine Hand an der Schulter und zog mich an Land.

»Keinen Mucks!« flüsterte eine Männerstimme. »Sonst erwischen sie uns.«

Ich war immer noch ganz benommen, sah mich orientierungslos um und erblickte nichts als Steine, Sand und Zweige. Ich lag auf dem Bauch an der Uferböschung, die Füße noch im Teich, spuckte Wasser und krallte mich wie ein Ertrinkender an einem Strauch fest. Erneut packte mich die Männerhand, diesmal an der Hose, und hievte mich in Gänze aus dem Teich.

Ich fuhr herum und schaute dem Mann ins Gesicht. Ich sah den buschigen schwarzen Vollbart, die runzlige Knollennase, das schelmische und zahnlose Grinsen unter dem ledernen Schlapphut, und ich rief: »Kuckels Hermann!«

»Schhh!« Er hielt mir mit der rechten Hand den Mund zu und wies mit der anderen zur Mühle. »Sie können uns hören. Sei still, sonst kommen sie uns holen.« Plötzlich sah er mich mitfühlend an und lächelte traurig. »Mein Gott, dir haben sie aber übel mitgespielt. Tut es sehr weh?«

Allmählich beruhigte ich mich, mein Atem ging nun langsamer, und ich konnte wieder klar denken. Ich fuhr mir mit der Hand über das Gesicht und merkte, daß mir sowohl die Augenbrauen als auch die Wimpern und die Haare bis hoch in die Stirn weggebrannt waren. Meine Handgelenke waren wundgescheuert und bluteten, weil ich sie an dem Nagel aufgerissen hatte, meine Füße sahen aus wie verkohlte Holzscheite, und meine Kleidung hing mir in Fetzen vom Leibe. Ich schaute aufs Wasser, sah mein verquollenes Spiegelbild auf der Oberfläche und erschrak. Ich sah furchterregend aus!

»Tut es sehr weh?« wiederholte Hermann seine Frage.

»Es sieht schlimmer aus, als es ist«, antwortete ich, schüttelte den Kopf und setzte mich auf. Im selben Moment griff ich mir an den Hals und stellte erleichtert fest, daß das Marienmedaillon noch an Ort und Stelle war.

»Er ist zurückgekommen«, murmelte der Schäfer und spähte durch die Zweige eines Vogelbeerstrauches zur Mühle. »Ich habe gewußt, daß er eines Tages wieder da sein wird. Der Teufel kommt immer zurück.«

»Was treibt Ihr hier?« fragte ich ihn. »Seit wann seid Ihr ...«

Im gleichen Augenblick war ein ohrenbetäubend lauter und lang anhaltender Krach aus der Richtung der Mühle zu hören. Ein zweites Krachen war kurz darauf zu vernehmen, diesmal noch lauter und länger. Die Decke in der Mühle war eingestürzt, und die mächtigen Mühlsteine waren mit Getöse in die Tiefe gesaust.

»Die Müllersöhne!« entfuhr es mir. »Sie sind noch in der ...«

»Die Kerle haben sie rechtzeitig herausgeholt«, unterbrach mich Hermann und streichelte meinen Kopf. »Sei ganz beruhigt, mein Junge, sie sind gerettet. Sieh selbst!« Und abermals deutete er mit der Hand über mich hinweg zur Mühle.

Wir lagen etwa fünfzig Schritte vom Mühlwehr entfernt am westlichen Ufer des Teiches, versteckt hinter der steilen Böschung und unter dichtem Gebüsch, und hatten, obgleich wir uns weit unterhalb der Mühle befanden, einen ausreichenden Blick auf das Geschehen. Die gesamte Mühle brannte indessen lichterloh, die Flammen schlugen aus dem Dach und aus den Fenstern im Erdgeschoß, eine pechschwarze Rauchsäule stieg zum wolkenverhangenen Himmel empor, und immer wieder drang aus dem Innern das Geräusch von berstendem Holz und zusammenstürzenden Balken. Es krachte ein drittes Mal. Nun waren auch die Mühlsteine des letzten Mahlganges in den Keller gestürzt. Funken sprühten wie bei einem Feuerwerk aus allen Öffnungen.

Vor dem Eingang zur Schenke und auf dem Mühlwehr hatten sich die Räuber in kleinen Gruppen versammelt, redeten aufgebracht aufeinander ein, machten aber keine Anstalten, irgend etwas gegen das Feuer zu unternehmen. Allen war klar, daß das Gebäude bis auf die Grundmauern abbrennen würde und daß nur Schutt und Asche übrigbleiben würden. Und warum sollten ausgerechnet die Räuber die Mühle retten wollen?

Auf der anderen Seite der Mühle, gleich unter der alten Linde und somit ganz in unserer Nähe, standen die beiden Müllersburschen, die Gesichter kohlrabenschwarz, die Kleidung angesengt, sie selbst aber anscheinend wohlbehalten und ohne größere sichtbare Verletzungen. Zwei Räuber, einer von ihnen war der junge Hannemann, bewachten sie und hielten sie mit Musketen in Schach. Die Müllerin stand bei ihren Söhnen, redete auf sie ein, fiel ihnen weinend um den Hals, um sie im nächsten Moment von sich zu stoßen. Sie trommelte mit den Fäusten auf ihre Söhne ein, nahm sie gleich darauf wieder in die Arme, bedeckte ihre Wangen mit Küssen und schluchzte herzergreifend. Plötzlich jedoch riß sie sich von ihren Kindern los, rannte schnurstracks zum Eingang der Mühle und wollte sich durch die Tür in das Flammenmeer stürzen.

»*Let op! Ben-je gek?*« fuhr sie der Räuberhauptmann Bosbeck auf holländisch an und konnte sie im letzten Moment festhalten. »Was treibt Ihr denn?! Seid Ihr von Sinnen? Wollt Ihr Euch das Leben nehmen, oder was ist in Euch gefahren? *Godverdoemd!*«

»Mein Mann!« rief die Müllerin und schlug in wilder Verzweiflung mit bloßen Händen auf den Hauptmann ein. »Jan ist noch in der Mühle. Wollt ihr Unchristen meinen Mann nicht befreien? Laßt mich los, ich will zu ihm! Laßt mich, verfluchte Mörder!«

Mehrere Räuber kamen ihrem Chef zu Hilfe und zerrten die sich furios wehrende Frau beiseite. Bosbeck trat auf sie zu, redete leise und beschwichtigend auf sie ein und schlug ihr, da sie sich nicht beruhigen wollte, plötzlich und mit aller Macht mitten ins Gesicht. Die Müllerin verstummte, sah den Räuber ungläubig und mit großen Augen an und sank schließlich kraftlos zu Boden.

»Euer Mann ist nicht mehr zu retten«, sagte der Hauptmann und ging vor der Frau in die Knie. »Er war im Keller der Mühle und wäre auch nicht mehr zu befreien gewesen, wenn wir den Brand eher bemerkt hätten. Euer Jan ist tot.« Er sah der Müllerin lange ins Gesicht und tat dann etwas Seltsames. Er neigte sein Haupt, nahm den Dreispitz vom Kopf, führte die Hand der Müllerin an seine Stirn und murmelte etwas, das ich aus der Entfernung nicht verstehen konnte.

Die Müllerin sah den Hauptmann unverwandt an, sprang plötzlich auf, spuckte auf den Boden und rief: »Euer Mitleid kann mir gestohlen bleiben. Davon wird er auch nicht mehr lebendig!« Nur durch das beherzte Einschreiten der Räuber konnte sie davon abgehalten werden, sich auf den Hauptmann zu stürzen. Sie schlug wild um sich und weinte bitterlich.

Bosbeck wandte sich unvermittelt ab, das Gesicht wie vor Schmerz verzerrt, setzte den Hut auf und befahl seinen Leuten: »Bringt die Frau ins Haus und kümmert euch um die Söhne. Es wird Zeit, daß wir aufbrechen!« Dann stieß er einen weiteren gotteslästerlichen Fluch aus und wandte sich an Bernhard Lanvermann, der die ganze Zeit reglos wie eine Statue

vor dem Eingang zur Mühle gestanden und verständnislos in die Flammen gestarrt hatte.
»Wie konnte das passieren?« fragte der Hauptmann. »Wie, zum Teufel, konnte es dazu kommen? Kannst du mir das vielleicht sagen?! He, Flessener, kannst du mir das erklären?! *Vervloekt!* Verdammt und zugenäht!«
Der Flessener rührte sich nicht von der Stelle, er sah den tobenden Räuber nicht an, schüttelte schließlich den Kopf und sagte in Gedanken versunken: »Ich hätte ihnen die Kerze nicht dalassen dürfen. Ich hätte es wissen müssen. Ich habe es in seinem Gesicht gesehen. Verfluchter Bengel!«
Der Kober-Jackel gesellte sich zu ihnen, grinste listig, fuhr sich geziert über seinen Schnurrbart und meinte: »Schade um den kleinen Baldower, das hat er nun davon! Das reinste Fegefeuer!« Er lachte bösartig und setzte hinzu: »Tja, kleiner Kaffer, wer sich in Gefahr begibt, der kommt eben darin um!«
»Halt's Maul, Jackel!« fuhr ihn der Hauptmann an. »Pack deine Siebensachen und mach dich gefälligst nützlich. In einer halben Stunde will ich hier verschwunden sein. Diese Kaffer-Medine ist einfach nicht koscher.« Wie in einem Selbstgespräch und ohne jemanden dabei anzusehen, setzte er nachdenklich hinzu: »Seitdem wir in diesem verfluchten Flessen umherziehen, gerät alles außer Kontrolle. Ein einziger Schlamassel!«
Bernhard Lanvermann schien weder die Worte des Kober-Jackels noch die des Räuberhauptmanns wahrzunehmen. Er stand nach wie vor an Ort und Stelle und starrte wie gebannt ins prasselnde Feuer. »Gott sei deiner Seele gnädig, Jeremias Vogelsang!« rief er plötzlich. »Wo auch immer du jetzt sein magst.« Er

schüttelte den Kopf und fuhr sich nachdenklich mit der Hand über den Mund. »Das habe ich nicht gewollt, kleiner Kaffer, das ganz gewiß nicht. Verzeih mir, Junge!« Dann riß er sich von dem Anblick der brennenden Mühle los, setzte seine Mütze auf und stiefelte mit mächtigen Schritten in Richtung Schenke davon.

Der Hauptmann blieb allein zurück, zuckte die Schultern, nahm erneut den Dreispitz vom Kopf und rief: »*Voor den drommel!* Hol's der Teufel!« Dann machte auch er kehrt, setzte den Hut auf und ging hinüber zum Stall, in dem die Pferde untergestellt waren und gerade gesattelt wurden.

»Er ist zurückgekehrt«, murmelte mir der Schäfer mit einem Mal ins Ohr und legte seine Hand auf meine Schulter. »Hast du ihn erkannt?«

Ich erschrak, fuhr herum und sah ihn verständnislos an.

»Der Glatzkopf in der Müllerstracht! Der mit den häßlichen Narben im Gesicht! Hast du ihn erkannt? Das war der frühere Schulzenbauer. Er ist wieder da. Als hätte ich es gewußt. Er scheint unter die Räuber gegangen zu sein, ein wilder Haufen ist das. Und alle bewaffnet. Wie Soldaten.« Er nickte heftig, faßte krampfhaft meine Schulter und setzte hinzu: »Man wird sie nicht los, die Dämonen, sie kommen allzeit wieder zurück. Laß dir das gesagt sein!«

»Wieso seid Ihr hier?« wollte ich von ihm wissen. »Wie habt Ihr von Lanvermann und den Räubern erfahren? Seit wann sitzt Ihr hier?«

»Ich war mit meinen Schafen in der Nähe, drüben am Galgenbülten, dort wächst der beste Klee«, antwortete er und sah mich beinahe belustigt an. »Da habe ich die Mühle klappern gehört. Noch vor Sonnenaufgang. Die Mühlsteine haben gequietscht. Das tun sie sonst nicht. Nachts, meine ich. Verstehst du? Wenn die Mühlsteine so schrill kreischen, dann mahlen sie kein Korn, aber drehen sich dennoch. Das macht keinen Sinn. Begreifst du das? Darum bin ich hergekommen, um mich umzuschauen. Weil das ja keinen Sinn macht! Und dann habe ich den Dämon gesehen, ganz deutlich habe ich ihn gesehen. Er hat sich verkleidet, aber ich habe ihn sogleich erkannt. Nein, nicht sogleich, erst später. Er stand mit diesem seltsam gekleideten Landsknecht auf dem Mühlwehr und wollte die Schleuse schließen, doch dann hat er mit einem Mal abgewunken und gelacht. ›Sollen ihnen ruhig ein wenig die Ohren klingeln!‹ hat er gerufen und ist mit dem jungen Kerl zum Kolk hinuntergegangen.«

»Mit dem Kober-Jackel?« wunderte ich mich. »Was hat er denn ausgerechnet mit dem zu schaffen?«

»Sie haben lange miteinander geredet, ich habe aber kein Wort verstanden. Sie haben geredet und gelacht. Und dann sind sie im Wirtshaus verschwunden, Arm in Arm, wie zwei alte Freunde. An seinem gräßlichen Lachen habe ich den Schulzen überhaupt erst erkannt. Und deshalb habe ich mich hier unten versteckt, damit er mich nicht sieht. Gewartet habe ich, weil ich mich nicht rühren konnte. Seltsam, nicht? Ich war wie gelähmt, kannst du das verstehen? Wie ein Kaninchen vor der Schlange.« Abermals lachte er entrückt und fügte hinzu: »Und dann hat plötzlich die Mühle geraucht und dich wie Kautabak ausgespuckt.«

»Wieso hat keiner von den Räubern den Brand früher bemerkt?«

»Sie haben alle in der Schenke gesessen und sich nicht mehr blicken lassen«, antwortete er beinahe verlegen. »Die Vorhänge waren den ganzen Vormittag vorgezogen; kein Mucks war zu hören. Sie kamen erst heraus, als die Flammen aus den Fenstern schlugen. Und da hast du auch schon im Wasser gelegen.« Plötzlich durchfuhr es ihn wie ein Blitz, und er schaute mich vollends verstört an. »Ich konnte doch nicht ahnen, daß jemand in der Mühle war. Woher sollte ich das denn wissen? Das konnte ich doch nicht!«

»Niemand macht Euch einen Vorwurf«, versuchte ich ihn zu besänftigen.

»Wie hätte ich das denn ahnen können?« murmelte er erneut und fuhr sich mit den Fingern nervös durch den Bart. »Es war nichts zu sehen oder zu hören. Gar nichts! Wie denn auch ...«

»Wie spät mag es nun sein?« bemühte ich mich, ihn von seinen düsteren und selbstanklagenden Gedanken abzulenken. »Ob es schon zwölf Uhr ist?«

Er ließ tatsächlich die Hände sinken und schaute hinauf zum wolkenverhangenen Himmel. Es regnete nicht mehr und klarte allmählich auf, die Sonne lugte gerade zwischen den Wolken hervor, und der Schäfer erwiderte: »Noch eine Stunde bis Mittag.«

»Wir müssen auf der Stelle zum Schulzenhof!« rief ich, und diesmal war ich es, der ihn bei den Schultern packte und schüttelte. »Lanvermann hat es auf seinen Bruder abgesehen. Die Räuber werden den Hof überfallen und den Schulzen niedermetzeln. Wir müssen die Leute warnen.«

Kuckels Hermann befreite sich aus meinem Klammergriff, kroch rückwärts und auf allen vieren von mir weg, schüttelte aufgeregt den Kopf und sagte: »Nein! Nicht! Ich kann nicht!«

»Was könnt Ihr nicht?«

»Zum Schulzenhof!« wisperte er beinahe unverständlich. »Das geht nicht. Ich kann nicht. Ich darf nicht dorthin. Nie wieder. Sie haben es doch verboten!«

»Wer hat dir das verboten?«

»Der alte Satan!« rief er und sah mich mit einem irren Blick an. »Sein Sohn ist jetzt zurückgekommen, um mich zu bestrafen. Er kommt mich holen! Deswegen ist er wieder da, er will mich bestrafen. Weil ich doch ein Dieb bin, das sagen sie jedenfalls.«

»Niemand will dich bestrafen! Und wegen des Diebstahls von damals schon gar nicht! Bernhard Lanvermann ist nach Ahlbeck zurückgekehrt, um sich an seinem Bruder Johann zu rächen. Und deshalb müssen wir zum Lanverhof. Wollt Ihr denn Eure Familie nicht warnen?«

»Alwin«, wisperte er und nickte bedächtig mit dem Kopf.

»Ich werde inzwischen ins Dorf rennen und den Amtmann samt seinem Landsturm holen, dann werden die Räuber ihr blaues Wunder erleben.« Der Gedanke an den Amtmann war mir erst in diesem Moment gekommen. Warum sollte sich nicht alles noch zum Guten wenden lassen? Wenn der Amtmann schon mit seinen Soldaten im Dorf war, war er dann nicht geradezu verpflichtet, gegen die Räuber vorzugehen? Vielleicht würde sich der geplante Angriff des Landsturms sogar noch als Glücksfall entpuppen.

»Der Amtmann?« fuhr Hermann hoch und schaute mich verängstigt an. »Das ist auch so ein Düwel! Sie stecken doch alle unter einer Decke. Die Boomkamps und die Lanvermanns. Alles eine Sippe! Blut ist dicker als Wein. Am besten ist es, man mischt sich nicht ein.«

»Was wollt Ihr damit sagen?«

»Sie lügen alle miteinander und wollen die Wahrheit nicht wissen. Ach, Unsinn, sie kennen die Wahrheit ja, aber man darf sie nicht aussprechen! Dann werden sie fuchsteufelswild. Darum jagen sie einen auch fort und sagen: ›Er ist verrückt.‹ Sie stecken einem viel Geld zu und drohen einem mit den Gendarmen. ›Wehe, du läßt dich noch einmal hier blicken‹, sagen sie, ›dann werden wir dir den Kopf abreißen!‹ Plötzlich bist du ein Dieb und wirst gejagt. Und als wäre das noch nicht genug, schimpfen sie dich einen Spökenkieker, weil sie Angst haben, daß die Leute dir glauben könnten. So machen sie das, glaube mir, so machen sie's! Ich weiß es.«

»Ihr habt das Geld nicht genommen?«

»Sie nennen dich Männsken statt Hermann«, fuhr er in seinem Sermon fort, ohne auf meine Frage einzugehen. »Weil das mehr nach einem Kind klingt. Und kleine Kinder braucht man nicht ernstzunehmen. Kinder kann man bestrafen, wenn sie unartig sind. Kleine Kinder werden in die Ecke gestellt. Deshalb wird er auch mich bestrafen. Bernhard ist der Schlimmste von allen, er schaut dich an, und du kannst dich nicht mehr rühren. Als hätte er dich verhext. Er schaut wie ein Lamm, aber er ist ein Wolf. Nein, nein, besser ist es, man hält sich aus allem heraus. Das ist viel besser.« Er verfiel in Schweigen, starrte wie gelähmt in die Luft und wagte kaum zu atmen.

Nur die Hälfte seines verrückten Geredes hatte ich verstanden, und gern hätte ich nachgehakt. Zahlreiche Fragen schossen mir durch den Kopf, aber ich merkte, daß es wenig Sinn machen würde, sie zu stellen. Im übrigen hatten wir jetzt keine Zeit mehr zu verlieren, jede Minute konnte entscheidend sein. Weder Bernhard noch der Rest der Räuberbande wußte, daß ich am Leben war, und das war unser größter Vorteil.

Doch dieser Vorteil war dahin, wenn wir nicht alsbald handelten.

»Kommt Ihr nun mit, oder soll ich alleine gehen?« rief ich deshalb, sprang auf, nahm Hermanns Hand und sah ihm eindringlich ins Gesicht. »Wenn Ihr Angst habt, dann versteckt Euch ruhig und benehmt Euch wie das Kind, für das Euch alle halten. Aber vielleicht solltet Ihr endlich aufhören, Euch zu verkriechen, und statt dessen die Dämonen aus Eurem Leben verscheuchen. Ich weiß nicht, warum Ihr solchen Bammel vor der Schulzenfamilie habt, und es ist jetzt nicht die Zeit, darüber zu reden, aber Ihr solltet Euch endlich wehren und aufhören, Euch hinter all den Lügen zu verstecken.« Ich machte ein Pause, drückte seine Hand und setzte hinzu: »Entscheidet Euch, und entscheidet Euch rasch! Helft Ihr mir?«

Er sah mich verdutzt an, nickte plötzlich, schüttelte gleich darauf energisch den Kopf, kniff die Augen zusammen und starrte mich lange skeptisch an. »Du bist doch der schüchterne Bengel, den ich vor wenigen Tagen in der Heide getroffen habe«, sagte er schließlich. »Der Sohn des Magisterbauern, das bist du doch, oder?«

Ich antwortete ihm mit einem stummen Nicken.

»Das ist aber seltsam, sehr seltsam sogar«, murmelte er kopfschüttelnd, lächelte mich mit einem Mal aufmunternd an und setzte entschlossen hinzu: »Ach, zum Teufel! Du hast recht, mein Junge. Laß uns gehen!« Und mit diesen Worten kroch er eilends und behende am Ufer entlang und schlug sich nach wenigen Schritten seitwärts in die Büsche.

»Das ist allerdings seltsam«, sagte nun auch ich und beeilte mich, ihm auf gleichem Wege zu folgen.

2

Wir überquerten den Ahlbach etwas weiter flußabwärts, schlugen uns durch das feuchte und glitschige Unterholz, krochen auf holländischer Seite in östlicher Richtung am Landwehrwall entlang, gelangten erst auf Höhe des Hessenweges wieder auf deutschen Boden und gingen auf der Landstraße nach Süden und damit direkt zum Schulzenhof.

»Muß ich wirklich?« wandte sich Hermann plötzlich an mich und hielt mich am Ärmel fest. »Ist es unbedingt notwendig, daß ich mich dem Schulzen zeige? Reicht es nicht, wenn du ihm sagst, was du gesehen und gehört hast? Ich kann dir doch nicht helfen. Sie werden mir gar nicht zuhören.«

»Wenn wir zu zweit und übereinstimmend berichten, was wir wissen«, erwiderte ich, »dann wird man uns eher Glauben schenken. Seht mich doch an, sehe ich etwa so aus, als dürfte man mir glauben?«

»Das tust du allerdings«, antwortete er und lachte mit einem Mal lausbübisch. »Oder denkst du, man könnte meinen, du hättest dich selbst so zugerichtet?« Abermals lachte er und setzte dann hinzu: »Und du kannst meinetwegen ›du‹ zu mir sagen, Junge, seit Jahrzehnten hat kein Mensch mehr ›Ihr‹ zu mir gesagt. Mein Name ist Hermann.«

Ich reichte ihm die Hand und sagte: »Mir ist auch mulmig zumute, Hermann. Der Schulze ist nicht gut auf mich zu sprechen, und mir wäre es wirklich lieber, du würdest mitkommen.«

Wir hatten mittlerweile den Buchenhain erreicht, der den Schulzenhof umgab, und Hermann hatte in den letzten Sekunden seinen Schritt merklich verlangsamt.

Es schien beinahe so, als würde er von einer unsichtbaren Kraft abgestoßen und vom Hof ferngehalten, wie die gleichpoligen Enden zweier Magneten. Gleichwohl faßte er sich nun ein Herz, lächelte verkniffen, nickte mir zu, betrat den Buchenwald und lugte durch die Zweige zum Gehöft und zu dem Platz mit den drei Eichen, der gänzlich verlassen vor uns lag.

»Wann warst du das letzte Mal auf dem Lanverhof?« wollte ich wissen.

»Das ist fast zwanzig Jahre her.«

»Und seitdem hast du deine Familie nicht mehr gesehen?«

»Ich sehe Alwin beinahe jeden Sonntag, wenn er mit Mutter zur Kirche geht«, erwiderte er und hielt dabei beinahe krampfhaft meinen Arm. »Ich gucke ihn mir immerzu aus der Ferne an, ich hocke dann auf dem Friedhof, weil ich ja auf Hermines Grab achtgeben muß, und dann schaue ich über die Mauer und sehe ihn mir an, aber gesprochen habe ich seit Jahren nicht mehr mit ihm. Er erkennt mich auch gar nicht, was soll ich da mit ihm reden? Es ist so traurig, aber er würde ja doch nichts begreifen. Ein lieber und artiger Junge ist er, aber dumm wie Stroh. Es ist ein Jammer.«

»Und deine Mutter?«

»Die will mit mir nichts mehr zu tun haben«, gestand er und betrat zögerlich den Hof. »Sie kann mir nicht verzeihen, daß ich damals fortgelaufen bin. Wie soll sie auch irgend etwas verstehen, wenn ich es nicht erklären kann? Ich kann es mir ja selbst nicht verzeihen. Und wenn ich doch etwas sagen will, dann fängt sie an zu keifen und schlägt auf mich ein. Ich sei undankbar, schimpft sie, und ein mißratener Sohn. Ein verdammter Strauchdieb! Ich sei eine Schande für die Familie, sagt sie, ein Verbrecher.«

»Also hast du sie doch gesprochen?«

»Vor einigen Jahren, ja, kurz nachdem ich wieder in der Gegend war«, entgegnete er. »Ich bin ihr zufällig begegnet. Bei der Galgenprozession, damals nach dem Tod der Lanvermännin. Aber Mutter hat nur geschimpft. Sie ist ja schon alt und nicht ganz bei Trost, darum ist sie so. Sie meint das gar nicht so. Trotzdem halte ich es für besser, zu schweigen und ihr nicht zu nahe zu kommen. Warum soll ich sie unnötig aufregen? Es ist doch alles schon so lange her und fast schon nicht mehr wahr.«

Wir waren mittlerweile auf dem Hof angelangt, aber weit und breit war niemand zu sehen, der Platz unter den Eichen war verwaist, sämtliche Türen und Fenster waren verschlossen, und weder im Bauernhaus noch in den Ställen oder im Gesindehaus rührte sich irgend jemand oder irgend etwas.

»Und du hast das Geld nicht gestohlen?« wandte ich mich an den Schäfer, während ich gleichzeitig nach einer Menschenseele Ausschau hielt.

Er schüttelte den Kopf, nickte dann und zuckte gleich anschließend mit den Schultern, als wüßte er nicht, was er darauf antworten sollte.

»Warum bist du dann verschwunden?« hakte ich nach. »Wegen deiner Frau? Bist du gleich nach ihrem Tod davongelaufen? Du mußt sie sehr liebgehabt haben, daß du so um sie getrauert hast.«

»Meine Frau?« erwiderte er und sah mich überrascht an. »Was hat denn Hermine damit zu tun?« Er blickte mir verständnislos ins Gesicht, zog die Stirn kraus und schüttelte den Kopf.

»War sie etwa nicht der Grund für dein Verschwinden?«

»Sie ist am Nervenfieber gestorben«, antwortete er,

drehte sich zu mir um und bekreuzigte sich. »Warum sollte ich wohl deswegen davonrennen? Das ist doch dummes Zeug!« Er spuckte auf den Boden und setzte unwirsch hinzu: »Und überhaupt ist das alles ein ausgemachter Unsinn!«

Im gleichen Moment erschallte ein langgezogener und kindlich panischer Schrei hinter ihm. Auch Hermann schrie erschrocken auf und fuhr wie vom Blitz gerührt herum. Vor uns stand der kleine Fritz, er war aus dem Hühnerstall neben dem Geräteschuppen herausgetreten, hielt einen Korb voller Eier in der Hand, den er aber im selben Augenblick fallenließ. Er starrte uns mit weit aufgerissenen Augen an, als wären wir nicht von dieser Welt, schlug erschrocken die Hände über dem Kopf zusammen und rannte krakeelend zum Gesindehaus.

»Hilfe, Mama, die Räuber!« rief er. »Mama, die Holländer kommen!«

Tatsächlich sahen Hermann und ich furchterregend aus, der Schäfer mit seinem buschigen, schwarzen Vollbart, dem zahnlosen Mund im wettergegerbten Gesicht und den zotteligen und verfilzten Haaren unter dem ledernen Schlapphut und ich mit meinen versengten Borsten, der zerrissenen Kleidung und den verkohlten und blutigen Händen und Füßen. Kein Wunder, daß Fritz uns für räuberisches Gesindel gehalten hatte.

Nur wenige Sekunden später kamen mehrere Mägde aus dem Gesindehaus gestürzt, in den Händen hielten sie Forken, Knüppel oder Messer. Sie bauten sich in einiger Entfernung in einer Reihe vor uns auf und fuchtelten nervös mit ihren Waffen. Unter den Frauen befanden sich neben Eva und ihrer Schwester Johanna auch Anna Wessendorf, welche sich als erste vorwagte, resolut eine Harke schwenkte und uns anblaffte: »Was wollt ihr hier? Schert euch zum Teufel! Verdammtes Pack!«

Fritz, der sich zunächst hinter dem Rücken seiner Mutter verschanzt hatte und kaum hinter ihr hervorschauen mochte, trat nun zögerlich vor, betrachtete mich eingehend, schien mich zu erkennen und flüsterte überrascht: »Das ist ja gar kein Räuber, das ist ein Spion.«

»Gott zum Gruße, Anna«, sagte Hermann und nahm den Lederhut vom Kopf. »Kennst du mich denn nicht mehr?«

Anna kam einen Schritt auf ihn zu, starrte ihn lange an, ließ die Harke sinken und sagte: »Männsken?«

Auch Eva steckte ihr Messer hinter die Schürze, trat an mich heran, legte ihre Hand auf meinen blutverkrusteten Arm und murmelte: »Und das ist doch ...« Sie ließ den Satz unvollendet, schüttelte ungläubig den Kopf und fragte statt dessen: »Mein Gott, Jeremias, was ist denn mit dir geschehen? Du siehst aus, als hätte man dich bei lebendigem Leib am Spieß gebraten!«

»Das ist in etwa das, was mir widerfahren ist«, antwortete ich und versuchte mich an einem Lächeln, das mir schon deshalb schwerfiel, weil sich meine verbrannte Haut im Gesicht spannte, als wäre sie auf die Hälfte zusammengeschrumpft.

»Die Räuber«, murmelte Hermann, der verlegen mit seinem Hut herumhantierte und ihn in den Händen hielt, als wäre er eine heiße Kartoffel. »Wir kommen wegen der Räuber. Sie kommen – das heißt, eigentlich sind sie schon da ... Aber sie kommen hierher ... und darum ...« Er unterbrach sich, senkte den Blick und nestelte noch nervöser an seinem Hut herum.

»Will mir mal jemand erklären, was hier überhaupt los ist?« rief Anna, die offensichtlich die Geduld verlor. »Was faselst du da von den Räubern?«

»Sie sind an der Kolkmühle und wollen den Schulzenhof überfallen«, beeilte ich mich hinzufügen. »Wir sind gekommen, um euch zu warnen. Ich bin der Bande nur mit Müh und Not entkommen. Sie können jeden Augenblick hier sein. Ihr müßt euch verstecken, damit sie euch nichts antun können. Wo sind eure Männer? Wo sind die Knechte?«

»Die sind allesamt zum Kreuzweg nach Altheim marschiert«, antwortete die junge Johanna, die nun vortrat und als einzige nicht überrascht war, von den Räubern zu hören. »Sämtliche Mannsbilder sind schon vor Stunden losgezogen.«

»Und Alwin?« fragte Hermann flüsternd. »Wo steckt der?«

»Hubertus hat ihn zur Prozession mitgenommen«, erklärte Anna und lächelte nachdenklich. »Er meinte, deinem Jungen könnte die Abwechslung gut bekommen. Sie werden wohl kaum vor drei oder vier Uhr nachmittags wieder hier sein.«

»Keiner eurer Männer ist zurückgeblieben?« fragte ich.

»Nur der Bauer ist noch auf dem Hof«, erklärte Johanna und schnitt eine vieldeutige Grimasse. Plötzlich jedoch schien ihr etwas einzufallen, sie fuhr auf, sah mich entgeistert an und fügte beinahe seufzend hinzu: »Das kann nicht sein! Er hat doch gesagt ...« Sie unterbrach sich prompt und setzte schließlich vorsichtig hinzu: »Die Räuber kommen her, obgleich der Amtmann im Dorf ist?«

»Sie kommen, *weil* der Amtmann im Dorf ist«, erwiderte ich und blickte sie mitleidig an. »Glaube mir, sie sind keineswegs verschwunden. Sie sind alle noch da, bis zum letzten Baldower!«

Johanna verstand meinen Blick natürlich nicht, aber bei meinen Worten sah sie mich mißtrauisch an. Sie schüttelte konfus und wie in Gedanken ihren Kopf, und ihre Lider zuckten. Es war ihrem Gesicht anzusehen, daß die Gedanken in ihrem Hirn wild durcheinandergingen.

»Sie kommen her«, wiederholte sie die für sie so bedeutungsvollen und unheilverkündenden Worte. »Und er mit ihnen.«

»Herrschaftszeiten!« fuhr Anna Wessendorf verärgert dazwischen. »Kann denn hier keiner mehr vernünftig Auskunft geben? Was redet ihr denn da für eine wirres Gewäsch! Red schon, Jeremias! Was ist eigentlich passiert? Und erzähl bitte so, daß wir es auch verstehen!«

Ich berichtete in wenigen und knappen Sätzen, was sich seit gestern zugetragen hatte und was ich über die Räuber und ihre Pläne herausgefunden hatte. Von Bernhard Lanvermann und der Brabanter Bande erzählte ich, vom Amtmann Boomkamp und den Deserteuren, von dem Tod des Müllers und dem Brand der Mühle. »Und wenn wir nicht schleunigst etwas unternehmen«, schloß ich meine Ausführungen, »dann wird es dem Schulzenhof genauso ergehen! Dann werden sie herkommen und alles kurz und klein schlagen.«

»Der Kolkmüller ist tot?« Anna starrte mich ungläubig an, als traute sie ihren Ohren nicht. »Und Bernhard Lanvermann ist wieder in Ahlbeck?«

Hermann nickte, ich nickte, und beide zuckten wir gleichzeitig wie entschuldigend die Schultern.

»Mama!« rief plötzlich der kleine Fritz und deutete in nördlicher Richtung zum Himmel. »Guck mal da!«

»O Gott, sie haben recht!« rief nun auch Eva, die frisches Wasser aus dem Brunnen geholt hatte und sich mit einem sauberen Lappen daranmachte, meine Wunden notdürftig zu säubern. »Seht doch! Der Qualm! Der ganze Himmel ist pechschwarz!«

Alle wandten ihre Blicke nach oben und stießen beinahe gleichzeitig einen Schreckensschrei aus. »Es brennt!« riefen sie. »Feuer! Zu Hilfe, Feuer! Gott im Himmel! Die Mühle steht in Flammen! Wahrhaftig, sie brennt! Feurio!« Erst als sie die Rauchsäule am Horizont sahen, schienen sie meinen Worten Glauben schenken zu wollen. Zu phantastisch war ihnen wohl mein Bericht vorgekommen. Doch auch jetzt noch waren sie wie zu Stein erstarrt und vermochten sich nicht vom Fleck zu rühren. Nur der kleine Fritz hüpfte vor Aufregung zwischen den Frauen hin und her.

»Ich habe es doch gleich gesagt«, erklang mit einem Mal eine krächzende Stimme aus dem Hintergrund. »Die jüdischen Teufel kommen und holen uns. Genau wie es in der Bibel geschrieben steht!« Die alte Gertrud war in diesem Moment aus dem Gesindehaus getreten, sie trug Evas kleine Tochter Magda auf dem Arm, starrte mit ihren blinden Augen zum Himmel empor und rief uns wie von Sinnen zu: »›Da kam Hagel und Feuer‹, sagt der Prophet Johannes, ›mit Blut vermischt, und wurde auf die Erde geworfen! Und es verbrannte der dritte Teil der Erde, und es verbrannte der dritte Teil der Bäume, und es verbrannte alles grüne Gras!‹ Der Prophet hatte recht, jetzt holen uns die Antichristen!«

Eva ließ Eimer und Lappen fallen und lief schleunigst auf die alte Blinde zu, um sie zu beruhigen und ihr gleichzeitig das Kind, das ängstlich und jämmerlich schrie, abzunehmen und es zurück ins Haus zu bringen.

»Mutter!« ließ sich der Schäfer im gleichen Augenblick neben mir vernehmen. »Mutter, ich bringe dich weg von hier! Sie werden uns nicht finden.« Er trat einige Schritte auf sie zu und blieb dann mit einem Mal stehen, als er sah, welche Wirkung seine Worte auf seine Mutter hatten.

Kuckels Gertrud schrie wie vor Schmerzen auf, griff sich ans Herz und weinte plötzlich bitterlich. »Hermann!« rief sie erschrocken. »Bist du das?!«

Hermann lief auf sie zu und nahm sie in den Arm. »Beruhige dich doch!« redete er sanft auf sie ein. »Es wird ja alles gut.«

»Mein Junge!« Gertrud schluchzte jämmerlich und fuhr dennoch fort, wie ein Rohrspatz zu keifen. »Verdammter Rumtreiber! Teufel noch eins!« Von Tränen erstickt und am ganzen Leibe zitternd, schimpfte sie auf die Räuber, auf ihren Sohn und auf sich selbst und war schließlich gar nicht mehr in der Lage, ein verständliches Wort herauszubringen.

Es war eine seltsame Szene, die sich dort vor unseren Augen abspielte, sie erschien so unwirklich und zugleich so beklemmend und erschütternd, daß alle sich beschämt abwandten oder peinlich berührt zu Boden schauten.

Wie um das Durcheinander zu vervollständigen, trat in diesem Moment der Schulzenbauer samt seiner Magd Hedwig und deren Säugling aus dem Bauernhaus. Er schaute sich irritiert um, fixierte mal mich, dann wieder den Schäfer und überhaupt die ganze Versammlung mit unverkennbarem Widerwillen, warf sich schließlich in die Brust, trat majestätisch, wenn auch ein wenig wankend in die Mitte des Platzes und rief: »Was ist denn das für ein Schauspiel? Könnt ihr nicht einmal am Stillen Freitag ein wenig Ruhe geben? Es ist wahrhaftig ein Kreuz mit euch! Wer sind diese Kerls, und was wollen sie? Treibt sie doch vom Hof! Was haben sie hier zu suchen?! Ich will keine Hausierer mehr sehen. Jagt sie fort!«

»Es sind Kuckels Hermann und der Magistersohn«, beeilte sich Anna zu erklären. »Sie sind gekommen, um uns zu warnen. Vor den Räubern! Sie haben die Mühle ...«

»Sie wollen *was*?« unterbrach sie der Schulze. »Uns warnen? Diese Schurken? Ausgerechnet!« Er schien beinahe belustigt zu sein, grinste verächtlich und deutete mit einer Hand auf den Schäfer. »Den da könnte ich verhaften lassen, nur weil er unseren Hof betreten hat. Wie kommt der verfluchte Dieb dazu, sich hier blicken zu lassen? Man sollte ihm die Gendarmen auf den Hals hetzen. Weiß er nicht, was ihm blüht?«

»Es ist die Wahrheit«, wollte ich zu reden ansetzen, wurde aber ebenfalls prompt unterbrochen. Der Schulze drehte sich zu mir, schnaufte abfällig und wandte sich zum ersten Mal direkt an mich.

»Du kleiner Bankert willst dich also wichtig machen und meine Leute gegen mich aufwiegeln?« rief er, und seiner schwankenden Stimme nach zu urteilen, war er nicht mehr ganz nüchtern. »Glaube ja nicht, daß ich nicht weiß, wer du bist! Ich bin durchaus im Bilde. Man hat mir von dir berichtet und mich vor dir gewarnt, ich weiß Bescheid. Glaubst du wirklich, du könntest mich zum Narren halten? Magistersohn! Ha, daß ich nicht lache! Du bist ein Querulant und Unruhestifter, sonst nichts. Ein verdammter Sittenstrolch, der es nicht verknusen kann, daß ihm sein Liebchen abhanden gekommen ist! Mich täuschst du nicht! Und wenn du nicht schleunigst verschwindest, dann werde ich dich eigenhändig mit der Rute Mores lehren!«

»Wenn Euer Bruder erst einmal mit Euch fertig ist, werde ich Euch gern an Eure Worte erinnern«, entgegnete ich und trat ihm direkt vor die Nase, so daß er seine Drohung sogleich hätte wahr machen können, wenn er eine Rute zur Hand gehabt hätte. »Allerdings glaube ich nicht, daß Bernhard viel von Euch übriglassen wird, und vermutlich könnt Ihr froh sein, wenn Eure Leiche noch aus einem Stück besteht.« So sehr auch die Rage in mir kochte und so gern ich ihm ins Gesicht gespuckt hätte, riß ich mich dennoch zusammen und bemühte mich, ruhig zu bleiben. Ich schrie ihn nicht an, ich kam ihm nur ganz nahe, so nahe, daß ich seine Alkoholfahne riechen konnte. Ich lächelte wie nachsichtig, schüttelte den Kopf und flüsterte: »Glaubt mir, ich werde Euch nicht länger mit der Anwesenheit eines Bankerts belästigen. Euer Schicksal interessiert mich nicht im mindesten, von mir aus könnt Ihr zum Teufel gehen – das werdet Ihr sogar ganz gewiß –, aber es gibt Leute auf diesem Hof, die es wert sind, mit dem Leben davonzukommen. Ich habe gesagt, was ich zu sagen hatte, und Euch wünsche ich ein freudiges Wiedersehen mit Eurem Bruder Bernhard. Sagt ihm einen Gruß von mir, bevor er Euch den Kopf abhackt!«

Johann Lanvermann starrte mich zunächst entgeistert an, er wurde ganz bleich im Gesicht und schluckte mehrmals, ohne ein Wort herausbringen zu können. Schließlich murmelte er: »Bernhard? Was soll das heißen?«

»Daß er unter die Räuber gegangen ist!« antwortete ich. »Daß er nach Ahlbeck zurückgekehrt ist, daß er sich mit den anderen Halunken in der Kolkmühle verschanzt und in Kürze hier sein wird.«

»Das phantasierst du doch!« schrie er trunken, und seine Mundwinkel zuckten nervös. »Das würde er niemals wagen. Warum sollte Bernhard so dumm sein und sich in solche Gefahr begeben?«

»Ihr seid es, der in Gefahr ist!« erwiderte ich. »Euer Bruder hat noch eine Rechnung mit Euch offen. Das waren seine eigenen Worte.«

»Was denn für eine Rechnung? Was redest du denn da?« Er riß die Augen auf, rang die Hände und schnappte nach Luft. Langsam schien ihm der Ernst der Lage zu dämmern, und die Angst war ihm ins Gesicht geschrieben. Plötzlich aber wandelte sich sein Ausdruck, er schüttelte unwirsch den Kopf, und es platzte regelrecht aus ihm heraus: »Was fällt dir Lausebengel ein, mir mit meinem Bruder drohen zu wollen?! Wie kannst du es wagen?! Bernhard in Ahlbeck? Daß ich nicht lache!« Es hatte beinahe den Anschein, als weigerte sich sein vom Alkohol benebeltes Hirn, die Gefahr zu erkennen und entsprechend zu reagieren. Statt dessen beschimpfte er mich, den Überbringer der schlechten Nachricht, und nannte mich einen dreckigen Lügner. »Untersteh dich, du falsche Schlange, sonst blüht dir was!« rief er und packte mich am Kragen. »Ich werde dir die Hammelbeine langziehen!«

»Wenn Ihr nicht so borniert und betrunken wärt, dann würdet Ihr jetzt um Eurer jämmerliches Leben rennen«, entgegnete ich gefaßt und hatte dennoch das plötzliche und kindische Bedürfnis, ihm lauthals ins Gesicht zu lachen. »Wenn Ihr Euch nicht so dummdreist aufführen würdet, dann hättet Ihr längst zum Himmel geschaut und die Rauchsäule am Horizont gesehen. Ihr hättet bemerkt, daß ich wie ein Spanferkel geröstet wurde. Und vielleicht würdet Ihr dann zur Abwechslung einmal etwas verstehen. Aber entschuldigt mich jetzt, ich habe noch Dringendes zu erledigen und kann mich nicht um jeden betrunkenen Kaffer kümmern.« Ich schüttelte ihn ab, wandte mich brüsk ab, ließ ihn kurzerhand und mit heruntergeklappter Kinnlade stehen und ging schnurstracks in Richtung des Gesindehauses.

»Das ist doch wohl die Höhe ...«, wollte er erwidern, doch nun war es Hedwig, die ihm über den Mund fuhr:

»Ach, halte endlich deinen Schnabel!«

Die versammelte Menge hinter mir ließ ein überraschtes, erschrockenes, aber auch belustigtes Gemurmel vernehmen.

Hermann, der immer noch bei seiner alten Mutter vor dem Haus stand, sah mich aufmunternd und zugleich verängstigt an, und abermals sagte er: »Seltsam, sehr seltsam.«

»Versuch bitte, den Schulzen zu überzeugen«, forderte ich ihn auf und faßte ihn am Unterarm. »Und wenn das nicht möglich ist, dann schaff wenigstens die Frauen in Sicherheit. Ich werde inzwischen zum Dorf eilen und dem Amtmann Bescheid geben. Vielleicht ist Boomkamp ja etwas verständiger.«

»Du kannst dich auf mich verlassen, Jeremias.«

Er nickte mir zu, und ich betrat eilig das Gesindehaus.

Eva war in der Stube, wickelte gerade ihr Kind in mehrere Tücher und verschnürte es geradezu zu einem Paket. Sie selbst hatte einen Umhang übergeworfen und traf in aller Eile Vorbereitungen, den Hof zu verlassen. Sie wandte sich zu mir um, lächelte und meinte: »Wir müssen uns beeilen.«

»Kann ich mir bei euch ein Pferd borgen?« fragte ich. »Den Schulzen darum zu bitten, macht vermutlich wenig Sinn. Oder haben die Männer sämtliche Gäule nach Altheim mitgenommen?«

»Im Stall hinter dem Geräteschuppen steht ein klappriger Apfelschimmel«, antwortete sie und band sich mit einem Halteriemen das verschnürte Kind vor die Brust. »Er gehörte einst meinem Mann«, setzte sie verlegen hinzu. »Du kannst den Klepper haben. Er lahmt ein wenig und ist alt wie Methusalem, aber schneller als zu Fuß wirst du mit ihm allemal sein.«

Ich nickte und wollte den Raum verlassen, doch sie hielt mich mit einer Geste zurück, kam langsam auf mich zu und lächelte verschämt. »Damit deine Mutter sich nicht erschrickt, wenn sie dich sieht«, sagte sie und setzte mir einen Strohhut auf, um die verbrannten Haare zu verdecken. »Paß auf dich auf, Jeremias!«

»Ich bin bald zurück«, erwiderte ich und senkte den Blick.

»Das will ich doch hoffen«, entgegnete sie lächelnd. Und plötzlich gab sie mir einen Kuß auf die Wange.

Ich fuhr erschrocken auf, nahm grußlos und geradezu panisch Reißaus und rannte wie von Sinnen aus dem Haus.

In der Tür stieß ich um ein Haar mit Hermann zusammen, der seine Mutter ins Haus führte. Gertrud weinte immer noch und redete zugleich stotternd und ohne Unterlaß auf ihren Sohn ein: »Was hat das alles zu bedeuten, Hermann? Kommen sie uns jetzt holen? Bleibst du nun bei uns? Ach, Hermann, was machst du nur für Sachen? Was bist du für ein Mensch?!«

Als er mich sah, flüsterte Hermann mir zu: »Nimm dich in acht, Jeremias. Dem Amtmann darfst du nicht trauen.«

Ich erinnerte mich plötzlich an die Worte, die mir der Schäfer vor wenigen Tagen in der Heide zugeflüstert hatte, und an seinen seltsamen Ausspruch von vorhin, und ich fragte ihn: »Warum hast du gesagt: ›Blut ist dicker als Wein‹? Von was für einer ›Sippe‹ hast du gesprochen? Was, zum Teufel, haben die Boomkamps mit den Lanvermanns zu schaffen?«

Er sah mich erstaunt an, neigte den Kopf und erwiderte ungläubig: »Weißt du das wirklich nicht?« Da ich den Kopf schüttelte und ihn flehentlich ansah, setzte er schließlich hinzu: »Irmgard Lanvermann war die einzige Tochter des Obristen der bischöflichen Stadtwache zu Altheim.«

Das allerdings war mir bekannt, deshalb fragte ich: »Und weiter?«

»Die Frau dieses Obristen war eine geborene Boomkamp«, erklärte er, »sie war die Tante des heutigen Amtmannes.«

»Irmgard war Boomkamps Base?« rief ich überrascht.

»Genau das war sie.«

»Und die Tochter des Amtmannes wird bald die Lanvermännin sein«, mischte sich nun Hermanns Mutter ein und zog eine bedeutsame Grimasse. »Genauso wie es zuvor ihre Großbase Irmgard gewesen ist.«

»Sie stecken alle unter einer Decke«, fügte Hermann mit Bestimmtheit hinzu. »Eine Krähe hackt der anderen kein Auge aus.«

»O Gott, wie schrecklich!« entfuhr es mir, und ich wußte selbst nicht, was ich damit meinte und warum ich dies sagte.

3

Zu Fuß brauchte man eine gute halbe Stunde vom Schulzenhof bis zum Dorfkern von Ahlbeck, aber dank des Apfelschimmels schaffte ich die Strecke in nicht einmal der Hälfte der Zeit. Ich hatte dem Pferd weder Zaumzeug noch Sattel angelegt, dies war auch gar nicht nötig, denn sobald der alte Klepper auf dem Hessenweg war, trabte er munter – wenn er auch die hintere linke Flanke ein wenig nachzog – von selbst in Richtung des Dorfes, so daß ich ihn weder lenken noch antreiben mußte. Unterwegs schossen mir die wildesten und konfusesten Gedanken durch den Kopf; ich versuchte, all das zu ordnen und miteinander zu verbinden, was ich in den letzten Stunden erlebt und gehört hatte. Mich beschlich das dunkle und beunruhigende Gefühl, daß alles auf seltsame Weise zusammenhing, daß nichts zufällig geschehen war, daß hinter allem ein Plan oder ein Prinzip steckte. Genauso wie der Brand des Moorhofes mit dem Tod des Bauern und dem Verschwinden der Moorbäuerin zusammenhing und sich das eine aus dem anderen erklärte, so mußte es auch bei den folgenden Ereignissen eine logische Verbindung geben, einen roten Faden, den ich nur noch nicht in den Händen hielt. Der Diebstahl, den Hermann nicht begangen haben wollte, ging mir durch den Kopf. Das Geld, das man ihm zugesteckt und anschließend als gestohlen gemeldet hatte. Das Verschwinden des Knechtes und die Aussage des Müllers, kein Mensch außer seiner Mutter habe wirklich nach ihm gesucht. Alle seien froh gewesen, daß Hermann verschollen war. Gerade so, als hätte man Angst vor ihm gehabt und ihn deshalb in eine

Falle gelockt und weggejagt. Aber zu welchem Zweck? Weshalb hätte sich der alte Lanvermann auf diese hinterhältige Art eines harmlosen Knechtes entledigen sollen? Schließlich war es doch Hermann, der solche Angst vor dem Schulzen hatte. »Was hat denn Hermine damit zu tun?« hatte der Schäfer vorhin erstaunt ausgerufen. »Warum sollte ich wohl deswegen davonrennen? Das ist doch dummes Zeug!« Meine arme Mutter fiel mir plötzlich ein, die ebenfalls davongejagt worden war – aus purer Habgier, damit der Schulze sich den Hof unter den Nagel hatte reißen können. Zwölf Monate nach dem Brand hatte sie ein Kind geboren und es weggeben müssen. Zwölf Monate! Und schließlich war da noch die Verwandtschaft zwischen der Lanvermännin und dem Amtmann. Wann der Moorhof gebrannt habe, hatte ich den Flessener gefragt. »Laß mich überlegen«, hatte er geantwortet. »Es war das Jahr, in dem ich Irmgard geheiratet habe.« Und Irmgard war die einzige Tochter des Obristen der Altheimer Stadtwache gewesen. Eine gute Partie, und das galt für beide Seiten. Wie man es auch wendete und betrachtete, stets liefen die einzelnen Fäden beim Dorfschulzen und seinen Söhnen zusammen. Überall hatten sie ihre Hände drin, sie waren die Puppenspieler und zogen die Fäden. Mir brummte der Schädel, aber so sehr ich mich auch anstrengte, zu einem befriedigenden Ergebnis kam ich nicht. Es war zum Haareausraufen!

Ich trat dem armen unschuldigen Gaul in die Seite und entschuldigte mich im gleichen Moment bei ihm dafür. »Bist ein Braver, mein Alter!« sagte ich und tätschelte seinen Hals. »Es war nicht so gemeint.«

Der Hessenweg führte fast auf der gesamten Strecke zwischen dem Dorf und der holländischen Grenze am

Ahlbach entlang, der Weg schmiegte sich regelrecht an den Bachlauf. Erst kurz vor Ahlbeck ging der Bach linker Hand ab und machte einen Bogen um das Dorf, dem er seinen Namen gegeben hatte. Der Weg führte rechter Hand über eine hölzerne Brücke und schlängelte sich von dort als gepflasterte Allee an den Höfen der Pfahlbürger vorbei zum Dorfkern. Der Kotten meiner Eltern lag auf der anderen Seite des Baches, nur einen Steinwurf von der Brücke entfernt, und als ich nun den Hof vor mir sah, beschloß ich kurzerhand, nach dem Rechten zu sehen und mich zu erkundigen, was in der Zwischenzeit geschehen war. Vielleicht war der Amtmann mit seinem Landsturm bereits auf dem Hof gewesen, womöglich würde ich von meinen Eltern erfahren, wo ich Boomkamp finden konnte. Außerdem hatte ich das Bedürfnis, meine Eltern zu beruhigen. Sie hatten seit Tagen nichts von mir gehört, und als Maria mir gestern den Proviant hatte bringen wollen, hatte sie mich nicht am verabredeten Ort angetroffen. Vermutlich machten sie sich mittlerweile Sorgen.

Bereits als ich den Kotten betrat, war mir klar, daß hier etwas nicht stimmte, daß irgend etwas Seltsames vorgefallen sein mußte. Das Tor zur Tenne stand sperrangelweit offen, und das Vieh trieb sich unbeaufsichtigt auf dem Hof herum. Die Rinder waren aus ihren Stallungen gelassen worden und trotteten durch die Gegend. Die Hühner flatterten außerhalb ihres Geheges umher, und sogar die Schweine liefen frei herum und lagen mitten auf dem Hof in der Sonne oder wälzten sich in den schlammigen Pfützen. Vor dem Haus lag ein riesiger Haufen von Stroh und Heu, gerade so, als hätte man diesen vom Dachboden aus durch die Luke auf den Hof geworfen. Auch auf der Tenne sah es aus, als hätte hier ein Sturm gewütet. Sämtliche Fässer und Gefäße waren umgestoßen oder zerbrochen, Werkzeuge und Geräte lagen wild verstreut auf dem Lehmboden, einige Fenster waren eingeschlagen. Weder von meinen Eltern noch von meinen Schwestern war das geringste zu hören oder zu sehen. Der Hof bot einen verlassenen und gespenstischen Anblick.

»Hallo! Ist denn niemand da?« rief ich besorgt und rannte nach hinten in die Stube. »Heda! Wo seid ihr alle?« In der Wohnstube war das Durcheinander noch schlimmer. Sämtliche Schubladen waren aus den Schränken herausgezogen, der Inhalt war auf dem Boden ausgeschüttet worden. Überall lagen Messer, Gabeln, Töpfe und Scherben der irdenen Teller und Becher. Die Vorhänge an den Fenstern waren abgerissen und einige Stühle zerschlagen worden. Es sah aus, als hätten die Vandalen hier gehaust.

In diesem Moment hörte ich ein schlurfendes Geräusch hinter mir. Ich fuhr herum, und vor mir stand meine Mutter, das Gesicht verweint und haßerfüllt und in der Hand einen Dreschflegel, den sie drohend in der Luft schwenkte.

»Habt ihr immer noch nicht genug Schaden angerichtet? Kommt ihr nun, um den Rest auch noch kurz und klein zu schlagen?« Sie sah fürchterlich aus, die Augen waren blutunterlaufen, ihre Haube saß ihr schief auf dem Kopf, die Haare schauten in wirren Strähnen darunter hervor, und ihre Schürze war zerrissen und schmutzig. »Ich habe euch doch gesagt, daß er nicht hier ist!« rief sie und stutzte plötzlich. Jetzt erst merkte sie, daß ich nicht derjenige war, den sie offensichtlich erwartet hatte. Sie sah mich entgeistert an, schüttelte verständnislos den Kopf, warf dann mit einem Mal den Flegel weg und schluchzte laut: »Jeremias! Gott, o Gott, mein Junge!«

»Mutter!« murmelte ich, lief auf sie zu und nahm sie in die Arme. »Ich bin es doch! Beruhige dich bitte. Was ist denn hier passiert?«

»Ach, Jeremias!« seufzte sie, weinte bitterlich und lachte im gleichen Augenblick. »Da bist du ja! Ich habe mir solche Sorgen gemacht.« Sie sah mich nachdenklich an und war offensichtlich hin- und hergerissen zwischen Schmerz und Glück, zwischen Erleichterung und Besorgnis. Sie betrachtete meine zerschundenen Arme, nahm mir den Strohhut vom Kopf und schrie entsetzt auf, als sie meine verbrannten Haare sah. »Was hat man denn mit dir angestellt?!« rief sie tonlos. »Wie siehst du aus?! Hat dich der Landsturm so zugerichtet? Haben sie dich gefunden? Hast du schlimme Schmerzen?«

»Nein, nein«, versuchte ich, sie zu beruhigen, und schüttelte den Kopf. »Es geht schon, es sieht nur häßlich aus. Die Arme brennen ein wenig, und meine Füße tun mir weh, aber es ist nicht der Rede wert. Und mit dem Landsturm hat das alles nichts zu tun!« Immer noch hielt ich sie im Arm, streichelte ihr über die Wangen und bestürmte sie nun meinerseits mit Fragen: »Was ist hier eigentlich los? Haben die Soldaten hier so gewütet? Was hat das zu bedeuten? Wo ist denn Vater, wo sind die Mädchen?«

»Ich bin hier!« meldete sich plötzlich die Stimme der kleinen Mechtild von oben. Sie lugte durch die Luke zum Dachboden und kam im gleichen Moment die Leiter heruntergehuscht. »Mein Gott!« rief sie, nachdem sie mir um den Hals gefallen war und dabei unsere Mutter regelrecht zur Seite gestoßen hatte. »Du siehst ja aus wie ein Schwarzer Peter. Hast du wieder mit dem Feuer gespielt?« Sie lachte schelmisch und drohte mir spielerisch mit dem ausgestreckten Zeigefinger, doch ebenso plötzlich, wie das Lachen aufgetaucht war, verschwand es wieder von ihren Lippen, und sie machte mit einem Mal ein ernstes und erschrockenes Gesicht. »Sie haben nach dir gesucht«, sagte sie und neigte bedeutungsvoll den Kopf zur Seite. »Und sie haben alles kaputtgemacht.«

»Wo ist Vater?« wandte ich mich an meine Mutter. »Und wo steckt Maria?«

»Vater ist mit den anderen Männern aus dem Dorf nach Altheim zur Prozession gegangen«, erklärte sie und wischte sich die Tränen aus dem Gesicht. »Er ist schon seit dem frühen Morgen weg. Es ist doch der Stille Freitag.« Sie deutete auf das Chaos ringsum und seufzte leise. »Von wegen *still*!«

»Was ist denn geschehen?«

»Vor gut einer Stunde sind sie hier aufgetaucht«, mischte sich nun Mechtild ein. »Ein Dutzend Soldaten waren es, sie hatten alle blaue Uniformen an und so komische Helme auf dem Kopf, und alle trugen sie Gewehre mit langen Spitzen dran. Sie wollten dich abholen und einsperren, alles haben sie durchsucht, sogar die Scheune und den Schweinestall, auch den Dachboden haben sie durchstöbert. Mit den Spitzen ihrer Gewehre haben sie ins Heu gestochen. Und weil sie dich nicht finden konnten, haben sie getobt und ganz schlimme Sachen gesagt, und dann haben sie alles kaputtgemacht.« Sie stieß die Sätze kurzatmig hervor, und ihre Stimme überschlug sich fast dabei. Dann sah sie unsere Mutter plötzlich fragend an und setzte leise hinzu: »Einer von den Soldaten hat Mutter ins Gesicht geschlagen, weil sie ihm nicht antworten wollte. Da habe ich ihm in die Hand gebissen, daß es blutete. Er wollte auch mich schlagen, aber ich habe ihm einfach die Zunge herausgestreckt, bin weggerannt und habe mich versteckt. Auch Maria wollten sie festhalten und ausfragen, aber du hättest sie sehen sollen! Mit der Forke ist sie auf die Männer losgegangen, mit dem Stiel hat sie auf sie eingeprügelt, und die Zinken hat sie den Kerlen in die Füße gerammt, daß sie durch die Gegend humpelten. Maria ist ihnen entwischt und schleunigst ins Dorf gelaufen, um Hilfe zu holen, aber sie ist noch nicht wieder zurück.« Sie machte eine Pause, holte tief Luft und setzte stolz hinzu: »Das hättest du sehen sollen!«

»Ist das tatsächlich wahr?« Ich konnte Mechtilds Worte kaum glauben und schaute Mutter fragend an. »War der Amtmann auch dabei?«

»Boomkamp hat die ganze Zeit draußen auf seinem Pferd gesessen und tatenlos zugesehen, wie die Rabauken hier herumgewütet haben«, erwiderte meine Mutter und nickte bestätigend. »Und als ich dagegen protestieren wollte, hat er gebrüllt, ich solle froh sein, wenn sie uns nicht das Dach über dem Kopf anzündeten. Der Schaum stand ihm vor dem Mund, und er hat mich angebrüllt, als wäre ich eine Dirne oder Verbrecherin. Schließlich ist er wutschnaubend in Richtung Dorf davongeritten und hat geschrien, daß sie dich schon noch zu fassen bekämen. Den Ahlbeckern, dieser verdammten Moorbrut, ginge es jetzt an den Kragen, dafür werde er schon sorgen. Die Landsturmmänner sind noch eine Weile dageblieben, sie haben die Vorratskammer geplündert und alles gestohlen, was nicht niet- und nagelfest war. Und was sie nicht verschlingen oder mitnehmen konnten, das haben sie einfach fortgeworfen. Sie haben hier gehaust wie im Feindesland, das ganze Bier haben sie sich hinter die Binde gegossen und sich so betrunken, daß sie schließlich nur noch lallen und wanken konnten. Aus lauter Bosheit haben sie die Möbel zertrümmert und die Scheiben eingeschlagen. Und wenn wir uns wehren wollten, haben sie gelacht und uns noch Schlimmeres angedroht. Es war schrecklich. Ein paar von ihnen kannte ich sogar vom Markt in Altheim, für einige ihrer Frauen habe ich schon Kleider genäht, aber sie haben sich aufgeführt, als wären wir Wildfremde, als hätten sie es mit dahergelaufenem Gesindel zu tun.« Die Tränen schossen ihr in die Augen, und sie schneuzte sich, bevor sie fortfuhr: »Die Männer sind erst vor kurzem verschwunden. Ein Wunder, daß sie dich nicht gesehen haben! Ein paar Minuten früher und du wärst ihnen direkt in die Arme gelaufen.« Sie sah mich plötzlich mißtrauisch an und zog die Stirn kraus. »Wo hast du eigentlich gesteckt? Maria war gestern im Moor und hat dich nicht angetroffen! Was ist dir überhaupt zugestoßen? Wer hat dich so zugerichtet, wenn es nicht der Landsturm war? Rede doch, mein Junge!«

»Das ist eine lange Geschichte«, erwiderte ich und war nicht mehr in der Lage, irgend etwas zu sagen oder zu erklären. Eine unendliche Wut stieg in mir hoch, mich ergriff ein ohnmächtiger Jähzorn, so daß ich am liebsten laut geschrien hätte. Und hätte mir der Amtmann Boomkamp in diesem Augenblick gegenübergestanden, so hätte ich ihn mit dem Dreschflegel verprügelt und ihm voller Verachtung ins Gesicht gespuckt. Es ärgerte mich, daß ich mich überhaupt vor ihm und seinen Mannen versteckt hatte. Ja, schlimmer noch: Ich war voller Hoffnung nach Ahlbeck geeilt und hatte Boomkamp um Hilfe bitten und den Überfall auf den Schulzenhof verhindern wollen. Und nun stellte sich heraus, daß es längst zu einem verbrecherischen Überfall gekommen war und daß der Amtmann sich aufgeführt hatte, wie es ein Räuberhauptmann nicht schlimmer hätte tun können. Ich hatte damit gerechnet, daß er hart und rigoros gegen die Deserteure vorgehen würde, aber daß er geradezu einen kriegerischen Angriff auf das Dorf Ahlbeck geplant hatte, das hatte ich nicht ahnen können. »Jeder führt seinen eigenen Krieg«, gingen mir die Worte des Flesseners durch den Kopf. Der Amtmann schien sich tatsächlich auf einer Art Feldzug zu befinden. Und vielleicht war es an der Zeit, daß auch ich meinen Krieg austrug. In aller Offenheit und mit den entsprechenden Konsequenzen.

Der Gedanke an Bernhard Lanvermann brachte mich blitzartig in die Gegenwart zurück. Ich sah den forschenden und besorgten Blick meiner Mutter und den verängstigten Ausdruck im Gesicht meiner Schwester, und ich berichtete ihnen in knappen und sogar beschwichtigenden Worten, was sich im Moor zugetragen, wen ich getroffen und was ich erlebt hatte. Einen Moment lang drängte es mich, meiner Mutter auch all das zu erzählen, was ich über die Vorfälle vor zwanzig Jahren erfahren hatte und was ich über die Moorbäuerin Elisabeth Lösing, meine leibliche Mutter, wußte. Und gern hätte ich nach jenen Punkten gefragt, die mir nach wie vor unklar waren. Ein weiterer Ausspruch des Flesseners kam mir in den Sinn: »Wenn du dich so für die Moorbäuerin interessierst, dann solltest du lieber deine Mutter nach ihr befragen.« ›Schwestern im Geiste‹ hatte er die beiden Frauen genannt!

Die Worte lagen mir schon auf der Zunge, aber als ich das verstörte Gesicht, den verwirrten Blick und die tränengeröteten Augen meiner Mutter sah, vermochte ich sie nicht auszusprechen. So beließ ich es bei dem Nötigsten und berichtete genau das, was ich auch den Leuten auf dem Lanverhof gesagt hatte.

Doch anders als die Gesindefrauen des Schulzen starrte mich meine Mutter nicht ungläubig an, sondern nickte, ergriff meine Hand und fragte: »Was sollen wir nun tun? Was hast du vor?«

»Ich muß ins Dorf!« erwiderte ich. »Entweder Boomkamp unternimmt etwas gegen die Räuber und benimmt sich wieder wie ein normaler Mensch, oder er wird sein blaues Wunder erleben! Das kann ich ihm hoch und heilig versprechen. Der wird sich noch umschauen!«

Abermals nickte meine Mutter nachdenklich, doch dann schüttelte sie plötzlich heftig den Kopf und erklärte: »Er wird dich gar nicht erst anhören, sondern auf der Stelle verhaften lassen.«

»Das soll er ruhig versuchen«, antwortete ich und drehte mich dann zu meiner Schwester um. »Mechtild, holst du meine Sonntagshose und ein Hemd aus meiner Kammer?«

»Willst dich wohl feinmachen, was?« rief sie, lachte und verschwand.

Als Mechtild die Stube verlassen hatte, zog ich meine zerrissenen und angesengten Kleider aus, wandte mich wieder an meine Mutter und sagte: »Ich habe gestern und heute einiges gehört und erlebt. Du kannst mir glauben, Mutter, ein verrücktgewordener Amtmann jagt mir keine Angst ein. Ich habe keine Lust mehr, mich zu verstecken.«

Meine Mutter sah mich erstaunt an, kniff die Augen zusammen, preßte die Lippen aufeinander und murmelte schließlich: »Junge, was ist nur mit dir geschehen? Ich erkenne dich gar nicht wieder.« Dann sah sie das Medaillon auf meiner Brust, nahm es in die Hand und lächelte traurig.

»Ich bin wie meine Mutter, nicht wahr?« rutschte es

mir heraus. Wer hatte dies vor kurzem zu mir gesagt? War es der Müller gewesen? Nein, jetzt fiel es mir wieder ein: Bernhard hatte diese Worte benutzt. Ich sei ja genauso störrisch wie meine Mutter, hatte er gemeint.

»Was sagst du da?« Meine Mutter stand, wie zur Salzsäule erstarrt, vor mir, und ein ungeheurer Schrecken war in ihrem Gesicht zu erkennen. Sie starrte mich entgeistert und entsetzt an und flüsterte: »Was meinst du damit? Was soll das heißen?!«

Im gleichen Augenblick und bevor ich antworten konnte, platzte Mechtild zur Tür herein, reichte mir die Kleider und rief: »Das Hemd hat ein Loch auf dem Rücken, aber ich konnte kein anderes finden!«

»Das wird schon gehen«, erwiderte ich lächelnd. »Darauf kommt es nicht an.«

Während ich mich anzog, betrachtete meine Mutter mich beinahe ängstlich, ihre Mundwinkel zuckten, und ihre Augen wurden feucht. Mit einem Mal jedoch sprang sie auf, sie schien ihre düsteren Gedanken verscheuchen zu wollen, legte eine plötzliche und übertriebene Geschäftigkeit an den Tag und rief mir zu: »Laß uns gehen, Jeremias! Auf ins Dorf! Zum Amtmann!« Und als meine sie etwas ganz anderes damit, setzte sie leise hinzu: »Du hast recht, Kind, das Versteckspiel ist jetzt vorbei!«

»Willst du etwa mitkommen?« wunderte ich mich. »Hast du nicht schon genug mitgemacht? Bleib lieber hier bei Mechtild und fang das Vieh wieder ein. Ich komme schon allein zurecht.«

»Ich weiß, mein Junge. Das habe ich mittlerweile auch begriffen«, antwortete sie mit merkwürdigem Vibrieren in der Stimme. »Aber es kann nicht schaden, wenn ich dir zur Seite stehe. Die Rindviecher werden uns schon nicht wegrennen. Im übrigen mache ich mir

Sorgen um Maria. Laß uns nicht streiten, Jeremias, ich komme mit! Und fertig!« Mit diesen Worten war sie zur Tür hinausgeeilt, hatte den Dreschflegel ergriffen und rief mir nun von der Tenne aus zu: »Wo bleibst du denn?«

»Und ich?« meldete sich Mechtild zu Wort. »Was ist mit mir?«

»Versteck dich wieder auf dem Dachboden«, erwiderte ich und setzte mir den Strohhut auf den Kopf. »Und komm erst herunter, wenn du uns rufen hörst!« Ich zuckte entschuldigend mit den Schultern, winkte meiner Schwester zu und lief meiner Mutter hinterher.

»Immer wenn es spannend wird«, hörte ich Mechtilds mürrische Stimme aus der Stube, »dann muß ich mich verstecken. So eine Ungerechtigkeit! Ich bin doch kein kleines Kind mehr.«

Als ich auf den Hof hinaustrat, stand meine Mutter neben dem klapprigen Apfelschimmel, schaute mich überrascht an und fragte: »Wem gehört denn dieses Tier?«

»Auch das ist eine lange Geschichte«, antwortete ich, und plötzlich schoß mir ein Gedanke durch den Kopf, der dort bereits seit längerem geschlummert hatte. »Könntest du dir vorstellen, daß wir eine Magd auf unseren Hof holen? Oder vielleicht sogar zwei?«

»Eine Magd?« antwortete sie und schüttelte den Kopf. »Der Kotten wirft kaum genug für uns ab. Was sollten wir da mit einer Magd anfangen? Du hast vielleicht Ideen!«

»Und wenn sie meine Frau wäre?« entgegnete ich und war selbst überrascht, daß mir die Worte über die Lippen gekommen waren.

»Junge!« war alles, was meine Mutter erwidern konnte. Sie starrte mich verwirrt und mit großen dunklen Augen an, wollte etwas hinzufügen, verzog dann aber den Mund zu einem schiefen Lächeln und schwieg.

Und im gleichen Moment ertönten die Glocken vom Turm der Ahlbecker Kirche. Zunächst nur das helle Gebimmel der kleinen eisernen Uhrenglocke, doch schließlich auch das mächtige und durchdringende Geläut der drei großen gotischen Bronzeglocken. Das Läuten klang merkwürdig konfus, nicht geordnet, sondern wild und panisch und ohne Abstimmung.

»Glockengeläut am Stillen Freitag!« rief meine Mutter und schien wie aus einem Traum aufzuwachen. Sie umklammerte mit beiden Händen den Dreschflegel, lief in Richtung Holzbrücke und sagte: »Jesus, Maria und Josef! Das kann nichts Gutes bedeuten!«

Auch ich griff nach dem erstbesten Gegenstand, den man als Waffe benutzen konnte – es war eine Forke –, und lief hinüber zum Ahlbach.

4

Auf der anderen Seite der Brücke war bereits Bewegung zu erkennen. Viele Frauen und einige Männer kamen aus ihren Häusern und Hütten, etliche standen staunend auf dem Weg und diskutierten miteinander oder liefen im Eilschritt auf der Allee in Richtung Kirche.

»Warum läuten denn die Glocken? Brennt es irgendwo? Weiß denn niemand, was geschehen ist? Was ist denn hier los?« Alle redeten wild durcheinander und bestürmten sich gegenseitig mit Fragen. »Glocken am

Stillen Freitag, das hat es ja noch nie gegeben! Ob jemand gestorben ist?«

Der älteste Sohn des Schniederbauern, dessen Hof nicht weit von unserem am diesseitigen Ufer des Baches lag, meldete sich zu Wort: »Soldaten sind im Dorf. Ich habe vorhin eine Handvoll Musketiere auf Pferden gesehen. Sie sind zum Huesmann-Hof geritten.«

»Vielleicht ist ja wieder ein Krieg ausgebrochen?« murmelte eine Magd.

»Ach, Unsinn«, entgegnete eine andere, »davon hätten wir doch etwas munkeln gehört! Oder sind etwa die Franzosen zurückgekehrt?«

»Nein, ich glaube, es waren die Preußen«, antwortete der Schniedersohn. »Sie trugen blaue Röcke und schwarze Tschakos auf dem Kopf.«

»Wer mag bloß auf dem Glockenturm sein?« fragte ein junges Mädchen und deutete zur Kirche. »Das hört sich ja fürchterlich an! Der Küster ist es gewiß nicht. Ob der Pastor das Läuten befohlen hat?«

»Der Landsturm ist im Dorf und will die Deserteure verhaften!« rief ich den Leuten zu. »Sie überfallen die Höfe und plündern und rauben! Unseren Hof haben sie schon verwüstet! Sie schlagen alles kurz und klein!«

»Was denn für ein Landsturm?« fragte eine alte bucklige Frau mit einem Krückstock aus Wurzelholz. »Warum sollten sie das tun? Das ist doch Unsinn! Wir haben schließlich niemandem etwas getan!«

»Das ist den Soldaten ganz egal«, beharrte ich. »Sie nehmen sich, was sie kriegen können. Und den Huesmann-Kotten werden sie auch ausrauben!«

»Der Landsturm ist doch preußisch«, erklärte der Schniedersohn kopfschüttelnd. »Und wir sind inzwischen auch preußisch. Da werden sie uns doch nicht ausplündern!«

»Es sind die Oldendorfschen!« mischte sich nun meine Mutter in das Gespräch ein und schwenkte ihren Dreschflegel über dem Kopf. »Die Oldendorfschen greifen Ahlbeck an! Es geht nicht um die Preußen oder irgendeinen Landsturm, sondern darum, daß die Oldendorfer unser Dorf überfallen. Der Amtmann ist mit seinen Männern in Ahlbeck auf Beutezug! Wollt ihr das nicht begreifen? Wollt ihr das etwa zulassen?!«

»Die Oldendorfschen?« rief das junge Mädchen.

»Der Amtmann?« fragte die alte Frau.

»Potztausend!« fluchte der Schniedersohn. »Diese Halunken!«

Mit einem Mal ging ein Ruck durch die Menge, und von einer Sekunde auf die nächste hatte sich der spöttische Unglaube in unbedingten Tatendrang verwandelt. Daß irgendein preußischer Landsturm irgendwelche Deserteure fangen wollte, das klang in den Ohren der Ahlbecker absurd und lachhaft. Vermutlich wußte kaum jemand, was überhaupt ein Landsturm war. Daß aber die verhaßten Oldendorfer und vor allem ihr hochnäsiger Amtmann den »guten Leuten« aus Ahlbeck aus purer Bosheit ein Leid antun wollten, das erschien allen glaubwürdig und wahrscheinlich. Von den Oldendorfschen war eine solche Gemeinheit regelrecht zu erwarten. Pack bleibt eben Pack, darüber waren sich alle Ahlbecker einig.

»An die Waffen!« rief der Schniedersohn. »Denen werden wir es zeigen!«

Und so liefen sie nun zurück auf ihre Höfe oder in ihre Häuser und kamen nur wenige Sekunden später, mit Knüppeln, Äxten und Eisenstangen bewaffnet, zurück auf die Straße und stürmten mit lautem Gegröle zum Kirchplatz.

»Die Oldendorfschen sind da!« riefen sie. »Die Lektion vom Mittwoch hat ihnen noch nicht gelangt. Jetzt sollen sie mal sehen, was es heißt, sich mit den Ahlbekkern anzulegen.«

»Kommt aus den Häusern, ihr Leute!« verkündete der Schniedersohn. Er war der einzige, der eine Jagdflinte in den Händen hielt, und schritt der Meute voran zum Dorf. »Wenn die Oldendorfer Keile haben wollen«, fügte er hinzu, »so sollen sie welche erhalten. Das wäre doch gelacht! Die sollen sich warm anziehen! Heda, ihr Pfahlbürger, die Oldendorfschen sind da!«

»Wir ziehen ihnen die Hammelbeine lang!« rief sogar die alte bucklige Frau und schwenkte ihren Krückstock, daß sie um ein Haar auf die Nase gefallen wäre.

»Es ist doch immer dasselbe«, raunte meine Mutter mir zu und schüttelte den Kopf. »Man muß den Leuten nur sagen, was sie hören wollen, und schon fletschen sie die Zähne und spucken große Töne.« Sie winkte mit dem Arm und setzte hinzu: »Komm, laß uns gehen. Es wird Zeit.«

Je näher wir der Kirche kamen, desto lauter wurde das Schreien und Zetern. Immer mehr Leute traten aus den Häusern und rannten zum Dorfplatz, die Glocken läuteten ohne Unterlaß, und hin und wieder war das Klirren von Glas oder das Bersten von Holz zu vernehmen. Frauen schrien, militärisch klingende Befehle erschallten, und das Getrappel von Pferdehufen war zu vernehmen. Als wir den direkt an der Dorfstraße gelegenen Hof des Pättenbauern erreicht hatten, preschte gerade ein Trupp berittener Landsturmmänner durch das Gatter auf die Allee und jagte im Galopp zur Kirche. Auf einem der Pferde konnte ich den Sohn des Pättenbauern erkennen, er war wie ein Paket verschnürt und lag bäuchlings auf dem Rücken des Gaules.

»Zu Hilfe!« rief er, als er uns sah. »So helft mir doch!«

Doch im gleichen Moment versetzte ihm einer der nebenher reitenden Uniformierten einen Schlag mit dem Gewehrkolben gegen die Schläfe, und der Pättensohn sank ohnmächtig auf dem Pferd zusammen.

»Barbaren!« rief meine Mutter in Rage, schlug mit ihrem Dreschflegel auf die Reiter ein, verfehlte sie jedoch und wollte dem Trupp nachsetzen. »Ihr Unchristen!« schimpfte sie. »Was fällt euch ein? Laßt den Jungen frei!«

»Laßt ihn frei!« echote die Menge und rannte nun ebenfalls den Pferden hinterher. »Wird's bald, verdammte Oldendorfer!«

Ich konnte meine Mutter im letzten Moment am Rockzipfel fassen und zurückhalten. »Laß uns erst auf dem Pättenhof nach dem Rechten schauen«, sagte ich und deutete zu dem Gatter, vor dem der kleine Wenzel mit verheultem Gesicht stand, unruhig auf der Stelle trampelte und hilflos mit den Armen ruderte. Die Angst stand ihm ins Gesicht geschrieben.

»Mias!« rief er, als er mich erkannte. »Der Sandmann!«

»Ich weiß, Wenzel«, erwiderte ich, nahm ihn an der Hand und führte den am ganzen Körper zitternden Jungen von der Straße weg und zurück auf den Hof. »Wo sind deine Eltern? Wo sind deine Geschwister?«

»Mama Haus!« antwortete er, immer noch ganz außer sich und wie von Sinnen. »Papa weg! Sandmann kaputt, alles kaputt, kaputt, kaputt!«

Auf dem Hof sah es ähnlich schlimm aus wie auf unserem Kotten. Ein einziges Bild sinnloser Verwüstung und blinder Zerstörungswut. Die Fensterscheiben waren eingeschlagen, das Mobiliar lag zertrümmert auf dem Hof herum, und die zerschlagenen Weinflaschen, die ausgeleerten Bierkrüge und die weggeworfenen Essensreste kündeten davon, daß die Banditen auch hier wie welsche Besatzer geplündert und gepraßt hatten.

Die Pättenbäuerin trat in diesem Moment mit einem kleinen Mädchen an der Hand aus dem Haus, das Gesicht der Frau war vom Weinen ganz verquollen, sie schniefte und schluchzte und warf sich, als sie uns erkannte, in die Arme meiner Mutter. »Oje, Maria, sie haben meinen Jungen weggeholt!« rief sie, und die Tränen liefen ihr in Bächen über die Wangen.

Auch das Mädchen, es handelte sich um die fünfjährige Josefa, weinte bitterlich und hielt sich die ganze Zeit an der Schürze der Mutter fest.

»Mein Rudolf, der gute Junge«, schluchzte die Pättenbäuerin, »sie haben ihn wie einen Räuber abgeführt. Er wollte sich noch verstecken, aber sie haben ihn entdeckt, da ist er weggelaufen, und sie haben ihn gefangen und wie einen Verbrecher verprügelt. Der arme Junge! Grün und blau haben sie ihn geschlagen.« Ein tiefer Seufzer entrang sich ihrer Brust, und atemlos setzte sie hinzu: »Und schau dir bloß an, was sie auf dem Hof angerichtet haben! Alles haben sie zertrümmert. Wie Wahnsinnige! Was sind das bloß für Menschen? Was haben wir ihnen denn getan?!«

»Pst! Sei ganz ruhig«, versuchte meine Mutter sie zu beschwichtigen. »Wir werden deinen Rudolf schon wieder befreien. Sei ganz unbesorgt, Katharina. Bei uns haben sie auch gewütet, aber damit werden sie nicht durchkommen. Das ganze Dorf ist schon auf den Beinen. Die Glocken läuten zum Sturm, und bald werden noch mehr Leute zur Kirche gerannt kommen. Heute abend hast du deinen Jungen wieder, das verspreche ich dir!«

Die Pättenbäuerin sah meine Mutter überrascht an, aber als sie den ernsten und entschlossenen Gesichtsausdruck ihrer Verwandten erblickte, wurde sie plötzlich ganz ruhig und gefaßt. Sie nickte, wischte sich die Tränen aus den Augen und meinte: »Du hast recht, Maria, sie werden nicht weit kommen, diese Schurken!« Sie schneuzte sich und nickte abermals. »Wenzel, geh ins Haus!« wandte sie sich plötzlich an ihren Sohn, der immer noch ganz verstört dastand und von einem Bein aufs andere trat. »Und du auch, Josefa! Geht beide hinein, schließt die Tür hinter euch zu und laßt niemanden herein! Mama muß kurz weg!«

»Sandmann!« rief Wenzel. »Böse, Sandmann, böse!« Er nickte, nahm die kleine Josefa an die Hand und rannte mit ihr schnurstracks zum Kotten.

»War Maria vor einer Weile hier?« wollte meine Mutter von der Bäuerin wissen. »Hast du sie gesehen?«

»Deine Tochter war kurz auf dem Hof und wollte uns irgend etwas berichten«, erzählte die Pättenbäuerin, »aber da kamen auch schon die Soldaten, und darum ist sie davongerannt. Ich weiß nicht, wohin. Sie wolle Hilfe holen, hat sie gesagt. Es ging alles so furchtbar schnell! Wer sollte denn so was auch ahnen?«

»Wir müssen zur Kirche!« raunte ich den beiden ungeduldig zu. »So rasch wie möglich. Wenn der Amtmann mit den Gefangenen das Dorf erst einmal verlassen hat, dann ist es zu spät.«

Nicht nur wegen der verhafteten Deserteure, auch wegen der Räuber und dem geplanten Überfall auf den Schulzenhof war unbedingte Eile geboten. Mit Schrecken dachte ich daran, was sich wohl im Augenblick im Moor abspielte. Ich hoffte inständig, daß Kukkels Hermann die Frauen in Sicherheit gebracht hatte. Es war zum Verrücktwerden, ich wollte helfen, aber mir waren die Hände gebunden – oder besser: Ich saß zwischen zwei Stühlen und war gezwungen, mich vom Strudel der Ereignisse mitreißen zu lassen. Alleine und auf eigene Faust konnte ich nichts unternehmen, aber Hilfe war gleichfalls nicht in Sicht. Es war zweifelhaft, ob der Amtmann mich anhören und den Landsturm ins Moor schicken würde, und die Ahlbekker Bürger hatten im Moment Wichtigeres zu tun, als ihrem Dorfschulzen zu Hilfe zu eilen. Ich saß in der Zwickmühle, und das einzige, was ich tun konnte, war: mich beeilen!

»Geht schon mal vor«, sagte die Pättenbäuerin, »ich komme gleich nach.«

»Was hast du vor?« fragte meine Mutter.

»Geht nur!« wiederholte die Bäuerin, und ein seltsames Funkeln war in ihren Augen zu erkennen. »Ich habe noch etwas zu erledigen!« Und sie lief eilends ins Haus.

Als ich mit meiner Mutter wieder auf die Straße trat, empfing uns ohrenbetäubender Lärm. Eine kleine Gruppe von Landsturmleuten torkelte zu Fuß über das Kopfsteinpflaster. Sie stritten sich lauthals um ein Faß Wein, das zwischen ihren Händen und Gurgeln hin und her wanderte, schrien gegen das unentwegte Sturmläuten an und sangen ebenso grölend wie schief und lallend irgendeinen Gassenhauer. Flankiert waren die Betrunkenen von aufgebrachten Dorfbewohnern, welche die Soldaten beschimpften und ihnen immer näher rückten, bis sie schließlich den ganzen Trupp umzingelt hatten.

»So eine Schande!« riefen sie. »Sturzbetrunken! Und das am Tage des Herrn! Schämen solltet ihr euch, verdammtes gottloses Pack! Habt ihr denn euren gesamten Anstand versoffen?!«

Die Versammlung war ins Stocken geraten, die Bauern standen den Soldaten im Weg und ließen sie nicht mehr vom Fleck. Eine Rangelei entstand, die Landsturmleute merkten, daß irgend etwas nicht stimmte, daß man ihnen auf den Pelz rückte, daß hier eine Ungehörigkeit vonstatten ging.

»Macht, daß ihr verschwindet!« keiften sie. »Wir sind auf Befehl der Obrigkeit hier. Wollt ihr etwa dem Amtmann Widerstand leisten?«

Die wütende Menge ließ sich durch solche Worte nicht einschüchtern. Die Dorfbewohner hielten allesamt Stangen und Knüppel in den Händen und fuchtelten mit diesen drohend in der Luft. »Auf Befehl der Obrigkeit?« höhnten sie. »Hat euch der Amtmann etwa befohlen, euch zu betrinken und unsere Vorräte zu plündern? Wenn ihr glaubt, daß ihr uns ungestraft ausrauben könnt, dann habt ihr euch aber gründlich geschnitten!«

Die Soldaten bekamen es sichtlich mit der Angst zu tun. Sie sangen schon lange nicht mehr und blickten unruhig in die finsteren Gesichter ihrer Gegner. Zwar war der Landsturm besser bewaffnet, als die Bauern es waren – die Soldaten trugen Säbel und Degen, und einige wenige hatten sogar Musketen im Anschlag –, aber von der Zahl her waren sie den Dorfbewohnern weit unterlegen. Im übrigen hatten die Leute sie mittlerweile so eingezwängt, daß sich Panik unter ihnen breitmachte. Irgendeiner der Soldaten wollte sich mit Macht den Weg durch die Menge bahnen, wurde aber durch einen Stockhieb zurückgehalten und zu Boden geschickt. Ein allgemeiner Aufschrei war die Folge. Und dann fiel ein Schuß.

Nach einem Moment gelähmten Entsetzens entlud sich der Schrecken in panischer Flucht. Alles rannte wild durcheinander, Soldaten wie Bauern stürmten kopflos zum Kirchplatz, als ginge es nur noch darum, das eigene Leben zu retten. Man stieß sich gegenseitig an und riß einander mit, so daß die ganze Meute im Verbund zur Kirche rannte. Dabei war im Grunde nichts Schlimmes passiert. Der Landsturmmann, der von einem Dörfler mit dem Stock geschlagen worden war, hatte lediglich, auf dem Boden liegend, in die Luft geschossen, um sich Respekt zu verschaffen. Aber er war durch die Lautstärke des Knalls selbst so sehr erschreckt worden, daß er als erster aufsprang und schreiend davonstob. Es war wahrlich ein seltsames Bild. Jene, die sich vorhin noch so drohend gegenübergestanden hatten, liefen nun gemeinsam davon, als wäre eine dritte Partei hinter ihnen her und wollte ihnen ans Leder. Nur meine Mutter und ich blieben auf der Straße zurück und sahen uns kopfschüttelnd an.

»Wenn ihr nicht werdet wie die Kinder«, zitierte sie die Heilige Schrift.

»Vielleicht sollten wir uns dem Kirchplatz auf anderem Wege nähern«, schlug ich vor. »Die Leute sind so aufgebracht und verschreckt, daß es noch ein Unglück geben wird. Wenn wir uns um die Kirche herum und über den Friedhof schleichen, gehen wir der Meute aus dem Weg. Dann können wir erst einmal schauen, was sich auf dem Dorfplatz abspielt, und anschließend überlegen, was zu tun ist und wie wir vorzugehen haben.«

Meine Mutter nickte stumm und folgte mir zur Kirche.

5

Wir gingen den gleichen Weg, den ich auch vor zwei Tagen gegangen war: an der Nordseite der Kirche entlang, an der Sakristei vorbei und über den umfriedeten Kirchhof, dessen Mauer am anderen Ende an den Dorfplatz grenzte. Unterwegs und im Schatten der Kirche begegneten wir keiner Menschenseele, die Leute strömten hinter uns auf der Allee zusammen, und von der gegenüberliegenden Seite der Kirche drangen das aufgeregte Schreien der Dörfler und die zunehmend barschen Befehle der Soldaten an unser Ohr. Wie wir es vermutet hatten, hatte sich die Menge vor dem Hauptportal und unter der Linde eingefunden. Und dem Gezeter nach zu urteilen, war der Amtmann mit seinen Leuten noch im Dorf.

Von Grab zu Grab schlichen wir uns in Richtung des Kirchplatzes. Meine Mutter blieb hinter mir zurück, sie schien sich an diesem finsteren Orte gar nicht wohl zu fühlen, sie faßte sich an die Brust und atmete schwer, als bekäme sie keine Luft. Vor dem Grab meiner Großmutter blieb sie plötzlich stehen, lehnte sich an den Grabstein und seufzte tief und schwermütig. Ich wollte mich ihr bereits besorgt nähern, als mir ein Grab ins Auge stach, das sich nur unweit davon befand und sich auffallend von den anderen Gräbern unterschied. Es war kein monumentaler oder besonders kunstfertig gehauener Grabstein, der meine Aufmerksamkeit auf sich zog – es gab überhaupt keinen Stein, sondern nur ein schlichtes Holzkreuz, das am Kopfende in der Erde steckte. Nein, was auffallend und ungewöhnlich war, war der Bewuchs des Grabes und die offensichtliche Sorgfalt, mit der es gepflegt wurde. Statt der üblichen Winterastern und Stiefmütterchen wuchsen wunderschöne Sumpfdotterblumen, Schneeglöckchen und Akkerveilchen auf dem Grab, und statt des sonstigen Tannengrüns war frisches Heidegras gepflanzt. Sogar etwas Ginster, der bald goldgelb blühen würde, stand darauf. Das Grab wirkte auf wilde und beinahe verwunschene Art schön, wie ein Stück duftende und blühende Heide, das auf den düsteren Kirchhof verpflanzt worden war. Von Unkraut allerdings war nichts zu sehen, so naturbelassen der schwarze Mutterboden auch ausschaute, es war offenkundig, daß jemand dieses merkwürdige Grab liebevoll hegte und pflegte. Ein plötzlicher Verdacht stieg in mir auf, und ich ging hinüber, um die Inschrift auf dem Kreuz zu lesen. Und tatsächlich – in großen Lettern war ein Name ins Holz geschnitzt, und darunter standen Jahreszahlen:

HERMINE KUCKEL
1777 – 1794

Es fuhr mir eiskalt durch die Glieder, ich zitterte am ganzen Körper, und mit einem Mal konnte ich nicht mehr an mich halten. Ich vergaß alles, was um mich herum geschah: Die Räuber, der Landsturm, die Deserteure, der Amtmann, alles verschwamm vor meinen Augen und in meinem Kopf. Meine Gedanken gingen zwanzig Jahre zurück, und es brach regelrecht aus mir heraus. »Warum hast du es mir nicht gesagt?« rief ich, wandte mich zu meiner Mutter um, und die Tränen liefen mir über die Wangen. »Du hast es doch gewußt, nicht wahr?«

»Was meinst du damit?« Sie sah mich entgeistert und ängstlich an, kam zu mir herüber und ergriff meine Hand. »Was hast du denn, mein Junge?«

Ich wußte selbst nicht recht, was mit mir war. Ich stand wie angewurzelt vor Hermines Grab und versuchte krampfhaft, meine Mutter nicht zu hassen. Nicht die Mutter, die nun vor mir stand, sondern die Mutter, die ich nie gekannt hatte. Die Mutter, deren Medaillon ich um den Hals trug und deren hübsches Antlitz ich vor zwei Tagen zum ersten Mal auf einem winzigen Porträt gesehen hatte. Ich hatte dem Müller versprochen, meine Mutter nicht zu hassen. Doch nun starrte ich auf das fürchterlich schöne Grab eines unschuldigen jungen Mädchens, und obgleich ich wußte, daß die Moorbäuerin keine Schuld an Hermines Tod trug, schnürte es mir die Kehle zu. Ich warf meiner Mutter nicht vor, daß sie ihren Mann, den Vennekötter, erschlagen hatte. Ich hielt ihr nicht vor, daß sie ihn am Dachstuhl aufgeknüpft hatte, daß der Hof den Flammen zum Opfer gefallen war, daß man sie davongejagt hatte – wie hätte ich ihr all das allen Ernstes zum Vorwurf machen können, sie selbst hatte schließlich am meisten darunter gelitten, und ich hatte keinerlei Recht, sie dafür zu verurteilen. Und doch fühlte ich Ekel und Verachtung in mir aufsteigen. Nicht wegen der schrecklichen Dinge, die vor meiner Geburt vorgefallen waren, sondern wegen jener, die direkt mit meiner Geburt zusammenhingen und mir immer noch unklar waren. Ich fühlte mich plötzlich so einsam und verstoßen! Als trüge ich die Schuld an allem. Warum hatte meine Mutter mich verlassen, mich weggegeben? Wieso war es ihr nicht möglich gewesen, mich bei sich zu behalten? Wie hatte sie das tun können? Immerhin war ich doch ihr Kind gewesen!

»Jeremias! Du tust mir weh!«

Erst dieser Ausruf brachte mich wieder zu mir. Ich fuhr zusammen und bemerkte, daß ich meiner Adoptivmutter mit beiden Händen die Finger so zusammenpreßte, daß sie vor Schmerz aufschrie. Ich ließ sie los und starrte zu Boden. Doch anstatt mich zu entschuldigen, fuhr ich sie wütend an: »Warum hast du mir nicht gesagt, daß die Moorbäuerin meine Mutter ist? Wieso hast du das verschwiegen? Du und Vater, ihr hättet doch ahnen müssen, daß ich Lisbeths Kind bin. Vor allem *du* hättest es ahnen müssen, schließlich wart ihr Freundinnen!«

Sie starrte mich mit weit aufgerissenen Augen an, öffnete leicht den Mund, zog die Stirn kraus und schien eine Frage stellen zu wollen. »Du weißt ...?« setzte sie an, unterbrach sich aber plötzlich und schüttelte den Kopf.

»Der Kolkmüller hat es mir erzählt«, erwiderte ich. »Er hat mir alles gebeichtet, was sich zwischen ihm und der Moorbäuerin abgespielt hat und wie es zu dem Brand des Moorhofes gekommen ist. Ja, ich weiß Bescheid!«

Sie biß sich auf die Lippen, nickte dann und sagte zögerlich: »Wir haben nicht nur geahnt, daß Lisbeth deine Mutter ist. Wir haben es gewußt.«

»Aber warum hast du es mir dann vorgestern nicht gesagt, als ich dich danach gefragt habe?« Ich war gänzlich durcheinander, mir wurde schwindlig, und ich hatte das Gefühl, einer Ohnmacht nahe zu sein. »Wie konntest du mir nur eine solche Lügengeschichte auftischen? Warum hast du mir nicht einfach die Wahrheit gesagt?«

»Ich konnte es nicht«, antwortete sie. »Ich durfte es nicht.«

»Wieso?«

»Du warst doch so aufgebracht und vollends außer dir«, erwiderte sie rasch und ausweichend, nahm erneut meine Hand und streichelte sie. »Weißt du noch, wie du geschimpft hast? ›Wer weiß‹, hast du gerufen, ›vielleicht ist meine leibliche Mutter eine ehrlose Dirne! Oder eine Ganovin!‹ Was hätte ich dir denn sagen sollen? Daß deine Mutter eine Ehebrecherin war? Daß sie ihren Mann erschlagen und den Moorhof in Brand gesteckt hat? Dann hätte ich ja deine schlimmsten Befürchtungen bestätigt.« Leise und kaum vernehmlich setzte sie hinzu: »Das habe ich einfach nicht übers Herz gebracht.«

Ungläubig schüttelte ich den Kopf, die Worte meiner Mutter wollten mir nicht einleuchten, immer noch schien sie um den heißen Brei herumzureden. Ich blickte ihr deshalb streng und vorwurfsvoll in die Augen und fragte: »Ist das der einzige Grund?«

Sie schluckte, senkte den Kopf und fing mit einem Mal an zu weinen. »Lisbeth hat es ausdrücklich so gewünscht«, schluchzte sie. »Sie wollte nicht, daß du es erfährst. Niemand sollte es erfahren. Das war der eigentliche Grund, warum wir es dir verschwiegen und warum wir allen das Märchen vom unbekannten Findelkind erzählt haben. Wegen Lisbeth. Sie wollte dir die Schande ersparen, hat sie gesagt. Sie wollte nicht, daß ihr Kind sich seiner Mutter schämen muß. Deshalb hat sie mir das Versprechen abgenommen, dir gegenüber auf immer und ewig Stillschweigen zu bewahren!«

»Lisbeth?« rief ich erstaunt. »Du hast sie gesehen und mit ihr gesprochen? Wann war das?«

Sie nickte bedeutsam, drückte mit eiskalten Fingern meine Hand, daß mir ganz mulmig wurde, und sagte: »Weißt du noch, wie ich dir von jener Nacht erzählt habe, in der es an der Tür klopfte? Und wie es draußen gewimmert hat und ich zu Vater gesagt habe, er solle die Katze verscheuchen? Kannst du dich erinnern? Ach, was rede ich denn! Natürlich erinnerst du dich! Was für eine dumme Frage!« Sie sah mich mit gequälter und versteinerter Miene an und schien nach den rechten Worten zu suchen. »Was ich dir vorgestern erzählt habe, war keine Lügengeschichte, mein Junge. Jedenfalls nicht bis zu diesem Punkt. Es hat tatsächlich an der Tür geklopft und gejammert, und Vater ist wahrhaftig aufgestanden und nachschauen gegangen, aber auf der Schwelle lag kein kleines Kind, sondern eine hochschwangere Frau.«

»Meine Mutter!«

Erneut zuckte sie zusammen, als sie diese vertrauten und dennoch so fremd klingenden Worte aus meinem Munde hörte. »Deine Mutter«, sagte sie schließlich, nickte und lächelte traurig. »Lisbeth hat vor der Tür gelegen und vor Kälte und Erschöpfung gewimmert. Ihre Wehen hatten bereits eingesetzt, und sie hatte sich mit letzter Kraft zu unserem Kotten geschleppt. Fürchterlich sah sie aus, ihre Kleider waren verschmutzt und zerrissen, sie trug keine Haube auf dem Kopf, und das Haar war zerzaust und verfilzt, als hätte sie sich seit Wochen und Monaten in der Wildnis herumgetrieben. Es zerriß mir das Herz, das arme Mädchen so verwahrlost zu sehen. Ihr Gesicht war ganz zerschunden und schmutzig, sie war schrecklich dürr und abgemagert, die Wangen waren eingefallen und die früher so funkelnden Augen schwarzgerändert und leblos. Sie brachte kein vernünftiges Wort heraus und stammelte nur wirres Zeug. Weiß der Teufel, was ihr in den vergangenen Monaten zugestoßen war! Es muß schlimm gewesen sein.«

»Wann hattest du sie zuvor das letzte Mal gesehen?«

»Einige Tage vor dem Brand des Moorhofes«, erwiderte sie und fuhr sich nachdenklich mit der Hand über den Mund. »Danach hatte ich nichts mehr von ihr gehört, ich war genauso nichtsahnend wie alle anderen im Dorf. Ich wußte allerdings von ihrer Liebschaft mit dem Müller, sie hatte es mir gebeichtet und mich um Rat gebeten. Den Rat, den ich ihr gab, hat sie dann aber nicht hören, geschweige denn annehmen wollen, weil er die Trennung von ihrem Liebsten bedeutet hätte. Nach dem Brand und ihrem Verschwinden habe ich den Kolkmüller natürlich zur Rede gestellt, aber er konnte oder wollte mir nichts über Lisbeths Verbleib sagen. Er hat lediglich angedeutet, daß es für alle und vor allem für sie selbst besser wäre, wenn sie nie wieder zurückkäme. Und ich täte gut daran, nicht weiter nachzuforschen.«

»Hat denn Lisbeth nichts erzählt?«

»Das schon, aber ihr Gestammel war nur sehr schwer zu verstehen. Ihre Gedanken und Worte gingen wild durcheinander. Von dem Brand des Hofes hat sie immer wieder wie im Wahn geredet und von dem Tod des Bauern, von Jan, der sie verlassen, und dem alten Schulzen, der sie davongejagt hatte, um sich den Hof unter den Nagel zu reißen. Das alles mußten wir uns umständlich zusammenreimen, sie hat kaum noch in ganzen Sätzen geredet und eher wie im Fieber phantasiert, aber was seit ihrem Verschwinden mit ihr passiert war und wer für ihre Schwangerschaft verantwortlich war, darüber hat sie kein Wort verloren. Wenn wir sie gefragt haben, dann hat sie nur mit dem Kopf geschüttelt und flehentlich gebeten, wir sollten Mitleid mit ihr haben und nicht weiter in sie dringen. Sie wollte nicht, daß irgend jemand erfährt, wer dein Vater ist. Ich glaubte natürlich, daß dafür nur der Kolkmüller in Frage kam, immerhin hatte sie dessen Medaillon um den Hals hängen und hat auch im Schlaf von ihm phantasiert. Aber wenn ich sie darauf angesprochen habe, dann hat sie dies vehement abgestritten. Das Marienbildnis sei ihr nur deshalb so wertvoll, sagte sie, weil die Heilige Jungfrau die einzige sei, die sie verstehen könne. Auch das Jesuskind habe keinen wirklichen Vater gehabt. Du warst für sie das Jesuskind, Jeremias! Die Männer aber waren ihr alle verhaßt. Sie nannte sie entweder Memmen oder Ungeheuer. Lisbeth hat in ihrem Leben nicht viel Glück mit den Mannsbildern gehabt. Ihr Gatte war ein Scheusal und ihr Geliebter ein Feigling!«

»Der Müller ist jedenfalls nicht mein Vater«, bestätigte ich, senkte den Kopf und verbesserte mich prompt: »Er *war* nicht mein Vater.«

»Gott sei seiner armen Seele gnädig«, murmelte meine Adoptivmutter und bekreuzigte sich. Dann zuckte sie mit den Schultern und fuhr fort: »Lisbeth wollte auch nicht damit herausrücken, wo sie sich die ganze Zeit herumgetrieben hat. Sie hat lediglich angedeutet, daß sie sich zunächst zu einer Tante nach Holland habe flüchten wollen, daß aber von ihrer ganzen Sippe kein Mensch mehr dagewesen sei. Der Vater war tot, die Mutter und Schwestern und alle nahen Verwandten hatten das Land verlassen und waren nach Amerika gesegelt. Es gab keine Tante mehr in Twente. Darum ist Lisbeth wie eine Bettlerin umhergezogen und hat von Almosen oder wilden Beeren und Pflanzen gelebt. Weil sie ja niemanden hatte, zu dem sie hätte gehen können. Als alleinstehende schwangere Frau hat sie nirgendwo Arbeit gefunden, kein ehrbarer Bauer hätte sie auch nur als Stallmagd auf den Hof genommen. Und nach Ahlbeck hat sie sich natürlich erst recht nicht getraut. Man hatte ihr alles genommen. Ihr Lebenswille war abhanden gekommen, ihr Stolz war gebrochen, und nur das Kind in ihrem Leibe hielt sie am Leben. Sich selbst hatte sie aufgegeben, aber das Kind gab ihr die Kraft, durchzuhalten. Der Welt und allen Männern zum Trotz. Erst als die Geburt anstand und die Schmerzen anfingen, wußte sie nicht mehr, an wen oder wohin sie sich wenden sollte. Sie hat es mit der Angst zu tun bekommen, das arme Ding, und hat sich schließlich bei Nacht und Nebel zu unserem Kotten geschlichen. Es ist ein Wunder, daß sie in ihrem Zustand überhaupt bis zu unserem Hof gelangt ist.«

Ich hatte den Bericht meiner Mutter atemlos und wie gefesselt verfolgt, ich hatte ihr an den Lippen gehangen und jedes Wort geradezu aufgesogen, doch mit einem Mal schoß mir ein verwirrender Gedanke durch den Kopf. Irgend etwas stimmte hier nicht! Die Erzählung schien nicht zu dem zu passen, was ich bislang herausgefunden hatte. Die einzelnen Teile fügten sich nicht nahtlos aneinander. Und plötzlich wußte ich, wo der Fehler lag.

»Der Kolkmüller hat mir erzählt«, wandte ich mich an meine Mutter und ergriff ihre Hand, »daß Bernhard Lanvermann die Moorbäuerin am Tag nach dem Brand zu ihrer Tante nach Holland gebracht hat.«

»Aber die Tante war doch nicht mehr da«, antwortete sie und starrte mich verständnislos an. »Das habe ich ja gerade erzählt. Die Familie war mit Mann und Maus nach Amerika ausgewandert.«

»Nein, du verstehst nicht!« unterbrach ich sie und schüttelte ungeduldig den Kopf. »Der Müller hat nicht gesagt: Bernhard *wollte* sie bei der Tante abliefern. Er hat gesagt: Er *hat* sie abgeliefert!«

»Wie sollte das denn möglich sein«, entgegnete meine Mutter, »wenn die Tante gar nicht mehr in Holland lebte?«

»Eben!« rief ich aus. »Wie sollte das wohl möglich sein?!«

Wir starrten uns einige Sekunden lang schweigend an, jeder hing den eigenen Gedanken nach, und dann stellte ich endlich die Frage, die mir seit langem auf der Zunge lag, die ich aber nicht über die Lippen gebracht hatte:

»Was ist aus meiner Mutter geworden?« Meine Stimme zitterte und schien mir nicht gehorchen zu wollen. Erneut traten mir Tränen in die Augen, und beinahe unhörbar setzte ich hinzu: »Warum hat sie mich bei euch gelassen und nicht mitgenommen? Was ist mit ihr geschehen? Warum hat sie mich im Stich gelassen?«

»Ach, Jeremias!« seufzte meine Adoptivmutter und nahm mich in den Arm. »Sie hat dich nicht im Stich gelassen, weiß Gott, das hat sie nicht. Es war eine schwere Geburt, und sie hat sehr viel Blut verloren. Aber was war sie stolz, als sie dich zum ersten Mal im Arm hielt! Sie war viel zu schwach, um dich festzuhalten, aber sie hat geflucht, wenn wir dich ihr wegnehmen und in Decken einwickeln wollten. Sie hat dich wahrhaftig geliebt, mein Junge, aber der Herrgott hat es nicht so gewollt.«

»Der Herrgott?« rief ich entsetzt. »Was heißt das? Ist sie etwa ...?« Eiskalt fuhr es mir über den Rücken, und es war, als fühlte ich meine Glieder nicht mehr. »Ist sie tot?«

Meine Mutter preßte mich an sich, bedeckte mein Gesicht mit Küssen und seufzte tränenerstickt: »Wie gesagt, es war eine schwere Geburt, alles ging drunter und drüber, wir hatten keine Zeit zu verlieren und konnten nicht allzusehr auf Sauberkeit achten. Außerdem hat Lisbeth uns ausdrücklich verboten, die Hebamme oder einen Arzt zu rufen. Dabei hatte sie fürchterliche Schmerzen, auch nachdem du längst auf der Welt warst. Wir haben versucht, was wir konnten, haben Umschläge gemacht und ihr Tinkturen verabreicht, damit die Entzündung zurückgeht, aber bereits am nächsten Tag kam das Fieber.«

Unwillkürlich mußte ich an Hermine denken und an das Fieber, das ihr den Tod gebracht hatte, und ich fragte stotternd: »War es das Nervenfieber?«

»Nein, nicht so etwas, nichts Ansteckendes«, erwiderte sie kopfschüttelnd. »Es war das Kindbettfieber. Lisbeth war zu schwach und ausgemergelt, um sich dagegen zu wehren, die Entzündung ist ihr in den Leib gedrungen, ihr ganzes Blut hat sich vergiftet, und sie ist uns binnen weniger Tage weggestorben.«

Ein tiefer und schwerer Seufzer entrang sich ihrer Brust, und ich klammerte mich an meine Adoptivmutter, als hinge mein Leben davon ab. Sagen konnte ich nichts, ich war wie gelähmt und kaum in der Lage, einen klaren Gedanken zu fassen. So viele unterschiedliche Gefühle stürmten gleichzeitig auf mich ein, Trauer und Schmerz und Mitleid, aber auch Selbstvorwürfe wegen der Verachtung, die ich noch vor wenigen Minuten für meine leibliche Mutter empfunden hatte. Alles drehte sich in meinem Kopf, und es schnürte mir die Kehle zu, wenn ich an das Leid dachte, das sie zum Teil auch meinetwegen erduldet hatte.

»Es war so fürchterlich!« fuhr meine Mutter fort und

schaute mir eindringlich in die Augen. »Lisbeth wurde immer schwächer und schwächer, und wir konnten nichts dagegen tun. Ich habe mir bei anderen Frauen Rat geholt und so getan, als ginge es um eine entfernte Verwandte von mir, aber keines der Hausmittel und Rezepte hat angeschlagen. Lisbeth ist dahingewelkt wie ein Blume ohne Wurzeln. Sie hat gewußt, daß sie sterben würde. Es hat beinahe den Anschein gehabt, als wäre es ihr nur recht gewesen, als empfände sie den Tod als eine gerechte Strafe. Sie selbst hat das so gesagt. Der Lebenswille hat sie am Ende doch noch verlassen. Jahrelang hatte sie sich immer wieder gegen ihr unglückliches Schicksal aufgebäumt, aber nun hatte sie keine Kraft mehr. Als sie starb, war sie kaum älter als du jetzt, aber in ihrem Herzen war sie bereits eine alte Frau. Merkwürdig, nicht wahr? Sie hat uns beschworen, gut auf dich achtzugeben und dich wie unseren eigenen Sohn zu lieben. ›Sei ihm die gute Mutter‹, hat sie mich unter Tränen angefleht, ›die ich ihm nie hätte sein können!‹ Sie selbst hat den Namen Jeremias für dich ausgesucht, sie fand den Gedanken schön, daß dein Namenstag und dein Geburtstag auf einen Tag fallen würden. Und als der Herrgott sie schließlich zu sich nahm, hast du an ihrer Seite gelegen. Das Medaillon hat sie dir um den Hals gelegt, und mit einem entrückten Lächeln ist sie entschlummert. Ja, mein Junge, sie hat tatsächlich gelächelt.«

Ich stand mit gesenktem Haupt auf dem Friedhof, und Weinkrämpfe schüttelten mich, wie es noch nie in meinem Leben der Fall gewesen war. Und wie schon am gestrigen Tag fühlte ich mich mit einem Mal wie der einzige Mensch auf der Welt, so allein und so hilflos. Doch dann blickte ich auf das Grab der Hermine, und ein Gedanke schoß mir durchs Hirn.

»Wo habt ihr sie begraben?« rief ich schluchzend. »Was habt ihr mit ihr gemacht?«

»Komm und sieh selbst«, sagte meine Adoptivmutter, schaute mich an, als wüßte sie nicht, ob ich in der Verfassung war, weitere Enthüllungen zu ertragen, nickte aber schließlich und geleitete mich zum Grab meiner Großmutter. »Lies!« befahl sie.

Das Grab war mir wohlbekannt. Meine Großmutter war kurz vor meiner Geburt im hohen Alter von achtundsiebzig Jahren gestorben, ihr Mann, mein Großvater, der etliche Jahre vor ihr verschieden war, lag ebenfalls in diesem Familiengrab beerdigt. Auf dem Grabstein, der sehr groß war, um Platz für mehrere Namen zu bieten, stand oben in großen Buchstaben der Name Vogelsang geschrieben, und darunter, auf der linken Seite, waren die Namen meiner Großeltern sowie deren Geburts- und Sterbedaten in den Stein gemeißelt. Das Todesdatum meiner Großmutter fiel mir auf: Es war der 25. April 1795.

Ich schaute meine Mutter fragend an und verstand nicht.

Sie trat zu dem Grabstein, bog ein Immergrün zur Seite, das die Sicht auf die untere, noch nicht beschriebene Hälfte des Steins verdeckte, und gebot mir mit einem Blick, an ihre Seite zu treten. »Siehst du?« fragte sie.

Tatsächlich! Ganz unten in den Stein, wo dieser von der Feuchtigkeit grün angelaufen war, waren weitere, sehr viel kleinere Buchstaben eingemeißelt. Es stand dort geschrieben:

Johannes 8,7
E.L.

»Elisabeth Lösing!« entfuhr es mir. Ich starrte wie im Traum auf den Stein, schüttelte immerzu den Kopf und fragte: »Was bedeutet Johannes 8,7?«

»Das Evangelium des Johannes«, erklärte meine Mutter, »Kapitel 8, Vers 7: ›Wer von euch ohne Sünde ist, werfe als erster einen Stein auf sie.‹«

»Ihr habt sie ...? Ist sie ...?« Ich war nicht in der Lage, die Frage zu beenden. Ich war auch nicht fähig, meine Mutter dabei anzuschauen. Wie von einem Magneten wurde mein Blick von dem Grabstein angezogen, und meine Zunge war mit einem Mal schwer wie Blei.

»Es war die Idee deines Vaters«, setzte sie an, unterbrach sich aber und verbesserte sich: »Es war die Idee des Magisterbauern. Heinrich hat Lisbeth nie wirklich leiden können, du weißt ja, wie streng und gottesfürchtig er ist, und aus irgendeinem Grunde hat er ihr all das vorgeworfen, was ihr zugestoßen ist. Als wäre sie selbst schuld an ihrem Unglück. Er hat sie als Mörderin und Ehebrecherin betrachtet und es soweit wie möglich vermieden, mit ihr in einem Raum zu sein. Irgendwann einmal hat er gesagt, Lisbeth sei die Sünde in Person, eine leibhaftige Eva. Du weißt, Jeremias, wie hart und unerbittlich er sein kann. Aber als die arme Lisbeth schließlich starb, hat er an ihrem Totenbett gestanden und mit ihr gebetet, damit sie nicht unvorbereitet ins Jenseits ginge. Die Arme hat gesagt, wir sollten sie irgendwo verscharren, und nichts solle mehr auf sie hindeuten. Wir sollten sie im Garten begraben, am liebsten unter einem Birnbaum – sie hatte Birnen so gern. Doch als sie dann tot war, hat Heinrich sich geweigert, sie wie eine Heidin in der Wildnis zu verscharren. ›Sie ist eine Katholikin und hat ihre Sünden gebeichtet‹, hat er gesagt, ›mag sie noch soviel Schuld auf sich geladen haben. Ich werde es nicht zulassen, daß sie in ungeweihter Erde beerdigt wird. Wir machen uns selbst schuldig, wenn wir dies tun! Wir wären nicht besser als die Pharisäer!‹ Und dann hat er das Evangelium des Johannes hervorgeholt und mir von Jesus und der Ehebrecherin vorgelesen. So ist es gekommen, daß wir ...«

»Daß ihr sie im Familiengrab beerdigt habt?«

»Bei Nacht und Nebel«, bestätigte sie nickend. »Deine Großmutter war erst vor wenigen Tagen beigesetzt worden, die Erde war noch locker und aufgewühlt. Es war wirklich seltsam und befremdend. Wie Leichenräuber haben wir uns auf den Friedhof geschlichen und mitten in der Nacht ein tiefes Loch geschaufelt und Lisbeth so andächtig, wie es irgend ging, bestattet. Zum Glück ist der Kirchhof derart dunkel und wegen der Mauer von außen nicht einzusehen. Wie Verbrecher haben wir sie in aller Heimlichkeit hergeschafft, und trotzdem bin ich stolz auf das, was wir getan haben. Lisbeth hätte es nicht verdient gehabt, wie ein Stück Vieh auf dem Schindanger begraben zu werden. So hat sie wenigstens im Tod noch etwas Würde behalten. Ich bin Heinrich sehr dankbar, daß er ihr ein christliches Begräbnis verschafft hat. Er hat auch die zusätzlichen Buchstaben eingemeißelt und dann das Immergrün davor gepflanzt, um keine Fragen aufkommen zu lassen.«

Ich war wie zur Salzsäule erstarrt und vermochte mich nicht zu rühren. Ich stand wahrhaftig am Grab meiner Mutter! Erst vorgestern hatte ich von ihrer Existenz erfahren, gestern dann hatte ich ihre Identität und ihren Namen herausgefunden. Und heute schon stand ich an dem Ort, an dem sie begraben war. Kaum hatte ich sie gefunden, schon war sie wieder entschwunden.

»Kannst du uns verzeihen?« wurde ich durch die

Stimme meiner Adoptivmutter aus meinen Gedanken gerissen. »Bist du mir böse?«

»Böse?« wunderte ich mich. »Was hätte ich euch wohl vorzuwerfen?«

»Wir haben dich angelogen.«

»Ihr habt getan, worum euch meine Mutter auf ihrem Sterbebett gebeten hat, und mehr noch als das. Nein, ich habe allen Grund, euch auf ewig dankbar zu sein. Nicht nur wegen mir, sondern auch ...« Ich schaute auf das Grab, las die Initialen und setzte hinzu: »Auch wegen meiner Mutter.«

Ein ohrenbetäubender Knall ließ uns zusammenfahren. Und mit einem Mal war es, als würden wir beide aus einem Traum erwachen. Wir hatten in den letzten Minuten alles um uns herum vergessen, die Gedanken an die Vergangenheit hatten die Wirren der Gegenwart überdeckt. Doch jetzt war es, als würde uns plötzlich wieder bewußt, wo wir uns befanden und warum wir uns hier aufhielten. Der Knall hatte uns wie aus einem tiefen Schlaf geweckt. Wir hörten wieder das Geläute der Sturmglocken, wir vernahmen das Geschrei auf dem Kirchplatz, wir sahen uns alarmiert in die Augen, und wir wußten plötzlich: Bei dem Knall hatte es sich um einen Schuß gehandelt.

Wir stürzten zur Mauer am südlichen Ende des Friedhofs und schauten über die Umfriedung auf den Kirchplatz. Der Anblick, der sich uns unter der Dorflinde bot, war – gelinde gesagt – ein höchst merkwürdiger, und er war keineswegs dazu angetan, uns zu beruhigen.

6

Drei Parteien waren auf dem Platz auszumachen. Direkt unter der alten Linde und von einem guten Dutzend bewaffneter Landsturmmänner bewacht, stand eine Handvoll junger Männer aus dem Dorfe. Sie hatten allesamt die Hände auf dem Rücken verschnürt und starrten ängstlich in die Mündungen der Gewehre, die auf sie gerichtet waren. Bei den Männern handelte es sich um die Deserteure, die vom Amtmann und seinen Leuten aufgegriffen und verhaftet worden waren. Ich erkannte meinen Vetter Rudolf, den Pättensohn, und Matthias, den Sohn des Bauern Huesmann, unter den Gefangenen. Sie wagten sich nicht zu rühren, waren bleich wie Kalkstein und boten ein Bild des Jammers. Auch die Musketiere, die ihnen Auge in Auge gegenüberstanden, machten keinesfalls den Eindruck, als fühlten sie sich wohl in ihrer Haut. Einige von ihnen schwankten im Stehen, was darauf hindeutete, daß sie beim Plündern und Wüten zu sehr dem Wein und Bier zugesprochen hatten. Immer wieder schauten sie sich um und bedachten mit bangen und sorgenvollen Blicken die aufgebrachte und immer größer werdende Menge, die sich in ihrem Rücken versammelt hatte und nur durch einen Kordon von weiteren Landsturmmännern davon abgehalten wurde, den Platz unter der Linde zu stürmen. Mehr als hundert Dorfbewohner hatten sich mittlerweile vor der Kirche eingefunden, zumeist Frauen und Kinder, aber auch etliche Mannsbilder und einige wenige alte Leute. Sie alle drohten mit ihren Knüppeln, Sensen und Forken, stießen Verwünschungen und Flüche aus und drängten zur Mitte des Platzes. Den Sohn des

Schniederbauern mit seiner Jagdflinte sah ich ebenso in der Menge wie die bucklige Alte mit dem Krückstock. So unterschiedlich sie auch aussahen und sich verhielten, beiden gemein war der hochrote Kopf und die funkelnden Augen, mit denen sie haßerfüllte Blicke in Richtung der Oldendorfer schickten. Allein meine Schwester Maria konnte ich unter den Anwesenden nicht ausmachen, sie schien wie vom Erdboden verschluckt zu sein. Auf den Treppenstufen des Kirchenportals sah ich den alten Pastor Söbbing stehen; weil er so schwach auf den Beinen und nicht mehr in bester gesundheitlicher Verfassung war, hatte er sich anscheinend entschlossen, nicht mit den anderen Männern zur Kreuzwegprozession zu gehen. Er stand starr wie eine Bildsäule, umringt von den steinernen Statuen der lateinischen Kirchenväter, auf den Stufen vor der Kirche, blickte ungläubig und verschreckt auf das Geschehen und schien nicht zu begreifen, was sich hier vor seinen Augen abspielte. Immer wieder schüttelte er den Kopf und hielt sich die Hand vor den Mund. Die Absperrkette des Landsturms hatte derweil alle Hände voll zu tun, die Dörfler in die Schranken zu weisen. Und nur weil sie mit Säbeln und Degen und einige wenige auch mit Musketen bewaffnet waren, wagten es die Bauern nicht, die Soldaten einfach über den Haufen zu laufen. Die Stimmung war explosiv, und es bedurfte nur eines Funkens, um den Sprengsatz hochgehen zu lassen.

Die merkwürdigste der drei Parteien aber war jene, die sich zwischen den Gefangenen auf der einen und den Dörflern auf der anderen Seite befand. Unweit der Linde und nur wenige Schritte vor dem Eingang der Schenke »Zur alten Linde« saß der Amtmann in seiner ihm eigenen Art majestätisch auf seinem Rappen. Am Leib trug auch er die Landsturmuniform, allerdings mit Hauptmannsabzeichen an Schulter und Brust, und statt des Tschakos saß ihm sein Dreispitz mit der Fasanenfeder auf dem Kopf. Die Feder bestand jedoch nur noch aus einem kleinen, armseligen Stumpf, und der Hut war verrutscht und saß ihm beinahe im Nacken. Der Hauptmann war sehr bleich im Gesicht, rote Flecken zeichneten sich darauf ab, er fuchtelte wild mit der rechten Hand in der Luft herum, während er mit der linken die Zügel hielt und Mühe hatte, sein schnaufendes und auf der Stelle trampelndes und ausschlagendes Pferd unter Kontrolle zu halten. Direkt vor dem Amtmann befand sich eine Gruppe oder eher ein Knäuel von Soldaten, die jemanden umringten und zu überwältigen suchten und offensichtlich einige Schwierigkeiten damit hatten.

»Laßt mich los, ihr Bastarde!« war in diesem Moment die kreischende Stimme einer Frau zu erkennen. »Laßt mich zu eurem Hauptmann! Beim nächsten Mal werde ich ihm nicht nur die Feder vom Kopf schießen, darauf könnt ihr wetten! Ich werde ihn samt seiner prächtigen Uniform vom Pferd holen, dann wird er begreifen, was es heißt, harmlose Kinder zu verfolgen und unschuldige Bürger zu überfallen. Laßt mich, ihr elenden Halunken!«

Zwischen den Männern tauchte plötzlich der Kopf der Pättenbäuerin auf, ihr Gesicht glich der Fratze einer tobenden Furie, die Haube war ihr vom Kopf gerissen, und die Haare standen ihr zu Berge. Sie biß gerade mit aller Macht einem Uniformierten ins Ohr, daß dieser jammervoll aufschrie, und hielt mit ihren Händen eine Flinte umklammert. Sie krallte sich an ihrer Waffe fest wie eine Ertrinkende an einem Rettungsring, biß und trat mit den Füßen um sich und mußte doch einsehen, daß alles Wehren sinnlos war.

»Bringt die Verrückte endlich zur Ruhe!« befahl der Amtmann, rutschte unruhig im Sattel hin und her und setzte sich den Dreispitz wieder ordentlich aufs Haupt. »Könnt ihr Kerle nicht einmal ein verdammtes Weibsbild bändigen? Reißt der Unseligen endlich das Gewehr aus der Hand, die Irre ist ja imstande, ein Blutbad anzurichten!«

Tatsächlich hatten die Landsturmleute in diesem Augenblick die Pättenbäuerin entwaffnet und überwältigt. Ein Soldat verdrehte ihr den Arm auf dem Rücken, so daß sie in gebückter Haltung dastand und sich nicht mehr bewegen konnte, und ein anderer überreichte dem Amtmann die Flinte.

»Pfui, daß ihr euch nicht schämt!« rief die Pättenbäuerin und versuchte, ihren Kopf so weit zu heben, daß sie dem Amtmann ins Gesicht zu schauen vermochte. »Laßt doch unsere Kinder gehen, sie haben euch doch nichts getan! Sind wir nicht alle Nachbarn? Was wollt ihr denn von uns? Warum laßt ihr uns nicht in Frieden?!« Und an den Amtmann gewandt, setzte sie hinzu: »Seid doch kein Unmensch! Habt Ihr denn nicht einen Funken Anstand übrigbehalten? Was seid Ihr bloß für ein Mensch?«

»Bringt das Weib zum Schweigen!« befahl der Amtmann barsch. »Ich will dieses Gezeter nicht mehr hören! Und dann löst diese elende Versammlung auf, das Bauernpack soll sich scheren und die restlichen Deserteure ausliefern! Wird's bald?! Wir verplempern hier nur unsere Zeit!«

Ein Soldat nickte gehorsam, näherte sich der Pättenbäuerin von hinten, holte plötzlich mit dem Gewehr aus und schlug ihr mit dem Kolben auf den Hinterkopf, daß sie ächzend zusammensank und vornüber auf den Boden fiel.

Ein erschrockenes Raunen ging durch die Menge.

»Jetzt reicht es!« ertönte mit einem Mal eine donnernde und durchdringende Männerstimme aus dem Hintergrund, und im gleichen Augenblick ertönte der Schuß aus einer Pistole, der sowohl die Soldaten als auch die Bauern schlagartig zum Schweigen brachte. Von einer Sekunde auf die andere herrschte Totenstille auf dem Platz. Sogar die Glocken im Kirchturm klangen langsam aus und verstummten schließlich gänzlich.

»Jetzt reicht es, Boomkamp!« Die Stimme gehörte dem Wirt Tenhagen, der aus seinem Wirtshaus getreten war, eine doppelläufige Pistole im Anschlag hatte und auf den Amtmann zuging. »Der erste Schuß ging nur in die Luft!« rief er und fixierte sein Gegenüber mit unverkennbarem Abscheu. »Eine weitere Kugel sitzt im Lauf, und die wird ihr Ziel nicht verfehlen und Euch ein Loch in den Pelz brennen, das kann ich Euch schwarz auf weiß geben! Macht, daß Ihr verschwindet, und nehmt Eure betrunkenen Saukerle mit!« Er deutete mit einer Handbewegung auf einige Landsturmmänner, die schnarchend und volltrunken vor der Schenke auf dem Pflaster lagen. »Und wenn Ihr versucht, die Burschen dort drüben mitzunehmen«, er zeigte auf die Deserteure unter der Linde, »dann gnade Euch Gott! Oder der Teufel!«

Der Amtmann sah den Wirt erschrocken und verwirrt an und wußte im gleichen Augenblick, daß dieser genau meinte, was er sagte, und daß er seinen wütenden Worten die entsprechenden Taten folgen lassen würde. Der Wirt Tenhagen war ein wüster und ungehobelter Kerl, der nicht nur in Ahlbeck für sein unorthodoxes Verhalten bekannt und berüchtigt war. Er kümmerte sich nicht um die Meinung der Leute, er scherte sich nicht um äußeren Anstand und gesittete Manieren, es hieß, er sei ein Radikaler und Freidenker und stehe sogar mit der Religion auf dem Kriegsfuß. Er achtete nur auf das, was er selbst für gut und richtig befand, und ließ sich von niemandem, und schon gar nicht von irgendwelchen Würdenträgern, dreinreden. Oft genug hatte er sich mit Pastor Söbbing angelegt und diesem – im wahrsten Sinne des Wortes – die Zunge herausgestreckt. Um so erstaunlicher war es daher, daß der Wirt nun ausgerechnet von diesem Pastor Rückendeckung erhielt.

»Recht habt Ihr, guter Tenhagen!« rief Pastor Söbbing von seinem Platz vor dem Portal und breitete wie bei der Predigt die Arme aus. »Aber wartet mit der zweiten Kugel noch eine Weile! Ich möchte gern das Wort an den Herrn Amtmann richten, bevor Ihr ihm – wie Ihr es so anschaulich ausdrücktet – ein Loch in den Pelz brennt!« Er winkte dem Wirt, der mit einem Nicken andeutete, daß er verstanden hatte, wandte sich dann an den Amtmann und fuhr in seinem verschnörkelten Redestil fort: »Ich kann die Androhung von Gewalt natürlich nicht für gut befinden, aber Ihr solltet Euer Tun wahrlich überdenken. Noch ist niemand ernstlich zu Schaden gekommen, doch wenn das böse Blut erst einmal hochkocht, dann ist für nichts mehr zu garantieren. Geht nach Hause, werter Herr Amtmann, und benehmt Euch, wie es einem rechten Christen am Stillen Freitag zukommt! Laßt die armen Jungen frei und geht Eures Weges, dann wird auch niemandem ein Leid geschehen! Darauf habt Ihr mein Wort als geistliches Haupt dieser Gemeinde.«

»Diese armen Jungen«, antwortete der Amtmann

spöttisch und deutete zur Linde, »sind verbrecherische Deserteure und werden von der Obrigkeit gesucht. Sie haben gegen Gesetze verstoßen und müssen dafür bestraft werden. Ihr wißt doch, Herr Pfarrer, wie es in der Heiligen Schrift heißt: ›Gebt dem Kaiser, was des Kaisers ist!‹«

»Ihr bringt da einiges durcheinander!« unterbrach ihn nun der Wirt und grinste abfällig. »Der Kaiser ist längst wieder in Frankreich, und wenn ich mich hier so umschaue, dann erkenne ich auch in unserer Mitte niemanden, der einem Kaiser ähnlich sähe. Außer natürlich, Ihr meintet Euch selbst, werter Herr Amtmann.« Er lachte hämisch, spuckte auf den Boden, legte die Pistole an und zischte: »Und jetzt ist Schluß mit dem Herumgerede!«

Als wäre dies das Stichwort, auf das ich die ganze Zeit gewartet hatte, sprang ich beim Ausruf des Wirtes über die Friedhofsmauer, bahnte mir einen Weg durch die Menge und rief: »Einen Moment noch! Laßt mich mit dem Amtmann sprechen! Es ist wichtig. Heda, so gebt mir doch den Weg frei! Es geht um Leben und Tod!«

Tatsächlich traten die Ahlbecker beiseite und ließen mich ungehindert vorbei. Meinem Gesicht und Gebaren war anzusehen, daß meine Worte im Ernst gesprochen waren, und sogar der Kordon von Landsturmleuten ließ mich ohne Gegenwehr passieren. Den oldendorfschen Soldaten war ihre Rolle längst peinlich geworden, sie schienen nicht wirklich zu wissen, worum es bei der ganzen Angelegenheit eigentlich ging. Sie hatten Befehle bekommen und diesen gehorchen müssen, etliche von ihnen hatten über die Stränge geschlagen und sich arge Freiheiten gegenüber den verhaßten Ahlbeckern herausgenommen, aber es gab auch andere, die sich ihrer betrunkenen und übereifrigen Kameraden schämten. Einer der Soldaten, ein schon älterer Mann, der mich zu kennen schien, nickte mir sogar zu und fragte: »Du bist der Vogelsang, nicht wahr? Der Sohn des Magisterbauern?«

Ich nickte und sagte: »Der bin ich.«

»Ich kenne deine Eltern«, meinte er, griff mir unter den Arm und lächelte mich aufmunternd an. »Komm!« Er klopfte mir auf die Schulter und geleitete mich zum Amtmann.

»Jeremias!« hörte ich die tränenerstickte Stimme meiner Mutter hinter mir.

Wie zum Echo erklang mein Name nur kurz darauf ein zweites Mal, diesmal aber leiser und aus einer anderen Richtung: »Jeremias! Gib acht!« Der Ruf schien geradewegs aus dem Himmel zu kommen. Ich wandte mich um, sah hinauf zum Kirchturm und erblickte an einer der Schallöffnungen im zweiten Obergeschoß des Turmes, dort wo sich der Glockenstuhl befand, eine zierliche Person mit pechschwarzen Haaren. Und plötzlich wußte ich, wer dort oben die Sturmglocken geläutet hatte. Braves Mädchen! schoß es mir durch den Kopf. Ganz die Tochter ihrer Mutter!

Ich lächelte traurig, winkte meiner Schwester und lief dann mit dem Soldaten über den Platz zur Schenke.

»Ach, sieh mal einer an, da haben wir ja den Anstifter der Bande, den Hauptübeltäter!« wurde ich vom Amtmann begrüßt. »Der Vogelsang-Bastard höchstpersönlich!« Ein häßliches Grinsen erschien auf seinen Lippen, er griff zur Flinte, mit der die Pättenbäuerin ihm vor wenigen Minuten die Feder vom Hut geschossen hatte, legte auf mich an und befahl: »Keine Bewegung, du Lump! Du hast ja Nerven, hier einfach so zu erscheinen! Dir werde ich den Übermut schon noch austreiben, verlaß dich drauf! Dann wirst du wissen, was es heißt, sich mit dem Amtmann anzulegen! Soldat!« Er wandte sich an einen der Landsturmmänner, die immer noch um die am Boden liegende Bäuerin herumstanden, und befahl ihm: »Soldat, fessele den Deserteur, leg ihn in Ketten und schaff ihn zu den anderen Halunken.«

»Ich bin doch aus eigenem Antrieb hergekommen und unbewaffnet«, erwiderte ich, streckte die Hände in die Höhe und wandte mich an den Landsturmmann. »Was wollt Ihr mich da fesseln? Sehe ich so aus, als würde ich Widerstand leisten wollen? Kümmert Euch lieber um die bewußtlose Frau! Seht Ihr nicht, daß sie Hilfe braucht?«

Der Soldat, der bereits aufgesprungen war, um dem Befehl seines Hauptmanns Folge zu leisten, sah mich erstaunt an und hielt inne.

»Und Ihr«, fuhr ich fort, indem ich mich wieder dem Amtmann zuwandte, »Ihr solltet zunächst die Flinte laden, bevor Ihr mir damit drohen wollt.«

Der Wirt lachte lauthals los, und die Menge stimmte in das Lachen ein.

»Festnehmen!« schrie der Amtmann und warf wütend die nutzlose Flinte fort. »Sogleich festnehmen! Habt ihr nicht gehört, ihr Idioten, packt den Kerl und trimmt ihn durch. Oder soll ich es etwa selber machen?! Was glotzt ihr mich so blöde an? Das ist ein Befehl! Festnehmen! Alle festnehmen!« Wie ein Wahnsinniger hampelte er auf seinem Pferd herum, stieß gotteslästerliche Flüche aus und rief ein ums andere Mal: »Alle festnehmen. Das ganze Pack! Elende Moorbauern, alle in den Kerker, wo sie hingehören!«

Die Soldaten, der Wirt, die Bauern und auch der Pfarrer starrten den Amtmann wie eine Geistererscheinung an und schüttelten halb entsetzt und halb belustigt die Köpfe. Allein ich trat auf ihn zu, sah ihn ernst und flehentlich an und sagte: »Die Räuber sind im Moor und wollen den Schulzenhof überfallen. Hört Ihr? Simon Bosbeck und seine Brabanter Bande sind im Ort, Bernhard Lanvermann ist einer von ihnen. Der Schulze ist zurückgekehrt. Vermutlich verwüsten sie gerade den Lanverhof, und wenn wir nicht alsbald etwas unternehmen, gibt es ein fürchterliches Unglück!«

»Was redest du da für einen Unsinn?« fuhr er mich an. »Du glaubst wohl, du kannst mich an der Nase herumführen, du Früchtchen! Meinst du, ich durchschaue deinen Plan nicht? Was denkst du eigentlich, wen du vor dir hast? Einen dummen August?« Abermals befahl er seinen Leuten: »Nehmt den Bengel endlich fest! Worauf wartet ihr denn noch?! Schnappt ihn euch! Oder soll ich euch erst Beine machen?«

Tatsächlich ergriffen mich nun zwei Landsturmmänner, rissen mich von den Beinen, rammten mir einen Gewehrkolben in den Rücken und wollten mir Fesseln anlegen.

Ich wehrte mich, so gut es irgend ging, und rief dem Amtmann zu: »Ihr müßt etwas unternehmen! Versteht Ihr denn nicht? Wenn Eure Tochter nicht schon eine Witwe sein soll, bevor sie überhaupt geheiratet hat, dann ist es Eure Pflicht, gegen die Räuber vorzugehen! So hört doch! Ich scherze keineswegs, und die Räuber haben beim Schmied in Ostwick gezeigt, zu welchen Greueltaten sie fähig sind. Lottes Bräutigam ist in Gefahr, womöglich hat ihn sein Bruder bereits gemeuchelt!«

»Meine Tochter?« fuhr mich der Amtmann an. »Du unwürdiger Bankert wagst es, den Namen meiner Tochter in den Mund zu nehmen?! Hast du immer noch nicht genug Schande über sie gebracht, du niederträchtiger Hund! Das verbiete ich dir! Was fällt dir Saukerl ein?! Wehe dir, wenn du sie noch weiter mit Schmutz besudeln willst! Ich werde dich eigenhändig ...« Mit diesen Worten sprang er vom Pferd, zog den Säbel aus der Scheide und wollte sich auf mich stürzen.

Im gleichen Moment schoß der Wirt.

Hatte der erste Schuß aus der Pistole die versammelte Menge noch zum Schweigen gebracht und alle wie regungslose Statuen verharren lassen, so hatte der zweite Schuß die genau gegensätzliche Wirkung. Obgleich der Wirt auch diesmal – entgegen seiner Ankündigung – nur in die Luft geschossen und weder den Amtmann noch sonst jemanden getroffen hatte, brach mit einem Mal ringsum ohrenbetäubender Lärm aus. Der Knall war wie ein Zeichen zum Angriff gewesen, als hätte ein Jäger das Halali geblasen. Plötzlich stürmten sämtliche Bauern und Dörfler zur Linde und zur Schenke, sie überrannten den Kordon von Soldaten und huben auf alles ein, was sich ihnen in den Weg stellte. Die Landsturmmänner waren derart überrascht, daß sie gar nicht in der Lage waren, von ihren Schußwaffen Gebrauch zu machen. Die Ahlbecker droschen mit Flegeln und Knüppeln auf die Oldendorfer ein, und diese wichen zurück und wehrten sich verzweifelt ihrer Haut. Binnen weniger Sekunden hatte die Menge die Linde erreicht und die Deserteure befreit, welche sich schleunigst davonmachten. Die Wachleute hatten nur halbherzig Gegenwehr geleistet und sich, stolpernd und einander gegenseitig behindernd, in Richtung des Wirtshauses zurückgezogen, wo sie sich nun sammelten und Abwehrreihen bildeten. Wer nicht rechtzeitig die eigenen Reihen erreicht hatte, wurde von den aufgebrachten Bürgern grün und blau geschlagen. Selbst die schnarchend umherliegenden Betrunkenen wurden mit Fußtritten traktiert und wie räudige Köter über das Pflaster gejagt. Ein Krieg der Dörfer war entfesselt worden, dem feindlichen Überfall wurde nun mit einem nicht minder heftigen Gegenschlag geantwortet. Der Funken war übergesprungen und hatte das Pulverfaß zum Explodieren gebracht. Die Sturmglocken vom Kirchturm erklangen wieder und überdeckten den Lärm des Kampfes mit wildem Geläut. Der sonst so friedliche und idyllisch gelegene Dorfplatz hatte sich binnen weniger Augenblicke in ein einziges Schlachtfeld verwandelt. Der Krieg hatte mich eingeholt.

Der Amtmann stand wie ein begossener Pudel vor mir, den Säbel in der Hand, aber die Augen starr und ungläubig auf das Getümmel und das Hauen und Stechen ringsum gerichtet. Er schien gar nicht zu verstehen, was sich hier abspielte, er blickte um sich, als wäre es ihm unbegreiflich, wie man ihm, dem Amtmann, auf solch ungehörige Weise den Gehorsam verweigern konnte.

»Revolution!« rief er plötzlich. »Das ist die Revolution! Nieder mit den Aufständischen! Es lebe der König! Nieder mit den ahlbeckschen Aufrührern!« Wie von Sinnen schwang er plötzlich seinen Säbel über dem Kopf, blickte mich mit irrem und grimmigem Grinsen an und schien mir im nächsten Augenblick den Kopf vom Leib trennen zu wollen. »Du trägst an allem die Schuld! Verdammter Bastard! Dafür wirst du nun zahlen!«

Ich vermochte ihn nur mit großen Augen und offenstehendem Mund anzustarren. Da mich nach wie vor die beiden Soldaten in der Mangel hatten und mir die Arme auf dem Rücken verdreht hielten, war es mir nicht möglich, mich vom Fleck zu rühren. Ich glaubte –

zum wiederholten Male innerhalb weniger Tage –, mein letztes Stündlein habe geschlagen, doch erneut schien ich einen Schutzengel zu besitzen, der gut auf mich achtgab. Die Soldaten bekamen es beim Anblick ihres herumwütenden und auf sie losstürmenden Hauptmanns ebenfalls mit der Angst zu tun und ließen von mir ab, bevor der Säbel auf mich niedersauste. Im letzten Moment konnte ich mich zur Seite retten. Die Klinge schlug mit klirrendem Geräusch auf das Pflaster, der Amtmann verlor das Gleichgewicht und schlug der Länge nach auf den Boden.

»Verschwinde!« rief mir der Wirt zu. »Renn um dein Leben, Vogelsang! Der Teufel ist in den Amtmann gefahren. Bring dich in Sicherheit! Weiß der Henker, was den Verrückten umtreibt! Ich kümmere mich um ihn.«

Mittlerweile waren wir von kämpfenden Bauern und Soldaten umzingelt, die Uniformierten wollten sich zu den Ihren flüchten, und die Landmänner versuchten mit aller Gewalt, dies zu verhindern. Zwei Leute aus dem Dorf hatten sich um die immer noch bewußtlose Pättenbäuerin gekümmert, sie an Händen und Füßen gepackt und zum Haus des Leinewebers getragen, wo sie von einigen Frauen in Empfang genommen wurde. Ringsum schrie alles durcheinander, entweder vor Schmerz oder vor Rage, die Leute rannten kopflos umher und schienen gar nicht mehr zu wissen, wo die Fronten verliefen. Freund und Feind prügelten aufeinander ein, ohne wirklich darauf zu achten, wen von beiden man nun traf, sie kämpften und droschen sich regelrecht in einen Rausch. Und wie beim Alkohol war es kaum möglich, das Feuer zu löschen, wenn es erst einmal entfacht war. Hier ging es nicht mehr um Deserteure und Soldaten, um den Amtmann oder den Wirt, es ging weder um Sachen noch um Personen. Es ging allein um Haß und Verachtung, die sich in den Menschen aufgestaut hatten und sich nun in ungehemmter und mitleidloser Gewalt entluden.

Der Amtmann hatte sich derweil aufgerappelt, langsam und schwankend die Orientierung wiedergefunden und wollte sich gerade erneut auf mich stürzen, als der Wirt hinter ihm auftauchte und ihn am Schlafittchen packte.

»Nun mach schon und verschwinde!« rief Tenhagen mir zu. »Du siehst doch, daß Boomkamp nicht bei Trost ist. Worauf wartest du noch?« Der Wirt lachte und hob den Amtmann wie einen kleinen Jungen in die Luft. »Du scheinst ja einen mächtigen Einfluß auf ihn zu haben, kleiner Vogelsang«, fügte er lachend hinzu, »daß der arme Kerl bei deinem bloßen Anblick so aus der Haut fährt! Er starrt dich ja an, als hätte er den leibhaftigen Teufel vor sich.«

Ich zuckte mit den Schultern, blickte hinüber zur Kirche und sah Pastor Söbbing, der immer noch vor dem Portal stand und mir etwas zurief, das ich aber wegen des Lärms ringsum nicht verstehen konnte. Der Pastor winkte aufgeregt mit beiden Armen und bedeutete mir, zu ihm zu kommen. Dann wies er auf die Tür hinter sich, um mir zu verstehen zu geben, ich solle mich im Inneren der Kirche verstecken.

»Danke!« rief ich dem Wirt zu, der gerade dem Amtmann den Säbel aus der Hand nahm und diesen in hohem Bogen fortwarf.

»Du entkommst mir nicht, du Feigling!« brüllte mir der Amtmann nach, bevor ihn der Wirt mit einem Nasenstüber zum Schweigen brachte.

»Gern geschehen!« antwortete mir der Wirt und lachte sein polterndes Lachen. »Und jetzt gib Fersengeld!«

Ich drängte mich durch die mir entgegenströmende

Menge, mußte etlichen Püffen und Hieben ausweichen, stolperte über sich auf dem Boden wälzende Menschenknäuel und gelangte schließlich außer Atem und mit einigen Kratzern mehr am Körper zum Kirchportal, wo mich der alte Pastor mit bedrückter Miene in Empfang nahm.

»Rasch, mein Junge!« rief er mir zu, schloß die Tür auf und schob mich ins Kircheninnere. »Versteck dich, bis sich die Wogen geglättet haben, und hilf deiner Schwester, die Glocken zu läuten!« Dann verriegelte er die Pforte hinter mir, und ich befand mich in Sicherheit.

Zugleich aber saß ich in der Falle. Eingesperrt und umzingelt.

Ich bekreuzigte mich mit Weihwasser und murmelte leise ein Tedeum.

SECHSTER TEIL

»›Demnach habt ihr euch zu Richtern aufgeworfen‹, sagte er mit einer Stimme, deren sanfter Klang seltsam zu der Strenge der Worte in Widerspruch stand, ›ohne zu bedenken, daß Menschen, die kein Recht haben zu strafen und es doch tun, Mörder sind.‹«

Alexandre Dumas, *Die drei Musketiere*

1

Als ich die Kirche betrat, erschien es mir, als träte ich damit in eine andere Welt ein, als umfinge mich mit einem Mal eine neue Sphäre. Nur eine einzige Mauer und eine massive Eichentür trennten mich von den Ereignissen, die sich auf dem Dorfplatz abspielten, aber das Kircheninnere schien meilenweit von all dem entfernt zu sein. Es war, als wäre im Gotteshaus kein Platz für die profane und brutale Wirklichkeit. Der Lärm des Kampfes drang nur wie durch Watte an mein Ohr, selbst das Glockengeläut klang in der Kirche nicht halb so wild und alarmierend wie außerhalb des Gebäudes, und die hohen, bleiverglasten und mit Rundbögen versehenen Fenster an der Südseite ließen die Strahlen der mittlerweile tiefstehenden Sonne lediglich als milchig trübes Licht ins Langschiff. Die Mauern, Türen und Fenster wirkten wie Filter, welche den Alltag und die Außenwelt fernhielten oder doch milderten. Wer die Kirche betrat, der ließ die Sorgen und Nöte hinter sich. Oder ging es womöglich eher darum, den Herrgott vor den Problemen der Menschen in Schutz zu nehmen? Im gleichen Moment, da mir dieser ketzerische Gedanke durch den Sinn ging, schalt ich mich dafür, bekreuzigte mich, blickte mich beschämt um und wiederholte fast mechanisch mein »Te Deum laudamus«.

Der Geruch von Weihrauch, staubig abgestandener Luft und modrigem Holz benebelte mich und ließ mich die Kirche betrachten, als befände ich mich zum ersten Mal in ihrem Inneren. Vielleicht hatte dies auch seinen Grund in der Tatsache, daß ich die Kirche noch nie so leer und leblos gesehen hatte. Es erschien mir alles so unwirklich und wie in einem fiebrigen Traum. Beinahe fühlte ich mich, als stünde ich neben mir, als betrachtete ich mich selbst von außerhalb meines Körpers. Es kam mir vor, als wäre ich gar nicht ich selbst, sondern eine andere, neue, mir unbekannte Person, die nur in meine äußere Hülle geschlüpft war. Wenn ich es recht bedachte, ging es mir schon seit einigen Tagen so. Tatsächlich wußte ich ja nicht wirklich, wer ich war und wohin ich gehörte. Vor wenigen Tagen noch war ich der Magistersohn gewesen, ein braver, etwas gutgläubiger Bauernjunge, der seine Eltern achtete und Gott fürchtete, wie es sich gehörte. Doch nun war ich plötzlich ein Nichts, ein Niemand, ohne Identität und Namen, und ich wußte nicht, was ich glauben und auf wen ich mich verlassen konnte. Ja, nicht einmal Gott konnte mir Trost bieten. Ich hätte niederknien und beten sollen, doch auch dies war mir nicht möglich. Gott konnte mir nicht helfen. Niemand konnte das. Ich mißtraute allen, weil ich mir selbst nicht über den Weg traute. Und so beobachtete ich mich nun selbst, wie ich staunend das Kircheninnere mit den großen Augen eines Kindes betrachtete.

Das hohe und mit bunten Malereien versehene Kreuzgewölbe aus verputztem Stein thronte auf mächtigen, in die Mauern eingelassenen Pfeilern über dem Langhaus der Kirche. Die Quer- und Längsbogen wuchsen regelrecht aus dem Gemäuer heraus, verbunden waren sie durch diagonale Rippen, die sich in der Mitte der einzelnen Gewölbejoche trafen und die über dem gesamten Saal wie ein gewaltiges Spinnennetz ausgebreitet lagen. An einem der Bogen war eine Inschrift zu lesen:

Christus ist unser Osterlamm, geopfert an dem Kreuzesstamm.

Dieser Spruch, der eigentlich allen Menschen Trost und Hoffnung bieten sollte, wirkte auf mich seltsam bedrohlich und geradewegs unheimlich.

Lange Bänke aus dunklem Holz standen in Reih und Glied im Langhaus und boten etwa fünfhundert Gläubigen Platz. Dazwischen verlief ein Gang in Kreuzform. Vielarmige Kronleuchter hingen an dünnen Ketten von der Decke, und überall waren Blumengestecke angebracht. An der mir gegenüberliegenden Wand sah ich die beiden hölzernen Beichtstühle, die unterhalb der Fenster in die Nischen der Mauer eingelassen waren, und zu meiner Rechten, an einem der Wandpfeiler, befand sich die überdachte Kanzel, auf der Pastor Söbbing sonn- und feiertags den Ahlbekkern in seinem verschnörkelten Stil die Predigt hielt.

Östlich des Langhauses schloß sich das etwas niedrigere und schmalere Chorgewölbe an, in dem sich der zweistöckige, mit Säulen, Ölgemälden, hölzernen Heiligenfiguren sowie etlichen violetten und schwarzen Kirchenfahnen geschmückte Hochaltar befand. Hier stand auch der reichlich verzierte Tabernakel mit dem Ewigen Licht darauf, und darüber hing das Kruzifix mit dem Körper des Heilands, dessen dornengekrönter Kopf aus Anlaß des Stillen Freitags mit einem schwarzen Tuch bedeckt war. Alles in dieser Kirche drückte an diesem Tag Trauer und Tod aus, alles kündete von Leid und Unglück. Die hölzernen Figuren stellten christliche Märtyrer dar, die Mutter Gottes neben dem Altar weinte um ihren toten Sohn, und die heilige Katharina, die der Ahlbecker Kirche ihren Namen gegeben hatte und auf einem Gemälde an einem der Seitenaltare dargestellt war, fuhr mit den Engeln zum Berge Sinai, nachdem sie gerädert und enthauptet worden war. Die Kirche, die sonst immer einen tröstlichen Einfluß auf mich ausgeübt hatte, wirkte nun bedrückend auf mich. Die Stimmung im Gotteshaus entsprach zu sehr der Stimmung, in der ich mich gerade befand.

Hinter dem Hochaltar lag die Sakristei, von der aus eine Hintertür zum angrenzenden Friedhof führte. Einen kurzen Moment überlegte ich, ob es ratsam war, diesen Hinterausgang auszuprobieren und auf den Kirchhof zu gelangen, doch dann dachte ich an die Worte des Pfarrers und beschloß, zu meiner Schwester Maria in die Glockenstube hinaufzueilen.

Ich wandte mich nach links und starrte wie gebannt auf die riesige und mit zahllosen Registern versehene Orgel, die auf einer Empore an der Westseite des Langhauses thronte und sich beinahe bis unter das Kirchendach erstreckte. Unterhalb dieser von steinernen Säulen gehaltenen Orgelbühne befand sich der spitzbogige und in Sandstein gefaßte Eingang zum alten Turm. Beinahe hatte es den Anschein, als hielte die Orgel Wache wie Zerberus vor der Unterwelt, als könnte sie jeden Moment niedersausen und jedweden Eindringling zerquetschen, der sich unerlaubt Zugang zum Westturm verschaffen wollte. Ich schluckte, hielt die Luft an und rannte regelrecht durch die Öffnung, als wollte ich mich in den Rachen der Orgel stürzen.

Im Erdgeschoß des Turmes umfing mich totale Finsternis. Ich versuchte, meine wirren Gedanken und absurden Hirngespinste abzuschütteln, und stieg die steinerne und von einer Staffel gemauerter Rundbogen gedeckte Treppe zum ersten Obergeschoß hinauf. Durch die schmalen Schießscharten drang etwas Licht in den Turm, und ich erkannte, daß der backsteinerne Aufgang im ersten Stock in eine Holzkonstruktion überging. Die Decken, die Treppe und der gesamte Glockenstuhl bestanden aus Holzbalken, die nun im tosenden Lärm der Glocken vibrierten und meine Beine im Rhythmus des Geläuts zittern ließen.

Als ich das zweite Obergeschoß und somit den Glockenstuhl erreicht hatte, sah ich meine Schwester, die auf einem schmalen Vorsprung stand, der nur durch ein hölzernes Geländer gesichert und über eine Holzleiter zu erreichen war und sich wie ein Balkon oder eine Bühne an die östliche Mauer des Turmes schmiegte. Maria hing sich abwechselnd an die Seile, die über eine Reihe von Winden mit den drei gotischen Glocken verbunden waren. Ehrfurchtsvoll schaute ich hinauf zu den mehrere Ellen umspannenden Bronzeglocken, die direkt über mir wie Furien hin- und herpendelten. Die Metallklöppel schlugen, wie von magischer Hand angetrieben, gegen die Glockenwände und ließen meine Trommelfelle klingeln.

»Jeremias!« rief mir meine Schwester zu, als sie mich bemerkte. »Da bist du ja!« Sie ließ den Seilzug los, sprang geschwind die Leiter herunter, blieb aber plötzlich unsicher vor mir stehen und bestürmte mich mit Fragen: »Bist du in Ordnung? Geht es dir gut? Ich habe mir solche Sorgen gemacht! Wir alle haben uns gesorgt. Wo hast du denn gesteckt? Was ist dir passiert?«

Die Glocken klangen langsam und der Reihe nach aus, und ich wartete, bis auch die letzte verstummt war, bevor ich antwortete. »Es geht schon, Maria«, versicherte ich schließlich, trat auf sie zu und nahm sie in die Arme. »Aber ich habe in den vergangenen Tagen einige häßliche Dinge gesehen und gehört. Ich bin immer noch ganz verwirrt und weiß gar nicht, was ich dir erzählen soll. Alles dreht sich in meinem Kopf, als hätte ich Fieber.«

»Du brauchst mir nichts zu sagen«, erwiderte sie, streichelte mir über den Kopf und befühlte meine Stirn, als wollte sie prüfen, ob sie tatsächlich heiß sei. »Ich weiß Bescheid, Mutter hat mir alles berichtet.«

»Alles?«

»Jedenfalls genug, daß ich mir vorstellen kann, wie du dich fühlst!« Sie zuckte mit den Schultern und sah mich mit ihren dunklen Augen traurig an. »Mutter hat sehr geweint – und ich auch. So sind wir Weiber nun mal, immer heulen wir wie die Schloßhunde, als hätten wir nichts Besseres zu tun. Aber wir waren so in Angst um dich! Und wenn ich dich anschaue, dann hatten wir allen Grund dazu. Du siehst ja zum Fürchten aus.« Auch jetzt liefen ihr die Tränen über die Wangen, und sie schniefte. Kopfschüttelnd betrachtete sie meine zerkratzten Arme und die Schürfwunden in meinem Gesicht und zog eine vorwurfsvolle Schnute. »Was ist dir bloß widerfahren?«

»Es ist nichts«, antwortete ich. »Nur ein paar harmlose Schrammen und Kratzer und verbrannte Haare. Anderen ist es schlimmer ergangen.« Ich schluckte und mußte tief durchatmen, bevor ich weitersprechen konnte. »Und was dort draußen unter der Linde vor sich geht«, sagte ich schließlich, »ist eine Katastrophe! Es scheint beinahe so, als hätten alle Leute den Verstand verloren. Die ganze Welt steht kopf und spielt verrückt!«

»Den Amtmann sollte man geteert und gefedert aus

dem Dorf treiben. Du hättest ihn sehen sollen, wie er mit den Soldaten auf unserem Hof auftauchte und alles kurz und klein schlagen ließ, als machte es ihm Freude, anderen Leuten weh zu tun. Er hat dich und Mutter mit solch schändlichen Worten beleidigt, daß ich sie gar nicht wiederholen mag. Es war fürchterlich. Und ich habe mich so hilflos und ohnmächtig gefühlt!« Sie seufzte und schüttelte ärgerlich den Kopf, als wären ihr die letzten Worte unfreiwillig entschlüpft. »Doch was soll das Jammern?« meinte sie plötzlich. »Es wird schon alles wieder gut.« Sie betrachtete mich nachdenklich und setzte fragend hinzu: »Das wird es doch, Jeremias, nicht wahr? Es wird doch wieder gut?«

Ich nickte zögerlich und brachte kein Wort über die Lippen.

Maria zwang sich zu einem Lächeln, das nicht besonders überzeugend ausfiel, nahm mich bei der Hand und führte mich zu der Leiter. »Komm, Bruder!« rief sie. »Ich muß dir etwas zeigen.« Mit einem Mal hielt sie jedoch inne und sah mich an, als hätte sie etwas Ungehöriges gesagt.

»Ist es dir nicht mehr möglich, mich deinen Bruder zu nennen?« fragte ich.

»Ach was«, wehrte sie ab und bedachte mich mit einem liebevollen Blick, der mir durch und durch ging. »Natürlich bist du mein Bruder, und das wirst du immer bleiben. Ich bin deine kleine Schwester, und auch das werde ich immer bleiben! Und jetzt komm!« Sie wandte sich abrupt um, kletterte auf die Empore, wartete, bis auch ich das Podest erreicht hatte, deutete auf die größte der drei Glocken und sagte mit stolzem Strahlen im Gesicht: »Das ist die dicke Marie. Sie ist über dreihundert Jahre alt, sagt Pastor Söbbing, und hat schon im Großen Krieg zum Sturm geläutet. Ist es nicht ein hübscher Zufall, daß sie genauso heißt wie ich? Sie ist mir von den dreien die liebste!« Maria zog an einem bestimmten Seil, und die dicke Marie setzte sich gemächlich, aber lärmend in Bewegung. »Sie hat heute gute Dienste geleistet!« setzte meine Schwester, gegen den Lärm anschreiend, hinzu und deutete mit einer Handbewegung zu einer der Luken in der Mauer. »Sieh selbst!«

Die balkonartige Empore befand sich auf gleicher Höhe wie die Glocken und die breiten Schallöffnungen. Von unserem Standpunkt aus hatte man nach Westen, Süden und Norden einen wunderbaren Überblick über Ahlbeck und die Umgebung. Durch die Öffnung in der Westmauer, auf die Maria nun wies, sah man auf die Wälder, Äcker und Felder und auf die Sandwege, die zu den umliegenden Höfen führten. Von überall strömten die Menschen herbei, sie eilten aus den abseits gelegenen Bauernschaften ins Dorf, denn die Glocken riefen sie. Nach katholischem Brauch war es untersagt, zwischen Gründonnerstag und der Ostervigil in der Nacht zum Ostersonntag die Glocken zu läuten. Wenn dies dennoch der Fall war, so konnte es nur Feuer, Krieg oder eine sonstige Katastrophe bedeuten. Maria hatte recht: Die dicke Marie tat gute Dienste.

Ich ging auf dem Podest hinüber zur Nordwand und schaute durch die Öffnung, die die Sicht auf Kolkmühle und Schulzenhof freigab. Am Horizont war eine dunkle, beinahe schwarze Wolke zu erkennen, die wie ein Fremdkörper am Himmel wirkte. Das Wetter hatte sich in den letzten Stunden merklich gebessert, zwar türmten sich noch immer die Haufenwolken am Himmel, aber diese waren weiß und strahlten im Sonnenschein. Die schwarze Wolke erinnerte eher an dunstigen Hochnebel und hatte mit dem Wetter nichts zu tun; sie war das einzige Überbleibsel, das vom Brand der Mühle kündete. Eine Rauchsäule war nicht mehr zu erkennen, das Feuer war längst gelöscht oder hatte seinen Hunger gestillt und verbrannt, was zu verbrennen gewesen war. Der kleine Buchenwald, der den Schulzenhof umgab, lag scheinbar friedlich da und döste in der Sonne. Nichts deutete darauf hin, daß sich dort just in diesem Moment irgend etwas Schreckliches abspielte. Zumindest hatten die Räuber den Hof nicht in Brand gesteckt. Ich betete zu Gott, daß seine Bewohner in Sicherheit waren. Daß wenigstens die Bewohner, die es verdient hatten, Schutz gefunden hatten.

»Sieh nur!« rief mir in diesem Augenblick meine Schwester zu. »Sie türmen! Die Oldendorfschen ziehen sich zurück.« Maria stand am anderen Ende der Holzbühne und lugte aus der südlichen Schallöffnung nach unten auf den Kirchplatz. Dies war die Luke, an der ich vorhin ihren Kopf hatte auftauchen sehen. »Die Ahlbecker schlagen die Soldaten in die Flucht!« jubelte sie und wandte sich mir zu. »Der Amtmann flieht!«

Ich trat zu ihr an die Öffnung, zwängte meinen Kopf durch die Luke und schaute hinunter auf den Platz. Dieser lag beinahe verlassen da, nur wenige Frauen standen in kleinen Gruppen herum und redeten erregt aufeinander ein. Von den Landsturmmännern war niemand mehr zu sehen; sowohl die berittenen als auch die Fußsoldaten hatten sich zurückgezogen. Das Wirtshaus, wo sie sich vor einigen Minuten noch gesammelt hatten, war menschenleer und sah verwüstet aus. Die Scheiben waren eingeschlagen, die Holztür war aus den Angeln gehoben, die Tische waren umgestoßen und die Stühle zertrümmert worden. Einige Fechtwaffen, Tschakos und Teile der blauen Uniformen lagen hier und da auf dem Pflaster vor der Schenke verstreut. Die Kinder des Dorfes sammelten sie als Kriegsbeute auf und präsentierten sie stolz ihren Müttern. Auch von den mit Knüppeln und Äxten bewaffneten Bauern war niemand mehr auf dem Kirchplatz zugegen, weder die Deserteure noch der Wirt waren zu sehen, das Geschehen hatte sich in südliche Richtung an den Rand des Dorfes verlagert.

»Sie ziehen sich nach Oldendorf zurück«, flüsterte mir meine Schwester ins Ohr. »Siehst du, Jeremias, sie haben Ahlbeck bereits verlassen und flüchten sich in die Heide. Und der Amtmann ist der erste, der den Schwanz einzieht! Er treibt seinen Gaul an, als wäre ihm ein Gespenst auf den Fersen.«

Südlich des Dorfkerns, dort, wo die gepflasterte Allee aufhörte und in die Landstraße nach Altheim mündete, tauchte nun ein Trupp von berittenen Soldaten auf. Mit dem Amtmann an der Spitze gaben sie sich mühsam den Anschein eines geordneten Rückzugs, aber das wilde Fuchteln ihrer Arme, das unkoordinierte Kommandieren und das Aufbäumen und Bocken ihrer Pferde verrieten die Panik, die ihnen in den Knochen steckte. Den Reitern folgten in einigem Abstand die »Sandhasen«, wie Bernhard Lanvermann die Infanteristen abschätzig genannt hatte. Sie liefen rücklings im Linienverbund, die Gesichter ihren Verfolgern zugewandt, die keine Gelegenheit ausließen, die rückwärts taumelnden Soldaten mit Steinen, Stockschlägen und fliegenden Fäusten zu traktieren. Während noch auf dem Kirchplatz sämtliche Musketen – mit einigen wenigen Ausnahmen – im Besitz der Soldaten gewesen waren, waren diese nun den Dorfbewohnern in die Hände gefallen. Es hatte sich offensichtlich erwiesen, daß Gewehre – zumal so umständliche Vorderlader, wie sie damals noch üblich waren – im unorthodoxen und sozusagen unprofessionellen Nahkampf keinen wirklichen Vorteil boten und eher hinderlich als nützlich waren. Und so verwendeten die Bauern die erbeuteten Flinten auch nicht, um damit zu schießen, sondern benutzten sie als Knüppel, mit denen sie auf die Männer des Landsturms eindroschen.

Die merkwürdige und kriegerische Prozession war nur mehr einen Steinwurf von der Stelle entfernt, wo vom Hessenweg rechter Hand der Heidepfad nach Oldendorf abzweigte. Vermutlich hatten der Amtmann und seine Leute geglaubt, die Ahlbecker würden ihre Verfolgung einstellen, sobald der Landsturm den Weg in die Heide eingeschlagen hätte, doch dem war keineswegs so. Der Rausch der Gewalt, das verführerische und süße Gefühl der Macht und Überlegenheit, hatte die Bauern gepackt und ließ sie den Soldaten selbst noch in der Heide nachsetzen. Zudem stießen immer mehr Landmänner aus den Bauernschaften zu den Dörflern, und schon lange waren die Zivilisten nicht nur moralisch, sondern auch zahlenmäßig den Soldaten weit überlegen. So kämpften Bauern mit Wut im Bauch gegen ungeübte Hilfssoldaten, deren Sold ebenso bescheiden war wie ihre Motivation zum Kampf. Das Ergebnis war daher gar nicht so überraschend, wie es vielleicht auf den ersten Blick den Anschein gehabt haben mochte: Schon bald konnte von einem Linienverbund der Infanteristen keine Rede mehr sein, alle nahmen ihre Beine in die Hand, stoben auseinander, flohen in die Heide und retteten, was ihnen am liebsten und nächsten war – die eigene Haut.

Ich lachte bitter auf, als ich sah, was für eine merkwürdige Wendung die Ereignisse genommen hatten und welch verquere Ironie darin verborgen lag. Vor wenigen Stunden noch hatte ich in dem eitlen und selbstgefälligen Amtmann den einzigen Retter gesehen, der imstande war, den grausamen Räubern Paroli zu bieten, doch dann hatte sich ausgerechnet dieser Amtmann als bösartiger als alle Brabanter zusammen entpuppt. Der Arm des Gesetzes, als den er sich so gerne betrachtete, war als hinterhältig und verbrecherisch entlarvt worden. Der Amtmann hatte eine polizeiliche Aktion dazu mißbraucht, seinen ganz persönlichen und privaten Rachefeldzug zu führen. Und nun sah ich mit Genugtuung und einem Anflug von Schadenfreude, wie Boomkamp von eben jenem Bauernpack, das er eigentlich hatte züchtigen und demütigen wollen, durch die Heide gescheucht wurde. Und als wäre er damit noch nicht genug gestraft, hatte er zugleich die letzte Gelegenheit versäumt, seinem zukünftigen Schwiegersohn, dem nicht weniger eitlen und selbstgefälligen Dorfschulzen, zu Hilfe zu eilen. Ich hatte mein Bestes und alles Menschenmögliche getan, versuchte ich mir einzureden. Ich hatte nichts unversucht gelassen, aber man hatte mich nicht anhören und mir nicht glauben wollen. Alles Weitere lag damit nicht mehr in meinen Händen, ich hatte es nicht zu verantworten. War es etwa meine Schuld, daß sowohl Boomkamp als auch Schulze-Lanvermann Borniertheit und Ignoranz für Kardinaltugenden zu halten schienen? Was kümmerte es mich?

Doch im gleichen Augenblick, da mir diese Gedanken durch den Kopf gingen, bemerkte ich auch schon, wie dumm und wie falsch sie waren. Es ging mich sehr wohl etwas an. Nicht etwa, weil ich dem Amtmann etwas beweisen wollte oder mich dem Schulzen verpflichtet fühlte – diese beiden Dummköpfe konnten mir gestohlen bleiben und sich meinetwegen zum Teufel scheren. Nein, es kümmerte mich, weil ich es mir selbst schuldete, weil ich mit mir selbst ins reine kommen mußte. Sollte etwa alles Leid und Chaos umsonst gewesen sein und ich mich beleidigt in mein Schneckenhaus zurückziehen? Nein, ich mußte zu Ende führen, was ich begonnen hatte, und zu dem stehen, was ich gesagt hatte, was ich Eva versprochen hatte: »Ich bin bald zurück.« Und sie hatte geantwortet: »Das will ich doch hoffen.«

Außerdem hatte auch ich noch eine Rechnung zu begleichen!

»Jeremias! Maria!« erklang eine näselnde Männerstimme aus einem der unteren Geschosse des Kirchturms, und im nächsten Moment erschien der Pastor auf einem Treppenabsatz und rief uns zu: »Die Gefahr ist vorbei, kommt herunter, liebe Kinder! Die Soldaten haben das Dorf verlassen.«

»Wir haben es schon gesehen, Herr Pastor«, antwortete meine Schwester und deutete auf die Glocken. »Soll nicht länger geläutet werden?«

»Ich denke nicht, daß das noch nötig ist«, antwortete Pastor Söbbing und schüttelte nachsichtig und freundlich lächelnd den Kopf. »Geht nach Hause, Kinder. Eure Mutter steht mit der Pättenbäuerin vor der Kirchtür und wartet auf euch. Sie braucht euch jetzt. Geht!«

Maria nickte und huschte eilends die Treppe hinunter. Ich hatte die ganze Zeit, in düsteren Gedanken versunken, an der Schallöffnung gestanden und den beiden zugeschaut, ohne wirklich auf ihre Worte zu achten. Jetzt aber beeilte ich mich, meiner Schwester zu folgen, und vermied es, den Pastor anzuschauen, als ich ihn passierte.

»Jeremias?« hielt er mich zurück und legte seine faltige Hand auf meine Schulter. »Warte einen Moment!«

Ich zuckte unter der Berührung zusammen, als wäre ich bei etwas Ungehörigem ertappt worden, als hätte der Priester in meinen Gedanken wie in einem offenen Buch gelesen. Ich blieb stehen, nahm den Strohhut vom Kopf und schaute ihn schuldbewußt an.

»Gott sei mit dir, mein Junge«, sagte Pastor Söbbing erschrocken, als er meine verkokelte Haarpracht sah. Er schaute mich eindringlich an, zog die Stirn kraus und nickte wissend. Dann machte er mit dem Daumen ein Kreuzzeichen auf meiner Stirn und setzte hinzu: »Der Herr *ist* mit dir!«

»Euer Wort in Gottes Ohr«, flüsterte ich leise und senkte den Kopf, weil ich seinen Blick nicht ertragen konnte. Ich nickte andeutungsweise, obgleich mir gar nicht danach zumute war, und preßte die Lippen aufeinander, um das Zittern der Mundwinkel zu unterdrücken.

»Jeremias!« rief der Pastor, und diesmal klang es nicht mitfühlend, sondern vorwurfsvoll. »Versündige dich nicht!«

Ich war nicht in der Lage, ihm zu antworten, rannte fluchtartig und stolpernd die Treppe hinunter, stieß mir den Kopf am gewölbten Treppenaufgang, hastete durch den Turmeingang und durch das Langhaus, riß die Tür des Hauptportals auf und stürmte an den vier steinernen Kirchenlehrern vorbei nach draußen auf den Dorfplatz.

Meine Mutter stand mit meiner Schwester vor der

Kirche, sie stützten gemeinsam die Pättenbäuerin, die immer noch benommen wirkte und deren Verband am Hinterkopf mit Blut durchtränkt war. Alle drei sahen mich an, als begegnete ihnen ein Geist.

»Was ist denn in dich gefahren?« rief Maria.

»Was hast du vor?« echote meine Mutter.

»Ich muß ins Moor!« rief ich und wollte an ihnen vorbeistürzen.

»Zu den Räubern!?« erwiderte meine Mutter entsetzt und hielt mich am Ärmel fest. »Das lass' ich nicht zu. Das ist viel zu gefährlich! Wer weiß, was sich dort gerade abspielt! Warte, bis die Männer aus Altheim zurückkommen! Oder nimm mich wenigstens mit!«

»Nein«, antwortete ich, »kümmere du dich um die Tante. Du wirst hier gebraucht. Ich werde schon vorsichtig sein und mich nicht unnötig in Gefahr begeben. Mach dir keine Sorgen! Und außerdem«, setzte ich murmelnd hinzu, »kannst du mir nicht helfen. Was ich zu tun habe, das muß ich alleine tun! In dieser Sache kann mir kein Mensch beistehen.«

»Unsinn!« schnitt mir meine Schwester barsch das Wort ab. »Was redest du denn da? Willst du etwa den einsamen Helden spielen?«

»Ich habe jemandem mein Wort gegeben«, entgegnete ich ernst, »und diesen Jemand werde ich um nichts in der Welt enttäuschen!«

Maria sah mich zweifelnd an, erkannte, daß es mir bitterernst war, und nickte. »Mutter mag meinetwegen im Dorf bleiben«, sagte sie, »aber ich werde dich begleiten!« Bevor ich etwas erwidern konnte, setzte sie hinzu: »Und wage es ja nicht, mir Widerworte zu geben!«

Ihre funkelnden schwarzen Augen ließen tatsächlich keinen Widerspruch zu. Sie faßte mich an der Hand, und gemeinsam rannten wir los.

»Was hat das alles zu bedeuten?« hörte ich die Pättenbäuerin mit brüchiger Stimme fragen. »Was will denn Jeremias im Venn?«

»Das ist eine lange Geschichte«, antwortete meine Mutter traurig.

2

Ich vermag nicht genau zu sagen, was ich erwartet oder befürchtet hatte. Vielleicht war ich davon ausgegangen, die Räuber auf frischer Tat beim Plündern und Brandschatzen anzutreffen und zu erleben, wie sie die Bewohner des Hofes verhöhnten, das Vieh quälten und das Hab und Gut zusammenrafften. Womöglich hatte ich mir vorgestellt, den Schulzenhof ähnlich zugerichtet und verwüstet vorzufinden wie die vom Landsturm überfallenen Höfe in Ahlbeck, ja ich hatte mich sogar auf den Anblick von Blut und Leichen vorbereitet. Und deshalb war ich so überrascht, als ich nun den Lanverhof erblickte.

Meine Schwester und ich hatten den braven Apfelschimmel, mit dem wir gemeinsam ins Moor geritten waren, am Hessenweg zurückgelassen, hatten uns durch die Büsche, über die Felder und schließlich durch den Buchenwald geschlagen, hockten nun an der gleichen Stelle, von der aus ich gestern früh mit dem Flessener den Hof beobachtet hatte, und starrten ebenso gebannt wie überrascht zum Wohnhaus, den Wirtschaftsgebäuden und dem Platz unter den Eichen.

Es mochte vielleicht drei, allenfalls vier Uhr nachmittags sein, und ich hatte den Schulzenhof vor kaum mehr als drei Stunden verlassen, aber als ich ihn nun betrachtete, konnte ich mir beim besten Willen nicht ausmalen, was sich in der Zwischenzeit hier zugetragen hatte oder was sich eben nicht zugetragen hatte.

Der Hof lag gänzlich friedlich und verwaist da, Verwüstungen waren nicht zu erkennen, nicht eine einzige Scheibe war zerschlagen, kein Vieh lief frei herum, weder Hausrat noch Fässer, noch Weinflaschen lagen herum, nicht das geringste Anzeichen deutete darauf hin, daß hier vor kurzem eine Bande von Räubern gewütet hatte. Die Frühlingssonne beschien einen idyllisch schlummernden und menschenleeren Hof, sogar der Wind hatte sich gelegt, und nur noch kleine Schäfchenwolken trieben gemächlich am Himmel. Über unseren Köpfen schmetterte ein Buchfink munter sein Lied und schien sich über meine bösen Vorahnungen lustig machen zu wollen. Träumte oder wachte ich, schoß es mir durch den Kopf. Wie konnte das sein? Hatte ich mich wirklich derart geirrt? Was hatte das zu bedeuten? Doch anstatt froh und erleichtert zu sein, daß meine Befürchtungen sich als unbegründet erwiesen hatten, beschlichen mich ein merkwürdiges Unbehagen und ein Unwille, die Situation, wie sie sich mir präsentierte, als solche zu akzeptieren. Es wollte mir schlichtweg nicht einleuchten.

»Sieh!« raunte mir meine Schwester in diesem Moment ins Ohr. »Da ist jemand. Dort drüben am Nebenhaus.«

Maria hatte recht. Die blinde Gertrud trat aus dem Gesindehaus, sie stützte sich auf einen Krückstock, ging schnurstracks und ohne jede Unsicherheit zu einer Bank, die direkt vor dem Haus stand, und setzte sich darauf, um ein wenig in der Sonne zu dösen. Als sie saß, holte sie ihre Stricksachen aus einer Tasche ihres Kittels und begann in aller Seelenruhe an der Socke weiterzustricken, an der sie bereits gestern gearbeitet hatte. Hätte es noch eines weiteren Beweises bedurft, daß auf dem Hof alles friedlich war und keinerlei Gefahr bestand, so hätte dieses Bild ihn geliefert. Ich kroch aus der Deckung, nahm Maria bei der Hand, und gemeinsam betraten wir den Platz unter den Eichen.

»Hallo, Gevatterin«, rief ich der alten Frau zu. »Ich bin es, Jeremias. Wo sind denn alle Leute? Wo steckt der Rest?«

»Ist das nicht der kleine Vogelsang?« erwiderte Gertrud und schenkte mir ein zahnloses Lachen. »Komm her und setz dich zu mir. Leiste einer alten Blinden etwas Gesellschaft. Haben wir nicht schönes Wetter?«

»Guten Tag, Gevatterin«, meldete sich nun auch Maria.

»Oh, noch eine Stimme«, antwortete Kuckels Gertrud und kicherte belustigt. »Und was für eine hübsche Stimme du hast, mein Kind. Wie ein Glöckchen im Wind. Setzt euch, setzt euch!«

Ich stellte meine Schwester vor, setzte mich neben sie und wiederholte meine Frage: »Wo ist Hermann? Wo ist der Schulze? Wo sind denn alle?«

»Ach, Hermann, der arme Tropf!« rief die Alte und schüttelte den Kopf. »Was macht der nur immer für Sachen! Erst versetzt er alle in Angst und Schrecken und führt sich auf, als wäre er nicht bei Trost, und dann passiert nichts, und wir kommen uns vor wie die Dämlacke.« Sie grinste irre und tippte sich an die Stirn. »Erst hält der dumme Junge wilde Reden von Räubern und Meuchelmördern und sagt, wir sollen uns verstecken und alles Hab und Gut in Sicherheit bringen, aber warum dann die Juden nicht kommen, das kann er nicht erklären. Wir liegen wie die Soldaten auf den Feldern und Wiesen in Deckung, wagen es nicht, einen Mucks von uns zu geben, und machen uns vor Angst beinahe in die Hose, aber nichts geschieht. Der Schulze rennt wie ein kopfloses Huhn umher, führt Selbstgespräche und schüttet den Branntwein in sich hinein, nicht aus einem Glas, nein, direkt aus der Flasche. Das hat mir Anna Wessendorf erzählt, ich selbst konnte es ja nicht sehen.« Sie kicherte belustigt, als hätte sie einen Witz gemacht, und fuhr dann fort zu erzählen: »Nun ja, weil nichts passiert und niemand auftaucht, fragen wir Hermann, wo denn die Halunken bleiben, aber er fängt nur an zu stammeln und dummes Zeug zu reden. Daß alle unter einer Decke stecken und uns nur an der Nase herumführen. Und er redet von dem Teufel Lanvermann, der sich an ihm rächen will.« Abermals tippte sie sich vielsagend an die Stirn, bevor sie hinzusetzte: »Die Schafe haben ihm den Verstand geraubt, das ist meine Meinung. Das kann ja nicht gut sein, immer nur mit den Tieren zu reden wie Franziskus. Da kommt man schließlich selber dazu, wie ein blödes Viech zu denken, und mich soll es nicht wundern, wenn er irgendwann anfängt, wie ein Schaf zu blöken. Das ist wider die Natur, sage ich.« Sie spuckte auf den Boden und wiederholte: »Wider jede Natur!«

»Wo steckt Hermann jetzt?«

»Bei der Mühle«, antwortete sie und starrte mich mit ihren toten Augen an. »Sie sind alle bei der Kolkmühle, die ist nämlich bis auf die Mauern niedergebrannt. Warst du es nicht, der das erzählt hat? Natürlich, das warst doch du! Jetzt erinnere ich mich.

Herrgott im Himmel, was ist heute nur los mit den Menschen? Ja, ja, bei der Mühle, die ist nur noch Schutt und Asche. Und der Kolkmüller ist tot. Verbrannt, sagt man. Schrecklich, nicht wahr? Einer der Müllersöhne kam auf den Hof, kurz nachdem wir das Weite gesucht hatten, er wunderte sich, daß niemand zugegen war, und rief nach dem Schulzen. Da kamen wir aus unseren Verstecken, und der Müllerbursche erzählte, was sich zugetragen hat und daß die Räuber Reißaus genommen haben und allesamt nach Holland verschwunden sind.«

»Nach Holland?« wunderte ich mich. »Einfach so? Weshalb?«

Die alte Gertrud zuckte mit den Schultern. »Das Judengesindel hat es wohl mit der Angst zu tun bekommen«, sagte sie und legte den Kopf zur Seite. »Vielleicht haben sie die Sturmglocken gehört. Nein, nein, nein, wie fürchterlich, die ganze Welt steht kopf!«

»Ist der Schulze auch bei der Kolkmühle?« wollte Maria wissen. Sie stand nach wie vor in einiger Entfernung vor der Bank und der sonderlichen Alten und wagte erst jetzt, einige Schritte nach vorne zu treten.

»Geh mir doch aus dem Licht, Kind!« fuhr Gertrud sie plötzlich an. »Du stehst mir ja in der Sonne!« Als Maria sich entschuldigt hatte und einige Schritte beiseite getreten war, schnaufte die Alte zufrieden und antwortete auf die Frage: »Der Bauer liegt im Haus und schläft seinen Rausch aus. Er konnte sich am Ende kaum noch auf den Beinen halten, so betrunken war er, deshalb ist er auch nicht mit den anderen zur Mühle gegangen. Noch nie habe ich ihn so sturztrunken erlebt. Am Stillen Freitag, das muß man sich mal vorstellen.« Sie schüttelte den Kopf und fuchtelte drohend mit der Stricknadel. »Es wird höchste Zeit, daß er unter die Haube kommt und ihn jemand an die Kandare nimmt. Eine Herrin muß her, damit mit solchen Gotteslästerungen endlich Schluß ist. Das nimmt sonst alles noch ein böses Ende, wenn ihr mich fragt. Dann wird es uns ergehen wie bei der Öffnung des sechsten Siegels: ›Die Sonne wurde schwarz wie ein härener Sack‹, sagt Johannes, ›und der ganze Mond wurde wie Blut.‹ Jawohl, so wird es kommen! Nanu, wo wollt ihr denn hin?« unterbrach sie sich, als ich mich bei ihren wirren prophetischen Worten erhob und meiner Schwester das Zeichen zum Aufbruch gab. »Warum verlaßt ihr mich?« fragte sie beinahe flehentlich. »Bleibt doch noch ein wenig. Ich habe doch sonst niemanden.«

»Wir müssen zur Mühle«, erwiderte ich, nahm Maria bei der Hand und verabschiedete mich. »Ich will mich mit eigenen Augen davon überzeugen, daß die Räuber verschwunden sind.«

»Was nützen einem schon die Augen, mein Junge?« entgegnete die blinde Gertrud und schüttelte nachdenklich den Kopf. »Man soll sich niemals auf die eigenen Augen verlassen, denn jeder Mensch sieht doch nur das, was er sehen will. Höre auf dein Herz, kleiner Vogelsang, dann kannst du nicht falschliegen. Formen und Farben sind nur dazu da, uns in die Irre zu führen. Glaube mir, ich weiß, wovon ich rede.«

Die Worte der Alten überraschten mich und ließen mich aufhorchen, der Tonfall, in dem sie gesprochen waren, unterschied sich so merklich von dem vorhergehenden wirren Gerede. Ich drehte mich um und wollte ihr ins Gesicht schauen, aber sie hatte den Kopf wieder gesenkt, die Augen geschlossen und beschäftigte sich angelegentlich mit ihrem Strickzeug, als wäre sie nie dabei unterbrochen worden.

»Eine seltsame Frau«, murmelte Maria kopfschüttelnd.

»Eine seltsame Familie«, erwiderte ich. »Warte nur, bis du Hermann, ihren Sohn, kennengelernt hast.«

Wir liefen querfeldein auf dem gleichen Weg, den wir gekommen waren, zurück zum Hessenweg, schwangen uns auf den Apfelschimmel und ritten zur Mühle. Mein Herz pochte wild, die Gedanken in meinem Kopf veranstalteten Kapriolen, teils wegen der merkwürdigen Worte, die ich soeben vernommen, teils wegen der unerwarteten Wendung, die das Ganze genommen hatte. Mit banger Vorahnung dachte ich an das bevorstehende Wiedersehen mit dem Schäfer und der Frau des toten Müllers, und mein Atem stockte bei dem Gedanken daran, daß ich auch Eva an der Mühle antreffen würde. Ich wußte nicht, was ich denken sollte und was zu tun war, und darum bemühte ich mich, an gar nichts zu denken und keinerlei Pläne zu schmieden. Alles Weitere würde sich schon ergeben.

Kurz vor der Landwehr, etwa an der Stelle, wo linker Hand der Weg zur Mühle vom Hessenweg abzweigte, kamen uns die Mägde Johanna und Hedwig entgegen, letztere trug ihren Säugling auf dem Arm und machte ein finsteres Gesicht. Ich hörte gerade noch, wie sie dem Mädchen, das am Vortag noch so fürchterlich über sie geschimpft hatte, mit ihrer merkwürdig krächzenden Stimme zuraunte: »Mich halten hier keine zehn Pferde mehr. Hast du gesehen, wie er sich vorhin benommen hat? Wie eine Memme! Und wenn du glaubst, daß ich für die neue Herrin die Dienerin spiele, dann hast du dich aber mit dem Messer geschnitten. Eher falle ich tot um, als daß ich für eine ...« In diesem Moment sah sie uns auf dem Pferd, blickte blitzartig zu Boden und schwieg.

»Hallo, Jeremias, schön, daß du auch endlich kommst«, begrüßte mich Johanna mit einem ironischen Schelmengrinsen. Dennoch wirkte sie ehrlich erfreut, mich zu sehen. »Na, das war vielleicht eine Aufregung! So ein Mordstrara und alles für die Katz'. Hast du es schon gehört? Der Alptraum scheint vorbei zu sein, jedenfalls sind die Brabanter über alle Berge.« Für eine Sekunde huschte ein düsterer Schatten über ihr Gesicht, doch dann schüttelte sie den Gedanken ab, der in ihrem Kopf gereift war, und setzte entschlossen hinzu: »Jetzt wird alles wieder gut.«

»Wollen wir es hoffen«, erwiderte ich. »Wo wollt ihr beiden denn hin?«

»Zum Hof!« antwortete Johanna und schnaufte abfällig. »Irgend jemand muß sich schließlich um alles Weitere kümmern. Schulze-Lanvermann ist doch als nächster Nachbar auch der Totenbauer vom Kolkmüller und hat sich um die Totenmesse, die Beerdigung und all das zu kümmern. Es ist bereits jemand ins Dorf geritten, um den Pastor zu holen und das Requiem lesen zu lassen, und wir bereiten jetzt das Essen für die Totenwache vor. Wir haben noch eine lange Nacht vor uns.« Sie seufzte, als wäre ihr dieser Gedanke nicht nur unangenehm, sondern auch unheimlich, und setzte schließlich hinzu: »Aber geh du nur, Jeremias! Eva wird ein Stein vom Herzen fallen, wenn sie dich sieht. Sie hat sich ziemliche Sorgen gemacht, als sie die Sturmglocken hörte. Was ist denn in Ahlbeck geschehen? Sind die Räuber etwa ins Dorf eingefallen?«

»Das nicht«, antwortete ich, »aber die Ahlbecker und die Oldendorfschen hauen sich gegenseitig die Köpfe ein und benehmen sich, als wären sie von allen guten Geistern verlassen. Dieser Tag ist wirklich wie verhext!«

»Wem sagst du das!« entgegnete sie und lächelte spitzbübisch. »Nun beeil dich und laß Eva nicht so lange warten!« Sie lachte, stieß Hedwig mit dem Ellbogen an, daß auch diese sich ein Lächeln nicht verkneifen konnte, und machte sich auf den Weg zum Lanverhof.

»Jeremias, Jeremias«, hörte ich meine Schwester hinter mir murmeln. »Du scheinst ja ein rechter Schürzenjäger geworden zu sein.« Auch sie lachte nun, gab dem Pferd einen Klaps aufs Hinterteil und sagte: »Hüüü!«

3

Der Anblick der Mühle war trostlos und erschrekkend und ließ mich zittern, das gesamte Gebäude war wie ein Kartenhaus in sich zusammengesackt und bestand nur mehr aus dem sandsteinernen Sockel. Es gab kein Dach und kein Fachwerk mehr, keine Wände und keine Decken, alles lag als schwärzlich verkokeltes oder geschmolzenes Gerümpel im Untergeschoß der Mühle, dort, wo ich noch am Morgen zusammen mit dem Müller gefangengehalten worden war. Wie zum Spott lag das steinerne Wappen des Fürstbischofs, das von der Renovierung der Mühle vor hundert Jahren kündete, unversehrt vor dem Loch in der Wand, das einst die Tür gewesen war. Mich schauderte es.

Als ich vor wenigen Tagen den niedergebrannten Moorhof zum ersten Mal gesehen hatte, da war mir ein beinahe wohliger Schauer über den Rücken gelaufen, so, als hätte mir jemand eine schlimme, aber interessante Gruselgeschichte erzählt; nun aber, da ich vor der Ruine stand, deren Brand ich am eigenen Leibe miterlebt und nur knapp überlebt hatte, da stiegen Übelkeit und Panik in mir auf. Ich sah die Flammen wieder züngeln, hörte das Feuer knistern und schreien, schluckte von neuem den giftigen Rauch und roch den Geruch von brennendem Fleisch, den gräßlichen Geruch des Todes. Was das Ganze noch unheimlicher und mich beinahe rasend machte, waren die beiden Mühlräder: Sie klapperten und drehten sich, als wäre nichts geschehen. Niemand hatte daran gedacht, die Mühlschleuse zu schließen, und weil es im Inneren der Mühle keinen Widerstand gab, keine Kammräder und keine Königswelle, die anzutreiben waren, drehten sich die äußeren Räder noch schneller als üblich. Es hatte beinahe den Anschein, als weigerten sie sich anzuerkennen, daß auch sie mit dem Rest der Mühle gestorben waren. Es waren die letzten Zuckungen eines Toten.

Ich sprang vom Pferd, rannte zur Schleuse und drehte an der Kurbel. »Hört auf!« schrie ich die Mühlräder an, als wären es lebendige Wesen. »Hört endlich auf!« Wie ein Irrsinniger drehte ich an der riesigen Kurbel, bis die Schleuse geschlossen war und die Räder endlich stillstanden. Dann verließen mich die Kräfte, und meine Beine gaben nach. Ich sank bibbernd und weinend zu Boden, krallte meine Hände in den Sand und murmelte: »Aufhören! Es soll aufhören!« Und ich meinte damit nicht die Räder.

Eine Hand legte sich auf meine Schulter, und ich fuhr zusammen.

»Jeremias«, flüsterte Eva, die plötzlich neben mir kniete, mich traurig anlächelte und mir zärtlich über die Schulter strich. »Was ist dir?«

Und da brach es aus mir heraus, ich warf mich ihr in

die Arme und heulte hemmungslos wie ein kleines Kind. Die Tränen schossen mir in Strömen aus den Augen, als wären alle Dämme gebrochen. Es schüttelte mich, ich hatte meine Gliedmaßen nicht mehr unter Kontrolle und zitterte wie Espenlaub. Eva sagte kein Wort, sie hielt mich nur ganz fest und bettete meinen Kopf an ihren Busen. Auch sie weinte nun, und selbst das Kind, das immer noch in einem Rucksack auf ihrem Rücken festgeschnallt war, begann zu jammern. Meine Schwester stand einige Schritte abseits, betrachtete erschrocken die Gruppe, die dort am Boden kauerte, und hatte Mühe, nicht auch in das allgemeine Heulen und Zetern einzustimmen. Aber sie beherrschte sich, wie sie sich immer beherrschte, wartete einige Sekunden, bis wir uns etwas beruhigt hatten, und wandte sich dann an Eva:

»Was ist hier geschehen? Wo sind die anderen?«

»Im Wirtshaus«, antwortete Eva, schniefte leise und wies mit einer Kopfbewegung zum Haus, an dessen Fenstern die Vorhänge nach wie vor zugezogen waren. »Sie halten Wache am Totenbett und trösten die Müllerin und ihre Söhne. Die arme Frau ist immer noch ganz verstört.«

Ich hatte mich derweil einigermaßen gefaßt, mir die Tränen aus dem Gesicht gewischt und war wieder in der Lage, geordnet zu denken und zu reden. »Entschuldige, Eva«, murmelte ich, »ich weiß selbst nicht, was ...«

Sie unterbrach mich, indem sie mir den Zeigefinger auf die Lippen legte und lächelnd den Kopf schüttelte. »Du mußt dich nicht entschuldigen«, sagte sie, »ich bin doch froh, daß du ...« Sie sah mich erschrocken an, als wäre ihr um ein Haar etwas Ungehöriges entschlüpft, und sprang auf, daß das Kind auf ihrem Rükken mächtig durchgeschüttelt wurde, aber scheinbar Gefallen daran fand und lustig lachte. »Komm mit!« bat Eva und ging voraus zur Schenke.

Maria und ich folgten ihr, und gemeinsam betraten wir das Wirtshaus.

Im Schankraum bot sich uns ein seltsam feierliches und zugleich bedrückendes Bild. Eine Gruppe von Menschen stand mit gesenkten Häuptern und blassen, traurigen Gesichtern im Kreis versammelt und schaute betreten in die Mitte, wo der Leichnam des Müllers unter einem weißen Bettuch auf einen langen Tisch gebettet war. Am Kopfende stand die Müllerin, sie war ganz in Schwarz gekleidet, hielt einen Rosenkranz in der einen Hand und schirmte mit der anderen ihre Augen ab, damit man ihre Tränen nicht sah. Ihr zur Seite standen die beiden ebenfalls schwarzgekleideten Söhne, die jeweils einen Arm um sie gelegt hatten, als wollten sie ihre Mutter stützen. Einer der Söhne hielt ein Gebetbuch in der Hand und las murmelnd das Totengebet: »*Kyrie eleison!*«

»Kyrie eleison«, antworteten die Trauernden.

Der Körper des Müllers war ganz vom Leichentuch bedeckt, zu fürchterlich war wohl der Anblick seiner sterblichen Überreste, ein silbernes Kruzifix lag auf dem Tuch, und ein hölzerner Rosenkranz war dem Kreuz an die Seite gelegt. Umrahmt war der Leichnam von einer Handvoll flackender und rußender Talgkerzen, welche die Schatten der Umstehenden wie die von Riesen an die Wand warfen.

Anna Wessendorf, die mit ihrem Sohn Fritz am Fußende der Leichenstatt stand, trat in diesem Moment vor, berührte das Leichentuch, machte ein Kreuzzeichen auf der Stirn und sagte: »Herr, erbarme dich unser!«

»Christus, erbarme dich unser!« murmelten die anderen.

Der kleine Fritz war der erste, der mich eintreten, den Strohhut abnehmen und an der Tür verharren sah. Er strahlte über das ganze Gesicht und schien gar nicht zu verstehen, was hier vor sich ging. Seine Wangen glühten rot vor Aufregung, er winkte mir freudig zu, stieß den neben ihm stehenden Hermann mit dem Ellbogen an und flüsterte ihm hinter vorgehaltener Hand etwas zu. Kuckels Hermann wandte sich um und nickte mir zu. Dann bekreuzigte er sich, entfernte sich von der Gruppe und deutete mit einer Kopfbewegung in die hintere Ecke des Raumes, wo sich die Tür zum Wohnbereich befand.

Anna hielt ihren Sohn, der Hermann nachlaufen wollte, fest an der Hand, senkte den Kopf und rief: »Gott Vater im Himmel!«

»Erbarme dich unser!« antworteten die Trauernden.

Während Maria und Eva sich ebenfalls bekreuzigten und zu den anderen gesellten, bedeutete ich dem Schäfer mit einem Kopfnicken, daß ich verstanden hatte. Ich machte einen Bogen um den Tisch und schlich mich am Tresen entlang, um die Litanei für den Verstorbenen nicht zu stören.

»Stell dir vor, sie sind nicht gekommen!« begrüßte mich Hermann mit leiser und gepreßter Stimme. »Die Bande ist nach Holland geflohen. Du hast dich geirrt, Jeremias, die Teufel sind verschwunden. Ja, das sind sie!«

»Hat das die Müllerin gesagt?« fragte ich mit gedämpfter, aber ebenfalls zitternder Stimme. »Hast du mit ihr gesprochen?«

»Aus der guten Frau war nicht viel herauszubringen«, entgegnete er, »sie hat nur geweint und sich die

Haare gleich bündelweise ausgerupft vor Schmerz. Der Müller sah ja auch fürchterlich aus, als wir ihn aus dem Keller holten, er hatte kaum noch Ähnlichkeit mit einem Menschen. Schrecklich! Wir haben ihn gleich in Tücher gerollt, damit ihn keiner sieht.« Er schluckte mehrmals, dachte einen Moment nach und fuhr dann fort: »Die Burschen haben mir erzählt, was geschehen ist, nachdem wir beide zum Schulzenhof gelaufen sind. Anscheinend hat der kleine, dicke Anführer der Bande den sofortigen Rückzug befohlen. Du weißt schon, das war der Holländer mit der Brille und der weißen Uniform, er soll in seinem Räuberkauderwelsch mächtig gebrüllt und sich vor allem mit dem Glatzkopf gestritten haben.«

»Mit Bernhard Lanvermann?« entfuhr es mir so laut, daß einige der um den Tisch Stehenden zu uns herüberblickten. Flüsternd wiederholte ich: »Der Hauptmann hat sich mit dem Schulzen gestritten?«

»Daß es Lanvermann war, ist den Müllerburschen gar nicht aufgefallen«, erwiderte er, »aber er muß es wohl gewesen sein, denn der Räuber hat den Glatzkopf einen dummen Kaffer genannt und ihm geraten, den verdammten Bruder einfach zu vergessen oder sich ansonsten zum Teufel zu scheren. Haha, das ist gut, nicht wahr?« unterbrach er sich plötzlich. »Der Teufel soll sich zum Teufel scheren, das hat der Hauptmann hübsch gesagt.« Hermann grinste irre, schlug sich aber plötzlich mit der flachen Hand auf den Mund und schaute sich um, ob jemand ihn gehört hatte.

»Gott Sohn, Erlöser der Welt!« fuhr Anna unbeeindruckt in der Litanei fort.

»Erbarme dich unser«, antwortete Hermann, machte ein Kreuzzeichen und sprach dann flüsternd weiter: »Die Müllersöhne wußten natürlich nicht, was die Worte des Dicken zu bedeuten hatten, aber sie haben gesehen, daß die Räuber mit Mann und Maus verschwunden sind. Sie haben die Pferde gesattelt, sämtlichen Proviant mitgenommen und alles Geld zusammengerafft, was sie im Wirtshaus finden konnten, und dann haben die Halunken die Mühle verlassen. Das haben mir die Burschen erzählt. Und da die Räuber nicht auf dem Lanverhof aufgetaucht sind, werden sie wohl das Weite gesucht haben. Glaubst du nicht? Doch, natürlich, so ist es, nicht wahr?« Er legte den Kopf nachdenklich zur Seite, fuhr sich mit der Zunge über die Lippen und murmelte: »Der Spuk ist vorbei, Jeremias, die Geister sind ausgetrieben.« Dann kicherte er wie ein kleines Kind und setzte hinzu: »Er kann uns nichts mehr anhaben. Lanvermann ist verschwunden!«

Ich war mir dessen keineswegs so sicher, wollte ihm dies jedoch nicht zeigen, nickte deshalb bestätigend und sagte: »Sicher, Hermann, sicher!«

»Heilige Maria, aufgenommen in den Himmel!« hörte ich Annas Stimme hinter mir.

»Bitte für ihn!« antworteten die anderen im Chor.

»Das ist doch der Junge!« rief plötzlich die Müllerin aufgeregt dazwischen. Ich fuhr herum und sah sie auf mich zueilen und die Hände ausstrecken. »Das ist der Junge«, murmelte sie und fuchtelte mit dem Rosenkranz herum. »Das ist er doch, oder etwa nicht?«

Alle Anwesenden starrten überrascht zu uns herüber, die Litanei verstummte, und die Müllerin wiederholte ihre Frage: »Das ist der Junge, oder?« Da keiner der Umstehenden antwortete, richtete sie ihre nächsten Worte direkt an mich: »Du warst mit Jan im Keller der Mühle, nicht wahr? Du bist der Magistersohn, du warst dabei, als mein Mann ...« Sie suchte nach den richtigen Worten, fand sie nicht und verfiel daher in Schweigen.

»Ich war dabei, als Euer Mann starb«, bestätigte ich nickend. »Es tut mir so leid für Euch.«

Sie nickte und starrte mich entgeistert an. Eine Frage lag auf ihren Lippen, aber noch fand sie nicht den Mut, sie auszusprechen. Sie trat ganz nahe an mich heran, nahm meine Hand in die ihre, sah die Wunden am Unterarm, betrachtete die verbrannten Haare auf meinem Kopf und rief dann schluchzend: »Hat er sehr gelitten im Feuer?«

Ich brachte kein Wort heraus und schüttelte nur den Kopf.

»Lüg mich doch nicht an!« schrie mir die Müllerin plötzlich ins Gesicht und hämmerte mit den Fäusten auf mich ein, genauso wie sie es vor wenigen Stunden mit ihren Söhnen vor der Mühle gemacht hatte. »Natürlich hat er gelitten, er ist verbrannt! Glaubst du etwa, es ist eine Freude, wie eine Fackel zu brennen? Wollt ihr mich denn alle für dumm verkaufen?! Schämt ihr euch nicht, einer Frau so mitzuspielen?! Ach, warum mußte der Herrgott ihn so quälen, warum konnte ich nicht bei ihm sein? Warum nur konnte ich ihm nicht helfen?« Und abermals schlug sie kraftlos auf mich ein und sah mich dabei mit haßerfüllten Augen an. »Verflucht seist du, elender Lügner! Jawohl, verflucht! Warum hast du ihm nicht geholfen? Warum lebst du, und er ist tot? Wieso hast du ihn nicht gerettet? Wie kommt es, daß ein Hänfling wie du sich befreien konnte und mein Mann sterben mußte? Was ist denn bloß geschehen? Wie konnte so etwas passieren?«

»Mutter, nicht!« Einer ihrer Söhne kam auf sie zu,

riß sie von mir los und nahm sie in die Arme. »Laß doch den Jungen!«

»Die Flammen haben Euren Mann nicht getötet«, sagte ich stotternd, während ich nach wie vor ihre zitternde Hand hielt. »Er ist nicht verbrannt!«

»Nicht verbrannt? Was redest du denn da?!« rief die arme Frau außer sich und deutete wild gestikulierend auf den Leichnam. »Schwarz verkohlt ist er, daß man ihn nicht mehr erkennen kann!«

»Als das Feuer ausbrach, war Jan bereits tot«, erklärte ich meine Worte. »Es war ein Unfall, und ich hatte nicht die geringste Möglichkeit, ihm zu helfen.« Und ich erzählte, wie der Müller gestorben war. Um die Müllerin ein wenig zu trösten, fügte ich hinzu, daß Jan noch im letzten Augenblick von seiner Frau und seinen beiden Söhnen gesprochen und sich um sie Sorgen gemacht habe. Das entsprach nun freilich nicht ganz der Wahrheit, aber für die eigentliche Wahrheit und für die tatsächlichen Worte des Müllers war hier kein Platz, und eine kleine Notlüge tat niemandem weh. »Euer Mann hat nicht gelitten«, schloß ich meine kurze Rede, »darauf gebe ich Euch mein Wort. Er hat keinen Schmerz erdulden müssen.«

Die Müllerin sah mich verstört und zugleich verklärt an, so, als betrachtete sie einen Engel und keinen Menschen. Die Tränen liefen ihr über die Wangen, aber es waren Tränen der Erleichterung, und sie lächelte beinahe, als sie sich mit folgenden Worten an mich wandte: »Du bist ein lieber Junge, ja, das bist du. Und du hast mich sehr glücklich gemacht. Nein, nicht glücklich«, verbesserte sie sich prompt, »aber ruhig, ja, jetzt bin ich wieder ruhig. Ich bin dir sehr, sehr dankbar.« Plötzlich aber änderte sich ihr Gesichtsausdruck erneut, sie schlug die Hände vor den Kopf und schaute beschämt zu Boden. »Ich stehe in deiner Schuld«, seufzte sie, »ich habe dich verflucht. O Gott, wie konnte ich nur!«

»Ihr schuldet mir nichts«, entgegnete ich. »Ich kann Euch gut verstehen.«

»Nein, nein, nein«, erwiderte sie mit einer sonderlichen Beharrlichkeit, wie man sie sonst nur von kleinen Kindern kennt, und umklammerte meine Hand. »Ich stehe in deiner Schuld. Das hätte ich nicht sagen dürfen. Ich muß es wiedergutmachen. Ja, das muß ich. Sag mir: Kann ich etwas für dich tun?«

»Es ist gut, Mutter«, versuchte ihr ältester Sohn besänftigend auf sie einzureden. »Setz dich nur wieder, es ist ja alles gut! Beruhige dich doch!«

»Nein, laß mich!« fuhr sie ihn an. »Ich will meine Schuld bezahlen! Um Jans willen muß ich es tun, versteht ihr das denn nicht? Laßt mich!«

Der Müllersohn sah mich geradezu flehentlich an, als bäte er mich, mir irgend etwas auszudenken, damit seine Mutter Ruhe gab und sich nicht weiter in Rage redete.

»Ich muß etwas wissen«, wandte ich mich schließlich zögerlich an die Müllerin. »Aber ich weiß nicht, ob ihr jetzt darüber reden wollt.«

»Was?« rief die Müllerin erfreut. »Sprich nur!«

»Was ist aus den Räubern geworden?« fragte ich. »Es ist wirklich wichtig für mich. Könnt Ihr mir sagen, wohin sie geritten sind?«

»Nach Holland«, antwortete statt ihrer der jüngere Sohn, der nun ebenfalls an die Seite seiner Mutter getreten war. »Sie sind direkt nach Norden geritten, nicht auf der Landstraße, sondern am Ahlbach entlang.«

»Alle?« hakte ich nach.

»Alle!« bestätigte der ältere Sohn.

»Alle – bis auf zwei«, meinte die Müllerin plötzlich und sah mich strahlend an.

»Was?!« rief ich.

»Während die anderen Gauner die Pferde gesattelt haben«, fuhr sie nickend fort, »haben zwei von ihnen eines der Boote genommen und sind flußaufwärts gerudert. In Richtung Ahlbeck. Ich habe es vom Fenster aus gesehen. Zwei der Räuber haben sich von der Truppe abgesetzt.«

Wir alle starrten sie entgeistert an. Hermann schrie erschrocken auf, bekreuzigte sich und schaute zu mir herüber, als hätte ihn ein Gespenst im Nacken gepackt. Maria und Eva, die direkt hinter der Müllerin standen, fragten wie aus einem Munde: »Wer?«

»Der junge Buntgekleidete mit dem Federhut auf dem Kopf«, antwortete die Müllerin, selbst von der Wirkung ihrer achtlos dahingesagten Worte überrascht, »und der große Glatzkopf mit den häßlichen Narben im Gesicht.«

»Der Kober-Jackel und der Flessener«, murmelte ich leise und dachte an die Worte des Schäfers, der die beiden Räuber am Morgen vertraulich auf der Mühlwehr miteinander tuscheln gesehen und dann herzhaft lachen gehört hatte. Und ich setzte hinzu: »Jetzt machen sie gemeinsame Sache.«

»Mit dem Boot?« wandte sich der ältere Müllersohn ungläubig an seine Mutter. »Warum sollten sie denn so etwas tun? Mit dem unförmigen Kahn sind sie viel zu langsam, und gegen die Strömung kommen sie nicht weit.«

»Sie haben es auch nicht weit!« entfuhr es mir. Plötzlich war mir alles klar, und ich ärgerte mich, daß ich mich durch den äußeren Anschein hatte täuschen lassen. Wie hatte ich nur so dumm sein können! Warum hatte ich nicht, wie es mir Gertrud geraten hatte, meinen Augen mißtraut und auf mein Herz gehört? Die Eichentruhe! schoß es mir durch den Kopf. Irmgards Brauttruhe! Nie und nimmer würde Bernhard ohne den Inhalt dieser Kiste den Ort verlassen. Jetzt würde ich endlich herausfinden, was es damit auf sich hatte. Und dann würde ich Gewißheit haben.

»Man wird sie nicht los«, hörte ich Hermann hilflos jammern, als ich wortlos aus dem Wirtshaus stürmte.

4

Auf dem Schulzenhof hatte sich dem äußeren Anschein nach nichts getan, immer noch schlummerte das Anwesen in der Sonne, die alte Gertud saß dösend auf der Bank, die Stimme Johannas drang leise aus der Gesindestube, und die Buchfinken jubilierten im Hain. Nicht das geringste deutete auf einen Überfall hin, aber dennoch wußte ich, daß er stattgefunden hatte. Ich ritt auf den Hof und steuerte auf die Bank zu.

»Gevatterin, könnt Ihr mir sagen, wo ich den Schulzen finde?« Die Aufgeregtheit meiner Stimme wollte so gar nicht zu der friedvollen Stimmung auf dem Hof passen. »Wo steckt Lanvermann?«

»Nanu«, erwiderte die Alte, »da bist du ja schon wieder, kleiner Vogelsang! Ist die Totenwache bereits beendet? Warum bist du so aus der Puste?«

»Habt Ihr irgend etwas Seltsames wahrgenommen?« antwortete ich mit einer Gegenfrage und sprang vom Pferd. »Ist Euch etwas aufgefallen? Habt Ihr vielleicht fremde Männerstimmen gehört?«

»Junge!« rief sie kopfschüttelnd und hob drohend den Zeigefinger. »Schäm dich! Wo denkst du hin! Fremde Männer! So was!« Sie kicherte, und abermals drohte sie mir scherzhaft mit dem Finger.

»Ihr habt nichts Auffälliges bemerkt?«

»Nur einen Knall«, antwortete sie, »aber das ist schon eine Weile her. Es hat sich angehört wie Donnergrollen, dabei scheint doch die Sonne, und es riecht gar nicht nach Gewitter. Ich dachte schon, es wäre ...«

»Ein Knall?« unterbrach ich sie, wandte mich um, rannte über den Hof und ließ sie auf der Bank zurück. Das große Tor des Bauernhauses war geöffnet, und ich lief über die Tenne zur Wohnstube. Außer dem Vieh war kein lebendes Wesen zu sehen, die Lucht war leer, die Tür zum Flett stand offen, und ein leises Wimmern drang aus einem der Räume im Erdgeschoß.

»Lanvermann!« rief ich und schaute in die Kammern und Stuben. »Heda, Schulze, wo seid Ihr?!« In einer Schlafkammer sah ich den Säugling der Hedwig in einer Wiege liegen, von ihm stammte das Wimmern, doch als das Kind mich über dem Bettchen sah, verstummte es, lachte mich an und streckte mir seine Händchen entgegen. Weder von seiner Mutter noch von dem Bauern war etwas zu sehen. Das gesamte Erdgeschoß war verwaist.

Ein leises Stöhnen drang in diesem Moment an mein Ohr, es schien von oben zu kommen, von der Galerie. Ich lief zurück auf die Tenne, rannte die Treppe hinauf und stürzte in die Vorratskammer, deren Tür sperrangelweit offenstand. Das Bild, das sich mir im Inneren der Kammer bot, ließ mich aufschreien: Der Schulze lag stöhnend und rücklings in einer Blutlache auf dem

Boden, inmitten von Flaschen, Krügen und sonstigen Vorratsgefäßen, sein Blick war starr nach oben gerichtet, als betrachtete er eindringlich die Würste, das Dörrfleisch und die Räucherschinken, die von der Decke hingen. Er hielt sich die blutende linke Schulter und schien einer Ohnmacht nahe zu sein. Die Magd Hedwig war kniend über ihn gebeugt und bettete seinen Kopf auf einen halbvollen Mehlsack. Sie legte ihm einen notdürftigen Verband an, den sie aus ihren bunten Bändern und Schleifen gefertigt hatte, und blickte mich hilfesuchend an.

»Ist es schlimm?« war alles, was ich herausbrachte.

»Die Schulter«, murmelte Hedwig, »er wird es überleben, aber er hat eine Menge Blut verloren.« Sie schniefte und wischte sich die Nase mit einem Zipfel ihres Ärmels ab. »Die Kugel hat den Knochen zum Glück verfehlt und ist hinten wieder ausgetreten. Aber wir brauchen einen Arzt.«

»Ein doppelter Boden!« rief der Schulze – er war immer noch vom Alkohol benebelt und lallte schwerfällig –, dann deutete er mit der rechten Hand zu der Brauttruhe in der Ecke des Zimmers. »Dieser Mistkerl! Ein doppelter Boden!« Plötzlich schrie er vor Schmerz auf und fuhr seine Geliebte an: »Paß doch auf, du Trampel! Du tust mir weh!«

»*Ich* tue dir weh?« erwiderte Hedwig erbost und zog den Verband noch etwas strammer an. »Beiß gefälligst die Zähne zusammen und jammere nicht wie ein kleines Blag! Herrschaftszeiten, was bist du doch für eine Memme!«

Ich bemühte mich redlich, Mitleid mit dem verwundeten und gequält dreinschauenden Schulzen zu haben, aber es wollte mir nicht gelingen. Es geschah ihm gerade recht, dachte ich, und warum sollte ausgerechnet ich mit ihm fühlen? Ich wandte mich brüsk ab, überließ ihn seinen Schmerzen und den rabiaten Händen der Magd und untersuchte statt dessen die Truhe, die in der Ecke des Zimmers, gleich neben der Tür, stand. Es war eine mächtige, mit hübschem Schnitzwerk und kunstvollen Brandmalereien verzierte Eichentruhe, die mir beinahe bis zum Bauch ging. Der gewölbte Deckel war zugeklappt und der schmiedeeiserne Riegel mit einem Vorhängeschloß gesichert. Das Schloß wie auch der schwere Eichendeckel waren unversehrt, keine Kratzer waren zu erkennen, keine Anzeichen, daß sich irgend jemand an der Kiste zu schaffen gemacht hatte.

»Unten«, wisperte der Schulze, »an der Seite!«

Jetzt erkannte auch ich, was er meinte: An der rechten Seite der Truhe, knapp über dem Fußboden, war ein Loch in der Kiste. Ich kniete nieder, um es genauer zu betrachten. Jemand hatte mit einem Stemmeisen oder einem Beil die Seitenwand eingeschlagen und auf diese Weise eine Öffnung vom Durchmesser einer Spanne geschaffen. Ich schaute durch das Loch und konnte nicht das geringste erkennen. Die Truhe war leer.

»Ein doppelter Boden«, murmelte der Schulze, bevor er abermals vor Schmerz aufschrie: »Willst du mich umbringen, Hedwig? Wenn du vollenden willst, was Bernhard nicht geschafft hat, dann mach nur brav weiter so!«

»Pah!« erwiderte die Magd verächtlich. »Soll ich etwa die Blutung stillen, ohne dich dabei zu berühren? Du wirst schon nicht gleich krepieren! Reiß dich gefälligst am Riemen!«

Ich griff durch das Loch, ertastete das Innere und erkannte, daß der Schulze recht hatte. Nicht die gesamte Kiste war leer, sondern nur ein schmaler Hohlraum, der durch einen zweiten Boden auf dem Grund der Truhe gefertigt worden war.

»Ein Geheimfach!« rief ich. »Was befand sich darin?«

»Geld«, flüsterte der Schulze, »eine Menge Geld sogar, zwei ganze Säcke voll Goldmünzen!« Er griff mit der rechten Hand in die Seitentasche seines Fracks und holte eine Münze heraus, die er mir nun zuwarf. »Diesen Gulden hat er mir als Andenken hinterlassen und mir dabei ins Gesicht gelacht. Und als ich ihn zurückhalten wollte, hat er mir eine Kugel verpaßt.«

Ich betrachtete die Münze und pfiff durch die Zähne. Es handelte sich tatsächlich um einen Rheinischen Goldgulden. Zum ersten Mal sah ich solch ein Geldstück. Es lag schwer in der Hand, die polierte Oberfläche funkelte wie die Sonne und zeigte die Weltkugel mit dem Kreuz darauf.

»Ich wußte, daß Irmgard und er ein kleines Vermögen versteckt hatten«, fuhr Johann Lanvermann fort und deutete auf das Goldstück, »aber von dem Fach in der Truhe hatte ich keine Ahnung. Das ganze Haus habe ich nach dem verdammten Gold durchsucht – auch die Holzkiste, aber den doppelten Boden habe ich nicht bemerkt.« Er lachte trunken und schüttelte den Kopf. »Die ganze Zeit haben wir sozusagen auf den Münzen gesessen und nichts davon geahnt. Ist das nicht zum Lachen?«

»Wenn Ihr nichts von dem Geld wußtet«, wunderte ich mich, »warum habt Ihr dann die Kammer gesichert wie einen Tresor? Was hattet Ihr zu verstecken? Was soll der Riegel an der Tür?«

»Dies ist eine Vorratskammer, mein Junge«, erwiderte der Schulze, »soll etwa jeder Dahergelaufene

Zugang zu den Vorräten haben? Das wäre ja noch schöner!«

»Johann ist ein verdammter Geizkragen«, mischte sich nun Hedwig ein. »Schlimmer als der geizigste Schwabe!«

»Ach, halte doch deinen dreckigen Mund!« fuhr er sie an.

Während sich die beiden angifteten, versank ich in düstere Grübelei und starrte auf die Münze in meiner Hand. »Bernhard ist nur wegen des Geldes zurückgekehrt?« wisperte ich schließlich. Es war nicht wirklich eine Frage, sondern eine Feststellung. Es paßte ins Bild, auch wenn mir dies ganz und gar nicht behagte. Eine ohnmächtige Wut stieg in mir auf, ich seufzte und stellte Fragen, auf die ich die Antworten längst wußte: »Sonst war nichts in der Kiste? Keine Papiere oder Briefe, keine Tagebücher?«

»Was denn für Bücher? Wovon, zum Henker, redest du?« erwiderte der Schulze und grunzte abfällig. »Natürlich ist er allein wegen des Geldes zurückgekehrt. Weshalb wohl sonst? Was hätte er ansonsten für einen Grund gehabt, Kopf und Kragen zu riskieren?«

»Vielleicht wollte er sich an Euch rächen«, murmelte ich zögerlich.

»Weil ich den feigen Mörder vom Hof gejagt habe?« rief er, spuckte auf den Boden und setzte sich mit Hedwigs Hilfe auf. »Ich hätte ihn auf der Stelle erschießen sollen!«

»Ihr habt Eure Schwägerin nicht ...?« Die Worte blieben mir im Hals stecken. Mir wurde schwindlig, ich ließ den Gulden zu Boden fallen und mußte mich auf der Truhe abstützen, um nicht hinzufallen. »Ihr seid nicht der ...?« wisperte ich und schwieg.

»Ich bin nicht *was*?« hakte Johann Lanvermann

nach. »Glaubst du etwa ...?« Wieder lachte er abfällig, hielt sich aber gleichzeitig die Schulter vor Schmerz. »Hast du das gehört, Hedwig? Dieser kleine Bastard hält mich für Irmgards Mörder! Ist das zu fassen?! Wie kommst du denn auf so einen Unsinn?«

»Hat Bernhard dir das erzählt?« fragte die Magd, und ihre krächzende Stimme ließ mich erschaudern. »Hat er das behauptet?«

Ich nickte und schaute zu Boden.

»Als die Lanvermännin starb«, fuhr Hedwig fort, »da war Johann bei mir.« Sie faßte mich am Kinn und sah mir direkt in die Augen. »In meinem Bett, mein Junge! Unten in der Lucht. Wir haben die arme Irmgard schreien gehört, und deshalb ist Johann in die Kammer geeilt und hat seinen Bruder blutbesudelt vorgefunden. Das ist die reine Wahrheit!«

»Bernhard hat dir einen fürchterlichen Bären aufgebunden, Kleiner!« rief der Schulze belustigt. »Ich könnte brüllen vor Lachen, wenn es nicht so weh täte. Das ist wirklich zu komisch!«

Mir war keineswegs nach Lachen zumute. Es ist nicht besonders witzig, wenn man zum Narren gehalten worden ist, wenn man sich eingestehen muß, daß man sich selbst zum Narren gemacht und sich wie ein Blödian aufgeführt hat. Ich Dämlack! Wie leichtgläubig war ich dem Flessener auf den Leim gegangen. Von Rache und Gerechtigkeit hatte er gefaselt! Das war allerdings ein guter Witz, und Bernhard schlug sich vermutlich gerade lachend auf die Schenkel. Mit allen hatte er sein böses Spiel getrieben, selbst die Räuber hatte er an der Nase herumgeführt. Er hatte ihnen den Hof seines Bruders zum Plündern angeboten, nur um sich das zu holen, was er vor zwei Jahren bei seiner überstürzten Flucht nicht hatte mitnehmen können. Ganz gewiß hatte er nicht vorgehabt, das Gold mit den Brabantern zu teilen. Bernhard war wahrlich ein gerissener Hund und ein Meister der Improvisation. Erst hatte er den Überfall des Landsturms für seine Zwecke ausnutzen wollen, und als dies fehlgeschlagen war und der Räuberhauptmann ihm mit seinem unerwarteten Rückzug einen Strich durch die Rechnung gemacht hatte, da hatte er sich einen neuen Verbündeten gesucht: den eitlen Gecken Jackel. Der Brand der Mühle war ihm schließlich eine willkommene Gelegenheit gewesen, seinen Plan erneut gewinnbringend zu ändern. Statt mit einer riesigen Bande grölend den Hof zu stürmen, hatte er sich klammheimlich durch die Hintertür geschlichen und sich so das verschafft, worauf er es die ganze Zeit allein abgesehen hatte: das Geld!

Mich hatte er von Anfang an wie eine hirnlose Marionette an unsichtbaren Fäden hampeln lassen. Den unschuldig Verfolgten hatte er wahrlich überzeugend gemimt, sein Dackelblick war gut einstudiert, seine Worte und Gesten waren wohlüberlegt, und ich war ihm ein leichtes und williges Opfer gewesen. Er hatte meinen Haß auf den Schulzen, meine Eifersucht auf Lottes Bräutigam, meine Vorurteile gegenüber dem unbeliebten Grundherrn geschickt ausgenutzt und sich selbst als Unschuldslamm und Opfer seines Bruders dargestellt. Ich hatte ihm geglaubt, weil ich ihm hatte glauben wollen. Weil es mir nicht möglich gewesen war, ihm nicht zu glauben. »Er schaut dich an, und du kannst dich nicht mehr rühren«, hatte Kuckels Hermann gesagt. »Man ist wie verhext.« Bernhard Lanvermann war tatsächlich ein Teufel, er packte einen bei der Seele und ließ nicht eher wieder los, bis man sich ihm ganz verschrieben hatte. Aber warum hatte ihm ausgerechnet an mir so viel gelegen? Eine dumme Frage! Auch darauf wußte ich längst die Antwort.

»Warum hat Bernhard seine Frau umgebracht?« wandte ich mich abrupt an den Schulzen. »Weshalb?!«

Die Heftigkeit meiner Frage ließ Johann Lanvermann zurückweichen, er stöhnte vor Schmerz und vermochte mich nur entgeistert anzustarren.

»Auch wegen des Geldes?« hakte ich nach.

»Unsinn! Das Geld gehörte ihm doch«, erwiderte Johann kopfschüttelnd. »Nein, es war wegen Matthias.«

»Bernhards Sohn?«

Johann nickte. »Seit dem Unfall hatten sich Irmgard und er gegenseitig die Hölle heiß gemacht«, antwortete er, »und statt um ihr Kind zu trauern, haben sie einander bekriegt und sich gegenseitig die Schuld an Matthias' Tod zugeschoben.«

»Wieso?«

»Irmgard war dabei, als Matthias vom Pferd stürzte«, sagte der Schulze, »aber sie hat nicht mehr eingreifen können.«

»Und der Junge saß auf Bernhards Pferd«, fügte Hedwig hinzu. »Er hatte Matthias den Gaul geradezu aufgenötigt, obgleich das Pferd ein echter Wildfang war und nicht einmal von ihm selbst ganz unter Kontrolle gebracht werden konnte.« Sie seufzte schwermütig und setzte hinzu: »Matthias war ein Schwächling, Bernhard hat das nicht ertragen können und wollte unbedingt einen wahren Mann aus ihm machen. So kam es zu dem Unglück.«

»Und wegen des Unfalls kam es zum Mord«, setzte Johann hinzu.

Ein fürchterlicher Schrei drang in diesem Moment an unser Ohr. Wir fuhren allesamt auf und blickten uns erschrocken an. Der Schrei war der eines Mannes gewesen, aber er klang beinahe unmenschlich und so grausig, daß er uns allen durch Mark und Bein ging.

»Was war das?« rief Hedwig.

»Wer war das?« stöhnte der Schulze.

Abermals erklang das gräßliche Schreien, es hörte sich an, als würde jemand bei lebendigem Leibe über dem Feuer geröstet. Ich sprang auf, rannte aus der Kammer, stürzte die Treppe hinunter, lief über die Tenne und hinaus auf den Hof.

Vor dem Haus stieß ich um ein Haar mit dem Kober-Jackel zusammen, der wie ein Blinder über den Hof torkelte, fuchtelnd die Hände ausstreckte und orientierungslos im Kreise lief. Ich erkannte ihn an seiner bunten Landsknecht-Kleidung, an dem Federbusch auf seinem Hut und den schmucken Stulpenstiefeln an seinen Füßen, aber sein Gesicht erkannte ich nicht. Er besaß kein Gesicht mehr. Dort, wo früher ein hübsches jugendliches Antlitz zu bewundern gewesen war, gab es jetzt nur mehr ein krebsrotes und verbranntes Etwas. Die Haut warf Blasen und hing Jackel in blutigen Fetzen herunter, die Haare waren in die Haut gebrannt, die geröteten Augen starrten aus wunden Höhlen wie die eines gehetzten Tieres, die Lippen waren aufgeplatzt und schorfig. Das ganze Gesicht war zu einer Fratze entstellt.

»Diese Hexe!« schrie er, offensichtlich unter Schock und nicht Herr seiner Sinne. »Diese verdammte Hexe!« Seine Worte waren nur schwer zu verstehen, sie gingen im anhaltenden Schreien unter und klangen wie das Kläffen eines Kettenhundes. »Mit kochendem Wasser hat sie mich überschüttet! Dieser hinterhältige Auswurf einer dreckigen Busche! Einen Kopf kürzer werde ich sie machen! Elendes Weibsstück!« Er versuchte, seinen Degen aus der Scheide zu ziehen, bekam ihn aber nicht zu fassen, torkelte noch mehr, stolperte über die eigenen Beine und fiel kopfüber zu Boden.

»Ein Kober-Jackel ist nichts für mich! Waren das nicht deine Worte?« Johanna stand mit in die Seite gestemmten Armen vor dem Gesindehaus, spuckte auf den Boden und rief: »Da hast du ganz recht, du Lump! Ein Kober-Jackel ist mir viel zu häßlich. Laß dich auf Jahrmärkten ausstellen, du Scheusal! Du wirst keine dummen Mädchen mehr verführen. Vor Ekel aufschreien werden sie, wenn sie dich sehen. ›Igitt, ein Monster!‹ werden sie rufen, und die kleinen Kinder werden Steine nach dir werfen und dich über die Straßen jagen.« Der Ausdruck ihres Gesichts ließ mich frösteln, er war wie der einer tönernen Maske, leblos und starr, nur ihre Augen sprühten vor Haß und Verachtung, sie blickte genauso drein wie gestern am Ahlbach, als der Kober-Jackel sie mit dem Ruder in den Dreck gestoßen hatte. Gestern war ihr Blick eine Ankündigung gewesen, das Versprechen, niemals zu verzeihen; heute sprach dieser Blick von vollendeter Rache. Sie hatte ihm seine Untat mit gleicher Münze heimgezahlt. Sie hatte ihn vernichtet, indem sie ihm das einzige genommen hatte, das er besessen hatte: sein schönes Aussehen!

Kuckels Gertrud war von ihrer Bank aufgesprungen, hatte das Strickzeug fallen lassen und war zu der Magd gelaufen. »Gott, Kind!« rief sie und nahm das Mädchen in die Arme. »Was hat das alles zu bedeuten?«

»Nichts«, antwortete Johanna mit fester Stimme, legte aber ihren Kopf auf die Schulter der alten Frau. »Es hat gar nichts zu bedeuten«, sagte sie und ließ ihren Tränen freien Lauf. »Ich habe einen räudigen Köter verjagt, mehr nicht. Laß es uns schnell vergessen, Oma Kuckel. Es ist nicht wichtig.«

»Nicht wichtig?!« Der Kober-Jackel versuchte, auf dem Boden liegend, seinen Degen zu ziehen, erwischte ihn endlich und robbte auf allen vieren in Johannas Richtung. »Warte nur, du Biest! Dir werde ich zeigen, was es heißt, sich mit einem Kober-Jackel anzulegen!«

»Du wirst gar nichts tun, Monster-Jackel!« rief ich, trat ihm in die Seite und schlug ihm die Waffe aus der Hand. Ich kniete auf seiner Brust nieder, riß ihm den kleinen Dolch aus dem Gürtel und setzte ihn dem Räuber an die Gurgel.

»Wer, zum Teufel, bist du?« krächzte er in seinem Hundegebell.

»Nur ein kleiner Kaffer!« rief ich und zog meinen Strohhut. »Erinnerst du dich nicht? Mit diesem Dolch wolltest du mich gestern noch abstechen, und heute schon weißt du nicht mehr, wer ich bin! Schäm dich, Jackel!«

»Der Baldower!« kläffte er. »Aber du bist doch tot! Verbrannt!«

»Richtig«, antwortete ich und drückte ihm die Klinge des Dolches auf den Hals. »Ich bin nur ein Geist, ein Gespenst, und ich werde dich dein Leben lang verfolgen, falls du mir nicht auf der Stelle sagst, wo der Flessener steckt.«

Allmählich füllte sich der Platz vor dem Bauernhaus. Der Schulze trat, indem er sich auf Hedwigs Schulter stützte, hinter uns auf den Hof. Schwer atmend fragte er: »Was ist das für ein Strolch? Was geht hier vor?«

Auch von der anderen Seite näherten sich nun Menschen, ich blickte kurz auf und sah meine Schwester Maria zusammen mit Eva den Hof betreten. Sie blickten verstört in meine Richtung und beschleunigten ihren Schritt.

»Sprich, du Fratze!« schleuderte ich dem Jackel meine Wut ins entstellte Gesicht. »Wenn du den Mund nicht auftust, werde ich dich eigenhändig aufschlitzen. Denk dran, ich bin ein Bauernjunge und weiß, wie man Schweine schlachtet. Oder ich überlasse dich dem Schulzen, dann wirst du am nächstbesten Baum zappeln, bis dir die Krähen die Augen aushacken! Raus mit der Sprache, wenn dir dein Leben lieb ist!«

»Von mir hörst du kein Wort!« rief er. »Ein Kober-Jackel ist kein Mosser!« Es waren die gleichen Worte, die er auch am Vortag Johanna gegenüber benutzt hatte.

»Ein Kober-Jackel ist gleich überhaupt nichts mehr«, erwiderte ich und drückte fester zu, so daß das Blut an seinem Hals entlangrann. »Auf ein Wiedersehen in der Hölle!«

»Ein abgebrannter Hof! Ganz in der Nähe!« stotterte er plötzlich, riß dabei die Augen auf und blickte mich mit irrem Ausdruck an. »Ein Gesindehaus ist übriggeblieben. Dort ist der Treffpunkt.«

Ich lachte verächtlich, stand auf und rief: »Siehst du, Monster-Jackel, jetzt bist du doch zum Verräter geworden!« Ich steckte den Dolch hinten in meinen Gürtel unter das Hemd, nahm den auf dem Boden liegenden Degen in die Hand und setzte den Strohhut auf. »Verschwinde, und lebe mit deinem Verrat und deiner Häßlichkeit. Oder bleibe und stirb!«

Der Schock, der ihn die ganze Zeit wie gelähmt hatte, wich plötzlich von ihm, er sah mich erschrocken an, sprang wie eine Katze auf die Beine und huschte wie eine Küchenschabe, die vom grellen Licht überrascht wird, in südlicher Richtung ins nahegelegene Unterholz. Sein Heulen und Zetern war noch zu hören, als er längst im Buchenwald verschwunden war.

»Will mir nicht endlich jemand sagen, was hier los ist?« meldete sich der Schulze zu Wort. Um Autorität und Haltung bemüht, stampfte er mit den Füßen auf den Boden, schrie aber sogleich vor Schmerz auf, hielt sich die Schulter und setzte flüsternd hinzu: »Wer, um alles in der Welt, war das?«

»Niemand!« erwiderte ich, ließ ihn verdutzt vor dem Tennentor stehen und wandte mich an Johanna: »Du hast recht, Johanna, laß es uns vergessen. Es ist nicht der Rede wert!«

Sie nickte, rieb sich die vom Weinen geröteten Augen, schaute dann beschämt zu Boden und ließ sich von der Blinden ins Haus führen. Eva und Maria waren derweil am Haus angekommen und schauten mich vorwurfsvoll und zugleich ängstlich an.

»Wartet hier auf mich!« rief ich ihnen zu, bevor sie etwas sagen konnten. »Macht euch keine Sorgen. Ich bin bald zurück.«

»Wo rennst du denn nun schon wieder hin?« schimpfte Maria. »Was willst du mit dem Degen?«

Ich schüttelte den Kopf und wollte ohne weitere Erklärung an ihnen vorbeirennen, aber Eva hielt mich am Ärmel fest. »Versprich mir, daß du wiederkommst.«

»Wenn du versprichst, auf mich zu warten«, rutschte es mir heraus.

Sie nickte, lächelte verlegen und sagte: »Solange du willst.«

»Nicht lange«, antwortete ich und drückte ihr einen Kuß auf die Lippen.

»Jeremias!« rief meine Schwester, mehr überrascht als empört. »Jesses!«

»Kümmert euch um Johanna«, bat ich, »sie braucht euch jetzt.« Ich blickte mich um, schaute zur Hofeinfahrt und setzte hinzu: »Wo steckt Hermann?«

»Er hat sich geweigert, den Schulzenhof zu betreten«, antwortete Eva und hielt meine Hand. »Er war wie zur Salzsäule erstarrt.«

»Verstehe«, murmelte ich.

Maria sah uns verstört an, sie lächelte krampfhaft und schaute zugleich bange drein. Ungläubig schüttelte sie den Kopf und rief: »Ich will verdammt sein, wenn ich auch nur einen Funken von all dem begreife!«

»Geh!« sagte Eva und strich mir zärtlich über die Wange. »Und tu, was du nicht lassen kannst! Aber sei vorsichtig!«

Ich nickte, riß mich von ihrem Anblick los, winkte meiner Schwester zum Abschied zu, rannte am Gesindehaus vorbei, ließ den Misthaufen und den vom Blut der Hühner besudelten Holzblock links liegen und schlug mich in nördlicher Richtung durch den Buchenhain.

Ich mußte auf schnellstem Weg zum Moorhof. Eva hatte recht: Ich mußte tun, was ich nicht lassen konnte! Und ich mußte es auf eigene Faust tun.

5

Während ich über die Felder und Äcker rannte, überlegte ich, wie ich mich am geschicktesten und unauffälligsten dem Moorhof nähern könnte. Deckung gab es nur auf der nördlichen Seite, dort befand sich der

Kiefernwald und der Grenzwall, ich aber kam von Süden her, und zwischen mir und dem Gesindehaus lag lediglich die Ruine des Bauernhauses, die nicht wirklich Deckung bot. Wenn Bernhard, wie ich sicher annahm, auf der Lauer lag, so war es kaum möglich, ungesehen den Kotten zu erreichen; und den Umweg über den Galgenbülten, an der Landwehr entlang und durch den Wald wollte ich nicht nehmen, da er zuviel Zeit gekostet hätte. Ich entschied mich für den einfachsten und direkten Weg und versuchte erst gar nicht, mich zu verstecken. Statt mich wie ein Dieb anzuschleichen, trat ich erhobenen Hauptes und mit gezücktem Degen auf den Moorhof und rief: »Bernhard! Heda! Ich weiß, daß du da bist und mich siehst! Kommst du heraus, Flessener, oder bittest du mich lieber zu dir herein?«

Als Antwort erhielt ich nichts als Schweigen.

»Wie du willst!« rief ich, drehte mich Ausschau haltend einmal im Kreis herum und ging dann auf das Gesindehaus zu. »Ich komme jetzt herein!«

Abermals war kein Mucks zu hören, und so mußte ich wohl oder übel meinen Worten Taten folgen lassen. Während ich den Degen in der rechten Hand hielt, öffnete ich mit der linken langsam die Tür und linste durch den Spalt ins Innere. Die Stube war leer, jedenfalls konnte ich Bernhard nirgendwo erkennen, entweder stand er hinter der Tür, oder er versteckte sich, wie schon am Mittwoch, auf dem Heubalken. Ich stieß mit dem Fuß die Tür auf, daß sie krachend gegen die Wand flog, ohne auf ein menschliches Hindernis zu stoßen. Also der Dachboden! dachte ich und trat an die Leiter unter der Luke.

»Komm herunter, Bernhard!« rief ich und versuchte, das Zittern meiner Stimme durch Lautstärke zu übertünchen. »Oder hast du Angst vor mir?«

»Wo denkst du hin?« Die Stimme kam nicht von oben, sondern ertönte hinter meinem Rücken. »Hallo, Jeremias! Falsch geraten!«

Ich fuhr herum und sah den Flessener in der Tür stehen, er grinste breit und hielt die doppelläufige Pistole in der Hand. Wie schon vor zwei Tagen schaute ich direkt in die Mündung. Alles wiederholt sich! fuhr es mir abermals durch den Kopf. Alles beginnt von vorn!

»Fort mit dem Degen!« befahl er. »Und die Hände hoch!«

Ich ließ die Waffe fallen, doch statt mit erhobenen Händen dazustehen, setzte ich mich rittlings auf einen Schemel, nahm den Strohhut ab und legte die Hände für ihn sichtbar auf den Tisch.

»Recht hast du«, rief er belustigt, hob den Degen auf, steckte ihn sich unter den Gürtel und setzte sich mir gegenüber an den Tisch. »Lassen wir es uns gemütlich machen. Wir beide wollen nicht so förmlich miteinander sein.« Er lachte, hielt aber nach wie vor die Pistole auf mich gerichtet. »Komm jedoch nicht auf den Gedanken, den Helden spielen zu wollen, dann erginge es dir wie meinem Bruder.«

Wie bei unserer ersten Begegnung trug Bernhard wieder die Mütze mit der blau-weiß-roten Kokarde und den dunkelblauen Soldatenmantel, darunter aber statt des Waffenrocks oder der Müllerkleidung nun eine schlichte dunkelbraune Hose, ein grünes Hemd aus feinem Leinen und darüber eine schwarze Weste. Vermutlich stammten auch diese Sachen aus dem Fundus des verstorbenen Müllers.

»Tja, so sieht man sich wieder«, sagte er schließlich, lächelte verschmitzt, kramte die Pfeife aus der Manteltasche und stopfte sie, ohne mich jedoch aus den Augen zu lassen oder die Pistole aus der Hand zu legen. »Du hast nicht viel dazugelernt, Magistersohn.«

Ich lehnte mich ein wenig zurück und spürte etwas Hartes und Metallisches unter meinem Hemd im Gürtel stecken. Ich zuckte mit den Schultern, lächelte gleichgültig und sagte: »Ganz wie man es nimmt!«

»Du bist allein?«

Ich nickte und erwiderte: »Die Männer sind noch nicht aus Altheim zurück.«

»Wo ist der Baldower?«

»Der wird nicht kommen«, antwortete ich, »statt seiner bin ich hier.«

»Du bist zäher, als ich dachte, mein Junge«, brummte er, während er sich die Pfeife anzündete. »Wie bist du aus dem Feuer entkommen? Ich habe die Mühle brennen sehen, niemand hätte dort lebend herauskommen können. Wie hast du das geschafft?«

»Ich hatte einen guten Grund zu überleben«, erwiderte ich. »Das waren doch deine Worte, oder?« Ich schaute ihn eindringlich an und setzte hinzu: »Man muß nur einen guten Grund haben, nicht wahr? Und zwei Säcke voll Gold sind wahrlich Grund genug!«

»Willst du mir etwa vorwerfen, daß ich mir hole, was mir gehört?« Er stand auf, ging hinüber zum Alkoven, griff in seinen Armeetornister, der neben dem Koffer der Moorbäuerin auf dem Boden stand, und holte die beiden Geldsäcke heraus, um sie auf den Tisch zu legen. »Sollte ich etwa meinem nichtsnutzigen Bruder das schöne Gold überlassen? Sag selbst«, er griff in einen der Geldsäcke und holte einige Münzen heraus, »dafür lohnt es sich allemal, in die Höhle des Löwen zu marschieren, nicht wahr?«

»Dein Geld interessiert mich nicht, Bernhard, und ich werfe dir weder deine Habgier noch deine Lügen vor.« Erst jetzt bemerkte ich, daß ich ihn die ganze Zeit geduzt hatte. Sei's drum! dachte ich und starrte ihn unverwandt an. »Nein«, fuhr ich in meiner Rede fort, »nicht dir, sondern mir selbst werfe ich etwas vor. Ich hoffe, es verschafft dir wenigstens Genugtuung, daß ich so dumm und blauäugig war. Mir jedenfalls steigt die Galle bei dem Gedanken hoch, daß ich dir zur Hand gegangen bin.«

»Was regst du dich so auf?« unterbrach er mich. »Du hast mir einen kleinen Gefallen getan, mehr nicht. Bevor ich den Hof betreten konnte, mußte ich wissen, ob es überhaupt Sinn machte, sich in diese Gefahr zu begeben. Und du hast mir die Informationen verschafft, die ich brauchte. Was ist schon dabei?« Er schob mir eine Handvoll Münzen über den Tisch und setzte hinzu: »Nimm, Junge, du hast sie dir verdient!«

Ich rührte die Münzen nicht an, zog statt dessen meine Hand zurück und sagte: »Ich will dein verdammtes Geld nicht. Was kümmert mich dein Gold? Ich will es nicht, denn es ist dreckiges Geld.«

»Es ist mit ehrlicher und harter Arbeit verdient. Jahrelang habe ich mich auf dem Hof abgeschuftet und jeden Heller gespart.« Er deutete auf die Geldsäcke und setzte hinzu: »Nein, Jeremias, diese Münzen sind die Ersparnisse eines ganzen Lebens. Sie stehen mir zu!«

»Was schert es mich, ob dir das Geld zusteht oder nicht?« erwiderte ich kopfschüttelnd. »Du verstehst aber auch überhaupt nichts! Nicht das geringste begreifst du! Was mich ärgert, ist nicht allein die Tatsache, daß ich dir geholfen habe, sondern vor allem, daß ich glaubte, für eine gerechte Sache einzustehen. Ich wollte dir zu deinem Recht verhelfen und habe mich doch nur zum Idioten gemacht. Und dafür hasse ich dich.«

»Oho!« rief er und verschluckte sich beinahe an dem Rauch seiner Pfeife. »Welch pathetische Worte! Du haßt mich also? Ha! Was weißt du denn schon von mir, daß du dir herausnimmst, mir deinen albernen Haß ins Gesicht zu schleudern? Wofür hältst du dich? Für den lieben Gott? Willst du dich jetzt als Richter aufspielen, nur weil ich nicht so edel und gut bin, wie du es dir in deiner kindlichen Phantasie weisgemacht hast? Hör auf zu träumen und komm mir bloß nicht mit Moral und Gerechtigkeit! Du hast doch überhaupt keine Ahnung, wovon du sprichst!«

»Das mag alles sein«, erwiderte ich, »und vielleicht bin ich tatsächlich gar nicht so viel besser als du. In Gedanken habe ich womöglich nicht weniger unrecht gehandelt als irgendein dahergelaufener Räuber. Deinem Bruder Johann hätte ich am liebsten eigenhändig den Hals umgedreht, den Kober-Jackel hätte ich vorhin um ein Haar wie ein Schwein abgestochen, und heute mittag wäre es mir eine Ehre gewesen, den verfluchten Amtmann mit der Flinte von seinem Gaul zu holen. Aber es waren nur Gedanken, ich habe nicht geschossen oder zugestoßen, noch sind meine Hände nicht blutbefleckt!« Ich hatte die letzten Worte regelrecht herausgespien und setzte nun wutentbrannt hinzu: »Was man von dir nicht sagen kann, du verdammter Mörder!« Ich nahm die Münzen in die Hand und schleuderte sie gegen die Wand. »An diesen Goldgulden klebt Blut, weil es das Geld eines hinterhältigen Meuchelmörders ist!«

Ich hatte mit einem Wutausbruch des Flesseners gerechnet und hinter meinem Rücken bereits den Dolch ergriffen, um mich im Notfall wehren zu können, aber

Bernhard blieb ganz ruhig, er schluckte, nickte bedächtig und schaute mich beinahe traurig an.

»Die Sache mit Irmgard tut mir leid«, sagte er und fuhr sich mit der Hand über den Mund. »Das kannst du mir glauben, Jeremias. Es tut mir unendlich leid. Ich war betrunken an dem Abend. Ich kann mich kaum daran erinnern, ich war in dem Moment nicht bei Sinnen.«

»Manchmal ist es sehr praktisch, sich nicht erinnern zu können«, unterbrach ich ihn. »Wer sich nicht erinnert, der braucht sich auch nicht schuldig zu fühlen, nicht wahr? Nur dumm, wenn einen die Vergangenheit dennoch einholt und das schlechte Gewissen einem ständig einen Strich durch die Rechnung macht.«

»Wovon redest du eigentlich? Was willst du von mir?« rief er und schlug mit der flachen Hand auf den Tisch. »Ich habe doch gerade gesagt, daß es mir leid tut. Ja, ich habe Irmgard erstochen! Ich wollte es nicht, aber ich habe es getan. Mea culpa! Die Schuld an ihrem Tod übernehme ich voll und ganz, und sie wird mir von niemandem genommen. Sollte ich eines Tages für diese Tat gehängt werden, oder sollte der Herrgott mich beim Jüngsten Gericht dafür in die Hölle schikken, so werde ich nicht zetern oder um Gnade winseln, sondern meine Schuld auf mich nehmen. Soll ich vor dir auf die Knie fallen und um Vergebung bitten? Ist es das, was du willst? Davon wird meine Frau auch nicht wieder lebendig.«

»Ich rede nicht von Irmgard«, erwiderte ich. »Ich rede von Matthias!«

Er erstarrte und blickte mich wohl eine halbe Minute lang schweigend an, ohne auch nur zu atmen oder mit der Wimper zu zucken. Dann stöhnte er plötzlich wie vor Schmerz, nahm einen tiefen Zug aus der Pfeife, senkte den Kopf und sagte: »Ich muß jetzt gehen!«

Ich glaubte, mich verhört zu haben, und starrte ihn verständnislos an.

»Es war nett, mit dir zu plaudern«, setzte er hinzu und klopfte seine Pfeife aus. »Aber ich habe heute noch einiges zu erledigen und etliche Meilen zu marschieren. Es war schön, dich kennengelernt zu haben, aber nun ist Schluß mit dem dummen Gerede. Das führt doch alles zu nichts!« Er war ganz bleich im Gesicht geworden und hatte die Worte mühevoll und tonlos hervorgestoßen, als hätte es ihn Überwindung gekostet, den Mund aufzutun. Er stand ruckartig auf, kramte eine Schnur aus der Außentasche seines Mantels und trat auf mich zu. »Du wirst verstehen, daß ich dich nicht einfach hier zurücklassen kann. Du würdest mir, kaum daß ich um die Ecke gebogen bin, die Gendarmen auf den Hals hetzen, und das wäre mir gar nicht recht.« Er sah mich beinahe flehentlich an und meinte: »Streck die Hände aus, damit ich dich fesseln kann. Nun mach schon!«

Ich schüttelte den Kopf, sprang auf und erwiderte: »Ich komme mit!«

»Wie bitte?« Diesmal war er es, der mich konsterniert anschaute, er schien mich für verrückt zu halten und lachte ungläubig. »Was soll der Unfug?« rief er und zog die Stirn kraus. »Sehe ich aus wie deine Gouvernante? Das wäre ja noch schöner! Kümmere dich um deinen eigenen Kram!«

»Genau das tue ich«, antwortete ich und nahm ihm kurzerhand die Schnüre aus der Hand. »Betrachte mich als Geisel oder Pfand, wenn dir das lieber ist. Ich werde dich begleiten, bis wir weit genug von Ahlbeck entfernt sind und du gewiß sein kannst, daß ich dir nicht mehr schaden kann. Dann darfst du mich meinetwegen nach Hause schicken. Bis dahin aber werde ich dir nicht von der Seite weichen.«

»Ich höre wohl nicht richtig!« fuhr er mich an und legte erneut die Pistole auf mich an. »Was spielst du eigentlich für ein Spiel? Was soll das? Herrschaftszeiten! Bist du nun vollends übergeschnappt?«

»Ich bin halt so störrisch wie meine Mutter, das weißt du doch«, antwortete ich und grinste ihn spöttisch an. »Und ich bin noch nicht fertig mit dir!«

Einige Sekunden lang stand er unschlüssig vor mir, meine Worte hatten ihn offensichtlich verwirrt. Er wußte nicht, ob er aus der Haut fahren oder klein beigeben sollte. Schließlich spuckte er verächtlich auf den Boden, steckte die Pistole in den Hosenbund, ergriff das Geld, stopfte es in den Armeetornister, schnallte sich diesen auf den Rücken und lief zur Tür.

»Der Koffer der Moorbäuerin!« rief ich ihm nach.

»Nimm du ihn!« antwortete er und rannte fluchend hinaus. »Wenn du schon mitkommen willst, dann kannst du dich auch nützlich machen.«

Ich setzte den Hut auf den Kopf, nahm den Lederkoffer unter den Arm und eilte ihm hinterher. Als ich aus dem Gesindehaus trat, hatte Bernhard bereits die Ruine hinter sich gelassen und lief in östlicher Richtung am Landwehrwall entlang, direkt zum Galgenbülten. Sein Mantel flatterte im Wind, wie ein Derwisch beim Tanz fuchtelte er mit den Armen, und es sah so aus, als redete er mit sich selbst. Ich hatte einige Mühe, ihn einzuholen, und als ich ihn schließlich erreicht hatte, wandte er sich zu mir um und grinste mich bösartig und herablassend an. Mich duchfuhr es kalt und heiß, als ich seinen Gesichtsausdruck sah. Verschwunden war das beinahe joviale und ironische Lächeln, nichts war mehr zu erkennen von dem weltmännischen und nachdenklichen Verhalten, das er sonst an den Tag zu legen pflegte. Statt der nachsichtigen Überlegenheit, mit der er mich zuvor bedacht hatte, schlugen mir nun aus seinem Gesicht Panik und Verzweiflung entgegen. Er wirkte wie ein Tier, das in die Enge getrieben ist und nur den Angriff als letzte Chance sieht. Ein angeschossenes Raubtier, das jeden Moment zubeißen wird. Anstatt mich jedoch vorzusehen und auf der Hut zu sein, verstand ich sein verändertes Auftreten als günstige Gelegenheit, ihn weiter mit Fragen zu bedrängen, ihn mit Nadelstichen zu traktieren, bis er tatsächlich aus der Haut fuhr und mir preisgab, was er vor sich selbst noch zu verbergen schien.

»Warum rennst du wie ein Wahnsinniger?« rief ich ihn an. »Niemand verfolgt dich. Der Amtmann mit seinem Landsturm ist meilenweit entfernt und wird gerade von den Ahlbecker Bauern in die Mangel genommen. Dein Bruder ist kaum in der Lage, dir nachzusetzen, und auch sonst sehe ich niemanden, der dir gefährlich werden könnte. Wovor rennst du davon, Bernhard? Was hetzt dich?«

»Das Feuer scheint dir nicht bekommen zu sein«, erwiderte er und bedachte mich mit einem giftigen Blick. »Gestern noch warst du ein lieber, braver Junge, der niemandem Böses wollte, und heute gebärdest du dich wie eine der Plagen aus dem alten Ägypten. Gegen dich sind die Heuschrecken eine Wohltat. Du bist vorlaut und redest unnützes und unsinniges Zeug. Halte endlich deinen Mund, Bursche, sonst wirst du es noch bereuen!«

»Du sprichst nicht gerne über Matthias?« fuhr ich unbeirrt fort, blieb aber einige Schritte zurück, um seine Reaktion abzuwarten. »Ist es nicht so?«

»Schweig!« fuhr er mich an, blieb plötzlich stehen und griff nach dem Degen. »Was redest du mir von meinem Sohn, Kerl? Legst du es darauf an, daß ich dich einen Kopf kürzer mache? Laß gefälligst Matthias aus dem Spiel!«

»Wie sollte das wohl gehen, Bernhard, wenn sich alles um ihn dreht! Irmgard mußte ihr Leben lassen, weil Matthias starb. So war es doch, oder?«

Er hatte den Degen bereits in seiner Hand, kniff die Augen zusammen und sah mich mit unruhig mahlendem Unterkiefer an. Mit einem Mal steckte er den Degen wieder ein, stieß einen eher flehentlichen als wütenden Fluch aus und rannte über den schmalen Holzsteg, der an dieser Stelle über das Moor führte. Wir waren mittlerweile am Galgenbülten angelangt, das schreckliche Blutgerüst zeichnete sich schwarz vor der tiefstehenden und rötlich strahlenden Sonne ab. Im Unterholz ringsum war es bereits so dunkel, daß man kaum noch Konturen wahrnehmen konnte. Von irgendwoher drang das leise Blöken von Schafen an mein Ohr, und ich erinnerte mich, daß Hermann seine Herde am Bülten zurückgelassen hatte, damit sie sich am üppigen Klee laben konnte. Ich stand diesseits des Holzstegs und schaute hinüber auf die andere Seite. Bernhard und ich standen uns wie Duellanten gegenüber, zwischen uns lagen die Moortümpel, und zum ersten Mal empfand ich das grausige Venn als beschützend.

»Was ist in der Nacht vor zwei Jahren passiert?« rief ich hinüber. »Warum hast du Irmgard erstochen?« Da ich die Antwort längst wußte, setzte ich hinzu: »Irmgard mußte sterben, weil du Matthias auf dem Gewissen hattest! Hat sie dir in jener Nacht vorgeworfen, daß du ihr den Sohn genommen hast? Daß du ihn auf deinem wilden Pferd in den Tod geschickt hast? War es so? Hast du sie deswegen umgebracht? Du hättest besser dein schlechtes Gewissen töten und dir das Messer ins eigene Herz rammen sollen!«

»Schweig!« schrie er und zückte die Pistole.

»Nein, jetzt rede ich, und du wirst mich nicht aufhalten!« Was ich zu sagen hatte, das mußte heraus, auch wenn ich mich um Kopf und Kragen redete! Und so fuhr ich fort: »Du konntest es nicht ertragen, daß dein eigen Fleisch und Blut nicht so geschaffen war, wie du es dir ausgemalt hattest. Der tapfere, der bärenstarke, der mächtige Bernhard Lanvermann hatte einen Schwächling zum Sohn, ein verzärteltes und ängstliches Muttersöhnchen. Du hast dich seiner geschämt, nicht wahr? Vielleicht hast du sogar geglaubt, Matthias wäre gar nicht dein Kind, sondern das deines verweichlichten Bruders? Kam daher der unsinnige Verdacht, Irmgard könnte eine Liebschaft mit Johann gehabt haben? Weil dein Sohn aus der Art schlug? Was für ein Unfug! Und du hast genau gewußt, daß das nicht stimmte.«

»Irmgard hat Johann nicht ausstehen können«, murmelte er, und es hörte sich an, als wären ihm die Worte gegen seinen Willen herausgeschlüpft.

»Ja, Matthias war dein Sohn. Darum wolltest du ihn mit aller Macht zu einem richtigen Kerl machen. Er sollte das Abbild seines Vaters werden, ein echter Lanvermann! Und das hat ihn das Leben gekostet. Es war ein Reitunfall, das weiß jeder und ist ganz unbestritten. Niemand trägt die Schuld, es war eine Verkettung unglücklicher Umstände. Nur für dich sieht das alles ganz anders aus, nicht wahr?«

Abermals rief er: »Schweig!« Und ein Klacken verriet mir, daß er den Hahn seiner Pistole gespannt hatte. »Noch ein Wort und ...«

»Du denkst, daß du Matthias auf dem Gewissen hast«, ließ ich nicht locker, merkte aber, daß mir allmählich die Stimme schwand. »Und Irmgard mußte sterben, weil sie dir genau das ins Gesicht gesagt hat. Du warst betrunken, und sie war außer sich vor Wut und Trauer. Sie hat die fatalen Worte ausgesprochen, und du hast zugestochen, weil sie gesagt hat, was du selbst dachtest. Du hast sie zum Schweigen gebracht, aber Matthias ist dadurch nicht wieder lebendig geworden.«

»Sei endlich still!« brüllte er mich an und fuchtelte aufgeregt mit der Waffe herum. Es war ihm kaum mehr möglich, sie ruhig zu halten. Die Tränen standen ihm in den Augen, und seine Lippen bebten. »Schweig, Jeremias, sonst bringe ich dich um! Bei Gott, das werde ich!«

»Nur zu!« wisperte ich atemlos. »Schieß doch! Ich wäre nicht dein erster Sohn, den du ins Jenseits beförderst.«

Im gleichen Moment fiel der Schuß. Die Kugel pfiff haarscharf an meinem Kopf vorbei und schlug hinter mir in einen Baumstamm ein. Ich fuhr entsetzt auf und vermochte kaum zu glauben, was gerade geschehen war. War denn das denkbar? Nie im Leben hätte ich damit gerechnet, daß er tatsächlich auf mich schießen könnte. Auf seinen eigenen Sohn! Aber er hatte es getan, er hatte abgedrückt und mich töten wollen. Wie einen Wildfremden. Und als ich nun zu ihm hinüberblickte, da erkannte ich mit Grauen, daß er den zweiten Hahn seines Doppelläufers bereits gespannt hatte und mich mit einem teuflischen Grinsen anstarrte. Mir blieben nur Bruchteile von Sekunden, um zu reagieren, ich rannte über den Holzsteg, um mich auf ihn zu stürzen, bevor er erneut schießen konnte. Doch zu spät! Er hatte bereits wieder auf mich angelegt und würde im nächsten Moment die Waffe abfeuern. Ich bremste ruckartig ab, rutschte auf dem glitschigen Steg aus, verlor den Halt und stürzte seitlich ins Moorloch.

6

Es war, als öffnete sich der Boden unter mir, ich versackte binnen weniger Sekunden bis zur Hüfte im Morast und konnte mich nicht mehr aus eigener Kraft befreien. Ich fuchtelte mit den Armen und versuchte, einen rettenden Halt zu fassen. Aber es war umsonst: Der Rand des Moorloches war nicht zu ertasten, der Steg war ebenfalls außer Reichweite, und Äste, an denen ich mich festhalten konnte, waren weit und breit nicht zu sehen.

»Hilf mir!« rief ich dem Flessener zu, der mich belustigt ansah, als wäre ich ein Possenreißer, der ihm zu Ehren Faxen machte. Ich streckte ihm die Hände entgegen und setzte flehend hinzu: »Halte mich! Hol mich hier raus! Bitte! Siehst du nicht, daß ich versinke?!«

»Das sehe ich allerdings«, antwortete er und lachte boshaft. »Aber keine Bange, so geschwind stirbt es sich im Moor nicht. Bis zur Hüfte versinkt man rasch, aber der Rest kann dauern. Ich habe einmal von einem Holländer gehört, der tagelang bis zur Brust im Moor gesteckt haben soll, ohne auch nur einen Zoll weiter im Morast zu versinken. Als sie ihn schließlich fanden, war er um ein Haar verdurstet, aber es hätte noch Tage gedauert, bis ihn das Moor verschluckt hätte.« Bernhard betrat den Steg, kniete nieder und streckte die Hand aus. Anstatt jedoch mich aus dem Sumpf zu ziehen, ergriff er den Koffer der Moorbäuerin, den ich die ganze Zeit unter dem Arm getragen und beim Fall von mir geworfen hatte. »Wäre doch schade um das schöne Andenken«, sagte er, wischte den Dreck vom Koffer ab und wandte sich dann an mich: »Und du solltest nicht so herumhampeln, wenn du deinen Tod nicht beschleunigen willst.«

Am liebsten hätte ich, nur um seinen Rat zu mißachten, weiter mit den Händen gefuchtelt und den Oberkörper hin und her bewegt, aber ich wußte, daß er recht hatte und daß mir nichts anderes übrigblieb, als seinen Worten Folge zu leisten. Ich breitete die Arme aus und lehnte mich nach hinten, um dem Morast möglichst viel Widerstand in Form von Körperoberfläche zu bieten. Ich steckte mittlerweile bis über den Bauchnabel im Sumpf, und es fiel mir merklich schwer, mich ruhig und besonnen zu verhalten.

Der Flessener lachte und rief: »Brav, mein Junge!« Er steckte die Pistole in seinen Bund, wischte sich die Hände am Hosenboden ab und sagte: »Kennst du die Geschichten vom Baron Münchhausen?«

Ich schüttelte den Kopf.

»Dieser Baron soll sich ohne fremde Hilfe an den eigenen Haaren aus dem Sumpf gezogen haben«, meinte er und grinste abfällig. »Ein Soldat hat mir die Geschichte erzählt. Ich weiß nicht, ob etwas dran ist, aber vielleicht solltest du es auch so halten. Beim Brand der Mühle hast du ja bewiesen, daß du es kannst.« Er tippte sich mit dem Zeigefinger an die Stirn, nahm den Koffer und wandte sich zum Gehen. »Lebe wohl, Jeremias!«

»Du weißt, daß ich dein Sohn bin, nicht wahr?« rief ich, und die Angst schnürte mir die Kehle zu, so daß die Worte wie ein Röcheln klangen. »Du weißt, daß ich der Sohn der Moorbäuerin bin?«

»Wenn du es sagst, dann wird es wohl stimmen«, erwiderte er und zuckte mit den Schultern, als ginge ihn das alles gar nichts an. Dennoch setzte er murmelnd hinzu: »Seit wann weißt du es?«

»Es gab keine Tante in Holland«, antwortete ich.

Er schaute mich erstaunt an, zog die Stirn kraus und kehrte an das Moorloch zurück. »Was meinst du damit?« fragte er und ging in die Hocke. »Was denn für eine Tante?«

»Lisbeths Tante«, entgegnete ich und richtete mich ein wenig auf, um besser reden und verstehen zu können. »Der Kolkmüller hat mir berichtet, daß du die Moorbäuerin nach dem Brand des Hofes nach Holland zu ihrer Tante gebracht hast. Dabei war die Frau längst mit dem Rest der Sippe in Amerika.«

»Der Kolkmüller?« murmelte er nachdenklich und nickte dann. »Ach ja, ich vergaß! Ihr hattet in der vergangenen Nacht viel Zeit zum Reden. Habt euch gegenseitig das Herz ausgeschüttet, was?« Er schnaufte abfällig und spuckte auf den Boden. »Und weil diese Tante nicht mehr da war, hältst du mich für deinen Vater? Na, das nenne ich eine überwältigende Logik.«

»Ich weiß nicht, wie du meine Mutter dazu bringen konntest«, erwiderte ich unbeeindruckt und schaute ihm trotzig in die Augen, »aber ich bin mir sicher, daß du sie zurück nach Ahlbeck gebracht und im Gesindehaus des Moorhofes versteckt hast. Du hattest schon lange ein Auge auf sie geworfen, stimmt's? Als du vorgestern ihr Bild angestarrt hast, da habe ich gesehen, wie sehr du sie geliebt hast. Ihre Schönheit hat dich betört, ihre eigensinnige und hochmütige Art hat dich um den Verstand gebracht, sie aber hat dir nur Mißachtung entgegengebracht, wie allen Männern.« Ich redete einfach drauflos und sprach alles aus, was ich mir in meinem Hirn zusammengesponnen hatte. Es waren nichts als Vermutungen und vage Schlußfolgerungen, aber an Bernhards versteinertem Gesichtsausdruck erkannte ich, daß ich nicht allzu weit von der Wahrheit entfernt sein konnte. Er hatte den Kopf gesenkt, betrachtete den Koffer zu seinen Füßen und brummte: »Hol's der Teufel!«

»Es muß dich schier zur Weißglut gebracht haben«, fuhr ich unbeirrt fort und versuchte zu ignorieren, daß ich mittlerweile bis zum Brustkorb im Moor steckte. »Es hat dich vermutlich rasend eifersüchtig gemacht, als du erfahren mußtest, daß sie eine Liebschaft mit Jan Lösing hatte. Ausgerechnet der Müller, der weder ein schöner noch ein mächtiger Mann war, der von niemandem recht geachtet wurde und zudem noch verheiratet war, ausgerechnet dieser unscheinbare Kerl hatte das Herz deiner Angebeteten erobert. Das hast du nicht ertragen können und sie dafür bestraft, indem du sie zu deiner Mätresse gemacht hast!«

»Wenn Lisbeth eine so geringe Meinung von mir gehabt hätte, wie du behauptest«, unterbrach er mich plötzlich, und seine Augen funkelten böse, »wieso hätte sie dann mit mir mitkommen sollen? Kannst du mir das erklären? Vielleicht war es ja die Moorbäuerin, die nach mir verrückt war.«

»Das ganz gewiß nicht«, erwiderte ich und schüttelte energisch den Kopf. »Dann hätte sie sicherlich nicht so sehr darauf geachtet, daß niemand die Wahrheit erfuhr. Noch auf ihrem Totenbett hat sie sich mit aller Macht geweigert, den Namen des Kindsvaters auch nur in den Mund zu nehmen. Sie hat alle Männer gehaßt, für sie gab es nur zwei Kategorien: Memmen oder Ungeheuer! Das hat mir die Magisterbäuerin erzählt. Und zu welcher Kategorie du zählst, muß ich wohl nicht näher erklären, oder?«

»Ihr Totenbett?« entfuhr es dem Flessener, und für einen kurzen Moment wurden seine Züge weich. Er preßte die Lippen aufeinander, und ein leichtes Zukken fuhr über seine Wangen. Aber er beherrschte sich, schüttelte die Gedanken ab und setzte hinzu: »Und wenn schon!«

»Nein«, beharrte ich, »Lisbeth hat dich wie alle anderen Männer verachtet, deswegen hat sie eure Geschenke auch achtlos auf dem Speicher zurückgelassen.« Ich deutete auf den Lederkoffer zu seinen Füßen. »Deinen Schmuck, deine bunten Tücher, den albernen Fächer und den ganzen unnützen Firlefanz hat sie verschmäht, und auch das Bild, das der Müller von ihr gemalt hat, war ihr vergällt. Nur das Medaillon der leidenden Mutter Gottes hat sie mitgenommen und mir vermacht. Männer haben ihr nur Böses angetan: Der Vennekötter hat sie geschlagen, der Müller hat sie feige im Stich gelassen, und du hast ihr den Todesstoß versetzt.«

»Du hast meine Frage nicht beantwortet«, entgegnete er finster, und abermals funkelte er mich an, als wollte er mich mit den Augen töten. »Wieso ist sie mir gefolgt, wenn sie mich so gehaßt hat? Warum ist sie nicht einfach davongelaufen?«

»Vielleicht hast du ihr Versprechungen gemacht oder sie gar mit Gewalt gezwungen«, fuhr ich fort und wich seinem Blick aus. »Vielleicht war das alles aber auch gar nicht nötig, da ihr ohnehin nichts anderes zu tun übrigblieb. Was hätte sie schon machen können?

Wo sollte sie hin, an wen sollte sie sich wenden? Sie hatte den Eid geschworen, das Land auf der Stelle zu verlassen. Aber eine Familie besaß sie nicht mehr. Hätte sie sich im Dorf gezeigt oder sich zu ihrer Freundin, der Magisterbäuerin, geflüchtet, so hätte dein Vater nicht gezögert, sie des Mordes an ihrem Gatten anzuzeigen und auch den Kolkmüller in den Ruin zu treiben. Nein, Lisbeth hatte überhaupt keine Wahl. Sie war in deiner Gewalt, sie war eine gebrochene Frau, man hatte ihr alles genommen, jeden Stolz, jede Selbstachtung. Und du hast fortan mit ihr machen können, was immer du wolltest. Darum hast du sie an den Ort zurückgeführt, an dem ihr ganzes Unglück begonnen hatte, auf den Moorhof, und hast sie dort hinter Schloß und Riegel gehalten. Wie einer Dirne hast du dich ihrer bedient, bis du ihrer überdrüssig wurdest oder andere Pläne hattest. So war es doch, nicht wahr?«

»Du solltest nicht alles glauben, was Kuckels Männsken dir erzählt«, erwiderte er gereizt, schluckte aber mehrmals und sprach mit bebenden Lippen: »Hermann ist ein Narr, der nicht weiß, was er redet.«

»Hermann?« wunderte ich mich. »Was hat denn der damit zu schaffen?«

Er sah mich verständnislos an und fragte: »Hat er nicht ...?«

Und plötzlich fiel es mir wie Schuppen von den Augen! Natürlich! Warum war ich nicht früher darauf gekommen? Lisbeth und Bernhard! Mein Gott, wie hatte ich so blind sein können? Dies war der eigentliche Grund für Hermanns plötzliches Verschwinden gewesen. Er hatte etwas gesehen, das er nicht hätte sehen dürfen. Er war zum unerwünschten Zeugen und Mitwisser geworden. Und deshalb hatte man sich seiner auf so perfide Weise entledigt!

»Hermann hat dich im Gesindehaus überrascht!« rief ich und hatte Mühe, meine Arme ruhig zu halten. »Er ist dir zum Moorhof gefolgt und hat dich mit Lisbeth ertappt. Jawohl, so muß es gewesen sein! Leider ist er daraufhin selbst entdeckt worden und hat sein Wissen teuer bezahlen müssen.«

Bernhard zuckte nur mit den Schultern und sagte: »Er hat es sich selbst zuzuschreiben. Warum mußte er auch zu meinem Vater laufen und ihm von Lisbeth erzählen? Vermutlich hat er geglaubt, der Alte würde die Moorbäuerin ins Gefängnis bringen. Hermine war zu diesem Zeitpunkt bereits unter der Erde, und Hermann stand kurz davor, den Verstand zu verlieren. Aber sich an meinen Vater zu wenden, war keine gute Idee.« Er lachte und setzte hinzu: »Hermann hat sich damit einen schönen Bärendienst erwiesen.«

Ich dachte an das verschrobene und verängstigte Wesen des Schäfers und erwiderte: »Ihr habt ihn wahrlich das Fürchten gelehrt!«

»Wir konnten kein Risiko eingehen«, antwortete er grinsend, »das wirst du sicherlich verstehen, und allein auf Hermanns Wort wollten wir uns nicht verlassen. Er war für uns zu einer Gefahr geworden.« Er lachte dreckig und fügte spöttisch hinzu: »Hermann war ein Bauernopfer! Er stand im Weg und mußte beseitigt werden.«

Sie hatten ihm Geld in die Hand gedrückt und ihn vom Hof gejagt. Anschließend hatten sie das Geld als gestohlen gemeldet und Hermann als flüchtigen Dieb angezeigt. »Wirklich gesucht hat kein Mensch nach ihm«, hatte der Müller gesagt. »Nicht einmal ein Steckbrief wurde ausgehängt. Gerade so, als wären alle froh, daß Hermann sich in Luft aufgelöst hatte.« Sie hatten ihn mundtot gemacht, und mit der alten Gertrud und dem dummen Alwin hielten sie ein geeignetes Unterpfand in der Hand. Solange Hermann verschwunden blieb, würden sie sich um die Blinde und den Idioten kümmern, aber wehe, wenn er sich wieder zeigen würde! Und die verrückte Gertrud wurde auf diese Weise gleichfalls zum Schweigen gebracht. Keiner der Familie Kuckel wagte mehr, den Mund aufzutun. Ein Geflecht von Lügen hatte alles wie ein Spinnennetz überzogen, und wer es durchbrechen wollte, der blieb unweigerlich darin hängen. Erst nachdem Bernhard als Mörder vom Hof gejagt worden war, hatte sich der ehemalige Knecht – Jahrzehnte später und mittlerweile als Schäfer – wieder in die Nähe des Dorfes getraut. Aber den Lanverhof hatte er bis zum heutigen Morgen nicht wieder betreten.

»Sie stecken alle unter einer Decke!« schossen mir plötzlich die Worte des Schäfers durch den Kopf. Was hatte er damit gemeint? Und warum hatte er solch eine Angst vor dem Amtmann Boomkamp? Nur wegen der Gendarmen? Irmgard war Boomkamps Base! Die Gedanken rasten wie Irrlichter durch mein Hirn, und ich bemühte mich, sie zu ordnen, irgendein System darin zu finden. Weshalb hatte sich der Schulze solch eine Mühe damit gemacht, den armen Hermann loszuwerden? Warum hatte er eine Gefahr dargestellt? Und für wen? Was kümmerte den Schulzen das dumme Gerede eines Knechts? Bernhards Worte klangen mir plötzlich in den Ohren: »Es war das Jahr gewesen, in dem ich Irmgard heiratete.« Dies war die Antwort des Flesseners auf meine Frage gewesen, in welchem Jahr der Moorhof gebrannt habe. »Eine Krähe hackt der anderen kein Auge aus«, hatte der Schäfer heute morgen gestammelt. Und mit einem Mal setzte sich der Flickenteppich zu einem einheitlichen Ganzen zusammen: Die Hochzeit!

Dies war die eigentliche Krux des Ganzen! Die Vermählung des ältesten Schulzensohnes mit der Tochter des Obristen der bischöflichen Stadtwache! Die Hochzeit hatte kurz bevorgestanden, eine für beide Seiten gewinnbringende Verbindung, die auf keinen Fall gefährdet werden durfte.

»Hermann mußte verschwinden«, schrie ich Bernhard ins Gesicht, »damit Irmgard nichts von Lisbeth erfuhr. Sie hätte dich nie und nimmer geheiratet, wenn sie hinter die Wahrheit gekommen wäre. Nicht um alles Geld der Welt! Alle habt ihr unter einer Decke gesteckt: du, dein Vater und vermutlich sogar Irmgards Vater, der Obrist. Mit dessen Gendarmen habt ihr Hermann gedroht. Alles nur, um die Hochzeit nicht aufs Spiel zu setzen, denn eine gute Partie läßt sich niemand freiwillig entgehen. War es nicht so? Eine Geldheirat stand auf dem Spiel!«

»Du reißt deinen Mund ganz schön weit auf«, antwortete Bernhard spöttisch, »wenn man bedenkt, daß du bis zu den Achseln im Schlamm steckst. Spar dir deinen Atem, Junge, du wirst ihn noch brauchen!« Er lachte heiser, aber es klang wenig belustigt.

Tatsächlich ging mir der Morast in der Zwischenzeit bis zu den Schultern, der modrig faule Geruch des Wassers stieg mir beißend in die Nase. Zwar hatte sich die Geschwindigkeit, mit der ich im Sumpf versank, nach und nach verlangsamt, aber nichtsdestotrotz versackte ich immer tiefer im Schlamm. Noch zehn Minuten verblieben mir, so schätzte ich, bis ich nicht mehr reden konnte, und in einer Viertelstunde würde ich statt Luft nur noch Morast einatmen. Ich versuchte vergeblich, mich noch ein wenig mehr zu strecken und meine Arme weiter auszubreiten. Erst jetzt bemerkte ich, daß ich meine Füße nicht mehr spürte, daß sich der Teil meines Körpers, der sich unterhalb der Mooroberfläche befand, wie abgestorben anfühlte. Es war, als bestünde ich nur noch aus Kopf und Armen.

»Hast du Lisbeth aus dem gleichen Grund vor die Tür gesetzt?« keuchte ich und stutzte plötzlich, als ich ganz in der Nähe das Kläffen eines Hundes und lauter werdendes Blöken vernahm.

»Jede Liebe geht einmal zu Ende«, stieß Bernhard hämisch hervor, »und sei sie noch so romantisch. Ich mußte mich entscheiden, und das habe ich getan. Mein Vater hat getobt, als er von Lisbeth erfahren hat, und er hat mich vor die Wahl gestellt: entweder die Moorbäuerin und die Verbannung vom Hof oder die Obristentochter und ein Leben als zukünftiger Schulze. Als wäre dies wirklich eine Wahl! Ich war nicht Narr genug, eine ehrbare und vermögende Braut wegen einer dahergelaufenen Dirne aufzugeben.«

»Erst du hast sie zur Dirne gemacht, du Schwein!« rief ich, schaute ihn aber dabei nicht an, sondern stierte an ihm vorbei in die Dunkelheit des Unterholzes. Dort war für einen kurzen Moment ein kleines weißes Lämmlein mit einer schwarzgepunkteten Nase aufgetaucht. Es hatte uns neugierig und scheinbar mißtrauisch betrachtet und war flugs wieder davongelaufen.

»Mag schon sein«, erwiderte Bernhard und lächelte mitleidig. »Aber wen kümmert das noch? Sieh es doch so, Jeremias: Ich habe deiner Mutter ein paar Monate Aufschub verschafft. Ohne mich wäre sie viel früher krepiert! Sie war eine stolze Person, das ist wohl wahr, aber zu gut und zu schön für diese häßliche Welt. Sie hat einfach Pech gehabt!«

»Du Mistkerl hast sie wie ein Stück Vieh benutzt,

solange es dir gefallen und in den Kram gepaßt hat, aber als es zu brenzlig wurde, hast du sie wie eine heiße Kartoffel fallen lassen. Du hast ihr einen Fußtritt verpaßt und sie ihrem Schicksal überlassen. Daß sie zu diesem Zeitpunkt bereits schwanger war, hat dich nicht interessiert.« Ich lachte bitter auf und setzte hinzu: »Bei Gott, Bernhard, du scharst die Leichen um dich, wie andere Leute sich Blumen ans Revers stecken! Erst Lisbeth, dann Matthias und Irmgard, und jetzt bin ich an der Reihe. Dir über den Weg zu laufen, ist wahrhaftig lebensgefährlich. Es ist ein Wunder, daß du nachts überhaupt noch ein Auge zubekommst, in deinen Träumen sollte es von Gespenstern nur so wimmeln!«

»Eine rührende Geschichte, wahrlich!« erwiderte Bernhard, stützte sich mit den Händen auf den Schenkeln ab und schickte sich an aufzustehen. »Aber das interessiert mich alles nicht mehr. Was geschehen ist, das kann man ohnehin nicht mehr ändern. Vielleicht bin ich dein Vater, vielleicht auch nicht. Wer will das mit Sicherheit sagen? Als ich Lisbeth vor die Tür setzte, wie du es so anschaulich ausgedrückt hast, da hatte sie noch keinen dicken Bauch, und daß sie in anderen Umständen war, davon hat sie kein Wort gesagt. Und was anschließend aus ihr geworden ist, das will ich gar nicht wissen!«

»Willst du mir weismachen, du hättest nicht gewußt, daß ich dein Sohn bin?« Ich ruderte mit den Armen, da mir der Morast mittlerweile bis zum Kinn ging, und setzte hinzu: »Du hast nichts davon geahnt?«

»Stutzig geworden bin ich erst, als du vorgestern ihr Bildnis so verträumt angeschaut hast«, antwortete er und blickte aus zusammengekniffenen Augen zu mir herab. »Da ist mir zum ersten Mal aufgefallen, daß du ihr ähnlich siehst. Sehr ähnlich sogar. Und deine Fragen nach dem Brand des Hofes und dem Verschwinden der Moorbäuerin haben mich einiges vermuten lassen. Ich wußte ja, daß du ein Findelkind bist und als Säugling vor eurem Kotten gefunden wurdest, aber einen Zusammenhang zu Lisbeth hatte ich bis dahin beim besten Willen nicht vermutet. Wie gesagt, als ich sie das letzte Mal sah, war von dir noch keine Rede.« Er lachte, klopfte sich die Rockschöße ab und brummte abermals: »Hol's der Teufel!«

»Was hast du mit ihr gemacht?«

»Ich habe sie über die Grenze schafft und ihr genug Geld gegeben, daß sie nicht gleich Hungers sterben mußte.« Er unterbrach sich, schüttelte nachdenklich den Kopf und fügte hinzu: »Du sagst, sie ist tot? Gut, dann ruhe sie in Frieden! Du sagst, du bist ihr Sohn? Fein, ich will es dir glauben, da ich das Gegenteil nicht beweisen kann. Aber das bedeutet mir alles nichts mehr. Laß mich mit deinen weinerlichen Erzählungen in Ruhe, Jeremias, sie öden mich an! Du bist für dich allein verantwortlich, ich kann dir nicht helfen, ich will dir auch nicht helfen, und ganz gewiß *werde* ich dir nicht helfen!«

»Deine Hilfe kann mir gestohlen bleiben, Flessener!« stieß ich hervor, daß ihm die Spucke ins Gesicht flog. »Ich habe dich nicht nötig, Vater!« setzte ich hinzu und lachte ihm aus vollem Hals ins Gesicht. »Ich brauche dich nicht!«

»Was gibt's denn da so blöde zu lachen?« fuhr er mich an. »Ist der Morast dir schon ins Hirn gestiegen? Denk daran, daß dein Leben von meinem Wohlwollen abhängt! Wenn du willst, daß ich dich aus dem Sumpf ziehe, dann solltest du dein Mundwerk im Zaum halten! Du bist auf mich angewiesen, mein Junge, ob dir das nun paßt oder nicht!«

»Irrtum!« rief ich und winkte dem Schäfer, der hinter dem Flessener auf den Galgenbülten getreten war und nun an derselben Stelle stand, an der ich vorhin das Lämmchen gesehen hatte. Ich riß die Arme in die Höhe, rief »Hallo, Hermann!« und schluckte Schlamm.

Bernhard fuhr erschrocken herum, schrie auf und wollte sich auf den Schäfer stürzen. Im gleichen Moment jedoch streckte ihn dessen Knüttel nieder, und der Flessener sank besinnungslos zu Boden.

Ich hatte nicht wirklich damit gerechnet, daß Hermann zuschlagen würde. Vielmehr hatte ich erwartet, der Flessener würde beim Anblick des Schäfers das Weite suchen oder die verfängliche Situation überspielen, indem er mich eigenhändig aus dem Moor zog. Hermann hatte bereits etliche Sekunden hinter Bernhards Rücken gestanden, ihn wie ein Wesen aus einer anderen Welt angestarrt und sich nicht zu rühren vermocht. Als der Flessener sich aber auf ihn hatte stürzen wollen, hatte den armen Kerl derart die Panik gepackt, daß ihm nichts anderes übriggeblieben war, als mit dem Knüttel auszuholen. Er hatte nicht überlegt zugeschlagen, sondern aus lauter Angst und Schrecken. Und direkt nach dem Schlag verfiel er wieder in seine vorherige Starre. Er schaute fassungslos auf den am Boden liegenden Mann, rang die Hände und schlotterte am ganzen Körper.

»Hermann!« rief ich ihm zu. »Hol mich hier raus! Schnell!«

Erst meine Stimme brachte ihn wieder zu sich. Er fuhr herum, nickte, trat an das Moorloch und hielt mir den Knüttel hin, damit ich mich festhalten und er mich aus dem Morast herausziehen konnte. Dies erwies sich als gar nicht so einfach, beinahe hatte es den Anschein, als wollte das Moor mich nicht wieder preisgeben. Es hielt mich umschlungen, als würde ich in einem Vakuum feststecken. Mehrmals rutschte mir der Stock aus den Händen, und sogleich sackte ich wieder zurück ins schaurig-schlammige Bett. Erst nach geraumer Zeit hatte ich den Rand des Loches erreicht. Atemlos und erschöpft sank ich bäuchlings auf den Boden nieder, spuckte den Dreck aus, krallte mich in der Erde fest und dankte Gott und dem Schäfer.

»Schon gut, mein Junge«, murmelte Hermann, kniete neben mir nieder und lächelte nervös. »Ich war gerade in der Nähe, um nach meinen Schafen zu sehen. Du weißt ja, der Klee ist hier am Bülten besonders gut. Da habe ich Stimmen gehört und mich gewundert. Seltsam, habe ich gedacht, wer treibt sich denn in der Abenddämmerung am Galgenbülten herum? Also habe ich gelauscht. ›Ist das nicht die Stimme des kleinen Vogelsangs?‹ habe ich zu mir gesagt. ›Ja, das ist sie. Das ist doch merkwürdig!‹ Deswegen habe ich mal nachgeschaut. Das ist alles. Kein Grund, mir zu danken. Ja, ja, überhaupt kein Grund.« Er schüttelte unwirsch den Kopf und kicherte mit einem Mal albern. »Du machst vielleicht Sachen, Jeremias! Wie bist du denn ins Moorloch geraten? Es gibt doch den Steg.«

Ich schmunzelte, drehte mich auf den Rücken und erstarrte vor Schreck.

Über dem Schäfer, der nach wie vor auf den Knien hockte, stand der Flessener, er faßte sich mit der linken Hand an die Schläfe und funkelte mich böse an. In der rechten Hand hielt er die doppelläufige Pistole, deren Mündung auf Hermanns Hinterkopf gerichtet war.

»Keine Bewegung!« rief er. »Und keinen Mucks! Sonst knallt's!«

Hermann schaute über seine Schulter, stieß einen markerschütternden Angstschrei aus und wollte im gleichen Moment davonlaufen.

Bernhard drückte ab, und es machte »Klick!«

»Du hast vergessen, daß die zweite Kugel bereits in der Schulter deines Bruders steckt!« rief ich dem Flessener zu und griff hinter meinem Rücken unter das Hemd. »Du hättest nachladen sollen!«

Hermann nutzte die augenblickliche Verwirrung und sprang zur Seite.

Bernhard fluchte, warf die Pistole fort und griff nach dem Degen.

Ich sprang im gleichen Moment auf, zog den Dolch und stach zu.

Eine Zeitlang herrschte beängstigende Stille und Regungslosigkeit. Keiner sagte ein Wort. Niemand bewegte sich. Der Schäfer sah mich fassungslos an. Ich schaute Bernhard mit Tränen in den Augen an. Und Bernhard starrte ungläubig auf den Dolch in seiner Brust.

»Hol's der Teufel!« wisperte er schließlich und fiel rücklings in das Moorloch, in dem ich bis vor wenigen Minuten noch selbst gesteckt hatte. Innerhalb kürzester Zeit versackte er bis zum Hals im Morast – vielleicht weil der Schlamm so aufgewühlt war, vielleicht weil Bernhard schwerer war als ich.

Das Geld! schoß es mir mit einem Mal durch den Kopf. Er hatte den Armeetornister noch auf dem Rükken, und das Gewicht des Goldes zog ihn erbarmungslos in die Tiefe. Ich riß dem Schäfer den Knüttel aus der Hand, sprang zum Holzsteg und wollte Bernhard den Stock hinhalten. Aber es war zu spät. Die aufgerissenen Augen meines Vaters starrten mich leblos an, sein Mund stand offen, aber er atmete nicht mehr. Er war tot. Ich hatte ihn getötet.

»Verzeih mir!« murmelte ich und sackte auf die Knie. Ich versuchte zu beten, aber die Worte kamen mir nicht über die Lippen. Heiß liefen mir die Tränen über die Wangen, meine Hände zitterten, und das Grauen schnürte mir die Kehle zu. Was hatte ich getan? Und doch: Hätte ich anders handeln können? Ich schlug wie von Sinnen mit den Fäusten auf mich selbst ein, bis Hermann mich von hinten packte und seine Arme um mich schlang.

Der Kopf meines Vater versank immer tiefer im Schlamm. Das letzte, was ich von ihm sah, waren seine aufgerissenen blaßblauen Augen, die mich ungläubig anstarrten. Und dann schloß sich das morastige Grab über ihm.

Während ich wie gelähmt war und mich am liebsten ebenfalls ins Moor gestürzt hätte, schienen die Lebensgeister des Schäfers mit einem Mal zurückgekehrt zu sein. Es war, als wäre ein Fluch von ihm genommen worden. Er zog mich von dem Holzsteg herunter, legte mich zu Füßen des Galgens ins Grün und beseitigte die Spuren des Kampfes. Er warf die Pistole und den Degen ins Moorloch, wo sie sogleich blubbernd verschwanden. Er nahm auch den Lederkoffer der Moorbäuerin und wollte mit ihm ebenso verfahren, doch ich hielt ihn zurück und bat ihn, mir den Koffer zu geben.

Ich öffnete ihn, holte das Bild meiner Mutter heraus und steckte es mir hinters Hemd. Dann schloß ich den Koffer wieder, gab ihn dem Schäfer zurück und sagte: »Fort damit!«

Kaum eine Minute nach dem Tod meines Vaters deutete nichts mehr darauf hin, daß er jemals in der Nähe des Galgenbültens gewesen war.

»Wir sind gemeinsam spazierengegangen«, redete Hermann auf mich ein, aber es klang eher wie ein Monolog, wie etwas, das er sich zurechtlegte und auswendig lernte. »Ich wollte dem Magistersohn meine Herde zeigen, eine schöne Herde, ja! Darum sind wir zum Galgenbülten marschiert, dort ist das Gras am saftigsten, und plötzlich war er verschwunden! Hoppla! denke ich. Wo steckt der denn? So ein dummer Junge! Kommt vom Weg ab und versackt im Morast! Nein, so was! Ein Glück, daß ich zur Stelle war! Er hätte ja umkommen können, der Bengel! Man muß vorsichtig im Moor sein, sonst passiert einem was!« Er blickte mich eindringlich an, grinste listig und zugleich völlig aufrichtig und fragte: »Hast du mich verstanden, mein Junge? Hast du gehört, was ich gesagt habe?«

Ich nickte und schüttelte sogleich den Kopf. »Ich habe ihn umgebracht«, erwiderte ich, »das kann ich nicht ungeschehen machen! Das kannst auch du nicht ignorieren. Ich habe ihn getötet!«

»Wenn du mich fragst«, antwortete er und half mir auf die Beine, »dann ist der Teufel genau dort, wo er hingehört und wo er über kurz oder lang ohnehin gelandet wäre: am Fuße eines Galgens, zusammen mit den anderen Verbrechern!« Er faßte mich um die Taille, führte mich über den Steg und setzte hinzu: »Alles Weitere wird sich geben.«

Als wir das Unterholz hinter uns gelassen hatten und auf das freie Feld hinaustraten, ging im Westen die Sonne gerade unter. Der Moorhof, der linker Hand am Waldesrand auszumachen war, leuchtete rötlich im Abendlicht. Ein Buchfink jubilierte irgendwo über unseren Köpfen, ein Feldhase verschwand in seinem Bau, und ein Reh schaute uns aus der Ferne interessiert zu, bevor es im dichten Wald verschwand.

Alles war friedlich. Als wäre nie etwas geschehen.

EPILOG

*»Einer täuscht den anderen, Wahrheit redet man nicht;
ihre Zunge gewöhnten sie ans Lügen.«*

Jeremias, 9,4

Als die Ahlbecker Männer am Abend müde und hungrig von der langen Kreuzwegprozession ins Dorf zurückkehrten, bekamen sie Erstaunliches und geradezu Unglaubliches von ihren Verwandten und Nachbarn zu hören. Der Amtmann sei mit dem gesamten Landsturm ins Dorf eingefallen, hieß es übereinstimmend, und er habe dort wie im Feindesland gewütet. Wie die Aasgeier seien die Soldaten über die zunächst völlig überraschten und überrumpelten Dorfbewohner hergefallen. Unter dem Vorwand, die Deserteure zu verhaften, hätten sie die Höfe geplündert, die Söhne gefesselt und die Mütter geschlagen und mißhandelt. Wie die Vandalen seien sie von Hof zu Hof gezogen und hätten dabei eine Spur der Verwüstung hinterlassen. Doch sie hätten die Rechnung – im wahrsten Sinne des Wortes – ohne den Wirt gemacht, fuhren die Ahlbecker schmunzelnd in ihren Erzählungen fort. Der Wirt Tenhagen sei dem Amtmann mutig mit der Pistole entgegengetreten, habe die Dorfbewohner hinter sich gebracht, und mit vereinten Kräften – und mit Knüppeln und Flegeln bewaffnet – hätten sie die oldendorfschen Soldaten samt ihrem feigen Anführer in die Flucht geschlagen und ihnen ordentlich Dresche verabreicht. Ein tapferes Mädchen sei auf den Kirchturm gerannt und habe die Sturmglocken geläutet, wodurch die umliegenden Bauern alarmiert worden seien. Bis an die Dorfgrenze Oldendorfs hätten sie die Angreifer zurückgeschlagen und sie mit Spott und Hohn überhäuft.

Die heimkehrenden Männer staunten nicht schlecht und wollten ihren Ohren kaum trauen, doch als Pastor Söbbing und der Wirt Tenhagen die Ausführungen der Leute bestätigten und die Heimkehrer auf dem Dorfplatz den angerichteten Schaden, die zerbrochenen Scheiben und die Reste von Uniformen und Waffen sahen, da mußten sie es wohl glauben.

Als wären dies noch nicht genug schlimme Nachrichten, berichteten die Dorfbewohner gleich anschließend von dem Überfall der Brabanter Bande auf die Kolkmühle. Während die Ahlbecker Bauern sich tapfer ihrer Haut erwehrt hätten, seien die holländischen Räuber hinterrücks über die einsam gelegene Mühle hergefallen, hätten sie in Brand gesteckt und den Müller in den Flammen umkommen lassen. Auch die Söhne des Kolkmüllers und ein Bauernbursche aus der Nachbarschaft, der zufällig am Ort gewesen sei, hätten beinahe im Feuer den Tod gefunden. In letzter Sekunde und von Kopf bis Fuß angesengt, hätten sie sich aus der Mühle retten können. Die abscheulichen Räuber aber seien unbehelligt davongekommen und mit ihrer – allerdings bescheidenen – Beute über die Grenze nach Holland geflüchtet.

Einige wenige Dorfbewohner wollten in Erfahrung gebracht haben, daß es sich bei einem dieser Räuber um den ehemaligen Dorfschulzen Bernhard Lanvermann gehandelt habe. Woher dieses Gerücht stammte und wer es in die Welt gesetzt hatte, das wußte niemand so recht zu sagen. Mal hieß es, die Müllerin habe einen solchen Verdacht geäußert, dann wieder wurde kolportiert, eine namentlich nicht genannte Magd auf dem Schulzenhof habe dies in einem vertraulichen Gespräch mit einer anderen namentlich nicht genannten Magd zugegeben. Die Aussagen hierzu waren ebenso vage wie widersprüchlich, niemand hatte etwas bemerkt, und wer etwas gesehen hatte, der konnte oder wollte sich nicht erinnern. Der Hauptzeuge, ein verrückter Schäfer namens Kuckels Hermann, hatte seine anfänglich aufgestellte Behauptung, der gesuchte Mörder sei zurückgekehrt, um sich an seinem Bruder zu rächen und den Schulzenhof zu überfallen, kurze Zeit später widerrufen. Er habe sich getäuscht, bekundete er mit einem Mal und verwies auf den oben genannten Bauernburschen und den jetzigen Dorfschulzen, die seine Aussage prompt bestätigten. Bernhard Lanvermann sei nicht Mitglied der Räuberbande gewesen, sagte der Bauernbursche aus, bei dem es sich um den Sohn des hiesigen Magisterbauern handelte. Der Chef der Räuberbande sei der berüchtigte Simon Bosbeck gewesen, der auch für die Ermordung des Ostwicker Schmieds verantwortlich gewesen sei, gab der Magistersohn zu Protokoll, aber mehr vermöge er beim besten Willen nicht zu sagen.

Und von einem Überfall auf den Schulzenhof könne ebenfalls keine Rede sein, fügte der Schulze postwendend hinzu. Davon hätte er ja schließlich etwas mitbekommen müssen. Kein Geld oder sonstiger Besitz war abhanden gekommen, jedenfalls war nichts dergleichen als gestohlen gemeldet worden. Nichts war zu Bruch gegangen, kein Mensch zu Schaden gekommen. Allerdings hatte sich auf dem Hof des Schulzen zur fraglichen Zeit ein bedauerlicher Zwischenfall ereignet. Beim Reinigen der Jagdflinte hatte sich ein Schuß gelöst und den Bauern in die Schulter getroffen. Er sei schon immer ein wenig ungeschickt mit Waffen gewesen, gab der Schulze freimütig zu Protokoll, außerdem habe er ein wenig zu tief ins Weinglas geschaut. Diese Aussage wurde wiederum von der Magd Hedwig und weiterem Gesinde bestätigt, und damit betrachtete man die gesamte Angelegenheit als erledigt.

Einige Leute schließlich berichteten, eine fremde Person, die wie ein Paradiesvogel gekleidet und im Gesicht fürchterlich zugerichtet gewesen sei, habe sich an jenem Tag in der Nähe des Dorfes aufgehalten. Der Mann sei wie ein Betrunkener über die Straßen gewankt, habe vor Schmerz gewinselt und sei schließlich wie ein waidwundes Tier in einem der zahlreichen Wälder verschwunden. Ob und wie dieser Mensch mit den sonderlichen Ereignissen im Ahlbecker Moor zusammenhing, wußte niemand zu sagen. Er ward nie wieder gesehen.

Oft habe ich mich gefragt, was den Schulzen zu seiner Falschaussage veranlaßt hatte, warum er plötzlich die Beteiligung seines Bruders an dem Überfall und den Diebstahl des Goldes verschwiegen hat. Vielleicht wollte er einfach einen Schlußstrich ziehen, vielleicht hatte er gar eine vage Ahnung, was sich im Moor zugetragen haben könnte, und wollte nichts davon hören oder damit zu tun haben, womöglich war ihm aber auch seine eigene, nicht gerade heldenhafte Rolle, die er an jenem Stillen Freitag gespielt hatte, derart peinlich, daß er jeder amtlichen Untersuchung aus dem Weg gehen wollte. Auch die anstehende Hochzeit mit der Amtmannstochter mag ein Motiv gewesen sein, die ganze Affäre schleunigst unter den Teppich zu kehren. Ich habe seine wahren Beweggründe nie erfahren. Als Hermann und ich vom Galgenbülten auf den Schulzenhof zurückkehrten und ich mir noch die

Worte zurechtlegte, mit denen ich von dem Vorgefallenen berichten wollte, da wurde ich prompt vom Schulzen unterbrochen.

»Bernhard?« rief er und schüttelte den Kopf. »Was denn für ein Bernhard? Ich habe niemanden gesehen!« Er hatte die Kleider gewechselt, trug nun einfaches Bauernleinen und eine schlichte Mütze auf dem Kopf. Seine Schulter war mittlerweile fachgerecht verbunden, und er schien seinen Alkoholrausch überstanden zu haben. Er sprach klar und ohne zu lallen.

»Ich rede von Eurem Bruder!« erwiderte ich erstaunt. »Von dem gestohlenen Geld und von der Kugel, die er Euch verpaßt hat.«

»Was denn für Geld?« mischte sich Hermann in das Gespräch ein.

»Mir ist kein Geld gestohlen worden«, entgegnete der Schulze energisch. »Ich weiß nicht, wovon du sprichst. Mir ist ein kleines Malheur passiert. Beim Putzen der Flinte habe ich mir selbst in die Schulter geschossen, ich Dämlack! Es ist nicht schlimm, nur eine Fleischwunde.« Er lächelte merkwürdig und setzte zögerlich hinzu: »Ich bin ja keine Memme!«

Mich beschlich das leise Gefühl, daß sein Sinneswandel mit den harschen Worten zu tun haben könnte, mit denen ihn die Magd Hedwig vorhin bedacht hatte. Er wollte ihr, uns und sich selbst beweisen, daß er nicht der Waschlappen war, für den ihn alle hielten.

»Euer Bruder war nicht ...?« setzte ich zu reden an.

»Du mußt dich irren, mein Junge«, unterbrach er mich erneut.

»Siehst du, Jeremias?« meldete sich abermals der Schäfer zu Wort und lächelte mir freudig zu. »Habe ich es dir nicht gesagt? Nichts ist geschehen! Nein, nein! Die ganze Aufregung für die Katz'. Geld? Was denn für Geld? Herrje! Du hast dich geirrt. Ja, gewiß hast du dich geirrt! Wer denkt denn auch an so was!«

»Wir haben alle Fehler begangen«, sagte der Schulze und streckte mir seine Hand hin. »Schwamm drüber! Wir wollen es vergessen.«

Ich starrte ihn fassungslos an, wußte nicht, was ich denken und wie ich mich verhalten sollte, wandte mich dann abrupt ab und schritt eilends davon, ohne seine Hand genommen zu haben. Ich war nicht in der Lage, ein einziges Wort zu sagen, in meinem Kopf ging alles drunter und drüber, die Gedanken schlugen Purzelbäume. Ich wollte nur nach Hause, zu meinen Eltern, aber war das überhaupt noch denkbar? Hatte ich noch ein Zuhause? Hatte ich Eltern? Ich wollte zu Menschen, die mich kannten und verstanden. Die mich liebten und mir verzeihen würden.

Unter den drei Eichen standen Maria und Eva, sie hatten gewartet, bis ich mit dem Schulzen gesprochen hatte, kamen mir nun beide entgegengelaufen und strahlten mich erleichtert an. Bevor auch nur eine von ihnen zu sprechen ansetzen konnte, hielt ich den Zeigefinger an den Mund und sagte: »Laßt mich bitte! Ich kann jetzt nicht reden.« Ich wandte mich an Eva, nahm ihre Hand und erklärte: »Ich komme am Sonntag. Wirst du da sein?«

Sie nickte stumm und lächelte.

Abermals wandte ich mich plötzlich ab und rannte davon.

»Jeremias!« rief mir meine Schwester nach. »Warte doch auf mich!«

Die ersten achtzehn Jahre meines Lebens hatte ich unwissentlich mit Lügen und Halbwahrheiten gelebt, war von undurchdringlichem Schweigen und wohlgehüteten Geheimnissen umgeben gewesen. Nicht jeder, der mich unwissend gehalten hatte, hatte es böse mit mir gemeint. Ganz im Gegenteil, man hatte mich vor der häßlichen Wahrheit beschützen und mir Schmerzen und Trauer ersparen wollen. Man hatte mich belogen, weil man mich liebte.

Innerhalb von drei Tagen, vom Krummen Mittwoch bis zum Stillen Freitag des Jahres 1814, war die gesamte Lügenkonstruktion nach und nach in sich zusammengefallen. Durch einen bedauerlichen Zufall hatte ich einen Zipfel der Wahrheit in die Hände bekommen und nicht eher geruht, bis auch der Rest für mich ersichtlich und verständlich gewesen war. Mit jugendlich naivem Eifer hatte ich das dichte Netz von Lügen durchstoßen und dahinter die schmerzliche Wahrheit entdeckt. Ich hatte mehrmals mein Leben riskiert, um in Erfahrung zu bringen, was ich glaubte, wissen zu müssen. Und all das nur, um nun gesenkten Hauptes abermals zur Lüge zurückzukehren. Vielleicht war ich ebenso verlogen wie alle anderen oder ebenso feige, vielleicht war ich aber einfach nur erwachsen geworden.

Niemand hat je von den Vorfällen am Galgenbülten gehört, meine Herkunft ist bis heute für alle Dorfbewohner ein Rätsel, die Identität und das Schicksal meiner leiblichen Eltern habe ich zu keiner Zeit preisgegeben, und sie sind nie wieder hinterfragt worden. Kein Mensch (außer dem Schäfer) weiß, was aus Bernhard Lanvermann geworden und wie er gestorben ist. Seine Leiche blieb auf ewig verschwunden und dürfte, da der Galgenbülten längst nicht mehr als Hinrichtungsstätte dient, auch in Zukunft nicht gefunden werden. Niemandem habe ich auch nur ein Sterbenswörtchen von dem erzählt, was mir der Kolkmüller über die Vennekötterin und den Brand des Moorhofes anvertraut hat. Auch die wahren Hintergründe des Überfalls des Landsturmes auf das Dorf Ahlbeck sind zumindest mysteriös geblieben. Ich bin auf den Hof meiner Adoptiveltern zurückgekehrt, bin wieder zum Magisterbauern geworden und es mein Leben lang geblieben. Nie wieder ist die Lüge in Frage gestellt worden, denn es hat niemanden gegeben, der sich dafür interessiert hätte. Es gibt keine Rätsel, wenn kein Mensch eine Lösung sucht. Wer soll antworten, wenn niemand eine Frage stellt?

Und der Tod meines Vaters?

Lange Zeit habe ich versucht, meine Tat mit den Augen des Schäfers zu sehen. Ich wollte mir weismachen, daß ich lediglich einen zum Tode Verurteilten seiner verdienten Strafe zugeführt und damit sogar der Gerechtigkeit gedient hatte. Nicht immer gelang mir dieser Selbstbetrug, und selbst wenn dies dann und wann der Fall war, so verschaffte mir der Gedanke keine Erleichterung. Ich wußte nur zu gut, daß ich unrecht und aus niederen Motiven gehandelt hatte. Auch die Entschuldigung, in Notwehr getötet zu haben, konnte ich vor meinem Gewissen nicht geltend machen. Ich hätte nicht zustechen müssen, um Hermann oder mich zu retten. Auch wenn ich mich mit dieser Argumentation vor einem weltlichen Gericht vermutlich erfolgreich hätte verteidigen können. Nein, ich hatte meinen Vater nicht aus Gerechtigkeitssinn oder Selbstschutz umgebracht, sondern aus Rache, aus Schmerz, Verbitterung und Trauer. Vielleicht auch aus Enttäuschung. Ich hatte mich gerächt für all das, was er mir und meiner Mutter angetan hatte! Ich hatte ihn umgebracht, *weil* er mein Vater war. So absurd dies klingen mag –

und ich selbst kann es kaum verstehen –, diese Vorstellung verschaffte mir die innere Seelenruhe, um fortan mit der Lüge zu leben. Ich hatte falsch und unrecht gehandelt, aber ich wußte, daß ich es jederzeit wieder genauso machen würde. Ich hatte Schuld auf mich geladen, aber gerade diese Schuld gab mir die Kraft, mein Leben fortzuführen. Ich würde nicht um Verzeihung bitten oder um Gnade winseln. Ich war halt das Kind meiner Eltern. Und ich bin es noch!

Wenig mehr bleibt mir zu berichten, bevor ich die Feder endgültig beiseite lege, die Seiten schließe und sie nicht wieder öffne. Für die Ahlbecker Deserteure verlief die ganze Angelegenheit äußerst glimpflich. Da Napoleon zu dem Zeitpunkt des Geschehens bereits besiegt war und an jenem Mittwoch vor Ostern als Kaiser abgedankt hatte, um auf die Insel Elba verbannt zu werden, zeigte sich die preußische Regierung in den Folgewochen erstaunlich nachsichtig und begnadigte »jene kriegsscheuen Elemente, die sich schändlicherweise dem vaterländischen Dienst in der Landwehr entzogen hatten«. Dennoch hatten die Ereignisse des Stillen Freitags ein gerichtliches Nachspiel. Bereits am Karsamstag wurde Amtmann Boomkamp beim Altheimer Landrat vorstellig, um Meldung von dem Aufruhr in Ahlbeck zu machen und Beistand und Schutz zu erbitten. Dem wurde stattgegeben, und am Dienstag, den 12. April, erschien eine halbe Kompanie Ulanen im Dorf, um den vermeintlichen Aufstand niederzuschlagen und die Rädelsführer unter Hausarrest zu stellen. Man war nicht wenig verwundert, das Dorf so friedlich und die Bewohner so hilfsbereit zu finden, dennoch bekamen der Wirt Tenhagen, der Pättenbauer (wegen seiner Gemahlin) sowie der Magisterbauer (wegen seines Sohnes) und einige andere Ahlbecker Einquartierungen von Soldaten. Wenige Wochen später kam es zum Prozeß, in dessen Verlauf vor allem die Aussage des Ahlbecker Pastors für Aufregung sorgte und der Verhandlung eine überraschende Wendung gab. Er berichtete wahrheitsgemäß von den Übergriffen der Landsturmmänner und beschrieb die Handlungen der Bauern als reine Notwehr. Sämtliche Angeklagten wurden daraufhin von aller Strafe freigesprochen, hatten allerdings die Prozeßkosten zu tragen – eine nicht unerhebliche Summe, die kurze Zeit später durch eine großzügige Kollekte der Gemeinde aufgebracht wurde.

Amtmann Boomkamp wahrte zwar offiziell sein Gesicht, hatte aber fortan in der Ausübung seines Amtes einen schweren Stand bei sämtlichen Bauern des Landkreises, die ihm zumeist mit Geringschätzung oder offenem Spott gegenübertraten. Ob ihm die Vermählung seiner Tochter Lieselotte mit dem Ahlbecker Schulzen, die im Herbst des Jahres stattfand, Freude oder Genugtuung verschafft hat, vermag ich nicht zu sagen. Lotte jedenfalls wurde eine hübsche junge Braut, die mit ihrem reich geschmückten Brautwagen, auf der sich eine stattliche und gut gefüllte Aussteuertruhe befand, auf dem Schulzenhof Einzug hielt. Indem sie Johann Lanvermann ehelichte, wurde Lotte – ohne dies allerdings zu ahnen – gewissermaßen zu meiner Tante. Nie wieder fiel ein Wort zwischen uns über jene romantische Liebe, die wir einmal füreinander empfunden haben wollten. Ihr erschien es wohl nicht der Rede wert und mir wie ein Ereignis aus längst vergangenen Kinderzeiten. Ich erinnerte mich gern an unsere Spaziergänge um den Seerosenteich, aber dennoch mußte ich lächeln, wenn ich daran dachte, mit welchem Ernst und welcher Inbrunst wir von immerwährender Liebe geredet und geträumt hatten. Wir waren zwei Kinder gewesen, die Erwachsene spielten.

Lotte schenkte ihrem Gatten drei wohlgeratene Kinder und soll ihn, wie man munkelte, hart an die Kandare genommen haben. Trotz ihres jungen Alters war sie bald die unumschränkte Herrin auf dem Hofe. Eine würdige Dorfschulzin, die ihrem Mann die Flausen aus dem Kopf schlug und ihn, wenn schon nicht zu einem tüchtigen Bauern, so doch zu einem braven Kerl machte. Kurze Zeit nach der Hochzeit verließ die Magd Hedwig mit ihren beiden Säuglingen – das jüngste Kind war gerade erst zur Welt gekommen – den Hof und fand unter tätiger Mithilfe des Amtmannes und seines frischgebackenen Schwiegersohnes eine Anstellung in Oldendorf.

Auch auf dem Magisterhof kam es zu einigen grundlegenden Veränderungen. Wie ich es angekündigt hatte, ging ich am Ostersonntag zum Schulzenhof, um mit Eva zu reden. Ich hatte mir die verbrannten Haare abrasiert, den Hut meines Vaters aufgesetzt und mir von einem der Pättensöhne einen schwarzen Gehrock geliehen. Auf dem Weg zum Lanverhof pflückte ich einen Strauß Feldblumen und wiederholte in Gedanken immer wieder die feierlichen Worte, die ich zu sagen beabsichtigte.

»Sei tapfer!« hatte mir meine Schwester Maria augenzwinkernd mit auf den Weg gegeben, und meine Mutter hatte mir kopfschüttelnd nachgeschaut, als würde ich ihr ein ewiges Rätsel bleiben.

Eva begrüßte mich mit schüchternem Lächeln und hochrotem Gesicht. Sie hatte ihre kleine Tochter der alten Gevatterin anvertraut, sich eine Strickjacke übergeworfen und hakte sich bei mir ein. Wir gingen ein wenig spazieren und setzten uns schließlich händchenhaltend an den Ahlbach. Kein Wort kam mir über die Lippen, ich wollte reden, aber ich konnte nur stottern. Ich fühlte mich unwohl in meiner Haut, meine Wunden juckten, der geliehene Rock saß schlecht, meine Hände schwitzten, mein Herz raste. Ich fühlte mich einer Ohnmacht nahe. Nachdem wir uns beinahe eine Viertelstunde lang angeschwiegen und kaum anzusehen gewagt hatten, stieß ich endlich fast schreiend die Frage hervor, die mir so unter den Nägeln brannte, und sie antwortete, ohne zu zögern: »Ja!« Einfach so, als wäre es das Selbstverständlichste auf der Welt.

Im gleichen Jahr noch wurde Eva meine Frau und zog mit ihrer Schwester Johanna und ihrer Tochter Magda auf den Magisterhof.

Beinahe fünfzig Jahre lang waren wir verheiratet, fünf Kinder wurden uns geschenkt, von denen zwei allerdings bereits im Säuglingsalter starben. Unser ältester Sohn führt heute den Bauernhof und hat ebenfalls bereits erwachsene Kinder und einige Enkelkinder. Meine liebe Eva starb vor acht Jahren friedlich und im Kreise ihrer Familie an den Folgen einer Lungenentzündung. Selbst auf ihrem Totenbett hat sie nicht wissen wollen, was damals am Stillen Freitag im Moor geschehen ist.

Das Bildnis der Vennekötterin besitze ich auch heute noch, und das Marienmedaillon hängt seit jenen Tagen an einer Kette um meinen Hals und wird von mir gehütet wie ein Schatz. Nicht ein einziges Mal in der ganzen Zeit habe ich es abgenommen. Oftmals wurde ich belächelt, weil ich wie eine Frau Halsschmuck trage. Aber sollen sie nur lachen! Was kümmert es mich?

Was aus Kuckels Hermann geworden ist, vermag ich nur ungenau zu sagen. Wenige Tage nach den Vorfällen, von denen auf diesen Seiten die Rede war, verschwand der Schäfer mit einem Mal und war wie vom Erdboden verschluckt. Genau wie zwanzig Jahre zuvor hat er das Weite gesucht, ohne irgend jemandem eine Nachricht zu hinterlassen oder sich zu verabschieden. Seine Tiere vertraute er einem anderen Schäfer an und gab ihm lediglich zu verstehen, er habe nun andere Pläne mit seinem Leben. Diesmal jedoch war ihm niemand auf den Fersen, es gab keinen ersichtlichen Grund für das fluchtartige Verlassen des Dorfes, was das Ganze noch mysteriöser machte und zu wilden Spekulationen Anlaß gab. Ein gutes halbes Jahr später tauchte Hermann plötzlich wieder auf. Er fuhr eines Tages mit einem Zweispänner auf dem Lanverhof vor, um – wie er sagte – seine Familie wieder zu vereinen. Er habe sein Glück in Holland gemacht, ein wenig Land erworben und einen kleinen Kotten errichtet, und nun wolle er seine Mutter und seinen Sohn holen, damit sie endlich eine richtige Familie würden. Man hätte ihn beinahe nicht wiedererkannt, so hatte er sich verändert. Er trug einen feinen Anzug, hatte die Haare geschoren und den Bart gestutzt, und hätte ihn nicht seine Runkelnase als ein Mitglied der Familie Kuckel ausgewiesen, so hätte man ihn vermutlich für einen Fremden gehalten. Hermann lud die blinde Gertrud und den dummen Alwin in den Wagen und fuhr schleunigst von dannen.

Wir alle staunten nicht schlecht, als wir von dieser überraschenden Wendung erfuhren. Die Leute fragten sich, woher der verrückte Schäfer wohl das ganze Geld hatte, um das Land und den Hof zu kaufen, und wieso er solch ein Geheimnis daraus machte und nicht preisgeben wollte, was ihm in den letzten Monaten widerfahren war. Ich allerdings konnte mir denken, woher das Geld stammte, auch wenn mir der Gedanke so ungeheuerlich erschien, daß ich ihn nicht einmal heute niederzuschreiben wage. Was auch immer aus Hermann geworden sein mag, ich hoffe, er ist für all das entschädigt worden, was ihm in der Vergangenheit an Bösem widerfahren ist.

Noch lange hielten sich die abenteuerlichsten Gerüchte über die sonderlichen Ereignisse der Karwoche 1814. Der Tod des Müllers, die vermeintliche Mordbrennerei der Brabanter Räuber und die Frage, welchen Anteil der ehemalige Schulze an den Vorkommnissen gehabt hatte, beschäftigten die Leute noch geraume Zeit. Der Überfall der Oldendorfer auf das Dorf Ahlbeck war ebenfalls beständiges Thema in den Wirtshäusern und sorgte stets für Heiterkeit unter den Landmännern. Selbst die Spekulationen über jene weit zurückliegenden Ereignisse, die mit dem Brand des Moorhofes zusammenhingen, wollten nicht verstummen. Je mehr Zeit verstrich, desto weiter entfernten sich die Geschichten von der Wahrheit und desto schauriger wurden die Erzählungen. Obwohl die Kolkmühle alsbald von den salmschen Fürsten wiederaufgebaut und an den ältesten Müllersohn verpachtet wurde, obwohl der Schulze den Moorhof wenig später abreißen, die Ruine dem Erdboden gleichmachen und auch das Gesindehaus Stein für Stein abtragen ließ, obwohl der Galgen abgebaut und sein Holz zur Ausbesserung einer Brücke verwendet wurde – die Geschichten wurden weiterhin erzählt, und sie wurden immer sonderbarer. Immer wieder war die Rede von Geistern und Gespenstern, die im Moor umgingen und unschuldigen Passanten auflauerten. Mal wollte jemand den toten Müller als brennende Fackel im Wald gesehen haben, dann wieder hieß es, der Moorbauer schleiche umher, jammere über sein Unglück, beklage sich über die Frauen, und sein treuer Hund jaule im Chor dazu. Auch der Mörder der Irmgard Lanvermann, so hieß es, treibe sein Unwesen in der Nähe des Galgenbültens und flehe unentwegt, man möge ihm sein Geld wiedergeben, es stehe ihm zu und er brauche es dringend, um sich aus der Hölle loszukaufen.

Ich vermag nicht zu sagen, wer diese Spukgeschichten in Umlauf gebracht hat, aber ich messe ihnen auch keine Bedeutung bei. Sollen die Leute sich an derartigen Erzählungen ergötzen, wenn es ihnen beliebt. Ich jedoch glaube nicht an Gespenster, Geister oder Kobolde. An den Teufel, ja, an den glaube ich, denn ich habe ihn gesehen und erlebt. Aber Gespenster? Nein, an Gespenster glaube ich nicht.

ANMERKUNGEN

S. 9 *Napoleon*: Napoleon I, * 1769, † 1821, eigentlich Napolione Buonaparte, französischer Feldherr und Erster Konsul, schließlich selbsternannter Kaiser der Franzosen (1804 – 1814/15)
S. 10 *Stille Woche*: (veralt./mdal.) Karwoche
S. 11 *Magister*: (lat.) (Schul-)Meister, Lehrer
Kötterbauer: (niederd.) Inhaber eines *Kottens* (Bauernkate), landarmer Klein- oder Pachtbauer
S. 19 *eine Meile*: eine deutsche Meile entspricht etwa sieben Kilometern
S. 23 *kiebig*: (niederd.) böse, frech
S. 29 *Bischof Maximilian*: Maximilian Franz von Österreich, * 1756, † 1801, Fürstbischof von Münster (1784–1801), zugleich Kurfürst von Köln, Sohn der Kaiserin Maria Theresia
Fürst Constantin: Fürst Constantin Salm-Salm zu Anholt, * 1762, † 1828
Friedrich Wilhelm: Friedrich Wilhelm III., König von Preußen, * 1770, † 1840
S. 31 *welsch*: (kelt.) eigentl. romanisch, französisch, aber auch: fremdländisch
S. 34 *Blag*: (niederd./ugs.) ungezogenes Kind
Godverdori: (niederd./niederl.) Gottverdammt
S. 38 *Abdankung des Kaisers*: nach der Kapitulation von Paris (30.3.1814) dankte Napoleon am 6.4.1814 bei Fontainebleau als Kaiser ab und wurde auf die Insel Elba verbannt
S. 43 *Krummer Mittwoch*: (veralt./mdal.) Karmittwoch
S. 44 *Pütt*: (westf.) Grube, Erdloch
S. 46 *Heuerling*: (nordd.) Mietmann, Gutstagelöhner, Pachtbauer

S. 51 *Wechselbalg*: (norddt.) nach Volksglauben: mißgestaltetes Kind, das den Wöchnerinnen anstelle des eigenen Kindes untergeschoben wird

S. 56 *Hieronymus*: * um 347, † 419; lateinischer Kirchenlehrer und -vater, Rhetor und Philologe, wird meist mit Löwe (dem er einen Dorn aus der Tatze zieht), Kruzifix und Totenkopf dargestellt

Abraham Picard: Abraham Goudcheaux Picard (alias Abraham Moses, alias Ezechiel Juda), * 1775 (?), † (in Haft) 1807, jüdischer Räuberhauptmann und Anführer der »Großen Niederländischen Bande«, die je nach Wirkungskreis als »Brabanter, Mersener, Krefelder, Neußer, Neuwieder oder Westphälische Bande« in die Bücher einging

S. 59 *Augustinus*: * 354, † 430; lateinischer Kirchenlehrer, Bischof von Hippo Regius (Nordafrika)

S. 63 *Halbling*: (veralt.) uneheliches Kind

S. 80 *Bülten*: (niederd.) Hügel, Anhöhe

S. 93 *Non tirer*: (franz.) Nein schießen

Ne tuer je pas: (franz.) Nicht töten ich

S. 96 *Sandhase*: (Soldatenspr.) (Fuß-)Soldat, Infanterist

S. 105 *Borodinó*: Dorf an der Moskwa, 110 km westlich von Moskau, in der Schlacht von Borodinó besiegt Napoleon am 7. September 1812 den russischen General Kutusow

Moskau brennen sehen: nach dem Einzug Napoleons in Moskau wird die Stadt von den Russen in Brand gesetzt (15.–20. September 1812)

schofel: (jiddisch) gemein, häßlich, geizig

Beresina: rechter Nebenfluß des Dnjepr; am 26.–28. November 1812 überschreitet Napoleon auf seinem Rückzug von Moskau die Beresina unter schweren Kämpfen und Verlusten

Massel: (jidd.) Glück

S. 106 *Leipzig*: 16.–19. Oktober 1813, Völkerschlacht bei Leipzig; konzentrischer Angriff gegen Napoleon, Sieg der Verbündeten

S. 111 *koscher*: (jidd.) tauglich, sauber, rein

S. 116 *Pompadour*: (frz./veralt.) Strick-, Arbeitsbeutel für Damen
S. 119 *Beiß*: (jidd.) (Wirts-)Haus
S. 124 *Weidemonat*: (veralt.) auch *Wunni-* oder *Wonnemonat*, von Karl dem Großen eingeführte Bezeichnung des Monats Mai
S. 131 *Marodeur*: (frz./Soldatenspr.) plündernder Nachzügler einer Truppe
S. 161 *Rotgesindel*: von *Rot* (mhd.) Bettler, Betrüger, Gauner
S. 162 *Schinderhannes*: eigentlich Johann Bückler, * 1783, † (hingerichtet) 1803, Räuberhauptmann in den Rheinlanden (vor allem im Hunsrück), dessen Leben und Liebschaften nach seinem Tode stark romantisiert und idealisiert wurden
Rotwelsch: bereits im 13. Jahrhundert die Geheimsprache der Vagabunden, ihr im Kern dt. Sprachgut ist von Jiddisch und zigeunerischen Wörtern durchsetzt
S. 174 *Jakob Moses*: Schwiegervater von Abraham Picard und Begründer der »Großen Niederländischen Bande«
S. 175 *Kein Wunder also, daß einige von ihnen ...*: Nicht nur in der Großen Niederländischen Bande, sondern auch in anderen Räuberbanden des 18. und frühen 19. Jahrhunderts findet sich eine starke Beteiligung von Juden. Diese hat ihre Entsprechung in der vermehrten Aufnahme jiddischer und hebräischer Begriffe ins Rotwelsche
S. 176 *Judas Ischariot*: Jünger Jesu, der als Verräter der jüdischen Behörde Gelegenheit gab, Jesus heimlich zu verhaften
Schmuhl: auch Schmuel, eigentlich: Samuel; (verächtl./rotw.) Jude
S. 182 *Balken*: (westf.) Dachboden
Deern: (niederl./westf.) Mädchen
S. 187 *Stiller Freitag*: (veralt./mdal.) Karfreitag
S. 195 *gastrisches Nervenfieber*: veraltete und medizinisch unkorrekte Bezeichnung für Typhus (gastrisch: den Bauch, Magen betreffend)
S. 196 *Schmu*: (rotw.) Geschwätz

S. 215 *Großer Deutscher Krieg*: Dreißigjähriger Krieg, 1618–1648
Sandlatscher: (rotw./Soldatenspr.) Soldat (auch: Sandhase)

S. 216 *Sonnenwirt*: eigentl. Johann Friedrich Schwan, * 1729, † (hingerichtet) 1760, Gastwirtssohn und Räuberhauptmann, Vorbild zu Friedrich Schillers »Verbrecher aus verlorener Ehre«
Bayerischer Hiesl: eigentl. Matthias Klostermayer, * 1736, † (hingerichtet) 1771, Räuberhauptmann und Wildschütz

S. 217 *Baldower*: (rotw.) räuberischer Kundschafter (daher: ausbaldowern)
Mesuse: (rotw.) Frau, Dirne
Mosser: (jidd.) Verräter

S. 223 *Clemens August von Münster*: Clemens August von Bayern, * 1700, † 1761, Kurfürst von Köln und Fürstbischof zu Münster (1719–1761)

S. 226 *Chef*: (franz.) Anführer, Hauptmann (damals noch nicht im Sinne von »Vorgesetzter« benutzt)
Busche: (jidd./rotw.) weibl. Scham, Vulva
Bachwalm: (rotw.) Penis

S. 227 *Gotteswort*: (rotw.) Schnaps

S. 228 *Gatsch*: (rotw.) Mann, Bauer
Bratelfreier: (rotw.) Räuber, Mörder

S. 232 *Blechköpfe*: (rotw.) Gendarmen, Polizisten
ins Gebirge gehen: (rotw.) gefangen werden

S. 233 *Wasserland*: (rotw.) Holland
betuppen: (rotw.) betrügen

S. 234 *Stuß*: (jidd./rotw.) Unsinn
Flöte: (rotw.) Dummkopf
Schankler: (rotw.) Amtmann, Bürgermeister
Schimmler: (rotw.) Flüchtling, Deserteur, von *schimmeln*: (rotw.) fliehen, desertieren

S. 236 *Mischpoke*: (jidd.) Familie, Gesellschaft

S. 237 *Vaarwel, mijn jonge!*: (ndl.) Lebewohl, mein Junge!

S. 239 *abmecken*: (rotw.) töten

S. 241 *Rob*: (rotw./tschech.) Junge, Bursche, Knecht
Godverdoemd!: (ndl.) Gottverdammt!

S. 245 *Rollfetzer*: (rotw.) Müller, von *Roll*: Mühle
S. 283 *Hasardspiel*: (franz.) Glücksspiel, *Hasardeur*: Glücksspieler
S. 288 *Pfahlbürger*: ursprüngl. die in den mit Pfählen und Flechtwerk umgrenzten Dörfern wohnenden Bürger; im MA. die Bewohner des platten Landes, die das Bürgerrecht einer Stadt erworben hatten.
S. 312 *Zeg, Jan, wat moet dat ...*: (ndl.) Sag, Jan, was soll das? Was heißt das? Ich habe Angst.
S. 313 *Hij is dood ...*: (ndl.) Er ist tot! Ich habe ihn doch ... ja ... sicher
S. 345 *Let op! Ben-je gek?*: (ndl.) Paß auf! Bist du verrückt?
S. 347 *Vervloekt!*: (ndl.) Verflucht!
Medine: (jidd./rotw.) Land, Landstrich
S. 348 *Voor den drommel!*: (ndl.) Zum Henker!
S. 361 *Da kam Hagel ...*: Offenbarung des Johannes, Kapitel 8, Vers 7
S. 421 *Tedeum*: (lat.) »Te Deum laudamus – Dich, Gott, wollen wir loben"; altkirchl. Lobgesang
S. 428 *Katharina*: Katharina von Alexandria; Patronin der Philosophen; nach der Legende Märtyrerin zu Beginn des 4. Jahrh.
S. 432 *Ostervigil*: Höhepunkt des Liturgischen Jahres, Mitternachtsmette in der Nacht von Karsamstag auf Ostersonntag
S. 445 *Öffnung des sechsten Siegels*: Offenbarung des Johannes, Kapitel 6, Vers 12
S. 451 *Kyrie eleison*: (griech.) Herr, erbarme dich! Bittruf der latein. Liturgie
S. 479 *Mea culpa*: (lat.) Durch meine Schuld; in der katholischen Liturgie die Kernstelle des »Confiteor«, des Sündenbekenntnisses zu Beginn der Messe
S. 482 *Plagen aus dem alten Ägypten*: Exodus, Kapitel 7 – 11; zehn Plagen, mit denen der Gott Israels den ägypt. Pharao bestrafte
S. 513 *Ulanen*: mit Lanzen bewaffnete Kavallerie, seit 1807 Teil des preuß. Heeres

Als Ute Ikemannn nach jahrelangem Schweigen ihrer Zwillingsschwester von dieser eine Grußpostkarte von den Kanaren erhält, spürt sie, daß sich hinter den belanglos klingenden Zeilen ein verzweifelter Hilferuf verbirgt. Julia schwebt in großer Gefahr, das steht für Ute fest! Voller Sorge reist sie mit ihrem Freund Martin auf die Urlaubs- und Aussteigerinsel Gomera, um die Schwester dort zu suchen. Es soll eine Reise in tragische menschliche Verstrickungen und tiefe psychologische Abgründe werden – mitten in das Reich einer gefährlichen Sekte, in dem noch eine alttestamentarische Losung ihre Gültigkeit hat: ›Auge um Auge, Zahn um Zahn ...‹

ISBN 3-404-14200-4

Vergnügliche Beziehungskiste zwischen Frauen.

Nichts ist so wichtig wie sich zeitweise von allem und allen zurückzuziehen - oder wie die dreißigjährige Michelin es nennt: ›auf der Alm zu sein‹. Ihr Lesben-Single-Dasein kümmert sie wenig. Schließlich hat sie ihre lieben Freundinnen und einen ausfüllenden Beruf beim Fernsehen. Doch Michelins beste Freundin Jackie hat anderes im Kopf als ›den heiligen Seelen-frieden‹: Sie will endlich die Frau fürs Leben kennenlernen!
Doch dann geschieht das Wunder: Michelin verliebt sich auf den ersten Blick – ausgerechnet in Lena, neunzehn Jahre jung und ein begeisterter Szene-Frischling. Gleich bei der ersten Verabredung wird Michelin von ihr versetzt: Aug in Aug mit Lenas attraktiver Mutter. Diese Begegnung bleibt nicht ohne Folgen. Und bald sieht Lena sich ungewöhnlicher Konkurrenz gegenüber. Eine turbulente Zeit beginnt ...

ISBN 3–404–14557–7

England 1360: Nach dem Tod seines Vaters, des ehemaligen Earl of Waringham, reißt der zwölfjährige Robin aus der Klosterschule aus und verdingt sich als Stallknecht auf dem Gut, das einst seiner Familie gehörte. Als Sohn eines angeblichen Hochverräters zählt er zu den Besitzlosen und ist der Willkür der Obrigkeit ausgesetzt.
Besonders Mortimer, der Sohn des neuen Earl, schikaniert Robin, wo er kann. Zwischen den Jungen erwächst eine tödliche Feindschaft.
Aber Robin geht seinen Weg, der ihn schließlich zurück in die Welt von Hof, Adel und Ritterschaft führt. An der Seite des charismatischen Duke of Lancaster erlebt er Feldzüge, Aufstände und politische Triumphe – und begegnet Frauen, die ebenso schön wie gefährlich sind. Doch das Rad der Fortuna dreht sich unaufhörlich, und während ein junger, unfähiger König England ins Verderben zu reißen droht, steht Robin plötzlich wieder seinem alten Todfeind gegenüber ...

ISBN 3-404-13917-8